W0324272

BASTEI
LÜBBE
TASCHENBUCH

Titel in der Regel auch als E-Book erhältlich

Über den Autor:

Daniel Loy ist das Pseudonym eines erfahrenen deutschen Fantasy-Autors. Neben einer Vorliebe für Gothic Rock und Kampfsport zählt der studierte Historiker vor allem Zeitreisen und Ausflüge in fremde Welten zu seinen Hobbys. In seinen zahlreichen bereits veröffentlichten Erzählungen und Romanen nimmt er die Leser gern dorthin mit.

Daniel Loy

DAS SCHWERT DES SEHERS

Roman

BASTEI LÜBBE
TASCHENBUCH

BASTEI LÜBBE TASCHENBUCH
Band 20724

1. Auflage: Juli 2013

Dieser Titel ist auch als E-Book erschienen

FSC
www.fsc.org
MIX
Papier aus verantwortungsvollen Quellen
FSC® C006701

Originalausgabe

Textredaktion: Monika Hofko, Scripta Literaturagentur
Titelillustration: Anke Koopmann, Guter Punkt, unter Verwendung von Motiven von © shutterstock/Kuzmin Andrey, thinkstock/Hemera, shutterstock/Nataliia Natykach, shutterstock/Imageman
Umschlaggestaltung: Guter Punkt, München
Satz: two-up, Düsseldorf
Gesetzt aus der Caslon
Druck und Verarbeitung: CPI – Ebner & Spiegel, Ulm
Printed in Germany
ISBN 978-3-404-20724-4

Sie finden uns im Internet unter
www.luebbe.de
Bitte beachten Sie auch: www.lesejury.de

Der Preis dieses Bandes versteht sich einschließlich
der gesetzlichen Mehrwertsteuer.

ERSTES BUCH

EIN GOTT UNTER DEN MENSCHEN

Vor tausend Jahren war das Reich zwischen den Flüssen vereint unter einem Gott. Doch die Ronurer kamen und unterwarfen es, bis die Menschen sich erhoben und die Eroberer vertrieben.
Das ist es, was man uns erzählt.
Doch ist es auch die Wahrheit?
Ich kenne viele alte Schriften, und ich weiß nun:
Die meisten meiner Mitbürger tragen Namen, die einst ronurisch waren. Und wenn die Ronurer alle vertrieben wurden, warum habe ich den Namen Callindrin, den Namen unserer kaiserlichen Familie, auf einer ronurischen Karte gefunden?
Ich glaube also, die Ronurer, das sind in Wahrheit wir, all die Menschen, die am westlichen Strom siedeln.
Es gab niemals dieses große, einheitliche Reich in ferner Vergangenheit – bis die Eroberer aus Barrat kamen und uns ihre Geschichte und ihren Gott aufzwangen.

Aus der »Neuen Geschichte des Omukchar«,
von Japur an Lasken, Priester des Gotor in Horome

PROLOG

Aredrel Callindrin, Kaiser des Omukchar, Graf von Horome und weltlicher Gebieter über alle Lande der Menschen, erwachte wie aus einem Albtraum – und tauchte in einen Albtraum ein!

Als Erstes stieg ihm dieser Geruch in die Nase, ein Gestank nach Erbrochenem, nach Schweiß, nach verschüttetem Wein. Die Luft war zum Schneiden schwer. Aredrel hörte keuchende Atemzüge und das Schnarchen von Betrunkenen. Er schlug die Augen auf.

Eine Handvoll Kerzen brannten in der Dunkelheit. Ihr Leuchten drang schwach aus roten Glaszylindern. Von irgendwoher sickerte ein schmaler Streifen Tageslicht in den Raum. Das Licht reichte aus, sodass Aredrel seinen privaten Bankettsaal erkannte und die Umrisse der Zecher, die über der niedrigen Tafel zusammengesackt waren.

Übelkeit stieg in ihm auf, Übelkeit und Scham. Eine brennende, eine würgende Scham! In diesem Augenblick war der Kaiser froh, dass die Dunkelheit das Schlimmste verhüllte. Er war froh, dass er seine *Gefährten* nicht sehen musste, seine *Getreuesten*.

Er schob die nackte Magd zur Seite, die über seinen Schenkeln lag. Sie regte sich müde und schlief dann weiter. Aredrel erhob sich von dem gepolsterten Nest, das er sich aus großen Kissen vor dem kurzbeinigen Tisch bereitet hatte. Auf schwankenden Beinen stakste er zu einer Seitentür.

Diener huschten herbei. Sie hatten im Schatten der Hallenwand auf ihn gewartet. Aredrel wehrte ihre Hilfe ab. Eigenhändig zog er den Umhang aus schwerem Goldbrokat fester um sich. Es war das einzige Kleidungsstück, das er am Leibe trug. Er war sich nur allzu bewusst, was für ein Bild er abgab: ein dicker, kleiner, krummbeiniger Mann mit dünnen Haaren, die ihm fettig in der Stirn klebten, dazu die würdelose Nacktheit unter einem losen Mantel, der zweifelsohne befleckt war von den Ausschweifungen der vergangenen Nacht.

Aredrel, der Kaiser des Omukchar, fühlte sich gedemütigt vor seinen Dienern. Gestern hätte er über diese Vorstellung nur gelacht. An die Lakaien und Wachen in seinem Palast hatte er nie einen Gedanken verschwendet. Heute spürte er, dass er seine Person, sein Amt und seinen Titel und das Reich selbst entweiht hatte.

»Bponur, hilf …«

Er taumelte durch den Raum und murmelte vor sich hin.

Zu gern wollte er glauben, dass dieser Augenblick ein einmaliger Ausrutscher war, eine durchzechte Nacht am Tag des Lebens vielleicht, wo man derlei Ausschweifungen vergeben konnte.

Er hätte sich gern eingeredet, dass er in ein neues Leben erwacht war und vergessen hatte, was vorher gewesen war. Doch leider erinnerte er sich an alles, an jeden einzelnen Tag in diesen letzten zwanzig Jahren, in denen er sich selbst Schande gemacht hatte. An jedes Gelage, an jeden … Wahnsinn.

Wie konnte es sein, dass er gestern nichts von alledem empfunden hatte und dass er es mit einem Mal so schmerzhaft spürte? Lauerte der Wahnsinn tatsächlich in jenen Erinnerungen, die ihn quälten? Oder war das jetzt der Wahnsinn, dieser Augenblick, der sich anfühlte wie eine Erkenntnis?

Bponur, mach, dass es vorbei ist, dachte er nur.

Aredrel erreichte die Tür. Er sah den grellen Streifen, der darunter hindurch ins Zimmer fiel. »Bleibt zurück«, befahl er den Dienern. Er wollte nicht, dass sie ihn im gnadenlosen Licht des Tages erblickten.

Er schlurfte auf den Flur, der von einer Reihe hoher Fenster gesäumt war. Mit den Händen beschirmte er die Augen und huschte weiter, so schnell seine zitternden Beine ihn trugen.

Er wollte sich waschen. Sich ankleiden. Da tauchte neben ihm ein Schatten auf, wie aus der Wand gewachsen. Aredrel zuckte zurück. Fast hätte er seinen Umhang verloren. Dann erkannte er die schwarze, hagere Gestalt seines Hofmagiers.

Runnik.

Aredrel dachte an ihre gemeinsamen Ausflüge in die Gewölbe unter dem Palast, an die Magie, die Runnik ihm dort zu ihrer beider Vergnügen vorgeführt hatte. An die blutigen Opfer. An grotesk verzerrte Körper, deren Fleisch sich formen ließ wie Lehm. An Tote, die an kupfernen Fäden hingen und zuckend tanzten zur Kurzweil des Kaisers.

Runnik war ihm wie ein Bruder gewesen, ein Bruder im Geiste. Und jetzt, bei Gott, jetzt fürchtete er diesen Mann!

»Eure Majestät sind wach.« Eine leichte Falte zeigte sich auf Runniks Stirn.

Aredrel bot seine ganze Entschlossenheit auf und ließ sich nichts anmerken. »Runnik. Du hast mich erschreckt. Du solltest nicht aus finsteren Winkeln herabschweben wie eine Fledermaus.«

»Es tut mir leid, Majestät.« Der Hofmagier neigte den Kopf. »Ich habe unten in meinen Labors ein kleines Schauspiel für Euch vorbereitet. Wenn ich Euch einladen darf …?«

»Nein … Nein«, stammelte Aredrel. »Nicht jetzt.«

Er floh den Flur hinunter und in sein Schlafgemach. Er schlug die Tür zu und blieb dahinter stehen. Endlich allein. Durch die Glasfenster und die Vorhänge aus ockergelber Seide sickerte das Licht eines klaren Morgens in den Raum. Es wirkte so freundlich. Runnik folgte ihm nicht, und Aredrel atmete auf.

Ich muss diesen Hofmagier loswerden, dachte er.

Ihm wurde bewusst, dass er über jeden seiner Gefolgsleute dasselbe sagen könnte. Er wusste gar nicht, wo er anfangen sollte.

Aredrel wischte sich die Stirn und stöhnte.

Der Mann, der er noch gestern gewesen war, hatte keine Angst vor Runnik gehabt. Aredrel war Herr über all die Wölfe gewesen, die er an seinem Hof versammelt hatte. Hatte er da nicht mehr von einem Kaiser an sich gehabt als jetzt?

Unruhig ging er in seinem Schlafzimmer auf und ab, zwischen den uralten Möbeln, von denen er allein das breite Bett mit dem hohen Himmel jemals benutzt hatte. Er öffnete die Schubladen seines leeren Sekretärs, als könnte er darin eine Antwort auf seine Fragen finden.

Nein, ich bin nicht schwach geworden!

Er würde sein Reich neu ordnen.

Aber wem konnte er vertrauen, an diesem Hof, den er in den letzten Jahren mit allem Gesindel besetzt hatte, das es in seinem Reich gab?

Seiner Frau?

Aredrel schnaubte verächtlich. Sie war ein Püppchen, das ihm aus gutem Grund aus dem Weg ging. Er hatte von ihr nie als der »Kaiserin« gedacht, und er tat es auch jetzt nicht, was immer sich sonst verändert haben mochte.

Bertin von Ebran, sein Erzkaplan?

Dieser Priester mochte ein Anfang sein. Aber Aredrel musste zugeben, dass er den Mann kaum kannte. Hatte er je ein Wort mit ihm gewechselt?

Bei diesem Gedanken erinnerte er sich an jenen anderen Menschen, der fast vergessen in seiner Nähe gelebt hatte. Aruda!

Aredrel stöhnte leicht. Er strich sich die schütteren braunen Haare aus der Stirn. Das war sein schlimmstes Versäumnis! Wie ein Geist war sie stets an seinem Hof gewesen, und dann hatte er sie fortgeschickt.

Er würde dem Erzkaplan einen Brief diktieren und seine Tochter zurückholen. Was auch immer er in der Vergangenheit getan hatte, was auch immer die Zukunft brachte – er wünschte sich, dass seine Tochter während der kommenden Tage an seiner Seite stand.

Und dass sie ihm verzieh.

26.9.962 – UNDERVILZ, ZWEI TAGESREISEN NÖRDLICH DER HAUPTSTADT

Undervilz war so unbedeutend und provinziell, wie der Name vermuten ließ. Eine Handvoll zweistöckiger Häuser aus Fachwerk, die sich nicht entscheiden konnten, ob sie ein Dorf sein wollten oder ein Städtchen. Dennoch lag Undervilz im Einzugsgebiet der großen Metropole Horome und am Ufer des gewaltigen Stroms, den die Bewohner am Oberlauf schlicht den »Rhod« nannten.

Dauras liebte solche Orte. Es verirrten sich genug Fremde hierher, dass es für seinen Lebensunterhalt reichte, und zugleich blieb es so ruhig, dass niemand ihn mit Dingen behelligte, die unter seiner Würde waren. Das war eine ganze Weile gut gegangen – jetzt aber saß Dauras der Schwertkämpfer an einem Tisch in der »Silberforelle«, über einen Krug dünnen Biers gebeugt, und fragte sich, ob es an der Zeit war, weiterzuziehen.

Es gab einen guten Grund, warum er noch darüber nachdachte: Der Wirt der »Forelle« kannte ihn, und Dauras genoss hier uneingeschränkten Kredit. Zudem passte das Haus perfekt zu seinen Geschäften. Es war keine dieser verrauchten Kneipen, in denen man kaum aufstehen konnte, ohne sich den Kopf zu stoßen. Der Gastraum war groß, mit langen Tischen und Bänken und mit viel lichter Weite unter der Decke.

Dauras hatte lange nach einem Ort wie diesem gesucht, und er gab ihn nur ungern wieder auf.

Doch vielleicht musste er das gar nicht.

Zwei Männer traten in die Stube, und Dauras zog sich die Kapuze tiefer ins Gesicht. Er trug ein geschlitztes Wams aus grünem Tuch und eine leichte helle Hose, dazu Stiefel aus weichem Leder – reisefeste und zugleich bequeme Kleidung von guter Qualität. Aber der Kapuzenmantel, den er darüber anhatte, war schäbig und fleckig und verbarg alles. Es war ein Umhang, in dem er aussah wie ein Landstreicher oder wie ein bäuerlicher Tagelöhner.

Er musterte die beiden, ohne den Kopf zu heben. Der eine war ein großer ungeschlachter Typ mit viel zu schweren Muskeln, die immer zu langsam reagieren und bei jedem Kampf nur im Weg sein würden. Sein schmächtiger Begleiter hielt klugerweise bereits eine gespannte Armbrust in der Hand, weil er sonst wohl ohnehin zu nichts zu gebrauchen war.

Dauras betrachtete prüfend ihre Ausrüstung: Kleidung, Waffen und ein etwas wahlloses Sammelsurium von Rüstungsteilen aus Eisen und Leder. Alles zusammen mochte etwa dreißig Goldmark einbringen. An baren Münzen im Säckel trugen die Männer kaum mehr als ein paar Bronzemark. Armselig. Dauras nahm einen Schluck aus seinem Krug.

Zu dieser frühen Nachmittagsstunde saßen nicht viele Gäste in der »Forelle«. Die Einheimischen erhoben sich rasch, als die Fremden hereinkamen, andere Reisende waren klug genug, ihrem Beispiel zu folgen. Nur Dauras blieb sitzen und starrte in sein Bier.

Die beiden Neuankömmlinge bauten sich vor seinem Tisch auf. Der Muskelprotz stand direkt neben ihm, und Dauras roch dessen Schweiß und das fettige Leder. Der Kerl mit der Armbrust wartete zwei Schritte dahinter.

»He, du da«, hörte Dauras den Kräftigen sagen.

Er vernahm eine leichte Unsicherheit in der Stimme und grinste. Die Männer hatten sich ohne Zweifel vergewissert, dass er hier war, bevor sie die Schenke betraten. Aber die Kapuze verbarg sein Gesicht, und sie waren sich noch nicht sicher, ob er es war.

Sie wussten nichts über ihn.

»He, ich rede mit dir.« Der Große zog sein Schwert. Dauras hörte, wie der Stahl über das Leder schabte, er spürte die Bewegung vor seiner Stirn, nur durch eine Schicht dünnen fleckigen Tuchs von seiner Haut getrennt. Der Krieger schob Dauras' Kapuze mit der Schwertklinge nach hinten.

»Wohl taub, oder was?« Er legte die linke Hand unter Dauras' Kinn und zog den Kopf nach oben. »Schau mich gefälligst an, wenn ich …«

Er erstarrte. Dauras wusste, was der Fremde in seinem Gesicht sah, obwohl er selbst es niemals so wahrnehmen würde. Doch man hatte ihm den Anblick oft genug beschrieben, seit er die Mauern des Klosters verlassen hatte: starre graue Augen, wie mit einem nebligen Schleier überzogen. »Die Augen eines Toten«, so hatte ein Söldner ihm einmal ins Gesicht gesagt.

»He, der ist blind!« Der muskelbepackte Krieger drehte sich zu seinem Gefährten um.

»Scheiße, kann nich' sein«, antwortete der Mickerling. Er hielt die kleine Armbrust mit einer Hand und nestelte mit der anderen ein Blatt Papier hervor.

Dauras atmete aus. Er packte den kräftigen Schwertkämpfer an beiden Handgelenken und riss ihn zur Seite. Mit dem Fuß sichelte er ihm die Beine weg. Der Mann taumelte nach hinten, auf seinen Begleiter zu und genau in die Schussbahn des Bolzens hinein, den der Armbrustschütze vor Schreck fliegen ließ. Das Geschoss traf den bulligen Schwertschwinger an der Schulter.

Dauras sprang auf. Er fing das Schwert, das dem Getroffenen aus der Hand fiel, setzte über den Stürzenden hinweg und stieß dem Schützen die Klinge in die Kehle, bevor der überhaupt bemerkt hatte, dass er seinen Bolzen längst verschossen hatte.

Der Mann ließ das Papier los, das er in der Linken hielt.

Er brach zusammen und wedelte dabei immer noch mit der nutzlosen Armbrust in Dauras' Richtung, die Finger um den Abzug verkrampft.

Dauras fuhr herum und hieb dem ersten Gegner die Klinge in den Nacken.

Er atmete ein. Der Kampf war vorüber. Diese Männer waren so langsam gewesen – so langsam wie alle Menschen, denen er jemals begegnet war. Verächtlich verzog Dauras das Gesicht.

Der Wirt lief herbei, ein freundlicher, schmächtiger Mann jenseits der fünfzig. Er rang die Hände. »Bitte, Herr!«, sagte er. »Nicht in meinem Gasthaus! Nicht immer in meinem Gasthaus!«

Mit geübten Bewegungen drehte Dauras die noch zuckenden Leichen auf den Rücken und pflückte alles von ihrem Körper, was einen Wert hatte.

»Was beklagst du dich bei mir, Wirt?«, knurrte er. »Sie haben mich zuerst angegriffen, oder nicht?«

»Aber nur, weil Ihr sie mit diesen Dingern zu Euch lockt!« Der Wirt wies auf das Blatt, das der Armbrustschütze im Augenblick seines Todes verloren hatte.

Dauras hob das Papier auf. Wie durch ein Wunder war kaum Blut darangekommen, man konnte es gut noch einmal verwenden. Die Steckbriefe waren teuer genug gewesen, und der Kupferstich darauf, so hatte er sich sagen lassen, sah ihm verblüffend ähnlich. Dauras bedauerte fast, dass er selbst niemals sehen würde, wofür er sein Geld ausgegeben hatte.

Er faltete den Bogen Papier sorgfältig zusammen und steckte ihn ein. »Mein Steckbrief lockt nur Kopfgeldjäger an, Abschaum, den niemand vermissen wird. Und es sind immer Fremde, die keiner hier kennt. Kein Einheimischer würde auf die Zettel reinfallen. Und am Ende landet das Geld in deiner Kasse. Also, was jammerst du herum?«

Dauras beeilte sich mit der Arbeit. Seine Sinne verrieten ihm, dass neue Gäste vorgefahren waren. Er wollte mit den Toten fertig sein, bevor sie hereinkamen. Nicht, um den Wirt zu schonen, sondern um die Hände und den Kopf freizuhaben für die Neuankömmlinge, wenn es sich als nötig erweisen sollte.

»Ich weiß, Herr. Und niemand hier will Euch verärgern.« Der Wirt senkte den Kopf. »Aber warum müsst Ihr diese Halunken immer in meinem Haus erwarten? Die Toten sind nicht gut für mein Geschäft.«

»Dann rate ich dir, Wirt, schaff die Toten weg. Du wirst den Platz gleich für die Lebenden brauchen.« Dauras schob seine Beute unter den Tisch. Dann setzte er sich entspannt wieder vor den Bierkrug und zog die Kapuze tief in die Stirn. Seine Sinne jedoch waren bis zum Äußersten geschärft.

Die neuen Gäste auf der Straße vor dem Gasthaus waren von einem anderen Schlag als die beiden Kopfgeldjäger. Dauras spürte Stahl – eine Menge Stahl! Das waren nicht nur Waffen, er nahm auch Kettenhemden wahr, und Schilde an den gut bepackten Pferden. Zwanzig schwer bewaffnete Krieger versammelten sich um einen geschlossenen Wagen, aus dem zwei Frauen stiegen.

Dauras fühlte durch die Mauern, wer die Herrin war – ein zierliches junges Mädchen, das sich leicht bewegte, obwohl es bedrückt wirkte und Gewänder trug, die ein wenig zu zweckmäßig waren für jemanden von hohem Stand. Ihre Begleiterin war älter und schwerfälliger, eine Magd vermutlich.

Die Tür sprang auf, die Schar drängte herein. Der Wirt, der sich gerade mit zwei Burschen um die Leichen kümmerte, fuhr überrascht auf.

»Eh, Wirt«, rief der Anführer der Neuankömmlinge. Leder und Kettenringe knirschten, wenn er sich bewegte, und seine Ausstrahlung verriet den erfahrenen Krieger. Ein Ritter, schätzte Dauras, und gewiss schon über vierzig.

»Ein Zimmer für die Dame. Und Platz für meine Männer … was ist denn das?«

Er hatte die toten Kopfgeldjäger erspäht.

Der Wirt eilte auf ihn zu und nahm den grau gefleckten Lappen in die Hand, den er sich als Kopftuch um die schwitzende Stirn gebunden hatte. »Verzeiht den Anblick, Herr«, sagte er eilfertig. »Zwei auswärtige Herumtreiber, die mit dem falschen Gast Streit gesucht haben. Ich versichere Euch, wir sind für alle ehrbaren Besucher ein sicheres Haus.«

»Der falsche Gast, so, so«, wiederholte der alte Ritter. Sein Blick wanderte zu Dauras und blieb an dem schäbigen Umhang haften. »Auf den ersten Blick hätte ich eher den für einen auswärtigen Herumtreiber gehalten.«

Ein paar der Krieger aus der Schar hinter ihm schnaubten abfällig. Dauras hörte sogar ein leises Kichern unter den Männern. »Bauer gegen Bettler«, murmelte ein Jüngling, den Dauras für einen Knappen hielt. »Welch epische Schlachten hier geschlagen werden.«

Ganz im Hintergrund der fremden Schar bemerkte Dauras allerdings ein Augenpaar, das sich mit neu erwachtem Interesse in seine Richtung wandte, eine kleine schmale Gestalt, die sich streckte, um einen Blick auf ihn zu erhaschen.

Die junge Dame, die mit den Rittern gekommen war.

Die Reisegesellschaft nahm eine große Tafel in Beschlag. Ein halbes Dutzend Krieger hockten sich abseits der übrigen an einen Tisch bei der Tür. Der Wirt ließ auftragen, und Dauras lauschte den Gesprächen beim Essen. Die Männer lärmten und scherzten, aber wann immer persönliche Dinge zur Sprache kamen, das Ziel ihrer Reise oder der letzte Ort, an dem sie gewesen waren, herrschte der alte Ritter sie an, und sie wechselten zu unverfänglicheren Themen. Die junge Dame saß still zwischen ihnen, neben dem alten Ritter und ihrer Magd, und kritzelte etwas auf ein Stück Papier.

Diese Reisenden hüteten ein Geheimnis, so viel war klar. Aber sie hüteten es gut und gaben auch nichts davon preis, nachdem sie gespeist hatten und der Wirt Bier und Wein auftrug. Dauras überlegte, ob er gezielter nachforschen sollte.

Er entschied sich dagegen. Die banalen Geheimnisse der Menschen interessierten ihn nicht. Es gab so viele Heimlichkeiten den Fluss hinauf und hinunter, wenn er allen hinterherjagen wollte, würde er ordentlich seine Zeit verschwenden.

Dann löste die Gesellschaft sich auf. Die Dame gab ihren Begleitern zu verstehen, dass sie sich zurückziehen wolle, und ein größerer Tross setzte sich in Bewegung. Der alte Ritter und ein gutes halbes Dutzend seiner Männer geleiteten die junge Herrin nach oben zu ihrem Zimmer. Sie kamen an Dauras' Tisch vorbei, und er bemerkte eine verstohlene Geste. Die Dame streifte mit den Fingern über die Tischplatte und ließ einen kleinen zusammengeknüllten Zettel darauf zurück.

Dauras nahm das Papier an und strich es glatt, während der Rest der Schar an ihm vorüberging. Er schnaubte belustigt, und mit einem Mal war ihm danach, die Dinge ein wenig in Bewegung zu bringen.

Er hielt das Papier in die Höhe. »He«, rief er. »Ich glaube, die Dame hat etwas verloren.«

Der Zug hielt inne. Dauras spürte, wie die junge Dame zwischen den Männern zusammenzuckte, erschrocken, verlegen, fassungslos. Ihr Herz pochte rascher, und das Blut schoss ihr ins Gesicht.

Dauras genoss den Augenblick, der mehr Unterhaltung versprach als die üblichen tumben Kopfgeldjäger.

»Was willst du, Bauer?« Der Knappe am Ende der Schar wandte sich um. Er konnte kaum dem Knabenalter entwachsen sein, aber dem Auftreten nach hielt er sich für einen Mann, und zwar für einen großen.

»Gib her, den Fetzen. Und wenn du uns belästigen willst …«

Der Jüngling streckte die Hand aus, doch Dauras zog das Blatt zurück. Er reichte es dem Wirt, der eifrig zu den Herrschaften hinlief.

»Hier, Wirt …« Er konnte sich den Namen des Mannes einfach nicht merken, obwohl er schon seit einem halben Jahr unter dessen Dach logierte. »Lies vor!«

»Herr …«, stammelte der Wirt. Er warf einen entschuldigenden Seitenblick zu den anderen Gästen, aber Dauras wusste, dass der Mann es nicht wagen würde, sich seinem Befehl zu widersetzen.

Der junge Knappe wandte sich an seinen Anführer. »Dieser Herumtreiber hat eine Tracht Prügel verdient, was meint Ihr, Herr?«

Der alte Ritter antwortete nicht. Sein Blick glitt von der Dame zu dem Wirt und weiter zu Dauras, der sich unter seinem schäbigen Kapuzenumhang verbarg. Dauras wusste, der erfahrene Krieger fing etwas auf, was dessen Aufmerksamkeit weckte. Er war klug genug, die Sache ernst zu nehmen, auch wenn er nicht wusste, was er davon halten sollte.

»Hier steht …«, stammelte der Wirt und verstummte.

»Was ist, Mann?«, herrschte Dauras ihn an. »Erzähl mir nicht, dass du plötzlich das Lesen verlernt hast.«

»Hier steht …«, fuhr der Wirt tonlos fort. *»Helft mir. Ich werde entführt.«*

Die Zeit schien so träge zu fließen wie das Abwasser aus den Kloaken der Hauptstadt.

»Was bedeutet das?« Die Stimme des Knappen drang durch die Stille. Er riss dem Wirt das Papier aus der Hand, warf aber keinen Blick darauf. Vermutlich konnte der Jüngling genauso wenig lesen wie Dauras selbst. »Ist das eins von diesen Spielen bei Hofe, von denen man so viel hört? Oder will der Landstreicher die hohe Dame in Verlegenheit bringen?«

Dauras spannte sich an. Es war an der Zeit, die Sache zu beenden, wenn er sich nicht in etwas hineinziehen lassen wollte. Konnte er die Sache überhaupt noch beenden, ohne in etwas hineingezogen zu werden?

Bislang hatte keiner der fremden Krieger eine Waffe gezogen. Sie mochten zornig sein, verwirrt, aber sie waren unentschlossen und fühlten sich nicht bedroht. Sie vertrauten auf ihre Zahl und auf ihre Waffen.

Dauras entschied, dass er eine bessere Gelegenheit nicht mehr bekommen würde.

Sein Schwert lehnte neben ihm an der Bank. Er griff danach und sprang auf. Er riss die Klinge in einem Bogen hoch. Sie fuhr dem Knappen in den Oberschenkel und ging durch bis auf den Knochen.

Dauras stand im Gang und schob den Jüngling zur Seite. Schmatzend glitt der Stahl aus dem Fleisch. Dauras trat dem nächsten Mann kraftvoll gegen das Schienbein, und das Knie sprang aus dem Gelenk. Dem Mann daneben trieb er die blutverschmierte Klinge ins Bein und durch die Arterie. Er tat einen Satz über die stürzenden und blutenden Krieger hinweg und zog dem einen im Vorübergehen einen Dolch aus dem Gürtel.

Erst jetzt fand der Knappe, der zuerst verletzt worden war, die Zeit für einen Schrei.

Dauras' Gegner trugen Kettenhemden. Die Rüstung hätte seine Schwertklinge behindert. Aber der Dolch in seiner Hand war schmal genug, und Dauras stieß seinem vierten Gegner die Klinge durch die Eisenringe hindurch ins Herz. Dem nächsten Gegner stach er das Schwert so kraftvoll durch die Kehle, dass er den Mann dahinter noch ins Auge traf. Es war kein Zufall, er hatte den Stoß so präzise geführt.

Er ließ sein Schwert los und griff nach der Waffe des Mannes, der mit dem Dolch im Herzen dastand, obwohl er schon tot war. Es war den Rittern schwer gefallen, ihre Waffen zu ziehen. Der enge Gang zwischen den Tischen behinderte sie. Aber Dauras vollendete mühelos die Bewegung, die der Besitzer des Schwertes nie mehr fortführen würde.

Er sprang über einen der Tische, vorbei an der Dame, die den Zettel geschrieben hatte und die jetzt wie erstarrt inmitten der fallenden Leiber stand.

Im selben Schwung hieb er dem nächsten Krieger die Klinge in den Hals, umfasste mit der Linken dessen Hand und streckte mit der Waffe darin dessen Nachbarn nieder.

Jetzt stand nur noch der alte Ritter vor ihm. Dauras hatte für den Weg durch all die Männer nicht länger gebraucht, als ein normaler Krieger brauchte, um sein Schwert zu ziehen. Der Ritter hielt seine Waffe in der Hand – Dauras war trotzdem schneller. Er rammte ihm das Schwert mit einem wuchtigen Stoß durch das Kettenhemd und in die Brust, bevor der Ritter zum Hieb ausholen konnte.

Dann hielt er inne.

Die Hälfte seiner Gegner war tot, die übrigen wanden sich mit zerschlagenen Beinen hilflos am Boden. Die Gaststube war erfüllt von ihren Schreien. Blut sprudelte aus den Oberschenkelwunden wie Wein aus einem aufgeschlagenen Fass.

Die junge Dame verharrte immer noch wie gelähmt in dem Durcheinander. Dauras fasste sie an den Hüften und hob sie auf eine Bank, ehe die Lache aus Blut ihre Füße erreichte. Beiläufig nahm er die feinen Pelzstiefelchen wahr, die sie trug. Er packte sein eigenes Schwert. Die Klinge hatte sich in der Augenhöhle verkantet und ließ sich nur widerstrebend wieder herausziehen.

Er schritt in den vorderen Teil der Gaststätte.

Die Krieger, die dort noch saßen, griffen zu den Waffen. Mit aufgeregten Rufen sprangen sie auf und stellten sich neben die Tische. Es waren mehr Männer übrig, als Dauras bereits besiegt hatte. Aber fünf von ihnen wichen zurück, als er auf sie zuging, bis zur Türe, und dann flohen sie hinaus auf die Straße. Es waren dieselben fünf, die zuvor schon abseits der anderen gesessen hatten.

Dauras stieß einen Schrei aus. Er stürmte auf die letzten sechs an der großen Tafel zu. Einer hob erschrocken das Schwert und stellte sich ihm entgegen. Dessen Kameraden dahinter suchten das Weite, noch bevor Dauras den Mann erschlagen hatte.

Es wurde still in der Gaststube. Dauras drehte sich um und ließ den Blick durch den Raum schweifen. *Zu langsam*, dachte er. *Sie sind einfach alle zu langsam!*

Er fühlte einen Hauch von Hochgefühl nach dem gewonnenen Kampf, doch es lag auch eine bittere Note darin. Enttäuschung.

Er bedauerte es beinahe, dass er seinen Gegnern nicht die Zeit gegeben hatte, sich auf den Kampf vorzubereiten. Hätte er sie alle dann genauso besiegt, in einem offenen Kampf?

Vielleicht hätte er es darauf ankommen lassen sollen.

Seine Sinne erfassten die stumme Präsenz des Wirts, und er hielt inne. Der Mann wirkte aufgebrachter denn je, aber auf eine ruhige Art. Erschüttert. Steif lehnte er inmitten des Gemetzels an einem Tisch, nicht weit von der immer noch reglosen Dame entfernt.

Dauras fuhr den Mann an: »Willst du mir wieder Vorhaltungen machen? Du hast es gehört: Die Dame wurde entführt. Ich habe ihr nur geholfen!«

Seine Worte rissen den Wirt aus der Benommenheit. Langsam wandte er sich Dauras zu. Seine Stimme zitterte.

»Nein, Herr …« Der Wirt räusperte sich. Er rang die Hände. »Wenn Ihr nur sehen könntet!«

Dauras stieß einen verächtlichen Laut aus. »Ich sehe besser als jeder andere, Wirt. Und ich brauche keine Augen dafür. Frag diese Krieger da, wenn du an meinen Worten zweifelst.«

»Ihr seht es *nicht*!« In der Stimme des Wirtes lag ein Entsetzen, das selbst Dauras innehalten ließ. »Diese Männer, sie trugen Wappen und Farben. Die Soldaten, die geflohen sind, trugen die Farben des Kaisers! Diesmal, Herr, seid Ihr zu weit gegangen.«

Zu weit gegangen.

Zwei Wegstunden entfernt auf einer menschenleeren Heide dachte Dauras über diese Worte nach.

Dauras wusste, dass viele seiner Feinde überlebt hatten. Er war kein Risiko eingegangen und hatte die Silberforelle sofort verlassen. Die Dame – besser gesagt: das Mädchen – folgte ihm so willenlos wie eine Puppe, sobald er sie an der Hand nahm. Niemand hatte sich ihnen in den Weg gestellt.

Im Stall hatte er unter den Pferden seiner Feinde die besten herausgesucht. Doch dann hatte das Mädchen überraschend zwei *bessere* gewählt. Sie war weit geschickter auf dem Pferd als er und erwies sich nicht als Bürde, während sie nach Westen ritten, fort von dem Fluss und hinein in das spärlich besiedelte Hinterland.

Dauras war nicht allzu besorgt wegen der entkommenen Krieger. Allerdings wollte er Abstand gewinnen und an einem sicheren Platz alles Weitere überdenken.

Das Tageslicht reichte noch eine Wegstunde, eine weitere Stunde ritten sie durch Dämmerung und Dunkelheit. Jetzt waren sie hier, in einem öden Streifen Brachland zwischen den Dörfern. Sie hockten in einer Kuhle unter den herabhängenden Ästen des einzigen Baumes weit und breit, und Dauras stocherte in dem kleinen Feuer, das er aus den Resten vertrockneten Buschwerks entfacht hatte.

Das Mädchen hatte die ganze Zeit kein Wort gesprochen. Aber Dauras wollte wissen, worauf er sich da eingelassen hatte.

War er zu weit gegangen?

»Diese Männer, sie haben dich also entführt, Mädchen?« Er rückte ein Stück vom Lagerfeuer weg und hockte sich bequemer hin.

Ihr Nicken war kaum zu bemerken, auch nicht für seine geschärften Sinne.

»Wie heißt du, Kleine?«

Sie zögerte kurz. »Aruda.«

Dauras wartete, aber das war alles. Dauras wunderte sich. Sie war eine Dame von Stand, das bewies die Art, wie diese Ritter mit ihr umgegangen waren. Und für gewöhnlich posaunten diese Edlen den Namen ihrer Familie gern laut in die Welt hinaus, weil sie so stolz darauf waren.

Er tastete sich weiter vor. »Was wollten diese Ritter … diese Entführer von dir? Ein Lösegeld von deiner Familie?«

Sie sah zu Boden. Ihre Stimme war so leise, dass Dauras sie kaum verstehen konnte. »Ich sollte heiraten. Einen Barbaren aus dem Norden.«

»Und was sagt dein Vater dazu?«

»Er hat mich hingeschickt. Mich verschenkt, aus einer Laune heraus.«

Scheiße! So viel zu der einfachen Lösung – dass er das Mädchen der Familie zurückbringen und eine Belohnung für die Rettung kassieren könnte.

»Was hast du dir dabei gedacht, Kindchen?« Dauras schüttelte den Kopf. »Du kannst doch nicht einfach Anschuldigungen in die Welt setzen und fremde Leute in deine

Familiengeschichten hineinziehen. Weißt du eigentlich, was du angerichtet hast?«

Aruda hob den Kopf. Ihre Stimme war immer noch leise, aber sie klang fester. »Was hast *du* angerichtet?«

»Was?«

»Was hast du angerichtet?«, wiederholte das Mädchen. »Du hast sie alle getötet. Das Blut in dem Gasthaus … *Ich* habe diese Männer nicht erschlagen! Und das habe ich auch von dir nicht verlangt.«

Dauras beugte sich empört zu ihr hin. Er nestelte in seiner Gürteltasche, fühlte Papier zwischen den Fingern und zog es heraus. Mit einer Handbewegung faltete er es vor den Augen des Mädchens auseinander. »Was hast du denn erwartet, was passieren würde, nachdem du mir *das da* hingelegt hast?«

In dem Moment, als er das Blatt glatt streichen wollte, merkte Dauras bereits, dass er das falsche erwischt hatte. Es war der Steckbrief mit seinem Gesicht darauf, den er den beiden Kopfgeldjägern abgenommen hatte. Einen Augenblick lang hielt er den Arm verlegen ausgestreckt und wusste nicht, was er tun sollte. Dann wedelte er das Papier zur Seite und ließ es ins Feuer fallen. Die Flammen loderten auf und verzehrten den teuren Kupferstich.

»Wie dem auch sei«, murmelte Dauras. »Nicht wichtig. Du weißt, was ich meine.«

Aruda schwieg. Dauras spürte, dass sie erschrocken war, obwohl sie den Steckbrief nur kurz gesehen hatte und gar nicht gelesen haben konnte, was für Anschuldigungen darauf standen.

»Da war dein Gesicht darauf«, sagte sie schließlich.

»Nein«, antwortete Dauras. »Ja. Ich meine, es ist nicht wichtig. Das Blatt ist ohnehin eine Fälschung.«

»Du kannst nicht sehen.«

Aruda stellte das Offensichtliche fest. Dauras sagte nichts.

Er wandte nicht einmal die Augen von ihr ab, die Augen, die – wie er wusste – für jeden Menschen mit normalem Augenlicht grau wirkten und trübe und starr.

»Du kannst nicht sehen«, wiederholte sie. »Ich habe das gar nicht bemerkt, bevor du von dem Tisch aufgestanden bist. Aber wie kannst du kämpfen, wenn du blind bist?«

»Ich *kann* sehen«, widersprach Dauras. »Sogar besser als die meisten. Im Tempel nannten sie mich Dauras den Seher. Ich kann keine Farben unterscheiden, keine Schrift und keine Bilder wahrnehmen, das ist wahr. Je kleiner und feiner etwas ist, umso leichter entgeht es mir – die Linien im Gesicht eines alten Menschen, der Unterschied zwischen Gold und Blei. All das sind Dinge, über die ich die anderen reden höre. Aber was für eine Bedeutung hat das in einem Kampf?

Dafür erkenne ich die wirkliche Welt. Den Schatten, den ein jedes Ding in den Äther wirft. Ich sehe mit den Augen meines Geistes, und die taugen mehr als jene des Fleisches. Sie sehen in der Finsternis genauso gut wie am Tage, sie sehen nach hinten genauso gut wie nach vorn. Ich sehe den Schwertstreich, der auf meinen Rücken zielt. Ich sehe den Mann *hinter* meinem Gegner so gut, als stünde er vor mir. Ich sehe die Dinge, die hinter Türen und Wänden auf mich lauern, wenn sie nur bedeutsam genug sind, um einen schweren Schatten zu werfen. Ich sehe den Herzschlag meines Gegenübers genauso wie die Münzen in seiner geschlossenen Börse.

Nein, Mädchen. Ich bin nicht blind. Ich bin ein Sehender in einer Welt von Blinden.«

Aruda zog ihr Kleid enger um sich, und Dauras bemerkte, dass ihr wieder das Blut ins Gesicht schoss.

Sie räusperte sich. »Was ich erwartet habe …« Sie stockte, ehe sie weitersprach: »Ich habe gehofft, du würdest mir helfen. Der Wirt schien dich für einen mächtigen Kämpfer zu halten, wie die umherziehenden Helden in den alten Sagen. Ich dachte, du würdest einen schlauen Plan ersinnen und mich unbemerkt aus dem Wagen befreien, wenn wir weiterreisen, so wie es die edlen Gesetzlosen oder die Schelme in den Dichtungen des Volkes tun. Du hättest herbeieilen, mich auf dein Pferd heben und davonreiten können, wie die Ritter in der Legende, oder mit Gottes Hilfe zwischen meine Wachen treten und mich in die Freiheit führen, wie die Heiligen Bponurs in den Liedern.

Ich habe gehofft, du könntest etwas Großartiges tun, oder zumindest etwas Wohlüberlegtes. Ich habe nicht erwartet, dass du noch im Gasthaus auf alle losgehst und sie kurzerhand erschlägst.«

»Nun«, sagte Dauras. »Es kommt nicht immer so, wie man es erwartet.«

Sie saßen da und schwiegen neben den prasselnden Flammen. Das Feuer aus dünnem Geäst brannte allzu schnell herunter.

»Wenn ich ehrlich bin«, fügte Aruda hinzu, »habe ich gar nichts erwartet. Ich habe einfach nur diese Botschaft geschrieben, weil ich verzweifelt war und auf ein Wunder hoffte.«

»Du hast entschieden zu viele Legenden gehört, Kindchen … Aber was soll's, es ist nun einmal geschehen. Lass uns überlegen, wie wir das Beste daraus machen.«

Aruda nickte schweigend.

»Also gut«, fuhr Dauras fort. »Wie wäre es damit: Ich bringe dich zu deinem Bräutigam, und wir klären das Missverständnis …«

Aruda schüttelte den Kopf. »Der Herr von Rottengrund war seine rechte Hand und sein Vertrauter.«

Dauras blickte auf. »Der Herr von Rottengrund?«

»Das war der alte Ritter, den du erschlagen hast. Der Anführer der Reisegesellschaft. Dieser Graf … dieser *Kerl*, der im Norden auf mich wartet, würde dir das niemals verzeihen. Da können wir uns unmöglich blicken lassen.«

Dauras hätte schwören mögen, dass dieses *freche Gör* dabei triumphierend und selbstzufrieden klang. »Was würdest du uns dann raten«, fuhr er sie an. »Wie sollen wir aus diesem Sumpf wieder herauskommen, in den du uns hineingeritten hast?«

»Ich dachte mir … wir könnten in den Süden gehen … oder weit in den Osten, wo mein Vater mich nicht findet. Dort kann ich mir einen richtigen Bräutigam suchen. Einen sanftmütigen Grafen oder einen jungen Ritter, der sich um mich sorgt. Ich habe lange darauf gewartet, dass jemand zu mir kommt und mich … befreit. So erzählen es die alten Legenden. Aber vielleicht muss ich selbst aufbrechen, um den Prinzen zu finden, den Bponur für mich bestimmt hat. Womöglich hat das Schicksal dich zu mir geführt, als mein Begleiter bei dieser Queste.«

Bei allen Göttern des Schwertes.

Dauras wusste nicht, ob er froh sein sollte oder gekränkt, weil er selbst offenbar nicht als »strahlender Ritter« für sie infrage kam. Dann überlegte er. Das Mädchen mochte naiv sein, und doch verrieten ihre Worte ihm einiges. Ihre Familie musste bedeutend sein, so viel war klar. Ihm war zuvor schon aufgefallen, wie die Ritter in ihrem Gefolge mit ihr umgegangen waren und dass sie ihn ganz gedankenlos duzte. Jetzt jonglierte sie spielerisch mit Grafen und Prinzen als Bräutigam, und ihn selbst plante sie beiläufig als Knecht mit ein, ohne einen Gedanken daran zu verschwenden, ob sie ihn damit kränkte, und ohne jede Sorge, dass er etwas anderes tun könnte, als ihr zu Diensten zu sein.

Sie war naiv, gewiss. Aber diese Sorglosigkeit bewies mehr als alles andere, dass sie noch nie im Leben das Knie vor einem Höhergestellten gebeugt hatte.

Dennoch hatte sie keine Erziehung genossen, das wurde ebenso deutlich. Sie hatte wohl nicht viele Lehrer gehabt, nur ein paar Bücher, die sie selbst nach Neigung auswählte. Und vielleicht eine alte Amme, die ihr den Kopf mit Märchen füllte.

So hochgestellt … und so vernachlässigt. Was sollte er damit anfangen? Womöglich sollte er hoffen, dass dieses Mädchen seiner Familie weiterhin gleichgültig blieb. Andererseits, es lag gewiss auch eine Aussicht auf Gewinn darin, wenn er nur den richtigen Hebel fand. Noch gab er die Sache nicht verloren.

»Bevor wir nach einem besseren Bräutigam suchen, den wir vielleicht finden werden, vielleicht aber auch nicht«, sagte er, »was haltet Ihr davon …«

Dauras hielt inne. Ganz von allein war er diesem Kind gegenüber in die respektvollere Anrede gefallen. Er ärgerte sich über sich selbst. Was sagte es über ihn aus, dass er immer noch so empfänglich dafür war, wenn jemand irgendwie von Stand war?

»Würde Euer Vater es zu schätzen wissen, wenn ich seine Tochter wohlbehütet wieder nach Hause bringe?«

»Nein!«

Dauras fuhr auf, als dieses verträumte und stille Dämchen so überraschend die Stimme erhob. Sie ballte die Fäuste. »Glaub mir, zu meinem Vater willst du ganz bestimmt *nicht*!«

Aruda stand neben dem Feuer und zitterte. Dauras spürte ihren Herzschlag. Es dauerte eine Weile, bis ihm klar wurde, dass sie Angst hatte. Der bloße Gedanke an ihren Vater erschreckte sie mehr als das Gemetzel im Gasthaus und als ihre »Entführung« zu einer unerwünschten Hochzeit.

»Also gut«, sagte er. »Damit wir beide wissen, worüber wir reden. Wer ist Euer Vater? Und wer genau seid *Ihr*?«

Aruda zögerte. Sie holte Atem und sagte: »Ich bin Prinzessin Aruda … Aruda Callindrin Beahad. Aredrel Callindrin ist mein Vater. Der Kaiser in Horome. Der wahnsinnige Kaiser … so nennt ihr ihn alle, nicht wahr?«

30.9.962 – HOROME

Meris wartete in der Halle vor dem Kontor des Hofrats. Kuriere eilten an ihr vorbei, über der Schulter versiegelte Satteltaschen mit dem aufgeprägten Abzeichen des kaiserlichen Botendienstes. Schreiber saßen in langen Reihen unter den hohen Fenstern. Das Kratzen von Federn und hin und wieder geflüsterte Gespräche hallten in dem Saal wider.

Ennod von Reinenbach hatte sie zu sich gerufen, der Hofrat für Kurierwesen. Ein Amt, das so unscheinbar klang und doch so bedeutend war, dass von Reinenbach im ganzen Palast als *der Hofrat* bekannt war. Die Kuriere, die in ihren uniformartigen Röcken aus braunem Leder durch den Raum hasteten, zu den Stallungen und von dort aus weiter in alle Winkel des Reiches, machten nur einen kleinen Teil seines Dienstes aus. Die meisten *Boten*, die unter von Reinenbachs Kommando standen, waren weitaus unauffälliger: Männer und Frauen wie Meris, die dorthin gingen, wo der Hofrat es ihnen befahl, die Augen und Ohren offenhielten und Bericht erstatteten, und die taten, was immer nötig war, um den Worten des Kaisers Gewicht zu verleihen. Und es waren stets die Worte des Kaisers, auch wenn es der Hofrat war, der sie auf den Weg schickte.

Einst hatte das Heer des Kaisers im ganzen Reich für Ordnung gesorgt. Heute waren die Boten des Hofrats die Einzigen, die Briefe und Dolche ans Ziel brachten, die Respekt für Krone und Reich einforderten, und sei es getarnt als Händler oder Kaufleute, als fahrende Ritter, Spielleute oder als der Bauer oder der Apotheker von nebenan.

Der Hofrat hatte seine Helfer überall, und Meris gehörte

zu ihnen. Die letzten Monate hatte sie auf einem Amt in der Hauptstadt verbracht. Sie erfüllte die Arbeit dort so gut sie es vermochte, und sie erhielt den Sold, der dieser Stellung zugedacht war. Aber nichts von dem, was sie dabei tat, war so wichtig wie die Berichte, die sie an jedem Zehnttag ihrem wahren Herrn übergab. Berichte über ihre Kollegen, über ihre Begegnungen und über alles, was sonst für die Kanzlei des geheimen Botendienstes von Interesse sein mochte.

Für Meris bedeutete das vor allem, dass sie an jedem Abend nach Hause gehen konnte, in ihre kleine Wohnung in der Oststadt. Es war ein Luxus für sie, dass sie diese Stunden in ihrem *anderen* Leben verbringen durfte, in ihrem privaten Leben. Einem Leben, das ihren Herrn nicht kümmerte, solange es nicht ihren Pflichten entgegenstand.

Aber jetzt hatte von Reinenbach sie zu sich gerufen, und Meris ahnte, dass die ruhige Zeit auf dem Warteposten zu Ende ging.

Sie hatte für den Anlass ein einfaches, geschlitztes Reisekleid aus graubraunem Filzstoff angezogen, das Schutz bot und doch nicht zu sehr behinderte. Mit der weißen Seidenbluse darunter wirkte sie vornehm, aber auf eine unauffällige und bürgerliche Weise. Ihr langes braunes Haar hatte sie zurückgebunden, den passenden Hut hielt sie in der Hand. Wenn es um eine Audienz beim Hofrat ging, war sie immer ein wenig unsicher, was ihre Garderobe betraf.

Sie wollte nicht respektlos wirken und nicht nachlässig. Auf der anderen Seite wollte sie sich auch nicht so herausputzen, dass sie nicht mehr ernst genommen wurde – immerhin war sie eine der erfahrensten Beauftragten für besondere Einsätze, die der geheime Dienst des Kaisers aufzubieten hatte. Meris hatte sich also Mühe gegeben für ihren Auftritt, doch Ennod von Reinenbach würde es vermutlich, wie jedes Mal, kaum bemerken.

Andererseits, wer wusste das schon so genau?

Ein Kanzleibote trat zu ihr. »Botin … Meris? Folgt mir.« Er führte sie durch eine schwere Eichentür in den persönlichen Empfangsraum des Hofrats. Das geräumige Zimmer erinnerte an eine Bibliothek, nur dass in den Regalen an den Wänden weder Bücher noch Folianten aufbewahrt wurden, sondern Mappen mit Berichten. Ein wuchtiger Schreibtisch nahm die Mitte des Raums ein, ein paar bequeme Ledersessel standen darum herum.

Ennod von Reinenbach stand neben dem Tisch, ein dürrer Mittfünfziger mit einem schwarzen Haarkranz und mit scharfen Zügen. Er war kein großer Mann, aber einen vollen Kopf größer als Meris. Er begrüßte sie mit einem Lächeln, das kaum mehr war als ein Kräuseln im Mundwinkel, und wartete ab, bis der Laufbursche das Zimmer wieder verlassen hatte.

Dann wies er auf einen Sessel. »Setz dich, Meris.«

Sie gehorchte wie von selbst, aber ihre Gedanken überschlugen sich. Ihre Unterredungen beim Hofrat hatten nie länger als ein paar Minuten gedauert, und nie zuvor hatte er sich die Mühe gemacht, ihr einen Platz anzubieten. Was für ein Auftrag mochte so wichtig sein, dass er ein ausführliches Gespräch dafür einplante?

»Ist dir der Name Dauras ein Begriff?«, fragte der Hofrat. »Dauras der Schwertkämpfer.«

»Ja«, gab Meris zurück. »Ich habe von ihm gehört.«

Man kannte Dauras in ihren Kreisen. Dennoch, hätte von Reinenbach nicht ausdrücklich von einem »Schwertkämpfer« gesprochen, dann wäre ihr zu dem Namen nichts eingefallen. Sie hätte einfach nicht damit gerechnet, hier an diesem Ort von ihm zu hören. Dauras der Schwertmönch war eine Figur, über die man in den Schlafsälen der Schule in Sir-en-Kreigen flüsterte, eine etwas obskure Gestalt, um die sich zahlreiche unglaubwürdige Geschichten rankten. Keine ernsthafte Person, über die ein Hofrat sprach.

Meris hatte Gerüchte gehört, dass Dauras einst in Horome gewesen war, damals, vor langer Zeit, kurz nachdem er das Kloster in Sir-en-Kreigen verlassen hatte. Es hieß, der Mönch habe alle bekannten Schwertschulen der Hauptstadt aufgesucht und die Besten zum Zweikampf gefordert. Dann habe er sie kurzerhand abgestochen, einen nach dem anderen, ohne dass es überhaupt zu so etwas wie einem Kampf gekommen wäre.

Auf dieselbe Weise, so erzählte man sich, hatte er sich der bezahlten Schurken, Meuchelmörder und Söldner entledigt, die von den besorgten Schulen angeheuert worden waren und die ihm in den Gassen der Stadt auflauerten. Am Ende hatte Dauras das Gold genommen, das die Schwertschulen ihm anboten, damit er nicht mehr ihren Ruf bedrohte und ihre Meister umbrachte. Er war weitergezogen – vor allem, so sagte man, weil er ohnehin nicht mehr damit rechnete, in der Hauptstadt einen Gegner zu finden, der einen Kampf wert war.

Meris war noch ein Kind gewesen, als all das geschehen sein sollte. Sie kannte nur diese Geschichten, die wohl eher Märchen waren, aufgeblasene Legenden, wie Kinder sie untereinander erzählten.

»Aber ich fürchte, Herr«, fügte sie deswegen hinzu, »was ich von diesem Dauras gehört habe, war arg übertrieben.«

Die Stimme des Hofrats war kühl und ohne jede Spur von Humor, als er ihr antwortete: »Keineswegs. Glaube lieber, was du gehört hast. Sonst könnte dein nächster Auftrag schneller beendet sein, als wir beide es uns wünschen würden.«

»Auftrag?«, fragte Meris. »Ihr wollt, dass ich mich um diesen Dauras … kümmere? Warum? Warum jetzt?«

»Weil er jetzt die Tochter unseres Kaisers entführt hat«, erwiderte von Reinenbach.

Meris richtete sich in ihrem Sessel auf. »Aber Prinzessin …« Sie stellte fest, dass sie den Namen nicht kannte. Niemand wusste etwas über diese Tochter, die vergessen im Palast lebte, ein bloßes Überbleibsel aus einer längst vergangenen früheren Ehe des wahnsinnigen Kaisers, einer Ehe, die mit dem gewaltsamen Tod der Mutter des Mädchens geendet hatte. »Sie ist verheiratet worden, habe ich gehört. Mit irgendeinem Grafen aus dem Norden. Hat sie nicht deswegen den Palast verlassen?«

»In der Tat«, gab der Hofrat zurück. »Und zwei Tage darauf bereute der Kaiser diesen Entschluss schon wieder. Er schickte einen Zug der Adler aus, um seine geliebte Tochter zurückzurufen. Die Soldaten waren gerade einen Tagesritt aus der Stadt hinaus, da stießen sie auf zwei der Wachen, die zum ursprünglichen Zug der Prinzessin gehörten. So erfuhren sie von der Entführung.

Die beiden Gardisten kehrten danach in die Hauptstadt zurück und haben auch hier Bericht erstattet. So habe ich gestern Mittag von der Geschichte erfahren. Die Männer von der Adlerkompanie sind noch dort draußen und suchen nach der Entführten.«

»Und Dauras ist der Entführer?«, fragte Meris. »Er hat wohl kaum allein alle Wachen der Prinzessin überwältigt?«

»Wenn man den geflohenen Gardisten glauben kann, dann ist genau das geschehen. Natürlich wussten sie nicht, *wer* dieser Mann war, der die Prinzessin mitgenommen hat, das musste ich erst herausfinden. Aber inzwischen bin ich überzeugt davon: Dauras der Schwertkämpfer hat den Zug der Prinzessin überfallen, in einem Gasthaus in Undervilz. Er hat wenigstens ein halbes Dutzend der Ritter und Knappen erschlagen, die der Graf von Guthügeln für seine Braut geschickt hatte. Mehr konnte ich dem Bericht unserer tapferen Legionäre leider nicht entnehmen. Sie waren, fürchte ich, sehr schnell weg vom Ort des Geschehens.« Der Hofrat lächelte freudlos.

»Mir scheint«, stellte Meris fest, »dass der Kaiser sich nicht viel Mühe gegeben hat mit dem Schutz seiner Tochter. Mich wundert, dass er sie überhaupt zurückhaben will.«

Der Hofrat hob missbilligend die Brauen.

Meris senkte den Kopf. »Verzeiht. Eine solche Bemerkung steht mir nicht zu.«

Von Reinenbach verzog das Gesicht. »Leider hast du recht. Die Sicherheit der Prinzessin oblag weitestgehend ihrem Bräutigam, der im Rahmen seiner Möglichkeiten vermutlich getan hat, was er konnte. Der Kaiser gewährte ihr zwar eine Ehrengarde, aber er ließ die entbehrlichsten Männer dafür auswählen.

Doch in den letzten Tagen hat sich seine Haltung in dieser Angelegenheit geändert. Seit einer halben Dekade ruft der Kaiser nach seiner Tochter, so laut, als hinge das Schicksal des Reiches davon ab, dass sie an seiner Seite ist. Er will sie von ihrem Bräutigam zurückholen. Und er wird die gesamte kaiserliche Legion in Marsch setzen, wenn wir es ihm nicht ausreden.

Deswegen möchte ich, dass *du* dich der Sache annimmst.«

»Was könnte ich tun?«, fragte Meris. »Ein ganzer Zug der Adlerkompanie sucht schon nach ihr, vierzig berittene Soldaten. Reicht das nicht aus, um mit einem Schwertkämpfer fertig zu werden?«

»Ich möchte es ungern darauf ankommen lassen«, erwiderte der Hofrat. »Nach allem, was ich gehört habe, sind gewöhnliche Menschen in Dauras' Augen nur Vieh, das wie betäubt herumsteht, während er es abschlachtet.«

Meris sah ihn zweifelnd an. Sie hatte viele gute Kämpfer kennengelernt, aber eine hinreichend große Übermacht hatte bisher jeden zur Strecke gebracht.

Von Reinenbach hob den Finger und bedeutete ihr zu schweigen. »Es ist auch gleichgültig, ob die Gardisten am Ende gewinnen können. Selbst wenn die Adler Manns genug sind, es mit diesem abtrünnigen Schwertmönch aufzunehmen, könnte die Prinzessin bei einem Kampf zu Schaden kommen. Möglicherweise finden sie ihn gar nicht, weil er einer lärmenden Schar von Kriegern leicht aus dem Weg gehen kann. Vieles könnte schieflaufen, wenn man die Angelegenheit nicht richtig anpackt.

Darum will ich, dass du das Kommando übernimmst und die Sache mit Verstand angehst. Vielleicht solltest du nur einen Trupp behalten und den Rest des Zuges nach Hause schicken. Das ist keine Aufgabe für Soldaten, sondern eine für Jäger. Je weniger die Männer sich auf ihre Stärken verlassen, umso besser wird es sein. Die sichere Rückkehr der Prinzessin steht über allem.«

Von Reinenbach nahm eine geöffnete Ledermappe vom Tisch und warf sie Meris auf den Schoß. Eine Handvoll akkurat beschrifteter Blätter rutschte heraus. »Hier ist Dauras' Akte. Alles, was wir über ihn wissen, aus seiner Zeit im Kloster und danach. Setz dich nach draußen in die Halle und studiere sie, bevor du aufbrichst. Brich heute noch auf. Mein Sekretär hat ein versiegeltes Schreiben für dich, das die *Adler* deinem Befehl unterstellt.«

»Was, wenn dieser Dauras ein Lösegeld fordert? Werdet Ihr mir Mittel geben, um das Problem auch auf diese Weise zu lösen?«

Von Reinenbach blickte missmutig drein. Er griff in eine der Schubladen seines Schreibtisches und holte eine Börse heraus. Sie landete schwer und klimpernd auf Meris' Schoß, auf der Mappe mit dem Bericht über Dauras. »Zweihundert Goldmark, das sollte reichen«, sagte er. »Nach allem, was wir über Dauras wissen, könnte er sogar gekränkt sein, wenn er das Gefühl bekommt, dass du ihn kaufen willst. Wenn er auf Geld aus wäre, hätte er seine Fähigkeiten längst gewinnbringend verkaufen können. Ich erwarte das überzählige Gold wieder hier in meiner Kanzlei. Zusammen mit der Prinzessin.«

»Hat er aus demselben Stolz auch Euer Angebot abgelehnt?«, fragte Meris.

Von Reinenbach sah sie fragend an. »Was für ein Angebot?«

Meris geriet ins Stottern. »Ich meine, er kommt aus dem Kloster in Sir-en-Kreigen. Das unter dem Patronat des Kaisers steht. Der geheime Botendienst nimmt gern jeden Kämpfer in seine Dienste, der das Kloster aus welchem Grund auch immer verlässt. Dauras hat doch gewiss ein solches Angebot erhalten? Wenn er so gut ist, wie ihr erzählt …«

»Meris«, sagte von Reinenbach. »Was weißt du über den Kult des Schwertes?«

Meris zuckte die Achseln. Sie war selbst in der Schule erzogen worden, die neben dem Tempel des Schwertes lag. Die Brüder unterwiesen die geheimen Boten des Kaisers in der Kampfkunst, das war der Preis für das kaiserliche Privileg, das dieser fremde Kult auf dem Boden des Reiches genoss.

Aber die künftigen Kuriere lernten dort nur die Kampfkünste und nichts über die Religion. Meris musste zugeben, sie wusste kaum etwas von dem Kult, in dessen Schatten sie aufgewachsen war, und es hatte sie auch niemals interessiert.

»Die Kampfkulte des südlichen Kontinents glauben nicht an die personifizierte Gottheit«, erklärte von Reinenbach. »Sie glauben an eine geheimnisvolle Geisterwelt, von der unsere stoffliche Welt nur ein Schatten ist. Der Umgang mit der Waffe soll den Mönchen dabei helfen, den stofflichen Leib vollkommen zu beherrschen. Und wenn sie das erreichen, so kann der reine Geist hervortreten und … alles bewirken.

Diese Mönche wollen durch ihre Disziplin den göttlichen Funken im Menschen selbst erwecken.«

»Nun gut«, sagte Meris. »Es sind Ungläubige. Aber das hindert uns sonst auch nicht daran, ihre Dienste zu nutzen. Warum also nicht die Dienste dieses Dauras? Hätten wir nicht vermeiden können, dass er derart außer Kontrolle gerät, wenn wir ihn frühzeitig dem Kaiser verpflichtet hätten?«

»Dauras war der beste von ihnen allen. Das hat sein Abt uns geschrieben, nachdem Dauras das Kloster verließ. Er beherrschte seinen Körper und seine Waffe in höchster Vollendung, und was er damit zustande brachte, galt selbst nach dem Maßstab der Mönche als übermenschlich.

Kannst du dir vorstellen, was ein Mann wie Dauras daraus für Schlüsse ziehen mag?«

Rückblick – 27 Jahre zuvor

Dauras war vierzehn, als er zum ersten Mal mit scharfer Waffe und im Freikampf gegen den Abt antrat. Sie standen einander in Grundstellung gegenüber in der großen hellen Halle mit dem Holzboden, umringt von zwanzig weiteren Mönchen, die im Kreis um die beiden hockten. Der Abt hatte die »Säule« gewählt, eine offene Stellung, bei der das Schwert gerade nach oben wies.

Dauras' Sinne konzentrierten sich auf das hagere Gesicht neben der Klinge. Er nahm den Bart wahr, der bereits ergraut sei, wie es hieß. Dauras konnte sich darunter ebenso wenig vorstellen wie unter den Augen des Meisters, von denen die anderen Schüler sprachen – braune Augen, die niemals ihren Fokus verloren. Für ihn waren die Augen nichts weiter als neblige Eindrücke in dem schweren Schatten, den der Schädel seines Gegenübers in Dauras' Wahrnehmung hinterließ.

Es gab Tage, an denen er über diesen Widerspruch grübelte – dass die Menschen, wenn sie über den Kopf eines Mannes sprachen, vor allem die Augen erwähnten oder die Gedanken, die hinter der Stirn lebten, wo doch genau das die Dinge waren, die in Dauras' Welt kaum eine Substanz hatten. Er nahm sie als das wahr, was sie in Wirklichkeit waren: substanzlose Löcher hinter den schweren Knochen, die den Schädel ausmachten.

Dauras griff als Erster an. Als er die Parade des Abtes bemerkte, veränderte er die Richtung seines Hiebes. Die Klingen verfehlten einander, Dauras riss die seine zurück, und der Abt parierte sie dicht vor der Hüfte.

Dauras wich dem Gegenangriff mühelos aus, und der Abt musste zur Seite springen und Dauras' Klinge mit dem Knauf seiner Waffe nach unten schlagen, damit sie ihn nicht traf.

»Wie lange lernst du an unserer Schule?«, fragte der Abt.

»Was?«

Dauras war einen Moment lang abgelenkt. Im letzten Augenblick bog er sich nach hinten. Die Klinge des Abtes wischte über seinen Kopf, und Dauras fühlte noch, wie ein paar feine Haarspitzen vor seinem Gesicht zu Boden sanken.

»Konzentriere dich«, sagte der Abt.

»Ich wurde in meinem vierten Lebensjahr aufgenommen«, sagte Dauras. Er griff wieder an. »Seit … zehn Jahren also.«

Die Schwerter klirrten aufeinander, so schnell, dass Dauras ihre Schatten als Nachbilder in seinem Geist sah. Zusammen mit dem Klang der Waffen verschmolz der Tanz der Schwerter zu einer einzigen Wolke von Stahl, die zwischen dem Abt und dem Novizen schwebte.

Dauras konzentrierte sich auf die Eindrücke und ließ die Waffe noch rascher wirbeln. Die Handgelenke taten ihm weh.

»Schon so lange«, sagte der Abt. »Und ich vermisse die

Eleganz in deinen Bewegungen. Du schlägst zu, wie es dir gerade in den Sinn kommt. Hast du denn gar keine Figuren gelernt?«

»Habe ich.« Dauras keuchte jetzt. Er biss die Zähne aufeinander und ließ einen Hagel von Schlägen auf den Abt niedersausen, sodass der alte Mann zurückwich. Der Abt parierte jeden Angriff mit den genau abgezirkelten Kombinationen, den *Bildern*, von denen Dauras die meisten kannte. Zumindest hatte er sie bei seinen Lehrern mitbekommen, auch wenn er nie die Notwendigkeit verspürt hatte, sie zu lernen. Der Meister allerdings kannte einige neue Kniffe und wechselte so schnell zwischen den Bildern, wie Dauras es noch nie erlebt hatte.

Dennoch fand der Abt nie die Zeit, um selbst anzugreifen. Er wehrte nur ab. Dauras führte bei diesem Tanz, und er drängte den Abt zurück.

Der Abt stolperte über einen der Mönche, die im Kreis hockten, und sprang über das Bein des Mitbruders hinweg. Dauras nutzte die Ablenkung sofort. Er stieß mit dem Schwert vor, und der Abt parierte die Klinge zu spät.

Sie wischte über seine Kehle, und ein feiner roter Strich blieb zurück.

Dauras hielt inne. Er triumphierte. Jeder Muskel tat ihm weh, seine Handgelenke vibrierten noch von den vielen Schlägen, die sie hatten ausfedern müssen. Seine Lungen brannten. Aber er nahm das Schwert in beide Hände, verneigte sich und grüßte mit einem breiten Grinsen.

»Ich bedanke mich für diesen Kampf.«

Der Abt stand vor ihm und ließ das Schwert sinken. Er fasste sich mit der Linken an den Hals und wischte mit der Fingerspitze einen Blutstropfen von dem Kratzer.

»Du hast vieles gezeigt, junger Schüler«, sagte er. »Mehr, als du kontrollieren kannst.«

Dauras fühlte, wie sein Triumph umschlug in Wut. »Immerhin habe ich gewonnen.«

»Der Sieg im Kampf ist nicht alles«, sagte der Abt. »Wolltest du mich verletzen?«

Dauras errötete. »Das ist doch nur ein Kratzer«, sagte er trotzig.

»Also gut, Dauras: Wolltest du mich *kratzen*?«

»Natürlich nicht«, sagte Dauras. »Ich kenne die Regeln für den Freikampf: Man hält inne mit dem Schlag, wenn er die Haut berührt, aber bevor er sie ritzt. Doch welcher Fehler ist bedeutsamer: dass Ihr meinen Schlag nicht mehr parieren konntet oder dass ich ihn um die Breite eines Haares zu weit geführt habe?«

Der Abt lächelte. »Für mich sollte es wohl wichtiger sein, deinen Schlag zu parieren. Dir allerdings sollte vor allem daran gelegen sein, dass du mit deinem Schwert genau das erreichst, was du erreichen willst. Nicht irgendetwas, was knapp daneben liegt. Über dem Sieg im Kampf steht die Kontrolle der eigenen Bewegung, die Einheit von Wille und Körper.«

»Was für eine Rolle spielt das, solange man gewinnt?«

»Vielleicht wirst du das erkennen, wenn du es versuchst«, erwiderte der Abt. »Etwas gering zu schätzen, was man niemals gemeistert hat, ist nicht der Weg unseres Tempels. Es hat seinen Grund, dass wir die *Bilder* lernen. Diese festgelegten Bewegungsfolgen verleihen dir Sicherheit und Präzision. Von da aus magst du eigene Bilder schaffen, oder auch einmal ganz freie Züge. Du jedoch führst dein Schwert wie eine Waffe.«

»Aber es ist eine Waffe«, sagte Dauras. »Und ich führe sie gut. Kein Lehrer kann etwas anderes behaupten.«

Der Abt seufzte. »Kein Lehrer behauptet etwas anderes. Sie haben mir nur berichtet, dass du an deinen Stärken arbeitest und nicht an deinen Schwächen. Du musst nicht besser werden mit dem Schwert, du musst *eins* werden mit dem, was du tust.«

Dauras blickte auf sein Schwert. Wieder regte sich Trotz in ihm. *Es ist gut, dass ich nicht mehr besser werden muss,* dachte er bei sich. *Hier ist ohnehin niemand, der mir das beibringen könnte.*

Dennoch neigte er den Kopf und sagte laut: »Ich bedanke mich für die Unterweisung, Meister.«

In seinem sechzehnten Jahr stand Dauras dem Abt ein weiteres Mal gegenüber. Der Boden der Halle vibrierte unter ihren Tritten. Ihre Klingen sausten durch die Luft, aber es war ein anderer Kampf als beim letzten Mal. Im Grunde war es überhaupt kein Kampf mehr.

Dauras wollte sich nicht nachsagen lassen, dass er nicht lernte. Wie der Abt es ihm geraten hatte, hatte er sich mit den *Bildern* der Kampfkunst beschäftigt. Diese einstudierten Bewegungen mit genau festgelegten Übergängen, die im Drill fast zu einem Reflex wurden, erlaubten es dem Kämpfer, mit einer Schnelligkeit und Präzision zu agieren, die für gewöhnliche Menschen schier unvorstellbar war.

Doch er war auch ohne diese Bilder schneller als jeder andere Mensch. Und er hatte bemerkt, dass seine Gegner im Kloster rascher auf seine Angriffe reagierten, wenn er nach den Bildern kämpfte – sie erkannten die vertraute Bewegung im Ansatz und konnten sich darauf einstellen.

Darum hatte er sich diesen Techniken schon früh verweigert. Und als er älter wurde und seine Lehrer ihm nur noch Wissen voraushatten, das ihnen im Kampf kaum einen Vorteil brachte, da sah er immer weniger einen Grund, sich ihren Regeln zu unterwerfen.

Dennoch, eines hatte er aus der ersten Lektion des Abtes

mitgenommen: dass sein Widerstreben ihm vielleicht auch im Weg gestanden hatte. Er hatte es abgelehnt, nach den Bildern zu kämpfen. Aber er hätte es nicht ablehnen dürfen, sie intensiver zu studieren!

Das hatte er in den vergangenen beiden Jahren nachgeholt.

Jetzt stand er dem Abt gegenüber, und jede ihrer Bewegungen war ein ganzer Kampf. Der Abt griff an, und Dauras konterte so schnell wie ein Gedanke. Seine Klinge landete präzise vor der Kehle, vor dem Herz, vor dem Auge des Abtes. Keiner seiner Schläge war zu parieren.

Sie gingen vor und zurück wie in einem einstudierten Tanz. Jeder Angriff von Dauras schnitt durch die Lücken in den Bildern, und das Schwert des Abtes berührte seine Klinge nicht ein einziges Mal. Er lief durch die Angriffe des Abtes hindurch, als wäre dessen Waffe gar nicht vorhanden.

Sie beendeten den Kampf, und der Abt neigte den Kopf vor Dauras.

»Du hast geübt«, sagte er.

Dauras strahlte. »Ich habe mir Eure Lektion zu Herzen genommen. Ich habe mich noch einmal mit den Bildern beschäftigt – und meine eigenen geschaffen.«

»Du hast also Bilder geschaffen, mit denen ein Mann die klassischen Bilder kontern kann«, stellte der Abt fest. »Ein Mann jedenfalls, der deine Fähigkeiten mitbringt.«

»Hm, ja«, sagte Dauras. »Ich habe einen Kampfstil geformt, der genau auf meine Fähigkeiten zugeschnitten ist. Es fühlt sich so mühelos an wie gehen oder atmen. Ist es nicht das, was ein Priester des Schwertes erlangen muss? Eine solche Selbstverständlichkeit, dass das Schwert eins ist mit ihm.«

Der Abt strich sich über den Bart. Er sah müde aus, fand Dauras. »Das ist wohl so«, erwiderte der Abt. »Doch das ist nicht alles. Die Bilder weisen uns den Weg, aber wir müssen darüber hinausgehen, um Priester des Schwertes zu werden.«

»Ich bin darüber hinausgegangen!« Dauras fühlte sich an die Begegnung vor zwei Jahren erinnert. Mit einem Mal hatte er das Gefühl, dass es für die Rätsel des Abtes überhaupt keine Lösung gab, dass es nur Worte waren, mit denen der Meister einen Kampf gewinnen wollte, den er mit dem Schwert bereits verloren hatte. »Immerhin hat mein Kampfstil alles besiegt, was die Bilder zu leisten vermögen.«

Ein feines Lächeln kräuselte die Mundwinkel des Abtes. »Das ist es eben. Dein Kampfstil hat die *Bilder* niemals hinter sich gelassen, er ist bei ihnen stehen geblieben. Du hast nichts als Spiegel-Bilder erschaffen, einen Kampfstil, der nur darauf abzielt, den Stil des Klosters zu kontern.

Aber die Bilder des Klosters führen uns in die Welt hinaus. Selbst die Schüler, die wir nur in den niedrigen Klassen unterrichten und die dann fortgehen und zu gewöhnlichen Kriegern werden, sie haben mehr gelernt, als nur mit ihren Mitbrüdern zu tanzen. Jedes Bild gibt ihnen eine Antwort auf die Gefahren der Welt, jedes Bild ist offen, sodass der Schüler es mit der Erfahrung aus hundert Schlachten verbinden und seinen ganz eigenen Weg darin finden kann.

Haben deine Bilder eine Antwort auf das Chaos der Welt?«

Dauras schnaubte. »Die Menschen außerhalb des Tempels sind ohne Bedeutung. Sie sind ohnehin zu langsam. Ich besiege sie nach Belieben. Die besten Kämpfer im Tempel sind die Einzigen, die …« Dauras rang die Hände. Ihm fehlten die Worte, um auszudrücken, wie er die Welt wahrnahm. »Die sich überhaupt *bewegen*.«

Der Abt hob das Schwert vor die Brust und verneigte sich vor Dauras. »Es tut mir leid, Dauras, wenn mein Rat dich in die falsche Richtung geführt hat. Wir alle haben unsere Schwächen und müssen hart an ihnen arbeiten. Der Kampf ist deine Stärke. Und ich habe die Befürchtung, was sonst zum Weg des Schwertes gehört – das *übersiehst* du einfach!«

Das war es also! Am Ende warf man ihm wieder vor, dass er angeblich »blind« war. Obwohl er bewiesen hatte, dass die Augen für einen Priester des Schwertes überhaupt keine Rolle spielten.

»Was wollt Ihr damit sagen?« Seine Stimme wurde laut und zornig. Er konnte nichts dagegen tun. »An welchen Schwächen soll ich denn arbeiten? Tauge ich nicht zum Priester, weil ich die Schriften in der Bibliothek nicht lesen kann? Soll ich etwa daran *arbeiten*?«

»Es wäre ein Anfang«, erwiderte der Abt ungerührt. »Deine Augen lassen dich nicht lesen. Aber du hast gemeinsam mit den anderen Schülern den Unterweisungen der Lehrer gelauscht, wenn diese aus den Schriften vortrugen. Du hattest die Möglichkeit, viele Texte mit deinen Ohren zu studieren … und doch habe ich nicht gehört, dass du dabei denselben Eifer gezeigt hättest wie auf dem Kampfplatz.«

»Ich habe sehr wohl zugehört, wenn die Lehrer aus den Schriften vorgelesen haben.« Dauras spie die Worte hervor. »Sie sprachen davon, dass wir die Vollendung in der Kampfkunst suchen. Dass derjenige, der seinen Körper und seine Waffe vollkommen beherrscht, der eins wird mit dem Schwert, auch eins werden kann mit allem im Universum. Und beherrsche ich meine Waffen nicht vollkommener als alle anderen hier? Habe ich nicht gezeigt, wie ich die ganze Kampfkunst des Klosters überwunden habe?

Ich habe Meister-Bilder erschaffen! Und ich glaube, ihr seid blind. Ihr alle! Weil ihr nicht sehen wollt.«

»Was wollen wir nicht sehen, Dauras?«, fragte der Abt sanft.

»Dass ich euch besiegt habe. Dass ich schon als Schüler auf dem Weg des Schwertes weiter gekommen bin als alle Meister. Ihr wollt einfach nicht sehen, wer ich wirklich bin!«

Mit 21 stand Dauras auf dem Dach des lang gezogenen Übungsgebäudes, drei Manneslängen über dem Boden. Unter ihm lag der sorgfältig geharkte Innenhof. Er nahm die Steine wahr, die im Hof runde und eckige Muster bildeten, die zugeschnittenen Bäume und Büsche mit ihren geometrischen Formen. Die Linien im Kies waren zu fein, als dass er sie hätte wahrnehmen können. Er hätte sie mit den Fingern ertasten müssen, um sie zu erfassen.

Er trat an die Kante, in jeder Hand ein schmales Schwert und die Arme zu beiden Seiten ausgestreckt wie Flügel. Er ging in die Knie, stieß sich kraftvoll ab und sprang mit einem Überschlag in die Tiefe. Die hölzerne Veranda vor dem Gebäude raste auf ihn zu. Nach einem doppelten Salto um eine Achse, die von den ausgestreckten Schwertern gebildet wurde, kam Dauras sauber auf den Füßen auf. Er federte in den Beinen, um den Aufprall mit seinen Muskeln abzufangen, bevor der Stoß in seine Hüften oder in seine Wirbelsäule durchschlagen konnte. Dann schnellte er wieder hoch, schlug aus bloßem Übermut einen Salto aus dem Stand und landete formvollendet auf dem Kies vor der Veranda. Dann senkte er langsam die Arme.

»Warum hast du das getan?«

Die Stimme des Abtes ertönte überraschend hinter ihm, und Dauras zuckte zusammen. Er hatte nicht bemerkt, wie der Abt sich genähert hatte, auch wenn das eigentlich ganz unmöglich war.

»Weil ich es kann.« Er drehte sich um. Er glaubte zu spüren, wie sehr der Abt in den letzten Jahren gealtert war, obwohl er den immer weißer werdenden Bart, das immer dünnere Greisenhaar und die Linien auf dem Gesicht nur aus den Erzählungen der Schüler kannte. Aber er vermeinte, das Alter des Abtes an dessen Bewegungen zu fühlen – oder vielleicht lag es auch nur daran, dass er selbst jeden Tag besser wurde.

»Nutzt es dir im Kampf?«

»Wer weiß?«, gab Dauras zurück. »Jede Möglichkeit, seinen Körper zu beherrschen, kann im Kampf nützlich sein.«

Sie hatten nur wenige Worte gewechselt in diesen letzten Jahren. Es gab überhaupt wenig, was Dauras mit den Lehrern noch zu bereden hatte. Mitunter maß er sich mit den Meistern, doch das war eine langweilige Demonstration seiner Überlegenheit geworden.

Es gab Tage, da fragte sich Dauras, warum er überhaupt im Kloster blieb. Worauf wartete er? Aber er kannte kein anderes Leben, und so unzufrieden er auch war: Der Weg des Schwertes respektierte den Willen des Einzelnen, und auch wenn er noch so wortkarg war im Umgang mit den Brüdern, ließ das Kloster ihm Raum, den eigenen Weg zu gehen.

Er wandte sich dem Abt zu, der immer noch auf der Veranda stand.

»Wollt Ihr mir noch eine Lektion erteilen?«, fragte er. »Oder mir endlich eine Aufgabe geben? Ich kann Schüler unterrichten. Ich bin der beste Kämpfer des Klosters, und es ist eine Schande, dass ich meine Fertigkeiten nicht weitergeben darf.«

»Wer hat es dir verboten?«, fragte der Abt.

Dauras schnaubte. »Ihr wisst genau, wie es ist. Welcher Schüler würde bei mir lernen wollen, solange ich auf diese Weise abseits stehe und die Meister mich mit Missachtung strafen?«

»Niemand straft dich. Du bist einfach noch nicht so weit«, sagte der Abt. »Du beherrschst den Schwertkampf – aber kannst du wirklich lehren, was du beherrschst?«

»Warum sollte ich es schlechter lehren können, als jene *Meister*, die mir unterlegen sind? Ich habe deren Kunst studiert, und ich habe eine Kunst entwickelt, um sie zu besiegen. Ich könnte beides an die Schüler weitergeben.«

»Was bleibt von deiner Kampfkunst, wenn du deine speziellen Gaben verlierst?«

»Was meint Ihr?«, fragte Dauras zurück. »Was bleibt von *Eurer* Kampfkunst, wenn Ihr Eure Arme und Eure Beine verliert und wenn Ihr so langsam werdet wie eine Raupe? Wir alle kämpfen mit dem, was wir gelernt haben, und mit den Kräften, die unser Körper mitbringt.«

»Nun«, sagte der Abt. »Und mit unseren Sinnen. Komm, Dauras, kämpf mit mir.«

Er hob den Arm. Ein Priester eilte herbei und reichte ihm sein Schwert – es war die heilige Klinge des Ordens, das Symbol des Tempels. Sie wurde nur selten im Kampf geführt und nur bei rituellen Anlässen hervorgeholt. Dauras konnte sie nicht sehen, aber sie warf einen mächtigen Schatten in seinem Geist.

Was der Abt auch vorhatte – das heilige Schwert würde ihm jedenfalls nicht helfen, Dauras zu besiegen.

Dauras wollte zurück auf die Veranda treten und in den Übungssaal. Stattdessen stieg der Abt zu ihm herab.

»Hier, im Garten der Formen?«, fragte Dauras überrascht.

»Warum nicht?«, fragte der Abt. »Bist du nicht der meisterhafteste Kämpfer unseres Ordens? Wenn jemand so behutsam durch den Garten springen kann, dass nicht ein Zweig geknickt wird und nichts aus der Form gerät, dann du, nicht wahr?«

»Wenn Ihr wünscht, Meister.«

Sie nahmen die Grundstellung ein. Dauras bewegte sich so leicht zwischen Steinen und Sträuchern wie der Wind, der sich hinter die Mauern des Klosters verirrte. Wenn er es wollte, knirschte kaum ein Kiesel unter seinen bloßen Füßen. Der Abt dagegen bewegte sich plump und langsam, noch unbeholfener, als Dauras es von ihrem letzten Kampf her in Erinnerung hatte.

Er war selbst überrascht, wie sehr es ihn schmerzte. Das war der Meister aller Meister des Klosters, und doch hatte Dauras das Gefühl, als würde er allein durch den Garten tanzen. Er setzte seine Klinge, wo immer es ihm beliebte.

Doch Dauras empfand keinen Triumph dabei. Der Garten der Formen kam ihm leer vor und leblos, und er ertappte sich dabei, wie seine Gedanken abschweiften.

Sie hielten inne. Weder Dauras noch der Abt atmeten rascher nach der kleinen Übung.

Der Abt hob wieder eine Hand. »Und jetzt«, sagte er, »wollen wir sehen, was von meiner Kampfkunst bleibt, wenn ich auf einen meiner Sinne verzichte.«

Der Priester brachte ein schmales Tuch, und der Abt verband sich die Augen. Dauras runzelte die Stirn. Was sollte das beweisen? Der alte Mann war doch mit all seinen Sinnen schon unterlegen gewesen.

»Weiter«, sagte der Abt, und Dauras begann erneut.

Er hielt sich zurück und ließ auch den Abt einmal angreifen. Dessen Klinge stieß immer genau dorthin, wo Dauras längst nicht mehr war. Er wehrte sie mit einem seiner beiden Schwerter ab und traf mit dem zweiten. Der Abt parierte, aber Dauras fand die Lücken in den *Bildern* des Abtes wie in dem früheren Kampf Jahre zuvor.

Wieder hielten sie inne.

»Wie war dieser Kampf.«

Dauras suchte nach höflichen Worten. »Hm, Ihr habt Euch gut gehalten.«

Der Abt lachte. »So gut, wie man sich gegen dich nur halten kann, meinst du.«

»Ja«, sagte Dauras. »So ähnlich. Es macht keinen Unterschied. Verzeiht, Meister, aber ich habe das Gefühl, es macht schon seit Langem keinen Unterschied mehr. Gegen wen ich kämpfe, wie gut oder wie schlecht er sich hält.«

»Sehen wir, ob es einen Unterschied macht«, sagte der Abt. Wieder hob er die Hand, und der Priester brachte ihm noch etwas. Dauras hatte Mühe, die winzigen Gegenstände auf der Handfläche des Mannes zu erkennen. Aber als der Abt sie sich in die Ohren steckte, kam Dauras zu dem Schluss, dass es sich um Wachspfropfen handelte.

Sie kämpften ein drittes Mal. Dauras verstand den Sinn nicht, er setzte seine Hiebe nur halbherzig. Doch er war überrascht, wie sicher der Abt sich bewegte – taub und blind, griff er Dauras weiterhin an, und auch wenn er weder treffen noch parieren konnte, schlug er nach wie vor in die richtige Richtung und wich geschickt allen Hindernissen in dem Garten aus.

Andererseits, Dauras selbst trug jeden seiner Kämpfe ohne Augen aus, und auch die Ohren benötigte er nicht dafür. Warum sollte er den Abt bewundern, wenn dieser einen Schatten jener Fähigkeiten zeigte, die für Dauras ganz selbstverständlich waren?

Sie hielten wieder inne. Der Abt atmete schneller. Er legte die Augenbinde ab und nestelte die Pfropfen aus den Ohren. Dann reichte er beides an den Priester zurück.

»Hast du nun einen Unterschied bemerkt?«, fragte er Dauras.

Der zuckte die Achseln. »Ihr kämpft gut mit verbundenen Augen«, räumte er ein. »Wenn man bedenkt, dass Ihr nicht daran gewöhnt seid. Was für eine Fähigkeit nutzt Ihr?«

Dauras hörte das Lächeln in der Stimme des Abtes. »Ich versuche, die Welt mit meinem Geist zu sehen. Vielleicht ein wenig so, wie du es ständig tust. Aber es ist eine Kunst, die ich erlernt habe, nichts, was ich von Anfang an eingebracht hätte.«

»Wollt Ihr mir erzählen, dass eine Fähigkeit mehr wert ist, wenn sie erlernt wurde, als wenn sie angeboren ist? Nun, Ihr könnt lernen, so viel Ihr wollt, Ihr werdet doch niemals so gut darin, wie ich es schon bin. Wenn Ihr mir also den Wert des Lernens nahebringen wolltet, dann habt Ihr ein schlechtes Beispiel gewählt.«

»Wir hatten nicht über das Lernen geredet, sondern über das Lehren«, sagte der Abt. »Du hattest mich gefragt, warum ich dich für einen schlechteren Lehrer halte als jene Meister, die dir unterlegen sind. Du hast die Antwort selbst gegeben: Wie willst du etwas lernen, wenn du selbst nie erfahren hast, wie man es lernt?

Ohne meine Augen, ohne mein Gehör bin ich weit hilfloser als du. Doch alles, was ich dann noch zuwege bringe, habe ich mir mühsam angeeignet. Ich habe einen Weg zurückgelegt, und nun kenne ich diesen Weg und kann andere führen.«

»Meine Sinne sind mir angeboren«, sagte Dauras. »Aber den Schwertkampf habe ich gelernt. Also kann ich ihn anderen beibringen.«

Der Abt seufzte. »Dreimal haben wir heute miteinander gekämpft. Hast du einen Unterschied bemerkt? Hast du mich leichter besiegt, als ich Augen und Ohren verschlossen hatte?«

»Leichter als mühelos geht nicht«, sagte Dauras. »Wie sollte ich einen Unterschied bemerken?«

»Und das ist die Frage«, erwiderte der Abt. »Es gibt gewiss einen Unterschied, ob ich mit allen meinen Sinnen kämpfe oder taub und blind. Und doch bleibt etwas, was ich in allen drei Fällen beherrsche, und das ist meine Kampfkunst. Das, was unabhängig ist von all dem, was ich von Natur aus bereits ins Kloster mitgebracht habe. Und das ist es auch, was ich einem jeden Schüler beibringen kann, gleichgültig, was die Natur ihm mit auf den Weg gegeben hat.

Ich frage dich also noch einmal, Dauras: Was bleibt von deiner Kampfkunst, wenn man alles fortnimmt, was du von Natur aus schon beherrschst?«

Dauras schnaubte. »Ich kann mir nun einmal die Augen nicht verbinden. Meine Sinne sind zu gut – man kann sie mir nicht nehmen. Doch es bleibt gewiss genug, was ich einem Novizen beibringen könnte.«

»Genau das ist die Frage. Deine Kampfkunst ist großartig, Dauras. Sie ist einzigartig. Aber ich sehe wenig darin, was jemand lernen könnte, der nicht mit deinen Gaben geboren wurde. Vielleicht *könntest* du ein Lehrer werden. Allerdings hast du niemals die Bereitschaft gezeigt, dich auf den Stand hinabzubegeben, auf dem alle anderen durch diese Welt gehen müssen. Und wie willst du einen Schüler dort abholen und emporheben, wenn du nie lernen wolltest, dich zu ihm hinabzubeugen und ihm die Hand zu reichen?«

Dauras beugte sich ganz nah zu dem Abt hin. »Jetzt kommen wir zum Kern der Sache. Was Ihr mir in Wahrheit vorwerft, ist, dass ich nicht den Weg gegangen bin, den jeder gewöhnliche Mönch hier im Kloster geht. Doch wie Ihr selbst gesagt habt – ich bin anders als die anderen. Deswegen *musste* ich meinem eigenen Weg folgen, dem Weg, der zu meiner Bestimmung führt.

Wenn mich das so weit von allen anderen entfernt, dass ich kein Lehrer sein kann, meinetwegen. Aber warum bleibe ich ein Novize? Kann ich etwa kein Meister sein, nur weil ich meinem eigenen Weg zur Vollkommenheit folge? Ist der Weg des Schwertes so … eng?«

Der Abt winkte seinen Priester heran und reichte ihm auch das Schwert. Dann nahm er einen Holzstab von der Veranda und schritt in den Formengarten. Mit dem Stab schob er den Kies wieder zurecht, der beim Kampf zerwühlt worden war. Er stellte eine Ordnung wieder her, die Dauras nicht wahrnehmen konnte und deren Störung ihm auch nichts bedeutete.

»Du bist ein Meister mit der Klinge«, erklärte der Abt.

»Daran zweifle ich nicht. Und doch kann ich dich nicht zu einem Meister unseres Ordens machen, ohne dass du dich vorher als ein Priester erwiesen hättest. Und dafür … fehlt dir einfach noch etwas.«

»Aber was?« Dauras trat auf den Abt zu und packte ihn an der Kutte. »Sprecht es endlich deutlich aus, denn all dieses weise Gerede und die Andeutungen, die habe ich mir lange genug in den Lesungen anhören müssen, zu denen Ihr mich gezwungen habt.«

Der Abt regte sich nicht in Dauras' Griff. Er gab nach wie ein hilfloser alter Mann. »Zu erkennen, was dir fehlt, Dauras«, sagte er. »Das ist bereits die Antwort. Du kannst nicht in den Worten der Weisen das finden, was dir fehlt, du musst es selbst erkennen. Und wenn du es erkennst, hast du es gewonnen.«

»Ausflüchte«, stieß Dauras hervor. »Ihr könnt meinem Schwert nicht mehr ausweichen, schon lange nicht mehr. Aber mit Worten versteht Ihr es sehr gut. Wenn es das ist, worauf es ankommt …«

»Dauras …« Nun war es der Abt, der Dauras am Arm fasste. »Es tut mir leid. Vielleicht liegt es daran, dass du von Anfang an zu gut warst. Dass du den Weg nicht gehen musstest, den andere gehen – und auf dem sie nicht nur den Weg des Schwertes und die Worte der Weisen lernen, sondern ganz von allein und nebenbei auch etwas über sich selbst.

Du bist nicht gegangen, du bist geflogen, und womöglich ist gerade das dein Fluch.

Oder deine Gabe ist Fluch und Segen zugleich. Vielleicht ist deine Art zu sehen genau das, wonach wir alle streben, wohin unsere Ausbildung uns führen soll. Und du hast es von Geburt an als Geschenk erhalten. Du hast gefragt, warum es besser sein soll, wenn mühsam gelernt werden muss, was du von Natur aus beherrschst?«

»Ja«, sagte Dauras. »Wenn ich bereits beherrsche, wonach ein Meister des Schwertes streben soll, warum wollt Ihr mich dann nicht als Meister anerkennen?«

»Du hast einmal gesagt, dass du die Welt so wahrnimmst, als würden die Dinge, die uns umgeben, Schatten werfen in deinem Geist. Erinnerst du dich?«

Dauras nickte. So beschrieb er immer seine Fähigkeit zu *sehen*.

»Der Weg des Schwertes lehrt uns aber, dass die körperliche Welt im Gegenteil nur ein Schatten der wahren Welt ist. Was also, wenn du die wahre Welt siehst, so wie wir die körperliche Welt sehen – aber wenn sie dir *erscheint* wie ein bloßer Schatten der körperlichen Welt und du Letztere deshalb für die wahre hältst?

Wenn dir von Geburt an der unverhüllte Blick auf die wahre Welt geschenkt wurde, so fängst du doch nicht mehr damit an, als von dort aus in die trügerische Welt des Körperlichen zu blicken. Dann hätte der Weg des Schwertes, der uns zur Wahrheit führen soll, dich möglicherweise von dort weggeführt. Weil du auf einer anderen Seite stehst als wir, hättest du von Beginn an in eine andere Richtung gehen müssen als in jene, in die unser Weg zielt.«

Der Abt seufzte in tiefer Traurigkeit.

»Und wenn das so ist, wäre es meine Schuld, und ich muss dich um Vergebung bitten. Wisse, Dauras, ich will dich nicht aufhalten. Du hast eine Gabe, du bist auserwählt – und es bricht mir das Herz, wenn ich zusehe, wie du das erreichen kannst, wovon unser Orden seit Jahrhunderten träumt, aber anscheinend einfach nicht sehen kannst … nicht innehalten …«

Der Abt stammelte, und die Worte, mit denen er sonst so geschickt umging, schienen ihn mit einem Mal im Stich zu lassen. Jetzt war er wirklich nur noch ein alter Mann, und

Dauras fragte sich plötzlich, warum er überhaupt je so viel Wert auf dessen Urteil gelegt hatte.

»In jedem Fall hast du recht«, ergriff der Abt wieder das Wort. »Du kannst hier im Kloster nichts mehr lernen.«

Dauras nickte.

»Du wirst es also verlassen«, sagte der Abt.

»Was?« Nie hatte er den Abstand zwischen sich und den Mönchen deutlicher gespürt als heute. Dennoch trafen die Worte des Abtes ihn wie ein Schlag. »Ihr wollt mich des Klosters verweisen?«

»Ich verweise dich nicht«, sagte der Abt. »Aber du kannst hier nichts mehr lernen, und dennoch gibt es etwas, das du noch erreichen musst. Wir setzen dich nicht vor die Tür. Dennoch wirst du uns verlassen, weil du schon zu lange herumsitzt und auf etwas wartest, was nicht zu dir kommen wird.

Du musst gehen und danach suchen, und ich wünsche dir, dass die Welt dich sehen lässt, was wir dir nicht zeigen konnten.«

Dauras wurde bewusst, dass der Abt recht hatte, wenn auch auf andere Weise, als er glaubte. Dauras konnte im Kloster nichts mehr erreichen. Aber die Welt wartete auf ihn. Er würde den Meistern beweisen, dass es keine Herausforderung dort gab, der er nicht gewachsen war, dass er sehr wohl in der Lage war, dieser körperlichen *Schattenwelt* seinen Willen aufzuzwingen, mit der Klinge seines Schwertes.

Denn er *war* ein Meister des Schwertes, der größte seines Ordens. Nach allem, was er im Kloster gelernt hatte, sollte der Orden *ihm* folgen …

Soll die Welt euch sehen lassen, was ihr einfach nicht erkennen wollt, dachte Dauras.

»Ihr werdet von mir hören«, sagte Dauras.

»Das werden wir«, antwortete der Abt.

Meris studierte die Akten. Sie verstand nun, warum man niemals versucht hatte, Dauras anzuwerben. Er hatte den Tempel verlassen, weil er sich für eine Art Messias des Schwertkultes hielt, und weil seine Brüder diesen Anspruch nicht anerkannten. Doch ob er sich nun als einen Gott sah oder als einen Heiligen – niemand konnte erwarten, dass er dem Kaiser diente oder irgendeinem anderen Herrn.

Dieser Dauras war jemand, dem jeder vernünftige Mensch lieber aus dem Weg ging.

Nachdem er das Kloster verlassen hatte, war er eine Zeit lang den Fluss hinauf- und hinuntergezogen auf der Suche nach Herausforderungen. Er hatte sogar eine bewaffnete Pilgerfahrt nach Esgarth unternommen, wie alle abenteuerlustigen Heißsporne es taten, um die Schrecken Gotors an der Quelle zu bekämpfen. Anders als die meisten war Dauras unbeschadet zurückgekehrt, auch wenn er seither ein wenig ruhiger wirkte.

Zuletzt, so ging es aus den Akten hervor, hatte er sich in den Dörfern und Städten im Umkreis der Hauptstadt herumgetrieben. Er trank viel und verdiente seinen Lebensunterhalt, indem er Steckbriefe mit seinem eigenen Antlitz darauf verteilte und die Kopfgeldjäger erschlug und ausplünderte, die dadurch ihren Weg zu ihm fanden und dumm genug waren, ihn herauszufordern. Das klang nach einem traurigen Ende für eine legendäre Sagengestalt.

Meris überlegte, was ihr das alles über den Mann verriet.

Zu Beginn seiner Reise hatte er darauf geachtet, dass seine Taten sich herumsprachen, dass sein Name stets genannt wurde. Anscheinend hatte er weiterhin versucht, seine ehemaligen Mitbrüder davon zu überzeugen, dass er der Auserwählte war, dass seine Kampfkunst jedes menschliche Maß überstieg und dass sie ihm Unrecht getan hatten, als sie ihm diese Ehre verweigerten.

In den letzten Jahren hatte man weniger von ihm gehört. Doch das lag vielleicht nur daran, dass ihm die Herausforderungen ausgegangen waren, dass er nichts zu tun fand, was der Erwähnung wert gewesen wäre, verglichen mit dem, was er bereits geleistet hatte. Es schien so, als wäre er müde geworden.

Aber was, wenn noch immer derselbe Wunsch in ihm brannte? Wenn er noch immer nach Anerkennung suchte. Nach Herausforderungen. Wenn er noch immer beweisen wollte, dass niemand über ihm stand und dass er alles tun konnte, was er nur wollte?

Die Entführung einer Prinzessin bewies womöglich genau das.

Und es war eine Schwäche, die man ausnutzen konnte.

Wenn sie Dauras überzeugen konnte, dass die Entführung doch keine so große Sache war und seine Aufmerksamkeit nicht verdiente … Oder wenn sie ihm einreden konnte, dass eine ganz besondere Herausforderung dort auf ihn wartete, wo sie ihn haben wollte …

2.10.962 – WESTLICH DES GROSSEN STROMS

Dauras und Aruda lagerten im öden Heideland zwischen Kräutern und Wacholderbäumchen, die der Wind zu den knorrigsten Formen verkrümmt hatte. Die Heide war dem Wetter schutzlos ausgeliefert, und zu dieser Jahreszeit wurden die Nächte schon empfindlich kalt. Als Dauras im Morgengrauen zurückkehrte, war die Prinzessin bereits wach. Zitternd kauerte sie vor der kalten Asche, die vom Feuer des letzten Abends geblieben war, und hatte sich in sämtliche Decken gehüllt, die sie bei sich trugen.

Dauras warf ihr das Bündel hin, das er in der Nacht gestohlen hatte, aus den türlosen Hütten eines kleinen Weilers: eine derbe Hose, ein zerschlissenes Hemd, einen Mantel, der nichts weiter war als ein grob gewebtes Tuch mit Schnüren, und dazu einen Filzhut, unter den sie ihre Haare stopfen konnte.

»Was ist das?«, fragte Aruda.

»Kleidung für Euch«, gab Dauras zurück.

»Da passt überhaupt nichts zusammen. Es stinkt, und da sind Tiere auf dem Stoff. Das ist die Kleidung von einem Landstreicher.«

»Von einem Schäfer, nehme ich an«, gab Dauras zurück.

Sie sah ihn empört an.

»Wir müssen Euch verkleiden«, erklärte er. »Bevor wir uns irgendwo sehen lassen können. Ich habe einen Plan.«

Aruda verzog das Gesicht, aber sie gehorchte. Alles in allem, befand Dauras, hielt sich die Prinzessin auf der Flucht besser, als er erwartet hatte. Sie übernachtete im Freien, und sie konnte reiten und mit den Pferden umgehen, die Dauras mehr als einmal am liebsten bis zum Schwarzen Gebirge davongejagt hätte.

»Es ist viel zu groß!«, beklagte sie sich.

Dauras rollte ihr die Hosenbeine hoch, schnürte das Hemd fester und krempelte auch die Ärmel auf.

»Wie kannst du es wagen, zu gucken, während ich mich umkleide?«, protestierte Aruda.

Dauras grinste. »Ich gucke nicht. Ich bin blind, Gnädigste.«

»Und du hast einen Plan?«, fragte sie.

»Nun ja«, sagte Dauras. *Ich entwickele einen Plan, während wir uns bewegen.* Das klang eigentlich nicht schlecht, befand er. »Wir müssen über den Fluss, unerkannt. So können wir unsere Verfolger erst einmal abschütteln.«

»Welche Verfolger?«, fragte sie. »Meine Möchtegernbrautführer aus dem Norden hast du hoffentlich gründlich verschreckt. Und mein Vater …« Sie zuckte die Achseln. »Nun, der hat sich nicht einmal nach mir umgedreht, wenn wir in derselben Jagdgesellschaft ritten.«

»Ah ja«, erwiderte Dauras abwesend. »Die kaiserlichen Jagdgesellschaften. Davon habe ich gehört.«

Bei den kaiserlichen Jagden, von denen man im Umkreis der Hauptstadt erzählte, ließ der Kaiser hinter einer nicht einsehbaren Wegbiegung eine Tribüne errichten. Dort nahm er dann mit seinen Getreuen Platz und wartete auf Reisende, um sie mit der Armbrust aufs Korn zu nehmen. Am Ende des Tages verglichen die Höflinge ihre Beute und entschieden, wer am meisten von dem menschlichen Wild zur Strecke gebracht hatte.

Der Kaiser gewann diesen Wettstreit immer, auch wenn er kein besonders guter Schütze war.

Arudas Stimme klang belegt. »An *diesen* Jagden habe ich niemals teilgenommen.«

Dauras verfluchte sein loses Mundwerk. »Wie dem auch

sei«, sagte er. »Irgendjemand ist hinter uns her, so viel ist sicher.«

»Sagen dir das … deine besonderen Sinne?«, fragte Aruda.

Dauras schnaubte. »Hier draußen im offenen Gelände verlasse ich mich auf Eure Augen. Die reichen weiter. Das sagt mir meine Erfahrung, dass eine hohe Dame nicht verschwinden kann, ohne dass jemand nach ihr sucht.«

Sie brachen auf und ritten wieder nach Osten. Aruda kratzte sich, und gegen Mittag bestand sie auf einem Bad in einem kleinen Teich und darauf, ihre geborgte Kleidung zu waschen. Dauras war das gar nicht recht. Unter dem feuchten Stoff konnte sie sich eine Erkältung holen oder noch etwas Schlimmeres.

»Ich frage mich«, klagte sie, »ob das dein Plan ist: mit mir ziellos umherzureiten, ohne Vorräte und mit allerhand Demütigungen, bis ich freiwillig aufgebe und nach Hause zurückkehre.«

Ein verlockender Gedanke, wie Dauras zugeben musste. Aber er schüttelte den Kopf. »Keine Sorge. Wenn Dauras der Schwertkämpfer eine Prinzessin entführt, dann zieht er das auch durch. Ich werde nicht nach einem billigen Ausweg suchen, sondern Euch genau dorthin bringen, wo ich es haben will.«

»Und was wäre das für ein Ort?«, fragte Aruda.

»Hm? Nun, erst einmal über den Fluss. Und dann …«

Ihm fiel kein Ort ein, zu dem er dann wollte. Im Norden wartete ihr enttäuschter Bräutigam mit all seinen Verwandten. Im Süden ihr Vater. Und wenn sie weiter nach Osten zogen … Dauras war nie zuvor im Osten gewesen. So viele Rittergüter und Ritterorden. So viele Traditionen, die nicht die seinen waren. Und der Weg dorthin sei nicht sicher, hieß es.

»Wenn wir auf der anderen Seite des Flusses sind, können wir noch einmal genauer darüber nachdenken«, sagte er.

»Wenn wir verfolgt werden«, wandte Aruda ein, »hätten

wir da nicht lieber weiterhin nach Westen reiten sollen, anstatt uns im Kreis zu bewegen? Wir hatten einen guten Vorsprung.«

»Im Westen gibt es nichts jenseits der Grafschaft von Reinenbach, nur ödes Heideland, das sich bis zu den Bergen erstreckt. Und in das Schwarze Gebirge will ich keine Dame führen. Es hat seinen Grund, dass alle Siedler einen so großen Abstand davon halten.«

Als sie weiterritten, wurde die Landschaft fruchtbarer und war nun dichter besiedelt, und endlich entdeckte die Prinzessin den Fluss in der Ferne. Wie ein dünnes Band lag er unter dem trüben Himmel, dunkel und bleiern. Aruda dachte zuerst, es sei eine Straße, als sie Dauras aufgeregt davon erzählte, aber Dauras wusste es besser. Die Flussstraße war von hier aus noch gar nicht zu sehen.

Sie machten halt, auf einem schmalen Pfad zwischen zwei abgeernteten Feldern.

»Wo sind wir?«, fragte Aruda.

»Zwei Wegstunden nördlich von Undervilz, schätze ich.« Fast an demselben Ort, von dem sie vor sechs Tagen aufgebrochen waren. Sie hatten sich tatsächlich fast im Kreis bewegt. Dauras bemerkte, dass die Prinzessin beunruhigt umherspähte.

»Keine Sorge«, sagte Dauras. »Inzwischen werden sie überall nach uns suchen, nur nicht hier.«

Er sprach mit mehr Zuversicht, als er empfand. Er war selbst nicht überzeugt davon, dass er die Route klug gewählt hatte. Man kannte ihn hier in der Gegend. Andererseits – er war vertraut mit dieser Gegend, und das war ein Vorteil, auf den er nicht verzichten wollte.

»Seht Ihr diese bewachsene Senke dort?«, fragte er. »Kriecht da unter die Büsche. Ich werde Euch später in der Nacht abholen.«

Zwei Tage nachdem der Hofrat sie instruiert hatte, erreichte Meris das Gasthaus »Zur Silberforelle«. Sie hätte früher dort eintreffen können, aber die Flussstraße nach Norden war in so schlechtem Zustand, dass sie bei Dunkelheit nicht schnell reiten konnte. Sie fragte sich, welcher Kaiser wohl zuletzt das Geld gehabt hatte, um neue Pflastersteine legen zu lassen.

Die »Forelle« war in einem schmucken Fachwerkhaus mit zweieinhalb Geschossen untergebracht. Das Wirtshaus lag gleich an der Hauptstraße, hatte einen umfriedeten Hof, einen Stall und ein Nebengebäude, in dem es Gästezimmer gab. Das Haus sah gemütlich aus.

Meris trat durch die Tür.

Der großzügige Gastraum erinnerte an eine erstürmte und geplünderte Festung. Alle Möbel waren zerschlagen, die Theke war herausgerissen. Überall lagen die Scherben von zerbrochenem Geschirr, von Schalen, Bechern und Tonkrügen. Es stank nach Wein und saurem Bier, und bei jedem Schritt klebten Meris' Stiefelsohlen in den eingetrockneten Lachen.

Ihr geschultes Auge entdeckte auch andere, dunklere Flecken in dem Dämmerlicht, das durch die trüben Bleiglasscheiben drang. Lachen von geronnenem Blut – sie mussten riesig gewesen sein, und niemand hatte sich die Mühe gemacht, sie wegzuwischen.

Irgendjemand hatte allerdings die Trümmer zur Seite geschoben. Brennholzgroße Reste von Bänken, Stuhlbeinen und Tischen lagen unordentlich an den Wänden, zwischen besudelten Büscheln von Stroh und noch mehr Scherben. In der freigeräumten Mitte der Schankstube saßen sechs Soldaten in der roten Uniform der kaiserlichen Legion und mit der Brosche der Adlerkompanie auf der Brust. Sie hatten sich zwei Tische und ein paar Bänke und Stühle notdürftig wieder hergerichtet. Meris betrachtete belustigt, wie ein bulliger

Legionär auf einem dreibeinigen Hocker saß, dessen gebrochener Fuß durch ein mit einer Hanfkordel am Stumpf befestigtes Stuhlbein repariert worden war.

Von den Soldaten abgesehen war der Raum leer. Vor den Männern standen gefüllte Bierkrüge, aber kein Wirt war zu sehen, der sie bediente.

Der vierschrötige Legionär drehte sich auf seinem Hocker um. »Ist geschlossen, die Kaschemme«, brüllte er. »Im Namen des Kaisers!«

Meris verfolgte seine Bewegung neugierig. Zu ihrer Überraschung blieb der geflickte Hocker intakt. Also trat sie zu den Soldaten, hielt ihnen ihren Siegelring vor die Nase und knallte die Ernennungsurkunde auf den Tisch, die der Hofrat ihr hatte ausstellen lassen.

»Im Namen des Kaisers«, sagte sie. »Ich übernehme das Kommando. Wo ist euer Leutnant?«

Der bullige Legionär seufzte. »Meine Güte. Jetzt übernehmen die Zofen das Regiment bei der Suche nach der Prinzessin.«

Meris trat ihm das Stuhlbein unter seinem Sitz weg und setzte ihm die Spitze ihres kurzen Schwertes an den Hals, bevor er am Boden aufkam. »Zwei von eurer Sorte haben in der Hauptstadt schon ihr Leben verloren, weil der Kaiser mit ihnen nicht zufrieden war. Hier spreche ich für den Kaiser. Wollt Ihr euch mir gleich mit einer Meuterei vorstellen?«

Sie musste dem Mann zugutehalten, er zuckte nicht mit der Wimper, nicht bei dem Aufprall und nicht als er die Klinge an seiner Kehle spürte. Er war auch nicht so dumm, irgendetwas zu versuchen. Beschwichtigend hob er die Hände und sagte: »Wennste die Versager meinst, die der Leutnant zurück in die Stadt geschickt hat, das waren keine von unsrer Sorte. Räudige Wölfe, die von ihrem eigenen Rudel längst ausgesondert worden sind.«

»Wo ist euer Leutnant?« Meris steckte das Kurzschwert wieder weg. Sie hatte jetzt die Aufmerksamkeit der Soldaten.

Der Bullige setzte sich auf und antwortete ruhig: »Ritter an Marcen ist mit zwei Trupps in den Westen gezogen. Er hat Hinweise erhalten, dass die Prinzessin in diese Richtung gebracht wurde.«

»Und wo ist euer Sergeant?«, fragte Meris.

»*Fähnrich* von Ledingen ist mit Sergeant Monas und dem halben Trupp unterwegs und sucht weitere Hinweise. Wir sollen hier die Stellung halten. Der Leutnant hat dieses Wirtshaus zu unserem behelfsmäßigen Hauptquartier bestimmt.«

»Wo ist der Wirt?«, fragte Meris. »Den würde ich gern als Ersten befragen.«

Der Legionär lachte auf, kurz und trocken. »Den windigen Halunken hätten wir alle gern befragt. Leider war er schon abgehauen, als wir ankamen. Hat alles mitgenommen, was wertvoll war und was auf 'nen Wagen passte. Wir konnten hier nur noch alles auf den Kopf stellen.« Er wies mit der Hand im verwüsteten Raum umher und sah wieder zum Tisch. »Und bedienen müssen wir uns einstweilen selbst.«

»Ich verstehe.« Dass der Wirt das Weite gesucht hatte, war vermutlich klug gewesen. Er musste geahnt haben, was auf ihn zukam. »Wie ist dein Name, Soldat?«

»Barlo«, antwortete der Legionär.

»Gut, Barlo. Ihr werdet nach eurem Fähnrich suchen und den Rest des Trupps hier versammeln. Ich werde in der Zwischenzeit mit ein paar Leuten im Ort reden.«

»Soll ich auch einen Reiter hinter dem Leutnant herschicken? Oder wollt Ihr mit uns allen zusammen nach Westen ziehen?«

»Weder noch«, erwiderte Meris. »Für euren Leutnant hinterlege ich einen schriftlichen Befehl im Gasthaus. Er wird zurück in die Hauptstadt beordert. Ich brauche nur euren Trupp, und an Leutnant an Marcen will ich keine weitere Zeit verschwenden. Er jagt einer falschen Fährte nach.«

»Einer falschen Fährte?« Barlo sprang überrascht auf. Er ragte über Meris auf wie ein Bär. »Woher wollt Ihr das wissen?«

Sie tippte sich an die Stirn. »Weil ich nachdenke, bevor ich der nächstbesten Fährte nachreite. Dafür hat der Kaiser mich geschickt. Der Entführer wird nicht in den Westen gehen. Er hat Prinzessin Aruda Callindrin gewiss nicht entführt, um mit ihr eine Ritterfahrt in die Schwarzen Berge zu unternehmen. Im Norden und im Süden warten die Männer, die er sich durch seinen Überfall zum Feind gemacht hat. Ich würde darauf wetten, dass er sich nach Osten wendet und den Fluss überquert. Dort findet er Leute, mit denen er über ein Lösegeld verhandeln kann, oder Fürsten, an die er sie verkaufen könnte. Und dort werden wir nach ihm suchen.«

Auf dem Weg zur Tür hielt Barlo noch einmal inne. »Verzeiht, Herrin«, sagte er. »Und wie ist Euer Name?«

»Ihr dürft mich mit Botin anreden«, sagte Meris.

Als Dauras zu dem Wäldchen zurückkehrte, spürte er die Gegenwart der Prinzessin. Ihr Herzschlag ging schneller, als er näher kam – sie war also aufmerksam. Vermutlich war es die Kälte, die sie wachhielt, nicht das Pflichtbewusstsein. Dauras fühlte, wie sie zitterte.

Zehn Schritte vor dem Gehölz hob er die Hand. »Ich bin es«, sagte er. »Ihr könnt herauskommen.«

Knisternd kroch sie aus dem Unterholz. Sie steckte ein Stück tiefer darin, als er sie zurückgelassen hatte.

»Deine Silhouette hat sich verändert«, sagte sie. »Ich habe dich nicht erkannt.«

Dauras trat an den Rand der Senke und setzte sein Gepäck ab. »Ich habe eine Kiepe besorgt«, sagte er. »Mit Brennholz. Ich habe die Pferde verkauft und ein paar Dinge beschafft, die wir für die Überfahrt brauchen.«

»Etwas zu essen?«, fragte Aruda.

Dauras holte ein kleines Stück Schinken aus seinem Bündel und reichte es seiner Begleiterin. Aruda sah ihn erwartungsvoll an.

»Ist das alles?«, fragte sie.

»Ich war bei einem Rosstäuscher«, sagte er. »Nicht im Gasthaus. Der Kerl hatte zufällig eine Menge Schinken in seiner Vorratskammer, davon abgesehen allerdings nur das, was er selbst braucht, meinte er. Und das hat er mir teuer genug angerechnet, also beklagt Euch nicht. Ihr speist heute edler, als ich es mir ausgesucht hätte.«

Aruda roch an dem Schinken. »Aber er ist so salzig und so schwer ohne alles.«

Sie biss hinein. Kauend fügte sie hinzu: »Vielleicht ist es besser so. Das letzte Brot, das du uns besorgt hast, hatte Steine eingebacken.«

Während sie aß, erklärte Dauras: »Wir haben jetzt ein wenig Geld für die weitere Reise. Außerdem habe ich eine Verkleidung für mich zusammengestellt.« Die Flasche Schnaps, die der Rosstäuscher draufgelegt hatte, verschwieg er lieber.

»Und meine Verkleidung reicht aus?«, fragte Aruda.

»Euch kennt hier sowieso keiner. Solange Ihr Eure rote Lockenspracht unter dem Hut verborgen haltet …«

»Meine Haare sind braun!«, rief Aruda empört.

»Ach?«, sagte Dauras. »Und erklärt Ihr mir den Unterschied?«

»Das liegt doch auf der Hand! Rot ist … braun ist …« Sie

wedelte mit den Händen. »Ach, bei Bponur! Warum hast du überhaupt eine Farbe genannt, wenn du ohnehin …«

Dauras grinste. »Ich wollte, dass Ihr mal an etwas anderes denkt als an Verfolger und Gefahren. Wenn Ihr so zaghaft und verbissen neben mir steht, wie ich Euch gerade aus den Büschen gezogen habe, dann schaut jeder gleich zweimal hin. Jetzt müssen wir Euch nur noch einmal in den Flussschlamm tunken, und schon nimmt Euch jeder den Schäfersburschen ab.«

Sie knuffte ihn mit der Faust gegen die Brust. »Du bist unmöglich, weißt du das?«

Nach dem Essen suchte Dauras eine Mulde, in der sie ein kleines Feuer entzünden konnten. Er brauchte ein wenig Licht und das Sehvermögen der Prinzessin, um seine Verkleidung vollkommen zu machen. Er hieß Aruda dünne Äste am Feldrain sammeln und breitete aus, was er besorgt hatte: Haare und Leim und weiße Asche.

Aruda kam zurück. Sie stolperte durch die abgeernteten Ackerfurchen und warf eine Handvoll Zweige auf den Boden. »Warum nehmen wir nicht das Brennholz, das du mitgebracht hast?«

»Weil es meiner Tarnung als alter Holzhändler schaden würde, wenn ich meine Ware selbst anzünde.«

»Es ist sowieso eine schlechte Tarnung«, verkündete Aruda. »Weshalb sollte ein Brennholzsammler sein billiges Zeug über den Fluss bringen, wo ihn die Überfahrt wahrscheinlich mehr kostet, als die Ware wert ist?«

»Was weiß ich? Ich brauche nur eine Geschichte, die ich zwei einfältigen Fischern erzählen kann. Ich will nicht den großen Magistrat am kaiserlichen Gerichtshof überzeugen.

Überhaupt, was versteht so eine Prinzessin vom Krämerwesen?«

»Mehr als ein Schwertmönch aus dem Süden, wie mir

scheint. Du würdest dich wundern, was ich schon alles gekauft habe.«

»Nein«, sagte Dauras. »Das glaube ich dir unbesehen.«

Er entfachte ein winziges Feuer. Aruda wühlte derweil in seiner Tasche.

»Wo ist das Geld für die Pferde?«

»Hier.« Dauras klopfte auf die prall gefüllte Ledertasche an seinem Gürtel.

»Da sind doch nicht einmal 100 Goldmark drin!«

»Ungefähr zwanzig, schätze ich.« Er fügte nicht hinzu, dass er nur zwölf davon heute Abend bekommen hatte.

»Zwanzig Goldmark? Du hast dich übers Ohr hauen lassen. Ich habe die Pferde der Ritter mitgenommen. Das waren ausgebildete Schlachtrösser, die waren mindestens 200 wert!«

Dauras lachte. »Klar, und ich war der Ritter, der sie verkaufen will. Nein, Kindchen – glaubst du etwa, ich hätte zum edelsten Gestüt gehen und um den Preis feilschen können? Ich musste einen Halunken suchen, der mit gestohlenen Pferden handelt. Der zahlt mir natürlich keinen ritterlichen Preis.«

»Wir hätten die Pferde behalten sollen«, sagte Aruda bitter.

»Wir hätten sie niemals über den Fluss bekommen. Nicht in dem Kahn, den ich im Sinn habe.«

Aruda senkte den Kopf. »Verzeih«, sagte sie. »Ich vergesse zu leicht, dass es meine Schuld ist, dass du überhaupt in dieser Lage steckst.«

Dauras winkte ab. »Das ist jetzt sieben Tage her. Viel zu unbedeutend, um so lange darüber zu grübeln.«

Er zeigte ihr den Leim und die anderen Sachen und bat sie, ihn als Greis zurechtzumachen. Sie sollte ihm einen schütteren Bart ankleben, mit der Asche seine Augenbrauen weiß färben und ein paar Linien in seinem Gesicht andeuten.

Aruda hielt ein Büschel Haare hoch. »Was ist das?«

»Haare von einer Ziege«, erwiderte Dauras. »Ich hab unterwegs in einem Stall vorbeigeschaut und die längsten Strähnen abgeschnitten.«

»Ich fürchte, die Ziege war braun gescheckt, und nicht weiß.«

»Verflucht. Irgendwer hat mir einmal erzählt, Ziegen wären weiß!«

»Und an den Brauen müssen wir nicht viel tun. Die sind fast schon grau genug.«

»Bin ich zu alt, hm?«, fragte Dauras.

Aruda entschuldigte sich erschrocken. Doch Dauras winkte ab. Dennoch hatte sie einen wunden Punkt getroffen, eine Frage, die ihn seit einer Weile beschäftigte: Wie viel Zeit blieb ihm noch? Wie lange konnte ein Schwertkämpfer, selbst der beste, der Beste bleiben? In seiner Jugend hatte Dauras sich gegen das Alter gefeit gefühlt. Er besaß eine göttliche Gabe, und Götter alterten nicht. Inzwischen jedoch verspürte er bei jedem Kampf einen dumpfen Schmerz in den Gliedern. Er konnte ihn missachten – aber vielleicht war das ein Grund dafür, warum er mittlerweile seltener nach Kämpfen suchte als vor zehn Jahren.

Mitunter nagte das Gefühl an ihm, dass er die besten Jahre als Kämpfer bereits hinter sich hatte – die zwanzig Jahre, seit er das Kloster verlassen hatte. Und was hatte er in dieser Zeit erreicht? Am meisten allerdings plagte ihn der Gedanke, dass seine Handgelenke weniger schmerzen würden, hätte er damals nur auf den Abt gehört und sich mehr Mühe mit dem geschmeidigen Kampfstil der *Bilder* gegeben. Womöglich hätte er nicht jede Parade so hart und eckig abfangen sollen, nur weil er es konnte.

»Wisst Ihr was«, sagte er. »Sucht einfach die hellsten Haare heraus, und dann klebt mir diesen Ziegenbart an. Wenn er etwas dünner ist, kann mir das nur recht sein.«

Dauras führte Aruda über die stille Straße am Fluss. Er hielt sie am Arm, denn in der Schwärze wäre sie sonst gestrauchelt oder vom Weg abgekommen.

Der Mond war eine schmale Sichel, die von Wolkentürmen verschlungen wurde. Ein schwerer Geruch nach Feuchtigkeit und nach faulendem Holz hüllte sie ein. Aruda erschauerte und zog den zerschlissenen Mantel enger um sich. Ihre Zähne schlugen aufeinander. Dauras rückte näher an sie heran und legte seinen Mantel über sie beide.

»Du frierst nicht«, sagte sie. »Du bist ein Mönch aus dem Tempel in Sir-en-Kreigen, hast du gesagt? Einer von diesen Südländern, die ihren Körper zu einer harten und gefühllosen Waffe machen.«

»Das erzählt man sich im Palast?«, fragte Dauras. »Na, vielleicht sollte es so sein.«

»Das erzählt man sich überall«, verkündete die Prinzessin im Brustton der Überzeugung. Dann, eine Weile später: »Warum hast du den Tempel verlassen?«

»Ich habe den Tempel nicht verlassen. Ich bin auf eine Pilgerreise gegangen.«

»Ach?« Sie horchte auf. »Zu welchem Heiligtum?«

»Für die Priester des Schwertes sind Körper und Geist die einzigen Heiligtümer, die man braucht, um das Göttliche zu erreichen. Ich habe meinen Weg an der Welt geprüft, um zu sehen, ob es der richtige ist.«

»Deinen Weg?«

»Die südlichen Kulte suchen in der Kampfkunst nach Vollkommenheit«, erklärte Dauras. »Angeblich. Meine Kampfkunst war vollkommener als die der anderen. Dennoch wollten sie mir nicht folgen auf dem Weg, der unbesiegbar macht. Sie wollten lieber so bleiben, wie sie immer gewesen waren.«

»Du bist unbesiegbar?«

»Ich habe der Welt jede Möglichkeit gegeben, mir das Gegenteil zu beweisen. Noch hat sie es nicht geschafft. Trotzdem ist der Tempel dem Weg untreu geworden, denn obwohl sie von meiner Stärke gehört haben müssen, haben sie es niemals anerkannt. Und wenn der Tempel des Schwertes nicht mehr die Stätte ist, wo man der Vollkommenheit im Kampfe huldigt, was für einen Sinn hat dieser Ort dann noch?

Wie könnte ich dorthin zurückkehren, solange die Mönche nicht *sehen*?«

Vor ihnen drang ein winziges Licht durch die Zweige. Aruda hielt inne.

»Da ist etwas«, flüsterte sie.

»Wo?«, fragte Dauras.

Aruda führte seine Hand, bis die auf das Licht wies.

»Das ist die Hütte der Brüder Boret«, erklärte Dauras. »Sie steht ein Stück vom Fluss entfernt. Diese beiden Fischer kennt man in der Gegend. Sie sind dumm, und sie bleiben für sich – also genau die richtigen, um uns unauffällig auf die andere Seite zu bringen.«

Er hatte sein Schwert an einen langen Stecken gebunden und wickelte nun seinen schäbigen alten Mantel so darum, dass die Waffe verhüllt war. Zuletzt band er den Rest seiner Habseligkeiten daran und schnürte auf diese Weise ein Reisebündel. Aruda sollte den Enkel des Holzhändlers spielen und das Bündel an der Stange auf die Schulter nehmen. Dauras trug die Kiepe über einem uralten Kittel und dazu eine Gugelhaube, die mit Schimmelflecken übersät war. Er hatte sie bei dem Pferdehändler entdeckt und als Teil seiner Verkleidung mitgenommen.

Kaum hatte er sich den modrigen Filz auf den Kopf gesetzt, da hüllte der Gestank ihn ein wie eine Wolke, die er fühlen konnte.

Aruda schleppte schwer an dem Bündel. Auf dem kurzen Stück bis zur Anlegestelle des Bootes wechselte sie es dreimal von einer Schulter auf die andere. Sie hörten raue Stimmen. Holz knarrte, Taue knirschten. Die Brüder Boret machten ihr Boot fertig.

Die Straße verlief an dem schilfbestandenen Ufer entlang. Eine Böschung führte hinab zum Wasser. Die Brüder hatten ein paar Pfähle in den Schlamm getrieben, die als Stufen und Tritte bis zum Anleger reichten. Dieser war nichts weiter als ein Baumstumpf mit ein paar Aststummeln, an denen sich das Boot festmachen ließ. Wenn man nicht wusste, wo es lag, war es durch das Schilf und die Weidensträucher am Straßenrand vor neugierigen Blicken geschützt.

Dauras stieg hinab und zog Aruda hinter sich her über das schlüpfrige Ufer. Auf dem ersten Pflock blieb er stehen. Die beiden Brüder hielten inne. Dauras spürte, wie sie den Neuankömmlingen das Gesicht zuwandten. Er spürte die feine Wärmequelle bei ihren Köpfen, vermutlich eine Öllampe, die am Mast ihres Bootes hing. Es waren vierschrötige Gesellen in löchrigen Hemden, mit bloßen Füßen und in Hosen, die ausgefranst am Knie endeten. Dauras nahm ihren Geruch wahr, der zu dem Moder und der gärenden Fäulnis passte, die vom Morast und – er musste es zugeben – auch von seiner Kopfbedeckung aufstieg.

»Hallo, ihr guten Herren.« Er ließ seine Stimme dünn klingen. »Könnt ihr einen alten Mann und seinen lieben Enkel über den Fluss setzen, an diesem schönen frischen Morgen?«

»Wer bist du denn?«, fragte der vorderste der Fischer, der »kleine Boret«, wie alle hier ihn nannten, obwohl er inzwischen erwachsen war, nur etwas jünger als sein Bruder.

»Kennst du mich nicht?«, fragte Dauras. »Ich bin doch der Vater vom Schäfers Borst aus Wolfrieden.«

»Von dem hab ich gehört«, meinte der große Boret. »Wusste gar nicht, dass der arme Schwanz 'nen Vater hat.«

Die beiden lachten.

»Bitte, die Herren Boret«, wimmerte Dauras. Am Rande seiner Sinne bekam er mit, dass die Prinzessin das Bündel abgelegt hatte und sein Schwert und seine Kleidung langsam im Uferschlamm versanken, während sie sich auf den Stecken stützte. Seine Stimme überschlug sich ein wenig und ließ ihn womöglich noch mitleiderregender klingen. »Ich zahl euch drei Pfennig für die Überfahrt. Hab gehört, drüben auf der anderen Seite gibt's weniger Wälder, und da zahlen sie glatt das Doppelte für meine Kiepe.«

»Klar du, Alter«, sagte der kleine Boret. »Geh nach Undervilz. Da gibt's 'n Fährmann.«

»Aber da laufe ich einen halben Tag Umweg!«, sagte Dauras. »Und mein junger Enkel ist auch noch keine große Hilfe. Muss ihm das Geschäft erst zeigen, wisst ihr, Herren.«

Der große Boret spuckte aus. »Klar. 'n kompliziertes Gewerbe, Brennholz sammeln. Muss so 'n Borstel lang für lernen.«

Sein Bruder kicherte und sagte dann: »Weißt du, Alter, wir nehmen dich mit. Wenn du deine halbe Fuhre noch drauflegst.«

»Aber ihr Herren!«, jammerte Dauras.

Aruda begehrte auf. »Ihr wollt meinen greisen Großvater wohl ausnehmen wie eure Fische? Das sieht doch ein Blinder, dass die Fahrt gar nichts mehr einbringen kann, wenn er die Ware hier lässt. Komm, Väterchen. Wir finden bestimmt anderswo einen Fischersmann, der sich einen Pfennig dazuverdienen will.« Sie fasste Dauras beim Arm.

»Aber Kind«, stotterte der, aus dem Konzept gebracht.

»He, Moment, Alterchen«, rief der große Boret. »Ist schon gut. Vier Pfennig, und wir nehmen dich mit.«

»Ist gut«, sagte Dauras schnell. Er führte Aruda zum Boot und versuchte dabei, es so aussehen zu lassen, als stütze sie ihn, während er gebrechlich über die Pfähle humpelte. Umständlich zählte er einem der Brüder die Pfennige auf die Hand. Dann streifte er die Kiepe ab und setzte sich mit gesenktem Kopf in die Mitte des kleinen Bootes. Bilgenwasser schwappte zwischen seinen Füßen. Aruda zögerte kurz, bevor sie neben ihm Platz nahm.

Die Boret-Brüder rückten den Rest ihrer Ladung zurecht – Eimer mit Ködern, Angelschnüre, Schwimmer und Reusen. Sie lösten das Tau. Der große Boret stieß das Boot mit einer Stange in die Fahrrinne. Der andere Bruder ergriff die Ruder. Sie stakten durch das Schilf bis zum offenen Wasser.

»Solltest mehr auf deinen Enkel hören«, sagte der große Boret. »Ein geschäftstüchtiger Jüngling. Wird's weit bringen … für'n Borstel.«

»Klar«, sagte der kleine Boret. »Zum Melker vielleicht, so zart wie der gebaut ist.«

Sie lachten wieder. Es lag etwas Lauerndes in ihren Stimmen. Dauras fragte sich, ob sie versuchen würden, ihre beiden Passagiere auszurauben. Wenn sie sich dann nicht mit dem Stofftuch begnügten, das er zu einem »Geldbeutel« zusammengebunden am Gürtel trug, würde die Nacht einen unangenehmen Verlauf nehmen.

Im offenen Wasser drehte sich das Boot in die Strömung. Wellen klatschten gegen den Rumpf und schwappten ins Innere. Der kleine Boret legte sich in die Riemen. Noch mehr Wasser spritzte in das Boot, und der kleine Boret lachte.

»Pass ma' auf«, sagte sein großer Bruder vom Heck her.

Der Kleine tauchte mit dem Ruderblatt in eine größere Woge und spritzte sie in Richtung seines Bruders. Sie lenkten das Boot am Ufer entlang.

»Ihr denkt daran, dass ihr uns auf die andere Seite bringen wolltet?«, erinnerte Aruda sie.

»Klar«, sagte der große Boret. »Aber vorher tun wir die Reusen prüfen und bringen 'n paar Haken aus. Wenn's so dunkel ist, lockt das Licht gern ein paar größere zum Boot. Wär ja schad, wenn die wieder davonschwimmen, ohne anzubeißen.«

Es war so üblich im Reich, dass man den Tag in neun kleine Stunden unterteilte, aber die Nacht nur in drei große. Es bestand selten die Notwendigkeit, die Zeit in der Dunkelheit genauer zu messen. Dennoch schätzte Dauras, wenn es in der Nacht kleine Stunden gegeben hätte, dass sie dann zumindest eine davon unterwegs gewesen waren, bevor sie endlich auf zur Flussmitte hinausruderten.

Als die Brüder dort erneut beidrehten, wurde Dauras ungeduldig. Einen Augenblick lang vergaß er seine Rolle. »Was?«, schimpfte er.

Der große Boret beugte sich vom Heck her zu seinen Fahrgästen hinab. Er fasste Aruda am Kragen ihres fadenscheinigen Kittels und riss das Kleidungsstück mit einem Ruck herunter. Aruda schrie auf und legte die Arme um die Brust.

»Und jetzt«, sagte er, »werden wir uns als Lohn für die Überfahrt ein Schäferstündchen mit deiner Enkelin gönnen. Wenn die Kleine als Bursche durchgehen soll, dann solltest du sie nicht auf ein Boot setzen, wo ihr Hemdchen nass wird.«

»Hab's mir schon gedacht, als ich das Stimmchen gehört hab«, warf sein Bruder ein.

»Und ich«, tönte der große Boret, »hab's schon geschnüffelt, als sie an mir vorbei aufs Boot gelaufen ist. Noch bevor ich die Nippel gesehn hab.« Er schmatzte mit den Lippen.

Dauras' Hand stieß vor und traf ihn unter dem Brustbein. Dem großen Boret verschlug es den Atem, und er kippte rücklings über den Bootsrand. Dauras fasste den Stab mit seinem Gepäck. Er schlug damit über die Schulter nach hinten, ohne sich umzuschauen. Das Gewicht des Bündels daran behinderte ihn kaum. Er erwischte den kleinen Boret an der

Stirn, der kippte von der Ruderbank und rührte sich nicht mehr.

Dauras seufzte. Er drehte sich um, packte den Bewusstlosen und warf ihn ebenfalls über Bord. Währenddessen kam der große Boret wieder an die Oberfläche. Er ruderte mit den Armen, schnappte nach Luft und stieß abgehackte Hilferufe hervor. Dauras nahm ein Ruder und schlug es dem Fischer auf den Kopf.

Es wurde still. Das wild schaukelnde Boot beruhigte sich. Aruda saß immer noch mit verschränkten Armen da und regte sich nicht. Dauras bemerkte, wie sie zitterte.

Er löste das Kleiderbündel von seinem Stecken. »Hier«, sagte er. »Ihr könnt mein gutes Wams anziehen. Es ist allerdings etwas Schlamm drangekommen, und an ein paar Stellen ist es auch nass.«

Wortlos streifte sich die Prinzessin das Gewand über. Erst dann blickte sie wieder auf. »Du hättest sie nicht töten müssen.«

»Wären sie entkommen, hätten sie irgendwem erzählt, dass sie einen Mann und ein Mädchen über den Fluss gebracht haben. Wenn sie einfach verschwinden, wird vielleicht jemand Fragen stellen. Aber wenigstens kriegt er die Antworten nicht gleich frei Haus geliefert.«

Dauras riss sich die schmierige Gugel vom Kopf und warf sie in den Fluss. Dann strich er sich durch die Haare, als müsste er etwas abstreifen. »Auf der anderen Seite wollte ich uns ohnehin eine bessere Verkleidung besorgen.«

Das Boot trudelte langsam. Sie trieben flussab. Dauras nahm die Ruder auf und glich es wieder aus. Einen Augenblick lang geriet er in Panik, denn beide Ufer lagen Hunderte Schritt entfernt und außer Reichweite seiner Sinne. Wie sollte er den richtigen Kurs halten?

Dann aber fiel ihm ein, dass er sich einfach an der Strömung orientierten konnte, und zuversichtlich legte er sich in die Riemen.

»Ich war nachlässig«, sagte er. »Ich hätte bedenken müssen, dass selbst Dummköpfe zu Niedertracht fähig sind und aufmerksame Sinne haben können. Ich muss mich entschuldigen, Prinzessin.«

»Nein«, widersprach Aruda. »Es war mein Fehler. Ich bin die von uns, die sehen kann. Also hätte ich daran denken müssen, dass mein Körper sich unter dem nassen Stoff abzeichnet. Wie hättest du das wissen sollen?«

»Es war mein Plan«, sagte Dauras. »Und meine Verantwortung.«

»Ich bin für mich selbst verantwortlich«, erwiderte die Prinzessin. »Ich hätte auch nicht reden sollen. Wieder einmal sind Menschen meinetwegen gestorben.«

»Macht Euch nicht lächerlich.« Dauras schnaubte. »Ihr habt nie gelernt, für Euch selbst zu sorgen. Ihr seid eine Prinzessin.«

»Bin ich das?« Aruda schaute auf den dunklen Fluss hinaus.

Dauras hielt die Ruder still. »*Diese* Frage könnt wirklich nur Ihr selbst beantworten.«

»So einfach ist das nicht«, sagte Aruda. »Manchmal frage ich mich selbst: Wer bin ich eigentlich? Ich könnte alles sein. Ich *war* alles. Ich habe mich als Küchenjunge verkleidet und mit den Jungen und Mädchen vom Personal gespielt. Ich habe Ritter gespielt und bin allein aus dem Palast hinaus und in den Wald geritten. Ich habe mich in der Stadt unter das Volk gemischt und mit den Marktfrauen geredet wie die Tochter von, nun, Händlern …«

Aber bestimmt nicht, ohne aufzufallen, Prinzesschen, dachte Dauras. »Und was haben Eure Erzieher dazu gesagt?«

»Ich hatte eine Amme, bis ich acht war«, erzählte Aruda.

Sie wandte den Blick nicht vom Wasser ab. »Meine Mutter hatte sie noch für mich ausgesucht, bevor sie …

Ich erinnere mich an ein freundliches Gesicht, nachdem die Amme gestorben war. Ein Ritter, glaube ich. ›So ganz allein‹, hat er gesagt, und dann stellte er mir ein älteres Mädchen vor, eine Zofe. Sie war nett. Sie starb, bevor ich sie wirklich kennenlernen konnte. Und den Ritter habe ich niemals wiedergesehen.

Dann war da diese Hofdame. Sie redete wie von der Ferne zu mir, auch wenn sie vor mir stand. Eine alte Dame. Aber sie meinte, ich müsste eine Erziehung bekommen, und sie brachte mich zu diesem Lehrer. Der war nicht nett. Einmal hat er mich geschlagen, und ich war wütend und sprach mit meinem Vater. Ich weiß nicht, warum er mich ausgerechnet da beachtet hat.

Er bestand darauf, dass ich zusehe, wie er selbst den Mann tötet. Es war im Herbst, Blätter fielen in den Innenhof. Der Lehrer war nackt an einen Pfahl gebunden, und der Kaiser selbst führte die Peitsche!

›So ergeht es denen, die die Hand gegen einen Callindrin erheben.‹ Das sagte er, als er begann. Dann machte er immer weiter, bis nur noch ein blutiges Stück Fleisch an dem Pfahl hing. Ich habe dabei das Gesicht meines Vaters gesehen. Er sah aus … so stelle ich mir die Heiligen Bponurs vor, wenn sie ihren Gott erfahren. Versunken. Ekstatisch. Das war der Blick meines Vaters, wenn er einen Menschen gequält hat.

Damals habe ich es zum ersten Mal bemerkt, und ich habe nie wieder ein Wort mit ihm gesprochen. Nicht freiwillig, und wenn ich musste, bekam ich vor Angst kein Wort heraus.

Und es gab andere … Dieser Knappe, als ich dreizehn war. Wir standen auf dem Platz der goldenen Sonne bei der großen Parade. Er hat meine Hand gehalten. Am nächsten Tag ließ mein Vater ihn hinrichten, wegen Verschwörung gegen

Reich und Krone, weil der Junge sich angeblich seinen Thron erschleichen wollte.

Es gab also nicht viele Erzieher. Es gab überhaupt nicht viele Menschen in meiner Nähe. Verstehst du, Mönch? Sie trauten sich nicht an mich heran, weil der Tod mich umgab. Das war mein Leben als Prinzessin.«

Sie lachte bitter und sah Dauras an. »Ich will keine Prinzessin mehr sein. Womöglich sollte die Prinzessin einfach verschwinden. Ich könnte … eine Bauersfrau sein. Irgendwo, wo keiner nach mir sucht. Du könntest ein Bauer werden.

Und wenn diese Verfolger kommen, von denen du sprichst, dann werden sie uns nicht finden, weil es gar keinen Schwertkämpfer und keine Prinzessin mehr gibt, sondern nur zwei Bauern, die keiner je für die Gesuchten halten würde.«

Dauras schnaubte. »Ich will bestimmt kein Bauer werden und so leben wie das Vieh, das ich hüte. Und eine Bäuerin zu *sein*, das ist auch etwas anderes, als nur eine zu *spielen*, Prinzessin.«

»Aber um mich herum sterben alle!« Aruda hob die Arme. »Alle, die in meine Nähe kommen. Das war im Palast so, und es geht immer, immer weiter. Und ich bin es leid. Es soll aufhören.«

»Nun, vielleicht hattet Ihr recht.« Dauras brachte das Boot wieder auf Kurs. »Vielleicht hat das Schicksal uns zusammengeführt. Wenn es so gefährlich ist in Eurer Nähe, dann nehme ich die Herausforderung jedenfalls gerne an. Mal sehen, ob Euer Schicksal etwas zu mir führt, was eines echten Kampfes würdig ist!«

Meris hatte die Soldaten im Morgengrauen über den Fluss geführt, in irgendeinen namenlosen Weiler gegenüber von Undervilz, der nur aus ein paar Fischerhütten und verstreut stehenden Gehöften bestand. Von dort aus ritten sie querfeldein nach Südosten, auf die lange Handelsstraße zu, die Horome mit Barrat verband.

Sie hatte darüber nachgedacht, wo sie ihre Suche beginnen sollte. An Dauras' Stelle wäre sie in die Hauptstadt gegangen, die auf dieser Seite des Flusses ein wuchernder Moloch war. Wenn man untertauchen wollte, gab es keinen besseren Ort als diesen wimmelnden Ameisenhaufen aus eigenständigen Stadtvierteln und armen Volksmassen, die niemand überblicken oder gar kontrollieren konnte – nur eine Flussbreite vom Kaiserpalast und dessen wohlbehüteter Insel entfernt!

Aber Meris hatte die Akte des Mönches gelesen und glaubte fast, ihn zu kennen. Nachdem er zur Ruhe gekommen war, hatte er sich vor allem im Speckgürtel von Horome herumgetrieben, im ländlichen Umland, doch die Hauptstadt selbst hatte er in all den Jahren gemieden. Er war kein Stadtmensch und würde den Schutz, den die Großstadt ihm bieten konnte, gar nicht wahrnehmen.

Je länger Meris darüber nachdachte, umso mehr wuchs ihre Überzeugung, dass er genau da untertauchen würde, wo sie jetzt waren: im Gebiet zwischen dem Fluss und der Grafschaft Ribbalin, zwischen der Nebelfurt im Norden und Gebruch im Süden, einem Landstrich, der vielleicht fünf Tagesreisen im Quadrat umspannte, ohne größere Ortschaften, aber mit zahllosen Gehöften und Dörfern und kleinen Rittergütern. Und in der Nähe der Handelsstraße fielen Fremde am wenigsten auf.

Sie und der Fähnrich von Ledingen ritten dem Trupp voran. Von Ledingen war ein junger Ritter mit hellblondem Haar, ein Knabe von nicht einmal zwanzig Jahren, der ein wenig zu stolz und aufrecht auf seinem Ross saß. Er machte keinen Hehl daraus, was er davon hielt, dass sie das Kommando hatte.

»Ich werde mich in der Hauptstadt beschweren«, verkündete er gerade. »Wie können sie dir dieses Kommando geben? Du hast nicht einmal eine Familie!«

Im ersten Augenblick wollte Meris aufbrausen. *Woher will er das wissen?* Dann fiel ihr ein, dass ein Ritter den adligen Namen meinte, wenn er von Familie sprach.

»Seht nicht die Frau ohne Namen in mir. Ich bin die Stimme des Kaisers. Und es ist nicht unehrenhaft, dem Kaiser zu dienen, nicht wahr, Ritter von Ledingen?«

»Die Stimme des Kaisers.« Von Ledingen gab einen abfälligen Laut von sich. »Und seine Augen und Ohren dazu, nehme ich an. Der kaiserliche Botendienst denkt gern, dass er für das Reich steht. Aber eines Tages werdet ihr erkennen, dass man mit Spitzeln und Intrigen allein das Reich nicht zusammenhalten kann.«

»Ihr glaubt also«, stellte Meris in herablassendem Ton fest, »das Schicksal des Reiches sollte auf dem Rücken der kaiserlichen Legion ruhen – der letzten, die dem Reich geblieben ist?«

»Es gibt noch die zehnte Legion, die Südlande.«

»… die genug zu tun hat mit den Kolonien. Nein, spart Euch Eure stolzen Worte. Die Schultern der Legionen sind schmal geworden. Der geheime Botendienst hingegen trägt die Dolche des Kaisers bis in den Städtebund und bis nach Barrat, wenn es sein muss. Und denkt Ihr, ich könnte nicht kämpfen, nur weil ich kein langes Schwert und keine Rüstung trage?«

»Darüber weiß ich genug«, sagte der Ritter. »Die kaiserlichen Kuriere lassen sich von den fremdländischen Teufeln in ihren heidnischen Schwertkünsten ausbilden und halten sich viel darauf zugute. Genau wie der Schurke, der unsere Prinzessin entführt hat. Vielleicht wird diese Reise am Ende zeigen, dass die bponursgefällige Ritterschaft doch den stärkeren Arm hat.«

»Vielleicht.« Meris wandte sich dem Ritter zu und schenkte ihm ein liebenswürdiges Lächeln. »Vielleicht werde ich Euch auf dieser Reise noch beim Wort nehmen und Euren Kampfgeist nutzen können, Herr Ritter.«

16.10.962 – HOROME

Die Steine waren schwarz und feucht. Wasser sammelte sich am Boden und verschwand in unsichtbaren Ritzen, Pilze wucherten dort hervor. Das einzige Licht in dem Tunnel – einem Quergang zur Kanalisation der Kaiserstadt – kam von der Laterne, die Runnik in der Hand hielt.

Runnik, der kaiserliche Hofmagier zu Horome.

Das war einmal, dachte er.

Diese halb vergessenen Gänge unter dem Palast waren über Jahre hinweg sein Zuhause gewesen. Er hatte sie erweitern lassen, verborgene Zugänge geschaffen, wo er welche brauchte, Zellen und Laboratorien eingerichtet, tief unten, wo niemand Zeuge seiner Taten werden konnte. Außer dem Kaiser, seinem Seelenverwandten, den er immer wieder gern in seine Unterwelt eingeladen hatte.

Der Kaiser hatte ihm alles gegeben, was er brauchte, und er hatte dafür gesorgt, dass geheim blieb, was geheim bleiben sollte. Es war eine großartige Zeit gewesen.

Und doch, damit musste er sich abfinden: Es war vorbei.

Als Aredrel sich von ihm abwandte, hatte Runnik das zunächst für eine bloße Verstimmung gehalten. Er hatte dem Kaiser Zeit gelassen, denn Aredrels Launen waren gefürchtet.

Dann hatte Runnik um die Gunst seines Herrn gekämpft, mit der gebotenen Zurückhaltung, denn er wollte nicht Gefahr laufen, dass die ungewohnte Distanz in offene Feindseligkeit umschlug. Aber was er auch versucht hatte, jetzt war seine letzte Hoffnung gestorben.

Ohne den Schutz seines Gönners war es nur eine Frage der Zeit, bis seine Feinde bei Hofe die geheimen Zugänge aufbrechen ließen. Runnik musste den Palast verlassen. Und damit verlor er fast alles. Doch was soll's, dachte er. Alles Gute hat einmal ein Ende.

Er pfiff sogar ein leises Lied auf seinem Weg. Die Töne hallten hohl von den Wänden wider und gingen unter im Glucksen und Rauschen der fernen Abwasserrinnen.

Vor einer Tür, die vom Moder so weich geworden war wie ein Schwamm, hielt er inne. Er zog sie auf und leuchtete in die Kammer dahinter. Verschimmeltes Stroh bedeckte den Boden.

»Strohköpfchen«, rief er in den Raum. »Wir müssen weiterziehen und uns einen neuen Gönner suchen.«

Aus dem Stroh erhob sich eine Gestalt, eine Frau mit blonden Haaren. Sie trug einen braunen Kittel mit Stockflecken. Ihre Haut war blass, ihr Gesicht sah jung und glatt aus, wirkte aber aufgedunsen.

»Herr?« Sie sprach undeutlich und spie ein paar Strohhalme aus.

»Pack mir eine Reisetasche, Mädchen«, befahl Runnik. »Wir treffen uns am Tunnel nach Westen.«

Er wandte sich ab und ging weiter. Die Magd sollte seine Kleidung packen – Runnik bevorzugte dunkle Roben, die sich kaum unterschieden. Um die wertvollen Sachen hingegen musste er sich selbst kümmern, um die Paraphernalien seiner Magie.

Er streifte durch die Laboratorien und Lagerräume und sammelte die kostbarsten Dinge zusammen, die in seinen größten Schrankkoffer aus Holz und Leder hineinpassten. Unterwegs nahm er sich die Zeit, den letzten noch lebenden Versuchsobjekten seiner zahlreichen Experimente den Tod zu schenken. Die fünf Jungfrauen, die er als Opfer für eine grandiose Beschwörung gesammelt hatte – zumeist neu eingetroffene Zimmermädchen und Zofen, die er in ihren Schlafräumen im Palast betäubt und schließlich hinab in seine Unterwelt gebracht hatte – waren inzwischen ohnehin fast verhungert.

Runnik bedauerte den sinnlosen Tod. Viele der Studien, die er abbrechen musste, waren vielversprechend, und er hatte eine Menge Arbeit hineingesteckt. Wer weiß, ob er sie alle wieder aufnehmen konnte?

Er wusch sich an einem klaren Becken mit Flusswasser, dann machte er sich auf den Weg zu dem Treffpunkt. Er schleifte den gewaltigen Koffer hinter sich her und kam nur langsam voran. Nach wenigen Schritten stand ihm der Schweiß auf der Stirn.

Seine Magd wartete im Dunkeln, vor der gähnenden Öffnung eines großen Tunnels mit gemauerter Gewölbedecke. Ein vielstimmiges Konzert von Tropfen und Traufen hallte aus der Finsternis. Der Gang führte unter dem Fluss hindurch, aber die Erbauer hatten mehrere Brunnen so tief in den Boden getrieben, dass sie bis unter eine Trennschicht reichten, die das Grundwasser abschloss. Darunter verliefen Wasseradern mit eigenen Abflüssen, durch die eindringendes Wasser abgeleitet wurde, sodass der Stollen nicht überflutet wurde.

»Da bist du ja, mein Püppchen.« Erleichtert stellte Runnik den Koffer ab. Er schnallte der Magd die Ledertasche mit der Kleidung vor die Brust und wies sie an, den Schrankkoffer auf den Rücken zu nehmen. Sie ging in die Knie unter der Last und stapfte schwankend und gebeugt hinter ihrem Herrn her.

»Sei vorsichtig, Strohköpfchen«, ermahnte Runnik sie. »Ich habe Flaschen und alchimistische Ingredienzen und zerbrechliche thaumaturgische Gerätschaften darin, die ein Vermögen wert sind.«

»Ja … Herr«, stieß die Magd hervor. Stroh hing ihr ins Gesicht und klebte an ihrer Kleidung, und ein Halm stand sogar aus ihrem Ohr heraus.

Runnik blickte sich ein letztes Mal um, dann zuckte er die Achseln.

»Komm«, sagte er zu der Magd. »Lass uns auf der anderen Seite nach einem schnellen Wagen suchen, der uns aus der Stadt bringt. Die Welt ist voll von neuen Gelegenheiten und wartet auf einen fähigen Mann, der sie ergreift.«

Trockenes Laub raschelte unter den Hufen der Pferde, ein kalter Wind blies Meris beständig ins Gesicht und brachte feine Tropfen mit sich. Der Herbst war mit Macht hereingebrochen, und auch wenn das Nieseln sich nie so recht entscheiden konnte, ob es ein richtiger Regen werden wollte, saßen die Reiter ganz durchnässt im Sattel.

Sie durchstreiften die Gegend zwischen Ribbalin und Reppelen. Meris hatte die Bauern in den Dörfern befragt und die Agenten des Kaisers, sofern welche da waren. Sie hatte Gerüchte gestreut und ihren Köder ausgelegt. Doch bisher hatten sie keine Spur von der Prinzessin oder ihrem Entführer entdeckt.

Griesgrämig ritt von Ledingen neben ihr her und hatte nicht einmal mehr Lust zu streiten. Da hob er unvermittelt die Hand und brachte den Zug zum Stehen. »Hörst du das, Botin?«

Meris legte den hochgeschlagenen Mantelkragen um. »Ich weiß nicht …«

Dann nahm sie es ebenfalls war: das Klirren von Metall. Kurze, abgehackte Rufe.

Von Ledingen wies schräg nach vorn. »Hinter diesem Hügel da! Ein Kampf, auf dem Land des Kaisers!«

Er preschte los. Meris folgte ihm, aber sie bedeutete dem Rest ihres Trupps abzuwarten. Auf der Kuppe der Anhöhe, im Schutz des hohen Grases, hielt sie inne. Im Tal vor ihnen, zwischen unkrautüberwucherten, furchigen Ackerflächen griff eine große Schar von Reitern auf struppigen Ponys eine kleinere Gruppe von Fußsoldaten an.

Die Ponyreiter sahen ausgemergelt aus. Sie trugen keine Rüstung, sondern eine Tunika aus ungefärbtem Leinen. Die ärmellosen Gewänder muteten fast unwirklich an, so wenig passten sie zu dem Herbstwetter oder zu der Wildheit, mit der die Reiter kämpften. Ihre Gegner waren vierschrötige wilde Gestalten in Fellen. Mit ihren breiten Gesichtern, der gedrungenen Statur und den haarigen Armen wirkten sie kaum noch menschlich. An ihrer Seite kämpfte ein Trupp von abenteuerlich ausgerüsteten Söldnern, die dicht beieinanderblieben.

Mitten in dem Getümmel stand eine Sänfte. Die Griffe und Rahmen daran glänzten golden, leichte weiße Vorhänge bauschten sich aus den zertrümmerten Scheiben. Die Träger lagen tot neben den Stangen, mit klaffenden Wunden oder durchbohrt von Pfeilen. Es waren dieselben bulligen und mit Fellen bekleideten Halbmenschen, die man anderswo auf der Wiese noch kämpfen sah.

Die Lebenden und die Toten zusammengerechnet, schätzte Meris die Zahl der berittenen Angreifer auf dreißig, die der Halbmenschen und deren Verbündeten auf etwa zwanzig.

»Eine Dame in Not!«, rief Fähnrich von Ledingen.

»Wo seht Ihr eine Dame?«, fragte Meris.

»Na, in der Sänfte!«, erwiderte von Ledingen. »Wer, wenn nicht eine hochgestellte Dame, würde in einer Sänfte reisen?«

Schon winkte er seine Männer herbei. Meris ließ ihn gewähren. Das Bild, das sie vor sich sah, gab ihr weit mehr Fragen auf als dem unbedarften jungen Ritter. Aber in einem hatte er recht: Was dort geschah, war ein Übergriff auf das Land des Kaisers. Sie durften es nicht hinnehmen.

Die Gardisten galoppierten in einer Kette um den Hügel

herum, von Ledingen schloss auf halbem Weg zu ihnen auf. Meris behielt den Kampf von der Anhöhe aus im Auge.

Die Hälfte der Ponyreiter lag bereits am Boden, die meisten rings um die vergoldete Sänfte. Trotz ihrer Verluste kämpften sie weiter und rangen die Verteidiger durch ihre bloße Anzahl nieder.

Der Letzte der fellbekleideten Halbmenschen erschlug ein Pony mit seiner Keule. Der Reiter rammte ihm im Sturz den Speer in die Brust, sprang wieder auf und zog einen langen Dolch. Er rannte auf die Sänfte zu. Von den Söldnern, die mit den Halbmenschen verbündet waren, standen noch fünf. Zwei ihrer Kameraden kauerten blutend daneben. Ein Dutzend Ponyreiter beschossen sie mit dem Kurzbogen, die übrigen ritten wild um die Söldner herum und stachen mit raschen Hieben ihre Speere in die Lücken der Abwehr.

In diesem Augenblick bog Von Ledingen mit seinen Männern um den Hügel. Die schwer bewaffneten Gardisten schwärmten fächerförmig aus. Sie galoppierten auf die Bogenschützen zu. Diese zögerten. Einige schossen auf die Soldaten der Adlerkompanie, andere ließen den Bogen sinken und nahmen kleine Rundschilde vom Sattel. Sie zückten ein Schwert oder eine Axt und stürmten den neuen Angreifern entgegen.

Die Adler preschten durch die Ponyreiter hindurch. Waffen krachten auf Schilde und Rüstungen. Vom Hügel aus sah Meris Holz und Stahl und Blut aus dem Getümmel spritzen.

Dann zogen die Adler weiter. Hinter ihnen blieben herrenlose Ponys zurück, erschlagene Gegner, aber auch ein Ponyreiter, der unversehrt wirkte. Er wendete sein Tier und setzte mit einem wilden Kampfschrei den Gardisten nach. Ein weiterer Ponyreiter schwankte benommen im Sattel, blutüberströmt. Doch auch er zog ein Messer und trieb sein Tier zum Angriff.

Keiner der Ponyreiter floh, und die Gardisten metzelten sie alle nieder.

Meris ritt den Hügel hinab. Sie kam unten an, als die Gardisten sich wieder sammelten und die Söldner umringten. Die senkten ihre Waffen.

Von Ledingen ritt auf den Söldner zu, der aussah wie ein Anführer, ein grobschlächtiger Bursche mit wildem Bart, der in nassen Strähnen auf dem Schuppenpanzer klebten. »Was ist hier eigentlich los, Kerl?«

Der Mann stützte sich schwer atmend auf sein Schwert und deutete eine Verbeugung an. »Danke für Eure Hilfe, Herr«, brachte er hervor. »Die Dame heuerte uns vor einigen Tagen an …« Er nickte in Richtung der Sänfte. »… damit wir sie nach Horome geleiten. Sie …« Er rümpfte die Nase. »… und Ihre Knechte. Und dann stürzten sich plötzlich diese Wilden auf uns.«

Von Ledingen stieg ab. Er übergab dem Sergeanten die Zügel und schritt auf die prachtvoll vergoldete Sänfte zu.

Meris ließ den Blick über die »Wilden« schweifen, die Ponyreiter, die nun alle am Boden lagen. Einer von ihnen regte sich noch. Meris saß ab, kniete sich neben ihn hin und hob seinen Kopf an.

»Was wollt ihr hier?«, fragte sie.

Der Ponyreiter hustete Blut. »Bponurs Werk«, keuchte er. »Ungläubige Hexe. Ihr Ketzer fahrt in die Hölle – auf mich wartet das Paradies!«

Meris sah die Bewegung aus den Augenwinkeln. Der schwer verletzte Mann hob die Linke, und er hielt ein Messer darin. Meris wollte sein Handgelenk blocken – aber er stieß das Messer nicht in ihre Richtung. Die Klinge ging an ihrem Griff vorbei und fuhr ihm in die eigene Kehle.

Er gurgelte und spuckte Blut und starb. Fluchend sprang Meris zurück.

»Seht zu, dass ihr noch einen Lebenden findet, den wir befragen können«, wies sie die Soldaten an. Dann folgte sie von Ledingen zur Sänfte.

Der Fähnrich hatte die Vorhänge zur Seite geschoben und plauderte mit jemandem, der dahinter saß. Meris zog einen Ponyreiter heraus, der mit dem Oberkörper in einem anderen Fenster der Sänfte hing. Es war der Krieger, der vorhin im Kampf gegen den Halbmenschen sein Reittier eingebüßt hatte und der mit dem Dolch in der Hand auf die Sänfte zugestürmt war. Jetzt war er tot.

Meris ließ die Leiche zu Boden fallen und spähte hinter die Vorhänge, die inzwischen schlaff und vom Regen durchweicht herabhingen.

Eine Frau saß auf einer Bank, in einem Berg von weichen Kissen. Das Erste, was Meris auffiel, war das weiße Haar – langes, feines Silberhaar, das der Reisenden aus der Kapuze ihrer bodenlangen himmelblauen Kutte üppig bis auf die Brust fiel. Das Gesicht, das davon umrahmt wurde, wirkte überraschend jung, rundlich und makellos. Rote Augen blitzten unter gezupften hellen Brauen, der kleine Mund war ebenmäßig geformt und zeigte ein liebliches Lächeln.

»Botin – darf ich dir die Dame Sortor vorstellen«, sagte von Ledingen. »Sortor, dies ist die kaiserliche Botin, die unseren Trupp begleitet.«

»Ich bin hocherfreut.« Die weißhaarige Dame strahlte Meris an. »Wären Ihre Soldaten nicht zur Stelle gewesen, um uns zu retten … Diese billigen Söldner, die ich im Norden angeheuert habe, hätten es kaum geschafft, mich vor den wahnsinnigen Schlächtern des Mahdi zu bewahren.«

Sie sprach Meris an, wie es für eine Fürstin gegenüber einem Ritter angemessen wäre. Doch Meris' Aufmerksamkeit war auf das Gewand gerichtet, das die Fremde trug – auf die himmelblaue Kutte. Sie konnte nicht bestimmen, aus welchem Material das Kleidungsstück gemacht war. Auf den ersten Blick wirkt es so weich und glatt wie Seide, aber der Faltenwurf wollte dazu nicht passen. Als Sortor den Kopf zur Seite wandte, hatte die Bewegung etwas Träges an sich, so als wäre die Kapuze aus schwerem Leder.

»Die Dame Sortor hat mir gerade berichtet«, erklärte von Ledingen, »dass ihre Familie ein Landgut weit im Norden besaß, noch nördlich von Königswald. Die Krieger des Mahdi haben es niedergebrannt, und die Dame beschloss, mit allem, was sie retten konnte, in die Hauptstadt zu fliehen.«

»Ihr habt eigentümliche Diener«, stellte Meris fest und dachte an die behaarten fellbekleideten Halbmenschen, die erschlagen neben den Griffen der Sänfte lagen.

»In der Tat.« Sortor nickte beflissen. »Ein wilder Volksstamm aus dem Ephelgrat. Sie arbeiten schon lange für meine Familie. Sie sind kräftig und treu.« Verlegen zuckte sie mit den Schultern, als müsste sie sich entschuldigen für ihre Knechte.

»Was ist mit Eurer Familie?«, fragte Meris.

»Als die Männer des Mahdi kamen, floh ich mit jenen, die mich auf dieser Reise begleiten wollten. Was Sie hier sehen, ist alles, was übrig ist. Aber meine Familie war nicht mittellos!«

Eine zarte Hand glitt unter der Robe hervor. Sie schob einige der Kissen beiseite, sodass die zu Boden fielen, und eine kleine Kiste kam zum Vorschein. Sortor klappte den Deckel auf, Gold schimmerte im trüben Licht des Herbsttages.

»Bitte erlauben Sie, dass ich Sie für Ihre Hilfe entlohne.«

Sie nahm eine Handvoll Goldmünzen aus der Truhe.

Von Ledingen hob abwehrend die Hand. »Das ist nicht nötig. Wir sind keine Söldner.«

»Sie hätten mein Gold aber weit mehr verdient als diese.« Sortor strahlte den Ritter an.

»Nun«, sagte Meris. »Der Ritter von Ledingen ist ein Ehrenmann und spricht für sich selbst. Ich hingegen nehme gern einen Lohn für meine Dienste.«

Sie streckte die Hand aus. Lächelnd ließ Sortor die Münzen hineinfallen.

Von Ledingen funkelte Meris zornig an.

»Seid Ihr von Stand?«, fragte Meris neugierig. »Sortor – ist das Euer Name oder der Eurer Familie?«

»So etwas bedeutet uns wenig, so hoch im Norden.« Sortor antwortete liebenswürdig. Sie wirkte nicht gekränkt. »Zu Zeiten des Alten Reiches war das Land noch gar nicht besiedelt, und später … nun, es war immer so abgelegen, dass die Familien dort nie um eine Aufnahme in die Adelsrolle des Königs ersuchten.«

»Man sieht doch, dass sie in ihrem Land zumindest den Stand eines Ritters hatte«, warf von Ledingen ein. Und an Sortor gewandt, fügte er hinzu: »Ihr müsst die grobe Neugier meiner Begleiterin entschuldigen.«

»Das wird sie schon«, sagte Meris. »Immerhin durfte sie dafür die Unterstützung meiner Truppe mieten. Die sich nun wieder ihrer ursprünglichen Aufgabe zuwenden wird, Fähnrich.«

»Aber Botin!« Von Ledingen klang empört. »Wir können die Dame nicht schutzlos in der Wildnis zurücklassen!«

»Ihre Begleiterin hat recht, Herr Ritter«, ließ Sortor sich vernehmen. »Dank Ihrer Hilfe müssen wir hoffentlich keine weiteren Überfälle fürchten. Und so wild sieht die Gegend auch nicht mehr aus. Ich nehme an, die ersten bedeutenden Siedlungen am großen Strom sind nicht mehr weit.«

»Lasst uns zumindest helfen, Euer Gepäck umzuladen«, sagte der Ritter. »Ihr könnt die Ponys Eurer Feinde verwenden.«

Sortor winkte ab. »Das wird nicht nötig sein. Schicken Sie

nur meine Söldner zu mir. Soll das Pack etwas tun für sein Geld.«

Von Ledingen gab nach. »Wie Ihr wünscht, Dame Sortor. Reppelen liegt in dieser Richtung.« Er beugte sich vor und küsste ihr die Hand, die sie ihm darbot. »Wenn Ihr in die Hauptstadt wollt, sehen wir uns dort vielleicht wieder.«

Meris, von Ledingen und der Rest des Trupps sahen zu, wie Sortor davonzog. Die letzten gesunden Söldner mühten sich ächzend mit der Sänfte. Alle paar Hundert Schritt mussten sie absetzen. Es dauerte lange, bis der seltsame Zug hinter dem nächsten Hügel verschwand.

»Wir hätten zumindest unsere Verletzten mitschicken können«, sagte von Ledingen.

»Sie kommen schneller an, wenn sie bei uns bleiben. Ich wollte selbst so rasch wie möglich nach Reppelen.«

»Du willst auch dorthin?« Von Ledingen war außer sich. »Warum hast du die Dame dann allein losziehen lassen?«

»Ich muss einen Bericht auf den Weg bringen«, antwortete Meris. »Und es wäre mir recht, wenn ich vor der Dame bei der Kurierstation eintreffe. Und wenn sie nicht allzu viel davon mitbekommt.«

»Einen Bericht.« Von Ledingens Blick schweifte zu den Toten. »In der Tat. Es ist ungewöhnlich, dass die bewaffneten Bauern des Mahdi so weit in unser Land vorstoßen. Der Kaiser muss von diesem Übergriff erfahren.«

Meris sah sich die Leichen an. Sie hatten keinen der Ponyreiter lebend fassen können, aber es war auch keiner entkommen. Diese Männer hatten lieber den Tod gewählt, als sich zu ergeben. Alle hatten ein helles Dreieck aus getrocknetem Lehm ins Gesicht gemalt, und der hagere Wuchs und die einfachen Kittel ließen tatsächlich an Bauern denken. Doch Meris sah auch die harten Muskeln an den sehnigen Leibern, die ausgezeichnet gearbeiteten Speere und die Bögen, die so einheitlich aussahen, als wären sie in derselben Manufaktur gefertigt worden.

Das waren also die Krieger des Mahdi. Meris hatte von ihnen gehört, aber sie hatte noch nie einen gesehen. Der Mahdi war eines Tages in Zomer aufgetaucht, einer abgelegenen Kleinstadt im spärlich bevölkerten Niemandsland zwischen den beiden Teilen des Reiches. Er hatte sich als Prophet Bponurs ausgegeben und innerhalb weniger Jahre eine fanatische Anhängerschaft um sich geschart.

Es gab viele in den Provinzen des Reiches, die, wie der Fähnrich, den Mahdi und dessen Getreue nicht ernst nahmen – ein Haufen einfache Bauern in der unbedeutendsten Region des Reiches. Doch Meris wusste, dass der geheime Botendienst es nie geschafft hatte, Beobachter in die Reihen des Mahdi zu schleusen. Was er wollte, was er trieb, über was für Mittel er verfügte oder wer genau dieser Mann war, all das ließ sich nur erahnen. Der Einflussbereich des Mahdi war ein weißer Fleck auf der Landkarte, wie herausgebissen aus dem Gefüge des Reiches.

Und dieser Fleck wuchs mit jedem Jahr. Es mochte durchaus sein, dass das Land des Mahdi inzwischen die größte geschlossene Provinz auf dem Boden des Reiches darstellte und seine »Bauern« die bedeutendste stehende Streitmacht bildeten. Was auch immer von Ledingen darüber dachte, der Mahdi war niemand, über den man hochmütig hinwegsehen sollte.

Das war es allerdings nicht, was Meris derzeit am meisten beschäftigte. Der Mahdi mochte eine Bedrohung sein, aber das war eine *bekannte* Bedrohung.

Die Dame Sortor hingegen, unterwegs nach Horome, war eine unbekannte Größe.

Der Fähnrich war vielleicht geblendet von Prunk oder Schönheit. Ihr, Meris, jedoch war nicht entgangen, dass die meisten Toten bei der Sänfte gelegen hatten, manche sogar halb darin. Und alle waren ohne eine sichtbare Wunde gefallen.

Meris schaute auf die Münzen, die Sortor ihr gegeben hatte. Es waren Goldstücke aus sämtlichen Provinzen des Reiches, Goldmark aus Horome und Barratain, Bundeswappen aus dem Städtebund. Wie kam die Herrin eines einsamen Gutes am Rande der bekannten Welt an die kostbarsten Münzen aus aller Herren Länder?

Meris wusste keine Antwort darauf. Aber sie musste Hofrat von Reinenbach wissen lassen, wer da an seine Tür klopfen wollte.

In der Dämmerung sah Aruda die Lichter eines kleinen Weilers vor ihnen. Dauras roch den Rauch der Kaminfeuer, der über die Hügel wehte. Aruda atmete hörbar aus, und sie kürzten den Weg über die abgeernteten Felder ab, auf denen das Laub des nahen Waldes lag.

Sorgenvoll betastete Dauras seine Börse. »Heute Abend sollten wir etwas verkaufen«, sagte er. »Sonst müssen wir bald in Ställen einkehren statt in Gasthäusern.«

Dauras war inzwischen als fahrender Händler verkleidet. Zu diesem Zwecke hatte er sich eine neue Hose gekauft, ein weißes Leinenhemd und ein blau gestreiftes Wams darüber, dazu einen gewachsten Filzmantel und eine weite Kapuze, die er über den Kopf gezogen hatte.

Aruda trug ähnliche, wenn auch einfachere Kleidung als er: Hose, Leinenhemd, Wams und einen Mantel. Mit dem Schwert hatte er ihr die braunen Locken abgeschnitten und den Rest wie immer unter einer Mütze verborgen. Er gab sie als seinen Sohn aus und ließ sie das Gepäck und das Bündel mit dem Schwert tragen.

»Vielleicht sollten wir einfach woanders hingehen«, entgegnete Aruda.

»Wohin?«, fragte Dauras. »Es wird gleich dunkel, und in dieser Gegend ist ein Dorf wie das andere.«

»Das meine ich ja!«, sagte Aruda. »Es fühlt sich so an, als gingen wir im Kreis. Und das Wetter wird immer schlechter …«

»Es tut mir leid«, sagte Dauras, »dass Ihr Euren Palast verlassen habt, Hoheit. Möglicherweise wollt Ihr dorthin zurückkehren?«

Unvermittelt blieb Aruda stehen, ein Stück von dem Licht entfernt, das über der Tür eines Gasthauses brannte. Sie nahm das Bündel von der Schulter und stieß den Stecken daran auf den Boden. »Du weißt genau, was ich meine. Diese Reise hat kein Ziel. Und wenn wir etwas verkaufen wollen, sollten wir nicht erst nach Einbruch der Dunkelheit in den Dörfern auftauchen.«

»Bei Tageslicht kann ich meine Augen noch viel weniger verbergen. Und unsere Verkleidung mag noch so gut sein – ein Blinder, der durch die Gegend zieht, wird immer auffallen.«

Seufzend hob Aruda das Bündel wieder auf. »Unsere Verkleidung ist nicht gut. Du verstehst nicht das Geringste von Honig oder vom Handel. Dafür findest du umso schneller Einwände, wenn ich etwas Besseres vorschlage.«

Dauras murmelte etwas Unverständliches. Er hatte das Holz in einer Kiepe durch Honig in irdenen Tiegeln ersetzt und durch allerhand Krimskrams, von dem er glaubte, dass er ihn in den Dörfern verkaufen konnte. Aber er musste zugeben, dass der Ertrag seiner Krämerei sie nicht durch den Winter bringen würde.

Sie erreichten das Dorf, und Dauras stieß die Tür zum Gasthaus auf. Die kalte Luft blies in die Schankstube und ließ den Qualm von der Feuerstelle und den Geruch nach Bier und Schweiß durcheinanderwirbeln. Ein Dutzend Männer saß an einem Tisch beisammen. Sie verstummten und starrten die Neuankömmlinge an.

»Guten Abend, die Herren«, rief Dauras, der die Kapuze tief ins Gesicht gezogen hatte. »Ich hoffe, es gibt einen Platz am Feuer für einen Honighändler und seinen Sohn. Und womöglich Interesse an meinen süßen Schätzen? Es naht die Zeit, da man Mehl und Fett für das Fest der Freude zum Backen braucht, und mein Honig ist die beste Würze dafür.«

»Ne, du«, antwortete einer der Bauern an dem großen Tisch. »Der alte Marmar, was der Vater von meiner Anvis ist, der hat auch 'n paar Bienen hinterm Haus, und der macht 'n besten Honig im Dorf.«

Eine plumpe Frau mit breiten Händen und strohigem Haar trat auf sie zu. »Aber 'nen Platz am Feuer haben wir wohl. Und 'n Bier. Für Gäste, die zahlen können.«

»Aber sicher doch, gute Frau.« Dauras lächelte, auch wenn es ihm schwerfiel, und er kramte Kupferstücke aus seiner Börse. »Ein wenig Brot und Käse dazu, das wäre fein.«

Die Wirtin schnaubte, steckte das Geld ein und verschwand durch eine Türöffnung, die in die Küche oder in die Vorratskammer führte. Die Bauern rutschten ein Stück auf der Bank, und Dauras setzte sich.

Die Gaststube war kaum größer als ein Wohnzimmer. Es war schwierig, nicht aufzufallen. Aruda stand zögernd da, doch Dauras nahm sie am Arm und zog sie neben sich.

»Ihr könnt eure Kapuze absetzen«, sagte der Bauer neben Dauras. »Das Dach ist dicht hier. Nur mein Bierkrug, bei dem bin ich mir nicht so sicher.« Er zeigte seinen leeren Humpen und lachte.

»Oh danke«, erwiderte Dauras. »Aber Bponur hat mir leider früh mein Haupthaar genommen. Also bedecke ich meinen Kopf jetzt mit Tuch.«

Die Einheimischen kümmerten sich nicht um seine Antwort. Nach und nach kehrten sie zu ihren eigenen Gesprächen zurück. Aruda saß beklommen da, die Hände im Schoß gefaltet. Die Wirtin stellte zwei Krüge vor sie hin.

Dauras runzelte die Stirn. Er hatte das Gefühl, dass er etwas sagen sollte, den Inhalt seiner Kiepe auf dem Tisch ausbreiten und anpreisen. Stattdessen malte er sich aus, wie er den zu Scherzen aufgelegten Bauern neben sich packte, ihm ins Gesicht schlug und *Kauf-meinen-Honig!* brüllte. Er versuchte, das Bild aus dem Kopf zu kriegen. Aber es war ein zu verlockender Gedanke.

Aruda nippte an ihrem Bier. »Wir haben Honig von Tannen«, sagte sie. »Das habt ihr bestimmt nicht im Dorf. Ihr solltet ihn kosten.«

»Ne«, sagte der Mann neben Dauras. »Wir haben nur Honig von Bienen, das ist wahr.«

Dauras ballte die Fäuste unter dem Tisch und wandte seine Sinne dem Scherzbold zu. *Kauf-meinen-Honig*! Er lächelte unter seiner Kapuze und hielt sich mit Mühe zurück.

»Vielleicht solltet ihr's beim Ritter versuchen, wenn euer Honig gut ist«, warf der Mann neben Aruda hilfsbereit ein. »Der kauft auch auswärts.«

Dauras horchte auf. »Wo sitzt der denn? Wir haben keine Burg gesehen, als wir zum Dorf gekommen sind.«

»Hinterm Wald.« Der Bauer wies unbestimmt in eine Richtung.

»Und eigene Bienen hat er außerdem«, sagte ein anderer.

»Und Tannen«, fügte der Witzbold von vorhin hinzu.

»Kommen oft auswärtige Händler hier durch?«, fragte Aruda.

»Neee«, erwiderte der Bauer. »Die Straße ist weit genug weg.«

»Zum Glück«, warf ein weiterer ein. »Die bringt nicht nur Händler, sondern noch mehr seltsames Volk. Wie die Soldaten vor zwei Tagen.«

»Soldaten?«, fragte Dauras.

Der Bauer, der ihm gegenüber saß, sah ihn an. Misstrauisch kniff er die Augen zusammen, doch dann schüttelte er den Kopf. »'ne ganze Schar aus der Hauptstadt. Legion. Kaiserliche. Stell dir vor, so 'n Blinder hat 'ne Prinzessin entführt, erzählen die.«

Ein paar der Männer lachten.

»Und es kommt noch dicker!« Einer der Bauern prustete. »Da war so 'n Jüngling dabei, der beste Schwertkämpfer vom Hof des Kaisers. Die Frau, die bei den Kriegern war, hat erzählt, der will den Blinden herausfordern. ›Der wird den feigen Mädchenräuber schon in die Schranken weisen‹, meinte sie.«

»Die sind verrückt in der Hauptstadt, was?«, befand ein anderer am Tische.

»Aber Gold ham 'se«, wandte einer ein. »Zehn Goldmark, wenn wer den Blinden sieht und meldet.«

»Dieser *beste Schwertkämpfer* aus der Hauptstadt«, fragte Dauras. »Wie war sein Name?«

Seine Stimme war so kalt, dass das Lachen am Tisch verstummte. Die Bauern schauten verwirrt.

»Keine Ahnung.«

»Nie gehört.«

»'n Ritter von Ledingen. ›Merkt euch den Namen‹, sagt die Frau.«

Aruda legte Dauras beruhigend die Hand auf den Arm. »Was hast du?«, flüsterte sie. Es war so leise geworden in der Stube, dass ihre Stimme laut klang.

Dauras stand langsam auf. Ein paar der Bauern taten es

ihm gleich. Dauras schlug die Kapuze zurück und drehte den Kopf, wie um den Blick über die Runde schweifen zu lassen.

»Bitte«, flehte Aruda. »Was ist mit unserer Tarnung?«

Einer der Bauern lachte auf. »Schaut her – ein Blinder! Und der Knabe daneben soll wohl eine Prinzessin sein!«

Keiner lachte mit. Die Bauern blickten von Dauras zu Aruda.

»Na ja«, räumte einer ein. »Den Blinden gibt's also wirklich. Aber keine Ahnung, warum der 'ne Herausforderung für 'nen Ritter sein soll.«

Dauras konzentrierte sich. Er hob die Faust, holte aus und trieb sie durch die mehr als einen Zoll dicke Tischplatte. Das Holz barst, Bierkrüge und Teller flogen zur Seite. Das zerschlagene Brett hing schräg in der Oberfläche des Tisches.

»Das«, sagte Dauras, »tue ich mit meinen Händen. Mit dem Schwert spalte ich Schilde und Rüstungen. Ich werde diesem Ritter aus der Hauptstadt zeigen, wen er herausgefordert hat – Dauras, einen Meister aus dem Tempel des Schwertes in Sir-en-Kreigen.« Er grinste den Bauern neben ihm an. »*Den* Namen solltet ihr euch merken.«

»Hm, nichts für ungut, Mann.« Der Bauer stieg hastig über die Bank. »Wir ha'm nur erzählt, was die Fremden gesagt haben.« Er verließ den Raum.

Die Schankstube leerte sich rasch. Dauras sah die Bauern an, die noch hier waren. »Was ist?«, fragte er. »Wer die zehn Goldmark verdienen will, sollte sich lieber beeilen. Ihr könnt diesem Ritter von Liebingen ausrichten, ich bin auf dem Weg zu ihm.«

Er packte sein Schwert aus und setzte sich wieder. Die blanke Klinge legte er vor sich auf den Tisch. Als er sich umblickte, waren die Gäste gegangen. Nur die Wirtin, ein Mann und vier Kinder unterschiedlichen Alters standen stumm am anderen Ende des Raumes – die Wirtsfamilie.

»Na los«, rief Dauras. »Noch ein Bier. Und ein Abendessen. Meine Wünsche für den Abend haben sich nicht geändert.«

Aruda starrte auf die Tischplatte. Sie sagte nichts, bis sie ganz allein waren und beim rötlichen Schimmer der Kaminglut vor ihren Tellern saßen.

»Was tust du?«, fragte sie dann leise.

»Du hattest recht«, gab Dauras zurück. »Ich bin ein schlechter Krämer. Meine Verkleidung taugt nichts. Ich bin ein Schwertkämpfer, und niemand fordert mich ungestraft heraus. Man soll Dauras nicht davonlaufen sehen wie einen Hasen, vor irgendeinem Jüngelchen aus der Hauptstadt, das mit seinen Schwertkünsten prahlt.«

»Das ist eine Falle«, wandte Aruda ein.

»Ist mir egal«, erwiderte Dauras. Er stopfte sich Brot in den Mund, kaute und schluckte. »Ich fresse Fallen und die Fallensteller gleich dazu. Ich habe Zähne aus Stahl. Wird Zeit, dass ich ein paar Leute daran erinnere.«

»Ich will das nicht«, sagte Aruda. »Es muss einen anderen Ausweg geben. Du kannst nicht alle töten, die man hinter uns her schickt.«

»Nein«, sagte Dauras. »Keine Sorge. Ich habe einen Plan. Ich muss mich nur kurz um die Männer kümmern, die uns jetzt im Weg stehen, und dann … habe ich einen Plan.«

Als Dauras und Aruda am nächsten Morgen die Dorfschenke verließen, wartete eine Schar Bewaffneter auf sie. Ein grauhaariger Mann mit Helm und Kettenhemd saß auf einem Pferd. Er schaute auf Dauras hinab, mit einem nachdenklichen Zug um die Augen. An seiner Seite ritt ein blonder Jüngling, der den Älteren um einen ganzen Kopf überragte, aber nur halb so breit war. Seine Rüstung glänzte wie poliert, und er trug ein Wappenschild und eine Lanze in den Händen. Hinzu kamen sechs Kriegsknechte mit Bögen. Die Pfeile, die locker auf der Sehne lagen, wiesen auf Dauras. Bei dem Anblick schlug Aruda die Hand vor den Mund und wich in das Haus zurück.

»Sieh an.« Dauras blieb vor der Tür stehen und legte gelassen das Schwert auf die Schulter. »Der Herr örtliche Ritter …«

»Gib auf, Räuber!« Der junge Mann ließ die Lanze sinken. »Wir haben dich umstellt.«

»… und sein eifriger Sprössling auf dem Weg zum Turnier«, fuhr Dauras fort.

Die Lanzenspitze des Jünglings zitterte, und er machte keine Anstalten, näher zu kommen. Stattdessen sah er Rat suchend zu seinem Vater.

Der ältere Ritter schüttelte den Kopf. »Dauras von Sir-en-Kreigen. Ich habe von Euch gehört. Und von Eurem Treiben am Fluss.«

»Das ehrt mich.«

»Wohl kaum. Und jetzt habt Ihr etwas getan, was man nicht übergehen kann, und steht ausgerechnet vor meiner Tür. »Er seufzte. »Meine Ehre und mein Eid gebieten es mir, Euch aufzuhalten.«

»Ich habe gehört«, sagte Dauras, »so ein freches Jüngelchen aus der Hauptstadt hat hier vor Eurer Türe eine Herausforderung gegen mich ausgesprochen. Meine Ehre gebietet es mir, ihm den Schwanz abzuschlagen und ihn an den Eiern an einen Baum zu nageln. Wenn mir dabei jemand in die Quere kommt …« Er drehte den Kopf, ließ seine blinden Augen über die Schar der Krieger gleiten und zuckte die Achseln. »Nun, das dürfte nicht viel anders werden als das, womit ich mir seit zwanzig Jahren die Zeit vertreibe.«

»Herr Ritter«, rief Aruda über Dauras' Schulter. »Ich bitte

Euch, lasst uns ziehen. Ich will nicht, dass meinetwegen Blut vergossen wird. Nicht noch mehr Blut …«

Der Ritter senkte den Kopf. »Wäret Ihr bereit …«, er suchte Arudas Blick, »… mit uns zu kommen? Wenn wir Euch zurückbringen, fragt vielleicht niemand, was sonst noch geschehen ist. Ihr seid tatsächlich die Prinzessin? Ich habe immer gedacht, des Kaisers Tochter wäre mit seiner ersten Frau gestorben.«

»Nein«, sagte Aruda. »Ich meine, doch. Ich bin die Tochter. Und ich werde mitkommen, wenn es nötig ist.«

»Nein.« Dauras schob sie entschieden hinter sich. »Die Prinzessin hat sich mir anvertraut, weil ihr Vater sie gegen ihren Willen in den Norden verschleppen ließ. Ich habe ihr meinen Schutz versprochen. Und niemand soll mir nachsagen, ich würde meine Pflicht nicht ernst nehmen.«

Der Ritter blinzelte. »Nun, ich habe etwas anderes gehört. Was den Sinn für die Pflicht angeht, meine ich. Dass die Geschichte um die Entführung nicht ganz stimmen kann, habe ich mir allerdings gedacht. Die Bauern haben mir berichtet, wie ihr hereingekommen seid und wie ihr miteinander umgeht. Wenn es eine Entführung gab, dann in gegenseitigem Einvernehmen.« Er nickte und wandte sich wieder an Aruda. »Doch damit stecken wir in der Zwickmühle, Eure Hoheit.«

»Ihr steckt in der Zwickmühle«, sagte Dauras. »Mir ist es egal, wie Eure Entscheidung ausfällt. Aber ich warte nicht lange darauf. Es gibt einen Trupp Soldaten, den ich finden muss.«

Der Ritter seufzte. »Ich muss zugeben, ich habe wenig Lust, das Leben meiner Männer und meiner Familie auf Spiel zu setzen für die Intrigen und die Launen *dieses* Kaisers. Ich fürchte, in dieser Geschichte ist keine Ehre zu gewinnen, wie auch immer es ausgeht, und wir haben andere, ernsthafte Probleme hier an der Grenze.«

Er sah Dauras an. »Ihr sagt, Ihr sucht den Ritter, der euch gefordert hat. Meinetwegen. Gebt mir Euer Ehrenwort, dass Ihr Euch stellen wollt, dann könnte ich Euch vermutlich ziehen lassen.«

»Stellen!« Dauras lachte auf. »So kann man es vielleicht nennen. Ihr habt mein Wort, dass ich sogleich diese Soldaten aufsuche, die nach mir gefragt haben.«

»Damit werde ich mich zufriedengeben. Die Männer des Kaisers wollten Euch, ich habe nach bestem Wissen und Gewissen dafür gesorgt, dass sie Euch bekommen. Damit ist meine Pflicht erfüllt, was auch immer Bponur daraus machen mag. Ich hoffe, Ihr haltet Euer Wort.«

Dauras nickte. Er reichte Aruda die Hand. »Kommt«, sagte er. »Lasst uns unser Schicksal suchen.«

Sie zögerte.

Der alte Ritter sprach sie noch einmal an. »Hoheit«, sagte er leise. »Ich will diesen Kampf nicht. Aber als Ritter … Niemand soll mir vorwerfen, dass ich eine Dame im Stich lasse. Ich frage Euch also noch einmal, und dieses Mal ohne Druck und Drohung: Wollt Ihr mit diesem Mann gehen, oder sollen wir Euch in unsere Obhut nehmen? Wenn Ihr es wirklich wollt, wenn Ihr selbst es wollt … dann werden wir sehen, was wir tun können, um Euch heimzubringen.«

»Heimbringen«, sagte Aruda bitter. Sie sah zu dem Ritter auf, dann zu Dauras und wieder zu dem Ritter. Ein schmerzerfüllter Ausdruck trat in ihre Augen. »Ich würde gern bei Euch bleiben – wenn Ihr mir unter Eurem Dach Zuflucht gewährt und mich nicht zu meinem Vater zurückschickt.«

»Kind!« Der Ritter sah sie erschrocken an. »Wollt Ihr meine ganze Familie auslöschen? Meine Burg besteht aus einer Palisade und einem Erdwall. Wie könnte ich mich gegen den Kaiser stellen?«

Aruda schüttelte den Kopf. »Dann lasst uns ziehen«, sagte

sie. »Dann bleibe ich bei diesem Mann, weil er als Einziger nie nach der Gefahr gefragt hat, sondern mich einfach nur beschützt. Um meinetwillen, nicht für meinen Vater oder für meinen Rang oder für seine Ehre.

Er ist der Einzige, der das je für mich getan hat.«

20.10.962 – ÖSTLICH VON REPPELEN

Dauras und Aruda folgten der unbefestigten Nebenstraße, über grüne Hügel und weite Wiesen. Es war warm geworden, fast ein Spätsommertag, wie der Oktober sie in manchen Jahren noch einmal brachte. Ein lauer Wind trug den Duft von Gras heran, von Herbstjasmin und spätem Flieder. Zu ihrer Linken erstreckte sich ein Wald, und Dauras spürte, dass dort überall Krieger lauerten. Er lächelte zufrieden in sich hinein.

Seit Tagen suchten sie nach den Soldaten aus der Hauptstadt, und die Hinweise hatten Dauras erst nach Reppelen geführt und von da aus parallel zur Handelsstraße nach Osten.

Die Krieger im Wald bewiesen Dauras, dass er sich in die richtige Richtung bewegte. Ohne Zweifel gehörten sie zu den Legionären – und ihre Zahl zeugte davon, dass der freche Ritter nicht allzu viel Vertrauen in seine Fertigkeiten setzte.

Aber die Verstärkung aus dem Hinterhalt würde ihm nichts nutzen, schwor sich Dauras.

Er peilte den Punkt an, wo der Trupp aus dem Wald kommen würde, und beschloss, einfach früher dort zu sein.

In dem offenen Gelände schritt er schnell aus und merkte bald, wie die Krieger zurückblieben und außer Reichweite seiner Sinne gerieten.

Aruda musste laufen, um mit ihm Schritt zu halten. »So warte doch!«, rief sie. »Warum rennst du mit einem Mal los?«

»Weniger plaudern«, sagte Dauras, »mehr Atem.«

»Wenn es wenigstens etwas gäbe, was die Eile lohnt!«

»Zu einem guten Kampf sollte man nie zu spät kommen«, erwiderte Dauras.

»Diesen Kampf will ich gerade vermeiden. Und was für

ein Plan soll das sein, über den du gar nicht sprechen möchtest?«

»Geduld, Prinzesschen«, sagte Dauras. »Ich *habe* einen Plan für die Zeit danach. Aber warum darüber reden, bevor wir überhaupt wissen, ob ich diese erste Prüfung bestehe?«

Aruda schnaubte. »Du scheinst jedenfalls ziemlich überzeugt zu sein.«

»Ruhig jetzt«, flüsterte Dauras.

Sie kamen über einen Hügelkamm, und im Tal vor ihnen erspürte er einen Trupp Soldaten. Diese lagerten am Ufer eines klaren Baches und ließen ihre Pferde grasen.

»Geh ganz unauffällig«, sagte Dauras. »Wir tun so, als wären wir zwei Wanderer, die zufällig des Weges kommen. So gelangen wir näher an sie heran.«

Dauras sah dem Kampf entgegen. Doch seine Gedanken schweiften schon voraus, zu dem Augenblick, wenn er mit der Prinzessin über seinen Plan reden musste. Was sollte er dem Mädchen sagen? Dass er als Erstes umkehren und mitten durch die Verfolger hindurchmarschieren wollte, um dann direkt weiter zum Kern des Übels vorzustoßen und ihren Vater zu erschlagen?

Einen Tyrannen töten, ein Reich retten, all die Opfer des wahnsinnigen Kaisers rächen …

Ja, das klang groß genug, um seine Bestimmung zu sein, um der Begegnung mit der Prinzessin eine Bedeutung zu verleihen und mehr daraus zu machen als einen bloßen Zufall. Es war eine Tat, die im Gedächtnis bliebe und die sein Leben, das ihm selbst in letzter Zeit vorgekommen war wie eine wirre Linie mit sinnlosen Schnörkeln, zu einem perfekten Kreis schließen würde.

Meris sah das Paar die Straße herunterkommen. Auf dem Weg zwischen Reppelen und den Dörfern hatten sie einige Wanderer gesehen, Bauern und Handwerker, die unterwegs waren zu den Dörfern und Märkten. Aber dann bogen diese beiden vom Weg ab und traten auf die Wiese, und Meris wusste, dass ihr Plan aufging.

Sie redete weiter mit dem Fähnrich und dem Sergeanten und hoffte, dass von Ledingen die Neuankömmlinge so spät wie möglich bemerkte. Er war dumm genug loszustürmen, bevor sie es verhindern konnte.

»Wir brauchen mehr Männer«, sagte von Ledingen. »Du glaubst doch nicht ernsthaft, dass so ein Straßenräuber freiwillig zu uns kommt, nur weil du das Gerücht verbreitest, ich wolle ihn zu einem ehrenhaften Zweikampf fordern?«

»Und was schlagt Ihr vor?«, fragte Meris.

»Die Ritter und Grafen der Gegend müssen uns unterstützen. Ich bin es leid, bei diesen feisten Bauernhirten herumzusitzen und eine Nacht Gastfreundschaft zu genießen, nur damit sie am nächsten Tag auf ihrem Hintern hocken bleiben können.«

»Ihr könnt ihre Gastfreundschaft ausschlagen und im Freien nächtigen, Fähnrich, wenn Euch das so zuwider ist«, entgegnete Meris.

»Herr Ritter!« Einer der Soldaten hatte die Wanderer erspäht. Von Ledingen wandte den Kopf. Er konnte die Neuankömmlinge nicht einschätzen – einen Mann mittleren Alters, dessen Haare und Bart bereits grau wurden, neben ihm ein junger Bursche, der noch kindlich wirkte und der dem Älteren kaum bis zur Brust reichte. Die beiden waren gekleidet wie Bauern auf dem Weg zur Zehnttags-Messe oder wie Händler auf dem Weg zum Markt. Beides passte zu diesem Tag, und die Wanderer sahen nicht bedrohlich aus.

Dann bewegte sich der Alte, und man sah das Schwert aufblitzen, das er über der Schulter trug.

»Verflucht, was ist das?« Von Ledingen sprang auf.

»Bleibt ruhig, Fähnrich«, befahl Meris. »Lasst sie herankommen.«

»Sind sie das?«, fragte von Ledingen. »Aber nein! Dieser Bursche kann unmöglich die Prinzessin sein.«

»Ihr habt die Prinzessin in der Hauptstadt niemals gesehen, nicht wahr?«, bemerkte Meris trocken. Sie hatte Aruda schon in vielen Rollen erlebt: gekleidet wie ein ritterlicher Page bei einem wilden Ausritt oder sogar ausstaffiert als Küchenjunge. Die jetzige Verkleidung war nicht einmal besonders gut. »Ich rede mit ihnen.«

»Reden? Ich werde den Entführer selbst erschlagen!«

Meris seufzte. »Er hat ein Schwert in der Hand, und die Prinzessin steht neben ihm. Wollt Ihr wirklich einen Kampf anfangen?«

Von Ledingen gab mürrisch nach. Meris setzte ein Lächeln auf und trat den beiden entgegen.

»Ihr seid Dauras? Ich habe gehofft, dass Ihr den Weg zu uns findet. Dann müsst Ihr Prinzessin Aruda Callindrin sein.« Dauras deutete eine Verbeugung an. »Eine bewundernswerte Verkleidung. Sie hat meinen Ritter vollkommen überzeugt.«

»Ich suche nach einem Ritter«, sagte Dauras. »Ich habe von einer Herausforderung gehört.«

»Ich musste Eure Aufmerksamkeit gewinnen«, erwiderte Meris zuckersüß. »Ich bin ermächtigt, mit Euch zu verhandeln.«

»Zu verhandeln?« Dauras zog die Brauen hoch.

Von Ledingens empörter Ausruf erklang hinter Meris' Rücken wie ein Echo auf Dauras' Frage. »Zu verhandeln? Mit einem Räuber, der edle Damen verschleppt?«

Aruda umklammerte Dauras' Arm und hielt ihn zurück. »Er hat mich nicht entführt«, rief sie. »Ich bat ihn um Hilfe.«

»Da habe ich aber etwas anderes gehört«, knurrte von Ledingen.

»Von den beiden Feiglingen, die ihre Herrin im Stich gelassen haben«, warf Meris spöttisch ein. »Ihr solltet Eure Zeugen sorgfältiger auswählen.«

Mit ausgebreiteten Armen stellte sie sich zwischen Dauras und den Fähnrich. »Ich habe in Undervilz mit Dorfbewohnern und Informanten gesprochen. Ich weiß genau, was dort geschehen ist. Und ich glaube, wir können uns einig werden, ohne dass Blut vergossen wird.«

»Das bezweifle ich«, sagte Dauras. »Ich habe die Prinzessin mitgenommen, gegen den Willen ihres Vaters. Ob sie es wollte oder nicht, was macht das für einen Unterschied?«

Meris sah, wie einige der Soldaten im Hintergrund ihre Armbrust aus dem Gepäck holten. Sie winkte ihre Männer zusammen. »Zieht euch zum Waldrand zurück«, befahl sie. »Alle. Ich brauche Luft für die Verhandlungen.«

Ein paar der Gardisten zuckten die Achseln und gehorchten. Andere warteten ab. Von Ledingen protestierte. »Das kannst du nicht tun. Wir haben den Burschen in der Falle!«

»Er wird uns nicht weglaufen«, sagte Meris. »Nehmt die Pferde mit. Damit solltet ihr einen Mönch wohl einholen, wenn er dennoch zu fliehen versucht.«

»Ich sehe den Sinn nicht für diese Scharade«, sagte von Ledingen. »Das grenzt an Verrat!«

»Sehr richtig«, sagte Meris. »Ihr versteht gar nichts. Ich habe in Reppelen neue Befehle aus der Hauptstadt erhalten. Davon wisst Ihr nichts, denn von Euch wurde erwartet, dass Ihr Eure Pflicht tut und gehorcht. Alles andere wäre Verrat.«

Weitere Soldaten zogen ab. Manche sahen nicht minder grimmig aus als der Fähnrich. Aber schließlich fügte sich von Ledingen. Er sammelte seine Ausrüstung ein und führte sein Pferd noch einmal an Meris vorüber. »Eines Tages«, murmelte er, »wird der Botendienst bezahlen für seine Anmaßung. Genau wie der Mönch, der sich gegen den Kaiser gestellt hat.«

Meris sah ihm nach. Sie fragte sich, warum sie von Ledingen nicht einfach kämpfen ließ, wo er doch so darauf brannte. Er würde ohnehin nicht lebend in die Hauptstadt zurückkehren. Selbst wenn es heute zu einer Einigung kam, dann würde er den Mönch irgendwann auf dem Rückweg herausfordern, und Dauras war nicht der Mann, der eine Herausforderung gelassen ablehnte.

Dennoch, wenn von Ledingen unbedingt sterben wollte, dann musste es nicht heute sein. Nicht jetzt, wo daraus schnell ein Gemetzel werden konnte. Sie musste das Unvermeidliche ein wenig hinauszögern, damit zumindest die Hoffnung bestand, dass es bei einem Zweikampf blieb.

Dauras verfolgte mit einem Lächeln, wie die Soldaten sich hundert Schritte entfernt auf halbem Weg zum Waldrand wieder sammelten. Von Ledingen redete auf den Sergeanten ein. Die Prinzessin schaute Meris an, und ihr Blick war voller Hoffnung.

Meris wusste selbst nicht, ob sie gute Neuigkeiten zu bieten hatte oder nur den Weg von einer Katastrophe in die nächste.

»Du willst Frieden stiften«, sagte Dauras, »aber das wird nicht gelingen.«

»Friede ist nicht mein Geschäft«, erwiderte Meris. »Wie ich das sehe, hat Prinzessin Aruda Euch als ihren Wachmann angeheuert. Ich bin befugt, diese Vereinbarung zu legalisieren. Hofrat von Reinenbach hat sogar eine Börse zur Verfügung gestellt, um ein Honorar zu verhandeln.«

»Ein Bestechungsgeld, damit ich die Prinzessin an Euch übergebe?«

»Nein«, antwortete Meris. »Eine ernsthafte Bezahlung, mit der Ihr Euch als Leibwächter für die Prinzessin verpflichtet. Ich habe gehört, dass Ihr mit Verpflichtungen Eure Probleme habt. Aber ich hoffe aufrichtig, dass Ihr in diesem Fall eine Ausnahme macht. Es mag sein, dass Ihre Hoheit auf dem Rückweg zur Hauptstadt eine zusätzliche Wache gut gebrauchen kann.«

Aruda schüttelte den Kopf. »Darauf kannst du dich nicht einlassen«, beschwor sie Dauras. »Mein Vater wird sich nicht an das Geschäft halten. Du darfst ihm nicht vertrauen. Er will dich nur an seinen Hof locken.«

Dauras sah sie an. Meris bemerkte ein eigentümliches Lächeln auf seinen Zügen. »Ich bin geneigt, darauf einzugehen«, sagte er. »Mein Plan sah ohnehin einen Abstecher in die Hauptstadt vor. Und mit dem Segen des Hofes kämen wir leichter dort an. Und was Euren Vater angeht, so bin ich überzeugt, dass wir eine Lösung finden.«

»Du kennst meinen Vater nicht«, erwiderte Aruda.

»Ich glaube, ich habe genug gehört über ihn.« Er wandte sich Meris zu. »Eines kann ich Euch jedenfalls versprechen: Ich werde die Prinzessin beschützen, bis wir in der Hauptstadt sind, und darüber hinaus.«

Meris nickte erleichtert. Sie musterte den ehemaligen Mönch. Ihr Blick prallte ab an seinen toten Augen, die an zwei Kiesel erinnerten und die ganz undurchdringlich waren. Sie konnte ihn nicht durchschauen.

»Gut«, sagte sie. »Das genügt mir. Was Eure Bezahlung angeht …«

»Dein Gold würde ich gern annehmen«, warf Dauras mit einem spöttischen Lächeln ein, »wenn dein Angebot nur aufrichtig wäre. Aber so wie die Dinge stehen, bleibe ich lieber unbelastet – bis du deinen Hinterhalt ausgeführt hast und der Kampf vorbei ist.«

»Hinterhalt?«, fragte Meris verblüfft.

»Meinst du etwa, ich hätte die zusätzlichen Krieger nicht bemerkt, die du im Wald aufmarschieren lässt?«

Aruda gab einen ängstlichen Laut von sich. Meris schaute sich um. »Was für Krieger?«

Da hörte sie, wie mehrere ihrer Soldaten aufschrien. Einer ihrer Männer tastete verwirrt mit der Hand hinter seinem Rücken. Meris erkannte nicht, was das zu bedeuten hatte – bis der Soldat zu Boden stürzte und weitere Pfeile aus dem Wald geflogen kamen, gefolgt von Männern, die ihre Schwerter schwangen.

Die Männer, die aus dem Wald kamen, trugen keine Uniform. Sie stürmten auf die kaiserlichen Soldaten zu. Diese griffen zu den Waffen. Wer sein Pferd dabeihatte, saß auf. Doch die Angreifer waren in der Überzahl, und fast die Hälfte der Legionäre lag bereits von Pfeilen durchbohrt auf dem Boden.

Dauras stützte sein Schwert mit der Spitze auf und sah interessiert zu. »Da habe ich die Lage wohl falsch eingeschätzt«, stellte er fest.

Meris' Blick löste sich von ihm und der Prinzessin und wandte sich zu dem Kampf. Im ersten Moment hatte sie gedacht, die Krieger des Mahdi seien zurückgekehrt. Aber die Ausstattung der Männer stammte eindeutig aus den Städten am Fluss. Sie trugen Bögen und Speere und Schwerter. Unter den schäbigen Westen und Überwürfen blitzten Rüstungen auf, mit Schuppen benähte Lederwämser und sogar das ein oder andere Kettenhemd. Jemand hatte diese Männer geschickt, jemand, der Macht und Einfluss besaß.

Die beiden Trupps stießen aufeinander. Zwei der Angreifer zerrten einen Gardisten vom Pferd. Im Fallen schlug er einen mit dem Schwertknauf nieder. Dann landete er auf dem Rücken und lag benommen da. Sein zweiter Gegner stieß ihm einen Dolch in den Hals.

Von Ledingen hieb vom Pferd aus mit dem Schwert um sich. »Schützt die Prinzessin«, brüllte er.

Dauras schürzte die Lippen. »Was für ein Stümper«, befand er. »Hat Euer Mann nichts Besseres zu tun, als das hinauszuposaunen?«

»Tut lieber etwas«, sagte Meris. »Wir hatten eine Vereinbarung.«

»Ich habe zugesagt, die Prinzessin zu beschützen«, erwiderte Dauras. »Nicht deine Soldaten.«

Die Gardisten versuchten, sich zur Prinzessin durchzukämpfen. Aber es waren zu wenige. Ein Teil der Angreifer lief einfach um sie herum, während die übrigen sie aufhielten. Meris fluchte und rannte hinter dem nächsten Pferd her. Aruda schaute angsterfüllt auf das Getümmel. Ihre Stimme klang schrill.

»Dauras! Was sind das für Leute? Tu doch etwas!«

Pfeile flogen in ihre Richtung. Einer der Angreifer spannte den Bogen und zielte. Dauras' Klinge sauste durch die Luft und schlug den Pfeil zur Seite. »Die wollen Euch, Prinzessin«, stellte er fest. »Und sie machen keine Gefangenen.«

»Aber warum?« Aruda hatte Tränen in den Augen. Sie kauerte sich zusammen. Dauras zog sie wieder hoch.

»Passt auf. Bleibt in Bewegung. Hier gibt es keine Deckung, hinter der Ihr Euch verkriechen könnt.«

Der Schütze schoss erneut. Dauras knurrte. Er ließ das Schwert los, fasste den Pfeil in der Luft und fing den Schwung ab in einer weiten Drehbewegung. Er packte sein Schwert, bevor es auf den Boden fiel.

Dann streckte er den Pfeil und das Schwert in die Höhe und brüllte: »Du glaubst, du bist außer Reichweite mit deinem Bogen? Schau her. Ich lenke deinen Pfeil selbst in dein Herz, und es gibt nichts, was du dagegen tun kannst!«

Befriedigt stellte er fest, dass die Angreifer in der Nähe innehielten. Alle, die sein Manöver gesehen hatten. Er fühlte Schock und Ungläubigkeit in ihren Herzen. Aber er wollte den Bogenschützen. Er hasste Feinde, die außer Reichweite seiner Klinge angriffen.

Dauras lief los, der Bogenschütze schoss. Dauras zerschlug den Pfeil in der Luft.

»Nicht, warte!«, rief die Prinzessin ihm nach.

Da löste sich Fähnrich von Ledingen aus dem Getümmel. Er galoppierte von hinten zu dem Bogenschützen. Ein Regen von Pfeilen folgte ihm. Von Ledingen ritt weiter. Er köpfte den Bogenschützen im Vorüberreiten und kam auf Dauras zu.

»Die Prinzessin«, schrie er. Blut sprühte von seinen Lippen. »Um Bponurs willen, schützt die Prinzessin!«

Dauras machte kehrt, und zugleich mit dem Ritter war er bei der Prinzessin. Von Ledingens Ross stieg, als er es verhielt, und Aruda wich erschrocken zurück.

»Wir müssen«, keuchte er, »die Prinzessin in Sicherheit bringen.«

Dauras sah ein, dass von Ledingen recht hatte. Es waren zu viele Angreifer, und ein Pfeil aus der falschen Richtung reichte aus, um das Mädchen zu töten. Er fasste nach dem Bein des Ritters, warf ihn aus dem Sattel, sprang auf das Pferd und hielt Aruda die Hand hin.

Von Ledingen lag bäuchlings auf dem Boden und stöhnte. Drei Pfeile hatten sich durch den Mantel in seinen Rücken gebohrt.

Die Prinzessin sah ihn fassungslos an. »Dauras!«

Dauras beugte sich hinab, hob sie vor sich auf den Sattel und ritt los.

»Keine Zeit«, sagte er.

»Was hast du getan?«, rief Aruda.

»Euch gerettet?«

»Aber der Ritter …«

»War dem Tod geweiht. Ihn mitzuschleppen oder ihn vorsichtig vom Pferd zu heben hätte nichts daran geändert. Es hätte uns nur Zeit gekostet.«

»Woher willst du wissen, dass wir ihn nicht hätten retten können?«

»Ich kann *sehen*, in welchen Organen die Pfeilspitzen stecken. Schon vergessen?«

Meris schloss zu Dauras und Aruda auf. Sie hatte es geschafft, ein Pferd einzufangen und ritt nun mit ihnen.

Sie folgten der unbefestigten Nebenstraße, auf der die beiden eben erst hergewandert waren, jetzt in entgegengesetzte Richtung. Der Weg führte sie dichter am Wald entlang, aber das bedeutete auch, dass sie Deckung vor ihren Verfolgern hatten. Meris zog mit ihrem Pferd an Dauras vorüber.

»Was bist du für ein Hundsfott«, rief sie Dauras zu. »Willst du mir erklären, was du gerade getan hast?«

»Ich habe mich an unsere Vereinbarung gehalten und die Prinzessin beschützt.« Sie sah, wie er grinste. »Ich hoffe also, du hast meine Börse bei der Flucht nicht vergessen.«

»Ich wünschte mir, du hättest bei der Flucht einen Pfeil abgekriegt.«

»Sei vorsichtig mit deinen Wünschen«, sagte Dauras. »Du brauchst mich noch. Wir haben so viele Pferde zurückgelassen, dass ein paar von den Burschen uns bestimmt dicht auf den Fersen sind.«

»Was?« Meris warf einen Blick über die Schulter zurück, aber der Boden war wellig, und der Weg wand sich am Wald entlang. Sie konnte nicht weit sehen.

»Keine Sorge. Ich kehre um und überzeuge sie davon, dass sie lieber anderswo sein wollen. Nimm du so lange die Prinzessin.«

Er lenkte sein Pferd näher an das ihre und wollte Aruda hinüberheben. Doch die sträubte sich gegen den Wechsel im vollen Galopp. Also blieben sie stehen, und Meris ließ die Prinzessin hinter sich aufsitzen.

Sie musterte den Mönch von oben bis unten. »Kannst du gut genug reiten, um vom Pferd aus zu kämpfen?«

»Ein Pferd ist auch nur ein schwankender Untergrund wie jeder andere. Ich will unseren Freunden mal eine Lehrstunde erteilen, was im Tempel des Schwertes als *meisterhafte Körperbeherrschung* gilt.

Ihr reitet weiter. Ich halte meine Schwachstellen gern außer Reichweite meiner Feinde, wenn der Kampf beginnt.«

Dauras stieß dem Ross die Fersen in die Flanken und brüllte. Er wollte so schnell wie möglich sein, wenn er die Feinde erreichte. Aber das Pferd reagierte nur träge, und bald war ihm, als würde er es anschieben. »Verfluchter Zossen, wirst du wohl rennen!«

Mit diesen Worten stürmte er um eine Biegung, der erste Verfolger tauchte vor ihm auf. Mit Knien und Händen stieß Dauras sich ab. Dann stand er auf dem Pferderücken und sprang auf seinen Feind zu.

Der Mann erschrak. Wie erstarrt saß er im Sattel, als Dauras auf ihn zuflog. Einen Wimpernschlag lang folgte das Gesicht des Kriegers der Bewegung – dann spaltete Dauras' Klinge ihm den Schädel. Dauras landete mit den Füßen auf den Schultern des Mannes und stieß sich wieder ab, während der Tote hinter ihm vom Pferd fiel. Dauras machte einen Salto und holte mit dem Schwert aus. Er kam schräg vor dem nächsten Pferd auf und hieb zu. Die Klinge durchtrennte die Vorderbeine des Tieres, sodass es stürzte und sich überschlug und den Reiter unter sich zermalmte.

Dauras wich aus. Er schlug den Speer eines dritten Reiters zur Seite. Der Reiter preschte weiter, vom eigenen Schwung getragen. Dauras drehte sich und stieß dem Mann die Klinge in die Seite. Er zog sie heraus, packte mit der freien Hand den Speer, holte damit aus und schleuderte ihn auf einen vierten Angreifer. Er traf ihn mitten in die Brust und ging gelassen an dem Toten und seinem durchgehenden Tier vorüber.

Der fünfte Verfolger riss so hart an den Zügeln, dass sein Pferd sich aufbäumte. Dauras tauchte dicht an den wirbelnden Hufen vorbei und erstach den Reiter von schräg unten, durch die Lenden und unter dem Kettenhemd hindurch. Der Reiter erkannte nicht einmal, was genau mit ihm geschehen war.

Dauras wandte seine Sinne den letzten Gegnern zu. Er spürte, dass er sein Ziel erreicht hatte. Diese beiden Reiter wollten lieber anderswo sein.

Der erste verhielt sein Pferd und wollte wenden, aber er war viel zu schnell herangaloppiert und schaffte es nicht, die Richtung zu ändern, bevor er mit Dauras auf einer Höhe war. Panisch ließ er sein Pferd steigen und fuchtelte mit dem Schwert. Er versuchte gar nicht, anzugreifen, er wollte Dauras nur auf Abstand halten.

Der blieb ruhig stehen, gerade außer Reichweite von Stahl und Hufen. Als das Pferd wieder herunterkam, schlug Dauras dem Tier die Klinge hart vor den Kopf. Es brach zusammen, und der Reiter rutschte herab. Bäuchlings blieb er vor Dauras liegen, und der stellte den Fuß auf dessen Schwert.

Es wurde still auf dem Kampfplatz. Der letzte Reiter machte kehrt und galoppierte davon. Dauras musterte den Mann zu seinen Füßen. Er bemerkte die Narben in dessen

Gesicht. Ein erfahrener Krieger in den Dreißigern, schätzte er, aber gut in Form.

Er wartete, bis der Mann ein wenig zu Atem gekommen war und zu ihm aufschaute. »Einen schönen Zehnttag, guter Herr.« Er lächelte zu seinem Gegner hinab. »Ich wollte die Gelegenheit nutzen und mich vorstellen. Mein Name ist Dauras, und ich bin ein Meister des Schwertes aus Sir-en-Kreigen. Prinzessin … wie auch immer. Die Prinzessin hat mich jüngst zu ihrem Leibwächter erwählt. Ich glaube, das ist eine Nachricht, die euren Anführer interessieren könnte.

Sagt ihm also, wenn er uns weiter nachstellen möchte, sollte er zuvor im Tempel des Schwertes nachfragen, ob es dort mittlerweile einen größeren Kämpfer gibt als Dauras. Wenn nicht, fürchte ich, wird das Vergnügen bei unserer nächsten Begegnung wieder ganz auf meiner Seite sein.«

Die Frauen warteten nicht auf ihn. Dauras holte sie ein, weil von Ledingens Pferd einfach ausdauernder war. Inzwischen waren sie in Trab gefallen, und die Handelsstraße lag nicht mehr fern. Beide Pferde waren erschöpft, und so wurde auch Dauras langsamer und ritt neben ihnen her. Aruda saß hinter der anderen Frau und klammerte sich an ihr fest. Dauras bemerkte, dass sie weinte.

»So, für eine Weile wird uns niemand mehr nachkommen«, stellte er fest. »Was hat sie?«

»Was sie hat?«, blaffte Meris. »Sie ist es nicht gewöhnt, dass ringsum die Leute fallen.«

»Diese Angreifer, wer war das?«, fragte Dauras.

»Keine Ahnung«, erwiderte Meris.

»Sie hatten es auf jeden Fall auf die Kleine abgesehen«, sagte Dauras. »Nachdem dieser Lederer so laut auf sie hingewiesen hat …«

»Von Ledingen!«, sagte Meris.

»Von mir aus. Dennoch kann die Prinzessin nicht der Grund für ihren Angriff gewesen sein. Sie waren schon auf dem Weg zu euch, bevor wir dort ankamen. Da wusste noch niemand, dass sie bald bei euch ist.«

»Viele wussten, dass wir nach ihr suchen«, sagte Meris. »Wenn jemand will, dass sie nicht gefunden wird, waren wir das leichteste Ziel.«

»Wer sollte das wollen?«, fragte Dauras.

»Sag du es mir.« Meris sah ihn an.

Dauras fühlte Zorn in ihr, aber auch noch etwas anderes. Sie schickte ihren Zorn vor, um von dem anderen abzulenken. »Du bist zurückgeritten und hast anscheinend ein paar von denen erwischt. Du hättest sie fragen können, wer sie geschickt hat.«

»Äh … Hatte keine Zeit, um mit ihnen zu plaudern.«

Meris bemerkte sein Zögern. »Keine Zeit – oder hattest du schon alle erschlagen, als es dir einfiel?«

»He! Sind wir also beim ›du‹ angelangt? Kein Schöntun mehr und keine Anrede als Herr, jetzt, da die Prinzessin wieder auf deinem Pferd sitzt.«

»Du weichst mir aus, Dauras. Prinzessin Aruda hat mir gesagt, du hättest von Ledingen getötet, um an sein Pferd zu kommen.«

»Hat sie das?«, knurrte Dauras. »Sie sollte ein wenig dankbarer sein. Dein Ritter starb an den Pfeilen, mit denen die Angreifer ihn gespickt haben. Sein Pferd war das Einzige, was von dem Paar noch zu gebrauchen war.«

»Ich habe die Geschichten über dich gehört«, sagte Meris. »Du bist selbstsüchtig, du tötest viel zu gedankenlos, und mit welchem Recht? Du hast gesagt, du willst die Prinzessin beschützen und nicht die Soldaten. Aber als dieser Bogenschütze deine Eitelkeit verletzt hat, weil er dir nicht freiwillig vor die Klinge gelaufen ist, hast du dich in den Kampf gestürzt und deinen Schützling stehen lassen.«

»Wenn das so ist«, sagte Dauras, »solltest du die Klappe halten, Frau. Außerdem bin ich zurückgekommen und habe die Kleine da rausgeholt, nicht wahr? Ich töte nicht gedankenlos. Ich töte nur Männer, die es selbst herausfordern. Oder Verbrecher, die es ohnehin verdienen. Jeder hat ein Recht auf das Schicksal, das er sich selbst bereitet. Ich habe niemals gegen den Kodex meines Ordens verstoßen.«

Meris lachte spöttisch auf. »Und gehört es auch zu diesem Kodex, dass du der Richter darüber bist? Bei jedem einzelnen deiner Opfer weißt du genau, dass es den Tod verdient?«

Dauras wischte den Einwand zur Seite. »Keine Haarspaltereien, Frau. Ich war im Schwarzen Gebirge. Deine Kirche nennt den Dienst dort heilig, und niemand fragt nach einer Rechtfertigung. Willst du sagen, dass ich jederzeit einen Pukha erschlagen darf, ob Krieger oder Frau oder Kind, aus keinem anderen Grund, als dass einer von denen irgendwann einmal auf dem Boden des Reiches plündern könnte? Aber wenn ich auf dem Boden des Reiches einen Räuber oder Halsabschneider sehe, der genau das bereits tut, dann muss ich vorher einen Grafen fragen, ob ich ihn anfassen darf?«

»Du kannst einen Kriegszug in der rechtlosen Wildnis nicht damit vergleichen, was du zuhause anstellst, wo es Gesetze gibt und wo das Land jemandem gehört.«

»Die Wilden, die ich ungestraft erschlagen darf, hätten gewiss eine andere Meinung dazu. Nein, Gnädigste. Deine Regeln sind scheinheilig. Wenn ich dort unterscheiden darf, was gut ist und was böse, dann darf ich es auch hier.«

Aruda hob den Kopf. »Könnt ihr vielleicht aufhören, darüber zu streiten, wer wen erschlagen darf? Was sollen wir jetzt tun? Ich will irgendwohin, wo überhaupt niemand getötet wird.«

Dauras lachte spöttisch auf. »Nach einem solchen Ort, Kindchen, werdet Ihr lange suchen müssen.«

Meris warf ihm einen bösen Blick zu, aber sie ging nicht auf seine Bemerkung ein. »Wir können bis zum Abend in Reppelen sein. Ich war erst vor zwei Tagen dort. Da gibt es eine kaiserliche Botenstation, Wachen und eine feste Burg.«

»Aber sind wir da auch sicher?«, fragte Dauras. »Es könnte der Graf von Reppelen sein, der die Angreifer geschickt habt. Immerhin sind wir auf seinem Land.«

»Unmöglich!«, warf die Prinzessin ein. »Reppelen würde nie die Männer des Kaisers angreifen. Mein Vater würde den Ort auslöschen!«

Meris zögerte mit der Antwort. »Normalerweise gehört Reppelen nicht zu den Grafschaften, die sich Freiheiten herausnehmen. Kein Kaiser würde eine Rebellion im Hinterhof der Hauptstadt dulden …«

»Aber?«, fragte Dauras.

»Was *aber*?«, fragte Meris zurück.

»Komm«, sagte Dauras. »Meine Frage hat dich so ins Grübeln gebracht, dass du sogar dein Pferd angehalten hast. Und vergiss nicht, ich kann in deinen Kopf schauen. Natürlich gibt es ein ›Aber‹!«

Meris sah sich um. Sie war tatsächlich stehen geblieben.

»Nun«, räumte sie ein. »Ich habe vor zwei Tagen in Reppelen eine persönliche Depesche erhalten. Den Inhalt durfte ich nicht einmal meinen Soldaten anvertrauen. Aber es ist wahr, die Botschaft kam in Reppelen an, und der Graf kann davon erfahren haben, wenn er selbst Spione im kaiserlichen Botendienst hat. Wenn der Anschlag mit dieser Nachricht in Verbindung steht, wäre der Graf von Reppelen einer der ersten Verdächtigen.«

»Was für eine Nachricht?«, fragte Aruda.

Meris wand sich. »Prinzessin Aruda«, sagte sie schließlich.

»Euer Vater ist vor sechs Tagen gestorben. Der Kronrat hat Euren Anspruch anerkannt. Meine neuen Befehle lauten, dass ich die Thronfolgerin so schnell wie möglich zurück in die Hauptstadt bringe. Am besten, bevor es sich unter den Fürsten herumspricht, dass der Thron unbesetzt ist und sie einen Zug machen können.«

24.10.962 – WESTLICH DES JAGADWALDS

Am Rande des Jagadwalds hielten sie inne. Aruda blickte über Meris' Schulter sehnsüchtig auf das, was vor ihnen lag: ein Gasthaus mit Ställen und Nebengebäuden und einem hohen Palisadenzaun inmitten von Wiesen und Feldern. Es war eine große Wegstation, die selbst schon aussah wie ein kleines Dorf.

In den letzten vier Tagen hatten sie sich oft genug durch verwilderte Brachen und Wälder schlagen müssen. Dauras hatte sie in einem weiten Bogen um Reppelen herumgeführt und um alle anderen Ansiedlungen, an denen sie vorbeikamen. Die Wege durch Felder und Wälder, die er auswählte, führten allzu oft in die Irre oder verloren sich im Nirgendwo. Doch dann waren sie hinter Reppelen wieder auf die Hauptstraße gestoßen, und ein weiterer Tagesritt hatte sie durch den Forst und hierher gebracht.

Auch Meris spähte zu dem Wegposten hinüber. »Dort gibt es eine Botenstation. Endlich frische Pferde! Zwischendrin habe ich kaum noch daran geglaubt, dass wir überhaupt irgendwo herauskommen. Und ich dachte, du warst schon mal in der Gegend?« Sie sah Dauras vorwurfsvoll an.

»He«, erwiderte Dauras. »Was erwartet ihr, wenn ihr euch einem Blinden als Führer anvertraut?«

»Ach, jetzt erinnert sich der Herr wieder daran, dass er blind ist?«

»Können wir dort einkehren?«, fragte Aruda. »Es ist bald Abend, und ich bin die Nächte im Freien allmählich leid.«

»Wenn wir uns da sehen lassen«, sagte Dauras, »weiß jeder, wo wir sind.«

»Na und?«, entgegnete Meris. »Wenn wir wie die Botenreiter an jeder Station die Pferde wechseln, schaffen wir die Strecke zur Hauptstadt an einem Tag. Wenn uns jemand erkennt, reiten wir ihm einfach davon.«

Dauras musterte die Prinzessin. Ihre Stimme hatte rau und verschnupft geklungen, und er fühlte, wie eine Krankheit in ihr aufstieg. Die letzten Tage waren fast sommerlich gewesen, die Nächte hingegen umso kälter. Und sie hatten bei der Flucht aus dem Lager kaum Decken oder Gepäck mitnehmen können. »Lasst uns bis zum Einbruch der Dunkelheit weiterreiten«, schlug er vor. »Dann steigen wir in einem kleineren Gasthaus ab. Es nutzt nichts, wenn wir allen Verfolgern davonreiten und die Kleine sich in der Kälte den Tod holt.«

Meris schnaubte bei dem Wort »Kälte«. »Die große Wegstation dürfte sicherer sein.«

»Aber sie wird bestimmt überwacht. Und wenn wir uns die Nacht über ausruhen, können wir nicht mehr auf den Vorteil vertrauen, von dem du gesprochen hast.«

Meris zögerte. Mit einem letzten Blick auf die befestigte Station gab sie schließlich nach.

Sie blieben auf der Hauptstraße, trotz der übrigen Reisenden, die dort unterwegs waren. Meris wies auf die Dörfer entlang der Straße, manche in Sichtweite, andere durch Wegweiser an den zahllosen einmündenden Wegen gekennzeichnet. Dauras schüttelte jedes Mal den Kopf. »Keine Dörfer«, sagte er. »Je weniger Leute uns zu sehen bekommen, umso besser für uns. Ich suche nach einem einzeln gelegenen Gasthaus.«

Die Sonne sank rasch, und sie ritten durch die Dunkelheit. Die Pferde trotteten müde dahin und blieben stehen, wann immer die Reiter in ihrer Aufmerksamkeit nachließen. Da richtete Aruda sich im Sattel auf.

»Da vorn ist ein Licht!«

»Noch ein Dorf abseits der Straße, das dem Herrn Mönch nicht gut genug ist«, bemerkte Meris.

»Nein«, sagte Aruda. »Es ist ganz nah … und ziemlich klein. Ein, zwei erleuchtete Fenster, mehr nicht.«

»Das wird ein Einödhof sein.« Meris sah Dauras an.

»Ich merke nichts«, antwortete er. »Es ist zu weit für mich.«

Als sie näher kamen, schälten sich die Umrisse von zwei Fenstern aus der Finsternis, und eine Lampe, die über einer Seitentür brannte.

Dauras konzentrierte sich. »Zwei Bewohner«, stellte er fest.

»Also kein Gasthaus«, erwiderte Meris.

Dauras schritt langsam weiter. »Ich weiß nicht«, sagte er. »Es fühlt sich nicht an wie ein Bauernhof. Es hat eine Art Gaststube und viele Betten. Da baumelt ein Schild vor dem Haupteingang, aber der liegt im Dunkeln.«

Sie erreichten den Abzweig, der von der Hauptstraße zu dem Gebäude führte. Von dort aus sah man weniger von dem Haus als von der Seite, denn die Front war in vollkommene Dunkelheit gehüllt.

»Wenn das ein Gasthaus ist«, stellte Aruda fest, »dann legen sie jedenfalls keinen besonderen Wert auf Gäste.«

Dauras zuckte die Achseln. »Vielleicht sind die Besitzer alt und haben das Geschäft aufgegeben. Vielleicht öffnet es nur in bestimmten Monaten, wenn auf der Straße viel los ist. Uns kann es nur recht sein. Mit zwei Leuten werden wir fertig.«

Sie ritten zwischen einigen Obstbäumen hindurch auf den Eingang zu. Zwei Stufen führten zu einer Tür hinauf, die tatsächlich mehr an ein Bauernhaus erinnerte als an eine Gastwirtschaft. Aber ein hölzernes Schild hing an Stricken darüber: eine Mondsichel mit abgeblätterter Farbe – das Gasthaus zum Mond oder zum Halbmond also.

Dauras klopfte. Die beiden Frauen warteten am Fuß der Treppe bei den Pferden. Nach einer Weile wurde Meris ungeduldig, doch Dauras hielt sie mit einer Geste zurück. Kurz darauf schwang die Tür auf, und eine ältere Frau mit einem Kopftuch über den drahtigen schwarzen Haaren schaute heraus.

»Wir suchen ein Zimmer«, sagte Dauras. »Und ein warmes Abendessen wäre nicht schlecht.«

»Tut mir leid.« Die Frau schüttelte den Kopf. »Wir sind voll belegt.«

Dauras grinste. »So sieht es aber nicht aus.«

Die Wirtin stutzte. »Wir …«, setzte sie an, musterte Dauras, sah an ihm vorbei auf die beiden Frauen. Sie verstummte und setzte wieder an. »Nur für drei? Nun ja, die bringen wir unter. Wir können euch ja schlecht fortschicken um diese Zeit. Nic, komm her. Gäste!«, rief sie in den Flur hinter sich.

Ein Mann schlurfte heran. Er mochte ungefähr so alt sein wie die Frau, einen halben Kopf kleiner und sehr schmal. Seine Glatze war von einem dünnen Kranz grauer Haare umsäumt. »Gäste?«, fragte er. »Aber du weißt doch …«

»Es sind nur drei«, sagte sie. »Und sieh mal, wie spät es ist. Ich glaube nicht, dass heute Nacht noch jemand kommt.« Sie wandte sich wieder Dauras zu. »Tretet ein. Ihr könnt in der Stube Platz nehmen. Ich koche etwas und mache die Zimmer fertig, während ihr esst. Nic bringt inzwischen die Pferde in den Stall.«

Sie führte ihre Gäste in einen Raum, der kaum größer war als eine Bauernstube, aber vollgestellt mit groben Tischen und Bänken. Es war kalt und dunkel. Die Wirtin entzündete eine Öllampe und hängte sie an die Wand.

»Ich sage Nic, dass er den Kamin anheizen soll, wenn er wieder da ist«, sagte sie.

»Das wird nicht nötig sein«, erwiderte Dauras. »Wir bleiben nicht lange wach.«

Aruda sah ihn unglücklich an. Zögernd setzte sie sich an

den Tisch. Sie legte den Mantel nicht ab. Dauras und Meris setzten sich zur ihr.

»Wisst ihr«, fuhr die Wirtin fort. »Eigentlich haben wir keinen Platz. Eine große Gesellschaft hat sich angekündigt und das ganze Haus gemietet. Aber ich glaube nicht, dass sie heute noch kommen, und wenn doch, werden wir uns sicher einig.«

»Ist das normal?«, fragte Meris. »Dass jemand so weit im Voraus ganze Häuser in Beschlag nimmt?«

»Gewiss nicht«, antwortete die Wirtin. »Manchmal schicken sie einen Boten voraus, der ein oder zwei Stunden früher eintrifft und dafür sorgt, dass die Zimmer bereitstehen. Aber das Haus im Vorhinein zu mieten, ohne dass wir genau wissen, ob und wann die Gäste eintreffen …« Die Wirtin lächelte. Ihr fehlten einige Zähne. »Nun, für uns ist das ein Glücksfall. Für jeden Tag, den sie das leere Haus bezahlen, kassieren wir ohne viel Arbeit. Und sie bezahlen gut, oh ja.«

Die Wirtin humpelte davon. Meris sah ihr nach. »Dafür, dass sie so viel Wert auf das Geld legt, hat sie wenig über den Preis gesprochen.«

»Sie kassiert doch schon von den anderen«, warf Aruda empört ein. »Für Zimmer und womöglich sogar für Mahlzeiten, die sie nicht zuzubereiten braucht. Sie kann das wohl kaum doppelt in Rechnung stellen.«

»Das wird sie …«, fing Meris an, aber Dauras fiel ihr ins Wort.

»Oh ja. Sie erwartet, dass sie von den anderen kassiert. Davon gehe ich aus.«

Meris und Aruda sahen ihn überrascht an. Er bedeutete ihnen, zu schweigen, und man sah ihm an, dass er sich konzentrierte. In dem kalten Raum schien es noch ein wenig frostiger zu werden. Aruda zog den Mantel enger um die Schultern.

Endlich blickte Dauras wieder auf. Seine Miene entspannte

sich. Ein leichtes Lächeln lag um seine Lippen. Gleich darauf trat die Wirtin in das Zimmer und stellte ein Tablett mit dampfenden Krügen vor ihnen ab. »Warmes Bier«, verkündete sie. »Das reicht hoffentlich, um das Feuer zu ersetzen, bis ihr euch in die Federbetten kuscheln könnt. Mein Mann röstet Brot und Eier und Schinken mit Käse in der Küche – mehr, fürchte ich, können wir euch heute Abend nicht anbieten.«

Mit argwöhnischem Blick griff Aruda nach einem der Humpen. Dauras' Klinge zuckte über den Tisch und schob ihre Finger von dem Bier fort. Die Prinzessin fuhr erschrocken zurück.

»He!« Meris sprang auf.

Die Wirtin wurde blass.

»Tu uns den Gefallen und trink mit uns.« Lächelnd sah Dauras zu der Wirtin auf.

Die zuckte zusammen. Dauras' Schwert stach an ihr vorbei und stieß die Tür hinter ihr zu.

»Trink«, wiederholte Dauras.

»Willst du etwa sagen …« Aruda zog die Hände an den Körper. »… sie wollte uns vergiften? Aber warum?«

»Das ist doch Unsinn«, stammelte die Wirtin. »Es ist nur Bier. Mit ein paar Kräutern.«

Dauras stand auf und trat auf sie zu. Er legte zwei Finger unter seine Augen. »Sieh mich an, Weib«, sagte er. »Du weißt, wer ich bin?«

Sie gab einen erstickten Laut von sich und wich vor dem Anblick zurück. Hinter ihr öffnete sich die Tür einen Spalt, und ihr Mann schaute entsetzt in die Stube.

»Zwei Augen sind blind«, fuhr Dauras fort. »Aber das dritte ist weit offen. Ich kann sehen, was du in der Küche treibst. Ich kann in deinen Kopf sehen. Also lüg mich nicht an, und trink einen Krug von deinem eigenen Bier …« Dauras lächelte und fügte hinzu: »Wenn es recht ist.«

Die Frau schnappte nach Luft.

Ihr Mann zwängte sich in den Raum und rang die Hände. »Bitte, Herr!«, flehte er. »Habt Mitleid. Was sollten wir tun? Da waren all diese bewaffneten Herren. Wenn die erfahren hätten, dass wir Euch wieder haben ziehen lassen …«

»So ein Unsinn«, fuhr Dauras ihn an. »Ihr beide wart allein mit uns, und niemand hat euch zu etwas gezwungen. Gebt es zu, ihr habt von euren Gästen erlauscht, dass sie einen Blinden und ein oder zwei Mädchen suchen. Vor der Tür hat deine Frau mich erkannt und gedacht, sie kann sich die Belohnung holen, von der diese Herren ohne Zweifel geredet haben.«

»Es sind so viele Ritter unterwegs«, sagte die Frau trotzig. »Sogar die Gardisten des Kaisers. Überall erzählt man sich, dass ein Blinder eine Dame aus der Stadt entführt hat und dass jeder die Augen offen halten soll.«

»Und ihr wolltet die Dame retten?«, fragte Dauras. »Indem ihr sie vergiftet?«

»Das … das stimmt gar nicht!«, stotterte der Ehemann.

Dauras wandte sich an Meris. »Ich nehme an, die Wirtsleute wollten denselben Männern zu Diensten sein, die euch überfallen haben. Sie müssen dieses Gasthaus als Sammelstelle gewählt haben. Es liegt günstig an der Hauptstraße und ist dennoch abgelegen genug, um als Versteck für einen Haufen Söldner und Kopfgeldjäger zu taugen. Kein Wunder, dass diese Gesellschaft das ganze Haus gleich auf unbestimmte Zeit gemietet hat.«

Meris hob beschwichtigend die Hand. »Dann lass es gut sein, Dauras. Wir bringen in Erfahrung, was die beiden wissen, und verschwinden wieder. Wenn das der Treffpunkt von diesem Haufen ist, sind wir hier nicht sicher.«

»Oh nein!« Dauras setzte der Wirtin die Klinge an die Kehle. Die Spitze des Schwertes lag ohne jedes Zittern auf ihrer Haut. »Ich will, dass sie trinkt, was sie für uns bereitet hat. Oder ich schneide ihr die Kehle durch.«

»Dauras!«, riefen Meris und Aruda wie aus einem Mund.

»Also gut.« Die Wirtin griff nach Arudas Krug. »Ich trinke. Ihr werdet sehen, dass ihr uns unrecht tut.«

»Alma, nicht!«

Dauras grinste. »Dein Mann scheint nicht von deiner Unschuld überzeugt zu sein.«

Die Wirtin setzte den Krug an die Lippen und würdigte Dauras keines Blickes mehr. Sie trank das warme Bier aus, ohne einmal abzusetzen. Alle in dem kleinen Raum verfolgten es aufmerksam – Dauras befriedigt, ihr Mann voller Schrecken, Aruda mit fasziniertem Entsetzen und Meris mit einem Gefühl von Unschlüssigkeit, als müsse sie etwas tun, wüsste aber nicht, was.

Die Wirtin stellte den Humpen ab und setzte sich auf die Bank.

Eine Weile blieb es still.

»Mö-möge Gotor …« Die Frau lallte. Sie kämpfte darum, den Kopf gerade zu halten. »Euch … Euch zurück in seine Hölle holen.«

Dann sank sie auf der Tischplatte zusammen.

»Ist sie tot?« Aruda blickte beklommen auf die Wirtin hinab.

»Noch nicht«, sagte Dauras ungerührt. »Ich fühle ihr Herz schlagen.«

»Wir müssen ihr helfen.«

»Sie wollte uns vergiften!«

»Wir haben Wichtigeres zu tun«, unterbrach Meris den Wortwechsel. Sie wandte sich dem Wirt zu. »Wer waren die Männer, die in eurem Haus Unterschlupf gefunden haben?«

Der alte Mann sah sie an. Seine Züge wirkten zerfurchter als zuvor. »Warum sollte ich Euch das sagen?«, fragte er. »Ihr wolltet ihren Tod.«

»Es gibt Schlimmeres, als an einem Krug vergifteten Bieres zu sterben«, gab Meris zurück. »Das wirst du merken, wenn du meine Fragen nicht beantwortest.«

Der Mann sah sie erschrocken an. »Ihr …«, sagte er. »Ihr seid auch so ein Ungeheuer.«

»Ich bin eine Agentin des geheimen kaiserlichen Botendienstes«, erwiderte Meris. »Wir bekommen immer die Antworten, die wir haben wollen. Auf die eine oder andere Weise.«

Der alte Mann wandte sich ab. »Dann bin ich verloren. Werdet Ihr mir glauben, dass ich diese Männer genauso wenig kenne wie Euch?«

»Ihr habt genug von uns gewusst, um euch ein Kopfgeld auszurechnen«, warf Dauras ein.

Meris zischte ihn an. »Misch dich nicht ein, Mönch! Nic, du hast deine Gäste gesehen. Du kannst mir nicht erzählen, dass du gar keine Ahnung hast, was das für Leute waren.«

»Die Anführer waren von Stand«, sagte der Wirt. »Ritter, aber nicht aus der Gegend. Die Handlanger waren angeheuert, Söldner und Jäger. Es war keine feste Truppe.«

»Und sie haben nicht darüber gesprochen, wer die Rechnung für so viele Männer bezahlt? Da muss ein hoher Herr dahinterstecken.«

»Wir alle haben gehört, dass die kaiserliche Garde nach einem Blinden sucht«, sagte der Wirt. »Wir dachten also, diese Männer bekommen ihr Geld aus der Hauptstadt. Oder sie arbeiten auf eigene Rechnung und erhoffen sich einen Gewinn.«

»Vielleicht sind es wirklich einfache Kopfgeldjäger«, warf Dauras ein. »Wenn sie entschlossen und skrupellos genug sind, könnten sie einen Nutzen darin gesehen haben, die Konkurrenz von der Garde auszuschalten.«

»Es gibt kein offizielles Kopfgeld«, erwiderte Meris. »Es gibt nur die Belohnung, die wir den Bauern in den Dörfern versprochen haben. Das reicht nicht, um eine solche Truppe von Söldnern anzulocken, und schon gar nicht, dass sie dafür kaiserliche Soldaten angreifen würden.«

»Ich weiß nichts von alledem, gute Frau«, sagte der Wirt. »Ich habe nur diese Ritter gesehen, die Befehle erteilt und bezahlt haben.«

»Du hast gewiss auch die Namen dieser Ritter gehört, als sie miteinander geredet haben. Womöglich kann ich daran erkennen, wer sie geschickt hat.«

»An Garren«, sagte der Wirt. »So hieß einer der Hauptleute. Der ist mir besonders in Erinnerung geblieben, wegen seiner Axt.«

»Was war mit der Axt?«, fragte Dauras.

»Sie war aus Gold«, erwiderte der Wirt. »Und sie sah … seltsam aus.«

»Eine goldene Axt. Das klingt ziemlich nutzlos«, befand Dauras. »Aber ich nehme an, wir würden den Mann daran erkennen, wenn er uns über den Weg läuft.«

»Weiter«, sagte Meris. »Wie hießen die anderen Ritter?«

»Ein Herr von Baumgart. Bahaluc an Haban. Banard von Lichtingen.«

Der Wirt brachte noch ein paar weitere Namen zusammen, aber da war er sich nicht sicher. Die ersten Männer waren offenbar diejenigen, die am meisten geredet hatten. Was bedeuten mochte, dass es die Anführer waren … Oder dass die wichtigen Anführer es verstanden hatten, im Hintergrund zu bleiben.

»Kannst du damit etwas anfangen?«, wollte Dauras von Meris wissen.

»Ich kenne einen von Lichtingen«, warf Aruda ein. »Das ist ein Freund meines Vaters.«

Meris schüttelte den Kopf. »Du meinst Gander von Lichtingen«, sagte sie. »Den Hauptmann der kaiserlichen Garde. Ich glaube kaum, dass er etwas damit zu tun hat.« Sie seufzte. »Ich hatte gehofft, dass ich vielleicht ein paar Familiennamen höre, die alle mit demselben Fürsten verbunden sind. Aber die Namen, die der Wirt genannt hat, kommen aus allen Ecken des Reiches. Es müssen umherziehende Ritter sein, die sich bei dem Herrn verdingen, der sie gerade bezahlt – vierte oder fünfte Söhne ohne Erbe, mittellose Edelinge aus einer Nebenlinie, die außer dem Namen kaum etwas mit ihrer Familie zu tun haben. Adlige Söldner, deren Name nicht verrät, wem sie die Treue erweisen.«

»Wenn ich ein Verschwörer wäre, würde ich solche Handlanger bevorzugen«, sagte Dauras.

»Wenn du die Wahl hättest«, antwortete Meris nachdenklich. »Die meisten Grafen haben mehr Land und Lehnsleute als bares Geld. Sie würden die Ritter schicken, die ihnen verbunden sind. Zumindest verrät uns das, dass keiner von *diesen* Herren dahintersteckt, sondern jemand, der über Gold verfügt. Vielleicht sogar ein ganzer Kreis bei Hofe, der mit der Thronfolge nicht einverstanden ist.«

»Wenn die Hintermänner bei Hofe sitzen«, gab Dauras zu bedenken, »reiten wir Ihnen direkt in die Arme.«

»Ich begegne lieber einem Haufen Höflinge und ihrem Gold im Palast«, sagte Meris, »als ihren bezahlten Meuchelmördern allein in deren Hauptquartier. Wir sollten schnell wieder aufbrechen.«

»Wollen sie mich wirklich umbringen?«, fragte Aruda. »Ach, ich wäre am liebsten an keinem von diesen Orten!«

Dauras und Meris schauten sie an. Dauras hob das Schwert. »Das mag ihr Hauptquartier sein, aber im Augenblick suchen sie uns anderswo. Ich glaube nicht, dass sie heute Nacht zurückkommen«, sagte Dauras.

Meris zögerte. »In der Höhle des Löwen«, murmelte sie. »Aber du hast vermutlich recht. Wenn bis jetzt keiner von ihnen hier aufgetaucht ist, werden sie anderswo ein Nachtlager haben.«

25.10.962 – IM GASTHAUS ZUM HALBMOND

Meris fuhr hoch. Es war dunkel in dem Raum, und eine Hand lag auf ihrer Schulter. Sie hörte Dauras' Stimme. »Wir haben Besuch.«

Sie brauchte einen Augenblick, um die Benommenheit abzuschütteln und sich daran zu erinnern, wo sie waren: im ersten Stock des kleinen Gasthauses. Sie saß in ihrem Bett. Die leblose Wirtin hatten sie in den Stall gebracht und den Wirt in den Vorratskeller gesperrt. Jetzt erkannte sie auch die grauen Umrisse des Fensters und Dauras' Gestalt. Er hatte kein Licht entzündet und stand reglos neben ihr.

»Was ist los?« Unwillkürlich flüsterte sie, obwohl Dauras das nicht für nötig gehalten hatte.

»Etwa zwei Dutzend Männer«, sagte er. »Sie haben das Haus umstellt. Fünf von ihnen sind auf dem Dach, zwei mit Bögen, und drei … halten Seile in der Hand.«

»Seile?« Meris war jetzt hellwach.

»So fühlt es sich an«, erwiderte Dauras. »Ich weiß auch nicht, was das soll. Vielleicht wollen sie uns damit fangen.«

»Du hattest doch gesagt, sie kommen diese Nacht nicht mehr.« Meris wunderte sich selbst, wie vorwurfsvoll ihre Stimme klang. »Wie spät ist es eigentlich?«

»Die Geisterstunde hat gerade erst angefangen. Und die Wirtin … sie ist nicht mehr dort, wo wir sie hingelegt haben. Anscheinend war doch kein Gift in dem Bier, nur etwas, um uns zu betäuben. Sie muss sich davongeschlichen haben, als sie wach wurde, und hat unseren Verfolgern Bescheid gegeben.«

»Wie kann das sein? Warum hast du nichts davon bemerkt? Wie konnten sie überhaupt so nah herankommen?«

Meris hörte, wie sich jetzt auch Aruda in dem anderen Bett regte. »Was ist?«, fragte diese verschlafen in den Raum.

»Ich habe nicht aufgepasst«, sagte Dauras. »Ich habe … geschlafen.«

»Oh«, sagte Meris.

»Was?«, fragte Aruda verwirrt.

»Unsere Verfolger stehen vor der Tür«, erklärte Meris ihr hastig. »Zieht Euch an, aber ohne Licht und ganz leise.«

Sie selbst schwang sich aus ihrem Bett. Sie war erschrocken darüber, wie erschrocken sie war – wie sehr sie sich auf Dauras und seine übernatürliche Wahrnehmung verlassen hatte! Der blinde Mönch schien immer alles zu wissen, er konnte durch Wände und in die Herzen der Menschen blicken, bei Dunkelheit wie bei Tage gleichermaßen. Doch natürlich hatte auch seine Aufmerksamkeit Grenzen.

»Was nun?«, fragte sie, während sie ihre Kleidung anlegte.

Dauras bewegte sich. Meris sah sein Schwert aufblitzen in einem Mondstrahl, der den Weg durch das Fenster fand. »Wir gehen hinaus. Ich zeige unseren Verfolgern, dass sie nicht genug Leute haben, um mich aufzuhalten.«

»Dein Plan gefällt mir nicht«, sagte Meris. »Es reicht nicht, wenn du deine Feinde besiegst. Wir müssen auch die Prinzessin beschützen. Im Kampfgetümmel kannst du nicht auf sie achtgeben.«

»Je schneller wir sie fortbringen, desto besser«, sagte Dauras. »Wir stürmen durch die Vordertür. Ich gehe voraus und mache den Weg frei. Ihr lauft an mir vorbei, und ich bleibe hinter euch und biete euch Schutz vor den Bogenschützen auf dem Dach. Ein paar Augenblicke, dann gibt uns die Dunkelheit Deckung.«

»Warum der Vordereingang?«, fragte Aruda. »Da warten doch bestimmt die meisten von ihnen.«

»Vor dem Haus stehen ihre Pferde. Die haben sie bei den

Obstbäumen zurückgelassen. Wenn wir den Vordereingang nehmen, gelangen wir am schnellsten dorthin, und wir lassen ihnen keine Zeit, sich zu sammeln. Das gefällt mir an dem Plan. Entweder kann ich sie einen nach dem anderen erledigen, sobald sie uns nachkommen. Oder sie warten erst einmal, um in voller Stärke anzugreifen – und in der Zeit hauen wir mit ihren Pferden ab.«

Sie schlichen durch das dunkle Haus und die Treppe hinunter. Meris tastete sich vorwärts und führte Aruda an der Hand. Vor dem Ausgang hielt Dauras inne.

»Bereit? Wenn ich die Tür öffne, dann lauft, lauft, lauft!«

Meris nickte. Sie zog ihr Kurzschwert.

Dauras riss die Tür auf.

Er stach nach links und durchbohrte dem Krieger das Herz, der dort stand. Dann zog er das Schwert zurück und enthauptete den Bewaffneten, der rechts von der Tür lauerte.

Mit zwei Schritten sprang er nach draußen und die Stufen hinab. Er erstach einen weiteren Gegner und zerschmetterte dem nächsten mit der linken Faust die Kehle. Dann fuhr er herum, schob die Frauen an sich vorbei und lief hinter ihnen her. Von der Seite stürmte ein fünfter Feind auf sie zu. Klirrend fuhr Dauras' Klinge an dessem gezückten Schwert entlang und dem Gegner in die Brust.

Dauras zerrte ihn zu sich hin und wuchtete ihn als Schutzschild auf den Rücken. Etwas traf den toten Körper, schlug mit dumpfem Laut auf. Dauras trat die Laterne fort, die der Mann gehalten hatte, und ließ den Toten wieder fallen.

»Unter die Bäume. Schnell!«

Klang seine Stimme aufgeregter als bei den letzten Kämpfen? Meris hatte keine Zeit, darüber nachzudenken. Rings um das Haus hörte sie das Geschrei ihrer Feinde. Vor ihnen zeichneten sich schemenhaft die Pferde ab, schwere Schatten in der nachtdunklen Landschaft.

Dauras überholte sie. Er drückte Arudas Kopf zur Seite. Meris hörte, wie ein Geschoss durch die Dunkelheit an ihnen vorüberzischte, und sie spürte den Lufthauch. Doch sie konnte nicht einmal einen Schatten sehen.

Etwas löste sich von den Pferden – eine Wache. Dauras durchbohrte den Krieger in vollem Lauf. Dann standen sie zwischen den Tieren. Unruhe breitete sich aus. Aruda nahm gleich eines der Pferde, fasste es am Kopf und sprach beruhigend auf das Tier ein.

»Haltet den Kopf unten«, rief Dauras. »Und seht zu, dass ihr ein paar Pferde freibekommt, und reitet los.«

Meris sah Lichter auf dem Weg. Weitere Verfolger kamen vom Haus herangestürmt.

»Was ist los?«, fragte sie. »Wolltest du sie nicht einzeln in Empfang nehmen? Ich will nicht im Dunkeln allein mit der Prinzessin über die Straße galoppieren.«

»Planänderung«, stieß Dauras hervor. »Ich bin hinter euch, sobald ihr losreitet. Wir müssen hier weg.«

Er klang tatsächlich gehetzter als beim letzten Kampf! Meris war beunruhigt. Vor allem, da sie keinen Grund sah. Ohne erkennbare Mühe hatte er sechs ihrer Feinde getötet, und die übrigen rannten in einer lockeren Reihe auf sie zu. Dauras war nicht der Mann, der sich von einem einzelnen Gegner aufhalten ließ – so, wie die Dinge liefen, sollte er sie einen nach dem anderen erschlagen können.

Meris verstand nicht, warum er so besorgt klang, aber sie gehorchte trotzdem. Sie löste den Strick eines Pferdes, hielt Aruda zurück, die schon aufsitzen wollte, und band ein drittes Tier für Dauras los.

»Wir sind so weit«, rief sie und saß auf.

Dann preschte sie los, die Prinzessin an ihrer Seite. Sie hörte Dauras hinter sich und setzte sich selbst an die Spitze, um Aruda von vorn Deckung zugeben.

»Runter!«, brüllte Dauras hinter ihr plötzlich. »Runter! Runter! Oh, verdammt!«

Meris zögerte. Sie zügelte ihr Pferd, und es scheute … nein, es hing fest! Bevor sie noch recht erkannte, was genau mit ihrem Tier geschah, sah sie einen grauen Strich vor sich – ein dünnes Seil, das quer über den Weg gespannt war und den Kopf der Stute gestreift hatte.

Meris zuckte zurück. Sie versuchte, sich zu ducken, doch es war zu spät. Das Seil erwischte sie im Gesicht, und sie wurde rückwärts aus dem Sattel gerissen.

Sie wollte sich abrollen. Doch es gelang nicht recht. Sie landete auf etwas Hartem. Der Sturz stauchte ihr das Gesäß so heftig, dass der Schmerz bis in den Nacken hinaufjagte und sie glaubte, der Kopf würde ihr davonfliegen. Sie kippte zur Seite und blieb benommen auf dem Boden hocken.

Sie sah Aruda an sich vorbeijagen, eine dunkle Silhouette vor dem schwarzen Nachthimmel. Die Prinzessin hielt den Kopf des Pferdes unten und schmiegte sich selbst eng an den Hals des Tieres.

Und dann sah Meris, wie ihr eigenes Tier weiter vorn zu Boden stürzte, und Dauras war neben ihr und brüllte: »Vorsicht. Noch eins. Über dem Boden!«

Aruda sah, wie das Pferd vor ihr strauchelte. Sie brachte ihres scharf zum Stehen und glitt aus dem Sattel. Ein weiteres Seil war zwischen zwei Bäumen über den Weg gespannt, dieses Mal weniger als kniehoch. Aruda führte ihr Pferd darüber hinweg. Dann bückte sie sich und strich mit dem Finger über die Schnur. Es war ein fest geflochtenes Seil aus dünnen Lederriemen, schwarz und fast unsichtbar in der Dunkelheit.

Aruda sah das gestürzte Pferd vor sich liegen. Es ruderte mit den Beinen und kam nicht wieder auf die Hufe. Es musste sich etwas gebrochen haben. Sie erinnerte sich daran, dass es *Meris'* Stute gewesen war und dass die Reiterin irgendwo hinter ihnen zurückgeblieben war.

Sie sah sich um.

Dauras zügelte sein Pferd neben der Botin und beugte sich zu ihr hinab. Mit einem Fluch fuhr er wieder hoch und stieß die linke Hand in die Luft. Aruda hörte ein Klatschen, dann einen dumpfen Laut.

Dauras trieb sein Pferd an. Er tauchte unter dem hohen Strick hindurch. »Reitet weiter!«, rief er Aruda zu. »Reitet weiter!«

Aruda wagte nicht aufzusitzen. Wer weiß, wie viele Stricke noch über den Weg gespannt waren. Sie führte ihr Pferd weiter am Zügel.

Dauras kam heran. Vor dem tief hängenden Seil wollte er sein Pferd springen lassen, aber er war kein guter Reiter, und das Tier verstand ihn nicht. Es scheute und stieg. Dauras fiel vom Pferd. Er rollte sich ab, sprang auf die Füße und fasste sein Pferd am Zügel.

Aruda blieb stehen und starrte ihn an. Er war nicht einmal über sein Schwert gestolpert, das er am Gürtel trug. Wie hatte er das geschafft? Meris war nach ihrem Sturz nicht wieder aufgestanden.

»Meris …«, sagte sie.

Dauras führte sein Pferd über das Hindernis. Er sprang wieder in den Sattel und zog Aruda zu sich hinauf. »Keine Zeit dafür«, sagte er. Dann ritt er los und zog das andere Pferd am Zügel mit sich.

Aruda saß vor ihm. Sie fühlte sich wie betäubt. Alles war so schnell gegangen, und … sie erinnerte sich daran, dass Dauras nur eine Hand benutzt hatte, als er sie auf das Pferd zog, und den zweiten Zügel hielt er in derselben.

»Was ist mit deiner Linken?«, fragte sie.

»Meine Rechte genügt«, erwiderte er.

Sie ritten auf der Hauptstraße. Aruda atmete auf. Hier war es weit schwieriger, ein Seil zu spannen.

»Wir müssen zurück«, rief sie. »Wir müssen Meris retten.«

»Natürlich müssen wir das.«

Aruda verstummte. Sie hatte Widerspruch erwartet.

»Was ist?«, fragte Dauras. »War es nicht das, was Ihr hören wolltet?«

»Doch … doch«, stammelte Aruda. »Aber ich dachte, du würdest etwas anderes sagen. Dass es zu gefährlich ist. Dass du mich erst in Sicherheit bringen musst, und dass wir sie vergessen sollen.«

»Warum sollte ich so etwas sagen?«

»Weil … weil es das ist, was man von einem Leibwächter erwartet. Weil Meris selbst es bestimmt gesagt hätte.« Die Botin würde wütend sein, wenn Dauras ihretwegen umkehrte und Aruda in Gefahr brachte.

»Ja«, räumte Dauras ein. »Aber das sind gewöhnliche Menschen. Schwächere Menschen, die sich damit abfinden, dass sie nicht alles erreichen können. Die lieber nach Hause bringen, was sie sicher haben, und ihre Verluste klein halten, anstatt nach dem zu greifen, was sie haben könnten.

Ich hasse es, so zu denken.«

Dennoch ritt er weiter, immer weiter fort von dem Gasthaus und der Gefährtin, die sie verloren hatten. »Willst du … willst du dann nicht umkehren?«, fragte Aruda.

»Ich brauche erst einmal einen sicheren Ort. Und einen Augenblick Zeit. Ich brauche einen Plan!«

Die Krieger zerrten Meris hoch und schleifen sie zurück zum Haus. Sie fühlte sich bereits am ganzen Leib zerschlagen, aber sie steckte noch mehr Prügel ein, mit Fäusten und

Speerschäften. Wahrscheinlich konnte sie froh sein, dass sie überhaupt noch am Leben war. Die Angreifer hatten bei dem Scharmützel ein halbes Dutzend ihrer Kameraden verloren. Sie mussten wütend sein.

Die Männer schafften Meris in die kleine Gaststube. Dort räumten sie die Tische und Bänke zur Seite und stapelten sie übereinander, um Platz zu schaffen. Hinter ihnen trat ein Edelmann mit langen braunen Haaren, einem glatten Gesicht und in Gewändern, die Wohlstand verrieten, ein. Lässig setzte er sich zwischen die aufgestapelten Möbel, und ein Diener stellte ein paar mit Tüchern bedeckte Kisten neben ihm ab.

Die Krieger zogen Meris derweil nackt bis auf die Haut aus. Sie durchsuchten jede Falte ihrer Kleidung. Was sie fanden, sammelten sie auf dem einzigen Tisch, den sie bei der Tür hatten stehen lassen – mehrere Dolche, Schreibzeug, eine Drahtschlinge, Schmuck, Ringe … Als sie die große Geldkatze des Hofrats entdeckten, pfiff einer der Männer durch eine Zahnlücke. Er wog die Lederbörse in der Hand und ließ die Münzen darin klimpern. Schließlich kippte er den Inhalt auf den Tisch. Meris bemerkte, dass keiner der Männer sich an dem goldglänzenden Haufen bediente. Die Krieger waren sehr diszipliniert.

Auch die wenigen Münzen aus Meris' privatem Säckel wanderten auf den Haufen.

»Wir haben alles, was sie bei sich hatte«, rief einer der Männer.

»Was machen wir jetzt mit ihr, Hauptmann?« Ein weiterer Krieger trat auf Meris zu. Er zwang sie, zu ihm aufzublicken. »'s ist nicht die, für die wir bezahlt werden.«

»Wir werden sehen, wofür wir sie brauchen können«, antwortete eine Stimme vom Flur her. Ein Ritter betrat den Raum. Es war ein kleiner Mann, und er wirkte schmal, doch Meris bemerkte die Muskeln an den Unterarmen, die aus dem Lederwams hervorschauten. Er sah nicht halb so wohlhabend aus wie der Edelmann mit den braunen Haaren, aber doppelt so sehr wie ein Krieger.

Seine Haare waren schwarz und kurz geschoren, das Gesicht darunter vom Wetter gegerbt. Dennoch schätzte Meris, dass der Mann nicht viel älter war als sie selbst. Sie konnte sich vorstellen, dass er vor zehn Jahren sogar recht hübsch gewesen sein mochte, auf eine elegante und zierliche Weise, ein ansehnlicher Jüngling von Stand, mit schwarzen Locken und dem Charme der südlichen Provinzen. Heute hatte er einen verkniffenen Zug um die Mundwinkel, der ihn hart und verbittert aussehen ließ.

Er hatte ein Kettenhemd an und hielt eine Axt in der Hand, die im Licht der Lampen wie Gold schimmerte, eine Axt mit einem eigentümlich geformten Blatt: eine kreisförmige Scheibe, aus der drei dreieckige Zacken herausragten. Das heilige Zeichen des Gottes Bponur.

»Bringt sie her«, sagte der Ritter. Er trat an den Tisch und hieb die Axt in die Platte. Ein Zacken blieb im Holz stecken. Die Münzen sprangen und klimperten. Der Ritter setzte sich auf einen Stuhl.

Drei Männer zogen Meris hoch und zerrten sie zu dem Tisch. Sie drückten sie auf den Platz dem Ritter gegenüber. Wenn Meris gehofft hatte, dass sie wenigstens eine Decke bekommen würde, sah sie sich getäuscht. Sie fröstelte und legte schützend die Arme vor die Brust.

Der Ritter untersuchte ihre Ausrüstung gründlich. Er nahm einen Ring zwischen zwei Finger. »Ein Siegelring des kaiserlichen Botendienstes. Und du hast ihn in der Kleidung getragen, nicht offen am Finger. Einer der Spitzel des Hofrats also, nehme ich an?«

»Und mit wem habe ich das Vergnügen?«, fragte Meris trotzig zurück.

Der Mann sah auf. Ein Lächeln trat auf seine Lippen, das die Mundwinkel jedoch nicht heben konnte. »Informationen sammeln bis zum Ende. Ich bewundere dieses Pflichtgefühl. Taugt es als Schutzschild gegen die Sorgen, die dich in diesem Augenblick ohne Zweifel plagen?«

Sie bemerkte ein Funkeln in seinen Augen. Machte er sich über sie lustig?

»Und wie verträgt sich Euer Auftritt mit dem Ehrgefühl eines Ritters? Eine Dame zu entblößen und sie auszuplündern? Von den anderen Taten ganz zu schweigen.«

Der Ritter lachte. »Ich könnte darauf hinweisen, dass du keine Dame bist. Was mit irgendwelchen Mägden geschieht, berührt die Ehre eines Ritters nicht. Aber ihr Leute aus den Städten habt ohnehin kein Verständnis für diese Feinheiten des ritterlichen Lebens. Warum also sollten wir uns gegenseitig damit langweilen?«

Er beugte sich über den Tisch und streichelte fast zärtlich den Schaft seiner Axt. Meris bemerkte, dass die Waffe mit einer Schlaufe aus geflochtenem Leder an seinem Handgelenk hing. Ob sie tatsächlich aus Bronze bestand, die man es von den heiligen Waffen des alten Reiches sagte?

Bei genauerem Hinsehen stellte sie fest, dass der goldfarbene Überzug an manchen Stellen abgeblättert und zerkratzt war. Grauer Stahl schimmerte darunter hervor. Die Axt war mit Kupfer überzogen, damit sie ein wenig mehr nach dem Symbol eines Sonnengottes aussah.

»Die Wahrheit ist«, sagte der Ritter, »ich habe keine Ehre. Ich habe meine Seele an einen Teufel verloren, und der steckt in diesem Beil. Einst hing es in der Halle meiner Familie. Als ich knapp zehn Jahre zählte, da nahm mein Vater es herunter. Er gab mir die Axt meiner Vorfahren zu halten und forderte mich auf, mich dieser Ahnen würdig zu erweisen. Doch ich hatte nur Augen für die Waffe, die mich sogleich in ihren

Bann zog. Noch in derselben Nacht stahl ich sie und lief von zu Hause fort.

Diese Waffe ist mein Schicksal, meine Teufelsaxt. Meine Seele liegt darin, und alle meine Taten seither waren von ihr bestimmt. Tatsächlich habe ich sie nicht ein einziges Mal wieder aus der Hand gelegt, seitdem ich sie in jener Nacht von der Wand stahl.

Du siehst also, Mädchen: Ich reite geradewegs in den Untergang und in die Verdammnis. Aber das ist in Ordnung, denn so kann ich, bis mein Schicksal sich erfüllt, jeden einträglichen Auftrag annehmen, der sich für mich und meine Männer bietet.«

Mit der freien Hand schob er die Münzen auseinander.

»Wenn das so ist …« Meris löste die Hände von ihrem Körper und beugte sich zu dem Ritter hin. Sie bedachte ihm mit einem Lächeln. »… dann können wir verhandeln. Wo das Gold auf dem Tisch herkommt, wartet noch größerer Lohn. Der Kaiser kann Euch gewiss mehr bieten als Eure derzeitigen Auftraggeber … wenn Ihr Euch seiner Sache anschließt.«

Meris wusste, dass es ein verzweifelter Versuch war. Aber hatte der Ritter nicht eben selbst verkündet, dass er nur ein Söldner war und sich gern Freiheiten herausnahm? Es gab Kreise, wo man so etwas als Bitte um eine Bestechung auslegen konnte.

Der Ritter blickte über die Schulter zu dem Edelmann im Hintergrund. »Von Lichtingen, habt Ihr das gehört? Sie macht mir ein besseres Angebot. Was sagt Ihr dazu?«

»Ihr wisst, was ich dazu sage, Rhyl«, erwiderte der Braunhaarige gelassen. »Der Kaiser ist tot, und Tote zahlen nicht.«

»Woher wisst Ihr das?«, fragte Meris.

Der Mann grinste. »Das hat mir ein kleines Vögelchen gezwitschert.« Er zog ein Tuch von einer der Kisten, die neben ihm standen, und ein Käfig mit Tauben kam zum Vorschein.

Der Auftraggeber musste also in der Hauptstadt sitzen, oder so nah daran, dass er vom Tod des Kaisers erfahren und Brieftauben an einen seiner Handlanger hatte schicken können. Aber das konnte er nur, wenn er bereits eine feste Verbindung nach Reppelen hatte, Verbindungsleute mit abgerichteten Tauben.

Meris überlegte, wer in der Hauptstadt über ein solches Botennetz verfügte. Ihr fiel nur der kaiserliche Botendienst ein – und der Hofrat würde nicht zulassen, dass ein anderer der bei Hofe lebenden Großen so etwas aufbaute.

Also blieb nur jemand, der zwar nah bei der Hauptstadt wohnte, der jedoch unabhängig vom Hof war. Welche Herren gab es, auf die das zutraf und die reich und mächtig genug waren, um all das in die Wege zu leiten, was sie hier sah?

»Ihr werdet dennoch keinen Erfolg haben«, sagte sie. »Die Prinzessin ist in Sicherheit. Sie wird es in die Hauptstadt schaffen und den Thron besteigen. Ihr solltet ihr lieber nicht im Weg stehen, denn sie hat immer noch die besseren Verbündeten an ihrer Seite.«

»Dauras, meinst du?« Der Ritter mit der Axt lachte. »Schau nicht so überrascht. Natürlich wissen wir, mit wem wir es zu tun haben. Jeder Krieger, der etwas von seiner Kunst versteht, kennt Dauras den Schwertkämpfer. Dafür hat der selbst schon gesorgt: Dauras achtet darauf, dass alle Welt von seinen Taten erfährt. Ich glaube, dieser sogenannte *Mönch* kann nicht einmal eine Fliege totschlagen, ohne seinen Namen dabei hinauszuposaunen.

Wir wussten, mit wem die Prinzessin unterwegs ist, bevor wir zum ersten Mal auf euch stießen. Und wir konnten uns darauf vorbereiten.«

Meris schnaubte verächtlich. »Ich sehe schon, was Euch das nutzt. Ihr könnt Witze über ihn machen, solange er nicht da ist. Trotzdem ist er Euch entkommen, und er hat sechs

Eurer Männer getötet. Glaubt Ihr wirklich, dass Ihr ihn besiegen könnt?«

»Ich? Ihn besiegen?« Der Ritter schüttelte den Kopf. »Ich bin nur ein Verdammter auf dem Weg in den Abgrund. Im Laufe der Jahre habe ich so manchen besiegt, der im Tempel des Schwertes ausgebildet wurde. Sogar ein paar von den verfluchten Priestern habe ich schon erschlagen. Aber *Dauras der Seher* … das ist eine ganz eigene Sache. Wer hätte nicht darüber nachgedacht, wie man diesen sagenumwobenen Schwertkämpfer bezwingen kann? Nun, ich kann es jedenfalls nicht.«

Der Ritter hatte die Hand zu seinem Gürtel geführt und legte sie nun zur Faust geballt auf den Tisch. »Zum Glück gibt es eine andere Lösung für das Problem. Nachdem ich mich erst einmal von meinen jugendlichen Träumereien verabschiedet hatte – einen Zweikampf mit Dauras dem Seher, ha! –, da habe ich gelernt, ihn mit anderen Augen zu sehen. Nicht als einen Mann und einen Krieger, mit dem man sich messen kann. Nein, er ist eher so etwas wie ein Ungeheuer. Ein Drache. Eine dieser Bestien, wie sie aus dem Schwarzen Gebirge herabsteigen und die Lande der Menschen verheeren. Furchtbare, schreckliche Kreaturen – und doch bringt man sie am Ende zur Strecke. Niemand besiegt sie im ehrenvollen Kampf. Aber die Menschen gebrauchen ihren Kopf. Sie finden die Schwächen dieser Wesen, und auch damit kann man Ruhm gewinnen.«

Der Ritter öffnete die Faust. Ein Klumpen Blei fiel klackernd auf die Tischplatte. Er war ebenmäßig geformt und erinnerte an eine Walnuss oder an ein kleines Ei. Der Ritter sah Meris erwartungsvoll an. Die betrachtete den Bleiklumpen stirnrunzelnd.

»Dauras der Seher«, fuhr der Ritter fort. »Wie bringt man ihn wohl zur Strecke? Eine Übermacht kann ihn womöglich in die Enge treiben, denn wenn er keinen Raum mehr hat, um sich zu bewegen, nutzt ihm seine ganze Schwertkunst nichts mehr. Aber das wäre ein verzweifelter Weg, und ich würde bei einem solchen Kampf nicht in der vordersten Reihe stehen wollen.

Wie es heißt, ist Dauras auf jeden Angriff vorbereitet, ob von vorn, von hinten oder gar aus dem Hinterhalt. Er kann einen Pfeil mit dem Schwert in der Luft abfangen oder ihn mit den Händen packen, habe ich gehört. Ich frage mich nur: Wie, bitte schön, fängt er *das*?«

Er versetzte dem bleiernen Ei einen Stoß, sodass es sich behäbig im Kreise drehte, bis es wippend wieder zur Ruhe kam.

Endlich erkannte Meris, was es war. »Ein Geschoss für eine Schleuder!«

Der Ritter nickte. Er legte die dazugehörige Waffe auf den Tisch, einen Lederriemen mit einer verbreiterten Auflagefläche in der Mitte, für einen Stein oder für eine Metallkugel.

»Eine sehr beliebte Waffe bei den wandernden Sippen im Norden«, erklärte er. »Und wir sind hier im Grenzgebiet. Es war nicht schwer, ein paar Hirten zu finden, die damit einem Wolf auf dreißig Schritt ein Auge ausschließen können. Wir haben sie angeheuert, und jetzt werden wir sehen, wie euer Freund mit Geschossen umgeht, die keinen langen hölzernen Schaft haben, an denen man sie leicht wahrnehmen und greifen kann.«

»Wir haben es gesehen«, erwiderte Meris trotzig. »Er ist dennoch entkommen.«

»Ja.« Der Ritter sah sie an, und sein Blick hatte fast etwas Trauriges an sich – falls es nicht nur das Zusammenspiel eines spöttischen Lächelns und der verkniffene Mundwinkel war, was diesen Anschein erweckte. »Und er ist *sehr schnell* entkommen. So schnell, dass er dich zurücklassen musste. Nicht ganz die Beute, die wir erhofft hatten, aber immerhin ein Anfang. Ich glaube, wir haben den großen Dauras erschüttert.«

Er hob die Schultern in einer Geste gleichmütiger Zufriedenheit. Meris' Blick fiel auf einen ihrer Dolche. Sie sprang auf. Ihre Hand schoss vor und griff nach der Waffe …

Und dann knallte die Axt mit der flachen Seite darauf. Meris schrie auf. Es fühlte sich an, als wären sämtliche Knochen in ihrer Hand zerschmettert. Der Hieb war so schnell gewesen, wie sie es sonst nur bei Dauras erlebt hatte. Sie konnte sich kaum vorstellen, was für eine Kraft nötig war, um die Axt so mühelos aus dem Holz zu reißen und sie im selben Moment wieder nach unten zu schlagen.

Trotzdem, mit der Linken griff sie nach einer anderen Klinge, die zwischen ihren Habseligkeiten lag. Der Ritter versetzte ihr eine Ohrfeige, ihr Kopf wurde herumgerissen, und sie fiel mit dem Oberkörper auf den Tisch. Meris hatte Tränen in den Augen. Ihr Blick war verschwommen. Die Krieger packten sie von hinten, zogen sie vom Tisch fort und banden ihr die Hände auf den Rücken.

Aber sie fühlte an ihrer Zunge die scharfen Kanten der Bronzemünze, die sie in dem kurzen Augenblick mit dem Mund vom Tisch geangelt hatte. Sie presste die Lippen aufeinander und gab keinen Laut von sich.

Vor dem ersten dichteren Waldstück neben der Straße saß Dauras ab. Er führte die Pferde unter die Bäume, bis sie in vollkommener Dunkelheit standen. Aruda hielt sich an ihm fest und stolperte hinter ihm her. Sie blickte sich um, aber das Gasthaus war längst außer Sicht, und bald konnte sie nicht einmal mehr die Straße erkennen.

Dann blieb Dauras stehen. Über ihnen knisterten die Zweige in einem Wind, von dem Aruda nichts spürte. Sie hörte Dauras' Atemzüge, und ihr war zumute, als hätte man sie in ein schwarzes Nichts geschleudert.

»Wir müssen umkehren«, sagte sie, vielleicht nur, um ihre Stimme zu hören.

»Ich weiß nicht«, sagte Dauras. »Ich denke nach.«

»Worüber?«, fragte Aruda.

»Über Euch, Prinzessin«, gab Dauras zurück. »Was mache ich mit Euch, wenn ich umkehre? Ich könnte Euch verlieren, anstatt die Botin zu holen.«

»Hast du nicht gesagt, das wären die Sorgen von kleineren Leuten?«, fragte Aruda. »Ich kann auch allein weiterreiten. Ich muss nur so schnell sein, dass diese Schurken mich nicht einholen können.«

»Womöglich hatten sie Zeit genug, um weiter vorn an der Straße einen Hinterhalt vorzubereiten. Außerdem können wir nicht die Pferde wechseln, wie die Botin es vorgeschlagen hat. Ihr werdet nicht in ein paar Stunden bis in die Hauptstadt durchreiten können.«

»Dann nimm mich mit«, sagte Aruda. »Du hast mich immer gut beschützt. Ich vertraue dir.«

Dauras lachte. »Dafür würde die Botin Euch ordentlich den Kopf waschen. Aber ich kann Euch nicht beschützen, wenn ich zurückreite. Ihr habt ja keine Ahnung, wie knapp es beim letzten Mal war.«

»Was ist eigentlich geschehen?«

»Ich weiß es nicht«, gab Dauras zurück. »Kennt Ihr Euch aus mit Heilkunde?«

»Was?«, fragte Aruda entsetzt. »Nein! Bist du verletzt? Deine Hand …«

»Es geht schon«, beschwichtigte Dauras. »Sie haben auf uns geschossen. Keine Ahnung, womit. Die Geschosse waren so klein, dass ich sie kaum wahrnehmen konnte. Und sehr schnell. Ich konnte ihnen selbst kaum ausweichen. Eins musste ich mit der Hand abfangen, sonst hätte es Euch den Kopf zerschmettert.«

»Was ist mit der Hand?« Aruda tastete am Pferderücken entlang. »Vielleicht ist eine Lampe in der Satteltasche.«

Dauras fasste ihre Hand und hielt sie fest. »Kein Licht«, sagte er. »Ich sehe genug. Meine Hand kommt wieder in Ordnung. Das Geschoss hätte mir fast die Knochen zertrümmert, aber nur fast. Ich habe so viel von dem Schwung abgefedert, wie ich nur konnte, und der Rest war einfach Glück. Eine Prellung. Wenn ich den Handschuh ausziehe, fürchte ich, wird die Hand anschwellen wie eine Bärenpranke. Doch sie wird heilen.«

Aruda schwieg. Es lag an ihr, sie brachte ihre Begleiter in Gefahr. Meris war ihretwegen den Feinden in die Hände gefallen, und jetzt macht es den Anschein, als müsste Dauras zwischen ihrem Leben wählen und dem der Botin.

Hol Meris zurück – ich schlage mich schon durch.

Das wollte sie sagen. Aber sie konnte sich nicht dazu durchringen. Sie hatte Angst. Und hatte Dauras ihr nicht versprochen, dass er keine Entscheidungen traf, sondern dass er *alles* erreichen konnte?

Sie versuchte, die Dunkelheit zu durchdringen und sein Gesicht zu sehen. Etwas darin zu lesen, was ihr Hoffnung gab.

Dauras seufzte. »Hier zu warten, macht es jedenfalls nicht besser. Wir müssen zuschlagen, solange es dunkel ist, sonst verlieren wir unseren letzten Vorteil. Das ist mein Plan:

Ihr reitet in einem weiten Bogen um das Gasthaus herum und nähert Euch von Norden. Wenn Ihr Euch dicht am Waldrand haltet, können sie Euch nicht so leicht sehen.

Ich schleiche mich derweil an, hole die Botin und gehe mit ihr dorthin, wo du wartest. Uns bleibt noch ein Viertel einer Nachtwache, bevor das Licht uns verrät. Nutzen wir die Zeit.«

»Danke«, sagte Aruda.

»Danke wofür?«, fragte Dauras. »Dass ich Euch in Gefahr bringe? Die Botin wird es mir nicht danken.«

»Dafür, dass du niemanden zurücklässt. Ich hatte nicht damit gerechnet. Ich meine, die bei den Soldaten …«

»Die Soldaten waren mir gleichgültig«, erwiderte Dauras. »Ich mochte sie nicht einmal.«

25.10.962 – WIEDER IM GASTHAUS ZUM HALBMOND

Die Krieger brachten Meris auf den Hof hinaus, der sich zwischen dem Haupthaus und den Nebengebäuden erstreckte. Sie hängten sie mit den Füßen an einen Balken, der aus dem Dach hervorragte und über den man normalerweise Heubündel auf den Dachboden zog. Meris zerrte an den Fesseln und wand sich. Sie war darin ausgebildet und beherrschte jeden akrobatischen Trick, mit dem man sich befreien konnte. Aber die Männer verstanden ihr Handwerk, und die Stricke und Schnüre lockerten sich nicht.

Meris ließ sich hängen und pendelte langsam hin und her. Der Wind strich über ihre Haut. Es war kurz vor Morgengrauen, die kälteste Stunde des Tages. Aus dem lauen Spätsommertag war eine eisige Nacht geworden. Meris versuchte, nicht mit den Zähnen zu klappern und die Münze in ihrem Mund ruhig zu halten.

»Stechen wir sie ein wenig an?« Von Lichtingen, der Edelmann mit dem glatten Gesicht, schaute zu Meris hinauf und leckte sich die Lippen. »Damit ihr Freund merkt, dass wir es ernst meinen?«

Der Ritter mit der Axt blickte zum Himmel. »Noch nicht«, entschied er. »Wir müssen die Falle schon vorbereiten, aber besser für uns wäre es, wenn er bei Tageslicht angreift. Wir sollten ihn erst unter Druck setzen, wenn die Sonne aufgeht.« Er drehte sich um und ging zum Gasthaus zurück.

Glattgesicht folgte ihm, und Meris blieb allein im Hof hängen. Allein mit den Hirten in ihren Kutten aus Wolle und in ihren Fellen, die schweigend von den Dächern zu ihr herunterstarrten.

Ringsum an den Dachkanten hingen Lampen, sodass der ganze Hof matt erleuchtet war. Die Schützen mit ihren Schleudern standen auf den Dächern. Wenn Dauras über den Hof oder über ein Dach zurückkam, um sie zu befreien, war er stets von zwei Seiten ohne Deckung. Sie hoffte, dass er fernblieb.

Und wenn doch, dann musste sie selbst dafür sorgen, dass er sich und die Prinzessin nicht in Gefahr brachte.

Sie bog den Oberkörper nach oben und führte die gefesselten Hände an den Beinen entlang. Dann schob sie die Hände von hinten zwischen den Knien hindurch und konnte mit dem Mund an ihre Fesseln gelangen. Ihre Handgelenke waren mit dünnen, aber zähen Lederriemen gebunden, die tief in die Haut schnitten. Die waren gewiss nicht leichter zu lösen als das dickere Seil um ihre Füße. Meris bog sich noch weiter, bis sie mit den Händen an ihre Fersen kam.

Da hörte sie Stimmen unter sich. Die beiden Ritter kamen zu ihr zurück. Meris seufzte und ließ sich wieder hinabgleiten.

»Na, was soll das denn?«, fragte der Axtträger spöttisch. »Es beunruhigt meinen Kameraden, wenn du so am Seil herumkletterst.«

»Macht keine Witze, Rhyl. Sie wollte abhauen.«

»Sie wird wohl kaum mit bloßen Händen ihre Fesseln abstreifen. Und selbst wenn, wie sollte sie entkommen, auf einem Hof, der von Schützen umstellt ist?« Er wandte sich Meris zu. Ihre Gesichter waren fast auf gleicher Höhe, nur umgedreht. »Oder hattest du genau darauf gehofft? Dass einer meiner Schützen dich bei einem Fluchtversuch erledigt? Damit dein Freund keinen Grund mehr hat, hier vorbeizuschauen?

Wie unerwartet heldenhaft.«

Seine verkniffenen Lippen kräuselten sich. Er tippte sie an und brachte sie leicht zum Schwingen. Dann blickte er zu den Schleuderern hinauf. »Keiner von euch erschießt sie, hört ihr? Egal, was sie tut. Ihr wartet auf den Blinden. Wenn es gar nicht anders geht und sie abhauen will, zertrümmert ihr ein Knie. Doch sie muss am Leben bleiben, bis wir ihren Freund haben.«

»Na großartig.« Ritter Glattgesicht schmollte. »Wollt Ihr sie zur Flucht ermuntern?«

»Ihr macht Euch zu viele Gedanken, Lichtingen«, sagte der Ritter mit der Axt. »Aber vielleicht habt Ihr recht. Sie hat überschüssige Kräfte, die wir ein wenig dämpfen sollten.«

Er holte mit der Axt aus und hieb eine Zacke in Meris' Schulter. Die Wunde war nicht tief, aber der Schmerz kam sofort. Meris konnte einen Aufschrei nicht unterdrücken. Doch sie hielt die Finger geschlossen, und das war das Einzige, was zählte – denn längst hatte sie ihre Münze in die Hand genommen, und die durfte sie nicht verlieren.

Sie fühlte, wie ihr das Blut über die Schulter rann.

»Warum tut Ihr das?«, fragte sie den Ritter.

»Für Geld«, erwiderte der. »Wie wir alle. Ich bekomme Geld für den Kopf der Prinzessin. Und mein Auftraggeber glaubt, dass er das Gold des Reiches behalten darf, wenn die Prinzessin nicht zurückkehrt. Nur du bist ein wenig unterbezahlt für das, was du tust, fürchte ich.«

Ein Ruf ertönte aus dem Gasthof. Etwas polterte in dem Gebäude. Ritter Rhyl Sonnenaxt fuhr herum.

»Verdammt, er ist im Haus! Ich hätte unseren Posten nicht verlassen dürfen, nur weil Ihr ein Hasenfuß seid.«

»He!«, rief Glattgesicht Lichtingen. »Vergesst nicht, wer Euer Handgeld zahlt!« Er rannte hinter seinem Gefährten her, zurück zu dem Gastgebäude. Meris wartete nicht, bis sie im Haus verschwanden. Sie musste handeln, bevor Dauras der Dummkopf auf den Hof trat!

Sie holte Schwung und schaukelte heftig an ihrem Seil. Sie

wollte es den Hirten auf dem Dach nicht zu leicht machen, sie zu treffen. Dann bog sie sich wieder nach oben.

Es war schwerer als beim ersten Mal. Ihre Schulter brannte wie Feuer, und es wurde schlimmer, sobald sie sich bewegte. Sie stellte fest, dass es besser ging, wenn sie an Dauras dachte: Die Wut betäubte ihre Schmerzen! Seit sie das erste Mal von dem Schwertmönch gehört hatte, seit von Reinenbach ihr die Akte gegeben hatte, hatte sie ihn als einen größenwahnsinnigen Egomanen kennengelernt. Er hatte sich nie um einen anderen gesorgt als um sich selbst – und natürlich musste er ausgerechnet dann seine Hilfsbereitschaft entdecken, wenn er am meisten Unheil damit anrichten konnte!

Warum war er zurückgekommen? Warum hatte er nicht einfach seine verdammte Pflicht getan und die Prinzessin in Sicherheit gebracht?

Mit einem Schrei schob sie die Hand zur Fußfessel. Tränen standen ihr in den Augen. Sie nahm die Münze fest zwischen Daumen und Zeigefinger und rieb mit der scharfen, leicht geriffelten Kante des Bronzestücks über das Seil. Das Geldstück rupfte an den Fasern, hin und her sägte sie.

Dauras fühlte die Lampen, die an den Ecken der Gebäude hingen. Er konnte nicht einschätzen, wie weit sie für gewöhnliche Augen reichten, wie nah er sich noch im Schutz der Dunkelheit anschleichen konnte. Aber er hörte die Schwalben, die ihr Nest am Haus hatten, und er wusste, dass nicht mehr viel Zeit blieb. Wenn die Morgendämmerung anbrach, würde der Busch, hinter dem er jetzt dreißig Schritte von Gasthaus entfernt kauerte, nicht genug Deckung bieten.

In diesem Augenblick bemerkte er eine Bewegung bei den Wachen auf dem Dach. Sie blickten alle in eine Richtung, als ginge auf der anderen Seite des Gebäudes etwas vor sich.

Dauras nutzte die Gelegenheit.

Er ging auf die Seitentür zu. Es war dieselbe Türe, die sie am gestrigen Abend von der Straße aus als Erstes gesehen hatten. Im Laufen zog er das Schwert. Er zielte auf den Spalt an der Seite der Tür und stieß mit Wucht zu. Die Klinge fuhr durch den Spalt und durch den Riegel dahinter. Dauras ließ das Schwert los. Er packte den Ring, der als Türgriff ins Holz eingelassen war, und riss daran. Die Tür sprang auf. Die Metallstücke des Riegels fielen klirrend zu Boden.

Er fing sein Schwert auf und lief in den Flur.

Nach wenigen Schritten kam eine Biegung mit einer Treppe, die ins Obergeschoss führte. Dauras drehte die Klinge in der Hand herum und hieb damit zur Seite, noch bevor er die Ecke ganz erreicht hatte. Er traf einen Krieger, der auf der Treppe gesessen hatte und erschrocken aufgesprungen war. Jetzt kippte er nach vorn, vor Dauras' Füße, als der die Klinge zurückriss.

Der Mann hielt ein Netz in der Hand. Dauras spürte weitere Netze bei anderen Kriegern, die nun überall in dem Haus auf die Beine kamen, im Obergeschoss und vor ihm im Korridor, in der Stube und in der Küche. Er schnaubte.

Er riss eine Lampe vom Haken im Treppenhaus und schleuderte sie den Flur hinunter. Sie traf einen weiteren Krieger mit einem Netz, der vor ihm um eine Biegung kam. Der Mann versuchte, das Netz zu werfen, doch Tropfen mit brennendem Öl spritzen auf ihn, und er konnte nicht richtig ausholen.

Das Netz landete harmlos auf dem Boden. Dauras sprang darüber hinweg und durchbohrte den Werfer. Dann kümmerte er sich um die Krieger, die hinter dem Mann auf ihn zustürmten. Nebenbei stieß er sein Schwert durch die Küchentür, gerade als noch mehr Feinde sie von der anderen Seite öffnen wollten. Die Klinge fuhr durch die Ritzen zwischen den Holzbrettern hindurch und traf den vordersten Mann in der Küche. Er starb mit der Hand am Türgriff, und das hielt seine Kameraden erst einmal auf Abstand. Dauras riss sein Schwert wieder zurück und kämpfte sich weiter den Korridor entlang.

Der Gang führte an der Küche und am Schlafzimmer des Wirtspaares vorbei und machte dahinter einen scharfen Knick nach rechts. Von da an ging er geradewegs auf den Ausgang zum Hof zu, mit nur einer weiteren Tür nach links, die in die Gaststube führte.

Dauras hastete um die Biegung und trieb die beiden letzten Gegner in die Gaststube zurück. Da öffnete sich die Tür zum Hof, und ein Ritter in Eisen und Leder trat ein. Er hielt eine Streitaxt in den Händen, die auf Dauras so wirkte, als hätte jemand einen Streitkolben mitsamt den Dornen daran flach geklopft und die Ränder scharf geschliffen.

Der Ritter stellte sich Dauras in den Weg. Dauras stieß mit der Klinge zu. Der Ritter parierte und schlug Dauras' Klinge mit der Axt nach unten. Der Mann war schnell!

Dauras wich zurück. Einen Augenblick lang war er überrascht, dass einer seiner Gegner einen Schlag von ihm abgewehrt hatte. Er wollte diesen Feind erst einmal neu einschätzen. Der Ritter nutzte die Gelegenheit, wich zur Seite in die Gaststube aus und schlug die Tür hinter sich zu.

Dauras blieb auf dem Gang stehen, mit nur noch einem Gegner zwischen sich und dem Hof, einem Ritter im Kettenhemd, der aber weich und rundlich wirkte und wie erstarrt war vor Schreck, als er plötzlich Dauras allein gegenüberstand.

Dauras zog ihm die Klinge über die Kehle. Er hob das Schwert des Toten auf und stieß es quer durch die Kante der Stubentür und durch den Türrahmen, sodass dieser Durchgang erst einmal versperrt war. Er hörte, wie der Mann mit der Axt auf der anderen Seite Befehle brüllte.

Dauras konzentrierte sich auf die Wände. Das Gebäude bestand aus hölzernen Fachwerkbalken, die mit Lehm und Stroh verfugt und dann verputzt worden waren.

Dauras holte aus. Er konzentrierte sich und stieß sein Schwert durch die Wand in die Gaststube hinein. Er fegte eine Öllampe, die auf der anderen Seite hing, in das Zimmer. Genau, wie er es geplant hatte. Dann lief er noch einmal den Korridor entlang, sammelte alle Lampen ein, die er finden konnte, und warf sie auf den Boden und die Treppe hinauf. Kleine Flammen leckten an den Dielen.

Dauras trat an die Tür, die zum Hof hinausführte.

Schräg gegenüber am Stall hing die Botin. Sie hatte sich an dem Seil ganz nach oben gehangelt und hielt mit den Händen ihre Fußgelenke.

»Bleibt … weg«, rief sie über den Hof. »Bleibt … weg, verfluchter Mönch!«

Dauras grinste. Dann spürte er das Metall zwischen ihren Fingern, nur ein Funke in seinem Geist, und er verharrte im Türrahmen.

Im selben Augenblick gaben ihre Stricke nach, und sie stürzte zu Boden wie ein Sack Hafer, der sich vom Ladekran gelöst hatte. Dauras hörte den dumpfen Laut, mit dem sie auf dem feuchten Boden aufschlug.

»Alles klar?«, rief er. »Ich dachte mir, du kannst Hilfe gebrauchen.«

»Verpiss dich bloß.« Sie rappelte sich langsam wieder auf. Dauras fühlte, wie zerschunden sie am ganzen Körper war. Aber sie kam auf die Füße und humpelte los. »Wenn du in die Falle läufst«, brüllte sie quer über den Hof, »hilfst du niemandem.«

Dauras vernahm ein Schwirren. Die Schützen auf den Dächern ließen ihre Waffen kreisen – Steinschleudern! Dauras kannte diese Waffen von den Hirten und den wilden Völkern an den Grenzen des Reiches. Er hatte sie niemals ernst genommen und nie selbst erlebt, wie sie im Kampf eingesetzt wurden. Er würde in Zukunft darauf achtgeben müssen.

»Pass auf!«, rief er aus der Deckung des Türrahmens hervor.

»Pass selbst auf!«, rief die Botin zurück. Aber sie lief so schnell, wie der Schmerz und ihr zerschlagener Leib es zuließen, seitlich am Stall vorbei und durch eine Lücke zwischen den Gebäuden vom Hof. Dort war sie nicht mehr von drei Seiten aus angreifbar.

Ein Geschoss aus einer Schleuder traf den Stall einen halben Schritt hinter Meris. Die Kugel zerschmetterte eine Planke, prallte ab und kullerte über den Boden.

Dauras bemerkte einen Schützen auf dem Dach des Stalles, der einzige, der den Eingang des Hauptgebäudes erreichen konnte. Dauras sprang in den Flur zurück. Der Schütze schickte die Bleikugel auf den Weg. Sie zischte durch die Türöffnung, wo Dauras eben noch gestanden hatte. Dann schlug sie in die Wand ein. Putz war aus dem Loch gespritzt, das die Kugel geschlagen hatte.

Zeit für den Rückzug. Dauras floh über den Flur, durch den er gekommen war, sprang über den brennenden Boden, wo eine Öllampe auf den Dielen zerschellt war. Er hörte, wie Krieger aus den Fenstern sprangen, wie sie im Obergeschoss schrien und versuchten, das Feuer zu löschen. Und er fühlte, wie die Botin außen um das Gebäude herumlief – dicht an der Wand, wo sie vor den Schützen auf dem Dach Deckung hatte.

Er kam zu der Tür, durch die er hereingekommen war. Zwei Söldner standen davor. Sie waren überrascht, als Dauras zurückkam, und der tötete sie. Mit dem Schwert hieb er die Türangeln heraus, dann eilte er Meris entgegen.

»Hierher!«, rief er und erschlug einen Krieger, der von innen ein Fenster aufstieß. »Hierher!«

Meris bog um die Hausecke, und Dauras winkte mit dem Schwert. Er rannte zur Tür zurück, und Meris folgte ihm. Unterwegs nahm sie den Mantel eines toten Söldners und warf ihn sich über die Schultern, um ihre Blöße zu bedecken.

Dauras steckte das Schwert ein und wies auf die Tür, die er aufgebrochen hatte. »Fass mit an!«

»Was ist mit deiner Linken?«, fragte Meris.

Dauras zuckte die Achseln. »Will grad nicht zupacken.«

Er hob die Tür an, und Meris nahm sie auf der anderen Seite. Sie liefen vom Haus fort, die Tür als Schild auf dem Rücken. Bleikugeln schlugen mit dumpfem Laut ein. Dauras fühlte, wie das Holz bebte, die Bretter krachten und splitterten.

In dreißig Schritt Entfernung suchten sie Deckung hinter einem Baum und lehnten die Tür dagegen.

»Ist es dunkel genug?«, fragte Dauras.

»Was?« Meris bewegte prüfend ihre Schulter. Sie wirkte abwesend.

»Ich kann nicht einschätzen, wie weit das Licht der Lampen reicht. Können wir uns unbemerkt davonschleichen und diese verdammte Tür stehen lassen?«

»Wir können es versuchen«, erwiderte Meris. »Wir laufen in die Morgenröte hinein, doch da sind ein paar Büsche, die uns Deckung bieten.«

Sie krochen weiter.

»Wo hast du Prinzessin Aruda gelassen?«, zischte Meris ihm zu.

»Oh. Ich hoffe … da!« Dauras ließ seine Sinne ausgreifen, und im Norden, an der äußersten Grenze seiner Wahrnehmung, fühlte er etwas. Es musste einfach die Prinzessin mit den Pferden sein.

Sie richteten sich auf und rannten los.

Aruda wartete mit den Pferden genau dort, wo sie es verabredet hatten. Sie stand in einer Senke, sodass sie vom Gasthof aus nicht zu sehen war, und als Dauras und Meris aus dem Gebüsch hervortraten, erschrak sie.

»Meris!«, rief sie dann erleichtert. »Er hat dich gerettet.«

Meris verzog das Gesicht. »Ich bin allein zurechtgekommen. Er hat Euch hier zurückgelassen!«

»Genau genommen«, wandte Dauras ein, »habe ich sie nicht hier zurückgelassen. Wir haben uns zwei Meilen westlich voneinander getrennt.«

»Bist du etwa stolz darauf?«, fuhr Meris ihn an.

»Nun, es ist alles gut gegangen.«

Meris biss die Zähne aufeinander. »Damit es auch so bleibt, sollten wir verschwinden. Wir reden später darüber.«

Sie führten die Pferde am Zügel und nutzten jede Deckung. Dauras spürte keine Verfolger, und er hoffte, dass diese nicht wussten, in welche Richtung sie unterwegs waren. Als sie ein paar Hügel und Waldstücke zwischen sich und das Gasthaus gebracht hatten, galoppierten sie los.

»Wohin jetzt?«, fragte Aruda.

»Wir vergessen die Straße«, gab Dauras zurück. »Wir reiten nach Norden.«

Sie ritten zwei Stunden, bevor sie eine Rast einlegten. Von ihren Verfolgern war nichts zu sehen.

»Hast du sie besiegt?« Aruda blickte Dauras hoffnungsvoll an. »Vielleicht kommen sie uns nicht mehr nach.«

»Und wenn schon«, brummte Dauras. »Solange sie uns nicht auflauern können, sind sie keine Gefahr. Die Steinewerfer können nicht vom Rücken eines Pferdes aus schießen … glaube ich.«

»Schön wär's«, sagte Meris. »Du hättest nicht zurückkommen dürfen.«

»Hätte ich dich hängen lassen sollen?«, fragte Dauras.

»Da, wo ich herkomme, kümmert sich ein Leibwächter zuallererst um seinen Schützling.«

Dauras zuckte die Achseln. »Als ich genau das getan und deinen Soldaten nicht geholfen habe, war's dir auch nicht recht. Ich glaube, du streitest einfach nur gern.«

»Oh …«, sagte Meris verblüfft.

»Und was die Pflichten als Leibwächter angeht«, legte Dauras nach. »Ich glaube, du hast die Börse verloren, aus der du mich bezahlen wolltest. Ich kann also tun und lassen, was mir als unbezahltem Wanderer so in den Sinn kommt.«

Meris und Aruda starrten ihn an.

»Willst du uns jetzt … allein lassen?«, fragte die Prinzessin.

»Da hatte dieser Söldner im Gasthaus wohl doch recht«, stellte Meris fest. »Es dreht sich bei allen nur ums Geld. Von einem ehemaligen Priester des Schwertes hätte ich andere Werte erwartet.«

»Immer langsam«, knurrte Dauras. »Ich habe deine kostbare Prinzessin behütet, lange bevor ich dich mit deinem Geld getroffen habe. Ich sage nur, du hast mir nichts zu befehlen. Und ich hab dich bestimmt nicht zurückgeholt, weil du so eine nette Gesellschaft bist. Die Kleine hat mir in den Ohren gelegen, und ich wollte mir nicht den ganzen Weg zurück in die Hauptstadt ihr Gejammer anhören.«

»Dauras!«, rief Aruda empört. »Hör auf damit.« Sie wandte sich an Meris. »Hört auf zu streiten. Er wollte dich genauso wenig zurückgelassen wie ich. Dauras ist nicht so hartherzig, wie er immer tut.«

»Ich bin nur umgekehrt, um meinen Ruf zu verteidigen.« Dauras hob die Linke. Sein Handschuh war so prall gespannt wie eine aufgeblasene Schweinsblase. »Ich konnte nicht zulassen, dass irgendwelche Lumpen mich anschießen und dann damit prahlen, sie hätten mich in die Flucht geschlagen.«

Es versprach ein klarer und warmer Tag zu werden, ein weiterer goldener Herbsttag. Meris konnte es kaum glauben. Die Kälte der letzten Nacht saß ihr noch in den Knochen und ließ alles grau und schwer erscheinen. Sie wühlte in den Satteltaschen der erbeuteten Pferde nach besserer Kleidung, doch in den Sachen, die sie dort fand, sah sie aus wie ein Landstreicher.

»Und meinen Siegelring habe ich auch verloren«, murmelte sie.

Aruda war vor ihr geritten und zugleich mit ihr abgesessen. Als sie Meris nun von hinten sah, schrie sie auf.

»Da! Du hast einen Blutfleck am Mantel. Du bist verletzt.«

»Nur eine Fleischwunde«, erwiderte Meris. »Sie blutet längst nicht mehr.«

»Wir sollten uns trotzdem darum kümmern«, sagte Dauras. »Wir können uns gegenseitig verbinden.«

Meris musste Dauras den Handschuh von den Fingern schneiden, und danach quoll die Hand auf wie ein Teig im Ofen. Die Handfläche war aufgeplatzt und blutverkrustet. Entsetzt schlug Aruda die Hand vor den Mund.

»Nicht so schlimm«, behauptete Dauras. »Ich würde es merken, wenn ein Knochen gebrochen wäre.«

»Du kannst froh sein, dass die Hand noch dran ist«, sagte Meris. »Vorausgesetzt, sie bleibt dran! Ich habe Männer an solchen Wunden sterben sehen.«

»Gewöhnliche Männer«, sagte Dauras. »Ich wurde gewiss nicht auf diese Welt geschickt, um an einem Kratzer zu sterben.«

Meris versorgte die Wunde und verband sie mit dem saubersten Stoff, den sie finden konnte. Sie war nicht gerade sanft, und Dauras verzog das Gesicht. »Aber ich werde in Zukunft nicht mehr versuchen, Bleikugeln zu fangen«, räumte er schließlich ein.

Als er selbst sich um Meris' Schulterverletzung kümmerte, zeugten seine Bewegungen von viel Erfahrung – und das, obwohl seine Linke nicht zu gebrauchen war. Zum ersten Mal konnte Meris sich vorstellen, dass er so etwas war wie ein Priester. Was lernten die Mönche im Tempel von Sir-en-Kreigen eigentlich außer der Kampfkunst?

»Konntest du wenigstens etwas über unsere Gegner herausfinden?«, wollte Dauras wissen. »Ich meine, wo du ihnen so nah gekommen bist, dass es schon ans Ausziehen ging?«

Ihr wohlwollendes Gefühl für ihn schwand. Sie unterdrückte die Regung, sich umzudrehen und ihm eine Ohrfeige zu verpassen – immerhin hatte er gerade seine Finger auf ihrer Wunde. »Mach nur so weiter, Mönch«, sagte sie. »Aber wenn dir in der Hauptstadt ein Stein an den Kopf fliegt, dann frag nicht, wer ihn geworfen hat.«

Als Dauras mit dem Verband fertig war, sah sie ihn an. »Ich glaube«, erklärte sie zögernd, »der Graf von Edern steckt dahinter.«

»Von Edern!«, rief Aruda.

»Haben sie den Namen genannt?«, fragte Dauras. »Du klingst nicht ganz überzeugt.«

»Einer der Ritter ließ eine Andeutung fallen«, erzählte Meris. »Dass ihr Auftraggeber die Prinzessin loswerden will, damit das Geld des Reiches in seine Taschen fließt.«

»Ich habe nie gehört, dass von Edern auf der Reichskasse sitzt«, wandte Dauras ein.

»Nein«, sagte Meris. »Aber die Grafschaft Edern liegt zwischen der Hauptstadt und den Goldminen von Raghabar. Wenn kein Kaiser auf dem Thron sitzt, der dem Grafen auf die Finger schaut, dann könnte von Edern womöglich nach der Goldader des Reiches greifen. Die Grafschaft ist reich und so unabhängig, dass sie sehr wohl hinter dieser Verschwörung stecken könnte. Und mit dem Gold des Schwarzen Gebirges wäre der Graf vielleicht sogar so mächtig, dass er selbst die Hand nach der Krone ausstreckt.«

»Warum sollte er mich umbringen wollen?«, fragte Aruda tonlos. »Ich kenne diesen Mann nicht einmal!«

»Es geht nicht um Euch«, sagte Meris. »Es geht um das Amt, für das Ihr bestimmt seid.«

»Und wenn ich den Anspruch auf den Thron aufgebe?«, fragte Aruda.

»Das spielt keine Rolle«, erwiderte Meris. »Ihr seid die einzige Tochter des letzten Kaisers. Die einen werden Euch benutzen wollen, um den Thron an sich zu reißen. Und für die anderen seid Ihr eben deswegen eine Gefahr, solange Ihr lebt. Eurem Vater und Eurem Verlobten hättet Ihr womöglich entkommen können. Aber niemand entkommt dem, was er ist.«

Dauras pflichtete Meris bei. »Wenn es stürmisch wird, dann springt man nicht ins Wasser und versucht unterzutauchen. Es ist besser, als Kapitän auf der Brücke zu stehen und das Schiff zu steuern. Ihr habt Glück, Prinzesschen – immerhin bietet Euch jemand den Posten an.«

Aruda dachte nach. »Also gut«, sagte sie. »Wenn das so ist … will ich zurück. Ich will wissen, warum der Graf von Edern mir nach dem Leben trachtet. Und ich will, dass es aufhört! Wenn ich den Thron besteigen muss, um das zu erreichen, werde ich es tun. Aber wie stellen wir es an?«

»Wenn der Graf hinter der Sache steckt, dann haben wir es nur mit einer Handvoll Söldner zu tun. So viele, wie die Gewährsleute des Grafen in wenigen Tagen anheuern konnten. Und natürlich mit den Spionen und den Gewährsleuten des Grafen selbst. Er kann die Hauptstraßen überwachen lassen, und vielleicht sogar ein paar Spitzel an allen Eingängen zur Stadt postieren. Aber er kann kaum das ganze Umland im Auge behalten, und er kann unmöglich den Fluss kontrollieren, ohne aufzufallen.

Wir reiten also über die Nebenstraßen im Norden bis zum Strom, und wir machen keine Rast.«

»Das sollte kein Problem sein«, sagte Dauras. »Wir haben genug abgelegene Strecken auf dieser Route kennengelernt, als wir uns noch vor *deinen* Leuten versteckt haben.« Er nickte Meris zu.

»Am Fluss schnappen wir uns ein Boot und lassen uns am Hafen direkt vor dem Palast absetzen«, fuhr Meris fort. »Das kostet uns vier Tage, schätze ich. Aber dafür ist der Weg sicher.«

»Hm. Wenn du meinst …«, sagte Dauras.

»Ich bin überzeugt davon«, sagte Meris. »Bis jetzt sind wir deinem Weg gefolgt. Doch ich bin eine Agentin des kaiserlichen Botendienstes, und ich wurde ausgebildet, um mich überall hineinzuschleichen. Es ist an der Zeit, dass wir uns darauf besinnen und uns nicht nur auf das Schwert verlassen.«

»Dann ist es entschieden«, befand Aruda. »Lasst uns aufbrechen, damit ich das Ruder in die Hand nehmen kann.«

Meris seufzte leise. *Wenn es so einfach wäre.* Der Hofrat selbst hatte ihr den Befehl geschickt, die Thronfolgerin so rasch wie möglich zurückzubringen. Sie vertraute ihm, und sie glaubte, dass Aruda bei ihm in Sicherheit war. Hofrat von Reinenbach hatte sich stets der Ruhe und der Ordnung im Reich verpflichtet gefühlt. Ein schneller Thronwechsel mit gesicherten Ansprüchen war genau das, was ihm gelegen käme.

Aber das hieß nicht, dass er sich einen neuen Kapitän am Steuerrad wünschte.

Eine schwache Frau auf dem Thron, hinter der sich die wahren Kräfte des Reiches organisieren können. Wo sie im Verborgenen ihre Machtkämpfe austragen über die Verteilung von Ämtern und Posten, ohne dass dadurch das Gefüge und die Institutionen des Reiches selbst infrage gestellt werden.

Und ohne dass die Großen offen gegeneinander kämpfen, in einem rechtlosen Bürgerkrieg, in dem es für jeden nur um Alles oder Nichts gehen kann, und in dem jede Ordnung zerbrechen muss.

Meris wusste genau, dass es das war, was von Reinenbach im Sinn hatte. Aber sie sprach es nicht laut aus. Die Prinzessin würde rasch genug erfahren, in welcher Weise die Fürsten bei Hofe sie auszunutzen gedachten. Wenn sie stark war, würde sie lernen und einen Platz finden im Gefüge der Mächtigen. Wenn nicht … würde sie eine bloße Galionsfigur bleiben.

Zumindest wäre nicht nur sie in Sicherheit, sondern auch das Reich. Jeder hatte seine Rolle zu spielen, damit das Reich weiterlebte. Das galt für die künftige Kaiserin genauso wie für den einfachen Boten.

Niemand kann dem entkommen, was er ist, dachte Meris.

Wer sollte das besser wissen als sie?

EPILOG – HOROME AM 3.11.962

Wie konnte es sein, dass sie zu Hause war, in Sicherheit, und dass sie sich unsicherer fühlte denn je? Aruda kannte im Palast ihres Vaters – in ihrem Palast! – nur *eine* Zuflucht, nur *einen* Ort, den sie immer aufsuchte, wenn ihre Gedanken zu schwer wurden.

Der Garten der kaiserlichen Dame, so wurde er genannt. Er lag auf dem Dach eines Palastflügels, eine Terrasse, die hundert mal hundert Schritt durchmessen mochte. Er wirkte größer, wenn man sich darin befand.

Nach Norden und nach Westen hin war er von höheren Gebäudeteilen umschlossen. Fensterlos ragten sie empor wie Mauern. Zu den beiden anderen Seiten schützte nur eine niedrige Brüstung vor dem Sturz in die Tiefe. Trat man nahe heran, sah man im Osten den Fluss und die Stadt, die sich vom jenseitigen Ufer aus als scheinbar endloses Häusermeer erstreckte. Im Süden blickte man über die kaiserliche Stadt hinweg und bis zur glänzenden Kuppel des großen Tempels in der Mitte der Insel. Der Garten war zu jeder Jahreszeit dicht bewachsen mit immergrünen Büschen und kleinen Bäumen, und so sah man nur selten seine Grenzen.

Der Garten der Dame – ein verlassener Ort. Aruda hatte, wenn sie dort war, niemals jemand anderen angetroffen als die Hüterin des Ortes. Die aber hatte immer Zeit gefunden, sich zu ihr zu setzen und mit ihr zu plaudern, schon damals, da sie als verirrtes Kind zum ersten Mal hierhergekommen war. Die Hüterin des Gartens war, wenn Aruda zurückdachte, in all den Jahren ihre einzige Vertraute gewesen, fast eine Freundin, trotz des Unterschieds im Alter. Sie war für Aruda mitunter fast wie eine Mutter.

»Ich nehme an«, sagte Aruda, »Sie suchen schon nach mir. Sie werden außer sich sein.«

Sie saß auf der steinernen Bank in der Mitte des Gartens, wo die wenigen Wege sich kreuzten und einen Platz bildeten. Die Wegsteine waren alt und verwittert, die Säulen zwischen den Bäumen waren schief und von Ranken überwuchert. Alt und verwittert waren auch die kleinen Statuen, die auf eingesunkenen Sockeln standen und bei denen kaum noch auszumachen war, was sie darstellen sollten, genauso wie das einsame Monument, das tief im Gestrüpp verborgen lag wie ein vergessener Tempel, mit Inschriften, die nicht mehr zu entziffern waren. Auch der Brunnen neben der Bank, grau und narbig und von Wasser, Wind und Kalk zu einem bizarren Gebilde modelliert, mutete an wie aus einer anderen Zeit.

Heute gluckste das Wasser leise über den Stein der Mittelsäule, und Aruda fühlte sich getröstet von dem Klang.

Die Hüterin saß neben ihr, eine schlanke Gestalt in einem lindgrünen Kleid, mit einem blassen Gesicht, dessen Alter schwer zu schätzen war, auch wenn es glatt und makellos wirkte. Sie hatte sich einen Kranz von Efeu auf die schwarzen Haare gesetzt. Die grünen Ranken fielen ihr an den Schläfen hinab wie Locken.

Sie lachte. »Lass sie nur suchen«, meinte sie. »Du bist die Kaiserin. Muss eine Dame sich nicht rar machen, wenn sie wichtig ist? So etwas habe ich einmal über das Leben bei Hofe gelernt.«

Aruda stimmte in das Lachen ein, bevor sie wieder ernst wurde. »Noch bin ich nicht die Kaiserin. Ich soll heute erst gekrönt werden, und ich weiß nicht, ob es sich für eine Dame schickt, dabei zu spät zu kommen.

Ich weiß auch nicht, was dann passieren wird. Da sind all diese Hofräte, die mir sagen, was ich tun soll. Ich glaube nicht, dass sie damit aufhören werden, wenn ich auf dem Thron sitze.«

»Ernennt nicht der Kaiser seine Räte?«, gab die Hüterin des Gartens zu bedenken.

»Vermutlich.« Aruda schaute auf ihre Fußspitzen, die über den grasbewachsenen Fugen des Pflasters wippten. Dann sah sie die Hüterin an. »Ich wünschte, du könntest mit mir kommen. Wenigstens zu der Krönung.«

Die Hüterin lachte. »Ich glaube, die Gesellschaft bei Hofe wäre wenig erfreut, wenn ich mich unter sie mische. Ich habe genug gesehen. Ich bleibe lieber in meinem Garten, mein Kind. Aber du solltest dich nicht so leicht einschüchtern lassen. Es ist nicht gut, wenn ein Mensch so alleine bleibt.«

»Was soll ich tun?«, fragte Aruda.

»Triff deine eigenen Entscheidungen. Wenn du bedrängt wirst, dann such dir Verbündete. Ich weiß nicht, wem du vertrauen kannst, das musst du erst herausfinden.«

»Das sagst du so leicht«, erwiderte Aruda unglücklich. »Du bleibst einfach hier. Ich hätte auch gern einen Garten, in dem ich mich verstecken kann.«

»Du hast diesen Garten. Du bist jederzeit willkommen.« Die Hüterin beugte sich ihr zu. Sie hielt eine große Blüte mit silbrigen Fäden in der Hand und steckte sie Aruda ins Haar. Das war eine weitere Besonderheit dieses Ortes, die Aruda so sehr schätzte: Der Garten schien sein eigenes Klima zu haben, vielleicht durch die Wärme der Gebäude darunter. Selbst im Winter fand man hier mitunter Flecken mit frischen Blumen und Pflanzen, die nirgendwo sonst wuchsen.

»Auch ich habe nicht mein ganzes Leben in diesem Garten verbracht«, sagte die Hüterin. »Und ich werde immer bei dir sein, wenn du mich brauchst. Du bist wie ein Kind für mich. Ich hatte niemals eigene.

Ihr wart alle wie meine Kinder für mich«, sagte sie.

»Ich würde mich am liebsten verstecken«, sagte Aruda. »Doch die Botin Meris meinte, man könne nicht weglaufen vor dem, was man ist.«

Die Hüterin seufzte. Dann nahm sie Arudas Hände und lächelte. »Am Ende wohl nicht. Aber hätte man nicht etwas versäumt, wenn man es nicht wenigstens einmal versuchen würde?«

Dauras irrte durch den Garten. Er mochte den Ort nicht. Seine Sinne reichten nur wenige Schritte weit, und was sie ihm verrieten, war oft trügerisch. Er sah die Bäume und Sträucher in mehreren Schatten, nicht nur, wie sie waren, sondern wie sie sein *könnten*. Immer wieder wich er einem Zweig aus, der nach ihm zu tasten schien, nur um dann festzustellen, dass es eine Täuschung gewesen war, das Echo eines Zweiges in seinem Geist.

So musste sich Nebel anfühlen für die Sehenden, dachte er.

Er hatte nicht viele Orte erlebt, an denen die Atmosphäre so dicht war, dass er sie mit seinen Sinnen fast greifen konnte, und an keinem dieser Orte sollten Menschen sich aufhalten. Aber die Prinzessin liebte den Ort, sie fühlte sich hier geborgen seit ihrer Kindheit, und immerhin war es ein Dachgarten, der zum Palast gehörte. Dauras nahm also an, dass die Kleine hier in Sicherheit war.

»Prinzessin?«, rief er zaghaft. »Man erwartet Euch.«

Er hörte Stimmen vor sich und ging in die Richtung, aus der sie kamen. Er konzentrierte sich auf den Weg und auf die brüchigen Steine zu seinen Füßen.

Er kam an einen Platz mit einem Brunnen, in dem das Wasser stand. Die Prinzessin saß auf einer verwitterten Bank. Blätter tanzten neben ihr in einem Wirbel und zerstreuten sich raschelnd im herbstlichen Garten.

»Mit wem habt Ihr gesprochen?«, fragte er. Weit und breit erfasste er nichts als das Leben der Pflanzen, das in diesem Garten selbst der nahende Winter kaum zu dämpfen vermochte.

Aruda blickte auf. »Ich habe … Ach, das ist nicht wichtig. Ich habe eine Entscheidung getroffen.«

»So?«, erwiderte Dauras. »Ich wusste nicht, dass Ihr bis dahin unentschlossen wart. Der ganze Hof rechnet fest damit, dass Ihr gleich im Thronsaal erscheint.«

»Ach, Unsinn!«, sagte Aruda. »Nicht für die Krönung. Ich habe entschieden, was ich danach tun werde. Ich will mich nicht nur auf den Thron setzen lassen und warten, was geschieht. Ich muss wissen, wem ich bei Hofe vertrauen kann – und solange ich niemandem vertrauen kann, soll zumindest niemand über mich bestimmen.«

»Ein netter Plan«, sagte Dauras. »Aber erst einmal solltet Ihr den Thron besteigen. Ich hoffe, wir finden aus diesem Garten wieder heraus – ich weiß nicht, wer in einem Palast einen Ort derart verwildern lässt.«

Aruda lachte. »Es ist ein Garten! Ich hoffe nicht, dass Dauras der Schwertkämpfer sich vor Blumen fürchtet.«

»Ich fürchte mich nicht«, sagte Dauras. »Aber wir sollten trotzdem gehen. Die Zofen, die dieser Hofrat für Euch bestellt hat, warten schon und heulen mir die Ohren voll.«

Sie gingen zurück zu dem stillen Korridor. Dauras atmete auf, als sie den Durchgang erreichten. Er streckte die Hand aus, pflückte Aruda eine Blüte aus dem Haar und warf sie zurück durch den Eingang.

»Da hat sich etwas verfangen«, sagte er. »Das passt wohl kaum zu Eurem Krönungsgewand – und was zu diesem Garten gehört, das bleibt besser darin. Ihr werdet mit der Welt da draußen genug zu tun bekommen.«

ZWEITES BUCH

AM FALSCHEN ORT

Horome küsste das Gesicht des jungen Königs. Sie strich über die tödlichen Wunden und nahm Abschied von dem Mann, dem sie nicht mehr begegnen würde.
Du wirst sentimental, Horome, flüsterte der Dämon spöttisch in ihrem Rücken. Dieser Mann war ohnehin nicht für dich bestimmt. Zu jung, zu unerfahren, und sein Weg ist nicht der deine.
Horome richtete sich auf. Sie erkannte, dass der neue Gott, dem sie sich zugewandt hatte, sich nur über sie lustig machte. Er lachte über ihr Leid. Der Handel, an dem ihr Schicksal hing, war für ihn nichts weiter als ein Spiel, das ihm beiläufige Unterhaltung brachte.
Nun, er sollte nicht mehr lange über sie lachen können. Sie ergriff das Schwert, das dem Griff ihres Geliebten entrissen worden war, und setzte es sich entschlossen auf die Brust. Obwohl die Klinge schwarz war wie Ruß, glänzte sie hungrig im Abendlicht.
Wirst du deine Versprechen halten?, fragte sie ihren Gott, ohne einen Blick auf ihn zu verschwenden.
Du wirst mein Geschenk erhalten, antwortete er. Alles, was ich jemals zugesagt habe. Und bis zum Ende aller Tage soll eine Stadt deinen Namen tragen.

Aus der Legende von Elumer und Horome

PROLOG – AUF DER ALTEN HEERSTRASSE NACH ESGARTH

Ritter Lacan, Herr!«

Lacan von Galdingen schrak hoch, als die Finger ihn an der Schulter berührten. Er griff nach dem Schwert. Dann erkannte er die Stimme und verstand die Worte. Es war Sobrun, der ihn geweckt hatte. Lacan hatte den Mann während ihres gemeinsamen Dienstes schätzen gelernt – auf dem Sternenstein, der letzten Grenzfeste des Reiches über dem Pass nach Esgarth, wo die Ritterorden den Zugang zu den Ruinen der verfluchten Stadt bewachten.

Sobrun war ein erfahrener Veteran in den Vierzigern. Und, was noch wichtiger war: Er war nicht bloß ein Söldner, sondern ein gewissenhafter Kampfgefährte mit einem Gefühl für Ehre.

Lacan setzte sich auf. Der Nebel stand so dicht über dem Sumpfland, dass es aussah, als wollten die Schwaden sich zu Gestalten formen. Nässe überzog die Kleidung, die Tropfen glitzerten in dem schwachen rötlichen Licht, das von ihrem bis auf die Glut heruntergebrannten Lagerfeuer ausging.

Die Sonne war noch nicht aufgegangen, und es war eisig kalt – Geisterstunde. Die letzte lange Wache vor dem Morgengrauen.

»Was ist, Sobrun?«, flüsterte er.

»Ich habe einen Schrei gehört«, sagte der Söldner. »Einen Hilferuf. Es klang wie von einer Frau.«

»Hier …«, murmelte Lacan.

Sie lagerten im Schatten der Schwarzen Berge. Lacan glaubte, er könne immer noch den Schnee in der Luft riechen – das Eis der verschneiten Höhen, das sie vor drei Tagen erst hinter sich gelassen hatten. In den Bergen war die Kälte der Nacht schneidend gewesen. Schon zu dieser Jahreszeit konnte der Frost zwischen den Gipfeln tödlich sein – und doch war das die geringste Gefahr, mit der die Ritter dort zu kämpfen hatten auf ihrem bewaffneten Pilgerzug an der Grenze.

Lacan erschauerte bei der Erinnerung.

All das blieb hinter ihm zurück, und er war auf dem Weg nach Hause. Dennoch, die Berge waren nah, und wer weiß, was für Schrecken in dieses Land einbrachen?

»Das ist kein Ort, wo man Rufen im Nebel folgen sollte«, sagte er.

Lacan erhob sich. Er war ein hochgewachsener und kräftiger Mann, ein Ritter mit langem blonden Haar, wie aus einer alten Rittergeschichte entsprungen. Er liebte diese Vergleiche nicht. Die alten Geschichten enthielten viele Dinge, die, wenn sie einem in der Wirklichkeit begegneten, nicht so romantisch waren.

Er streifte die Decke ab und lauschte in die Dunkelheit. Der faulige Geruch, durch den sie am gestrigen Tag gezogen waren, war durch die Kälte zu einem schwachen Moder abgeschwächt worden. Da waren Geräusche im Nebel, ein feines Knistern und Glucksen. Aber keine Schreie.

»Was ist mit den Herren von Grassen und an Gebran?«, fragte er.

»Ich wollte erst einmal Eure Meinung hören.« Sobrun sah verlegen zu Boden. »Ihr seid mir bisher als der … hm, Nachdenklichste unter den Herrschaften erschienen.«

»Von Grassen sollte wach sein«, sagte Lacan. »Er hatte mit dir gemeinsam Wache.«

»Hm.« Sobrun druckste herum. »Wer bin ich, einen Ritter zu ermahnen? Ich dachte mir, dass ich aufmerksam für zwei sein muss.«

»Manchmal«, sagte Lacan vorsichtig, »hört man Dinge bei Nacht, im Nebel, wenn man allein ist …«

Und dann hörte er es auch. Einen Schrei, der verzweifelt klang. Ein Hilferuf, ohne Zweifel. Und die Stimme einer Frau. Sie konnte nicht weit entfernt sein, denn Lacan wusste aus Erfahrung, wie sehr der Nebel den Schall einer Stimme verschluckte.

Lacan fluchte in sich hinein.

»Das ist kein Land, wo man eine menschliche Seele erwartet«, sagte Sobrun. »Aber es ist ein Land, wo eine menschliche Seele leicht in Not geraten kann.«

»Ich weiß«, sagte Lacan. Er ging durch das Lager und stieß die Männer an. »Auf, auf, von Grassen. Ritter. Männer. Es gibt Arbeit für die Streiter Bponurs.«

Dann begab er sich zu seinem eigenen Lager und streifte das Kettenhemd über. Sobrun half ihm dabei. Nach und nach traten die anderen Männer zu ihnen.

»Was ist? Was ist?«, rief Ritter an Gebran. Er gehörte zu irgendeinem dieser heiligen Orden aus Barrat, deren Bezeichnungen sich Lacan allesamt nicht merken konnte. Auf dem Sternenstein hatte er viele gehört, und sie klangen alle ganz ähnlich. Der Ritter aus dem Osten mit dem allzeit sauber getrimmten schwarzen Bart hielt das Schwert in der Hand. Er trug einen langen Nachtrock aus warmer Wolle und hatte eine Nachtmütze auf dem Kopf und eigene Nachtsocken an den Füßen, allesamt mit langen Zipfeln daran.

Lacan konnte darüber nicht mehr lachen. Nicht, nachdem er mitangesehen hatte, wie der geckenhaft wirkende Gotteskrieger in einem Lager der Pukha drei kleine Kinder an den Haaren aus einer Felsspalte gezogen und sie mit dem Schwertknauf erschlagen hatte.

»Schreie«, sagte er. »Irgendwo aus dem Sumpf neben der Straße.«

»Das werden wir ihnen schon austreiben.« An Gebran schwang sein Schwert, während rings um ihn die übrigen Krieger sich, so gut es ging, die Rüstung anlegten. Die Pferde, angebunden zwischen einem Haufen Felsbrocken, schnaubten unruhig.

Dann hörten sie den Schrei wieder. »Eine Maid bedarf unserer Hilfe!« An Gebran stürmte hinaus ins Dunkel.

»Meine Güte«, entfuhr es Lacan. Er rannte hinterher. Die Riemen, die sein langes Kettenhemd sonst fest an den Leib schnürten, waren noch offen. »Sobrun«, rief er. »Folge uns. Führ den Trupp hinter uns her.«

»Hmpf. Hat leicht reden, der Herr …«

Der Nebel verschlang das Grummeln des Söldners. Lacan lief durch eine graue, trügerische Dunkelheit. Nur die Schritte des Ritters an Gebran vor ihm wiesen ihm die Richtung. Lacans Stiefel schmatzten im Schlamm, und er wurde langsamer. Sie hatten die Gegend bei Tageslicht gesehen. Von der alten Heerstraße waren nur noch zerbröckelnde Pflastersteine geblieben und die Reste eines Straßenbetts, das zumindest einen Streifen mit festem und trockenem Boden bildete. Doch ringsum war das Land von großen Tümpeln und tückischem Morast durchzogen.

Er hörte platschende Geräusche und ein Keuchen. Vor ihm lichtete sich der Nebel über einem kleinen Wasserloch, das etwa zehn Schritte durchmaß und über dem der Dunst hing wie eine dünne Decke. Die Ränder waren mit Gräsern bewachsen, die das Ufer verbargen … und in der Mitte des Tümpels trieb eine Frau. Die langen Haare klebten ihr nass im Gesicht, immer wieder ging sie unter, kam wieder hoch, ruderte mit den Armen und schnappte nach Luft.

Lacan blieb neben an Gebran stehen. Er kniff die Augen zusammen, weil die Szene so gar nicht zu der menschenleeren Gegend passen wollte.

»Die Frau ertrinkt«, sagte an Gebran. »Von Galdingen, halten Sie mein Schwert.«

Er drückte Lacan die Waffe in die Hand und machte Anstalten, ins Wasser zu springen. Doch Lacan hielt ihn am Ärmel fest, als er die Waffe nahm.

»Ich weiß nicht, ob das klug ist«, sagte er. »Wir sollten auf unsere Gefährten warten, und wir brauchen ein Seil.«

Die Frau versuchte, den Kopf über Wasser zu halten. Ihre blassen Züge verschwammen in den Schwaden, die über dem Tümpel hingen. »Helft, Ihr Herren!«, stieß sie keuchend hervor.

An Gebran riss sich los. »Gotor mag listige Pläne segnen. Ich bin ein Ritter des segensreichen Bponur!«

Er sprang ins Wasser. Mit kräftigen Zügen schwamm er auf die Frau zu.

»Haltet aus«, rief er. »Gleich seid Ihr gerettet.«

Der Teich war so klein, dass er mit zwei Schwimmzügen schon fast bei ihr war, und er steckte die Hand nach ihr aus.

Mit einem Mal schien die Frau zu wachsen. Ihr Körper hob sich aus dem Tümpel – und unter dem dünnen Kittel verwandelte sich die menschliche Gestalt in einen braunen Schlangenleib. Ihre Züge verzerrten sich. Scharfe Reißzähne blitzten hinter ihren Lippen auf. An Gebran zuckte zurück.

»Blendwerk Gotors!«, rief er aus.

Höher und höher stieg das Ungeheuer aus dem Wasser. Es bäumte sich über dem Ritter auf.

»Ach verdammt«, zischte Lacan. Er blickte über die Schulter zurück und brüllte: »Sobrun, ein Seil. Wirf mir ein Seil zu!«

Und er sprang ins Wasser, tauchte prustend wieder auf.

Er sah, wie das Wesen auf an Gebran herabstieß, die Hände vorgereckt, den Schlangenleib wie zu einer Schlinge gebogen.

Lacan stieß beide Schwerter nach vorn. Er tauchte unter, unter an Gebran hindurch und auf den Schlangenleib zu.

Das Wasser war trüb, der Morgen erst eine Ahnung von Licht. Lacan konnte kaum etwas sehen. Aber er spürte, wie eine der Klingen auf Widerstand traf. Sofort hieb er mit der anderen ebenfalls zu.

Das Wasser nahm seinem Hieb die Wucht. Und die Haut der Bestie war zäh. Es fühlte sich an, als würde er einen Baum bearbeiten. Eine der Klingen blieb darin stecken, sodass sie ihm aus der Hand gerissen wurde. Das Wasser über ihm brodelte, und er bekam einen Stoß gegen den Kopf.

Lacan kämpfte sich nach oben. Das Schwert, das ihm noch geblieben war, und seine Rüstung drohten ihn in die Tiefe zu ziehen. Er trat mit den Beinen, ruderte mit dem freien Arm, bis er mit dem Kopf durch die aufgewühlte Oberfläche stieß.

An Gebran kämpfte. Das Ungeheuer hatte ihm die Zähne in die Schulter geschlagen und umklammerte den Ritter mit beiden Armen. Der Schlangenleib zuckte und wand sich. An Gebran schrie und zappelte.

Lacan versuchte, mit dem Schwert in Richtung des Gegners auszuholen. Aber schon zog ihn der ganze Stahl an seinem Leib wieder in die Tiefe.

»Das Seil, Herr!«

Sobruns Stimme.

Lacan sah aus den Augenwinkeln, wie etwas auf das Wasser klatschte. Mit der freien Hand fasste er zu und tauchte hinab. Er fühlte das gedrehte Hanfseil zwischen den Fingern, ertastete eine wohlgeschnürte Schlinge. Er legte sie sich um den Körper, zog sie fest und schwamm unter Wasser dorthin, wo die Bestie sein musste.

Dann stach und hieb Lacan blind vor sich durch die trübe Brühe. Die Klinge stieß auf Widerstand, und Lacan zog die Schneide entschlossen daran entlang.

Das schlammige Wasser, das ihm in Mund und Nase drang, veränderte sich. Etwas Scharfes mischte sich in den modrigen Geschmack. Das Blut pochte ihm in den Schläfen.

Da spürte er einen festen Griff unter den Achseln und wurde weggezogen. Er paddelte mit den Beinen, kam an die Oberfläche. Schnappte nach Luft.

Sobrun stand am Ufer, zwei weitere Männer hinter ihm. Sie hielten das Seil und zogen Lacan heraus. Das Wasser in der Mitte des Tümpels war aufgewühlt, aber von an Gebran und dem Ungeheuer war nichts mehr zu sehen.

»Wartet!« Lacan prustete und spuckte Wasser. »Gebt Seil nach. Ich will tauchen.«

»Ihr seid verrückt … Herr!«, rief Sobrun.

»Gib mir Seil!«

Der Zug unter seinen Achseln ließ nach. Lacan holte tief Luft und tauchte unter. Er schwamm mit aller Kraft, tiefer und tiefer. Eine stechender Schmerz fuhr ihm in die Ohren. Wie tief war dieses Wasserloch?

Er fühlte vor sich eine Bewegung. Er tastete mit den Fingern, stocherte vorsichtig mit dem Schwert.

Da spürte er die harte Haut der Bestie an der Hand. Er hieb zu, doch die Klinge drang nicht sehr tief ein. Lacan umklammerte das Schwert, damit es ihm nicht aus der Hand gerissen wurde. Doch das Wasser wurde immer schmutziger, und der Griff wurde glitschig.

Hände glitten über seine Schulter. Lange Finger tasteten über sein Kettenhemd. Haare strichen ihm über das Gesicht. *Das war nicht an Gebran!*

Die Hände packten fester zu, etwas schob sich hinter seine Beine. Eine Kraft, viel größer als die eines Menschen, riss ihn nach vorn und zog ihn tiefer in den morastigen Schlund herein. Lacan spürte den Zug des Seils unter den Achseln – seine Gefährten hielten dagegen!

Doch vergebens.

Die fremden Arme schlossen sich um ihn mit unerbittlicher Kraft. Selbst die Haare des Wesens schienen sich um seinen Kopf legen zu wollen, wie um ihn zu erwürgen.

Lacan winkelte den rechten Arm an, so gut er es im Griff seines Gegners vermochte. Er stieß die Klinge nach oben, dorthin, wo die Haare ihn umwallten. Ein kurzer Ruck – dann wurde Lacan fortgeschleudert.

Er konnte sein Schwert nicht mehr festhalten.

Hilflos schoss er durch das Wasser, brach durch die Oberfläche und landete im Ufergras. Das Wasser des Tümpels schien zu kochen. Fontänen spritzten empor, dunkel, schwarzbraun.

Wieder spürte er, wie Hände an seinem Kettenhemd zerrten.

Seine Gefährten zogen ihn aus dem Wasser. Er blieb liegen wie ein gestrandeter Fisch und schnappte nach Luft.

Nach einer Weile bemerkte er, dass ihm kalt wurde. Er hob leicht den Kopf und blickte zu dem Tümpel. Das Schlangenwesen trieb auf dem Wasser. Lacans Schwert steckte in der Brust des menschenartigen Oberkörpers.

Auch die Leiche von Ritter an Gebran stieg wieder empor.

Seine Reisegefährten begruben ihn beim ersten Tageslicht im weichen Grund neben der Straße, während Lacan dasaß, sich von dem Kampf in dem Tümpel erholte und Kräfte sammelte für die weitere Reise.

Er hoffte, dass diese Reise ihn bald endgültig fortführen würde von den Schrecken, die Gotors Berge über alles brachten, was in ihrem Schatten lag.

Es ging schon auf die Jausenstunde zu, als die Reisegefährten aufbrachen. Die Mittagszeit nahte, und immer noch hingen Nebelschwaden über dem Sumpf, wie Wolken, die herabgefallen waren, so schwer und grau, dass sie nicht mehr am Himmel schweben konnten.

Durch die Lücken erblickten die Reisenden im Westen die Bergkette, dunkle Wälder am Fuß der Hänge, darüber die kahlen Schroffen, jetzt überall schneegefleckt zu einem Muster von Schwarz und Weiß. Rings umher schälte sich der Sumpf aus dem Dunst, eine Landschaft voll niedrigem Buschwerk, durchzogen von fleischigem Gras und Röhricht. Überall in dem flachen Kessel sah man Wasserlöcher blitzen, in der Ferne so klein wie Pfützen.

Bald gabelte sich der Weg. Die eine Seite führte nach Norden und folgte dem Verlauf der Berge, eine Linie von grauem, rissigem Pflaster, das dunkel glänzte und sich dann in der graubraunen Landschaft verlor. Der andere Weg verlief nach Osten. Einst mochte es auch eine Straße gewesen sein, jetzt sah man nur noch dann und wann einen Pflaster- oder Begrenzungsstein aus dem Schlamm hervorschauen.

Zweifelnd spähte Sobrun den Pfad hinunter, der geradewegs in den Sumpf hineinführte.

»Ich bin mir nicht sicher, ob das der kürzere Weg ist«, murrte er.

»Du musst nicht mitkommen, wenn du nicht willst«, sagte Lacan und fügte nach einer Pause hinzu: »Auch wenn ich deine Gesellschaft vermissen würde.«

Sie hatten beide ihre Pferde gezügelt und betrachteten den Weg. Sobrun wandte den Kopf und blickte ihren Gefährten nach – knapp ein Dutzend Ritter und Waffenknechte, die entlang des Hauptweges weitertrotteten. Ein paar von ihnen nickten Lacan zum Abschied zu, keiner hielt an.

»Weiß schon, mit wem ich lieber reite«, sagte Sobrun. »Ich hab nur das Gefühl, nun muss ich mich entscheiden, zwischen der besseren Gesellschaft und dem besseren Weg.«

»Sieh's mal so«, sagte Lacan. »Mein Weg führt geradewegs

fort von den Schwarzen Bergen, während die anderen noch hundert Meilen in deren Schatten unterwegs sein werden.«

»Aber mit festem Boden unter den Füßen. Ich kann nur schwer hoffen, dass nicht in jedem von den Löchern so ein Monster lauert.«

»Die Straße nach Horome ist besser erhalten«, räumte Lacan ein. »Aber den Weg nach Meerbergen können wir auch kaum verfehlen, wenn wir uns einfach ostwärts halten. Komm, Sobrun. Ich habe heute Morgen genug Sumpfwasser getrunken und werde schon aufpassen, dass wir auf dem Trockenen bleiben.«

Sobrun nickte. Er stieß seinem Pferd die Fersen in die Flanken, und gemeinsam folgten sie dem Weg. Bald waren sie allein, und ihre Gefährten, die zur Hauptstadt zogen, verschwanden im Nebel.

Der schmalere Weg, oder was davon übrig war, wand sich wie ein Lindwurm durch die Landschaft. Mitunter führte die Spur von behauenen Steinen geradewegs in eine überflutete Mulde, und die beiden Reiter mussten ihre Pferde am Zügel darum herumführen.

Sobrun beäugte misstrauisch jede Wasserfläche.

»Keine Sorge«, sagte Lacan. »Das Sumpfgebiet kann nicht so groß sein. Ein Tag sollte reichen, dann kommen wir auf trockeneren Boden.«

»Ihr kennt Euch hier aus?«, fragte der alte Kämpfer.

»Ich hab mit ein paar Leuten aus meiner Heimat gesprochen. Dieser Weg wird seltener benutzt als die Heerstraße nach Horome, aber er gilt nicht als unsicher. Und von den Schlangenbestien habe ich zuvor niemals reden hören. Es kann also nicht viele davon geben.«

Zur Sonnenstunde machten sie Rast auf einem trockenen Hügel, der Weg, dem sie folgten, versank wieder einmal im Morast. Als sie weiterritten, folgte Lacan nicht mehr der

Spur der ursprünglichen Straße, sondern wählte oft den geraden Weg, Abkürzungen zwischen den Tümpeln und Seen hindurch, wo der Weg ihm gangbar erschien. Ihm war sehr daran gelegen, dass sie den Sumpf vor Einbruch der Dunkelheit hinter sich ließen.

Auf einer weiteren Anhöhe hielt Sobrun inne und rief Lacan zu sich. »Seht Ihr, Herr, dort hinten?«

Lacan lenkte sein Ross an die Seite seines Begleiters. Er spähte über den Sumpf. An einem der Wasserlöcher, die in der Ferne glitzerten, lag ein merkwürdiger Schatten am Ufer. »Was ist das?«, fragte er.

Sobrun zuckte die Achseln. »Es sieht aus wie ein Baum, der ins Wasser gestürzt ist«, befand er. »Aber ich habe keine großen Bäume in diesem Sumpf gesehen, also …«

Lacan fröstelte. Er stellte sich dieselbe Frage wie der alte Söldner: Ob dort wohl eines der Schlangenwesen ans Ufer gekrochen war?

»Wir müssen dorthin«, sagte er.

»Hätt jetzt eher das Gegenteil gesagt …«, murmelte Sobrun.

»Nein«, sagte Lacan zu seinem Gefährten. »Denk nach: Die Bestien sind eine Gefahr für jeden unserer Brüder, der irgendwann diesen Weg nehmen wird. Aber an Land können wir sie verletzen. Wenn eine von ihnen dort liegt, müssen wir die Gelegenheit nutzen.«

Mit den Pferden konnten sie kaum unbemerkt herankommen. Also saßen sie ab und schlichen gebückt durch das Gestrüpp. Das letzte Stück krochen sie beinahe. Sie bewegten sich langsam, damit ihre Waffen und ihre Rüstungen keine verräterischen Geräusche machten.

Sie spähten durch eine Hecke und erkannten sofort, dass ihre Vorsicht unnötig gewesen war: Eines der Ungeheuer lag am Ufer, und es war offenbar tot.

Vorsichtig traten sie heran, das Schwert gezückt.

Der Frauenkörper mit der locker sitzenden zweiten Haut, die aussah wie ein Kittel, lag mit verrenkten Gliedern am Ufer, der zähe Schlangenleib verschwand im Wasser. Schon von Weitem sahen sie die tiefen Schnittwunden in dem harten Leib wie von einem Schwert, und der ganze Körper war mit geronnenem Blut verkrustet.

Als sie näher kamen, entdeckten sie Quetschungen an dem menschlichen Leib. Der Hals der Kreatur war verdreht und trug Male, als hätte der Angreifer das riesige Geschöpf aus seinem Loch gezogen und es erwürgt.

Ratlos starrten die beiden Krieger auf den Kadaver.

»Diese Male, sie sehen aus …« Sobrun brach ab.

Die Würgemale am Hals der Bestie waren blutunterlaufen, und man konnte die Abdrücke von Fingern erkennen – wie von schmalen und verglichen mit der Kreatur lächerlich kleinen menschlichen Händen.

»Wir dürfen uns vom Augenschein nicht täuschen lassen«, sagte Lacan. »Vielleicht war es ein anderes Schlangenwesen aus einem Nachbarloch, das hier seinen eigenen Artgenossen getötet hat.«

Beunruhigt sah er sich um und umfasste sein Schwert fester.

Sobrun wies auf einen runden Abdruck im Schlamm mit drei spitzen, dicht beieinanderliegenden Zehen, der nicht größer war als ein menschlicher Fuß. »Das jedenfalls sieht nicht nach einer Schlange aus.«

Sie schauten sich weiter um und fanden weitere Abdrücke. Die Kreatur mit den drei Zehen war zu dem Wasserloch gekommen und hatte sich wieder entfernt, aber beide Male endete die Spur unvermittelt, so als wäre es ein Vogel gewesen, der davongeflogen war.

Die Sonne wanderte über den Himmel, und der Nachmittag schritt voran. Die Dunkelheit kam früh um diese Jahreszeit.

»Hier gibt es nichts mehr, was wir tun können«, stellte er fest. »Lass uns zu den Pferden zurückgehen.«

Sobrun nickte. Die beiden Männer waren sich einig, auch ohne es auszusprechen: Was auch immer die Bestie aus dem Loch gezogen hatte – es musste ein Ungeheuer gewesen sein. Doch da waren nicht nur die Abdrücke an dem Kadaver, die an gewöhnliche Hände erinnerten, sondern auch die Wunden an dem Schlangenleib: keine Stiche und Risse von Zähnen und Klauen, sondern saubere und tiefe Schnitte wie von einem Schwert, jeder einzelne von ihnen mit übermenschlicher Kraft durch die holzharte Haut getrieben.

Sie wussten nicht, welches Geschöpf zu etwas Derartigem imstande sein sollte. Aber sie wollten auch nicht die Nacht an einem Ort verbringen, wo es sich herumtrieb.

8.11.962 – DER KAISERLICHE PALAST ZU HOROME

Horome – die große, die strahlende Metropole des Westens, so gewaltig, dass sie den größten Strom des Reiches aufnahm, ihn zerteilte und ihn braun und schmutzig und unter anderem Namen wieder ausschied. Im Norden der Stadt war es der Rhod, der majestätisch und scheinbar ungerührt von den Menschen an seinen Ufern durch die Ebene floss, südlich der Stadt hieß der Strom Ragnat, und es dauerte lange, bis er den Unrat der Stadt hinter sich lassen konnte.

Im Herzen der Metropole lag eine Insel, das Samenkorn, aus dem die Stadt entsprungen war. Eine Zauberin habe dort gelebt, sagten manche, eine Priesterin Bponurs habe hier Zuflucht gesucht vor dem Ansturm der Ronurer, glaubten andere zu wissen. Inzwischen erhob sich die Insel aus dem Fluss wie eine von Menschen geschaffene Festung, so viel Stein war dort verbaut worden. Hinter den Mauern, die sich am Ufer entlangzogen, lag der Palast des Kaisers mit der Kaiserstadt, die sich um den abgeschirmten inneren Palast erstreckte und in der die Behörden des Reiches und dessen Amtsträger untergebracht waren. Edle von überall her lebten auf der Insel des Kaisers, als Höflinge und Gesandte in ihren Stadthäusern, neben dem zentralen Tempel und den Turnier- und Festspielplätzen.

Um die Insel herum, auf beiden Seiten des Flusses, war Horome zu einem Moloch angewachsen, mit zahllosen Stadtvierteln, von denen jedes seine eigene Natur und seine ganz eigenen Bewohner hatte. Eine Fahrt durch die Stadt kam einer Expedition gleich, die zu fremden Völkern und Ländern führte. Der Arm des Kaisers, so hieß es, reiche im Rest des Reiches weiter als in seiner eigenen Hauptstadt – und wie man wusste, reichte dieser Tage der Einfluss des Kaisers im Reich nicht mehr weit.

Aruda Callindrin Beahad, die Kaiserin des Omukchar, schritt die Treppe eines Turmes hinauf, und Dauras folgte ihr. Es war ein hoher Turm, und es gab mehrere massive Türen, deren Schlüssel nicht alle in derselben Hand lagen. Doch Aruda hatte sich sämtliche Schlüssel aushändigen lassen, bevor sie diesen Besuch unternahm.

Als sie die vorletzte Türe aufschloss, hielt Dauras vor dem Fenster inne. Er schloss die Augen und sah versonnen aus.

»Was hast du?« Aruda wandte sich zu ihm um.

»Man sagte mir, von den Türmen des Palastes aus könne man bei Nacht die Stadt sehen, ein Meer von kleinen Lichtern, das bis zum Horizont reicht. Ich kann es mir schwer vorstellen.«

»Oh doch«, erwiderte Aruda. »In guten Nächten. Aber in der Wirklichkeit ist der Anblick viel weniger poetisch, als diese Beschreibung es verspricht.«

»Meine Sinne reichen kaum über die Insel hinaus«, sagte Dauras. »Dahinter glaube ich ein Brodeln zu spüren, ein Wabern, und ich weiß nicht, ob es der Widerhall von allzu vielen Seelen auf zu engem Raum ist oder nur eine Einbildung, weil ich meine Sinne zu weit ausdehne und irgendetwas erwarte.«

»Ein Wabern und Brodeln«, wiederholte Aruda. »Das mag schon sein. Jenseits der Mauern des Palastes herrscht das Chaos. Lass uns etwas dagegen tun.«

Sie trat durch die Tür und in eine Wachstube, die oben im Turm lag, unter der letzten und höchsten Kammer. Drei Posten taten dort Dienst, keiner von ihnen trug die Farben der Garde.

»Warte hier«, sagte Aruda zu Dauras. »Ich will allein mit ihm reden.

»Ist das klug?«, fragte Dauras. »Selbst ich habe eine Menge über Arnulf von Meerbergen gehört, und nichts davon gibt mir Anlass, ihm zu vertrauen.«

»Ich habe auch eine Menge über ihn gehört«, sagte Aruda. »Aber nie, dass er ein Dummkopf wäre. Was für einen Vorteil hätte er, wenn er seine Kaiserin angreift? Zumal sie mit einem solchen Angebot zu ihm kommt.«

Dauras schnaubte. »Da habt Ihr wohl recht, Majestät.«

Er trat zu den Wachen, die sich erhoben hatten, als die Kaiserin eintrat. Mit dem Schwert fegte er Trinkbecher, Münzen und ein Würfelspiel vom Tisch und setzte sich darauf.

Die Männer funkelten ihn an.

»Was?«, fragte Dauras herausfordernd.

»Nichts … Herr«, murmelte einer der Posten. Alle drei Männer senkten den Kopf, wichen schweigend zurück zur gegenüberliegenden Wand.

Dauras saß mit dem Rücken zu ihnen. Er legte das Schwert auf seinen Schoß, und nur Aruda sah, wie er lächelte. Sie schüttelte den Kopf. »Lass dich nicht auf ein Würfelspiel ein«, warnte sie.

»Keine Sorge«, erwiderte Dauras. »Ich lasse mich nie auf ein Glücksspiel ein, bei dem ich die Zahlen nicht sehen kann.«

Aruda stieg die letzte Treppe hinauf. Ihre Füße fühlten sich schwer an. War es das Schicksal eines Herrschers, dass er sich mit gefährlichen Männern umgeben musste? Sie kämpfte gegen das Gefühl an, dass sie nicht nur in das Amt ihres Vaters geschlüpft war, sondern förmlich in seine Haut. Aber sie *war* nicht ihr Vater, den das Volk hinter seinem Rücken als den wahnsinnigen Kaiser beschimpft hatte!

Dennoch, sie hatte Feinde, die ohne Bedenken töteten. Das hatte sie auf dem Weg in die Hauptstadt erfahren. Darum brauchte sie Dauras, der in dieser Hinsicht genauso wenig Bedenken zeigte, jedoch umso mehr Geschick. Seine bloße Gegenwart reichte aus, um Schlimmeres zu verhindern.

Wenn es gut lief, erfüllte er bereits seinen Zweck, indem er einfach nur hinter ihr stand. Sie hatte selbst erlebt, wie sich das Verhalten der Höflinge veränderte, wenn sie mit Dauras an ihrer Seite einen Raum betrat. Wer sich ihr gegenüber im Ton vergriffen hatte und frech oder gönnerhaft sprach, der tat das nicht noch einmal, wenn der blinde Schwertkämpfer dabei war und wenn dessen toten Augen auf dem Betreffenden ruhten.

Dauras, befand Aruda, war so etwas wie eine Aura des wahnsinnigen Kaisers, die sie anziehen konnte. Sie konnte sie aber auch jederzeit wieder abstreifen, und das war weit besser, als wenn sie tatsächlich in der Haut ihres Vaters gesteckt hätte.

Der Mönch war der richtige Mann, um den Leuten, die ihr gegenüberstanden, Respekt einzuflößen. Kanzler Arnulf von Meerbergen hingegen war womöglich der Einzige, der dem Amt des Kaisers überall im Reich Respekt verschaffen konnte – der ganze Städte und Grafschaften dazu bringen konnte, demütig das Haupt zu neigen. Und deswegen musste sie zuerst mit ihm unter vier Augen sprechen.

Auf dem Absatz vor der letzten Türe hielt Aruda inne. Sie nestelte nach den Schlüsseln. Da vernahm sie leise Geräusche durch das Holz. Eine Unterhaltung – hinter der Tür jenes Kerkers, in dem Arnulf von Meerbergen, der Kanzler des Reiches, seit Jahren allein gefangen saß!

Die Schlüssel in ihrer Hand klirrten. Die Stimmen verstummten.

Aruda zögerte kurz, dann klopfte sie an. »Kanzler Arnulf?«, rief sie. »Die Prinzessin … *Kaiserin* Aruda ist hier, um mit

Euch zu sprechen. Seid Ihr bereit, Eure Herrscherin zu empfangen?«

Das Herz schlug ihr bis zum Hals. Sie wünschte sich Dauras an ihre Seite, der ihr zumindest ein Gefühl von Sicherheit vermittelte. Ein trügerisches Gefühl, denn für diplomatische Belange war er der letzte Begleiter, den man sich wünschen konnte.

Eine Stimme drang durch die Tür. »Es wäre mir eine Ehre. Wenn es der Herrin nichts ausmacht, mich hier zu besuchen. Meine Gemächer sind derzeit leider kaum bereit für die Anwesenheit einer Kaiserin.«

Aruda drehte den Schlüssel im Schloss. Von der anderen Seite hörte sie ein rasches Scharren, als würde der Kanzler die letzten Augenblicke nutzen und noch ein wenig aufräumen.

Die Tür schwang auf. Der Raum nahm fast die gesamte Breite des Turmes ein, und durch die kleinen Fenster hatte der Gefangene einen weiten Blick über die Stadt – was, wie Aruda überlegte, seine Gefangenschaft womöglich umso bitterer machte.

Der Raum war nicht klein, doch er wirkte eng, denn er war vollgestellt mit Möbeln: Es gab Truhen, Schränke, einen Sekretär, mehrere Sessel, eine gepolsterte Liege und ein Bett, Fässer, Geschirr, Papiere, Tintenfässchen und Federn, Ständer mit Gewändern … aber keine Waffen, wie man sie in der Halle eines Fürsten sonst erwartet hätte.

An dem niedrigen Tisch in der Mitte des Zimmers saß Arnulf von Meerbergen auf einem dreibeinigen Hocker, einen Tonbecher in der Hand, der zwischen seinen Fingern winzig aussah. Der Kanzler war breit, mit einem muskulösen Brustkorb. Trotz seiner Gefangenschaft war er von gepflegter Erscheinung, mit sorgsam gestutztem Vollbart und einer wallenden roten Haarpracht, die ihm in Wellen über die Schultern fiel. Er saß gebeugt und unterwürfig da und sah aus wie ein Riese, der sich in eine Puppenstube gezwängt hatte.

Aruda hätte fast aufgelacht. Die Anspannung fiel von ihr ab. Sie zog sich einen Hocker heran und nahm dem Kanzler gegenüber Platz.

»Wir müssen uns unterhalten«, sagte sie. »Darüber, wie sehr das Reich nach dem Tod meines Vaters einen Kanzler braucht, der die Erlasse des Hofes siegelt.«

Arnulf stellte seinen Becher ab.

»Es ist eine Ehre, dass Ihr dazu den Rat des armen abgesetzten Amtsinhabers sucht … in seinem einsamen Refugium.« Die Stimme des Mannes klang angenehm tief und überraschend sanft.

»Mir war, als hätte ich eben eine Unterhaltung gehört«, sagte Aruda.

Der Kanzler hob verlegen die Brauen. »Wisst Ihr«, sagte er, »wenn ein Mann lange allein in einer Kammer hockt, entwickelt er mitunter wunderliche Grillen. Es mag sogar sein, dass er mit sich selbst zu sprechen beginnt.«

»Ihr wurdet in diesen Turm verbannt«, sagte Aruda. »Aber Ihr wurdet niemals Eures Amtes enthoben.«

Der Kanzler lächelte unter seinem Bart. »Eine reine Formalität, nehme ich an. Meine Feinde waren sich einig genug, dass ich in Ungnade gefallen bin, doch auf einen Nachfolger konnten sie sich nicht verständigen. Und der Kaiser schenkte dieser Frage keine Aufmerksamkeit.«

»Mein Vater ist tot«, sagte Aruda.

»Ich habe davon gehört. Die Bürde des Amtes ist auf Euch übergegangen.«

»Und auch ich habe Feinde, denen es lieber wäre, wenn ich das Amt nicht bekleiden würde. Schlimmer noch: Ich fürchte, diese Gegner wollen überhaupt keine kaiserliche Autorität im Reich mehr über sich dulden.«

»Ich weiß«, sagte Kanzler Arnulf. »Mit diesen Kräften hatte ich stets zu kämpfen, als ich noch Verantwortung trug. Ich wünsche Euch, dass Ihr Euch besser gegen sie behaupten könnt.«

»Zu diesem Zwecke möchte ich einen Kanzler einsetzen. Einen Kanzler, der über Erfahrung verfügt. Und es wäre mir lieb, wenn dieser Kanzler nicht zu jenen Kräften gehören würde, deren Wirken ich im vergangenen Monat erleben musste – Feinde, die heimtückisch Intrigen gegen mich spinnen.«

»Es ist gut, wenn ein Monarch jemanden hat, dem er vertrauen kann. Habt Ihr bereits eine Person für dieses Amt im Auge?«

»Nun, der bisherige Amtsinhaber scheint mir hervorragend geeignet zu sein. Ihr habt die Gunst des Kaisers genossen, und da Ihr die letzte Zeit hier oben im Turm verbracht habt, kann ich mir gewiss sein, dass ihr nicht zu jenen gehört, deren Feindseligkeit ich in den letzten Tagen zu spüren bekam …«

»Ich habe niemals gegen den Kaiser gearbeitet, Majestät.« Arnulf von Meerbergen rutschte von seinem Hocker und fiel auf die Knie. Er war immer noch größer als die sitzende Kaiserin. »Und ich würde mich niemals gegen Euch wenden. Im Gegenteil – ich habe es stets bedauert, wie wenig Aufmerksamkeit Ihr genießt. Ich habe versucht, Euch bei Hofe einzuführen und Euch eine Vertraute an die Seite zu stellen. Leider gibt es zu viele Neider an diesem Ort. Sie haben meine Vertrauten ermordet, sobald sie die Gefahr witterten, dass ich Eure Gunst erlangen könnte.« Er zuckte die Achseln. »Ich musste also aufgeben, denn leider konnte ich auch Euren Vater nicht dafür gewinnen, Euch mehr Schutz zu gewähren.«

Aruda seufzte. »Ich erinnere mich an die eine oder andere unerfreuliche Begebenheit in meiner Kindheit. Es ist nicht zu ändern. Aber wenn Ihr bereit seid, mich jetzt zu unterstützen und Euer Amt wieder zu übernehmen, dann werde ich heute noch den Befehl unterzeichnen und Euch auf freien Fuß setzen.«

Die Kaiserin verließ die Turmzelle, mit den Namen der Verbündeten, die der Kanzler bei seiner Freilassung an seiner Seite haben wollte. Arnulf ging hinter ihr her. Er hörte, wie der Schlüssel sich wieder drehte und wie die Tür verriegelt wurde – ein letztes Mal, wie er hoffen konnte. Die Schritte der Kaiserin entfernten sich scharrend über die Treppe.

Er hörte eine Stimme an seinem Ohr: »*Eine Vertraute an die Seite zu stellen* … Hast du da die Wahrheit nicht ein wenig verdreht, mein Lieber? Du hast ihre Vertrauten ermordet, wenn ich mich recht erinnere.«

»Das war nicht gegen sie gerichtet«, erwiderte Arnulf von Meerbergen gekränkt. »Ich konnte nicht zulassen, dass einer von denen Einfluss auf eine Prinzessin gewinnt.«

Die dünne, leise Stimme kicherte. »Dennoch, ich bezichtige dich der Heuchelei, mein alter Freund. Du hättest dir damals selbst mehr Mühe geben können, um sie zu deiner Verbündeten zu machen.«

Arnulf schnaufte. »Warum hätte ich so viel investieren sollen? Niemand wusste, ob der Kaiser sie aus dem Weg räumt, so wie ihre Mutter. Nein, es hat vollkommen ausgereicht, sie zu isolieren, nicht wahr? Und jetzt, wo es sich lohnt, werde ich schon alles nachholen. Ich mache mich unentbehrlich für sie.«

»Oh ja, du machst dich zum wichtigsten Mann in ihrem Leben, was? Das hättest du wohl gern.« Die Stimme klang spöttisch.

Aber Arnulf nickte ganz ernsthaft. »Oh ja. Dein Rat ist

gut, wie immer, mein Dämon. Genau dort gehöre ich hin. An ihre Seite. Arnulf von Meerbergen, Kaiser des Omukchar. Wie klingt das für dich?«

Die Stimme lachte, leise und wie von weit her. »Köstlich«, sagte sie. »Einfach köstlich, mein Lieber.«

Als sie am Ausgang des Turmes standen, zückte Dauras sein Schwert.

»Was ist los?«, fragte Aruda.

»Da stürmt jemand auf uns zu«, sagte Dauras.

Er schob die Kaiserin hinter sich und zog die Tür auf. Ein Page fiel ihm beinahe entgegen. Er atmete schwer. »Majestät …«, keuchte er, als er Aruda erblickte.

Dauras hielt ihn fest, doch der Junge sah nicht gefährlich aus. »Euer Kaplan!«, stieß er hervor.

Bertin von Ebran war der Erzkaplan der kaiserlichen Hofkapelle. Ohne Zweifel war er gemeint. Aruda konnte sich allerdings kaum vorstellen, wie dieser Mann zu einer solchen Aufregung Anlass geben konnte. Sie kannte den Priester als jovialen, wenngleich etwas oberflächlichen Mann.

Auf seine Weise, dachte Aruda, musste der Kaplan zu Zeiten ihres Vaters ebenso einsam gewesen sein wie sie: jemand, der eine gewisse Position und eine Stellung bei Hofe hatte, die aber in der Welt des wahnsinnigen Kaisers gar keinen Platz zu haben schien. Vielleicht sollte sie auch mit ihm das Gespräch suchen, überlegte Aruda.

»Was ist mit Kaplan von Ebran?«, fragte sie. »Will er mich sprechen?«

»Er ist tot!«, rief der Page.

Aruda zuckte zusammen. Bertin war ihr immer alt vorgekommen, aber nicht so alt. Sie hatte auch nie gehört, dass er krank war. »Ich hoffe«, sagte sie, »er wurde nicht ermordet?«

Der Page schüttelte den Kopf. »Nein«, sagte er. »Es sieht so aus … Ich habe gehört …« Er sah sich ängstlich um.

»Nun sprich schon«, sagte Dauras. »Wer nicht weiß, wie er einen Satz zu Ende bringt, sollte ihn gar nicht erst anfangen.«

Der Page zuckte zusammen. »Der Erzkaplan hat sich selbst das Leben genommen«, stammelte er. »Mit Gift … und er hat einen Brief hinterlassen.«

»Wer schickt dich?«, fragte Dauras.

»Bruder Iona«, antwortete der Page. »Der Kammerdiener des Herrn Kaplan. Er meinte, Ihr solltet als Erste davon erfahren, Majestät. Weil es ja der kaiserliche Kaplan war, und der Kammerdiener wusste nicht …«

Der Page verstummte, als hätte er schon zu viel gesagt.

»Er hat richtig gehandelt.« Aruda sah Dauras an. »Komm«, befahl sie.

Sie trat auf den Hof, so weit von allen Gebäuden fort, dass sie mit Dauras und dem Pagen allein war und sich kein Lauscher in der Nähe verstecken konnte. »Ich will, dass meine eigenen Leute diesen Tod untersuchen«, sagte sie dann. »Bevor irgendwer … was auch immer.« Hilflos hob sie die Hände. »Ich will wissen, ob Bertin von Ebran wirklich freiwillig in den Tod gegangen ist. Und ich will wissen, was mit meinem Vater passiert ist.«

»Warum interessiert Euch das?«, fragte Dauras überrascht. »Ich hatte nie den Eindruck, dass Ihr Eurem Vater eine Träne nachweinen würdet.«

Der Page schaute Dauras mit schreckgeweiteten Augen an bei dieser Respektlosigkeit gegenüber dem toten Kaiser.

»Ich kann mich hier nicht sicher fühlen, solange ich nicht Gewissheit habe«, erwiderte Aruda. »Zwei Tote im innersten Hof des Palastes! Ich muss wissen, was da passiert ist.«

»Und wen wollt Ihr darauf ansetzen?«, fragte Dauras. »Ich

habe nicht den Eindruck, dass Ihr viele eigene Leute für solche Fälle habt.«

»Ich kann denen vertrauen, die schon bewiesen haben, dass sie sich um mich sorgen«, sagte Aruda. »Du hast mich zurück in die Stadt gebracht. Gemeinsam mit der Botin Meris. Sie ist also die zweite, die ich gern an meiner Seite hätte.

Sie sah den Pagen an. »Lass die Botin Meris holen. Aber schicke einen Boten, der nicht weiß, worum es geht – dann können auch ihre Vorgesetzten nicht danach fragen. Ich will, dass sie mir direkt untersteht und mir allein Bericht erstattet. Sie wird herausfinden, warum in meinem Palast die Leute sterben.«

9.11.962 – HOROME

Meris verließ die Gemächer der Kaiserin mit einer frisch gesiegelten Vollmacht in der Hand. Dauras begleitete sie bis zum Ausgang des kaiserlichen Traktes durch marmorgeflieste Räume und über lange, säulengestützte Wandelgänge. Sie kamen an Fenstern vorüber und blickten auf Innenhöfe mit Springbrunnen und Heckenlabyrinthen, die jetzt im Herbst trist und leblos wirkten.

Ihr war unbehaglich zumute.

Es war nicht das erste Mal, dass sie sich am Hof eines Fürsten bewegte. Sie hatte sich in der Vergangenheit schon des Öfteren als Dame verkleidet und als geladener Gast auf Bällen getanzt. Sie hatte sich des Nachts in die Landsitze der Großen geschlichen, um Schriftstücke zu entwenden oder Botschaften zu überbringen, nachdrücklicher, als ein offizieller Kurier es konnte.

Und doch, dieses Mal war es anders: Sie arbeitete nicht im Schatten, sondern im Licht, ausgestattet mit einem Rang und unter ihrem eigenen Namen, ohne Mittelsmänner direkt der Kaiserin unterstellt. Das klang nur dem ersten Anschein nach gut. In Wahrheit bedeutete es, dass sie auf sich allein gestellt war, ohne einen Hofrat und eine Behörde im Rücken, mit keiner anderen Autorität als jener, die sie aus einem Stück Papier ziehen konnte. Jeder, mit dem sie sprach, würde wissen, wer sie war und wo sie wohnte. Das machte sie selbst zu einem Objekt für Intrigen am Hofe, mit Akteuren, die sie nicht einzuschätzen wusste.

Meris hatte ihr Erscheinungsbild dem angepasst. Sie hatte gelernt, dass nichts so gut von einer Person ablenkte wie eine Uniform. Also hatte sie Kleidung angezogen, wie ein Jäger oder ein Kundschafter der Armee sie tragen mochte – weiches Leder mit eingearbeiteten Verstärkungen an empfindlichen Stellen, robuste Stiefel und ein Schwert mit schmaler Klinge an der Seite. Das hatte ganz nebenbei den Vorteil, dass sie stark und unangreifbar wirkte … so weit jedenfalls, wie es für eine kleine und zierliche Person nur möglich war. Meris hatte dunkle Farben gewählt, braun und fast schwarz, und es war alles neu und von hervorragender Verarbeitung.

»Wie geht es deiner Linken?«, fragte sie Dauras.

»Die Kaiserin hat gute Heiler«, erwiderte er. »Die Hand ist kaum noch geschwollen und schmerzt auch nicht mehr. Solange ich sie nicht bewege, heißt das. Und was ist mit deiner Schulter?«

»Geht«, sagte sie. »Solange ich nicht klettern muss.«

»Es gibt Treppen im Palast«, sagte Dauras. »Man wird weich und bequem, wenn man zu lange hier lebt.«

Er ließ sie durch eine Seitentür auf einen Innenhof hinaus. Meris sah die Hofkapelle vor sich. Das dreieckige Kirchlein schien sich zu ducken vor der prachtvollen Fassade des inneren Palastes mit seinen Balkonen, Glasscheiben und Galerien. Es wirkte verwaist. Meris konnte sich nicht vorstellen, dass der alte Kaiser diese Kirche zu Lebzeiten jemals besucht hatte, und da es sein eigener, privater Ort für die Andacht war, war es vermutlich das einsamste Gotteshaus in der Hauptstadt überhaupt.

Meris fand eine winzige Pforte in der hohen, fensterlosen Wand des Gebäudes, das gleich hinter der Kapelle an den Hof grenzte. Hier lagen die Räumlichkeiten des Erzkaplans, der als Seelsorger des Kaisers gleich bei der Hofkapelle wohnte.

Ein hagerer Priester in scharlachroter Robe öffnete ihr. Das musste der Kammerdiener des toten Erzkaplans sein. Die Lippen unter der langen Nase des Mannes zitterten wie von unterdrücktem Schluchzen.

»Bruder Iona?« Meris hielt ihm die kaiserliche Urkunde hin. »Ich bin Botin Meris. Ich soll den Tod des Kaplans untersuchen.«

»Untersuchen?« Der Mann sah sie an aus grauen Augen, die kaum lebendig wirkten. »Es gibt wenig zu untersuchen. Aber viel zu trauern.«

»Er hat sich das Leben genommen?«, fragte sie.

Bruder Iona nickte. Er führte sie in das Gebäude hinein und durch einen Korridor zu einem Arbeitszimmer. Er schlurfte nicht wirklich, doch es fühlte sich so an. Meris hätte ihn am liebsten gepackt, zur Seite geschoben und wäre vorausgelaufen … wenn sie gewusst hätte, wohin.

»In diesem Raum ist es geschehen«, erklärte Iona. »Früher war er oft hier, aber in den letzten Jahren immer seltener.«

Meris sah sich um. Ein Regal, so hoch wie drei Männer, nahm eine ganze Wand ein. Sie sah Folianten und Schriftrollen darin und nahm ein Buch aus einer der unteren Reihen heraus. »Die Weisheit der Heiligen«, las sie die goldgeprägten Buchstaben auf dem Einband.

Davon abgesehen gab es in dem Raum ein kleines Tischchen mit zwei Sesseln, zwei Kommoden dem Regal gegenüber und vor dem Fenster einen gewaltigen Schreibtisch mit einem hohen Lehnstuhl dahinter. Alles war in dunklem Holz gehalten, auch die Wände waren im selben Farbton getäfelt.

»Hier habe ich ihn gefunden.« Der Kammerdiener ging zu dem Schreibtisch. »Er saß auf seinem Stuhl und blickte hinaus. Womöglich hat er die Sonne gesucht, in seinen letzten Momenten.«

Bponur war der Gott der Sonne, der Fruchtbarkeit und des Lebens. Meris fragte sich, warum ein Priester die Nähe seines Gottes suchen sollte, wenn er sich gerade selbst das Leben nahm. War das nicht eine Tat, durch die er den endgültigen Bruch mit seiner Gottheit vollzog?

Andererseits, sie hatte nie viel Zeit mit dem Glauben verbracht und war gewiss nicht die Richtige, um darüber zu urteilen.

Sie folgte dem Kammerdiener und sah aus dem Fenster. Der Erzkaplan hatte einen der höchsten Flügel des verschachtelt gebauten Palastes bewohnt. Durch das Fenster seines Arbeitszimmers blickte man weit über die Anlage hinweg bis zum Fluss und auf die Straßen der Stadt am Westufer, ganz in der Ferne.

Auf dem Schreibtisch vor dem Stuhl lagen eine Schreibfeder und ein Tintenfass neben einem beschriebenen Bogen Papier, daneben ein goldumrandeter Glaspokal, in dem noch ein Rest Wein war, eine Karaffe und ein kleines Glasfläschchen.

Meris hob den Pokal hoch und schnupperte daran. Sie roch den Wein und den Alkohol darin, aber beides konnte den süßlichen Geruch nicht überdecken, der aus der Neige aufstieg. Sie tauchte einen Finger hinein und leckte daran. Sofort schmeckte sie das bittere Aroma. In dem Wein war so viel Opium, dass man es niemandem heimlich unterschieben konnte.

Sie schätzte ab, wie viel aus dem Glas wohl getrunken worden war. Die Menge hätte einen normalen Mann nicht umbringen dürfen. Das eigentliche Gift war also in dem kleinen Glasfläschchen gewesen.

Sie nahm es und roch daran. Sie nahm nur einen Hauch von Alkohol wahr, der die Trägersubstanz der Lösung gewesen sein musste. Innen am Glas des Fläschchens haftete ein durchscheinender Rückstand. Meris wagte nicht, den Geschmack zu prüfen. Sie wollte lieber anderswo untersuchen lassen, wie wirksam das Mittel darin war.

Sie steckte das Fläschchen ein und beugte sich über das Blatt auf dem Schreibtisch.

Ich habe mich über mein Amt erhoben und meine Demut verloren. Anstatt auf meinen Gott zu vertrauen, wollte ich selbst die Welt heilen. Und wie viel Unglück brachte ich damit über Kaiser und Reich! Ich habe genug gesehen von den Folgen meiner Hybris, und Seinem Gericht werde ich mich stellen. Möge Bponur mir gnädig sein.

»Wo ist der Leichnam des Herrn von Ebran?«, fragte Meris den Kammerdiener.

»Ich habe ihn in seinem Schlafzimmer aufgebahrt«, sagte Iona. »Und alle Riten durchgeführt, die mir als einfachem Bruder zustehen. Ich weiß, die Kaiserin wollte den Tod meines Herrn geheim halten. Dennoch ist es an der Zeit, sich um die Bestattung zu kümmern.«

»Ihr könnt sogleich alles in die Wege leiten«, sagte Meris. »Doch zuvor möchte ich den Toten noch einmal sehen.«

»Die Leiche zeigte deutliche Spuren von Krampfanfällen. Das passt zu dem, was der Alchemist mir über den Inhalt der Ampulle erzählte: Er ist der Ansicht, dass er darin einen Auszug von Eisenhut ausmachen kann.«

Zur Mittagsstunde erstattete Meris der Kaiserin Bericht. Aruda saß an einem kleinen Tisch in einem Salon, den sie selbst sich hatte einrichten lassen, mit edlen Möbeln, bunten Wandbehängen, dicken Teppichen auf dem Boden und einem bullernden Ofen in einer Ecke des Raumes. Das Zimmer hatte einen Balkon, der auf den Hof mit der Kapelle hinausging, und eine Tür aus ungewöhnlich klarem Glas.

Sie ließ das Tageslicht fast ungetrübt herein. Doch es war recht wenig da an diesem trüben Novembertag. Die tief hängenden Wolken schienen beinahe die spitzen Dächer auf den Türmen zu berühren, und Meris war überzeugt, dass es regnen würde, bevor sie nach Hause kam.

Aruda hörte aufmerksam zu und rührte ihren Tee kaum an. Dauras lehnte an einem Wandbehang, der ein blaugoldenes Muster hatte, und kümmerte sich nicht darum, dass sein Schwertknauf in die weiche Seide drückte.

»Es sieht wirklich nach einem Selbstmord aus«, fuhr Meris fort. »Der Erzkaplan hat zuerst seine Sinne mit Opium betäubt und dann das eigentliche Gift genommen. Es war keine Substanz dabei, die ein Attentäter verwendet hätte.«

»Darüber solltest du ja Bescheid wissen«, warf Dauras ein.

»Das weiß ich in der Tat.« Meris funkelte ihn an, bis ihr bewusst wurde, dass der Schwertkämpfer ihren Blick vermutlich gar nicht wahrnahm. Sie berichtete weiter:

»Es war so viel Opium in dem Wein, dass der Kaplan ihn niemals ahnungslos getrunken hätte. Beim Eisenhut wurde nicht mal versucht, den Geschmack zu überdecken.«

»Man hätte von Ebran zwingen können, das Gift zu trinken«, wandte die Kaiserin ein.

»Möglich«, sagte Meris. »Aber dafür gibt es keine Hinweise. Sein Kammerdiener war stets in seiner Nähe, und er schwört, dass sein Herr unmittelbar vor seinem Tod keinen Besuch hatte. Auch die Leiche zeigt keine Spuren von Gewalt.«

»Und wenn der Kammerdiener lügt?«, fragte Aruda.

»Das glaube ich nicht«, erwiderte Meris. »Er wirkt aufrichtig erschüttert über den Tod des Kaplans. Ihr habt mir diese Aufgabe übertragen, weil Ihr meiner Erfahrung vertraut, Majestät. Und meine Erfahrung sagt mir, dass dieser Fall genau das ist, was er zu sein scheint: ein Freitod von eigener Hand ohne Beteiligung eines Dritten.

Hinzu kommt, dass alle verwendeten Gifte für einen Priester leicht zu beschaffen sind. Es sind Mittel, die man im Hospital des Tempels findet. Der Kaplan konnte mühelos herankommen. Auch das passt ins Bild.«

»Es könnte dennoch mehr dahinterstecken.« Aruda rührte nachdenklich mit einem silbernen Löffelchen in der feinen Teetasse, sodass ein leise klirrendes Geräusch entstand. »Da ist immer noch dieser Brief.«

Meris nickte. *Und wie viel Unglück brachte ich damit über den Kaiser …* Selbst wenn der Kaplan von eigener Hand gestorben war, mochte es durchaus sein, dass sein Ableben mit dem Tod des Kaisers in Verbindung stand. Doch tragischerweise würde er nun nicht mehr darüber sprechen können.

»Ich werde das untersuchen«, sagte Meris. »Aber das könnte länger dauern als beim Kaplan. Im Falle Eures Vaters ist die Spur längst kalt.«

Meris dachte noch immer an ihre Unterredung mit der Kaiserin, als sie am Abend den Palast und die Insel über die Marmorbrücke verließ. Diese Brücke bestand nicht wirklich aus Marmor, sie verdankte ihren Namen den Statuen der Kaiser, die in den Nischen säulenartiger Erker am Geländer aufgereiht standen. Sie wirkte auch viel weniger prächtig als die weiter südlich gelegenen Flussübergänge, die wahre Prachtstraßen waren, zu beiden Seiten von mehrstöckigen Häusern gesäumt.

Es war früh dunkel zu dieser Jahreszeit. Die hell erleuchteten Tore der Palaststadt lagen hinter Meris, die Lichter der Stadt auf der anderen Seite waren noch fern. An der dunkelsten Stelle hielt Meris inne. Sie legte die Hände um das eiserne Geländer und sah auf den Fluss hinab, der schwarz schimmernd unter dem schweren Nachthimmel strömte. Feine Regentropfen sprühten auf ihre Haut. Diener, die so spät noch unterwegs waren, und Händler und Edle mit Fackeln eilten an ihr vorüber auf dem Weg in die Stadt oder zurück zum Palast. Meris atmete die frische Luft tief ein, die über den Strom in die gewaltige Metropole wehte.

Aruda wollte von ihr wissen, wem sie bei Hofe vertrauen konnte. Der alte Kaiser hatte sich darüber gewiss nie Gedanken gemacht. Er hatte einfach seine Befehle erteilt und erwartet, dass man sie befolgte. Er war kein Mann gewesen, der sich um die Launen seiner Untergebenen gesorgt hatte – er war es, vor dessen Launen alle anderen zitterten! Wie konnte die junge Kaiserin erwarten, dass die Wölfe, die an einem solchen Hof groß geworden waren, ihr folgten, wenn sie auftrat wie ein besorgtes Mädchen?

Andererseits – der alte Kaiser war gestorben. Niemand wusste, wie. Vielleicht war das ein Hinweis darauf, dass er sich doch ein wenig mehr hätte sorgen sollen.

Meris ging weiter und tauchte in das Gewimmel der Oststadt ein, die zu dieser Stunde noch gar nicht an Nachtruhe dachte. Am Ende der Brücke war der Markt genauso geschäftig wie am Morgen. Buden und Zelte und die Läden in den umliegenden Gebäuden waren hell erleuchtet. Es roch nach Gebäck und nach frischem Leder, nach Holz und Fleisch und Wein, Gewürzen und Parfüms und anderen Dingen, die nicht so angenehm waren.

Am Rande des belebten Areals winkte sie einen Wagen heran, einer plötzlichen Eingebung folgend. »Zum Platz der Vier Frauen«, sagte sie dem Fahrer.

Der verzog das Gesicht. »Das kostet extra«, sagte er. »Im Voraus.«

Sie zählte ihm die Münzen in die Hand und stieg ein. Die Räder polterten über das Pflaster, sie knirschten über schlechter befestigte Seitengassen. In den dunkleren Straßen trieb der Kutscher die Tiere an, und die Menschen, die im Weg standen, sprangen zur Seite.

Am Ende einer Straße hielt er an. Stufen führten zu einem Platz hinab, zu dem man nicht mit dem Wagen hingelangen konnte. Eine eigentümliche Laterne brannte dort unten über einem Brunnen, und schmale Gassen gingen sternförmig in alle Richtungen ab. Sie waren von farbigen, wenngleich trüben Lichtern erfüllt.

In diesem Viertel lebten die Zauberer – Wahrsager und Geisterbeschwörer, Thaumaturgen und Runenleser, Hexen und eine Handvoll Alchemisten.

Meris ging an den Geschäften vorbei, die in schmalen hohen Häusern untergebracht waren, in zwei, drei, vier übereinanderliegenden Kammern, wobei im untersten Geschoss die Kunden empfangen wurden. Sie versuchte, die Schilder zu entziffern oder die Symbole zu deuten, mit denen manche ihr Gewerbe beschrieben.

Sie kam nicht oft hierher.

Die meisten dieser selbst ernannten Hexenmeister hielt sie für Scharlatane, und jene, die vielleicht doch etwas mehr von dem verstanden, was sie taten, waren eher eine Gefahr für sich selbst und die Öffentlichkeit und keine nützlichen Helfer.

Dennoch, heute wollte sie einmal ihr Glück versuchen.

Sie blieb vor dem Geschäft einer Geomantin stehen, die eine offene Ladenfront hatte. Ein Vordach ragte in die Straße, das sich offenbar herunterklappen ließ und mit dem die Ladenfront verschlossen werden konnte. Der Raum dahinter war kaum größer als eine Kammer. Die Besitzerin saß im hinteren Teil. Das Licht einer Laterne, die unter dem Vordach baumelte, fiel auf ein Kleid aus bunten Stoffflicken, aber das Gesicht der Geomantin lag im Schatten. Eine große Kiste mit Sand stand vor den Füßen der Frau.

Meris trat ein.

»Willkommen, mein Kind.« Meris konnte aus der Stimme nicht auf das Alter der Frau schließen. Sie erahnte eine Bewegung, als würde die Geomantin den Kopf heben und sie genauer mustern. »Ich nehme an, du bist nicht gekommen, um zu erfahren, ob der Mann deiner Träume zu dir passt.

Andererseits, wer weiß schon, was für ein Herz unter all den äußeren Hüllen schlägt.

Meris lachte auf. »Ja«, sagte sie. »Wer weiß.«

Sie nahm gegenüber der Geomantin Platz, auf dem Boden vor der Sandkiste. Das Leder ihrer schweren Kleidung, die fast an eine Rüstung erinnerte, knarzte leise.

Eine Hand kam aus dem Schatten, mit einem T-förmigen Holzstück strich die Geomantin den Sand glatt.

»Du kennst die Regeln meiner Kunst?«, fragte die Zauberin.

»Hm, so in etwa«, antwortete Meris. »Ich habe davon gehört.«

»Eine Frage, eine Silbermark«, erklärte die Geomantin. »Und es gibt nur *eine* Antwort, egal, wie die Frage formuliert wird.«

»Eine Silbermark«, sagte Meris. »Ganz schön viel für eine Antwort, von der ich gar nicht weiß, was dahintersteckt.«

»Die Geister stecken dahinter«, erwiderte die Geomantin. »Und die Antwort ist immer wahr, wenn auch nicht immer offensichtlich. Und die Silbermark tut dir nicht weh. Du wirst sie gewiss deinem Auftraggeber in Rechnung stellen.«

Meris nickte anerkennend. »Zumindest verstehst du dein Geschäft. Wie kommst du darauf, dass ich nicht für mich selbst frage?«

»Das ist nur Menschenkenntnis und Erfahrung und hat nichts mit Zauberei zu tun. Meine eigentliche Kunst hingegen, die ist echt.«

Meris holte eine Silbermünze hervor und warf sie der Geomantin im Schatten zu. »Dann zeig es mir.«

»Bevor ich eine Antwort erbitten kann, brauche ich eine Frage.«

»Ach ja.« Meris stutzte. »Muss sie mit Ja oder mit Nein zu beantworten sein?«

»Keinesfalls«, sagte die Geomantin. »Selbst wenn sie mit Ja oder mit Nein zu beantworten ist – die Geister sind selten so eindeutig.«

»Das war zu erwarten.« Meris dachte nach. Eine Frage zu stellen, einfach nur, um zu sehen, was dabei herauskam, das war die eine Sache. Sie so zu stellen, dass sie selbst nicht zu viel verriet, das war eine andere. *Wer hat den Kaiser ermordet?*, oder besser: *Wurde der Kaiser ermordet?*

Das waren Fragen, die sie gewiss nicht in irgendeiner zwielichtigen Gasse der Stadt stellen wollte.

»Meine Auftraggeberin wünscht, dass ich den Tod eines Verwandten untersuche«, setzte Meris an. Sie dachte kurz nach und fügte dann hinzu: »Ich möchte wissen, wer die Schuld trägt an diesem Todesfall, wenn überhaupt jemand Schuld daran hat.«

»Dann wartet«, sagte die Geomantin und verstummte.

Meris hockte vor der kleinen Kiste mit dem glatt gestrichenen Sand und wiegte den Oberkörper langsam vor und zurück. Sie vermeinte, die Zauberin leise summen zu hören.

Gerade überlegte sie, ob sie noch einmal nachfragen sollte, da zuckte eine Bewegung aus dem Dunkel. Metall blitzte auf im Licht der Laterne.

Meris griff nach ihrer Waffe – da sah sie, wie sieben silberne Kugeln in den Sand fielen. Der Sand spritzte auf, die Kugeln rollten ein Stück und blieben liegen. Die Geomantin beugte sich vor, und Meris erkannte, dass sie ein Kopftuch trug, das ebenso bunt war wie das Flickenkleid. Das Gesicht unter dem Tuch war von mittlerem Alter, in dem schwarzen Haar zeigten sich erste helle Strähnen – aber das mochte auch ein Spiel von Licht und Schatten sein.

Die Zauberin studierte die silbernen Kugeln und die Spuren, die sie im Sand hinterlassen hatten. »*Basor*«, sagte sie schließlich.

»Hm?«, fragte Meris.

»Das ist die Antwort der Geister. *Basor.*«

»Ich verstehe«, sagte Meris. »Die Geister antworten selten eindeutig.«

Die Geomantin lachte leise. Sie lehnte sich wieder zurück. »*Basor* ist ein Wort in der Sprache der Magie. Es heißt so viel wie *Herr* oder *König* oder *Beherrscher.*«

Meris erstarrte. Die Antwort stand in fast unheimlichem Bezug zu ihrer Frage. *Der Herrscher trägt die Schuld?* Hatte der Kaiser sich etwa selbst das Leben genommen, genau wie sein Erzkaplan?

»Kannst du das genauer ausführen?«

»Das ist die Antwort der Geister. Es hat eine Bedeutung, doch es ist nur ein Wort. Vielleicht hilft es dir, in die richtige Richtung zu schauen und den Rest herauszufinden.«

Meris grübelte darüber nach, dann schnaubte sie verächtlich. Sie stand auf. Es war Zeitverschwendung. Sie hätte es wissen sollen.

Wenn Magie und Prophezeiungen zu etwas taugten, würden Priester und Zauberer die Welt regieren. So, wie es einst gewesen sein sollte. Aber diese Tage waren vorbei, und sie musste sich weiterhin auf ihren Verstand verlassen.

11.11.962 – IN HOROME

Der Thronrat tagte im kleinen Saal, einem einfachen Raum mit drei hohen schmalen Fenstern an einer Schmalseite, lichtgrau verputzten Wänden und jeweils einer Tür an den Längsseiten. Es dauerte nicht lange, bis der vakante Platz der Geistlichkeit zur Sprache kam.

»Ich habe hier Vorschläge für die Neubesetzung des dritten Amtes vorliegen«, sagte die Hofmeisterin Amandra an Eluir, eine ältere, energische Dame, die am Kopfende der Tafel saß. Ihr oblag es, für die Etikette zu sorgen und für das gesittete Gespräch, eine Aufgabe, die des Monarchen selbst unwürdig gewesen wäre.

Kaiser Aredrel hatte seinerzeit mit an dem langen Tisch gesessen, inmitten seiner Hofräte und der Erzämter. Der Kaiser hatte in der Mitte einer Längsseite Platz genommen, die Mitglieder des Rates hatten sich ihrem Rang entsprechend auf die anderen Plätze verteilt.

Aruda hatte erkannt, dass bei dieser Sitzordnung der hünenhafte Kanzler zu ihrer Rechten sitzen würde und sie in dessen Schatten fast verschwinden musste. Also hatte die neue Kaiserin an der Längsseite des Tisches ein Podest für ihren Thron aufbauen lassen, drei Schritte vom Rest der Versammlung entfernt.

Das hatte zur Folge, dass die Räte, die auf derselben Seite des Tisches saßen wie die Kaiserin – was im Grunde als die höherwertige Seite galt – mit dem Rücken zu ihr saßen. Aruda auf ihrem Podest saß ihnen buchstäblich im Nacken, und sie mussten den Kopf wenden, um ihre Monarchin anzusprechen.

»Sowohl der Metropolit der Stadt wie auch der Legat haben Kandidaten benannt«, fuhr Hofmeisterin an Eluir fort. »Es wäre klug, wenn wir einen Kompromiss finden würden, der keine der beiden Seiten bevorzugt.«

Aruda hob die Hand. »Das trifft sich gut. Ich habe bereits einen Kaplan für die Hofkapelle im Sinn, der weder der Kirche der Stadt nahesteht noch dem König in Barratain.«

»Ihr habt einen eigenen Vorschlag?« Hofrätin an Cradir schaute verblüfft zu dem Podest auf. Sie war eine ältliche Frau, deren Gesicht Meris vorkam wie das einer bemalten Puppe, doch all die Schminke konnte die grauen Strähnen im Haar und den bitteren Zug um die Mundwinkel nicht verbergen.

»Ich habe mich schon entschieden«, sagte Aruda. »Ich möchte, dass Schwester Alma meine neue Erzkaplanin wird.«

Überraschtes Gemurmel erhob sich am Tisch.

»Wer?« Gisli von Klarenbach, der erste Magister und Berater der Kaiserin, wühlte aufgeregt in dem dicken Stapel Papier, den er vor sich auf dem Tisch liegen hatte.

»Eine einfache Schwester?«

»Alma?« Hofrat an Efforel grinste breit.

Die Hofmeisterin gebot Ruhe.

Aruda fuhr fort: »Schwester Alma ist derzeit Priesterin einer Waldkapelle nahe des Sommersitzes meines Vaters. Sie betreut die Köhler und die Waldarbeiter und ein kleines Dorf auf der anderen Seite des Forsts. Ich habe sie bei einem Ausritt kennengelernt, und sie ist … nett.«

Dem verwirrten Gemurmel folgte ein Schweigen, das mit jedem Augenblick lastender wurde.

»Eure Majestät«, wandte Hofmeisterin an Eluir ein, »es geht um die Besetzung eines Erzamtes. Es gibt da … Präferenzen und priesterliche Ränge.«

»Es geht um die persönliche Seelsorge der Kaiserin«, sagte Aruda. »In meiner privaten Kapelle will ich eine Priesterin, mit der ich reden kann. Die Geistlichen in der Hauptstadt mit ihren Rängen und Präferenzen hatten achtzehn Jahre lang Gelegenheit, mein Vertrauen zu gewinnen, und sie haben es nicht geschafft. Schwester Alma hingegen hat bewiesen, dass sie sich um meine Seele sorgt.«

»Diese Frau ist nicht einmal von Stand!«, rief Hofrat von Luringen.

»Hofrat«, mahnte die Hofmeisterin ihn, auch wenn die Zurechtweisung ungewohnt matt wirkte. »Achtet auf Euren Ton.«

»Allerdings«, wandte Hofrat an Gontaron ein. »Wie könnt Ihr einer geweihten Priesterin des Allerhöchsten den Stand absprechen?«

Seine Familie datierte ihren Titel bis in die Zeiten des Alten Reiches zurück, darum verwies er gern auf die traditionellen Werte. Was vermutlich damit zusammenhing, dass auch seine Grafschaft längst nur noch eine Legende war.

»Ihr wisst genau, wie ich das meine«, erwiderte von Luringen hitzig. »Diese Dorfkirchen sind einfach bäuerlich. Die Priester, die dort dienen, haben keine Familie.«

»Wie könnt Ihr es wagen?«, entrüstete sich Hofrat an Efforel. »Viele meiner Verwandten stehen einer Dorfkirche vor!«

»Das kann man nicht vergleichen«, warf die Hofrätin an Cradir ein. »Wie viele dieser Verwandten *Eurer Frau* haben die Kirche, der sie vorstehen, denn schon einmal von innen gesehen?«

Ihre Lippen kräuselten sich in einem spöttischen Lächeln. Jeder wusste, dass an Efforel sein Amt gekauft hatte und den fürstlichen Namen allein seiner Frau verdankte, und viele der wohlhabenderen Dorfkirchen wurden als Pfründe von Priestern bei Hofe benutzt. Diese Geistlichen kassierten die Einnahmen ihres Kirchspiels, aber die Seelsorge vor Ort überließen sie schlecht bezahlten Aushilfspriestern.

Aruda streckte die Hand zur Seite. Auf ihre Geste hin trat Dauras einen Schritt vor. Aruda gewann an Sicherheit, als sie die Gegenwart ihres Leibwächters spürte. Sie hatte Dauras und auch Meris als Vertraute mit in die Versammlung genommen. Jetzt standen die beiden links und rechts vom Thron.

Meris fühlte sich fehl am Platze in der Gesellschaft der Großen des Reichs. Da war niemand, der ihr Rückhalt gegeben hätte.

Sie sah auf die Ratsmitglieder hinab, und ihr Blick begegnete dem des Hofrats. Ennod von Reinenbach, ihr früherer und Jetzt-nicht-mehr-ganz-Vorgesetzter saß auf der »schlechten« Seite des Tisches, wie bereits unter dem alten Kaiser. Formal zeigte das in der Sitzordnung einen niederen Rang an, doch damit saß er, damals wie heute, dem Herrscher unmittelbar gegenüber.

Meris schlug die Augen nieder und versteckte sich hinter der wuchtigen Lehne des Thronsessels.

Aruda legte die Hand über die Seitenlehne, sodass sie die Kutte des blinden Schwertkämpfers am Handrücken spürte. »Meine Entscheidung steht fest«, verkündete sie. »Alma von … wie auch immer ihre Kirche heißt. Ich werde sie als Erzkaplanin an meine Seite holen.«

Arnulf von Meerbergen, der alte und neue Erzkanzler des Reiches, erhob sich von seinem Platz. Seine riesige Gestalt mit dem wallenden roten Haar schien selbst die Kaiserin auf ihrem Podest zu überragen. Sein feines Wams aus Samt spannte über dem muskulösen Brustkorb. Er beugte das Haupt. »Dann soll es so sein.«

Er setzte sich nicht wieder hin. »Ich möchte den nächsten Punkt auf der Tagesordnung ansprechen. Angesichts des drohenden Krieges müssen wir die Versorgung der Hauptstadt sichern. Ich will den Antrag stellen, dass die Kaiserin mir ihre

Legion zur Seite stellt. Mit der Unterstützung der Soldaten möchte ich in den kommenden Dekaden alle Getreidevorräte in sichere Silos verlegen und unter die Kontrolle des Hofes bringen.«

»Majestät. Auf ein Wort.«

Meris fuhr herum. Gerade hatten sie, Dauras und Meris das Ratszimmer verlassen, und eine Wache an der Tür hätte eigentlich verhindern sollen, dass jemand ihnen auf dem Weg in die privaten Räumlichkeiten der Kaiserin folgte.

Dennoch war der Kanzler nun hier.

Dauras wollte sich ihm in den Weg stellen, doch Aruda bedeutete ihm, den Kanzler näher treten zu lassen.

»Was wollt Ihr, Kanzler?«, fragte Aruda.

»Ich möchte mit Euch darüber sprechen, wie Ihr die Posten in Eurer Umgebung besetzt.«

»Wenn Ihr glaubt, Ihr könnt mir unter vier Augen einen anderen Erzkaplan einreden …«

Der Kanzler winkte ab. »Ihr habt Eure Entscheidung in dieser Sache getroffen. Ich akzeptiere das. Mir geht es um das Grundsätzliche und um die Zukunft.«

Er musterte Dauras, dann glitt sein Blick weiter zu Meris.

»Der alte Kaiser brachte seinen Hauptmann und seinen Mundschenk mit in den Rat. Ihr habt heute zwei einfache Dienstleute an Eurer Seite gehabt. Das Amt des Erzkaplans war nicht das Einzige, was den Rat beunruhigt hat.«

»Ich bin nicht mein Vater«, sagte Aruda. »Und ich habe auch Euch wieder in Euer Amt eingesetzt. Mir scheint also, Ihr habt wenig Grund, Euch über die Wahl meiner Gefolgsleute zu beklagen.«

»Es ist nicht meine Absicht, mich zu beklagen«, erwiderte der Kanzler. »Ich biete Euch nur meinen Rat an, wie es die

Pflicht eines Kanzlers ist. Als Ihr mich in mein Amt berufen habt, da konnte ich gleich eine ganze Anzahl meiner alten Freunde und Verbündeten mit an Eure Seite bringen. Ihr werdet das noch nützlich finden.

Aber diese anderen Vertrauten, mit denen Ihr Euch umgebt … Die sind allein hier im Palast, und Ihr macht Euch wegen ihrer bloßen Gegenwart nur noch mehr Feinde. Es ist gut, wenn man einfache Dienstleute hat, auf die man sich verlassen kann – auf den Posten, die für sie angemessen sind. Doch Ihr dürft deswegen die Großen bei Hofe nicht übergehen.«

»Darum habe ich Euch berufen«, sagte Aruda. »Damit Ihr für die Treue der Großen zur Krone sorgt.«

»Und das tue ich, Majestät. Nicht zuletzt, indem ich Euch sage, was dafür nötig ist. Wenn Ihr wollt, dass die Fürsten an Eurer Seite stehen, müsst Ihr sie auch an Eure Seite holen. Das Amt des Erzkaplans beispielsweise: Indem Ihr es an eine liebe Freundin gebt, versäumt ihr zugleich die Gelegenheit, über dieses Amt einen ganzen Kreis von Unterstützern an Euch zu binden.«

»Wie könnte ich die Fürsten und Grafen bei Hofe in meine Nähe lassen?«, fragte Aruda. »Es waren die Leute meines Vaters. Und ich weiß nicht, ob sie nicht bereits ihren früheren Herrn verraten haben.«

»Nun, Majestät«, sagte der Kanzler. »Ich war eine Weile fort, aber ich könnte Euch ein paar Zofen und Ratgeber empfehlen, für die ich jederzeit die Hand ins Feuer lege.«

»Das sind die Leute, denen Ihr vertraut«, warf Dauras ein. »Dann gebt Ihr Ihnen doch einen Posten. Die Kaiserin sucht nach Gefolgsleuten, denen sie vertrauen kann.«

Arnulf von Meerbergen funkelte den Schwertkämpfer an. Meris bemerkte erst jetzt, wie klein die Augen des Kanzlers in dem breiten Gesicht und unter den buschigen Brauen wirkten. Eine steile Falte schien seine Stirn geradezu in zwei Hälften zu teilen. Seine Hand ging an den Gürtel, und er machte einen Schritt nach vorn.

Dann atmete er tief durch, und seine Stirn glättete sich. »Nun gut, Majestät«, sagte er. »Ihr müsst Eure Vertrauten selbst auswählen. Aber es gibt ein paar Leute, in deren Nähe Ihr Euch wohl unbesorgt wagen dürft. Hofrat von Reinenbach beispielsweise – er hat sich sehr dafür eingesetzt, dass Ihr das Erbe Eures Vaters antretet. Er wird Euch gewiss nicht gleich ermorden, wenn Ihr mit ihm redet.«

Aruda schaute überrascht auf. »Ihr empfehlt mir von Reinenbach? Ich dachte, Ihr seid kein Freund des Hofrats.«

Der Kanzler lachte leise. »Nein«, sagte er schließlich. »Freunde sind wir nicht. Aber ich akzeptiere seine Bedeutung. Er steht für viele mächtige Grafen und Fürsten, deren Interessen er vertritt. Ich glaube auch nicht, dass er Euer Freund ist. Der einzige Grund, warum er Euch unbedingt zur Kaiserin machen wollte, ist der, dass ein Kampf um die Krone das feine Geflecht, das Reinenbach über das ganze Reich geworfen hat, unweigerlich zerreißen würde.«

Der Kanzler senkte die Stimme, als wäre selbst in diesem einsamen Korridor ein unbekannter Lauscher zu fürchten. »Und ich bin überzeugt, Majestät: Sowohl von Reinenbach wie auch seine Hintermänner haben darauf gehofft, dass sie Euch leicht kontrollieren können. Aber das ist kein Grund, sie zu meiden. Im Gegenteil: Wenn Ihr offen gegen sie vorgeht, provoziert Ihr sie zu neuen Schritten und beschwört damit womöglich genau die Gefahr herauf, die Ihr verhindern wolltet.

Ich will damit sagen: Selbst wenn Ihr recht habt mit Euren Bedenken, solltet Ihr dennoch nicht jeden von Euch fernhalten, auch wenn Ihr ihm nicht vertrauen könnt. Bei Hofe ist es oft klug, gerade die gefährlichsten Gegner in der Nähe zu haben. Wie ein Kämpfer, der seinen Gegner fest in den Griff nimmt, damit dieser die Waffe nicht ziehen kann.«

Ein dünner Regen fiel vom Himmel. Das Wasser lief an der Kuppel der großen Kathedrale herab und überzog das Mauerwerk mit einem schlüpfrigen Film. Meris hatte Mühe, nicht den Halt zu verlieren. Gestern hatte sie noch über das Klettern gescherzt – und jetzt hing sie hier. Sie verfluchte ihre leichtfertigen Worte, mit denen sie das Schicksal herausgefordert hatte.

Dennoch, sie hatte erkannt, dass sie sich auf das besinnen musste, was sie am besten konnte. Und der Umgang mit Fürsten bei Hofe gehörte nicht dazu. Im Grunde war sie sogar dankbar für das Wetter: Die Nacht war so schwarz wie eine Grube voll Teer, und das war wichtig, wenn sie bei ihrem wahnsinnigen Unterfangen nicht entdeckt werden wollte.

Mit schmerzender Schulter stieg sie an dem großen Tempel der Hauptstadt empor, an dem höchsten Heiligtum Bponurs, das sich altehrwürdig in der Mitte der kaiserlichen Insel erhob, mit einem dreieckigen Grundriss, der nach Süden hin zu einer Ecke anstieg und über dem sich eine riesige Kuppel wölbte, die im Tageslicht glitzerte wie ein Diamant.

Meris hatte sich Haken um die Arme und unter die Füße geschnallt, und die großen Quadersteine des Tempels waren alt und an den Fugen leicht verwittert. Sie hatte schon schwierigere Anstiege bewältigt. Meris hatte sich ein Seil an den Gürtel gebunden, das unter ihr in der Finsternis verschwand, die in dem schmalen Winkel zwischen dem Tempel und dem Anbau herrschte.

Sie hievte sich über die Kante des dreieckigen Unterbau auf das Dach, das bis zur Kuppel leidlich flach verlief. Meris hielt inne und wuchtete den schweren Sack mit Werkzeug hoch, den sie auf dem Rücken trug. Dann schlich sie über das Dach auf die Kuppel zu. Diese war mit buntem Glas überzogen. Darunter lagen feste Steine, in die an manchen Stellen dreieckige Bleiglasfenster eingelassen waren. Bei Nacht waren die Fenster von den steinernen Flächen kaum zu unterscheiden. Meris schirmte den Blick mit den Händen ab und zwinkerte die Nässe aus den Augen, um zu erkennen, wo die Fenster in den Stein eingelassen waren.

Im Tempel Bponurs brannte stets ein Licht, und in der großen Kathedrale brannten unzählige Kerzen, die matt und verloren in der großen Halle schimmerten, aber schließlich erahnte Meris ein Leuchten. Hier musste ein Fenster sein!

Sie zog ein Messer und löste behutsam eine Scheibe nach der anderen. Dann nahm sie eine Zange und schnitt das Bleigitter durch. Sobald die Sonne aufging, würden die Priester die Öffnung entdecken – es gab keine Möglichkeit, wie sie diesen Einstieg tarnen konnte. Aber bis dahin würde sie weg sein, und wenn alles gut ging, hinterließ sie keine Spuren, die auf sie hindeuteten.

Meris überlegte, ob sie ein paar Opfergaben mitgehen lassen sollte, um eine falsche Fährte zu legen. Jeder würde glauben, dass ein ganz gewöhnlicher Einbrecher den Tempel heimgesucht hatte, ein Schurke, der nicht davor zurückschreckte, die Gottheit zu bestehlen. Andererseits, das würde bedeuten, dass sie tatsächlich die Gottheit bestahl, und der Gedanke bereitete ihr Unbehagen.

Das Loch in dem Fenster war groß genug. Meris ließ das Seil mit dem Sack hinunter und kletterte dann selbst am Seil hinterher, bis sie am Boden aufkam. Der Raum war still, bis auf einen dumpfen Hall, der ihr in den Ohren brummte und der ihr ein Gefühl von Weite vermittelte. Ein paar Tropfen fielen durch das zerstörte Fenster. Bis zum Morgen würden sie eine kleine Pfütze gebildet haben. Meris trat einen Schritt zur Seite.

Kerzen brannten vor dem Altar, rote Lichter an einigen der Säulen, die kreisförmig unter der Kuppel angeordnet waren. Die Schatten im Tempel schienen das Licht zu erdrücken. Meris entzündete eine eigene Laterne, die sie abblenden konnte, bis nur ein dünner Strahl aus einem Spalt drang. Sie löste den Sack von dem Seil, warf ihn sich über die Schulter und schlich auf den Altar zu.

Nachdem sie den Tod des Erzkaplans untersucht hatte, hatte sie einiges unternommen, um auch dem Tod des alten Kaisers auf den Grund zu gehen. Sie hatte die Höflinge befragt, mit denen der Kaiser zuletzt gesprochen hatte. Aber keiner der Edlen bei Hofe hatte viel Lust, mit Meris zu reden, und das merkte man auch. Zudem fand sie es schwierig, zu wissen, wer als Zeuge infrage kam oder als Mitverantwortlicher. Der kaiserliche Trakt, der heute so einsam wirkte, war zu Aredrels Zeiten ein regelrechter Ameisenhaufen gewesen. Sie hatte gehört, dass der Hofmagier Runnik seit dem Tod des Kaisers verschwunden war – ein Mann mit üblem Leumund, dem man alles zutrauen konnte. Sie hatte die Diener des Kaisers befragt.

Doch bei alldem fischte sie im Trüben, weil sie nicht einmal wusste, wonach sie überhaupt suchte. Beim Erzkaplan von Ebran hatte sie das Gift gefunden, und am Körper des Toten die Spuren davon. Der tote Kaiser war schon längst beigesetzt, seine Gemächer waren geräumt. Sie brauchte einen Anhaltspunkt, um die richtigen Fragen zu stellen und die Antworten gewichten zu können.

Wer aber würde einen toten Kaiser aus seiner Gruft holen? Meris hätte nie die Erlaubnis dazu erhalten. Sogar Aruda würde davor zurückschrecken, den geweihten Boden der

Kathedrale aufzubrechen und die geheiligte Ruhe der Toten zu stören.

Also war Meris nun hier und kümmerte sich selbst darum. Warum auch nicht? Sie war eine geheime Botin des kaiserlichen Kurierdienstes, daran gewöhnt, zu tun, was getan werden musste, ohne vorher um Erlaubnis zu fragen.

Meris schlich durch den gewaltigen Tempel und merkte, wie sie unwillkürlich den Kopf einzog. Es war anders als bei anderen Missionen, dass musste sie zugeben. Sie war im kaiserlichen Dienst erzogen worden, man hatte ihr immerzu eingetrichtert, dass sie nur dem Kaiser selbst verantwortlich war und dessen Hofrat. Aber jetzt war sie dem kaiserlichen Haus zu nahe gekommen, und die Grenzen verschwammen. Wenn sie jemals wieder davon loskommen wollte, musste sie ihre Aufgabe erfüllen und der Kaiserin eine Antwort liefern.

Hinter dem Altar führte eine kleine Treppe in die Krypta der Kaiser und Metropoliten. Sie war so angelegt, dass sie fast unsichtbar blieb, bis man vor der ersten Stufe stand.

Meris stieg hinunter, und nach einem halben Dutzend Schritten fiel der matte Lichtkegel ihrer Laterne auf eine kleine Pforte. Sie hatte die Werkzeuge dabei, und kurz darauf konnte sie weitergehen, noch tiefer hinab.

Meris gelangte in eine Kammer, wo ein gewaltiger Block stand wie ein zweiter, ein unheiliger Altar, den das Licht Bponurs nie erreichte. Sie befand sich im Einbalsamierungsraum, und vor ihr lag der Bereich, wo die hochgestellten Toten nach dem Trauergottesdienst aufgebahrt wurden, bis sie für die letzte Ruhe in der Gruft vorbereitet waren. Ein eigentümlich scharfer Geruch hing in der Luft, in den dunklen Nischen in den Wänden waren Werkzeuge zu erahnen, deren Zweck Meris sich nicht näher ausmalen wollte.

Sie ging weiter, die Laterne in der Hand, den Sack auf dem Rücken. Die Gänge unter der Kathedrale waren ein regelrechter Irrgarten aus nacktem Mauerwerk und mit großen Bodenplatten. Sie fragte sich, ob es wohl eine Verbindung gab zwischen den Katakomben und dem verrufenen Kanalsystem unter der Insel.

An jeder großen Platte hielt Meris inne und versuchte, die verwitterte Inschrift darauf zu entziffern – bis ihr aufging, dass sie sich diese Mühe nicht machen musste. Das Grab des letzten Kaisers war neu. Sie konnte zügig weitergehen, bis sie auf frische und unversehrte Buchstaben stieß.

Einmal gelangte Meris in einen Gang, der unfertig wirkte. Das Mauerwerk endete vor gewachsenem Stein. Sie sah Kratzer und Riefen darin, so als hätte jemand versucht, hier einen Tunnel in den Fels zu treiben. Meris machte kehrt.

Sie kam an mehreren Steinen vorbei, die neu aussahen. Auch wenn sie sich hinabbeugte, waren die Buchstaben schwer zu entziffern. Andere Gräber waren tatsächlich neueren Datums und die Inschriften klar: *Thanes In Callindrin/Mein geliebter Bruder/Kanzler und Fürst/Im 24. Jahre der Herrschaft des Alkabas Io Callindrin am 4. Tage vor dem Messtag des Februar.*

Also waren nicht nur die Kaiser und Metropoliten hier unten beigesetzt, sondern auch Mitglieder der kaiserlichen Familie, vielleicht noch weitere Würdenträger.

Meris hoffte, dass sie das richtige Grab fand, bevor der Tag anbrach.

Und dann stand sie darauf – auf einer Platte aus schwarzem Marmor, deren Inschrift mit Gold ausgegossen war. *Aredrel Callindrin*. Wer hatte so viel Mühe für den wahnsinnigen Kaiser aufgebracht? Meris hätte nicht erwartet, dass die Treue der Speichellecker und der wenigen zweifelhaften Freunde von Arudas Vater über den Tod hinausreichte. Sie behielt es im Hinterkopf – vielleicht lohnte es sich, einmal zu überprüfen, wer genau die Einzelheiten der Bestattung verfügt hatte.

Sie breitete das Werkzeug aus dem Sack vor sich auf dem

Boden aus und stemmte die Platte mit einem Brecheisen hoch. Es war ein hartes Stück Arbeit, bis der Leichnam endlich offen vor ihr lag. Aredrel bot keinen schönen Anblick. Die Haut war verfärbt und aufgedunsen, Maden bohrten sich aus dem Fleisch. Ein pelziger Belag überzog die Kleidung auf dem Bauch des Kaisers, der ganz eingesunken war.

Meris beträufelte ein Tuch mit Duftöl und band es sich vor das Gesicht. Sie zog Handschuhe aus gut eingefettetem Leder über die Stoffhandschuhe und streifte sich eine Schürze über. Dann beugte sie sich vor und nahm den Toten genauer in Augenschein.

An den Schleimhäuten im Mund und an den Blutgefäßen in den Augen konnte sie einige Veränderungen feststellen. Aber sie musste den Leib aufschneiden, um sicherzugehen. Sie schnitt die Kleider von oben nach unten auf und vollführte einen Schnitt längs über den Bauch. Die Leber war in einem Zustand, der nicht allein von der Fäulnis herrühren konnte, auch wenn es aussah wie fortgeschrittene Verwesung. Die Nieren und der Darm wiesen gleichfalls Anzeichen auf, die davon zeugten, dass sie schon abgestorben waren, als der Kaiser noch lebte.

Meris schloss den Körper des Kaisers wieder, so gut sie es vermochte. Sie bettete ihn zurück in seinen Sarg und schob die Bodenplatte darüber. Sie zog die Handschuhe und die Schürze aus und blendete die Laterne auf, um die Grabstelle genauer zu betrachten. Sie hatte über dem offenen Grab gearbeitet, und deswegen waren zum Glück kaum Spuren zurückgeblieben.

Sie wischte die Flecken, die sie fand, mit der Innenseite der Schürze fort. Der Gestank war selbst durch das Tuch fast unerträglich, aber er würde hoffentlich verflogen sein, bis zum nächsten Mal ein Mönch so tief in diese Katakomben vordrang. Als sie sicher war, dass sie die Spuren ihrer Anwesenheit so gut wie möglich getilgt hatte, machte sie sich auf den Rückweg.

Die beiden letzten Tage im Leben des alten Kaisers mussten qualvoll gewesen sein. Sie kannte das Gift, das solche Schäden an den Organen anrichtete. Es war ein Gift, das man aus Knollenblätterpilzen gewinnen konnte und dessen Wirkung sich durch Destillation noch verstärken, noch gezielter einsetzen ließ. Das Opfer verfaulte buchstäblich von innen heraus, bei lebendigem Leib. Und es dauerte mindestens einen Tag, bis die Symptome eintraten, und diese waren zunächst unspezifisch. Zeit genug für einen Attentäter, das Weite zu suchen und seine Spuren zu verwischen.

Ja, befand Meris, bevor sie die Kathedrale verließ: So gewiss, wie der Erzkaplan Selbstmord begangen hatte mit Giften, die leicht verfügbar und für einen Anschlag gänzlich ungeeignet waren, so sicher war der Kaiser an einem Gift gestorben, das für einen geheimen Mordanschlag hervorragend geeignet war und gerne verwendet wurde … von den wenigen, die damit umzugehen verstanden.

16.11.962 – UMLAND VON HOROME

Anwiesen war eine Gemeinde am nördlichen Rand der Hauptstadt. In der ländlichen Gegend, umgeben von Feldern und Viehweiden, erstreckte sich eine lockere Mischung von städtischen Häusern, von bäuerlichen Höfen und von schlichten Hütten.

Im Morgengrauen zog der Dunst von den feuchten Wiesen in die Gassen des Vororts und hing zwischen den großen Fuhrwerken, die sich auf dem Platz vor der Mühle drängten. Trotz der frühen Stunde ging es lebhaft zu: Knechte schleppten einen Sack nach dem anderen herbei und verluden ihn, die Fuhrmänner brüllten ihre Befehle, die Pferde bewegten sich unruhig im Geschirr.

Die Reiter kamen im Schutz des Nebels heran, und sie standen fast schon im Hof, bevor man sie entdeckte. Die ganze Kompanie der *Falken* umstellte das Gelände, und drei Kompanien Fußvolk der kaiserlichen Legion folgten ihnen auf dem Fuße. Die *Eber* gingen in den Hof und brachten die Wagen unter ihre Kontrolle, *Wolf* und Luchs schirmten nach außen hin ab.

»Keiner verlässt die Wagen.« Die Stimme eines Sergeanten hallte laut über den Hof. »Ihr da, weiter aufladen.«

Einige der Knechte versuchten zu fliehen, andere ließen die Säcke fallen. Bauern und der Müller kamen herbei und protestierten. Die Soldaten jagten den Müller vom Hof, sie schlugen mit dem Speerschaft auf die Arbeiter ein, bis die das Beladen wieder aufnahmen und die Kornsäcke zu den Wagen schleppten.

Ritter Merin an Leohard, der Hauptmann der Falken und der Befehlshaber der Aktion, stand in der Zufahrt. Er richtete sich in den Steigbügeln auf und behielt die Szene im Blick.

»Es war eine gute Idee, dass wir warten, bis sie das Korn wegschaffen wollen«, stellte er fest. »So haben sie gleich die Wagen und die Fuhrleute für uns besorgt.«

»Ja.« Ein Schreiber der Kanzlei saß auf einem braunen Pferd, das neben dem sehnigen Streitross des Ritters wirkte wie ein Klepper. Der rundliche Mann rutschte unruhig im Sattel hin und her. »Aber das Volk empört sich. Seht, Merin – da kommen immer mehr Bauern!«

Man hörte Lärm von den Stellen, wo die Infanteristen die Zufahrtswege abriegelten. Steine flogen klirrend gegen Schilde.

»Ich weiß nicht, wie wir das Korn durch diesen Volksauflauf bringen sollen«, sagte der Schreiber. »Sie werden die Säcke von den Wagen zerren, während wir vorbeifahren. Und wenn sie auf den Hof kommen, haben wir ein einziges Durcheinander.«

Ritter an Leohard blieb ruhig. »Wir sind mit vier Kompanien hier. Da werden wir den Pöbel schon in Schach halten.«

»Wenn Blut fließt, kann das die Stimmung erst recht anheizen«, gab der Schreiber zu bedenken. »Ihr solltet die Masse des Volkes nicht unterschätzen.«

Der Ritter schürzte die Lippen. »Das mag sein«, räumte er ein. Er winkte einen Sergeanten herbei. »Marmar, reite zum ersten Zug und befiehl dem Leutnant, er soll ein paar Fackeln in die Hütten am Nordende werfen – hinter dem Gasthaus *Zum Mondtag*.«

»Ihr wollt ein Feuer legen?« Der Schreiber klang entsetzt.

»Es gibt genug Brandschneisen bis zur Stadt«, beruhigte der Ritter ihn. »Das Feuer wird sich nicht weiter ausbreiten. Ihr habt recht – wenn ich meine Männer gegen die Volksmenge vorgehen lasse, weiß keiner, was daraus wird. Aber wenn ihre Häuser brennen, dann wette ich, dass der Pöbel bald etwas anderes zu tun hat, als hier herumzulungern.«

Eine Weile geschah nichts. Der Schreiber hörte die Hufschläge, als eine Einheit sich aus dem Verbund löste und scheinbar aus der Siedlung herausritt. Die Infanterie schloss die Lücken. Ein paar junge Burschen brachen durch. Sie kletterten über das Dach eines angrenzenden Gebäudes in den Hof, doch die Soldaten fingen sie ab, als sie zwischen den Arbeitern Unruhe stifteten. Einer der Legionäre stieß einen Unruhestifter unter die Hufe eines steigenden Packtieres, und einen Augenblick lang übertönte der Lärm vom Mühlenhof die Beschimpfungen der aufgebrachten Menge auf den Zufahrtsstraßen.

Die Menschen liefen durcheinander, der Ring der Einheimischen, der das Gelände umgab, wurde dünner, als mehr und mehr von ihnen sich abwandten und zurück in das Dorf rannten.

Die Menge hatte sich bereits halb aufgelöst, bevor der erste Qualm bis zur Mühle wehte. Ritter an Leohard nickte zufrieden. »Na also. Los, Männer, schneller jetzt! Ich will abziehen!«

Sie warfen die letzten Säcke auf die Wagen. Auf jedem Kutschbock nahm ein Infanterist neben dem Führer Platz, weitere Soldaten ordneten den Zug, und flankiert von Legionären setzte sich die Kolonne in Bewegung. Eine Kompanie der Falken ritt voraus und sicherte den Weg in die Stadt, der Rest der Reiterei sicherte den Zug nach hinten ab.

Niemand hielt sie auf, die wenigen Menschen, die noch auf den Straßen waren, wurden zur Seite geschoben oder niedergeritten. Rauch und Flammen stiegen zum Himmel empor, dort hörten sie Schreie, sahen Menschen zwischen den brennenden Häusern umherlaufen.

Während Anwiesen hinter ihnen brannte, brachten die Soldaten des Kaisers die letzte Ernte der Gemeinde in Sicherheit.

Der Kanzler selbst überwachte die Verteilung der beschlagnahmten Güter. Er stand auf dem Balkon eines Hauses, das er auf der Marktbrücke für sich requiriert hatte. Dort empfing er die Boten, die von der Straße aus ihre Meldungen zu ihm hochrufen mussten. Er konnte die Wagenladungen beobachten, die über die Brücke auf die Insel kamen, und er überblickte sogar Teile der Hafenanlagen im Osten, wo er weitere Silos und Lagerhäuser im Namen der Kaiserin in Beschlag genommen hatte.

Obwohl die Brücken für den gesamten öffentlichen Verkehr gesperrt waren, herrschte dort reges Treiben. Wagen rollten darüber hinweg, trafen beladen ein und fuhren leer wieder ab. Packtiere, Arbeiter, Boten drängten durcheinander. Soldaten marschierten und ritten in beide Richtungen an den Häusern links und rechts der Brücke vorbei. Vom Ufer aus verfolgte eine Menschenmenge den Transport der Vorräte.

Arnulf von Meerbergen hatte als Erstes die größeren Lager in der Stadt räumen lassen, doch das waren nicht viele. In den Häfen und auf der Insel, wo ohnehin ein großer Teil der Güter lagerte, beschlagnahmte er die Lagerhäuser mit allem, was darin war, und stellte sie unter Bewachung. Das meiste Korn, das wirklich transportiert werden musste, kam aus den ländlichen Vorstädten von Horome und aus den Dörfern im Speckgürtel der Stadt, wo er die Legion nach und nach weiter vorstoßen ließ.

Je weiter sich die Requirierungstrupps von der Stadt entfernten, umso weniger würden sie finden. Schon jetzt fingen die Bauern, die Gutsherren, selbst die Grafen in den umliegenden Ländereien, an, ihr Korn in Sicherheit zu bringen. Sie verkauften es in den Süden oder schmuggelten es in kleinen Mengen in die Stadt. Wann immer es ging, ließ der Kanzler sich von den Agenten des geheimen Botendienstes die größeren Ladungen melden, um sie mithilfe seiner Truppen in Richtung des Palastes umzuleiten.

Aber wenn der Strom irgendwann zum Erliegen kam und alles Korn im Umkreis der Hauptstadt verschwunden war, dann wäre das auch nicht schlimm. Je mehr Korn verschwand, umso kostbarer würde das Brot in der Hauptstadt, umso mehr stieg der Wert dessen, was sie bereits gesammelt hatten.

»Du siehst«, flüsterte die Stimme seines Dämons ihm ins Ohr. »Du kannst nur gewinnen. Selbst die, die sich deinem Zugriff entziehen wollen, arbeiten nun für dich.«

»Oh ja.« Der Kanzler lachte. »Wie hilflos hat der alte Kaiser doch versucht, in dieser Stadt die Steuern einzutreiben. Hat Stadtviertel für Stadtviertel durchsuchen lassen wie ein gewöhnlicher Räuber, mit den Handwerksmeistern verhandelt wie ein Krämer ... Dabei reicht es, alle Nahrungsmittel in dieser Pestbeule zu kontrollieren, und schon kommt das Gold ganz von selbst angeflossen!«

Die beiden Kuriere, die mit ihm auf dem Balkon standen, blickten den Kanzler fragend an. Arnulf von Meerbergen bemerkte den missbilligenden Ausdruck in ihren Gesichtern. Sie hielten ihn für verrückt – was erlaubten sie sich?

Er schickte sie ins Haus. Sollte von Reinenbach doch seine Boten behalten! Es waren ohnehin nur Spione für den Hofrat. Unten auf der Straße liefen genug Männer herum, die dem Kanzler nur zu gern zu Diensten sein und seine Nachrichten befördern wollten. Er brauchte den kaiserlichen Botendienst nicht, und von Reinenbach, diese alte Spinne in ihrem Netz, würde er bald auch nicht mehr brauchen.

Ein kleiner kahlköpfiger Mann ritt auf einem Maultier heran. Unter dem Balkon machte er halt. Er schaute zu dem Kanzler auf, saß ab und verbeugte sich ächzend. Es war der Lagermeister der kaiserlichen Vorratskammer, eine der Krämerseelen aus der Kämmerei, die Arnulf sich ausgeliehen hatte, um die Einlagerung des beschlagnahmten Korns zu überwachen.

»Euer Exzellenz.« Der Mann verbeugte sich noch einmal.

»Was ist?«, rief Arnulf unwirsch hinunter. »Brauchen wir schon wieder neuen Lagerraum?«

Der Lagermeister schüttelte den Kopf. »Nein … Nein, im Gegenteil, fürchte ich. Die letzte Fuhre aus der Sonnenstunde, ich fürchte, sie ist verseucht. Wir müssen sie verbrennen …«

Arnulf runzelte die Stirn. *Sonnenstunde* … Was für ein Unsinn … Dann fiel ihm ein, dass die Kämmerei, um den Korntransport zu organisieren, die Umgebung der Stadt in Bereiche unterteilt hatte, die nach den neun Stunden des Tages benannt waren. Sonnenstunde, das war die Gegend im Süden unmittelbar am Ostufer des Flusses entlang.

Arnulf hob die Hand. »Komm herauf, Kerl. Brüll nicht so herum.« Das fehlte gerade noch, dass auf der Straße von verseuchtem Korn geredet wurde.

Der Lagermeister nickte eilfertig und stand Augenblicke später an der Seite des Kanzlers. Arnulf von Meerbergen sah auf den Burschen hinab. Er hatte fast das Gefühl, als könnte er sich in der Glatze spiegeln, während der Mann vor ihm aufgeregt seine Mütze in den Händen knetete und ihm berichtete.

»Wir haben das Korn im Ablegehafen gestapelt, und ich habe Proben genommen. Es ist befallen. Trollkorn. Nur leicht, aber wenn wir es einlagern, kann die Seuche sich ausbreiten und auch auf das andere Korn übergreifen. Wir müssen die Lieferung vernichten.«

Der Kanzler überlegte. Er hatte auf so einen Vorfall gehofft und wusste genau, wie er ihn nutzen konnte. »Lass die befallene Ladung in die neuen Lagerhäuser am Fischmarkt bringen«, befahl er.

»Ihr meint die zuletzt gebauten Lagerhäuser?«, fragte der Lagermeister. »Nicht die, die wir gerade neu in Beschlag genommen haben? Das sind nämlich alte und feuchte Baracken, in denen sich der Schaden noch schneller ausbreiten würde.«

»Natürlich meine ich die feuchten Baracken«, erwiderte der Kanzler. »Wenn wir in den besseren Lagern noch Platz hätten, hätten wir die alten Schuppen gar nicht gebraucht.«

Der Lagermeister sah zu ihm auf. Er schien darüber nachzudenken, ob er den Kanzler möglicherweise missverstanden hatte. Dann setzte er erneut an: »Warum wollt Ihr das Korn überhaupt einlagern? Es könnte zu einer Vergiftung führen, wenn wir es ausgeben.«

»Kerl, du brauchst mich nicht zu belehren«, fuhr der Kanzler ihn an. »Ich weiß sehr wohl, was Mutterkorn anrichten kann. Darum lege ich es auch am Fischmarkt für den Pöbel bereit, denn von dem haben wir genug in der Stadt.« Er rückte näher an den klein gewachsenen Lagermeister heran.

Der zuckte zusammen, doch er ließ sich nicht beirren. »Ich werde dem Kämmerer Meldung machen«, stammelte er. »Irgendwer … irgendwer wird das Richtige tun. Das ist kein Geschäft, wenn man zulässt, dass das schlechte Korn das gute verdirbt.«

Er machte auf dem Absatz kehrt, verließ den Balkon und verschwand.

Der Kanzler schnaubte und ging ebenfalls langsam vom Balkon hinein ins Haus. In dem Salon gleich hinter dem Balkon saßen seine Ritter gelangweilt auf den Sesseln, die die früheren Besitzer des Hauses zurückgelassen hatten, manche standen vor dem Kamin und tranken Wein und unterhielten sich.

»Die kleine Ratte, die hier eben durchgekommen ist«, sagte der Kanzler liebenswürdig. »Wer von euch traut sich zu, ohne viel Aufsehen dafür zu sorgen, dass sie nicht dort ankommt, wo sie hinwill?«

Einige der Männer schauten ihren Dienstherrn an. Einer erhob sich wortlos von der Bank, hob kurz sein Schwert in der Scheide zum Gruß und trat zur Tür.

»Fein.« Der Kanzler folgte ihm. »Ich gehe zum Palast und bereite mich auf den Abend vor – ich will ja nicht zu spät kommen zu meiner eigenen Feier. Von Crunbach, übernehmen Sie hier.«

»Und einen feinen Grund zum Feiern habe ich dir heute beschert, nicht wahr?«, zischte sein Dämon ihm zu, als er im Treppenhaus war.

»In der Tat«, sagte der Kanzler. »Wenn der Hunger das Volk zum Äußersten treibt, wird es die Kornspeicher am Fischmarkt als Erstes stürmen. Das Trollkorn soll dort meine vorderste Verteidigung sein. Und sobald der Pöbel sich daran gütlich tut, wird endlich Ruhe herrschen in der Stadt. Horome wird die erste Provinz sein, die ich zurückgewinne und dem Thron als Morgengabe vor die Füße lege.«

»Endlich«, zischelte der Dämon. »Ich erinnere mich an diese Zeit. Die alte, die großartige Zeit, als der Kaiser über eine Stadt herrschte, die ruhig und wohlgeordnet war, statt dass er von einem Heer von Bettlern in seinem Palast und auf seiner Insel belagert wurde.«

»Ah, was für eine Zeit«, sagte der Kanzler. »Heute ist die Stadt voll von den Hungerleidern aus dem Umland, die ihre Herren verlassen haben und hier unterkriechen und die sich vermehren wie die Ratten. Tausend mal tausend Einwohner soll Horome haben – war das nicht die Zahl, die der

Metropolit geschätzt hat? Das ist keine Stadt, das ist ein Ameisenhaufen, ein Berg von Unrat, der von Ungeziefer wimmelt.

Und jeder gute Hausherr schaut darauf, dass er das Ungeziefer vergiftet, bevor er die Lager füllt.«

Meris trieb den Pagen in die Enge in einem fensterlosen Flur, der von der kleinen Küche des inneren Palastes direkt zu dem Speisesaal führte, in dem der alte Kaiser seine Bankette abgehalten hatte.

»Du willst mir also erzählen«, fragte sie und stützte einen Arm dicht neben dem Jungen gegen die Mauer, »dass so ziemlich jeder Page im Palast am 3. Tag nach dem Mittag des Oktober dem Kaiser Speisen in sein Zimmer gebracht hat?«

»Nein! Ich … weiß nicht«, stammelte der Page. »Es war ein ständiges Kommen und Gehen. Der Kaiser hat so viele Besucher empfangen, und für jeden wurde irgendetwas aufgetragen.«

»Von welchen Speisen hat der Kaiser selbst gegessen?«

»Einmal vom weißen Brot und vom Lachs, solange ich dabei war«, sagte der Junge. »Und Wein hat er getrunken, aber nur verdünnt. Ich war allerdings nicht lange da.«

»Wer war dann da? Wer hat dem Kaiser aufgewartet?«

»Ich weiß nicht«, erwiderte der Page. »Niemand, glaube ich. Kaiser Aredrel hat immer wieder Pagen auf Botengang geschickt, und andere sind dafür gekommen.«

»Und wer hat den Kaiser besucht?«

»Der gesamte Rat«, sagte der Page. »Der Kaiser hat sie einzeln zu sich bestellt. Mitunter saßen sie auch zu dritt oder zu viert beisammen.«

»Und die Herren haben dasselbe gegessen wie der Kaiser?«

Der Page zuckte die Achseln. »Sie saßen nicht zum Essen beisammen. Der Kaiser hatte keine Tafel mehr abgehalten seit … Ich weiß nicht. Mehr als einen Zehnttag lang. Das war ungewöhnlich, denn er hat sich zuvor fast jeden Abend mit seinen … mit den höchsten Herren getroffen, und sie haben getafelt. Und dann nicht mehr.

Dann hat er nur noch diejenigen empfangen, mit denen er über ihre Amtsgeschäfte reden wollte. Zwischendurch wurden Kleinigkeiten aufgetragen. Kaiser Aredrel hat auch andere Herren besucht. Galdon, den Kämmerer, und den Herrn von Reinenbach. Sie haben viel miteinander geredet, aber sie haben die Pagen dann hinausgeschickt.«

Der Knabe zögerte. Ängstlich sah er sich um, und als Meris ihm aufmunternd zunickte, senkte er die Stimme und fügte hinzu: »Der Kaiser meinte einige Male, er hätte in der Vergangenheit seine Pflichten vernachlässigt, und das wollte er nachholen. Das waren seine Worte, nicht meine. Er wollte sein Reich regieren, und die Gelage mit den Hauptleuten und den Rittern, sie widerten ihn mit einem Mal an. Das habe ich ihn auch sagen hören.

Kann es sein, dass er da schon krank war? Caris meinte, sie hätte im Hospital Fälle erlebt, wo Menschen vom Schlag Bponurs getroffen wurden. Die meisten können daraufhin nicht mehr reden oder nicht mehr gehen. Aber manche verändern sich auch, als wäre ein fremder Geist in sie gefahren. Und dann sterben sie.«

»Caris?«, fragte Meris. »Wer ist Caris?«

»Sie will Priesterin werden«, sagte der Page. »Sie gehört nicht zu uns Pagen, sondern dient im Hospital. Dennoch ist sie oft im Palast, und wir kennen sie gut.

Ich musste oft an ihre Worte denken. Vor allem als der Herr Callindrin kurz darauf starb. Er hatte sich so verändert, und dann, zwei Zehnttage darauf, war er tot.«

Meris entließ den Knaben. Sie blieb in dem dunklen Gang stehen und dachte nach. Die Geschichten, die sie in den letzten Tagen gehört hatte, ähnelten sich.

Der Kaiser hatte sich kurz vor seinem Tod verändert. Aber wie hing das mit seiner Ermordung zusammen? Sie glaubte, das Gift herausgefunden zu haben, an dem er gestorben war. Das allerdings hätte ihn schon nach zwei Tagen umgebracht, nicht nach zwanzig.

Der Attentäter hätte auch keinen Vorteil davon gehabt, die Dosis zu strecken und den Tod hinauszuzögern – es wäre leichter für ihn gewesen, einmal eine Speise zu vergiften, als dasselbe immer wieder zu tun.

Und selbst wenn der Kaiser schon zehn oder zwanzig Tage vor seinem Tod das Gift bekommen hatte, zu der Zeit, da alle Zeugen ihn plötzlich verändert fanden, so hätte es nicht in dieser Weise auf seinen Geist wirken dürfen.

Außerdem, Meris konnte einfach nicht eingrenzen, wer sich zu welcher Zeit in seiner Gegenwart aufgehalten hatte. Aredrel Callindrin war beständig von mehreren hochgestellten Persönlichkeiten umgeben gewesen. Zählte man die Diener dazu, wurde es noch unübersichtlicher.

Allerdings war sie überzeugt, dass keiner der Bediensteten den Kaiser vergiftet hatte. Zumindest keiner der Köche und der Gehilfen, welche die Speisen nur zubereitet oder in die kaiserlichen Gemächer gebracht hatten. Gerade weil der Kaiser selten allein gewesen war, konnte das Gift nicht wahllos in einer Speise gewesen sein. Denn dann hätte es auch seine Gäste treffen müssen.

Wer immer als Täter in Frage kam, er musste seinem Opfer nahe gewesen sein, und zwar in einem ruhigen Moment. Er musste das Gift gezielt in einen Becher oder in einen Happen gegeben haben, unmittelbar bevor der Kaiser davon kostete.

Aber das machte den Fall eher noch undurchsichtiger. Alle hochgestellten Persönlichkeiten aus Aredrels Umfeld verdankten ihr Amt dem Kaiser. Keiner zog einen Nutzen aus seinem Tod. Warum hätte einer von ihnen seinen Gönner vergiften sollen und riskieren, dass er unter dessen Nachfolgerin seine Stellung verlor?

Als Meris aus der Seitentür eines Palastgebäudes trat, ragte unvermittelt eine Gestalt vor ihr auf. Sie zuckte zurück.

»Hallo, Meris.«

Es war Dauras! Der ehemalige Kampfmönch lehnte lässig am Türrahmen und grinste. »Du siehst angespannt aus.«

Meris verzog das Gesicht. »Was willst du, Dauras?«

Er trug eine einfache graue Kutte mit einem Ledergürtel, an dem sein schmales Schwert hing. Meris kannte die Aufmachung – sie war in Sir-en-Kreigen gewesen und hatte die Schwertmönche dort gesehen. Sie wusste, dass Dauras seit zwanzig Jahren nicht mehr in dem Kloster gewesen war, wenn er sich hier also wieder an die Kleidung seines Ordens erinnerte, dann vermutlich nur, um die Leute bei Hofe daran zu erinnern, was er war.

Sie schob ihn zur Seite. Er machte tatsächlich Platz, folgte ihr jedoch, als sie weiterging. »Die Prinzessin sorgt sich, weil du gar nicht mehr von dir hören lässt. Ich dachte mir, ich schaue mal, wie es dir so ergeht.«

»Nicht die Prinzessin«, sagte Meris. »Die Kaiserin.«

Dauras zuckte die Achseln. »Sie ist ein verängstigtes Mädchen, auch wenn ihr jemand eine Krone auf den Kopf gesetzt hat. Ich kann nicht ändern, dass ich sie so sehe.«

»Warum bleibst du dann an ihrer Seite?«, fragte Meris. »Du bist doch kein Mann, der irgendjemandem dient. Was willst du noch hier?«

»Wer weiß?«, gab Dauras zurück. »Die Herausforderung. Neugier. Nervenkitzel. Ein warmes Quartier für den Winter. Jeder hat seine Gründe für das, was er tut.«

»Wenn du im Frühjahr weiterziehst, hast du ihr mit deiner Gegenwart keinen Gefallen getan. Sie verlässt sich sehr auf dich und macht sich deinetwegen Feinde am Hof. Es wäre besser, sie würde auf den Rat ihres Kanzlers hören.«

»Du denkst zu viel an Pflichten und an die Zukunft«, sagte Dauras. »Was für ein Leben ist das, wenn du niemals etwas tust, einfach weil du selbst es so willst?«

Sie überquerten einen schmalen gepflasterten Innenhof. Der Wind blies über die hohen Mauern hinweg und trug einzelne gelbe Blätter mit sich – wer weiß, woher –, die in Spiralen zu Boden sanken und sich auf das Pflaster legten wie goldene Broschen.

Dauras folgte ihr immer noch.

»Hast du dein Kloster verlassen, um anderswo zu predigen?«, fuhr sie ihn gereizt an. »Ich brauche deine Weisheiten nicht. Ich kann ganz gut alleine denken – ohne dass ich dabei immer nur an mich selbst denken muss.«

Dauras streifte mit dem Fuß durch das Laub und ließ es hochwirbeln. »Glaubst du das von mir?« Er hob spöttisch eine Braue. »Nach allem, was wir gemeinsam erlebt haben? Nein«, fuhr er nach einer Pause fort. »Ich denke nicht nur an mich. Immerhin helfe ich dem Mädchen, nicht wahr? Der Unterschied ist nur, ich helfe dem Mädchen, nicht der Kaiserin. Ich behalte meine Freiheit und kümmere mich um die Menschen, nicht um ihre Position. Und meine Sorge ist, dass du dein Leben an all die Kaiser und die Hofräte verschwendest, ohne darauf zu schauen, ob die Menschen hinter den Titeln dein Opfer wert sind.

Vergiss nicht, auch sie sind nur Menschen. Keiner von ihnen sollte mehr wert sein als du. Und du solltest ihre Wünsche nicht über deine eigenen stellen, nur weil sie es dir eingetrichtert haben.«

Meris wollte wütend etwas erwidern. Doch dann schnaubte sie nur und schüttelte den Kopf. »Eine nette Predigt, Mönch. Ich will meine Antwort auf später verschieben. Wenn du keine Pflichten hast, die dich daran hindern, länger mit mir zu gehen.«

»Ich glaube, ich genieße ein paar Stunden Ausgang«, sagte Dauras. »Unsere Kaiserin macht sich für den Ball bereit und braucht weder einen Leibwächter noch einen blinden Berater zum Ankleiden.«

»Der Ball zur Amtseinführung unseres geliebten Kanzlers.« Meris verzog das Gesicht.

»Deswegen bin ich hier«, sagte Dauras. »Ich wollte sicherstellen, dass du auch dort erscheinst. Und dich nicht von deinen vielen Pflichten davon abhalten lässt.«

Meris verdrehte die Augen. »Das ist also deine Vorstellung von ›meinen eigenen Wünschen folgen‹?«, fragte sie. »Der Hofball ist der letzte Ort, an dem ich sein möchte. Ich passe nicht dorthin, und der Anlass ist nicht gerade eine Empfehlung. Der Kanzler …« Sie brach ab.

Sie traten durch einen breiten Korridor auf den großen Vorplatz hinaus. Beinahe wäre ihr eine Bemerkung herausgerutscht. Dass der Kanzler genauso wahnsinnig war wie Kaiser Aredrel. Doch das war sicher nicht der Fall, jedenfalls nicht, bevor er drei Jahre allein in einem Turm eingekerkert gewesen war.

Kanzler Arnulf von Meerbergen war ein skrupelloser und gieriger Intrigant, den jeder am Hof gefürchtet hatte. Eine Spur von Blut hatte seinen Weg gezeichnet. Wo der Kaiser zum Sport und zum Vergnügen getötet hatte, hatte Arnulf es aus Berechnung getan.

Aber wie sollte sie diesem gleichgültigen Schwertkämpfer

erklären, was sie alles mitbekommen hatte von den geheimen Winkelzügen, die zwischen dem Kanzler auf der einen Seite und dem Kämmerer und dem Hofrat auf der anderen über Jahre hinweg das Hofleben bestimmt hatten, bis der Kanzler in Ungnade gefallen und eingekerkert worden war?

»Es wäre besser für alle gewesen«, sagte Dauras, »wenn er in seinem Turm geblieben wäre.«

Meris zuckte zusammen bei Dauras' Worten. Erschrocken sah sie ihn an. Sie fragte sich, ob seine Sinne weiter reichten, als ihr bewusst gewesen war. Konnte er etwa auch in ihren Kopf hineinschauen?

Zumindest las er ihre Reaktionen.

»Ah, da habe ich einen wunden Punkt getroffen.« Er lachte. »Diesen Kanzler möchte ich im Auge behalten. Aruda will ihn als Bluthund an der Kette halten, damit er ihr Haus bewacht. Aber ich habe das Gefühl, dieser Hund könnte auch plötzlich zubeißen. Vielleicht ist er sogar tollwütig. Wusstest du, dass der Kanzler Selbstgespräche führt, wenn er sich unbeobachtet glaubt? Und ich könnte schwören, dass er dabei mit zwei Stimmen spricht.«

Meris schüttelte den Kopf. »Nein, das wusste ich nicht. Aber das andere, was du sagst …« Sie ließ die Worte in der Luft hängen.

Sie strebten auf den östlichen Ausgang der kaiserlichen Stadt zu, auf das Tor zur Mamorbrücke, vorbei an einem Garnisonsgebäude der Legion und an den großen Flügeln des Kaiserlichen Gerichtshofes. Die Wachen am Tor salutierten nicht, aber sie erkannten Dauras und betrachteten ihn verunsichert.

Schweigend wanderten sie nebeneinander her über die Brücke, die zwischen dem bleiernen Himmel und dem ebenso grauen Fluss eingezwängt schien. Vor ihnen, am gegenüberliegenden Ufer, reihten sich vermoderte alte Anlegestellen aneinander, halb im Schlamm versunken, vor der breiten Uferstraße und den farblosen Fassaden der Häuser dahinter.

Dauras blickte missmutig zum Himmel, von dem nun schwer die Regentropfen fielen. Meris schlug den Kragen hoch.

»Vermutlich hast du recht«, sagte sie. »Ich sollte auf dem Ball erscheinen. Ich muss mit den Großen des Reiches sprechen, wenn ich mehr über den Tod des Kaisers herausfinden will. Auf dem Ball, wenn der Wein die Zunge löst, fällt mir das womöglich leichter.«

Dauras grinste. »Ihre Zunge – oder deine?«

Meris lachte unwillkürlich auf. »Beides, nehme ich an. Bponur weiß, ich habe mir diese Aufgabe nicht ausgesucht. Ich bin nicht groß genug für diese Position.«

»Weißt du was«, erwiderte Dauras. »Wenn einer von diesen aufgeblasenen Höflingen nicht mit dir reden will, dann schick einfach mich. Es würde mich doch interessieren, was herauskommt, wenn ich in den hohen Herren ein wenig herumbohre.«

Meris schnaubte. »Was dabei herauskommt, kann ich dir jetzt schon sagen. Ein Bürgerkrieg. Eine Palastrevolution. Dir ist egal, wen du beleidigst. Da beiße ich mich lieber selbst durch … Ich fühle mich vielleicht nicht so groß wie du, aber ich habe schon immer Kaiser und Reich beschützt und werde weiterhin dafür kämpfen, solange ich lebe.«

»Ich ziehe es vor, meine Kämpfe zu Ende zu bringen«, sagte Dauras. »Zu gewinnen und weiterzuziehen und einen neuen Gegner zu suchen. Aber ich hätte mir denken können, dass man dich nur so auf einen Ball bekommt: wenn du dort deine Pflicht tun kannst. Immer nur Dienst, nie etwas für dich selbst.«

Sie hatten den Markt und die Flussstraße längst hinter sich

gelassen und waren von der Hauptstraße abgebogen, die vom Fluss fortführte. Meris wohnte nicht weit entfernt von der Marmorbrücke in einem ruhigeren und nicht sehr wohlhabenden Stadtviertel. Schließlich blieb sie in einer gepflasterten Gasse mit hohen schmalen Häusern, verwinkelten Innenhöfen und mit pergamentbezogenen Fenstern stehen.

Der Regen hatte fast aufgehört. Ein kleines Kind spielte in auf der Straße und patschte barfuß durch Pfützen und lachte. Eine Frau mittleren Alters stand in einer offenen Haustür und blickte hinaus.

Meris beugte sich vor und rief: »Tordis!«

Das Kind sah zu ihr hin, zögerte, dann tapste es mit ausgebreiteten Armen auf sie zu. Meris hob es hoch, hielt es an den ausgestreckten Armen von sich weg und lächelte. »Wir werden baden müssen, wir beide«, sagte sie. Sie nahm das Kind in den Arm und sah Dauras an. »Und wir treffen uns auf dem Ball wieder. Zum Ankleiden brauche ich nämlich auch keinen blinden Mönch.«

Dauras trat auf sie zu und runzelte die Stirn. »Wer ist das?«, fragte er.

Das Kind drehte sich von ihm weg und versteckte sich hinter Meris' Kopf.

»Das«, sagte sie, »ist Tordis. Meine Tochter. Und meine Antwort auf deine hübsche Predigt zu Titeln und Ämtern. Du willst nur den Menschen wahrnehmen und nicht seine Position?

Nun, das glaube ich dir gern. Wenn alles verloren geht, was vom Reich noch übrig ist, wenn es keinen Kaiser mehr gibt, keine Gerichte, keine Institutionen und keine Gesetze, dann zählt nur der Mensch allein. Seine Stärke. Wie gut er sein Schwert führen oder wie viele Schwerter er an seine Seite holen kann. Ich kann mir vorstellen, dass so eine Welt dir gefallen muss.

Aber welchen Platz hat ein kleines Kind in so einer Welt? Soll ich meine Tordis in so einer Welt aufwachsen sehen?

Du musst mir also nicht erzählen, was gut und richtig ist, und was ich tun sollte, Dauras. Du hast keine Ahnung, was gut für mich ist.

Ich folge nicht irgendwelchen Herren und Pflichten, ohne darüber nachzudenken. Wenn ich für das Reich kämpfe und für die Autorität des Kaisers, dann tue ich das nicht, um einem Hofrat zu gefallen. Ich kämpfe für mich.

Ich tue es für meine Tochter.«

Der Kanzler hatte den Ball ausgerichtet und bezahlte auch dafür. Aber die Kaiserin hatte die Räumlichkeiten zur Verfügung gestellt, und vermutlich kam das silberne Geschirr ebenfalls aus den kaiserlichen Beständen, genau wie das schimmernde Kristall, die goldenen Ketten und ein Teil der bunten Bänder und Wandbehänge, die den Raum zierten. Es war der Thronsaal selbst, in dem der Kanzler sich und sein Amt feiern ließ – ein riesiger kreisrunder Saal mit Säulen und Erkern darum herum. Der Boden schimmerte schwarz, Ornamente aus Gold und Silber waren darin eingelassen. Am hinteren Ende ragte ein Podest zungenförmig in die Halle hinein, und flache Stufen führten hinauf zu dem großen Thron und einigen Ehrensitzen links und rechts davon.

In den Nischen am Rand bogen sich die Tische unter den Speisen, und Pagen trugen schon neue Platten herein, kaum dass die alten halb abgeräumt waren. Diener liefen mit Karaffen umher und schenkten Wein nach. Auf mehreren Bühnen in der riesigen Halle zeigten Tänzer und Gaukler ihre Kunst, und Musikgruppen spielten auf. Gewaltige Tücher mit dem Wappen der Grafschaft Meerbergen reichten von der Decke bis zum Boden.

Meris frage sich, woher Kanzler Arnulf die Mittel für all das nahm. Er hatte im Kerker gesessen, seine Ländereien lagen in den abtrünnigen Gebieten, und die Stadt Meerbergen selbst, auf die er als Graf Anspruch erhob, hatte er nie unter seine Herrschaft gebracht. Nein, schon zu Lebzeiten des alten Kaisers hatte er in dem aussichtslosen Kampf gegen den Rat dieser reichen Handelsstadt viele Mittel verschwendet.

Arnulf von Meerbergen trat an der Seite der Fürstin an Efforel auf. Das erklärte vielleicht ein wenig, wie dieser Abend sein strahlendes Gepränge entfalten konnte. Die Fürstin war in der Tat eine passende Begleitung für den hünenhaften Kanzler. Sie war größer als die meisten Männer bei Hofe und trug die dunkelblonden Zöpfe hochgesteckt. In einem silbergrauen Kleid schwebte sie durch den Raum wie eine ätherische Erscheinung, wie die Göttin Horome selbst, die aus dem Paradies herabgestiegen war und huldvoll ihren Segen spendete.

Die Fürstin, die denselben Vornamen trug wie Meris, hatte den Ball für den Kanzler ausgerichtet, und nun schmückte sie sogar seinen Auftritt. Dass er dafür ihren Mann ebenfalls ertragen musste, den Hofrat Gerold an Efforel, der ihn den ganzen Abend umkreiste wie eine lästige Fliege, nahm Arnulf wohl in Kauf. Wenn auch sichtlich widerwillig, wie Meris feststellte.

Meris hielt sich in ihrem einfachen blauen Ballkleid abseits der Gesellschaft. Sie fühlte sich ein wenig alleingelassen. Dauras, der sie zu dem Ball überredet hatte, blieb an der Seite der Kaiserin, und dort oben auf dem Podest wollte Meris sich nicht sehen lassen, das hätte allem widersprochen, woran sie als Agentin des geheimen Kurierdienstes gewöhnt war. Wenn der Abend voranschritt und der Wein die Zunge löste und den Geist benebelte, dann würde sie vielleicht das eine oder andere erhellende Gespräch führen können.

Bis dahin bedeutete am Rande der Gesellschaft immerhin in der Nähe des Büffets, und das war kein schlechter Ort bei diesem Fest. Langsam wanderte sie an den Tischen entlang. Sie betrachtete das Geschehen in der Mitte des Saals und schlenderte von der Streichmusik, die zum Tanz aufspielte, zu einem Barden, der auf der anderen Seite des Raumes klassische Gesänge über Heilige und Helden vortrug.

Sie kannte die meisten der Gäste. Meris war überzeugt, dass der oder die Mörder des alten Kaisers hier im Saal zugegen waren. Und es war kein Geheimnis, dass sie in diesem Fall ermittelte. Wie viele der Feiernden verfolgten jeden ihrer Schritte mit Aufmerksamkeit und Argwohn?

Meris versuchte, die Blicke der Menschen um sie herum zu deuten. Sie dachte an das Gift, das den Kaiser getötet hatte, und hatte das Gefühl, dass der Geschmack des Essens, das sie zu sich nahm, sich plötzlich veränderte.

Eine leichte Berührung an ihrem Arm ließ sie zusammenzucken.

»Oh, die Dame *Botin*«, säuselte eine sanfte Stimme. »Welch angenehme Überraschung, dass ich meiner Retterin hier wieder begegnen darf.«

Meris wandte den Kopf und blickte in rote Augen und in ein Gesicht, so blass wie ein erfrorenes Kind, umrahmt von weißen Haaren. Es war die Dame Sortor, und diese trug ungeachtet des festlichen Anlasses dieselbe formlose himmelblaue Kutte wie bei ihrer ersten Begegnung. Die weite Kapuze lag an diesem Abend steif über den Schultern, wie ein Stück Stoff, das feucht geworden und dann gefroren war.

»Ihr habt den Weg in die Stadt gefunden«, stellte Meris fest. Sie bemerkte außerdem, dass die Dame Sortor einen ganzen Kopf größer war als sie selbst. Seinerzeit in der Sänfte war ihr das nicht aufgefallen. Aus der Nähe betrachtet, war das rundliche Gesicht der Frau noch irritierender, die blasse, faltenlose Haut, das weiß schimmernde Haar … nicht alt, nicht jung. Sortor vermittelte den Eindruck, als würde die Zeit an ihr vorbeigleiten, während sie selbst davon unberührt blieb wie unter einer dünnen Schicht Eis.

»Dank Ihrer Güte«, sagte Sortor liebenswürdig. »in die Stadt und noch ein Stück weiter.« Sie lächelte mit weißen, ebenmäßigen Zähnen.«

»Kein Grund für das ›Ihr‹«, sagte Meris. »Ich bin nicht von Stand.«

»Ich bin nicht so vertraut mit den höfischen Umgangsformen«, gab Sortor ungerührt zurück. »Aber ich glaube doch verstanden zu haben, dass man eine Person bei Hofe gern nach dem Stand anspricht, der ihrem Amt gebührt, und nicht nur nach dem Rang ihrer Geburt, nicht wahr?«

Meris nickte, und sie lauschte den Worten nach, um herauszufinden, ob sie eine Beleidigung waren oder eine Schmeichelei.

»Wir werden uns gewiss wiedersehen«, sagte Sortor. »Doch erst einmal muss ich meinen Gönner suchen. Er wollte mich heute in diese Gesellschaft einführen, wenn ich ihn recht verstanden habe. Leben Sie einstweilen wohl, Dame Meris, und unterhalten Sie sich gut. Es gibt bestimmt den ein oder anderen Ritter hier im Saal, der ein Tänzchen mit Ihnen wagen würde.«

Sie zwinkerte Meris zu und verschwand in der Menge. Meris sah, dass Sortor sogleich zu dem Kanzler hintrat und mit ihm plauderte wie mit einem vertrauten Freund.

Der Abend schritt voran. Es gab eine Handvoll Edle außerhalb des engeren Kreises, die Kontakt mit dem Kaiser gehabt hatten in den beiden letzten Tagen vor seinem Tod und mit denen Meris noch sprechen wollte. Edle, die möglicherweise nichts von ihren Ermittlungen gehört hatten oder die sie zumindest nicht persönlich kannten.

Sie verwickelte sie wie zufällig in ein Gespräch. Auf diese Weise kam sie tatsächlich zu dem einen oder anderen Tanz mit einem der Ritter.

In den Armen eines gut gebauten Ritters mit dunklen Augen und dunklen Haaren und mit einem Akzent, der auf die Küste schließen ließ, ertappte sie sich dabei, wie ihre Aufgabe in den Hintergrund trat. Sie drehte sich rasch im Kreis, sie spürte die Arme des Ritters an ihren Hüften, und einen Moment lang fühlte sich das Gespräch, das sie führten, tatsächlich an wie das harmlose Geplauder auf einem Ball.

»Den Kaiser …«, sagte der Ritter. »Ja, den habe ich auch noch gesehen. Ich durfte ihm am Tage meiner Ankunft bei Hofe meine Aufwartung machen. Ich habe Geschichten über ihn gehört, wisst Ihr …«

»Meris«, flüsterte Meris. »Meris vom Hetwinkel.«

Sie hatte sich keine Gedanken gemacht darüber, welchen Namen sie nennen sollte. Jetzt nahm sie einfach den Namen der Straße, in der sie wohnte.

»Meris«, wiederholte der Ritter. »Wo liegt Hetwinkel?«

»Meine Familie gehört zum Hof«, sagte Meris. »Horome ist meine Heimat.«

»Ich könnte mir vorstellen, hier zu bleiben«, sagte der Ritter. Er geriet nicht außer Atem, auch nicht bei ihrem dritten Tanz. »Wenn Ihre Majestät mich als Offizier in die Garde aufnimmt. Das war der Anlass für meine Audienz bei ihrem Vater. Wie gesagt, ich wusste, was über ihn erzählt wird. Aber er war ganz aufgeräumt, als er mich empfing. Ehrenhafte Männer für die Garde könne er immer gebrauchen, meinte er. Es würde sich bald einiges ändern, und ich würde davon hören, sobald neue Posten für Fähnriche und Leutnants ausgeschrieben werden.«

»Was sollte sich ändern?«, fragte Meris.

»Wenn Ihr das nicht wisst …« Der Ritter zuckte die Achseln. »Ihr lebt bei Hofe, und ich bin nur ein ahnungsloser Ritter, der auf seinem Weg bei dem örtlichen Grafen vorsprechen wollte, wie die Tradition es gebietet. Was kann ein Ritter aus der Provinz Euch über den Kaiser erzählen?«

»Der Kaiser war selbst seiner Tochter fremd, als er noch lebte«, erklärte Meris. »Und sie war nicht bei ihm, als er starb. Was Ihr also von diesen letzten Tagen berichten könnt, ist neu für mich. Und es könnte von Interesse für meine Herrin sein.«

»Ihr gehört zu den Zofen der Kaiserin?«, fragte er. »Ich könnte ihr persönlich von der Begegnung erzählen, wenn Ihr mir eine Audienz vermittelt.«

Etwas hatte sich verändert. Die Vorstellung, eine leichtherzige Ballplauderei führen zu können, löste sich auf, und es fühlte sich wieder an wie ein nüchternes Gespräch. Vermutlich erging es dem Ritter ebenso.

»Hat der Kaiser Euch allein empfangen?«, fragte Meris. »Oder waren seine Fürsten bei ihm?«

»Nur einer«, sagte der Ritter. »Ein dürrer, kahlköpfiger Mann – ein Hofrat, soweit ich es verstanden habe. Der Kaiser hat mich nur kurz begrüßt, weil er gleich wieder mit dem Hofrat reden wollte. Sie hatten einen Berg von Papieren vor sich, und sie wirkten ein wenig erhitzt. Ich habe sie durch die Türe laut reden hören über irgendwelche Aufgaben, die der Hofrat wohl anders erledigen sollte – Schriften und Listen und Berichte. Nichts, womit ein Ritter sich abgeben sollte.«

Meris hätte gern noch mehr von diesem Mann erfahren bei einem weiteren Tanz. Aber der Augenblick war vorüber, und es gab andere, mit denen sie reden musste.

Sie verabschiedete sich und wandte sich zu dem Podest hin. Irgendetwas ging dort vor. Die meisten Gäste im Saal überragten sie, und selbst wenn sie sich auf die Zehenspitzen stellte, konnte Meris nicht über die Edlen vor ihr hinwegblicken.

Sie schlängelte sich durch die Menge, bis sie die Stufen erreichte. Der Kanzler trat gerade von der Kaiserin fort. Aruda blieb vor ihrem Thron stehen. Sie blickte Arnulf nach und runzelte die Stirn.

Arnulf von Meerbergen schob andere Fürsten und Ritter beiseite, die gleichfalls die Nähe des Throns suchten und die in die Lücke vorstoßen wollten, die der Kanzler hinterließ. Sortor trippelte neben ihm her, und der Hofrat an Efforel folgte ein Stückchen dahinter. Am Rande des Podestes und oberhalb der Menge im Saal hielt der Kanzler inne. Er hob die Arme, und seine tiefe Stimme trug weit in den Raum hinein.

»Ich bedanke mich, dass die Gäste so zahlreich erschienen sind, um meine Rückkehr in das beschwerliche Amt des Kanzlers zu feiern.«

Das Gemurmel in der Halle ebbte ab. Die Tanzmusik übertönte die Stimmen und mischte sich mit dem Harfenspiel auf der anderen Seite des Saals.

»Ich danke Euch«, wiederholte der Kanzler. »Aber damit nicht genug. Ich will die Gelegenheit nutzen, um eine Ankündigung zu machen. Um ein weiteres Amt vorzustellen, dessen Besetzung wir heute feiern können.«

Er trat einen Schritt zur Seite, sodass an Efforel hinter seinem breiten Rücken verschwand wie ein kleiner Fisch, der von einem größeren verschluckt wurde. Er wandte sich Sortor zu und wies mit beiden Händen auf sie.

»Ich möchte dem Hof an diesem Abend die Dame Sortor vom Silberquell vorstellen. Die Horden des Mahdi haben sie aus ihrem Heim im Norden vertrieben, doch ihr tragisches Schicksal ist unser Gewinn. Ich freue mich, dass sie heute hier ist, um eine Lücke zu füllen und eine offene Flanke in den Diensten des Kaiserreichs zu schließen. Sie wird an meiner Seite für die Einheit des Reiches kämpfen.«

Meris starrte zu dem Podest hinauf. Sortor sah krank aus, fast zerbrechlich neben dem hühnenhaften Kanzler. Aber es lag nicht nur an diesem Gegensatz. Meris musterte die Frau genauer und hatte das Gefühl, dass Sortor benommen aussah, kraftloser als bei ihrer Begegnung früher am Abend.

Der Kanzler fuhr mit seiner Ansprache fort: »Ich begrüße Sortor vom Silberquell, die neue Hofmagierin der Kaiserin.«

17.11.962 – MERIS' HAUS IN HOROME

Meris erwachte. Schmale Streifen Licht fielen durch die Ritzen zwischen den Latten, mit denen sie die Fenster abgedichtet hatte. Sie hörte Stimmen draußen im Flur. Ihre Tochter krähte fröhlich. Meris zog die gebogene Klinge unter der Matratze hervor und trat an die Tür der Wohnstube.

Sie erkannte die rundliche Gestalt von Dekka, der Amme, in dem verwaschenen geblümten Kleid und mit dem Kopftuch, das sie immer trug. Und dahinter, von Sonnenlicht umstrahlt, stand Dauras in der offenen Tür und sprach mit der Frau. Tordis rannte den beiden Erwachsenen zwischen den Beinen herum.

Meris seufzte und legte den Dolch auf einem hohen Regalbrett im Flur ab.

»Verschlafen?«, fragte Dauras. Er schien ihr die Zurechtweisung des gestrigen Tages nicht mehr nachzutragen. »Ich dachte mir, ich schaue, wie du die letzte Nacht überstanden hast.«

Es war verwirrend, mit einem Mann zu reden, der immer in eine andere Richtung blickte.

»Sie ist spät zurückgekommen«, sagte Dekka. »Ich war mit dem Kind heute Morgen in der Küche, um sie nicht zu wecken.«

»Sehr rücksichtsvoll«, erwiderte Dauras und ignorierte tapfer, wie Tordis versuchte, an seiner Kutte hochzuklettern.

Meris ging in die Hocke und streckte die Hand aus. »Tordis, komm her zu mir.«

Sie nahm das Kind auf den Arm und trat in die Stube zurück, in der sie auch schlief. Dauras folgte ihnen.

»Hast du keine eigene Aufgabe im Palast?«, fragte sie.

»Die Kaiserin ist im Garten. Ich nehme an, da ist sie sicher.«

»Was für ein Garten?«, fragte Meris.

»Ein Garten auf dem Dach eines Seitenflügels. Ein unheimlicher Ort. Aber das Mädchen scheint dort willkommen zu sein, auch wenn sie die meiste Zeit auf einer Bank sitzt und Selbstgespräche führt.«

Meris sah Dauras an und versuchte, aus seinen Worten schlau zu werden.

»Wir haben dich gestern Abend vermisst«, sagte Dauras.

»Ich bin da gewesen«, erwiderte Meris. Sie setzte Tordis auf das Bett und suchte etwas Kleidung zusammen. Das Ballkleid vom gestrigen Abend hing ordentlich über einem Ständer – Dekkas Werk, ohne Zweifel, denn Meris konnte sich nicht erinnern, es weggeräumt zu haben.

»Ich weiß«, sagte Dauras. »Ich habe dich bemerkt. Aber die Kaiserin hätte dich gern an ihrer Seite gehabt.«

»Sie hatte genug Gesellschaft«, sagte Meris. »Wenn ich mich zwischen all den Fürsten, die bei ihr Schlange standen, auch noch hindurchgedrängt hätte, dann hätte ich mir wohl genug Feinde bei Hofe zugezogen, um den nächsten Anschlag auf mich zu lenken.«

»Den nächsten Anschlag?« Dauras hob die Brauen.

Meris blickte von ihm zu der Amme. »Später«, sagte sie.

Dekka zupfte an Dauras' Gewand. »Es ist nicht höflich, dabeizustehen, wenn eine Dame sich ankleidet«, sagte sie vorwurfsvoll.

Dauras grinste zu der alten Frau hinunter. »Oh, das macht nichts. Ich bin ohnehin blind.«

»Seine Ausrede für alles«, sagte Meris. »Aber das bedeutet nur, dass es gar keine Rolle spielt, ob er vor oder hinter der Tür auf mich wartet. Oder ob ich überhaupt etwas anhabe.«

Sie sah Dauras an und kniff die Augen zusammen.

Der zuckte die Achseln und versuchte nicht einmal, etwas zu leugnen. »Keine Sorge, man stumpft ab mit der Zeit. So viele hübsche Frauen auf der Straße. Da werde ich nicht gerade dir unter den Rock schauen.«

»Danke.« Meris dachte an ihr Messer und bedauerte, dass sie es im Flur hatte liegen lassen. »Näher dürftest du einer Frau wohl auch nicht kommen, bevor sie dein grobes Benehmen bemerkt. Ich frage mich, ob unsere Herrin auch an diese Dinge gedacht hat, als sie dich zu ihrem Leibwächter ernannte.«

»Sie denkt an andere Dinge, derzeit.« Er setzte sich auf Meris' Bett, nahm Tordis bei der Hand und ermunterte sie, auf der Matratze herumzuhüpfen. Als Meris sich angekleidet und von Dekka ein Brot hatte reichen lassen, brachen sie und Dauras auf. Tordis war ganz aufgedreht und flitzte zwischen den Erwachsenen herum.

»Wer ist der Vater?«, fragte Dauras.

Meris winkte ab. »Nicht wichtig. Ein Ritter, den ich bei einer Mission am Hofe des Grafen an Ferriac kennengelernt habe. Ich bin dort als Gesandte aufgetreten. Er darf niemals erfahren, wer ich wirklich bin.«

Auf der Straße sah sie sich noch einmal um. Dekka stand in der Tür, Tordis auf dem Arm. Meris winkte.

Sie dachte an die Mission zurück, von der sie ihre Tochter mitgebracht hatte. »Ich hoffe allerdings«, sagte sie, »dass Tordis ein wenig vom guten Aussehen ihres Vaters mitkriegt und nicht allein nach der Mutter kommt.«

»Warum?«, fragte Dauras. »Du bist doch ganz gut geraten. Für eine Frau.«

Meris sah ihn an. Dauras schien einen Augenblick zu brauchen, bis die eigenen Worte in seinen Geist einsickerten.

»Ich meine«, fügte er rasch hinzu, »nicht dass ich weibliche Formen nicht zu schätzen wüsste. Oder dass ich Männer vorzöge. Aber was den Körperbau angeht, die Kraft, die Muskeln …«

Meris verdrehte die Augen. »Lass es lieber«, sagte sie. »Du machst alles nur noch schlimmer.«

»Ich komme eben aus dem Kloster«, erwiderte er. »Ich bin nicht so vertraut mit ritterlicher Galanterie. Ich wollte nur sagen, dass du gut dabei bist. Man merkt, dass du in Sir-en-Kreigen ausgebildet wurdest.«

»Ja«, sagte Meris. »Bei dir merkt man das auch. Da kann ich froh sein, dass ich nur drei Jahre dort verbracht habe.«

Er ging ein wenig steifbeinig neben ihr her. Sie wechselte das Thema: »Hast du auch gehört, wie Tordis mich heute ›Mama‹ genannt hat?«

»Also, ich habe ›Amma‹ verstanden«, antwortete Dauras. Er bekam vermutlich gar nicht mit, was für einen Stich er Meris damit versetzte. Sie seufzte. Dauras schaffte es wirklich, jeden Ansatz von harmlosem Geplauder gleich in das nächste Sumpfloch zu lenken.Nach einem kurzen Schweigen fragte er: »Wie war das mit dem Anschlag?«

»Ich kann nicht …« Sie senkte die Stimme. »Ich habe etwas herausgefunden. Aber ich kann nicht darüber sprechen.«

»Nicht einmal mit der Kaiserin? Sie wartet sehnsüchtig auf deinen Bericht.«

»Ich könnte ihr unmöglich erklären, woher ich es weiß«, sagte Meris. »Ganz besonders nicht ihr. Und ich kann auf der Straße nicht davon reden. Wer weiß, wer zuhört?«

Dauras lachte. »Keine Sorge«, sagte er. »Einen heimlichen Lauscher bemerke ich selbst dann, wenn er sich hinter einer Ecke versteckt. Oder hinter einer Wand.«

Meris sah ihn an. Unwillkürlich fiel ihr Blick auf seine Augen, seine grauen, toten Augen, hinter denen sich doch eine Hellsichtigkeit verbarg … die an diesen Mann verschwendet war. Trotzdem. Wenn sie sich jemandem anvertrauen musste, war Dauras vermutlich die beste Person. Sie glaubte nicht, dass ihm irgendetwas heilig war außer ihm selbst. »Kaiser Aredrel wurde vergiftet«, flüsterte sie. »Ich habe … seine Leiche untersucht, unter dem Tempel. Ich musste es tun, verstehst du? Nur so konnte ich es herausfinden. Aber wie könnte ich der Kaiserin sagen, dass ich ihren Vater aus dem Grab gezerrt habe?«

»Ja«, sagte Dauras. »Das könnte ein Problem sein. Sie hört nicht gern Geschichten über Tote.«

Meris warf ihm einen Blick von der Seite zu. »Vielen Dank. Das hilft mir wirklich weiter.«

Dauras hob die Arme. »Was erwartest du? Ich bin Schwertkämpfer, kein Ratgeber – wie mir selbst der Kanzler mit Brief und Siegel bestätigen würde.«

»Was ist da eigentlich passiert gestern Abend?«, fragte sie. »Ich meine den Auftritt des Kanzlers auf dem Podest. Ich kenne diese Sortor, und ich traue ihr nicht. Warum hat unsere Kaiserin sie zur Hofmagierin ernannt?«

»Das hat sie nicht«, erwiderte Dauras. »Der Kanzler hat das getan.«

»Wie sollte er?«, fragte Meris. »Ich dachte, nur der Kaiser kann die Hofämter besetzen.«

»Nun«, sagte Dauras. »Wenn ich es recht verstanden habe, gibt es gar kein Amt als Hofmagier. Nicht gemäß dem Hofprotokoll jedenfalls. Es ist nur ein leerer Titel, den sich der alte Kaiser für einen seiner Kumpel ausgedacht hat.«

»Wenn man Runnik so nennen kann. Ja, vom Hofmagier des alten Kaisers hat man auch allerhand erzählt. Ich hätte nicht gedacht, dass Aruda diese Tradition fortführen will.«

»Das will sie nicht«, entgegnete Dauras. »Nein. Dieser Runnik ist ein Schreckgespenst für sie, vor dem sie sich noch immer fürchtet. Aber der Kanzler kann ein goldenes Mundwerk haben, wenn er will, und auch diese Sortor tritt sehr einnehmend auf. Gemeinsam haben sie die Kaiserin überredet, dass sie diesen Winkelzug absegnet. Überredet, aber nicht überzeugt.«

Dauras hob den Kopf. Meris hätte schwören mögen, dass er nach etwas Ausschau hielt, wenn sie nicht gewusst hätte, dass er nicht sehen konnte.

»Den Ausschlag gab womöglich«, fuhr Dauras fort, »dass die Dame Sortor regelrecht niedergedrückt wirkte vor dem Thron und gar nicht an diesen schrecklichen Runnik erinnerte. Wenn ich jemals Streit mit einem Zauberer hätte, würde ich ihn im Thronsaal austragen. Wie dem auch sei …« Er wischte mit der Hand durch die Luft. »Ich habe das Gefühl, deine Zurückhaltung auf dem Ball hat dir nichts genutzt. Du scheinst trotzdem genug Feinde zu haben, um den nächsten Anschlag auf dich zu lenken.«

Meris schaute verwirrt auf bei dem Themenwechsel. »Was?«

Dauras zeigte ihr die Handfläche. Er hatte einen kleinen Pfeil zwischen den Fingern gefangen. Meris sah das Gift an der Spitze, das dichte Federbüschel am Ende, was auf ein Blasrohr schließen ließ. Meris brauchte einen Augenblick, um zu verstehen, was geschehen war. Dauras' Gesicht blieb unbewegt.

»Jemand *schießt* auf uns?« Sie sah sich gehetzt um und griff nach dem Rapier, dass sie an der Seite trug.

Dauras nickte. »Da oben auf dem Dach.«

Er wies mit der Hand auf ein zweistöckiges Gebäude am Ende der Straße und holte mit einem Mal aus, als würde er ein Insekt beiseitefegen. Metall klirrte über das Pflaster. Das Geschoss war so klein, dass Meris nicht einmal sah, wie es davonsprang.

»Das ist doch verrückt!« Sie suchte Deckung an einer Mauer.

Dauras blieb gleichmütig. »Keine Sorge. Diese Waffe hat keine Kraft. Die Nadeln sind …«

»Langsam!«, zischte Meris. »Ich habe es allmählich verstanden, dein Lebensmotto. Aber vielleicht solltest du lieber einmal *schnell* etwas tun!«

Dauras nickte. »Den hole ich mir. Pass auf, dass er nicht vorne herum entkommt.«

Er rannte los, nicht auf das Haus zu, auf das er gezeigt hatte, sondern auf ein Gebäude gleich neben ihnen. Im Laufen zog er das Schwert, schlug mit einem Hieb die Fensterscheibe ein, sodass Scherben und Splitter in alle Richtungen spritzten. Er sprang hindurch, ohne einen Moment innezuhalten. Die Bewohner schrien entsetzt auf.

Meris dachte kurz nach, dann huschte sie selbst zu dem Haus. Sie schaute misstrauisch nach oben und behielt die Fenster im Auge. Die Menschen auf der Straße schauten erschrocken und suchten das Weite. Aber niemand blickte über die Kante des Daches, und niemand war auf ihrer Seite von dem Gebäude heruntergeklettert.

Meris nahm Anlauf, sprang auf das untere Fensterbrett, dann zog sie sich am nächsten Fensterbrett hinauf, und immer so weiter bis ganz nach oben. Augenblicke später stand sie auf dem flachen Dach, auf dem niemand war. Aber in der nächsten Querstraße hörte sie Lärm und Schreie.

Meris lief los. Sie sprang über eine Gasse hinweg auf das nächste Dach und sah Dauras in der Gasse unter ihr stehen. Er beugte sich über einen hingestreckten Körper, und Meris konnte aus der Entfernung nicht erkennen, ob er sein Schwert an der Kleidung des Gestürzten abwischte oder ob er wieder und wieder auf ihn einstach.

Sie fluchte gepresst, stieg hinunter und trat zu Dauras. Sie zog ihre gesiegelte Vollmacht hervor und hielt sie den Leuten unter die Nase, die neugierig näher kamen. »Es ist in Ordnung«, rief sie. »Im Namen des Kaisers … der Kaiserin. Geht weiter. Behindert nicht unseren Einsatz.«

Sie blickte auf den leblosen Körper. Der Mann trug unauffällige graue Kleidung. Das Tuch, das er sich vor das Gesicht gebunden hatte und das nur die Augen freiließ, war allerdings ziemlich verräterisch.

Meris zog es herunter, aber das Antlitz darunter offenbarte ihr nichts.

»Verdammt.« Sie sah Dauras vorwurfsvoll an. »Er hätte uns lebend mehr verraten können.«

»Egal«, behauptete Dauras. »Ich weiß, mit wem ich darüber rede. Es hat nichts mit den Dingen zu tun, die du untersuchst.«

»Woher willst du das wissen?«, fuhr sie ihn an. »Reichen deine blinden Augen nun schon in alle Verbindungen bei Hofe hinein?«

»Ich glaube, er hat auf mich gezielt«, sagte Dauras. »Nicht auf dich. Nicht auf die Kaiserin. Nicht deine Sache, sondern meine – ich kümmere mich darum.«

Dauras stellte den Kanzler am Tor der Kaiserstadt. Arnulf von Meerbergen war gerade unterwegs zur Marktbrücke, in Begleitung seiner Gefolgsleute. Einer der Ritter wollte Dauras aufhalten, als der auf den Kanzler zuging. Der Mann lag am Boden und rang nach Atem, ohne dass irgendwer den Schlag auch nur gesehen hatte, der ihn niederstreckte.

»Ihr habt immer noch einen Laufburschen bei der Hand, der sich die Finger für Euch schmutzig macht, was?«, fragte Dauras. »Ist es nicht an der Zeit, dass Ihr selbst für Euch einsteht?«

Der Kanzler sah auf Dauras herab, den er weit überragte. Er hielt seine Begleiter zurück, die nach ihrem Schwert greifen wollten. »Ich könnte sehr wohl für mich selbst einstehen«, sagte er, »wenn ich einen Grund dazu sähe. Aber tatsächlich sind Sie derjenige, der gerade einen meiner Ritter niedergeschlagen hat, und über die Gründe für so ein rüdes Verhalten vermag ich allenfalls zu spekulieren.«

»Und was ist mit dem Burschen, der eben in der Stadt auf mich geschossen hat?«

»Was soll mit ihm sein?«, fragte der Kanzler. »Nicht jeder Straßenräuber in Horome steht unter meinem Befehl, wenn es das ist, was Sie mir unterstellen wollen. Im Gegenteil, ich habe mich im Rat oft genug über die Unbotmäßigkeit in dieser Stadt beklagt.«

»Es war kein Straßenräuber«, sagte Dauras. »Es war ein Attentäter mit Giftpfeilen. Und ich weiß genau, dass Ihr mich aus dem Weg haben wollt. Ich spüre es.«

»Sie sind nicht vertraut mit der Stadt«, erwiderte der Kanzler ungerührt, während seine Ritter hinter ihm murmelten. »Vielleicht sollten Sie im Palast und an der Seite Ihrer Herrin bleiben, anstatt sich auf der Straße überfallen zu lassen und anderen dafür die Schuld zu geben.«

»Vielleicht solltet Ihr Euer Schwert ziehen und Euren Streit offen mit mir austragen. Ich habe gehört, dass Ihr selbst ein Schwertkämpfer von Format seid. Nun denn: Ich fordere Euch zum Zweikampf! Habt Ihr so wenig Ehre, dass Ihr Euch davor drückt?«

Der Kanzler schüttelte den Kopf. Er grinste so breit, das sein fein gestutzter Bart sich dabei kräuselte. »Ein Ritter, der den ehrenvollen Zweikampf ablehnt, hat in der Tat seine Ehre verspielt. Aber du vergisst eines, Mönch: Ich bin ein Graf, kein Ritter, und darum ist es unter meiner Würde, einen Zweikampf anzunehmen. Wir werden die Sache also nach Recht und Gesetz und in aller Form klären.« Er sah Dauras an. »Ich werde den Vorfall vor unsere Dienstherrin bringen.

Dann werden wir ja sehen, ob Sie genug vorbringen können, um die Kaiserin davon zu überzeugen, dass Ihre Anschuldigungen zutreffen.«

Als Dauras die Gemächer der Kaiserin betrat, stand Aruda in der Aufmachung eines ritterlichen Pagen vor ihm. »Wo waren Sie?«, fragte sie. »Ich habe auf Sie gewartet!«

Dauras winkte unwillig ab. »Lasst doch diesen Unsinn mit dem ›Sie‹«, knurrte er. »Ich habe heute wirklich keine Geduld dafür.«

»Aber ich habe Sie zum Ritter ernannt«, sagte Aruda. »Alle Urkunden sind gesiegelt. Sie haben das Recht auf eine eigene Anrede.«

»Ich weiß«, sagte Dauras. »Von nun an dürfen die Grafen nur noch mit korrekter *ritterlicher Anrede* auf mich herunterschauen.«

»Was ist passiert?« Aruda fuhr empört auf. »Wer hat Sie geringschätzig behandelt?«

»Der Kanzler hat meine Herausforderung zum Zweikampf abgelehnt«, sagte Dauras.

Aruda stieß die Luft aus. »Ach, Dauras«, sagte sie. »Es wäre mir wirklich lieb, wenn meine Gefolgsleute sich nicht gegenseitig an die Kehle gingen.«

»Ihr habt mich zu Eurem Leibwächter bestellt«, sagte Dauras. »Und dieser Kanzler ist die größte Gefahr bei Hofe, das könnt Ihr mir glauben.«

»Mag sein«, sagte Aruda. »Aber er ist auch nützlich. Und wir sind bei Hofe. Da sollten die Klingen erst dann gezückt werden, wenn es keinen anderen Ausweg mehr gibt. Sollte es einmal dazu kommen, werdet Ihr doch gewiss immer noch mit ihm fertig, nicht wahr, Ritter Dauras?«

»Meinetwegen«, brummelte er. »Irgendwann erwische ich

die Ratte bei einem Verrat, aus dem er sich nicht herauswinden kann. Es ist ja nicht so, dass man sich vor mir *verstecken* könnte. Aber was nutzt mir ein Titel als Ritter, wenn ich mein Schwert nicht ziehen darf?«

»Der Titel dient Ihrem Schutz«, entgegnete Aruda. »Solange Sie keinen Stand haben, kann jeder Edle Sie töten, ohne dass er mehr zu fürchten hat als ein Wergeld.«

Dauras lachte auf. »Jeder kann es versuchen. Und er muss *mich* fürchten.«

»Sie wissen, was ich meine, Ritter Dauras. So mancher bei Hofe hat ein Problem mit Ihrer Gegenwart. Ich will niemanden dazu ermuntern, das mit dem Schwert zu lösen.«

»Mir wäre das lieber«, sagte Dauras. »Doch wenn es Euch beruhigt, mögt Ihr mir den Titel geben. Nur, bitte, redet mich nicht immer als Ritter an. Daran gewöhne ich mich nicht. Wir sollten es so belassen, wie es auf unserer Reise war.« Aruda schmunzelte. »Also gut. Lassen wir die förmliche Anrede. Aber nur unter uns … Für unseren Ausflug ist es ohnehin besser.«

»Was für ein Ausflug?«

»Ich will, dass Sie … dass du zwei Pferde besorgst«, sagte Aruda. »Ich schleiche mich bei der Küchenpforte hinaus, und du wartest da auf mich.«

Dauras und Aruda ritten nach Westen aus der Stadt hinaus. Der Tag war windig, die Wolken jagten über den Himmel und fanden keine Zeit, ihre schwere Last über dem Land abzuladen. Als die belebten Straßen hinter ihnen lagen, fragte Dauras: »Also, wo geht es hin, Majestät?«

»Zum Forst von Ebran«, sagte Aruda. »Ich will nach meiner neuen Hofkaplanin schauen. Sie hat noch nichts von sich hören lassen.«

»Es ist erst ein paar Tage her, dass Ihr angefragt habt«, sagte Dauras.

»Der Sommersitz meines Vaters liegt nur ein paar Wegstunden entfernt«, erwiderte Aruda. »Ein Bote schafft die Strecke zu Schwester Alma und zurück an einem Tag.«

»Ich nehme an, sie hat andere Verpflichtungen«, sagte Dauras. »In drei Tagen steht der nächste Zehnttag für ihre Gemeinde an. Sie kann kaum alles liegen lassen, solange kein Ersatz für den Gottesdienst gefunden ist.«

»Ich will mich nur vergewissern, dass meine Botschaft angekommen ist«, sagte Aruda. »Wenn meine Räte mich hintergangen haben und Schwester Alma nicht Bescheid weiß … Ich schwöre dir, Dauras, ich werde jeden hinauswerfen lassen, der dahintersteckt. Egal, auf welchem Posten er sitzt.«

Der Westen der Stadt war ruhiger als der Osten, ein schmaler Streifen mit wohlgeordneten Vierteln, in denen Edle und besser gestellte Bürger lebten. Nach dem zweiten Mauerring folgten rasch Äcker und Weiden und schmucke Dörfer. Hier war wenig zu sehen von den Ausläufern der Metropole, die im Osten in das Umland wucherten wie ein Geschwür.

Dauras und Aruda ritten auf einer gut befestigten Landstraße. Aufmerksam ließ Dauras seine Sinne schweifen. Es mochte sein, dass jemand ihren Aufbruch bemerkt hatte und die Gelegenheit nutzen wollte, um ihnen aufzulauern.

Nachdem sie eine Stunde geritten waren, kehrten sie in einem Gasthaus ein und aßen zu Mittag. Es war fast wie bei ihrer gemeinsamen Flucht im letzten Monat, nur dass ihre Verkleidung angenehmer war und zumindest die Kaiserin ganz sorglos wirkte. Sie fürchtete keine Verfolger und genoss es, eine andere zu sein.

Eine weitere Stunde später ritten sie am Sommersitz des

Kaisers vorbei, einer parkähnlichen Landschaft, die von einer niedrigen Mauer umgeben war. In der Ferne erspürte Dauras noch Mauern und Türme und Gebäude, die ein wenig zu städtisch wirkten für diese Gegend.

»Ist das ein Dorf?«, fragte er. »Oder eine Burg?«

»Es war wohl einmal eine Burg«, erklärte Aruda. »Doch dann wurden Mauern versetzt und zusätzliche Häuser gebaut, und inzwischen ist fast ein Städtchen daraus geworden. Wir haben jeden Sommer hier verbracht, wenn es in der Stadt unerträglich wurde. Drei Monate zieht der ganze Hof hierher, aber in der Zeit dazwischen ist der Ort beinahe verlassen.«

Bald tauchte der Saum eines Waldes vor ihnen auf: der Forst von Ebran. Aruda führte sie über Waldwege, zwischen kahlen Bäumen hindurch und solchen, die noch ein prachtvolles Kleid von buntem Herbstlaub trugen.

»Ihr kennt Euch gut aus hier«, stellte Dauras fest. »Jedenfalls hoffe ich das, bei all den Abzweigen, die wir genommen haben.«

Aruda lachte. »Ich war schon öfter hier. Es ist ein schöner Ort für einen Ausritt.«

Die Kapelle tauchte vor ihnen auf, in der Form einer Pyramide und aus gewaltigen Baumstämmen gezimmert. Ein einfaches Gotteshaus mit kleinem, dreieckigem Grundriss und doch beeindruckend in der Höhe. Die Spitze ragte bis in die kahlen Baumkronen, in denen riesige Misteln sich an das Geäst der Bäume klammerten wie kugelrunde Vogelnester.

Aruda zügelte das Pferd. Sie zögerte.

»Ich hoffe, Alma ist da«, sagte sie. »Vielleicht hat man ihr etwas angetan, nur damit ich sie nicht zu meiner Erzkaplanin mache.«

»Ich rieche Rauch«, sagte Dauras. »Ein Herdfeuer.«

Sie ritten weiter. Vor der Kapelle saßen sie ab und banden

die Pferde an einen Busch. Aruda öffnete die Tür und spähte ins Innere, aber Dauras wusste, dass das Gotteshaus leer war. »Sie ist draußen«, teilte er Aruda mit. Gemeinsam gingen sie um das hölzerne Gebäude herum, das ein wenig an eine Turmspitze ohne Unterbau erinnerte.

Schwester Alma stand im Garten ihrer kleinen Hütte hinter der Kapelle, über ein Beet gebeugt, und kümmerte sich um die letzten Kräuter, die so spät im Jahr noch wuchsen. Aruda erkannte sie sofort, die Frau in der braunen Kutte, die gar nichts von einer Priesterin an sich hatte.

»Alma!« Sie lief auf die Schwester zu.

Alma richtete sich auf. Sie wischte sich die Hände an der Schürze ab, streckte Aruda die Arme entgegen und lächelte. Dauras spürte ihre Herzlichkeit, aber auch eine gewisse Zurückhaltung.

»Mein Kind«, sagte sie.

»Schwester Alma!«, rief Aruda. »Ich bin froh, dass es Euch gut geht.«

»Ich habe nicht mit Eurem Besuch gerechnet, Prinzessin«, sagte die Geistliche. »Sonst hätte ich mich ein wenig besser vorbereitet. Ihr seid jetzt die Kaiserin, habe ich gehört.«

Sie sah Dauras an und ließ den Blick über den Wald schweifen, wie um nach weiterem Gefolge Ausschau zu halten. Dann wanderten ihre Augen zurück zu dem Mönch, und Dauras spürte, wie sie misstrauisch die Stirn runzelte, als sie die Insignien des Schwertkultes erkannte.

»Ihr reist nur mit einem Leibwächter«, stellte sie fest.

Aruda nickte. »Er ist genug. Er hat mich beschützt, als ich ganz allein war und irgendwelche Schurken mich ermorden wollten.«

»Ich habe davon gehört«, sagte Alma. »Zumindest ein wenig.«

Sie ging mit Aruda zu ihrer Hütte.

»Haben meine Boten Euch erreicht, Schwester?«, fragte Aruda.

Alma nickte, ohne etwas zu sagen.

»Ich möchte Euch gern bei mir im Palast haben«, sagte sie. »Wir haben eine kleine Kapelle dort, gleich unter meinen Fenstern.«

»Ach wisst Ihr«, sagte Alma. Sie klang ein wenig hilflos. »Der Palast …«

Sie traten ein. Die Hütte neben der Waldkapelle war niedrig und düster, doch es war warm. Ein kleiner Eisenofen bullerte, Büschel von Pflanzen hingen zum Trocknen unter der Decke. Es roch nach Salbei und Pfefferminze und nach anderen Kräutern.

»Ich kann ein wenig Beistand gebrauchen«, sagte Aruda. »Und niemand hat das Amt mehr verdient als Ihr. Wisst Ihr, dass der Erzkaplan zu den drei Erzämtern des Reiches gehört?«

»Ach ja …« Alma strich sich verlegen eine Strähne ihrer braunen Haare aus der Stirn. »Seid Ihr sicher, Majestät, dass das nicht ein wenig zu viel für mich ist? Ich habe bisher ja noch nicht einmal die Hauptstadt gesehen.«

»Ich zeige Euch alles«, sagte Aruda. »Ich kenne mich aus in der Stadt. Ich habe nicht immer nur im Palast gesessen.«

»Ja«, sagte Alma. Sie ließ sich schwer auf einen Hocker sinken und sah sich in der Hütte um. »Das wäre eine Umstellung für mich. Ich glaube, ich würde den Wald vermissen.«

»Wann könnt Ihr kommen?«, fragte Aruda. »Ich werde eine große Feier für Euch ausrichten.«

»Um Bponurs willen.« Schwester Alma winkte ab. »Ich bin nur eine demütige Dienerin des Höchsten. So viel Aufhebens um eine kleine Priesterin …«

»Der Kanzler hat einen Ball zu seiner Amtseinführung bekommen. Ihr sollt Euch nicht klein fühlen gegen ihn.«

Alma sprang auf. »Wo bleibt meine Gastfreundschaft! Kann ich Euch ein Glas Wein anbieten? Eine kleine Vesper?«

Sie saßen den Nachmittag über bei der Priesterin. Aruda war meist diejenige, die sprach. Sie erinnerte sich an die früheren Besuche hier in der Kapelle. Schwester Alma wirkte ein wenig bedrückt. Sie lachte, wenn sie mit Aruda über die Vergangenheit sprach. Doch wenn es um die Reise in die Hauptstadt ging, wiegelte sie ab. Sie hatte noch einiges hier zu ordnen. Es gab Kranke in ihrer Gemeinde, denen sie Segen und Gebete versprochen hatte. Ihr Garten musste gerichtet werden …

Als Dauras und Aruda zurück in die Hauptstadt ritten, war Aruda nachdenklich.

»Ich frage mich«, sagte sie, »ob vielleicht irgendwelche Prälaten ihr Angst gemacht haben.«

»Vielleicht«, sagte Dauras. »Aber ich glaube nicht, dass das nötig war.«

»Was glaubst du, wann sie zur Reise bereit ist? Vielleicht sollte ich sie langsam in das Amt hineinwachsen lassen. Sie kann ja dann und wann in die Hauptstadt reisen und mich besuchen, und zwischendurch hier nach ihrer Gemeinde sehen.«

»Das wäre ungewöhnlich für einen Erzkaplan, nicht wahr?«, befand Dauras.

»Sicher«, sagte Aruda. »Aber wenn sie ein wenig scheu ist, fällt es ihr so möglicherweise leichter. Es ist ja nicht weit. Und wenn sie das Fest der Freude im Palast erlebt … vielleicht findet sie dann Gefallen daran.«

»Ich fürchte«, sagte Dauras, »Ihr tut ihr keinen Gefallen mit der Ernennung.«

»Sie hat nur um etwas Zeit gebeten«, sagte Aruda. »Sie hat nicht gesagt, dass sie gar nicht kommen will.«

Es ist schwer, Nein zu sagen zu seiner Kaiserin, dachte Dauras bei sich.

Am Abend, als er in sein Haus zurückkehrte, schickte Kanzler Arnulf von Meerbergen seine Männer fort. Er zog sich in seine Räume zurück und brüllte seine Wut hinaus.

Danach ging es ihm ein wenig besser.

Sobald seine Gedanken zur Ruhe kamen, hörte er seinen Dämon wieder: »Dieser Mönch ist gefährlich. Du musst ihn aus dem Weg räumen, bevor er dich irgendwann erwischt.«

Der Kanzler winkte ab. »Ich habe mir vom Hofrat die Berichte zeigen lassen. Der blinde Herumtreiber ist ein Halunke, aber er hat noch niemals ohne Grund getötet. Nie einen Unbewaffneten, niemals einen, der ihn nicht zuerst angegriffen hätte.«

»O-oh«, spottete der Dämon. »Willst du mir erzählen, der Verrückte hätte ein Gewissen?«

»Gewiss nicht«, sagte der Kanzler. »Aber sein ganz Wahnsinn ist es nun einmal, dass er sich für einen von den Guten hält. Er braucht einen Vorwand zum Töten. Diesen Vorteil werde ich nutzen, bis ich seine Schwäche gefunden habe.«

»Deine Schwäche ist es, dass du ihn aus dem Weg räumen willst, ohne die Gunst der Kaiserin zu verlieren«, sagte der Dämon.

Der Kanzler knirschte mit den Zähnen. »Das ist keine Schwäche. Ich habe die Geduld, um meine Pläne umzusetzen. Und ich werde einen Weg finden, um diese Plage loszuwerden, ohne mir die Hände schmutzig zu machen.«

19.11.962 – HOROMES INSEL

Meris fühlte sich, als hätte Dauras ihr persönlich ein Bein gestellt. Wie sollte sie jetzt noch mit den Würdenträgern des Reiches über den Tod des alten Kaisers reden? Nach dem Auftritt des verrückten Schwertkämpfers vor dem Kanzler würde sie selbst wirken wie eine Wahnsinnige, die ehrbare Persönlichkeiten grundlos eines Verbrechens bezichtigte!

Dauras' Auftreten und die Sorge, mit ihm in Verbindung gebracht zu werden, hingen wie ein Bleigewicht an jedem ihrer Schritte. Dennoch musste sie zugeben: Es lag nicht nur an ihm, dass sie bei ihren Ermittlungen nicht weiterkam.

An diesem Tage hielt sie inne und überdachte ihre Lage. Sie saß auf einer Steinbank im Vorhof, sah einem Trupp Gardisten beim Exerzieren zu und genoss die Sonne an diesem ungewöhnlich klaren Novembertag.

Wenn ein Weg in eine Sackgasse führt, muss man mitunter umkehren und einen anderen Abzweig wählen, auch wenn man ihn zuvor verworfen hat.

Sie dachte an den toten Erzkaplan. Bertin von Ebran hatte Selbstmord begangen, und allem Anschein nach stand dieser Vorfall in keinem Zusammenhang mit dem Tod des Kaisers … wenn da nicht dieser Abschiedsbrief mit seinen Andeutungen wäre.

Meris beschloss, die Verbindungen des Erzkaplans noch einmal zu überprüfen. Sie erhob sich, ging zum Haupttor und verließ die kaiserliche Stadt.

Das Tempelhospital lag auf der südlichen Seite des Tempelplatzes. Meris ging an der großen Kathedrale vorüber und sah schuldbewusst auf das riesige dreieckige Gebäude, das sich zur einen Kante hin wie ein Keil gen Himmel hob. Die glitzernde Kuppel ragte darüber auf. Beim letzten Mal, als sie hier gewesen war, war das Bauwerk in Regen und Dunkelheit getaucht gewesen. Jetzt blickte Bponurs Auge strahlend vom Firmament herab, und Meris fröstelte bei dem Gedanken, dass er sie und ihre Taten sehen könnte.

Sie zog den Kopf ein und huschte über den Platz, auf das weitläufige graue Hospital zu. Das Hauptgebäude lag mit der Schmalseite zum Platz hin, das Portal darin war von Säulen flankiert. Unter dem Dachfirst verlief ein Relief, auf dem eine unübersehbare Masse von Ungeheuern, Geistern und Dämonen wild durcheinander wimmelte. Gewaltige Recken mit Helm und strahlendem Sonnenschild ragten darüber hinaus, die Paladine Bponurs, die die Übel Gotors unter ihren schweren Stiefeln zermalmten.

Meris warf einen kurzen Blick hinauf und fragte sich, wie viele der Kranken, die durch dieses Tor schritten, wohl unweigerlich daran dachten, dass dann und wann eines der Übel dem Getümmel unbemerkt entkommen musste, und wie schnell es dann von den Reliefs an der Front des Gebäudes gleich in das Haus der Heilung kriechen konnte.Schritte und Stimmen hallten in dem Saal wieder. Treppen und Türen im hinteren Teil führten in die anderen Trakte des Gebäudes. Meris erkundigte sich nach einem Bruder Havad und ließ sich von einer Novizin durch das Haus geleiten.

Vom Kammerdiener des Erzkaplans hatte sie erfahren, dass dieser im Laufe des letzten Jahres viele Heiler aus dem Hospital empfangen hatte. Das waren ungewohnte und neue Freundschaften, und Havad war unter ihnen der häufigste Besucher gewesen. Er war der erste Zeuge außerhalb des Palastes, den Meris befragen wollte.

Die Novizin zeigte ihr drei Heiler und Helfer, die auf den Namen Havad hörten. Keiner von ihnen hatte je mit dem

Erzkaplan gesprochen, und keiner passte zu der Beschreibung, die Meris vom Kammerdiener erhalten hatte. Zuletzt führte die Novizin sie aus einem Seitenflügel des Hospitals hinaus und auf einen kleineren, gedrungenen Bau zu, der ringsum von hohen Hecken umschlossen war. Diesen Teil des Tempelhospitals hatte Meris noch nie zuvor gesehen.

»Was ist das für ein Haus?«

»Das Haus der verlorenen Geister«, antwortete die Novizin. Sie wirkte beklommen. »Dort kümmern wir uns um jene, deren Krankheit nicht den Leib befallen hat, sondern die an der Seele selbst Schaden genommen haben.«

Meris wusste, was das bedeutete. *Wahnsinn und Besessenheit.*

Sie fröstelte, und über dem abgeschiedenen Bauwerk schien mit einem Mal sogar die Sonne matter zu scheinen. Sie gelangten zu einer kleinen schweren Pforte, die verschlossen war. Auf ihr Klopfen hin öffnete ein Bruder.

Der Pförtner brachte Meris zu einem hellen Kontor im Obergeschoss. Ein Tisch, mehrere Stühle, geistliche Schriften, keinerlei persönlicher Anstrich – es war ein Raum, in dem Besucher empfangen wurden, kein Ort, wo einer der Heiler tatsächlich arbeitete.

Als schließlich ein Priester mittleren Alters mit braunen Haaren und in einer gelben Robe mit rotem Saum den Raum betrat, erkannte Meris sofort, dass sie den richtigen Mann vor sich hatte. Sie ging auf ihn zu.

»Bruder Havad«, sagte sie. »Ich muss mit Euch über den Erzkaplan sprechen.«

Sie sah, wie der Mann zusammenzuckte, dann rang er sich ein Lächeln ab. Er bot ihr einen Platz auf einem der Stühle an.

»Wir bedauern seinen Tod sehr. Er hat wirklich alles getan für die Sache der Kirche bei Hofe.«

»Tatsächlich? Ich habe eher gehört, er hat ein munteres Leben geführt und wurde öfter bei den Bällen unter den Fürsten gesehen als in seiner Kapelle oder an der Seite des Kaisers.«

Havad starrte sie erschrocken an. Er rang sichtlich um Fassung. »Aber … Ihr könnt …«

»Ihr habt ihn oft besucht in den Monaten vor seinem Tod.«

Havad atmete tief durch. Er sammelte sich einen Augenblick und sprach dann ruhig weiter: »Wir haben darüber geredet, wie man den Glauben im Reich stärken kann. Was auch immer Bruder Bertin für einen Eindruck vermittelt hat – er war aufrichtig besorgt um den spirituellen Zustand bei Hofe. Natürlich hat er den Kontakt zu den Großen gepflegt – doch nur, weil er sie auf diesem Wege erreichen konnte! In zwangloser Runde kommt man den Seelen der Menschen mitunter näher, als wenn man darauf wartet, dass sie in die Kapelle kommen und einer Predigt lauschen.«

»Waren das seine Worte, oder sind das Eure Gedanken?«, fragte Meris. »Ihr betreut die Gemütskranken des Hospitals. Da dürftet Ihr weder mit Geselligkeit noch mit dem Predigen im Tempel viel Erfahrung sammeln.«

Havad verzog das Gesicht. »Was genau wollt Ihr eigentlich von mir? Im Augenblick kommt es mir fast so vor, als wolltet Ihr meine priesterliche Geduld und Demut auf die Probe stellen.«

»Die Kaiserin hat mich beauftragt, den Tod ihres Hofkaplans zu untersuchen.« Meris lächelte den Heilkundigen liebenswürdig an. »Das betrifft seinen Lebenswandel, seine Verbindungen und damit auch Euch.«

»Nun gut«, sagte Havad. »Wenn Ihr wissen wollt, ob ich irgendetwas mit dem Tod des Kaplans zu tun habe – meinetwegen. Bponur weiß, diese Frage ist berechtigt. Aber wenn Ihr Bruder Bertins Gesinnung in Zweifel zieht, so tut Ihr ihm unrecht. Er hat sein Bestes gegeben, nicht nur für den Glauben, sondern für das Wohl aller.«

»Er hat sich das Leben genommen«, wandte Meris ein. »Weckt das nicht Zweifel an seinem Charakter?«

Havad verzog gequält das Gesicht. Sein Blick schweifte zu den Fenstern, doch durch das trübe Glas konnte er nicht hinausschauen. »Es ist allenfalls … tragisch«, stieß er hervor. »Wenn er verzweifelt war, dann nur, weil er das Beste wollte, und … nun, die Welt ihm etwas anderes gegeben hat.«

»Und Ihr fühlt Euch schuldig?«

Havad zuckte wieder zusammen. »Nun ja«, sagte er. »Wie Ihr wisst, habe ich oft mit Bruder Bertin gesprochen. Er war ein Freund für mich. Und Ihr kennt meine Berufung im Orden. Hätte ich also nicht erkennen müssen, wie es um ihn steht, und ihm helfen müssen?«

»War er denn gemütskrank?«, fragte Meris. »Hat er darum Euren Rat gesucht?«

»Nein …« Havad zögerte. »Ja … Nein, er hat nicht meinen Rat gesucht. Ich glaube, als wir uns zum ersten Mal trafen, war ich derjenige, der ihn ansprach. Aber er hat sehr unter allem gelitten, was … was einfach nicht gottgefällig ist. Gewisse Dinge bei Hofe. Die Zustände im Reich. Das Verhalten der Menschen. Wir haben uns oft darüber unterhalten, wie man die Welt heilen könnte. Natürlich nur ihm Rahmen des Auftrags, den Bponur seinen geweihten Vertretern erteilt hat.«

Anstatt auf meinen Gott zu vertrauen, wollte ich selbst die Welt heilen.

Meris dachte an die Worte aus dem letzten Brief des Kanzlers, die jetzt auch der Heiler benutzte.

»Könnt Ihr Euch vorstellen, wie der Erzkaplan Unglück über das Reich bringen konnte bei seinem Versuch, die Welt zu heilen?«, fragte sie.

Der Heiler schaute auf den Tisch. »Nein … nein … Wie kommt Ihr darauf?«, stammelte er endlich.

»Er hat einen Brief hinterlassen. Er meinte, er habe sich

über sein Amt erhoben, und sein Tod sei die Strafe dafür. Ich habe das Gefühl, Ihr könntet mir mehr darüber sagen.«

Doch Bruder Havad hatte keine Antworten mehr für sie, und schließlich verabschiedete Meris sich, entschlossen, noch einmal wiederzukommen, aber zuvor gab es weitere Priester, mit denen sie reden wollte, andere ungewöhnliche Verbindungen, die der Erzkaplan im letzten Jahr vor seinem Tod gepflegt hatte. Die meisten von ihnen waren gleichfalls Heiler oder Helfer am Tempelhospital.

»Kennt Ihr Bruder Hamur?«, fragte sie Havad, nachdem sie sich bereits erhoben hatte.

»Hamur? Nein … Ich meine, ja. Ich kenne natürlich einen Bruder Hamur. Mehrere sogar, zumindest flüchtig.«

»Ich meine den stellvertretenden Leiter der Apotheke des Hospitals. Bruder Hamur, den Gelehrten für Heilmittel.«

»Ja, den«, sagte Havad. »Das ist der, den ich am besten kenne. Er … bringt Kräuter für die Gemütskranken. Beruhigungsmittel. Wir … reden öfter miteinander. Warum wollt Ihr das wissen?«

»Er steht auch auf meiner Liste. Wisst Ihr, was er mit dem Erzkaplan zu tun hatte?«

Havad zuckte die Achseln. »Vielleicht haben Sie über Heilkräuter geredet. Bruder Bertin hatte einen kleinen Garten gleich bei der Hofkapelle.«

Anschließend besuchte Meris im Tempelhospital Schwester Gradis und Schwester Daria, zwei Heilkundige, die sich vor allem für die mittellosen Patienten einsetzten, dazu noch ein paar Priester von niederem Rang. Sie alle hatten nicht nur in Verbindung mit dem Erzkaplan gestanden, sie waren auch untereinander vertraut. Sie hatten regelmäßig in der Küche des heiligen Bezirks gemeinsam gespeist und lange miteinander geplaudert.

Es fühlte sich fast an wie eine Verschwörung unter Priestern. Doch zu welchem Zweck, und welche Verbindung gab es zum Tod des Erzkaplans oder gar des Kaisers? Meris nahm sich vor, diese Brüder und Schwestern genauer unter die Lupe zu nehmen und auch Leute aus deren Umfeld zu befragen. Zumindest war es eine vielversprechende Spur, und sie fühlte sich nicht mehr so hilflos in einem Morast gefangen wie bei ihren Verdächtigen bei Hofe.

Eine Priesterin stand noch auf ihrer Liste: Schwester Cendris, eine junge Geistliche, die in der Bibliothek des Tempels Dienst tat und ebenfalls zu dem Kreis um die Heiler gehört hatte. Ein weiteres Mal schritt Meris über den Platz auf die Kathedrale zu, der bereits tief im Schatten lag. Beim Pförtner der Bibliothek trug sie ihr Anliegen vor.

Der ältere Bruder hatte eine einfache braune Kutte an und gehörte offenbar zu irgendeinem Orden, der ein Armutsgelübde abgelegt hatte. Er blickte von Meris zu der Vollmacht, die sie im zeigte. Mit einem eigentümlichen Blick sah er dann wieder Meris an.

»Schwester Cendris wollt Ihr sprechen?«, wiederholte er. »Da kommt Ihr zu spät.«

»Warum?«, fragte Meris.

»Schwester Cendris hat sich in den Fluss gestürzt. Vor einem Monat schon.«

»Was?«, entfuhr es Meris. *Noch ein Selbstmord!* »Wisst Ihr, weshalb?«

Der Mönch schüttelte bedächtig den Kopf. »Der Tod des Kaisers ging ihr sehr nahe. Sie war zuvor niemals als eine glühende Verehrerin unseres weltlichen Herrschers aufgefallen, auch wenn sie eine übertriebene Sorge um die weltlichen Verhältnisse an den Tag gelegt hat.« Missbilligend schnalzte er mit der Zunge. »Wie auch immer, sie schien den Tod unseres Herrschers nicht verwinden zu können. Und nur zwei Tage später folgte sie ihm nach.«

Meris dachte darüber nach, ob sie in die kaiserliche Stadt zurückkehren oder gleich über die Marktbrücke nach Hause gehen sollte. Aber der Weg durch den Palast war kürzer, und die Stadt außerhalb der Insel war unruhig in den letzten Tagen: Der Kanzler hatte Unmut erregt, als er das Korn einsammeln ließ, nicht zuletzt durch die Art, wie er dabei vorging.

Es wurde bereits dunkel, und es war sicherer, die besser bewachten Straßen der Insel zu nehmen. Meris zog den Kopf ein vor dem schneidenden Wind, der mit dem Abend aufgekommen war, und schritt die Hauptstraße entlang.

Die »Schildkröte« am Tor zur kaiserlichen Stadt kannte sie und fragte sie nicht nach ihrer Berechtigung.

Meris eilte über den Exerzierplatz. Plötzlich legte sich eine Hand auf ihre Schulter, und sie fuhr herum. Sie griff nach einem Dolch, doch im selben Augenblick wurde sie am Handgelenk gepackt.

»Ruhig, meine Liebe«, flüsterte eine Stimme an ihrem Ohr. »Fühlst du dich etwa verfolgt?«

»Dauras!« Meris schüttelte seine Hand ab. »Was schleichst du dich so an?«

»Weil ich es kann.« Dauras trat neben sie und wartete, bis sie weiterging. »Ich finde es immer wieder faszinierend, wie blind die meisten Menschen sind, ganz besonders, wenn man von hinten an sie herantritt.«

Meris glaubte, dass sie ein gutes Gespür für Gefahren besaß, selbst wenn der Gegner von hinten kam. Aber Dauras bewegte sich so lautlos, dass sie ihn nicht wahrnehmen konnte.

»Ich hoffe, irgendwann gerätst du an den Falschen, wenn du so mit deinen Fähigkeiten prahlst. Wie ich gehört habe, machst du dir ohnehin fleißig Feinde.«

»Keinen, der nicht schon vorher mein Feind gewesen wäre.«

»Da bin ich mir nicht so sicher«, murmelte Meris. »Ich hätte nicht übel Lust, dich auf meine Liste zu setzen. Nicht nur wegen deinen Spielchen. Du behinderst meine Aufgabe, wenn du herumläufst und grundlos Leute beschuldigst!«

»Wenn du einen Anschlag auf mich vorhast, dann stell dich hinten an«, entgegnete Dauras gleichmütig. »Das haben schon ein paar versucht, und wie du siehst, geht es mir ganz gut.«

»Ein paar?«, fragte Meris überrascht. »Außer dem Maskierten in der Stadt? Na ja, es sollte mich nicht wundern. Du bist dem Kanzler ganz übel auf die Füße getreten.«

»Vorher schon«, sagte Dauras. »Oder glaubst du, ich wäre so dumm, den Kanzler nur aufgrund eines einzigen Zwischenfalls und ohne weitere Hinweise zu beschuldigen?«

»Ehrlich gesagt, ja«, sagte Meris. »Ich dachte mir, das passt zu dir. Was ist sonst noch passiert?«

»Ein Armbrustschütze auf einem Dach, hier in der Kaiserstadt. Ich habe ihn nach seinem Auftraggeber gefragt, aber den hatte bereits jemand zum Schweigen gebracht. Dann war da eine Gruppe von Rittern, die so taten, als wären sie nur auf Streit aus – aber ich bin überzeugt, sie hätten mich erschlagen, wenn sie gekonnt hätten. Du hast gehört, was mit dem Lagermeister der Kämmerei geschehen ist? Das war ein ganz ähnlicher Vorfall. Und hinzu kommen noch ein paar Straßenräuber und Messerstecher in der Stadt …«

»… was vorkommen kann. Vor allem, wenn man überall herumläuft und sich nicht auskennt.«

»Gut«, räumte Dauras ein. »Ich sage nicht, dass alles, was mir in der Hauptstadt widerfahren ist, gezielte Anschläge auf mein Leben waren. Und auch nicht, dass für jeden dieser Anschläge der Kanzler verantwortlich ist. Doch es waren zu oft Mittelsmänner oder Ritter beteiligt, die mit den Kreisen des Kanzlers in Verbindung stehen. Er verwischt seine Spuren, aber sein Name fällt ein wenig zu oft, als dass ich an einen Zufall glauben könnte.«

»Hast du mit der Kaiserin darüber gesprochen?«, fragte Meris.

Dauras schnaubte. »Ich soll sie beschützen, nicht sie beunruhigen.«

»Allmählich habe ich das Gefühl, du beschützt sie am besten, indem du dich von ihr fernhältst«, sagte Meris.

Dauras wandte ihr den Kopf zu und richtete seine leeren grauen Augen auf sie. »Denkst du, ich werde angegriffen, weil ich so ein unangenehmer Typ bin, der mit jedem in der Stadt Streit hat?«

»Ehrlich gesagt …«, fing Meris an.

Dauras schnitt ihr das Wort ab. »Spar es dir. Nein, ich werde angegriffen, weil man mich aus dem Weg haben will. Damit man besser an die Kaiserin herankommt. Würde ich fortgehen, hätten die Angreifer ihr Ziel erreicht, und die Kaiserin wäre ihr nächstes Opfer. Also zeige ich mich und gebe ein Ziel ab, damit sich irgendwann einmal einer meiner Gegner zu weit vorwagt. Die Kaiserin ist dann am sichersten, wenn ich die Hintermänner erwische und endlich Beweise vorlegen kann.«

Meris musste einräumen, das klang nicht so dumm. »Die Frage ist nur, was zuerst geschieht«, wandte sie ein. »Ob einer der Hintermänner einen Fehler macht und sich durch einen Angriff selbst entlarvt oder ob er einfach sein Ziel erreicht und dich erwischt. Köder werden oft gefressen, und es ist nicht klug, wenn man Köder und Angler zugleich sein will.«

»Oh«, sagte Dauras. »Ich bin schwer zu schlucken. Wie man sieht.«

»Solange dir niemand eine Bleikugel in den Schädel jagt«, sagte Meris. »… He, wo wollen wir eigentlich hin?« Sie hatte in Richtung der Marmorbrücke abbiegen wollen, aber Dauras schob sie auf der Hauptstraße weiter und ging mit ihr geradewegs auf den inneren Palast zu.

»Ich wollte deinen Rat beherzigen«, sagte Dauras. »Heute Abend brauche ich jemanden, der mir den Rücken freihält. Und wie du gerade festgestellt hast: Bisher hat niemand mit einer Bleikugel auf mich geschossen. Was bedeutet, dass du nicht zu denen gehörst, vor denen ich mich hüten muss.«

Die Wohnstatt von Sortor, der neuen Hofmagierin des Palastes, lag über einem kleinen Innenhof. Es war nicht eigentlich ein Turm, sondern ein erkerartiger Vorbau an einem Nebenflügel. Die Spitze des Erkers ragte über das Dach des Gebäudes hinaus.

Die Nacht war klar und kalt. Der Mond stand zu einem Dreiviertel voll am Himmel und tauchte den Hof und Sortors Erker in ein geisterhaftes Licht. Meris fröstelte. Sie sah nichts von den Schatten, die nach Dauras' Schilderungen um die Erkerspitze kreisten. Dennoch fühlte sie sich unbehaglich.

Sie und Dauras warteten eine ganze Weile schweigend im Durchgang zu dem Hof. Mitunter sahen sie ein Licht hinter einem der Fenster, aber niemand kam zu ihnen, niemand schaute heraus.

Es ging schon auf Mitternacht zu, da fühlte Dauras eine Annäherung. Er ließ seine Sinne ausgreifen, so weit er nur konnte, und tatsächlich warf das Ding einen dichteren Schatten in seinem Geist als jeder feste Gegenstand. Es war wie eine Verzerrung in der Wirklichkeit, und wenn das, was er wahrnahm, eine Gestalt besessen hätte, so hätte es die Form eines kleinen Drachen gehabt.

»Es kommt«, flüsterte er Meris zu.

Das Wesen – der Geist, der Dämon, was immer es war – kam durch die Luft von Westen heran. Es zog über die Dächer, beschrieb einen Kreis um die Spitze des Erkers und verschwand dann geradewegs durch das einzige erleuchtete Fenster ganz oben.

Dauras wartete einen Augenblick, dann drehte er den Gürtel mit dem Schwert nach hinten und fuhr mit den Handflächen über seine Kutte.

»Dann mache ich mich mal auf den Weg.«

»Ich habe nichts gesehen«, wisperte Meris. »Willst du wirklich dort hinauf?«

Dauras nickte. »Ich muss wissen, was die Hexe treibt. Hast du etwas gefühlt?«, flüsterte er zurück.

»Es ist kalt«, erwiderte Meris. »Und du hast mir gesagt, dass etwas kommt. Das würde jeden erschaudern lassen.«

»Halte aus«, sagte Dauras. »Und pass auf, dass mich keiner sieht, während ich an der Mauer hänge. Und erstatte der Kaiserin Bericht …« Er grinste. »… falls der Köder verschluckt werden sollte.«

Dauras huschte über den Hof. Er legte die Hand an die Wand des Erkers und spürte der Struktur des Mauerwerks nach bis hinauf zur Spitze. Deutlich nahm er den Weg vor sich wahr, die Tritte und Fugen, die ihm Halt geben konnten. Er schob die Fingerspitzen in einen Mauerspalt, zog sich hoch, und schon kletterte er an der scheinbar glatten Wand empor, ohne Halt, ohne Zögern.

Es lag nun fast einen Monat zurück, dass ihm das Bleigeschoss an die Hand geschlagen war. Die Schwellung war abgeklungen, aber die Finger schmerzten, wenn er sie belastete. Dennoch, sie trugen sein Gewicht, und er brauchte nicht länger für den Weg hinauf, als wenn er die Treppe genommen hätte.

Zwei Handbreit unter dem Sims des offenen Fensters hielt er inne. Mit seinen Sinnen erfasste er den Raum dahinter, ein großes Zimmer mit einem niedrigen Kamin, einem Tisch in der Mitte und mehreren Regalen, Schränken und kleineren Tischchen an den Wänden. Das Ding, das er erspürt hatte, saß auf dem Tisch. Sortor hockte davor auf einem Schemel. Dauras hörte ihre Stimme durch das Fenster, und die leisen zischelnden Worte des kleinen Drachen. In dem Gezischel allerdings schwang noch ein anderer Unterton mit, so als würde ein Mann aus der Ferne durch eine züngelnde Flamme reden.

Dauras klebte an der Wand wie eine Spinne und lauschte.

»… bin kein Gesandter«, sagte die zischelnde Stimme mit dem tiefen Beiklang. »Ich habe keine Zeit für so etwas. Meine Forschungen …«

»Deine Forschungen werden sehr darunter leiden, wenn es zum Krieg kommt.«

Die Stimme lachte. »Das glaube ich nicht. Krieg ist gut. Tote und Gefangene, von denen ich welche abzweigen kann. Ritter und ihre Herren, die in die Schlacht ziehen und unsereins in Ruhe lassen. Ganz anders als jetzt, wo ich in dieser Provinz feststecke und nicht einmal einen ruhigen Raum für mich habe.«

»Wenn der Wohlstand deines Herrn wächst und du deinen Beitrag dazu leistest, wird der Graf gewiss ein wenig mehr für dich abzweigen.«

»Vielleicht. Oder er wirft mich wieder hinaus, wenn ich ihm einen Vorschlag des Kanzlers unterbreite. Du bietest mir wenig, Sortor.« Die dunkle zischelnde Stimme klang vorwurfsvoll. »Du hast meinen Platz eingenommen, du sitzt auf allem, was ich in der Hauptstadt aufgebaut habe, und jetzt soll ich dein Laufbursche sein?«

Dauras hörte ein Scharren aus dem Raum. Sortor beugte

sich vor, dichter an das Geistergeschöpf auf dem Tisch heran. Ihre Stimme wurde leiser, aber drohend:

»Hör zu, du unbedeutender Popanz von einem Zauberer! Dein Platz interessiert mich genauso wenig wie Fliegendreck am Fenster! Ich hatte einen eigenen Palast an den Hängen des Ephelgrat, und die wandernden Stämme haben mich als Göttin verehrt. Ich habe mir ein Reich aufgebaut und hatte meine Hände schon nach Süden ausgestreckt, als mir der scheinheilige Mahdi und seine dressierten Affen alles genommen haben.

Also heul mir nicht die Ohren voll darüber, was du verloren hast oder was ich dir genommen habe. Ich will zurückhaben, was mir gehört! Und dafür brauche ich deine pissige kleine Grafschaft und noch viel mehr. Du darfst mir also dienen und zu deinem Grafen laufen und ihm mein Angebot übermitteln, oder ich werde dich von hier aus zertreten, ohne meinen Erker überhaupt zu verlassen. Ich werde deine Eingeweide über den ganzen Schweinekoben verteilen, den du jetzt deinen Wohnsitz nennst … Runnik, hörst du mir zu?«

Die zischelnde Stimme antwortete nicht mehr. Dauras spürte, wie etwas aus dem Raum verschwand, eine Art weitere Dimension, die dem Geisterdrachen angehaftet hatte und die ihm, Dauras, erst jetzt bewusst wurde, als sie nicht mehr da war.

Sortor schrie zornig auf. Sie packte den kleinen Geist mit Fingern, deren Fleisch mit einem Netz von Kraft umsponnen war. Sie schleuderte die Kreatur in den Kamin, und die Flammen darin loderten höher auf und veränderten sich. Dauras sah eine feurige Kugel in seinem Geist, einen Lichtblitz, der ihm die Seele zu verbrennen drohte … Dann zerbarst der Drachengeist, und eine heiße Lohe fegte aus dem Raum und über Dauras' Kopf hinweg.

Seine innere Wahrnehmung wurde zu einem Schmerz, der

seinen ganzen Kopf füllte, und mit einem Mal war er geblendet, und alle seine Sinne waren betäubt. Um ein Haar hätte er losgelassen, zwölf Schritt über dem harten Pflaster.

Mit tauben Fingern krallte er sich in das Mauerwerk, und als er sich ein wenig erholt hatte, stieg er langsam und mit zitternden Gliedern zu Meris hinab.

21.11.962 – HOROME

Was die beiden Fälle verband, war das Gift. Auch wenn das, was den Kaiser getötet hatte, kaum etwas mit den einfachen Heilmitteln gemein hatte, die sie beim Erzkaplan gefunden hatte, so erforderte doch beides Erfahrung mit tödlichen Substanzen.

Als Meris an diesem Vormittag über die Brücke zur kaiserlichen Insel schritt, hatte sie einen Entschluss gefasst: Sie wollte Bruder Hamur befragen. Als Apotheker am Tempelhospital war er der Mann, bei dem beide Spuren zusammenliefen. Opium und Eisenhut waren in der Apotheke des Hospitals zu bekommen.

Meris eilte die Hauptstraße entlang zum Tempel und zum Hospital. Sie wusste, wo Hamur arbeitete, und ging direkt zu dem Anbau, wo auf mehreren Stockwerken Heilmittel hergestellt und gelagert wurden.

Der Bruder Pförtner ließ sie durch, als sie ihm ihr Anliegen vortrug. Aber Hamur war nirgends zu finden. Meris sah sich in allen Räumen um, und schließlich wandte sie sich an eine Priesterin, die mit einem Büschel getrockneter Kräuter im Arm an ihr vorüberhuschen wollte.

»Ich muss zu Bruder Hamur«, sagte sie. »Und zwar sofort.«

Die Schwester nickte. Sie legte die Kräuter auf einem Tisch ab und bedeutete Meris wortlos, ihr zu folgen.

Diese war überrascht, als sie die Pharmazie wieder verließen und in einen anderen Teil der Klinik gingen. Dort stiegen sie hinab in einen kühlen Keller. Die Lampen brannten hier besonders grell – die Flamme in den Glaskolben ließ ein feines Gitternetz darin gleißend erglühen. Die Priesterin trat zu einem Geistlichen und stellte ihm Meris vor.

»Bruder Einod. Eine Botin aus dem Palast möchte Bruder Hamur sehen.«

»Eine Botin aus dem Palast?« Der blasse Priester mit der unförmigen Nase hob die Brauen. »Meinetwegen«, sagte er. »Ich wusste nicht, dass man sich selbst bei Hofe für Bruder Hamur interessiert.«

Er schloss eine Eisentür auf, die in einen weiteren Kellerraum führte, und nahm eine Lampe von der Wand.

Meris' Blick fiel in das Innere des Raumes.

Ein Dutzend Tische waren darin, und an den Wänden standen Regale, Eimer und eine Wasserpumpe. Auf einigen Tischen lagen ausgestreckte menschliche Körper, nackt und bloß, auf anderen zeichneten sich die Umrisse von menschlichen Körpern unter weißen Tüchern ab.

Bruder Einod trat an einen Tisch heran und zog das Tuch weg. Meris blickte auf das Gesicht, das darunter verborgen gewesen war.

»Bruder Hamur.« Einod schüttelte den Kopf. »Das Leben ist ein Geschenk. Ich muss es wissen, ich arbeite seit Jahren nur mit den Toten. Unbegreiflich, dass ein Priester Bponurs es wegwirft und sich selbst vergiftet.«

»Kanzler Arnulf«, sagte Aruda. »Mir sind Beschuldigungen zu Ohren gekommen.«

Die Kaiserin hatte den Kronrat einbestellt. Die Runde war auf den inneren Kreis beschränkt: auf die Hofräte, den Kämmerer und den Kanzler.

Arnulf von Meerbergen erhob sich und wollte das Wort ergreifen. Areios von Luringen kam ihm zuvor. »Um Gottes willen. Ich hoffe, es geht nicht wieder um die Beschuldigungen, die dieser größenwahnsinnige Mönch ausstößt?«

Die Köpfe am Tisch wandten sich Luringen zu. Der Kanzler wies ihn zurecht: »Bitte, Hofrat. Ihr sprecht mit der Kaiserin.«

Dauras legte die Hand auf sein Schwert.

»Nein«, sagte Aruda. »*Komtur vom Eiselstein* …« Sie ließ den Namen auf die Anwesenden wirken. »… der Vertreter der Ritterorden in der Stadt hat sich bei mir beklagt, dass der Kanzler das Anwerben von Streitern für den heiligen Krieg im Osten untersagt hat. Und ich habe von Unruhen in der Stadt gehört. Das Vorgehen des Kanzlers bei der Sicherung der Vorräte verärgert viele.«

Sie zögerte kurz und fügte dann hinzu: »Und daneben ist mir eine konkrete Anschuldigung zu Ohren gekommen, dass die Zauberin, die Unser Kanzler verpflichtet hat, in Verbindung mit dem Hexenmeister Runnik steht – ihrem Vorgänger, der, wie unser Botendienst bestätigt hat, mittlerweile bei unseren Feinden in Edern Zuflucht gefunden hat. Mir wurde gesagt, dass sie dabei Botschaften des Kanzlers selbst übermittelt. Wollt Ihr diese Vorwürfe abstreiten, Kanzler Arnulf?«

Arnulf von Meerbergen strich umständlich sein Wams mit den Samtborten über der breiten Brust glatt. Er warf einen missbilligenden Blick auf den Hofrat von Reinenbach, der mit einem leichten Lächeln dabeisaß und erwartungsvoll zu ihm aufblickte.

Arnulf räusperte sich. »Warum sollte ich das abstreiten, Majestät? Aber das gehört zu den Aufgaben, die Ihr mir selbst übertragen habt.«

»Wenn ich mich recht erinnere«, warf von Reinenbach ein, »war es Euer Auftrag, der Kaiserin im Reich die Anerkennung der Fürsten zu verschaffen. Wenn Ihr den Fürstkomtur aller geistlichen Ritterorden vor den Kopf stoßt, scheint mir das kaum ein geeigneter Anfang zu sein.«

»Der Komtur will die Ritter auf irgendeinen waghalsigen Feldzug in die leeren Wüsten des Ostens entsenden.« Der

Kanzler wischte diesen Gedanken mit einer weiten Handbewegung beiseite. »Dabei steht uns im nächsten Frühjahr selbst ein Krieg ins Haus, nämlich gegen die abtrünnigen Grafen in unserer Mitte. Ich bedauere es, wenn der Vertreter der Ritterorden sich gekränkt fühlt. Aber wir brauchen sämtliche Krieger selbst.«

Der Kämmerer nickte. »Ich gebe Euch recht, dass die abtrünnigen Grafen in der Nachbarschaft wichtiger sind als die Ritterorden im fernen Barrat oder ihr heiliger Feldzug. Doch die Stadt und ihre unzufriedenen Bürger sind noch dringlicher.«

»Ja, ja … Die Vorräte.« Der Kanzler schnaubte. »Es ist nicht das Volk, das deswegen aufbegehrt. Es sind die reichen Pfeffersäcke, deren Korn wir beschlagnahmt haben. Die hetzen das Volk auf – aber die Vorräte sind jetzt in unserer Hand, und wir können das Volk damit beruhigen. Die Unruhestifter haben nichts, womit sie uns drohen könnten.«

»Und was ist mit dem Verrat Eurer Zauberin?«, warf Aruda ein.

»Ich verhandele mit dem Grafen von Edern, so wie Ihr es mir befohlen habt. Sortor handelt nur in meinem Auftrag. Ihre Magie ist der einfachste Zugang zu der Grafschaft.«

Aruda verzog das Gesicht. »Sie spricht mit *Runnik.* Wir alle wissen, was für ein Mann das ist. Und dass er unmittelbar nach dem Tod meines Vaters aus der Stadt geflohen ist. Als ich Euch den Auftrag gab, die abtrünnigen Grafschaften wieder an das Reich zu binden, da dachte ich an Boten und Unterhändler, an Gesandte von Stand. Eine Zauberin an meinem Hof, die mit Runnik Hexerei betreibt, das bereitet mir Bauchgrimmen.«

Dauras bemerkte, wie die Höflinge am Tisch unwillkürlich nickten, selbst diejenigen, die sich aus dem Wortwechsel heraushielten.

»Ein abtrünniger Zauberer, der am Hof eines abtrünnigen Grafen Zuflucht gefunden hat«, bestätigte der Kanzler. »Da darf man nicht viel Ehrbarkeit erwarten, das ist wahr. Aber es ist auch eine Gelegenheit, die ich nicht ungenutzt verstreichen lassen möchte.

Solange Sortor mit ihrem Vorgänger auf magische Weise Verbindung halten kann, wissen wir zu jeder Zeit, wie die Verhandlungen stehen, und können sofort auf alles reagieren. Und ein skrupelloser Mann wie Runnik am Hof von Edern … Der hat ganz andere Möglichkeiten, dem Grafen unsere Vorschläge zu unterbreiten, als ein Gesandter.«

»Ihr wollt, dass Runnik seinen neuen Herrn verhext?« Ein Anflug von Spott schlich sich in Arudas Stimme. »Soll der Verräter den Verräter verraten? Ich hoffe, Ihr knüpft nicht zu viele Netze und Schlingen, in denen wir am Ende alle hängen bleiben.

Außerdem, was mir über diese Gespräche zu Ohren kam, klang nicht nach einer Verhandlung in meinem Sinne …«

Der Kanzler hob die Hand. »Mit Verlaub, Euer Majestät: Was auch immer Ihr über die Verhandlungen gehört habt, es ist ohne Bedeutung. Ich habe Sortor angewiesen, Runnik auf jede nur mögliche Weise an uns zu binden. Sie kann ihm drohen, sie kann ihn bestechen, ihm schmeicheln, ihn belügen … Am Ende zählt nur, dass dabei das richtige Ergebnis herauskommt.«

Meris stürmte auf das Gebäude zu, das den Gemütskranken vorbehalten war. Sie fragte nach Bruder Havad, und als der Mönch am Eingang zögerte, setzte sie ihn mit ihrer kaiserlichen Urkunde und mit Drohungen unter Druck. Sie schreckte nicht einmal davor zurück, ihn grob zu packen und vor sich herzutreiben.

Havad saß in einem Sessel einer behaglichen Stube im ersten Stock. Der Raum war holzgetäfelt, mit Fellen ausgelegt, und in einem Kamin brannte ein warmes Feuer. Die Möbel waren einfach, sahen aber edel aus, und am auffälligsten war das Himmelbett mit den blauen Vorhängen, das an einer Wand stand. Das Fenster ging auf einen Park hinaus, der von einer Hecke begrenzt war. Nur das Gitter vor dem Fenster und vor dem Kamin störte das beschauliche Bild.

Ein hagerer Mann mittleren Alters saß entspannt in einem gepolsterten Lehnstuhl bei Havad. Er trug einen Morgenmantel aus weißer Wolle und plauderte mit dem Heilkundigen, als Meris in den Raum trat. Obst stand auf dem Tisch, und jeder der beiden hatte einen Weinpokal in der Hand.

Meris stieß den Mönch, der sie hergeführt hatte, zur Seite und stürmte wutentbrannt in den Raum.

»Havad!«, rief sie. »Ihr sitzt hier und trinkt Wein, und ringsum sterben Eure Freunde!«

Der Mann im Morgenmantel schaute sie an. Eine milde Überraschung lag in seinem Blick, doch er wirkte erstaunlich ruhig und ungerührt.

Havad sprang auf. Er starrte Meris aus weit aufgerissenen Augen an. Sein Blick flog entsetzt von ihr zu dem Mann am Tisch.

»Aber …«, stammelte er. »Botin Meris! Bitte … Ihr könnt doch nicht …«

Meris packte ihn am Kragen. Sie war kleiner als der Priester, aber als sie sein Gesicht zu sich herunterzog, wehrte er sich nicht. »Wir werden uns jetzt unterhalten«, sagte sie. »Und ich will ehrliche Antworten.«

Havad wand sich in Meris' Griff. »Bitte, nicht hier«, sagte er. Und an den Mann im Morgenmantel gewandt, fügte er hinzu: »Verzeiht, Ritter Alan. Wenn wir unsere Unterredung ein andermal fortsetzen könnten …«

Er versuchte, Meris behutsam aus dem Raum zu schieben.

Die drehte ihre Faust am Kragen des Priesters, sodass sich die Haut am Hals spannte. »Ich habe keine Lust mehr, mich vertrösten zu lassen.«

»Bitte«, murmelte Havad. »Der Ritter ist Patient hier … Nicht vor den Patienten.«

Meris ließ ihn los. Sie gingen durch die Tür, und auf dem Flur rief Havad einer Schwester zu, sich um den Ritter in dem Raum zu kümmern.

Havad führte sie am Ellbogen den Korridor entlang. Meris spürte, wie die Finger des Priesters an ihrem Arm zitterten. Auch Havads Stimme klang erschüttert. »Ritter Alan von Steinhaus. Er kam … tief aufgewühlt von einem Feldzug zurück, und seine Familie gab ihn in unsere Obhut. Wir versuchen, ihm Ruhe zu verschaffen. Ihr könnt Euch kaum vorstellen, was Ihr ihm mit Eurem Auftritt womöglich angetan habt.«

»Ritter Alan interessiert mich nicht. Ich will wissen, was Ihr angerichtet habt. Und ich will es sofort wissen, bevor der letzte von Euch Verschwörern das Zeitliche gesegnet hat.«

»Was?« Havad sah sie an.

»Bruder Hamur – Ihr kennt ihn? Er ist tot.«

Havads Augen weiteten sich. Fahrig wischte er sich mit der Hand durch das Gesicht. »Wie … wie ist er gestorben?«

»Er hat sich vergiftet, heißt es. Das höre ich in letzter Zeit ein wenig zu oft. Und glaubt bloß nicht, dass Ihr mich jetzt eine halbe Stunde durch die Gänge führen könnt, bis Ihr Euch eine Ausrede ausgedacht habt. Ihr führt mich jetzt sofort in einen Raum, wo wir in Ruhe reden können – oder ich mache die nächste Tür auf, schmeiße den Patienten heraus und schiebe Euch hinein.«

»Nein«, sagte Havad. »Das wird nicht nötig sein.«

Er brachte Meris in ein Zimmer, das so ähnlich aussah wie die Zelle des Ritters Alan, nur dass der Kamin kalt war und die Möbel nicht gepolstert. Das Himmelbett an der Wand war nur ein nacktes Gestell ohne Matratze und ohne Vorhänge.

Der Priester setzte sich. Er atmete tief durch und legte die Hände auf den Tisch. »Es tut mir leid, was mit Hamur geschehen ist. Ich war mit ihm bekannt. Aber ich weiß nichts von einer Verschwörung. Es mag beunruhigend sein, dass der Erzkaplan auf dieselbe Art gestorben ist. Doch wenn Ihr einen Zusammenhang sucht … müsst Ihr einen anderen fragen.«

»Ich frage Euch.« Meris setzte sich nicht. Sie ging um Havad in seinem Sessel und um den Tisch herum, während sie sprach. »Und Ihr werdet mich nicht los, indem Ihr den Ahnungslosen spielt. Nicht mehr.«

Havad schwieg.

Meris fuhr fort: »Ich weiß genug. Ich weiß von Euren Freunden, von den netten kleinen Verschwörerversammlungen. Es gibt genug Brüder und Schwestern im Tempel, die mir von Euren heimlichen Gesprächen erzählt haben. Von Euren Treffen im Speisesaal und im Sommer auf dem Platz.«

Es konnte nicht schaden, ein wenig zu übertreiben, wenn Sie den Priester zum Reden bringen wollte. »Ich sage Euch jetzt, wie sich die Sache für mich darstellt: Der Kaiser wurde vergiftet. Ihr und Eure Freunde hatten Kontakt zum Erzkaplan, und der hatte die Gelegenheit, dem Kaiser unauffällig das Gift zu verabreichen. Jetzt ist der Kaplan tot und kann nichts mehr sagen. Hamur gehörte zu Euch Verschwörern. Er hatte das Wissen und die Mittel, um das Gift zu mischen. Und gerade als ich angefangen habe, herumzufragen, und man befürchten musste, dass ich ihm auf die Schliche komme, wurde dieser Zeuge ebenfalls beseitigt. Schwester Cendris, die auch zu Eurer Gruppe gehörte, starb kurz nach dem Tod des Kaisers. Ich vermute, sie hat die Nerven verloren und wollte Euch verraten …«

Havad sprang auf. Er war außer sich. »Aber … So war es nicht! Wir sind Priester! Wie könnt Ihr so etwas von uns denken?«

»Die Priesterschaft hatte allen Grund, mit dem alten Kaiser unzufrieden zu sein«, sagte Meris, »Er hatte kein offenes Ohr für die Kirche. Für mich passt das alles zusammen.«

Havad biss sich auf die Lippen. Er schüttelte den Kopf. »Nein«, sagte er. »Wir sind Heiler! Wir vergiften niemanden.«

»Dann verratet mir, wie es wirklich war. Wenn Ihr weiterhin schweigt, dann erzähle ich der Kaiserin, dass eine kleine Clique von Priestern ihren Vater aus dem Weg geräumt hat, weil sie auf einen Nachfolger hofften, der ihnen genehmer ist. Und Euch lasse ich in den Kerker der Garde bringen, wo Ihr alles gestehen werdet, was ich von Euch hören will.«

»Das könnt Ihr nicht tun!«, rief Havad. »Ich bin ein Mann der Kirche. Wir haben niemanden ermordet. Wir wollten den Kaiser heilen!«

»Es war Cendris' Idee.«

Havad war an dem Tisch zusammengesunken. Jetzt, wo er sich entschieden hatte, sprudelten die Worte aus ihm heraus. Er erzählte seine Geschichte so, als hoffte er, dass Meris ihm die Absolution erteilte – dass sie ihm etwas verzieh, was er selbst sich niemals verzeihen konnte.

»Sie arbeitete in der Bibliothek des Tempels, und sie war … eine eifrige Frau. Eine Priesterin mit einem großen Herzen. Sie litt sehr darunter, in was für einem Zustand das heilige

Reich ist, und in den Schriften fand sie, wie es eigentlich sein sollte. Ich meine, wer würde nicht diesen Schmerz empfinden, wenn er liest, wie es einmal war und was aus dem Reiche Bponurs heute geworden ist? Dieser … Wahnsinn.«

»Nun, damit kennt Ihr Euch ohne Zweifel aus«, sagte Meris.

»Das mag sein«, erwiderte Havad. »Aber ich bin nicht der Einzige, der das Gefühl hat, dass die ganze Welt dem Wahnsinn verfallen ist. Wir waren ein Dutzend Priester, die meisten Heiler. Und selbst außerhalb unserer kleinen Gruppe, denke ich, hätten viele unserem Befund zugestimmt.«

»Vielleicht«, sagte Meris. »Aber die Welt ist kein Irrenhaus, in dem Ihr Eure Patienten nach Gutdünken behandeln könnt.«

Havad seufzte. »Ihr habt recht. Aber damals … schien es uns eine gute Idee zu sein. Es war Cendris' Einfall. Sie fand in den alten Schriften nämlich noch etwas, den Hinweis auf ein Heilmittel. Es gibt ein Rezept für einen magischen Trank, der jede Geisteskrankheit zu heilen vermag.«

»Das klingt mir nach Alchemie«, sagte Meris zweifelnd. »Soweit ich weiß, billigt die Kirche diese Kunst nicht.«

Havad schaute zu Boden. »Ich weiß jetzt, warum das so ist. Glaube ich. Aber damals …« Er sah Meris an mit einem flehentlichen Ausdruck in den Augen. »Ich meine, habt Ihr das nicht auch gesehen? Es ging einfach zu weit. Wir haben Gerüchte gehört, was dieser Hexenmeister bei Hof getan hat … Und der Kaiser …

Was bedeutete schon eine kleine Übertretung im Bereich der verbotenen magischen Künste verglichen mit dem, was das Reich in diesen Tagen zu erdulden hatte?«

»Ihr habt also diesen ›Heiltrank‹ zusammengemischt, ihn dem Kaiser gegeben … und er ist leider daran gestorben?«, fragte Meris ungläubig. Sie hatte den Leichnam des Kaisers gesehen und das Gift erkannt. Wie hätte eine Gruppe von Heilern und ein Apotheker es zusammenrühren können, ohne zu bemerken, was sie da taten?

»So einfach war das nicht«, sagte Havad. »Und es ging auch nicht so schnell. Es war ein schwieriges Rezept, und die Substanzen waren schwer zu beschaffen, und sie waren teuer. Zudem, wie Ihr gesagt habt: Die Kirche billigt keine Alchemie. Also konnten wir nicht einfach zu einem Alchemisten gehen und uns das Mittel mischen lassen.

Wir haben über zwei Jahre lang alles vorbereitet. Wir haben ein Labor eingerichtet, in dem wir arbeiten konnten. Wir haben die Mittel besorgt. Wir haben uns die Kenntnisse angeeignet, die wir brauchten. Wir mussten den Erzkaplan überzeugen, weil er der einzige Priester war, der zum Kaiser durfte und der unser Heilmittel unauffällig überbringen konnte.

Und haltet uns nicht für leichtsinnig: Wir haben das Mittel erprobt. Es war teuer, und es war schon schwer genug, das Gold auch nur für eine einzige Dosis zusammenzukriegen. Trotzdem haben wir uns Zeit gelassen und es gleich mehrmals geschafft. Und … es hat sich gelohnt.« Tränen liefen ihm über die Wangen. »Ich meine, ich *arbeite* hier, im Haus der Gemütskranken. Könnt Ihr Euch vorstellen, was es für mich bedeutet hat, als ich die Patienten wieder zu ihren glücklichen Familien bringen konnte? Unheilbar kranke Menschen, die durch den magischen Trank wieder genesen sind?«

»Ihr habt das Mittel an Euren Patienten erprobt?«, fragte Meris.

Havad nickte. »Natürlich nur an solchen, die es wert waren. Wir haben Wahnsinnige hier, die Mörder sind, und andere, die schon vor ihrer Krankheit ein elendes Leben führten. Wie hätten wir die wieder auf die Straße lassen können? Ich habe die Patienten also sorgfältig ausgewählt, solche, deren Heilung so vielen Menschen hilft wie möglich. Drei Mal haben wir es erprobt, und dreimal war es ein voller Erfolg.«

»Aber als Ihr es beim Kaiser angewendet habt«, schloss Meris, »ist es schiefgelaufen.«

»Nicht sofort.« Havads Stirn glättete sich, und er schaute versonnen in die Vergangenheit. »Kaplan Bertin mischte es dem Kaiser in den Wein, während eines wahrhaft gottlosen Gelages, einer jener Festlichkeiten bei Hofe, bei denen nur der engste Kreis zugegen war und die Bertin normalerweise gemieden hat. Aber bei solchen Feiern zu vorgerückter Stunde konnte er sicher sein, dass niemand etwas bemerkt, dass er mit dem Kaiser den Becher tauschen kann, Flaschen hin und her reichen und dass keiner sich etwas dabei denkt. Und es hat geholfen.

Im ersten Augenblick hat es geholfen.«

Er schwieg eine Weile. Dann fuhr er fort: »Das erste Mal, als ich mit dem Erzkaplan danach sprach, war er voll Dankbarkeit und Freude. Der Kaiser war zu ihm gekommen und hatte seinen Rat gesucht! Könnt Ihr Euch das vorstellen? Und Bertin berichtete mir, dass Kaiser Callindrin aus seinem Wahnsinn erwacht sei wie aus einem bösen Traum. Er bereute seine bisherigen Taten und wollte sich ändern. Er wollte das Reich verändern! Es war wie ein Traum, der wahr geworden ist. Wir, die eingeweihten Brüder und Schwestern, feierten, und wir erwarteten eine goldene Zukunft. Wir wussten, dass wir recht gehabt hatten: Es war tatsächlich eine Krankheit gewesen, ein Wahnsinn, der den Kaiser und mit ihm das Reich befallen hatte. Und wir hatten ihn geheilt!«

Meris dachte nach. »Aber … woran ist der Kaiser dann gestorben?«, fragte sie.

»Ich weiß es nicht«, flüsterte Havad. »Keiner von uns weiß es. Aber schon vor seinem Tod haben wir die Schatten bemerkt … Wir haben uns weiterhin eingeredet, dass wir unser

Ziel erreicht hätten, dass wir erfolgreich waren. Nach außen hin sah es so aus – doch irgendetwas stimmte nicht. Bertin berichtete, dass der Kaiser das Reich verändern wollte, doch diese Veränderung zeigte sich nirgendwo.

Ihr glaubt, der Kaiser wurde vergiftet? Das mag sein. Da waren Kräfte bei Hofe, denen gefiel es nicht, wie ihr Herr sich verändert hatte. Bertin erzählte uns, wie der Kaiser kämpfte. Er erzählte uns jedoch auch, dass er litt. Vom Wahnsinn war er in den Schmerz geglitten. Er bereute alles und wollte das Reich neu gestalten, aber ihm fehlte die Kraft dazu, weil die Taten der Vergangenheit so schwer auf ihm lasteten.

Als wir vom Tod des Kaisers hörten, glaubten wir also, der Schmerz in seiner Seele habe ihn am Ende erdrückt. Doch woran auch immer er gestorben ist, es war unsere Schuld. Schwester Cendris suchte als Erste den Tod. Sie hatte den Plan ersonnen, und als sie vom Tod des Kaisers erfuhr, war ihr zumute, als hätte sie ihn mit ihren eigenen Händen ermordet. Kaplan Bertin wählte letztendlich wohl denselben Weg. Und Hamur, wenn er jetzt ebenfalls tot ist …« Havad zuckte die Achseln. »Wer weiß, was ihn bewogen hat. Vielleicht empfand er Reue, vielleicht packte ihn die Angst, dass Ihr etwas herausfinden würdet. Es spielt keine Rolle.

Bponur hat uns bestraft für unseren Hochmut. Unsere Taten haben sich gegen uns gekehrt.«

Meris musterte ihn.

»Was werdet Ihr nun tun?«, fragte Havad.

Meris zuckte die Schultern. Das war nicht die Enthüllung, auf die sie gehofft hatte. Was für einen Sinn hatte es, die Priester nun dafür zu bestrafen? Sie war nicht einmal sicher, ob deren Tat dem Reich tatsächlich geschadet hatte. Sicher, die neue Kaiserin hatte noch nicht die Autorität, die der Thron haben sollte, aber auch unter dem alten Kaiser hatte nicht alles zum Besten gestanden, und erst die Zukunft würde erweisen, ob der Neubeginn, den die Priester mit ihrer lächerlich idealistischen Verschwörung erzwungen hatten, wirklich schlimmer war als der langsame Niedergang in den Jahren davor.

Das langsame Abgleiten in den Wahnsinn.

Meris musste zugeben, dass diese Sichtweise etwas für sich hatte. Möglicherweise hätte sie den Priestern zugestimmt, wäre sie damals eingeweiht gewesen. »Meine persönliche Schuld ist es«, fügte Havad hinzu, »dass ich das Mittel erprobt habe. Ihr erinnert Euch an die Auswahl meiner Kandidaten? Der Kaiser war keiner dieser vorbildlichen Patienten. An seinen Händen klebte Blut, er hatte Schuld auf sich geladen und war umgeben von Feinden. Ich glaube, wenn ich das Mittel zuvor an einem unserer schweren Fälle erprobt hätte, wäre ich gewarnt gewesen. Ich hätte sehen können, dass ein Patient an seiner Heilung auch zerbrechen kann.«

Meris hörte dem Priester kaum noch zu. Wenn es stimmte, was er erzählt hatte, war die Hälfte ihres Auftrags erfüllt. Aber was die andere Hälfte anging, stand sie wieder am Anfang. Sie hatte immer noch keinen Hinweis darauf, wer am Ende den Kaiser vergiftet hatte.

Es gab Kräfte bei Hofe, denen gefiel es nicht …

In diesem Augenblick wurde Meris bewusst, dass sehr wohl ein Hinweis in diesen Worten lag. Er bestätigte eine Ahnung, die sie schon lange halb bewusst mit sich herumgetragen, die sie aber nicht beachtet hatte, weil ihr nicht gefiel, wohin sie führte. Jetzt wusste sie ein wenig mehr – der Kaiser hatte sich verändert. Er hatte sich um Dinge gekümmert, die ihm vorher gleichgültig gewesen waren. Er hatte Dinge gewollt, die er zuvor anders gehandhabt hatte.

Er hatte sich angeschickt, sein Reich wieder selbst zu regieren.

Wie hatte das wohl jenen gefallen, die bis dahin in seinem

Reich nach Gutdünken schalten und walten konnten? Wer war der wahre Herrscher gewesen, der hinter dem Rücken eines Wahnsinnigen und nur an seinem Vergnügen interessierten Kaisers ungestört die Fäden in der Hand gehalten hatte?

21.11.962 – ABENDS, IN DEN GEMÄCHERN DER KAISERIN

Magie und Ränkespiele.« Arudas Stimme war kraftlos. »Glaubt Ihr wirklich, dass wir das Reich einen können, indem wir … so etwas tun?«

Der Kanzler saß ihr gegenüber und sprach voller Eifer weiter: »Wir haben zwei Probleme und wir haben nicht viel Zeit, sie zu lösen«, sagte er. »Edern ist das eine Problem, und das andere sind die abtrünnigen Provinzen an der Küste.

Wenn unser Gold nicht an Edern vorbeikommt, dann könnt Ihr zum Fest des Lebens die Ämter bei Hofe nicht bezahlen. Und Meerbergen kontrolliert den Zustrom sämtlicher Güter in die Stadt, ob sie nun aus den Kolonien stammen oder vom Städtebund. Mit jedem Monat, der verstreicht, werden die aufrührerischen Grafen stärker, und wir werden schwächer.

Wir brauchen also bis zum Frühjahr eine Übereinkunft mit Edern, damit wir den Krieg im Süden führen können. Und Verhandlungen über Gesandte und Mittelsmänner kosten uns Zeit – vor allem, wenn sie sich bis in den Winter hinziehen und die Boten nicht mehr so gut durchkommen. Sortors Magie kennt solche Grenzen nicht.«

»Es … gefällt mir nicht«, sagte die Kaiserin. »Und warum wollt Ihr im Süden Krieg führen und mit Edern eine Übereinkunft schließen? Die Botin Meris meint, es war der Graf von Edern, der mich töten wollte.«

»Umso weniger solltet Ihr Bedenken haben, dass wir ihn hintergehen und seinen eigenen Zauberer gegen ihn wenden. Unsere Gegner sind skrupellos. Und auch wir dürfen nicht wählerisch sein in der Wahl unserer Mittel, wenn wir gegen sie bestehen wollen. Am Ende werden wir den Süden *und* Edern zurückbekommen.«

Dauras ergriff das Wort: »Wird Eure Hexe überhaupt fertig mit Runnik? Nach allem, was ich gehört habe, lässt er sich nicht leicht einschüchtern. Und wenn Sortor stark genug ist, stellt sich die Frage, ob wir wirklich eine Hexe bei Hof haben wollen, vor der selbst Runnik erblasst?«

»Runnik ist ein widerlicher Nekromant, dessen Treiben jeden gottesfürchtigen Mann mit Abscheu erfüllt«, erwiderte der Kanzler. »Was wir an ihm gefürchtet haben, war nicht seine Macht. Es war das, was er damit getrieben hat. Runnik konnte grausige Dinge tun – mit allen Menschen, die in seiner Nähe waren. Aber jetzt ist er weit fort.

Sortors Kunst hingegen ist … leichter. Sie kann ihre Magie auf den Schwingen des Geistes fliegen lassen. Sie kann Runnik in seinen Träumen besuchen, egal, wo er ist. Ja, sie wird mit ihm fertig. Doch das liegt nicht daran, dass sie mächtiger wäre. Sie ist ein klarer Geist, den ich Runniks Wahnsinn entgegensetzen will.«

Nachdem der Kanzler die Räumlichkeiten der Kaiserin verlassen hatte, schritt Dauras erregt auf und ab. »Was für eine Schauspielkunst! Ihr glaubt ihm doch hoffentlich nicht? Ich weiß ganz genau, was ich in Sortors Turm gehört habe!«

Aruda lachte leise. Sie legte ihm einen Finger auf den Mund. »Ich möchte mich erst einmal umkleiden«, sagte sie. »Die Audienz ist vorüber. Wenn du schon weiter über Amtsgeschäfte reden willst, dann will ich es mir zumindest bequemer machen.«

Mit ihren Dienerinnen zog sie sich in ihre Gemächer zurück. Dauras blieb allein auf dem Flur. Gegenüber der Tür erstreckte sich eine lange Fensterreihe.

Dauras spürte den Innenhof dahinter, die Kapelle an der gegenüberliegenden Seite. Seine Sinne reichten weit über den Korridor hinaus, ganz gleich, ob klares oder trübes Glas oder gar eine Mauer dazwischenlag. Die Grenzen der anderen bedeuteten ihm wenig. Dennoch fühlte er sich heute gefangen in seiner eigenen Dunkelheit – keine Dunkelheit der Sinne, sondern eine Dunkelheit des Geistes.

Nach der Lehre seines Ordens führte das Schwert zur Vollkommenheit. Es sollte nicht nur Waffe sein, sondern auch spiritueller Führer. Warum konnte er dann nicht einfach das Schwert ziehen und damit all die Verwicklungen am Hof, all die gewundenen Worte dieses falschen Kanzlers genauso leicht zerschlagen wie den Körper eines Feindes?

Bald wurde ein Abendessen aufgetragen. Dauras hielt die Küchenjungen auf und pickte sich eine gebratene Wachtel und Gebäckstücke von den Platten. Ein Page blickte ihn entgeistert an. Dauras bemerkte es. Er beugte sich zu dem Jungen hinab und zwinkerte ihm zu.

»Vorkoster«, sagte er. »Einer muss ja darauf schauen, dass die Speisen für Eure Herrin sicher sind.«

Der Page huschte eilig durch die Tür. Nach und nach kamen sie alle wieder heraus, die Küchenjungen und die Pagen und die Dienstmädchen. Die Letzte von ihnen hielt inne, knickste vor Dauras und sagte: »Die Herrin erwartet Euch nun.«

Dauras war schon halb durch die Tür, als seine Sinne ihm verrieten, dass es wirklich das *letzte* Dienstmädchen gewesen war. Aruda war allein in ihren Gemächern. Sie saß gleich hinter dem Eingang in dem Empfangsraum, in einem locker fallenden Seidengewand. Auf dem Tisch vor ihr und auf einer Anrichte an der Seite hatten die Diener einen kleinen Imbiss aufgebaut. Neben Arudas Platz am Kopfende der Tafel war über Eck ein zweites Gedeck aufgelegt.

»Setz dich zu mir, Dauras«, sagte sie. »Lass uns gemeinsam speisen.«

»Äh«, sagte Dauras. »Ich habe schon gegessen.«

Aruda zuckte die Achseln. Sie goss ein wenig Wein aus einer Karaffe in zwei Pokale mit schlankem silbernen Fuß. Daraufhin erhob sie sich und ging Dauras entgegen. Sie reichte ihm einen der Pokale, den anderen behielt sie selbst. »Trink einen Schluck mit mir.«

Er nahm den Pokal und hob ihn kurz. »Der Kanzler«, sagte er dann. »Glaubt Ihr ihm?«

Aruda seufzte. Sie setzte sich wieder, nahm eine kleine Pastete und drehte ihr fast geleertes Weinglas in den Fingern.

»Du hast gesehen, was im Kronrat passiert ist«, sagte sie. »Von Reinenbach und von Galdon haben sich gleich auf ihn gestürzt, kaum dass ich ihnen eine Gelegenheit zum Angriff gegeben habe. Dieser Hof ist ein Rudel von Wölfen, und mit Kanzler Arnulf habe ich einen Bären aus dem Käfig gelassen. Es ist nicht wichtig, ob ich ihm glaube. Die Wölfe halten ihn im Schach. Wichtig ist nur, dass ich die Wölfe und den Bären behalte, denn solange sie sich gegenseitig zerfleischen, bleiben sie von meiner Türschwelle fern.«

»Das klingt trostlos, wie Ihr das sagt«, befand Dauras. »Wenn die Wölfe den Bären erledigen oder der Bär die Wölfe zerfleischt, was dann? Sie werden nicht ewig voreinander stehen und die Zähne fletschen.«

»Nicht ewig«, sagte Aruda. »Aber doch so lange, dass ich Zeit gewinne.«

»Also gut … wie wollt Ihr diese Zeit nutzen?«

»So wie ich es immer getan habe: Ich versuche, zu überleben, jeden Tag. Und keiner weiß, was die Zukunft bringt.«

Dauras stand steif bei der Tür. Aruda knabberte nachdenklich an der Pastete.

»Ich habe mein Leben hier verbracht«, fuhr sie fort. »Wie ein Geist. Niemand hat mich angerührt, niemand hat mich gesehen. Ein Geist ist allein, aber er bekommt vieles mit, weil er überall hingehen kann. Ihr dürft also nicht denken, dass ich zu dumm und zu ahnungslos wäre, um zu wissen, wer diese Leute sind. Ich kenne die Gefahren.«

»Dann tut etwas dagegen«, sagte Dauras. »Entlasst diese Leute. Ernennt neue Hofräte.«

»Wenn das so einfach wäre.« Aruda legte das halbe Pastetchen wieder auf den Teller. »Sind fremde Wölfe nicht schlimmer als jene, die man kennt? Ich habe nie darüber nachgedacht, wie ich diesen Hof in Schach halten kann. Ich wollte immer nur fort von hier.

Dann hast du mich mit fortgenommen, für eine kurze Weile – und ich musste erkennen, dass ich Bponurs Paradies, zu dem die Wölfe keinen Zugang haben, dort draußen genauso wenig finde wie hier.«

»Ich denke, ich weiß, worauf Ihr hinauswollt«, sagte Dauras. »Man weiß kaum, wo man anfangen soll, wenn man hier aufräumen möchte. Wenn Ihr mir freie Hand lassen würdet …«

»Als ob es dich interessieren würde, wie viel freie Hand ich dir lasse. Wenn du wirklich wüsstest, was zu tun ist, hättest du es längst getan.« Aruda stand wieder auf. Sie nahm Dauras den Pokal aus der Hand und stellte ihn ab.

»Diese Stadt und der Hof, das ist der falsche Ort für deine Fertigkeiten. Du solltest dich nicht verpflichtet fühlen, diesen Kampf zu führen. Also genug davon.« Sie ging auf die Tür in den Nebenraum zu. »Komm mit.«

Dauras folgte ihr zögernd. »Ich dachte, Ihr hättet mich geholt, damit ich Euch helfe, bei Hof zu bestehen.«

»Ich habe dich geholt, damit ich einen Freund an meiner Seite weiß. Einen starken Freund, mit dem ich sämtliche

Kämpfe überstehen kann. Ich habe allerdings nie erwartet, dass du alle Probleme löst und alle Kämpfe beendest.«

Sie ging durch eine kleine Diele zu einer Tür, öffnete sie und führte Dauras in ihr Schlafzimmer. Ein Feuer brannte im Kamin, und es war warm in dem Raum. Die Wände waren mit Stoff behängt, ein weicher Teppich bedeckte den Boden. Das Bett war gemacht, aber es lag keine Tagesdecke darauf.

Dauras blieb bei der Tür stehen. Aruda ging bis zum Bett und drehte sich dann zu ihm um.

»Und wenn wir schon an jedem Tag um unser Leben kämpfen«, sagte sie, »dann sollten wir auch leben.«

»Ähm. Ich weiß nicht, ob ich verstehe …«

Sie öffnete ihr Gewand und ließ es zu Boden gleiten. Es lag um ihre Füße wie ein luftiger Nebel. Die Kaiserin stand nackt vor ihm und blickte ihn an.

Eigentlich hätte es keinen Unterschied für ihn machen sollen. Eine Lage Stoff mehr oder weniger bedeutete nichts für seine Sinne. Dennoch merkte Dauras, wie er auf die Geste reagierte. Seine Finger schlossen sich um den Schwertgriff, als suchte er Halt.

»Willst du mich warten lassen?«, fragte Aruda.

»Ich glaube«, sagte Dauras, »es wäre … unangemessen. Die Leute werden reden.«

»Die Leute reden ohnehin«, entgegnete Aruda.

Sie kam auf ihn zu, so langsam und so vorsichtig, als hätte sie Angst, ihn zu vertreiben.

»Ich will nicht länger auf den Prinzen warten. Beim Fest des Lebens wollte ich mir einen Mann suchen und einfach die Liebe genießen. Unter den Masken spielt es keine Rolle, ob die Verbindung dem Stand entspricht.«

Sie stand so dicht vor Dauras, dass ihr Körper den seinen berührte. Sie griff an ihm vorbei und stieß die Türe zu. Dann legte sie beide Hände an den Kragen seiner Kutte.

»Aber bis zum Fest des Lebens ist es noch lange hin, und mein erstes Mal wollte ich mit einem Mann erleben, dem ich vertraue.«

Ihre Hände strichen über seine Brust hinab und bis zu seinem Gürtel. Sie löste die Schnalle und streifte ihm die Kutte ab.

»Aber … ich bin viel zu alt für Euch«, sagte Dauras.

Sie musterte ihn von oben bis unten. Dauras dachte an die Narben, von denen sein Körper gezeichnet war.

Aruda lachte nur, und er wusste, was sie sah: einen Körper, an dem jeder Muskel klar ausgeprägt war, wie gemeißelt. Dauras wusste selbst, dass man kaum einen Jüngling finden würde, der so athletisch gebaut war wie er – und keinen, der seinen Körper so beherrschte wie er.

Er legte die Hände um ihre Taille und führte sie zu dem breiten Bett. Sie ließ sich bereitwillig auf die dicken Decken sinken. Dauras nahm wahr, wie die Hitze vom Feuer her ausstrahlte und ihre bloße Haut traf, sich mit der Wärme ihres Leibes vermischte und mit den Formen ihres Körpers, die er in seinem Geist fühlte.

Aruda war gewiss das schönste Mädchen, dem er in den letzten Jahren begegnet war. Während sein Geist noch zögerte, fühlte sein Körper längst diesen Drang, wollte diese Frau haben – und seine Bedenken lösten sich auf.

Er beugte sich vor und strich ihr über den Bauch. Er spürte ihre zarte Haut unter seinen Fingern, die ihm mit einem Mal so hart und rau vorkamen wie zwei grobe Steine. Er fühlte den Widerstand, als seine Schwielen über ihre Samthaut fuhren. Seit Jahrzehnten schwang er das Schwert, und auch den unbewaffneten Kampf hatte er im Tempel geübt. Er merkte sofort, dass seine Hände nicht dafür geschaffen waren, diese Haut zu streicheln, diesen zarten Leib.

Er packte fester zu. Er strich nicht mehr mit den Handflächen, er drückte, er massierte. Aruda schloss die Augen und stöhnte leise. Tat er ihr weh?

Dauras verwarf den Gedanken und konzentrierte sich auf das Sein. Er spürte tief in sie hinein und ließ seine Sinne seine Hände leiten. Er beugte sich über sie, legte die Hände auf ihre Brüste und spürte, wie die Knospen fest wurden. Seine Hände wanderten zu ihren Beinen, er setzte ein Knie auf das Bett und schob Aruda ein Stück weiter nach oben.

Er fühlte, wie sie sich ihm allmählich öffnete. Mit dem Knie drückte er ihre Beine auseinander. Er atmete schneller.

Sie nahm seinen Atem auf ihren Wangen wahr und schlug die Augen auf.

»Nein!«

Dauras spürte, dass etwas umschlug, noch bevor der Laut ihre Lippen verließ. Es traf ihn wie ein Schwall eisigen Wassers. Mit einer heftigen Bewegung schob Aruda seinen Kopf weg. Dauras war wie erstarrt auf dem Bett, auf allen vieren, während sie sich langsam unter ihm herauswand.

Er setzte sich auf die Bettkante.

»Es tut mir leid«, sagte sie. »Da … da läuft eine Ader durch dein Auge. Mitten hindurch.«

Dauras sagte nichts. Er stand auf und ging dorthin, wo sein Schwert und seine Robe lagen, und kleidete sich wieder an. Aruda saß noch einen Augenblick da. Dauras fühlte, wie verlegen sie war, und versuchte, den Kopf nicht in ihre Richtung zu wenden.

»Es tut mir leid«, sagte sie noch einmal. »Es ist meine Schuld. Aber ich kann nicht …«

»Ist schon gut.« Dauras rang sich ein Lächeln ab. »Das passiert mir nicht zum ersten Mal.«

Es war nicht ungewöhnlich, dass die jungen Mönche sich bei Nacht aus dem Tempel schlichen. Zum Fest des Lebens, der Tag- und Nachtgleiche im Frühjahr, war der Reiz besonders groß. Der Tempel des Schwertes folgte den südländischen Traditionen und feierte dieses Fest nicht, und so wurden die Unterschiede zwischen den Kampfkulten und dem einheimischen Glauben an Bponur, einem Gott der Sonne und der Fruchtbarkeit, nie so deutlich wie an diesem Tag.

Sir-en-Kreigen, die Stadt im Schatten des fremden Tempels, war nicht der Ort im Reich, wo das Fest des Lebens mit den größten Ausschweifungen gefeiert wurde. Dennoch blieb der Tag eine Versuchung für die Mönche, ein Mysterium, das viele Novizen hinter den Mauern hervorlockte.

Dauras wurde in diesem Jahr fünfzehn, und er war besonders geschickt darin, seine eigenen Wege zu gehen. Als es im Schlafsaal der jungen Männer ganz dunkel geworden war, schlich er sich davon.

Er bewegte sich mit vollendeter Sicherheit in der Finsternis. Wenn einer der Lehrer noch wach war, konnte Dauras ihn erspüren und ihm mühelos aus dem Weg gehen. Er nahm sogar wahr, welcher seiner Mitbrüder schlief und wer noch wach war. Dauras' Herz pochte, doch er badete zugleich in einem Gefühl der Überlegenheit.

Er sprang aus dem Stand durch eine der Fensteröffnungen in den Hof. Mit weiten Sätzen rannte er auf die Mauer zu, nutzte einen niedrigen Schuppen als Sprungbrett und war mit drei Sätzen in der Gasse, die an der zum Fluss hin gelegenen Tempelmauer entlangführte.

Es war still. Dauras nahm ferne Stimmen wahr, doch im ersten Augenblick war er enttäuscht. Wo war das große Fest? Er beschloss, zu dem kleinen Tempel Bponurs zu gehen, der in Sir-en-Kreigen abseits des Stadtplatzes lag. Dort würde er gewiss die Feiernden finden, all die aufregenden Dinge, von denen unter den Novizen geflüstert wurde.

Dauras schritt die Gasse entlang, da nahm er vor sich zwei Gestalten wahr. Sie standen hinter einer Ecke und starrten auf den Platz vor dem Tempel. Er hörte sie tuscheln.

Dauras schlich näher.

»Was tut ihr hier?«, fragte er.

Die beiden fuhren herum, und eine der verhüllten Gestalten schrie unterdrückt auf.

Sie trugen einen langen Umhang mit Kapuze und eine eiserne Maske vor dem Gesicht. Die zwei Gesichtszüge – der schwere Schatten des Metalls und das warme Fleisch darunter – überlagerten sich in Dauras' Wahrnehmung. Er konnte die beiden Schichten nicht recht voneinander unterscheiden. Dennoch fühlte er deutlich, dass es junge Mädchen sein mussten, kaum älter als er selbst.

Dauras bemerkte außerdem, dass sie unter dem langen Umhang so gut wie gar nichts anhatten. Die eine trug eine kurze Tunika mit einem tiefen Ausschnitt. Die andere hatte ein dünnes Hemd an und einen Rock, der knapp unter der Leistenbeuge endete.

Eines der Mädchen kicherte nervös.

»Du bist ein Mönch«, sagte sie.

»Oh ja«, sagte Dauras. »Was versteckt ihr euch hier beim Tempel?«

»Wir haben gehört …« Das Mädchen kam auf ihn zu. Sie schlug den Umhang zurück und legte die Arme auf die Hüften, sodass er vorn aufklaffte. »Wir haben gehört, dass die Mönche mitunter herauskommen in solchen Nächten.«

»Und sie sollen wirklich einzigartige Körper haben«, warf ihre Freundin ein. »Von Bponur gesegnet.«

Dauras fühlte ein Prickeln im Nacken. Fast hätte er auf

dem Absatz kehrtgemacht und wäre über die Mauer geflohen. Aber das wäre lächerlich gewesen, denn die beiden Mädchen stellten keine Bedrohung dar. War er nicht eben deswegen hier?

»Ich bin der beste Schwertkämpfer im Kloster«, sagte er und straffte sich.

»Der beste Schwertkämpfer. So, so.« Das erste Mädchen stand dicht vor ihm. Sie kicherte unter ihrer Maske, und auch ihre Freundin fing an zu glucksen. Sie ging um Dauras herum.

»Vielleicht willst du uns etwas von deinen Schwertkünsten zeigen?«

»Ich, hm …« In Dauras' Kopf wurde es ganz wirr, als er versuchte, den beiden Mädchen zugleich mit den Sinnen zu folgen, alle Einzelheiten in sich aufzunehmen. »Ich habe kein Schwert dabei. Aber ich könnte …«

Das Mädchen mit der Tunika unter dem Umhang blieb neben ihm stehen. Sie streckte die Arme aus und drehte ihn zu sich herum. Sie tastete mit den Händen über seine Kutte. »Aber du bist doch hier. Und du hast deinen perfekten Körper dabei, nicht wahr?«

»Oh ja«, warf ihre Freundin ein, die neben ihre Gefährtin getreten war. »Lass uns deine Muskeln sehen. Sind sie so vollkommen, wie man sagt?«

Dauras zögerte. Er war verlegen und erregt zugleich von dem, was er von den Mädchen wahrnahm. War es nicht gerecht, wenn er sie ebenfalls sehen ließ, was er hatte?

Er öffnete seine Kutte, winkelte einen Arm an, machte eine Faust und spannte die Muskeln an.

Das Mädchen mit der Tunika betrachtete ihn prüfend. »Du siehst ein wenig schmächtig aus«, sagte sie. »Ich habe auf dem Markt schon kräftigere Männer arbeiten sehen.«

Dauras biss die Zähne aufeinander. Er fasste das Mädchen um die Taille und hob es mühelos hoch. Sie juchzte und lachte und stützte sich auf seinen Armen ab, während er sich mit ihr drehte. Sie beugte den Kopf vor, und das kühle Metall ihrer Maske legte sich auf seine Stirn.

Dauras wollte ihr einen Kuss geben, er hatte davon gehört. Aber seine Lippen berührten nur kaltes Metall und zuckten zurück.

Das Mädchen schob seine Kutte zurück und fuhr mit den Fingern über seine Lenden.

»Dann zeig mir, wie hart du bist. Lass uns das Fest des Lebens gemeinsam feiern, mein ausdauernder Kämpfer.«

Sie führte sein Glied mit der Hand und schmiegte sich eng an ihn. Er schob ihre Tunika hoch und strich mit den Händen über ihren Körper. Er wusste nicht genau, wie es gehen sollte, er hatte bisher nur davon gehört.

Das Mädchen kannte sich besser aus. Sie half ihm. Er fühlte ihren warmen Körper und tauchte tief hinein. Sie atmete schwer, ihr Atem kam zischend unter der Maske hervor und blies ihm ins Gesicht. Einen Moment lang vergaß er alles.

Und dann war es vorbei, in einem fast schmerzhaften Augenblick.

Er merkte, wie das Mädchen zögerte.

»Oh. Ich verstehe, warum du der Schnellste bist«, sagte sie.

Sie klang enttäuscht. Ihre Begleiterin kicherte.

Dauras stand verwirrt da. Ihr warmer Leib war noch dicht an den seinen gepresst, und jetzt fühlte er den kalten Wind auf der nackten Haut. Er zupfte an seiner Kutte.

Das Mädchen zog ihre Tunika zurecht und schloss den Umhang.

»Wir … können weitermachen«, sagte Dauras. Er versuchte, das Gefühl wiederzuerwecken, das ihn soeben noch erfüllt hatte. Er sah das andere Mädchen an. »Soll ich …?«

Sie hielt ihren Umhang fest. Das Mädchen mit der Tunika schüttelte den Kopf.

»Nein«, sagte sie. »Ich glaube, das reicht für diesen Abend. Wir haben uns von der Feier meines Vaters fortgeschlichen. Er will nicht, das wir uns die Liebhaber auf der Straße suchen.«

»Aber«, wandte Dauras ein, »soll an diesem Tag nicht jeder Leib die Gottheit empfangen, ungeachtet des Standes, so wie Bponur es vorsieht? So hat man es mir berichtet.«

Die beiden Mädchen lachten leise und schüttelten den Kopf.

»Es ist wohl nicht jeder gleichermaßen gläubig«, sagte das Mädchen mit der Tunika, »mein kleiner heidnischer Mönch.«

»Vor allem nicht jeder, der das ritterliche Blut hoch schätzt«, fügte ihre Freundin hinzu.

Dauras träumte von dem Mädchen.

Am nächsten Abend schlich er sich erneut aus dem Kloster und suchte nach ihr.

Die Straßen waren leerer als sonst. Am Tag nach dem Feiertag waren die Menschen müde und zogen sich früh zurück. Dauras streifte durch die einsamen dunklen Gassen. Er lauschte und schnupperte und ließ seine Sinne schweifen. Im Morgengrauen kam Regen auf und trieb ihn zurück in das Kloster.

Aber er gab nicht auf.

Auch in den folgenden Nächten schlich er durch die Stadt, und am Tag war er übermüdet und nicht bei der Sache während der Übungen.

In den Pausen verschwand er und verließ den Tempel, und wenn ein Lehrer ihn fragte, antwortete er ausweichend. Es war ihm nicht wichtig, was die Meister dachten. Sie konnten ihm ohnehin nichts mehr beibringen – nur das Mädchen war von Bedeutung. Ihr Schatten war Tag und Nacht in seinen Gedanken, wann immer er einen Augenblick innehielt.

Die beiden Mädchen hatten Masken getragen, und sie hatten nicht verraten, woher sie gekommen waren.

Aber Dauras war kein gewöhnlicher Mensch. Seine Sinne drangen durch Masken und Mauern. Er dehnte seine Suche aus, und eines Abends fand er sie wieder, in einem ummauerten Landsitz abseits der Stadt, umgeben von Feldern und einer feuchten Wiese, die sich bis zum Fluss erstreckte.

Es ging bereits auf den Mai zu. Der Tag war sonnig gewesen, und der kühle Wind, der mit dem Sonnenuntergang von Norden über den Fluss strich, hatte die Wärme noch nicht ganz vertrieben. Es roch nach frischem Gras, und nach Narzissen und nach Hyazinthen in der Nähe des Hauses. Dauras vermeinte, in all den Düften auch eine Ahnung von ihr wahrzunehmen, von ihrer zarten Haut, wie er sie von jener Nacht vor zwei Dekaden in Erinnerung hatte.

Er nahm ihren Leib wahr hinter einem Fenster im ersten Stock. Mit seinem Geist spürte er den Strömungen nach, den Formen und dem Kreislauf ihres Blutes, bis er sich sicher war. Ihr Gesicht wirkte viel weicher und klarer, mit runden Wangen und großen Augen, jetzt, da die Maske aus Metall nicht mehr über ihren Zügen lag und sie verzerrte. Dauras hörte ihre Stimme, als sie ein Abendgebet murmelte, und er erkannte sie wieder.

Er stieß sich von der Mauer ab, nahm Anlauf und sprang bis hinauf auf ihren Fenstersims. Das Zimmer war klein, ein Bett stand darin, eine Truhe und ein Tisch. Ein Regal mit einer Handvoll Schriften und ein kleiner Schrein, der mit bestickten Tüchern verziert war.

Sie kniete davor und fuhr herum, als sie ihn hörte, und schrie erstickt auf.

»Pssst!«, flüsterte Dauras. »Ich bin es.«

»Du?«, fragte sie. Sie sah ihn an. Sie erkannte wohl seine Kutte, die Farben der Mönche des Schwertes. Aber da war nur Verwirrung in ihrem Inneren.

»Der Tag des Lebens. Weißt du noch?«

»Du!« Sie stand von dem Hocker auf, auf dem sie gekniet hatte und tat einen Schritt auf ihn zu. Die Wärme der Lampen hinter ihr umhüllte sie, und Dauras roch das duftende Öl, das darin verbrannt wurde. Es ließ das Mädchen schweben wie auf einer Wolke.

»Was tust du hier?«, fragte sie. »Das … ist nicht richtig!«

»Ich musste dich wiederfinden«, sagte er.

»Es war das Fest des Lebens«, sagte sie. »Du kannst nicht einfach zu mir kommen. Wie hast du mich überhaupt gefunden?«

»Ich habe scharfe Sinne«, sagte er, und fügte hinzu, er wusste nicht, wie es ihm in den Sinn kam: »Die Liebe hat mich zu dir geführt. Ich liebe dich. Ich musste dich wiedertreffen.«

»Aber du bist ein Schwertmönch! Ihr feiert die Feste doch gar nicht!«

Dauras sprang von dem Sims in den Raum. Er trat auf sie zu und streckte ihr die Hand entgegen. »Ich kann das Kloster verlassen. Wir können zusammen weggehen, wenn dein Vater diese Verbindung nicht will. Ich muss einfach bei dir sein.«

»Du bist verrückt.« Sie lachte unsicher. Dann kniff sie mit einem Mal die Augen zusammen. »Du bist … was ist mit deinen Augen?«

Er trat rasch auf sie zu und wollte sie in die Arme schließen. »Es ist nicht wichtig«, sagte er. »Ich brauche keine Augen, um deine Schönheit zu sehen.«

Sie wich zurück. Ihr Blick war auf sein Gesicht geheftet.

Sie starrte in seine Augen. »Du bist blind! Was ist mit deinen Augen, ist das … eine Krankheit?«

»Lass doch die Augen.« Er trat zur ihr hin und umfasste sie mit den Armen. Er suchte ihre Lippen. »Lass uns zusammen weggehen. Ich … ich kann dir auch mehr bieten als in unserer ersten Nacht. Ich war damals zu überrascht. Du wirst sehen.«

Sie stemmte die Hände gegen seine Brust und drehte den Kopf zur Seite. »Lass …«, sagte sie. »Das ist … abscheulich. Nicht so nah …«

Ihre Stimme war schrill geworden. Sie schlug mit den Fäusten auf ihn ein. Er spürte die Hiebe kaum, aber es war, als würde sie ihn tief im Inneren treffen. Er hatte das Gefühl, dass er nicht mehr richtig atmen konnte.

Dauras ließ sie los und wich zurück. »Ganz ruhig«, sagte er. »Erinnerst du dich nicht an unsere Nacht …«

Er vernahm Stimmen vor ihrer Kammer. Schritte, die sich eilig näherten.

Mit einem Sprung war er beim Fenster und sprang hinaus in die Nacht. Der Tumult in dem Landhaus blieb hinter ihm zurück. Dauras rannte weiter, bis er wieder im Kloster war und im Schlafsaal lag, und selbst da kam sein Herz nicht zur Ruhe.

Schmerz, Aufregung, Angst – er war so aufgewühlt, dass er in dieser Nacht kein Auge zutat. Er fragte sich, was mit ihm passieren würde. Ein blinder Schwertmönch war nicht schwer zu finden. Was würde geschehen, wenn der Abt von seiner Übertretung erfuhr?

Aber niemand stellte ihn zur Rede. Vielleicht hatte das Mädchen ihn nicht verraten, aus Furcht vor dem, was sie ihrem Vater dann noch enthüllen musste. Oder ihre Familie empfand mehr Angst vor dem Skandal als Zorn über das, was geschehen war. Dauras stürzte sich in seine Übungen, und eine Zeitlang war er demütiger und gelehriger, als die Meister ihn seit Jahren erlebt hatten.

Die Tage vergingen. Allmählich schwand Dauras Sorge, so wie die Liebe verblasst war. Es kam nichts mehr nach, und auch in Zukunft geschah in diesen Dingen nichts mehr, was er nicht schon bei seiner allerersten Liebe erlebt hatte: flüchtige Begegnungen, gerne im Dunkel, in rauschhafter Stimmung oder von Neugier getragen – und Ekel und Abscheu bei anderen Gelegenheiten.

Dauras hatte es bereits erlebt, er kannte das alles.

28.11.962 – HOROME, KAISERLICHE STADT

Meris schritt durch die lange Halle der Schreiber im Amt für Kurierwesen. Die erste Stunde der Nacht, die Trauerstunde, war schon fast um.

An einzelnen Tischen saßen die Schreiber in einer kleinen Lichtinsel und arbeiteten. Dann und wann huschten Boten herein und brachten Depeschen oder nahmen Papiere mit.

Meris trat so sicher auf wie ein Bote mit festem Ziel und Auftrag. Und genau das war sie auch, nur dass sie ihren Auftrag nicht vom Hofrat erhalten hatte!

Vor der Tür zu dessen Büro blieb sie stehen.

Sie zog einen Bund hervor, der auf den ersten Blick aussah wie ein Schlüsselbund, an dem jedoch lauter Werkzeuge klimperten. Sie hatte sich so gut wie möglich vorbereitet, aber den passenden Schlüssel hatte sie nicht besorgen können.

Fieberhaft stocherte sie mit einem kleinen Haken in dem Schloss herum, als würde der Schlüssel ein wenig klemmen. Keiner der Schreiber durfte bemerken, dass sie die Tür aufbrach. Wie viel Zeit blieb ihr, bevor es verdächtig wirkte?

Es knirschte in dem Schloss, und Meris drückte mit der Schulter gegen die Tür. Doch die ging nicht auf. Meris drehte den Haken im Schloss und ruckelte – und mit einem Mal gab die Tür nach, und sie betrat den Raum. Hastig drückte sie die Tür wieder hinter sich zu. Sie atmete auf.

Sie stand im Dunkeln. Natürlich hatte von Reinenbach in seinem leeren Büro keine Lampe brennen lassen, und Meris hatte auf ihrem Weg dorthin keine entzündet. Sie öffnete ihre Botentasche, holte eine Sturmlaterne heraus und machte Licht. Dann ließ sie den Blick schweifen.

In den hohen Regalen standen Akten und Berichte zu

allen Belangen des Reiches. Womöglich hatte von Reinenbach dort verräterische Hinweise hinterlassen. Er war ein gründlicher Mann. Aber es waren zu viele Papiere, und ein guter Teil davon war verschlüsselt. Unmöglich, dass sie sich darin schnell genug zurechtfand. Sie musste nach dem Offensichtlichen suchen, und das an den offensichtlichsten Stellen.

Meris wandte sich zu dem riesigen Schreibtisch. Sie zog alle Schubladen heraus, öffnete sämtliche Fächer und leerte sie. Manche waren verschlossen, und sie musste wieder ihr Werkzeug zücken. Sie drehte die Schubladen um und überprüfte die Unterseiten – aber das war *zu* offensichtlich.

Sie leuchtete in die leeren Fächer hinein und untersuchte die Oberseiten. Dann tastete sie, klopfte gegen das Holz und fand Hohlräume – mehr als einen! Sie hatte gewusst, dass es in diesem Schreibtisch geheime Fächer gab!

Meris öffnete eines, das mit einem einfachen Holzriegel gesichert war. Sie holte Papiere, Griffel, kleine Fläschchen und einen Dolch hervor. Sie roch an den Fläschchen und kam zu dem Schluss, dass es sich um Mittel handelte, mit denen man geheime Botschaften schreiben und wieder sichtbar machen konnte. Nicht das, was sie suchte.

Sie entdeckte durch Klopfen ein weiteres Geheimfach, aber sie konnte den Öffnungsmechanismus nicht finden. Nach kurzer Zeit gab sie es auf und stieß mit ihrem Dolch durch das dünne Holz und schnitt ein Stück heraus. Ein Haufen Papier fiel ihr raschelnd entgegen. Da ertönte ein Geräusch von der Tür.

Meris duckte sich und spähte über den Schreibtisch. Sie sah den Hofrat eintreten. Er trug ein Licht und leuchtete in den Raum. Dann hängte er die Lampe an einen Haken an der Wand. »Meris«, sagte er. »Hast du gefunden, was du gesucht hast?«

Ihre Finger tasteten durch das geborstene Holz in die

Winkel des Fachs. Sie spürte eine kleine Dose aus Keramik. Sie stand auf und stellte das Gefäß auf die Tischplatte. Der Verschluss war mit Wachs abgedichtet, das Siegel war gebrochen und notdürftig wieder in die Fugen gedrückt. Meris hob den Deckel ab. Eine ölige Flüssigkeit schwappte träge darin.

»Ich glaube ja«, sagte sie und hob das Gefäß hoch. »Ich habe mir überlegt, ob Ihr vielleicht einen Schluck davon nehmen wollt?«

»Warum sollte ich?« Von Reinenbach setzte sich auf einen Lehnstuhl neben der Tür.

»Weil es eine ehrenvolle Weise wäre, sich allem zu entziehen, bevor es wirklich unangenehm wird.«

»Ich entziehe mich niemals meiner Verantwortung, Meris«, erwiderte von Reinenbach. »Und was für einen Grund hätte ich, das jetzt zu tun? Du bist in mein Büro eingedrungen und hast meine Sachen durchwühlt. Was meinst du, für wen das wohl unangenehm enden wird?«

»Das solltet Ihr die Freunde des alten Kaisers fragen«, sagte Meris. »Wenn sie erfahren, dass Ihr ihn ermordet habt.«

Von Reinenbach schnaubte verächtlich. »Fängst du jetzt auch noch an mit solchen Verdächtigungen? Aber du bist kein tumber Mönch aus dem Süden. Du kennst mich. Du solltest dir überlegen, auf welcher Seite du stehen willst.«

»Ich stehe auf der Seite des Reiches, zu jeder Zeit«, sagte Meris. »Ich weiß, dass der Kaiser vergiftet wurde – und das Gift dazu habe ich gerade in Eurem Schreibtisch gefunden.«

»Woher willst du wissen …« Ein Lächeln erschien auf dem Gesicht des Hofrats. »Ich verstehe. Du warst schon immer eine meiner besten Agentinnen. Ich hätte damit rechnen müssen. Aber es spielt keine Rolle. So ein Döschen beweist gar nichts.«

»Für sich allein vielleicht nicht. Aber ich bin dem Weg gefolgt, den es genommen hat. Bis hierher.«

Diese mühsame Kleinarbeit hatte sie fast zehn Tage gekostet. Doch dabei bewegte sie sich auf einem Gebiet, das ihr vertraut war. Sie hatte gewusst, dass es nur eine Frage der Zeit war, bis sie eine lückenlose Spur beisammenhatte.

»Ich wusste«, sagte sie, »dass Ihr kein Mann der Tat seid. Ihr plant und Ihr organisiert, aber für diese Tat konntet Ihr keinen Mittelsmann schicken. Ihr wart der Einzige, der nah genug an den Kaiser herankam, der mit ihm allein war. Ihr müsst es also selbst getan haben, das war mir klar. Allerdings gehört es nicht zu Euren Gewohnheiten, jemanden selbst zu vergiften. Also musstet Ihr Euch das Gift kurz vorher noch besorgen. Als Leiter des kaiserlichen Geheimdienstes war das kein Problem für Euch.

Aber ich war lange Zeit Eure Agentin. Ich war Eure rechte Hand in diesen Dingen, und ich kenne alle Wege, sich ein solches Gift zu besorgen. Alle Boten, alle Alchemisten, die es für den geheimen Kurierdienst bereiten. Ich musste diese Kontakte nur geduldig überprüfen, bis ich wusste, wie Ihr es angestellt habt.«

»Warum hätte ich meinen Herrscher vergiften sollen?«, fragte von Reinenbach. »Ich habe ihm viele Jahre treu gedient, und durch seinen Tod konnte ich nichts gewinnen.«

»Kaiser Aredrel hatte sich verändert«, sagte Meris. »Und als ich erfuhr, wie sich der Kaiser verändert hat, da ergab auch alles andere einen Sinn. Wie er sich mit Euch zu Unterredungen getroffen hat, wie er Eure Arbeit und Eure Berichte infrage stellte. Warum er Euch Anweisungen gab und warum ihr gestritten habt. Der Kaiser wollte sich wieder selbst um sein Reich kümmern, nachdem Ihr das viele Jahre lang für ihn getan habt.«

»Eine Geschichte, nichts weiter. Vermutungen.« Der Hofrat wedelte mit der Hand. »Damit wirst du niemanden überzeugen.«

»Damit werde ich die Kaiserin überzeugen«, sagte Meris. »Und es gibt andere im Kronrat, die sich nur zu gern überzeugen lassen. Ich glaube, ich habe genug Hinweise gesammelt, um Euch befragen zu lassen … Vielleicht wollt Ihr doch lieber das Gift wählen?«

»Du bist wohl sehr stolz auf dich, Meris«, stellte Reinenbach fest.

Meris schüttelte den Kopf. »Ich bin nicht stolz. Wie könnte ich? Meine *Familie* hat den Kaiser ermordet! Warum habt Ihr das getan?«

Reinenbach zuckte die Achseln. »Du hast die Gründe doch gerade selbst aufgezählt.«

»Nein«, sagte Meris. »Ich habe ein Motiv gefunden, aber das ist kein Grund für eine solche Tat. Der Botendienst ist treu. Wir dienen dem Kaiser!«

»Wir dienen dem Reich!« Der Hofrat sprang von seinem Sitz auf. Er blieb einen Augenblick stehen, und seine Lippen bewegten sich, als würde er sich zu einer Entscheidung durchringen. »Wir sind das Reich«, sagte er.

Leiser und eindringlicher fuhr er fort: »Vor vierzig Jahren herrschte Horome vom Schwarzen Gebirge bis zu den Grauenklippen, vom Ephelgrat im Norden bis zu den Kolonien von Hara-nen auf dem südlichen Kontinent. Nur vierzig Jahre! Kannst du dir das vorstellen? Ich habe diese Zeit noch erlebt, bevor der Großvater unseres wahnsinnigen Kaisers den Osten verlor.

Kaiser Habbar verlor das halbe Reich. Seinem Sohn Areb rann die andere Hälfte durch die Finger. Als Aredrel den Thron bestieg, da war er der beste Herrscher seit Langem. Denn er ließ andere die Arbeit tun, und wir konnten den Niedergang aufhalten.

Baluc, mein Mentor und mein Lehrherr, er formte den kaiserlichen Botendienst zu einer Schattenarmee. Ein Schatten der Legionen, die wir einst hatten. Du weißt, was wir tun. Wir verhandeln, wir drohen, wir leiten Urkunden, Ermächtigungen oder auch Lügen weiter, wenn es sein muss …«

»Oder verüben gelegentlich einen Mord«, warf Meris ein.

»Auch das«, fuhr von Reinenbach ungerührt fort. »Soll ich mich deswegen schämen? Wir haben geschafft, was zwei Kaiser vor uns nicht geschafft haben: Wir halten das Reich zusammen. Jedenfalls das, was davon übrig ist. Heute gibt es nur noch uns, die letzte Bastion zwischen der Ordnung und dem Untergang . Und Aredrel, den man den wahnsinnigen Kaiser nannte, er machte dieses Bollwerk möglich – allein, indem er *gar nichts* tat!«

Hofrat von Reinenbach schüttelte den Kopf. Er sah Meris an. »Verstehst du das denn nicht?«, fragte er. »Du warst doch dabei! Es ist ein heikles, ein schwieriges Geschäft, ein ganzes Reich zusammenzuhalten ohne eine Armee, mit nichts als einem Netz von Spionen und einer Handvoll Attentätern. Wie hätte ich da zusehen können, als der Kaiser plötzlich alles über den Haufen werfen und sich einmischen wollte?

Ich musste eingreifen, um das Reich zu retten.«

»Es sieht nicht so aus, als hättet Ihr es gerettet«, sagte Meris kühl. »Die Städte im Süden haben sich erhoben, und von Edern hat der Kaiserin offen den Eid verweigert – und vielleicht sogar versucht, sie aus dem Weg zu räumen.«

Der Hofrat hob beschwichtigend die Hände. »Wir hätten das schon längst wieder in Ordnung gebracht. Aber das Mädchen ist widerspenstig. Sie trifft eigenmächtige Entscheidungen und verschließt sich unserem Rat.«

»Vielleicht hättet Ihr sie auch beizeiten vergiften sollen«, sagte Meris spöttisch.

Von Reinenbach lächelte gequält. »Es war schon schwer genug, sie auf den Thron zu heben. Geeignete Nachfolger wachsen nicht auf Bäumen. Thronerben, auf die sich die Großen einigen können, die keine eigenen Ambitionen haben und die sich nicht schon einer Partei verschrieben haben. Und wenn es keinen eindeutigen Erben gibt, kann *jeder* Anspruch erheben. Der Bürgerkrieg würde das Reich endgültig zerreißen.

Nein, wir müssen nehmen, was wir haben. Aruda ist einfach nur ungeschliffen. Wir werden für ihre Erziehung sorgen.«

Meris schnaubte. »Das wird wohl ohne Euch geschehen müssen.«

»Warum?«, fragte von Reinenbach. »Weil du dieses Gift bei mir gefunden hast? Das können wir sicher aus der Welt schaffen. Ich habe dir erklärt, was auf dem Spiel steht, und du hast stets dem Reich gedient. Du bist eine Vertraute der Kaiserin, und wenn wir zusammenarbeiten …«

»Das Reich, das ist nicht der Kaiser«, sagte Meris. »Es sind nicht die Grafen oder deren Länder. Das Reich sind wir alle.«

Von Reinenbach nickte. »Genau das meine ich. Wenn ein Kaiser geopfert werden muss, um das Reich zu retten …«

»Das Reich«, wiederholte Meris, »sind wir alle. Die Kaiserin, der Hofrat … oder die Botin. Wir alle haben unsere Aufgabe in diesem Reich, wir alle dienen ihm.

Aber wie kann es zum Besten des Reiches sein, wenn jeder nach eigenem Gutdünken handelt? Ihr habt Eure Position verlassen, Hofrat. Was würde wohl geschehen, wenn jeder so handeln würde? Wie schnell würde der Botendienst zerfallen, das Reich, einfach alles?

Das Reich besteht nur so lange, wie jedes Glied des Reiches an seinem Platz bleibt. Ihr habt Euren Platz, Hofrat, und der Kaiser ist Euer Dienstherr. Ihr habt dem Reich nicht gedient, Ihr habt Eure Pflicht verletzt.«

»Bponur sei verflucht!« Wütend ging der Hofrat einen Schritt auf sie zu.

Meris zog ihr Kurzschwert.

Ennod von Reinenbach zwang sich zur Ruhe. »Wer hat dir nur diese dumme, einfache Weltsicht eingeredet?«

»Das wart Ihr«, antwortete sie. »So habe ich es von Kind an gelernt, in den Schulen und Heimen Eures Kurierdienstes.«

»Einfache Regeln für einfache Boten«, erwiderte der Hofrat. »Aber die wenigen, die an der Spitze stehen, haben eine größere Verantwortung. Ich musste eine Entscheidung treffen. Auch wenn du das nicht verstehen kannst.«

Meris schüttelte den Kopf. »Ich verstehe es nicht«, sagte sie. »Doch Ihr müsst es mir nicht länger erklären. Ich weiß, dass Ihr mich hinhalten wollt. Aber Ihr wartet vergebens auf Hilfe.«

»Was?« Von Reinenbach zuckte zusammen.

»Natürlich habt Ihr nach Verstärkung geschickt, bevor Ihr eingetreten seid. Sobald Ihr erfahren hattet, dass ich hier aufgetaucht bin. Wen immer ihr erwartet, Boten oder Soldaten, die Euch persönlich ergeben sind – sie werden nicht kommen.«

Von Reinenbach lachte halbherzig. »Bist du unter die Propheten gegangen?«

»Ich gehe nur davon aus, dass Ihr tut, was vernünftig ist«, sagte Meris. »Ihr solltet mir dasselbe zutrauen. Glaubt Ihr, ich bin ohne Verstärkung gekommen?«

»Dieser verfluchte Mönch!«, rief von Reinenbach. »Ich habe gehört, dass du dich mit ihm herumgetrieben hast.«

Meris schüttelte den Kopf. »Das ist eine Angelegenheit des Reiches. Dauras hat dort nie hineingepasst. Ich habe den Kanzler angesprochen. Er war bereit, mir Männer zur Verfügung zu stellen, die das Gebäude sichern.«

»Der Kanzler …« Von Reinenbach wich zu dem Sessel zurück und ließ sich hineinsinken. »Du weißt nicht, was du da getan hast. Wie kannst du mich verurteilen und dich zugleich mit ihm verbünden?«

»Ihr habt es selbst gesagt«, erwiderte Meris. »Ich tue, was nötig ist, um meinen Auftrag zu erfüllen. Ich wusste, dass Arnulf von Meerbergen nicht in die Verschwörung verwickelt ist. Er war in einem Turm eingesperrt, als der Kaiser starb. Also war er mein sicherster Verbündeter.«

»Also«, fragte von Reinenbach, und er klang matt. »Was passiert jetzt?«

Meris schob mit der Klinge den Giftbecher über den Tisch. »Ich könnte sagen, dass ich Euch nicht daran hindern konnte, das hier zu trinken. Oder ich lasse Euch von den Männern des Kanzlers in Haft nehmen.«

Der Hofrat blickte auf das Gefäß. »Es tötet nicht schnell«, sagte er.

»Nein«, stimmte Meris zu. »Aber es geht schneller als der andere Weg. Es wäre eine Bestrafung, die der Tat entspricht. Die Entscheidung liegt bei Euch.«

12.12.962 – HOROME, IM PALAST

»Der Hofrat ist tot«, verkündete Dauras.

Er war bei der Hinrichtung gewesen. Aruda hatte sich in der Angelegenheit zurückgehalten und den Prozess ganz in die Hände des Kanzlers und des Gerichtshofs gelegt. Die Anklage hatte auf Hochverrat gelautet. Sie war hinter verschlossenen Türen verhandelt worden, und das schnell. Niemand hatte ein Interesse daran, nach außen dringen zu lassen, dass der Kaiser ermordet worden war, und niemand wollte den Getreuen des Hofrats die Zeit geben, sich zu sammeln und womöglich die Rettung ihres Herrn zu planen.

Aruda reagierte nicht auf Dauras' Worte. Der sprach weiter: »Er hat bezahlt für seine Tat. Fühlt Ihr Euch nun sicherer?«

Seit ihrer Begegnung vor fast einem Monat war er nicht mehr in Arudas privaten Gemächern gewesen. Heute saß die Kaiserin an einem Tisch in dem kleinen Festsaal, in dem ihr Vater seine Gelage mit den engsten Vertrauten gehalten hatte. Sie hatte den Raum umgestaltet, den großen Tisch entfernen, die Wände streichen und mit Goldbrokat verzieren lassen. Inzwischen war der Saal hell und so gut wie leer.

Dauras bemerkte eine Blüte in Arudas Haar, die sich für die Jahreszeit ungewöhnlich lebendig anfühlte. Die Kaiserin trug fast jeden Tag einen solchen Schmuck. Er wusste nicht, wie sie es immer wieder schaffte, diese Dinge im winterlichen Dachgarten zu finden.

»Aruda?«, fragte er.

Sie winkte ab. »Reden wir nicht darüber. Ein Mensch ist gestorben. Ich will das nicht feiern – ich will es vergessen.«

»Er hat Euren Vater ermordet.«

Aruda verzog das Gesicht. »Du hattest dasselbe geplant, weißt du noch? Und ich hatte mein Leben lang Angst, dass mein Vater mich ermorden lässt. Dass von Reinenbach nun deswegen bestraft wurde … Es liegt keine Befriedigung darin.«

»Ihr habt Euch sehr dafür eingesetzt, dass die Tat aufgeklärt wird«, stellte Dauras fest.

»Das ist richtig«, räumte Aruda ein. »Wie könnte ich einen Mann bei Hofe dulden, der einen Kaiser ermordet, wenn er ihm nicht mehr passt?« Sie schüttelte sich. »Dennoch, ich will seinen Tod nicht feiern.«

»Trotzdem könnt Ihr Euch nun etwas sicherer fühlen«, sagte Dauras. »Ihr habt einen Feind weniger und könnt sein Amt an einen Mann Eures Vertrauens geben.«

»Feind? Ich weiß nicht. Von Reinenbach hat mich immerhin auf den Thron gehoben. Er hatte seine eigenen Gründe dafür, gewiss – aber meine wahren Feinde, diejenigen, die auf unserer Reise zur Hauptstadt meinen Tod wollten, die lauern noch immer dort draußen.«

Dauras ballte die Hand zur Faust. Er hatte gehofft, dass Aruda sich in Zukunft etwas weniger in ihren Gemächern verkriechen würde.

»Ihr könnt Meris wieder einbestellen«, sagte er. »Sie hat Eure Feinde schon einmal gefunden. Sie kann auch diese Feinde aufspüren.«

»Das kann ich tun«, sagte Aruda. »Und du kannst heute Abend auch etwas beitragen, um Feinde zu Freunden zu machen.«

»Ihr meint diese Einladung beim Kanzler?« Dauras legte beide Hände an den Schwertgriff. »Ich dachte, Ihr wolltet den Tod Eures Hofrats nicht feiern? Denn genau das hat der Kanzler heute Abend vor.«

»Was immer der Anlass ist«, gab Aruda zurück. »Er hat

dich persönlich eingeladen. Es wäre nicht klug, die Hand auszuschlagen, wenn er sie dir schon zur Versöhnung reicht.«

Die Gesellschaft fand im privaten Stadthaus des Kanzlers statt, einem zweieinhalbstöckigen und großzügig ausgestatteten Gebäude an der Hauptstraße, nicht weit von der Fährverbindung zur Weststadt entfernt. Hinter der düsteren, säulengestützten Fassade hatte der Kanzler die Säle festlich schmücken lassen mit Kronleuchtern aus funkelndem Kristall und gleißenden Lampen an den Wänden. Das ganze Erdgeschoss war als Tanzsaal hergerichtet, und im ersten Stock stand ein gediegener Salon als Speisesaal und Herrenzimmer zur Verfügung, mit holzgetäfelten Wänden, einer großen Tafel, die nach dem Abendessen zur Seite geschoben wurde, und mit vielen kleinen Tischen, auf denen Räucherwerk, Gläser und Getränke bereitstanden.

Es war eine inoffizielle Gesellschaft, weit unter der Würde einer Herrscherin. Dennoch waren viele bedeutende Persönlichkeiten da, alle Mitglieder des Hofrates, die Fürsten und Grafen bei Hofe, sogar einige hochgestellte Gäste von außerhalb, die schon frühzeitig zum Fest der Freude in die Hauptstadt gereist waren.

Kurz nachdem die Gäste eingetroffen waren, nahm der Kanzler Dauras leutselig beiseite. Mit einem Glas Wein in der Hand, und umringt von seinen persönlichen Rittern, sprach er mit Dauras, als wäre zwischen ihnen nie etwas vorgefallen. Er wies auf die auswärtigen Gäste hin und hob einige der Namen besonders hervor. »Sehen Sie, Mönch«, sagte er. »Ich tue meine Pflicht. Unsere Majestät wird am Feiertag eine Menge neuer Treueeide hören.«

»Ich frage mich«, erwiderte Dauras, »wie Ihr diese Grafen überzeugen konntet. Womit habt Ihr ihnen gedroht?«

»Oh«, sagte Arnulf von Meerbergen. »Das war gar nicht nötig. Es sind kleinere Grafen aus der Provinz. Ein paar Schmeicheleien, Bestechungen oder Versprechen, das war genug, um sie an den Hof zu locken. Zugegeben, sie lösen unsere Probleme nicht. Aber es ist ein Anfang. Je mehr Grafen die Kaiserin anerkennen, umso besser unsere Position.«

Im Laufe des Abends wurde Dauras von vielen der unteren Ränge angesprochen. Die Räte und Fürsten, die ihn kannten, mieden ihn. Aber viele Ritter und Höflinge, und vor allem die Damen, schienen seine Nähe zu suchen. Er war eine Art Sehenswürdigkeit, eine Kuriosität. Man wollte Geschichten von ihm hören, Anekdoten und Abenteuer. Doch Dauras blieb wortkarg.

Schlimmer waren die Ritter, die mit ihren eigenen Taten prahlten. Die laut parlierten und denen anzumerken war, dass sie nur auf eine Gelegenheit warteten, eine Legende herauszufordern. Und am schlimmsten waren die Ritter, die nicht einmal ihn persönlich damit meinten – Dauras, den Schwertkämpfer, der seit zwanzig Jahren unbesiegt geblieben war –, sondern die sich einfach nur mal mit *irgendeinem* der Schwertmönche von Sir-en-Kreigen messen wollten.

Über jene, die ihn nicht einmal kannten, ärgerte Dauras sich besonders: Diejenigen, die nur die Farbe seiner Kutte sahen und das Schwert. Für die er nur der austauschbare Vertreter eines geheimnisvollen Ordens war.

Er hörte, wie in der Halle über ihn getuschelt wurde.

Habt Ihr gehört? Der Leibwächter der Kaiserin.

Er ist blind!

Der Kanzler ließ Köstlichkeiten auftragen, als wäre der Feiertag zur Wintersonnwende schon gekommen. Fünf Musiker spielten zum Tanz auf. Einer saß vor einem Instrument, das in einem Kasten steckte und über Tasten bedient wurde. Dauras bemerkte die Saiten hinter dem Holz und kam zu dem Schluss, dass es eine Art Laute war, die nur auf besondere Weise geschlagen wurde.

Eben dachte er darüber nach, wann er sich unauffällig verabschieden konnte, da bat der Kanzler die Herren nach oben in den Salon. Als Dauras zögerte, trat Arnulf auf ihn zu und fasste ihn am Arm.

Dauras riss sich brüsk los.

Der Kanzler tat so, als hätte er es nicht bemerkt.

»Über Ihr Kommen freue ich mich ganz besonders«, sagte er. »Ich habe eine kleine Überraschung vorbereitet, die, wie ich hoffe, die leidigen Missverständnisse zwischen uns endgültig ausräumen wird.«

Dauras traute dem Lächeln des Kanzlers nicht. Es war eine erlesene Gesellschaft, die Arnulf von Meerbergen neben Dauras in den Salon bat, nur Personen von fürstlichem Stand oder von hohem Rang, Richter und Hofräte. Die paar Ritter, die der Kanzler dabeihatte – seine persönliche Leibwache – schätzte Dauras nicht als Gefahr ein.

Er ließ seine Sinne weiter ausgreifen, durch das ganze Gebäude und hinaus in die Gassen. Er nahm keine Bedrohung wahr, keine verborgenen Bewaffneten, nur die Gäste, die unbeschwert feierten. Die Ritter, die man nicht nach oben gebeten hatte, genossen die Aufmerksamkeit der Damen. Die Diener hatten nichts anderes im Sinn als ihre Pflicht, Dauras spürte keine Anspannung, die verraten hätte, dass irgendjemand im Haus von weitergehenden Plänen des Hausherrn wusste.

Nichts wies darauf hin, dass der Kanzler eine Verschwörung vorbereitet hatte, einen Hinterhalt, der außer Dauras auch all die Zeugen ausschalten konnte.

Aber Arnulf plante etwas, davon war Dauras überzeugt. Er ahnte, dass hinter der Einladung etwas steckte, und das war Grund genug mitzugehen.

Dauras deutete eine Verbeugung an. »Es ist mir ein Vergnügen, in Eurer Nähe zu bleiben«, sagte er.

Neben dem Kanzler stieg er die Treppe hinauf. Arnulfs Ritter folgten ihnen. Dauras musterte die Männer des Kanzlers verächtlich, und er achtete darauf, dass sie seinen Blick spürten.

Im Salon zerstreuten sich die Ritter. Der Kanzler blieb unbefangen in Dauras' Nähe und geleitete ihn an einen Tisch. »Bedienen Sie sich«, sagte er und wies auf die Getränke. Dann hieß er seine Gäste noch einmal willkommen. Er sprach von ihrer gemeinsamen Arbeit, der Einheit des Reiches und der Zukunft.

Nichts regte sich auf den Straßen vor dem Haus.

Dauras fragte sich, ob sein Misstrauen ihn etwa irreleitete, ob er nur deswegen hinter den Gesten des Kanzlers etwas wahrnahm, weil er es wahrnehmen *wollte*.

Der Kanzler ging durch den Saal und sprach mit den Gästen. Er bot Pfeifen und Tabak an. Dauras richtete seine Wahrnehmung misstrauisch auf die Flaschen und Karaffen vor ihm.

Kanzler Arnulf kehrte zu ihm zurück. »Wie ich sehe, scheint die Auswahl der Getränke Sie nicht zu überzeugen«, stellte er fest. »Dieser Wein …« Er wies auf eine Karaffe. »… aus Gredan, zum Beispiel, aus der Zeit vor der Spaltung. Aber zum Glück habe ich etwas weit Kostbareres zu kredenzen.«

Bei diesen Worten hob er die Stimme. Die Gäste in der Nähe verstummten und blickten zu ihm hin. Er ging auf die holzgetäfelte Wand zu und schob eine mit verschnörkeltem Schnitzwerk verzierte Platte zurück.

Dahinter kam ein Fach mit einer kunstvoll gearbeiteten Kassette zum Vorschein. Eine kleine Flasche lag darin, in Samt gepolstert. Dauras bemerkte es schon, noch bevor

Arnulf das Kästchen öffnete. Der Kanzler löste das Fläschchen behutsam aus der Polsterung.

»Meine Herren!«, hob er an. »Heute könnt Ihr Zeugen eines kleinen Wunders werden. Und ich fürchte, ein Wunder ist nötig, um einen Streit beizulegen, von dem der ein oder andere in diesem Raum bereits gehört haben mag.«

Er sah Dauras an und lächelte. Es war still geworden im Salon. Dann und wann hörte man einen der Gäste an der Pfeife ziehen.

»Der Leibwächter unserer geliebten Kaiserin ist mir in der Vergangenheit leider oft mit Misstrauen begegnet«, fuhr der Kanzler fort. »Das hat mich sehr in Bedrängnis gebracht, denn Ihre Majestät hat mir die Aufgabe erteilt, in ihrem Reich für Frieden zu sorgen. Wie könnte ich dieser Aufgabe gerecht werden, wenn ich nicht einmal mit dem Mann Frieden halten kann, der ihr am nächsten ist?

Ich werde also vor dieser Gesellschaft und vor dem südländischen Mönch, der mir misstraut, darlegen, wie viel ich zu geben bereit bin für den Frieden und die Einigkeit im Reich. Und zeigen werde ich dies hiermit!«

Er hob das Fläschchen. Es bestand aus einem geschliffenen Kristallglas und erinnerte an einen Diamanten. Der Kanzler drehte es. Dauras schnaubte verächtlich.

Was für ein billiges Schauspiel ist das jetzt? »Wie Ihr wisst, meine Herren«, sagte der Kanzler, »konnte ich eine neue Zauberkundige für den Hof gewinnen. Sie kennt das Rezept für einen Theriak, ein Allheilmittel, das gegen alle Gebrechen hilft.«

»Magie?«

Dauras bekam nicht mit, von wem dieser Zwischenruf kam. Aber er merkte, wie die Stimmung im Saal sich veränderte. Bei einem Teil der Gäste wuchs die Erwartung, andere wurden unruhig. Manche wirkten empört.

»Bei Bponur!«

»Das ist Alchemie!« Dauras erkannte die Stimme von Eutychus von Eiselstein, dem Vertreter der geistlichen Ritterorden in der Hauptstadt. »Das muss ich mir nicht anhören. Kommt!«

Er rief den Befehl in den Raum hinein und machte brüsk kehrt. Die meisten der geistlichen Gäste und auch einige andere folgten ihm. Dauras hörte gemurmelte Drohungen.

Der Kanzler lächelte ungerührt. Er sprach zu den Gästen, die geblieben waren. »Ein umstrittenes Thema«, sagte er. »Ich weiß. Doch zum Glück haben wir hier im Westen einen etwas weiteren Horizont als unsere Brüder in Barrat. Ich ließ unsere Hofmagierin also den Trank bereiten. Allein die Zutaten haben mich ein Vermögen gekostet. Doch was bedeutet Gold gegen die Freundschaft unter den Freunden der Kaiserin?«

Er wandte sich Dauras zu und hielt ihm das Fläschchen hin. »Ich habe also beschlossen, dass dies mein Friedensgeschenk für Sie sein soll. Ich will mit Ihnen gemeinsam diesen Theriak teilen, ein paar Tropfen nur, doch fast so wertvoll wie eine Grafschaft. Mein Opfer für den Frieden im Reich.«

Dauras schnaubte. Fast hätte er laut aufgelacht. »Nein danke«, sagte er. »Ich fühle mich nicht krank.«

»Sie sind zu bescheiden.« Die Stimme des Kanzlers schnurrte. »Auch ich habe zu meiner Zeit das Schwert geschwungen. Nicht so oft wie Sie, möchte ich meinen, obwohl wir fast gleich viele Jahre zählen. Und ich muss zugeben, ich spüre diese Jahre mitunter, genau wie die Sünden meiner Jugend und manch unbedachte Bewegung. Die Jugend mag davon nichts wissen, aber ab den besten Jahren merkt wohl jeder, wie die Zipperlein sich in den Körper schleichen.«

Er stellte das Fläschlein auf einem silbernen Tablett zwischen ihnen, wo weitere kleine Flaschen bereitstanden, eine Sammlung von Likören und Weinen und zwei kristallene Gläser.

»Es gibt gewiss Menschen, die den Trank nötiger hätten«, sagte Dauras. »Helft denen.«

»Wer außer dem Höchsten kann schon sagen, wer die Heilung nötiger hat?«, erwiderte der Kanzler. »Ich habe Männer gesehen, mit denen sprach ich an dem einen Tag, und am nächsten waren sie tot. Sie waren jünger als ich, das blühende Leben, und doch hatten sie bereits eine zehrende Krankheit in den Eingeweiden, ohne es zu ahnen, oder wurden vom Schlag niedergestreckt. Der Theriak heilt alle Gebrechen, die kleinen wie die großen, selbst jene, die man gar nicht als Krankheit empfunden hat.

Außerdem, wo wäre das Opfer und die Geste, wenn ich meine Gabe knausrig nach dem größten Nutzen abmessen würde? Es ist das Vertrauen zwischen uns beiden, das ich damit wiederherstellen will.«

Dauras spürte in den Kanzler hinein, in den Trank, in die Stimmung der anderen Gäste. Wollte Arnulf von Meerbergen ihn vergiften? Er konnte es sich kaum vorstellen. Ein solcher Anschlag wäre zu einfach, und er würde unweigerlich auf den Kanzler selbst zurückfallen, nachdem der diese »Gabe« vor all den Zeugen angeboten hatte.

Zudem fühlte Dauras keine Lüge bei den Worten des Kanzlers. Die Gefühle in seinem Gegenüber waren … vielschichtiger. Das Angebot des Kanzlers enthielt mehr, als es auf den ersten Blick erschien, so viel war Dauras klar. Aber er wusste nicht, wo genau der Fallstrick verborgen war.

»Es sei denn natürlich«, fügte Arnulf mit einem Lächeln hinzu, »Er fürchtet sich, mit mir auf die Versöhnung anzustoßen.«

Womöglich, überlegte Dauras, ging es gerade darum: um

das Angebot selbst, nicht um das, was angeboten wurde. Wollte Arnulf von Meerbergen ihn vor allen als schwach und ängstlich oder undankbar vorführen?

»Ich fürchte nichts.« Dauras starrte den Kanzler an. »Und niemanden.«

Er nahm das Fläschchen vom Tablett und zog den Glasstopfen heraus. Zunächst wollte er gleich einen Schluck nehmen, getrieben von Trotz und Zorn. Doch im letzten Augenblick besann er sich und goss die Hälfte des Inhalts in eines der Gläser. Er leerte es in einem Zug.

»So viel zum Anstoßen«, sagte der Kanzler. »Wohlan. Sie sollten mit ein wenig Wein nachspülen, denn der Tropfen, der im Glas zurückgeblieben ist, kostet vermutlich mehr, als Sie je im Leben besitzen werden.«

Er goss sich ein wenig Wein ein, gab den Rest des Fläschchens dazu und leerte das Glas. Genießerisch ließ er den Schluck im Mund kreisen. Dann verzog er das Gesicht und schluckte.

»Es ist teuer und hoffentlich wirksam«, sagte er. »Aber es verdirbt den Wein.«

Er streckte sich, bewegte die Finger, drehte die Schultern. Ging ein paar Schritte von dem Tischchen weg. Die Gäste im Raum starrten neugierig auf Dauras und den Kanzler. Doch kein magisches Leuchten stieg von den beiden Männern auf, keiner wand sich unter Krämpfen, keiner veränderte sich auf unheilige Weise.

Nach und nach wandten die Gäste sich ab und plauderten leise miteinander.

Einer der Ritter aus Arnulfs Gefolge nahm unauffällig das Fläschchen. Er spülte es mit Schnaps aus und kippte den Inhalt hinunter.

Arnulf trat zu Dauras. »Was meinen Sie, mein Freund? Wenig aufsehenerregend. Aber ich fühle mich etwas jünger.

Wenn das nur eine Täuschung sein sollte, werde ich ein ernstes Wort mit unserer Hofmagisterin reden und eine ganze Menge Gold zurückverlangen.«

Er lachte und klopfte Dauras auf die Schulter.

Das Erste, was Dauras spürte, war ein Kribbeln in der linken Hand. Gebannt verfolgte er, wie die letzten Spuren der Prellung verschwanden, die er von dem Bleigeschoss vor zwei Monaten zurückbehalten hatte.

Dann kribbelten seine Finger, seine Schultern, seine Knie … Es war eigentümlich, wie kleine Beeinträchtigungen von ihm wichen, von denen er kaum etwas bemerkt hatte. Sie hatten sich unmerklich in seinen Körper geschlichen, aber als sie von einem Augenblick auf den anderen fort waren, bemerkte er sie doch. Der Kanzler hatte nicht gelogen – sein Trank wirkte tatsächlich!

Und dann erfasste das Prickeln seinen Kopf. Etwas bohrte sich hinein, mit einem so wütenden Schmerz, dass es Dauras den Atem nahm. Er wand sich und schnappte nach Luft.

»Geht es Ihnen gut?«

Er hörte die Stimme des Kanzlers wie durch einen Nebel. Der Schmerz wurde unerträglich. Er kam von außen. Dauras fühlte es, aber er konnte es nicht einordnen. Es brannte sich in seine Stirn wie ein Feuer, auch wenn außer ihm niemand etwas zu bemerken schien.

Dauras krümmte sich wieder. Er schlug die Hände vors Gesicht und schloss die Augen.

Und das fremde Gefühl, der Schmerz verschwand. Nur ein Nachhall davon pochte zwischen seinen Schläfen.

Dauras stöhnte.

Licht.

Er wusste nicht, woher dieses Wort kam, aber es war da, und Dauras wusste, was es bedeutete.

»Bei den Göttern des Schwertes«, stieß er hervor. »Ich … ich kann wieder sehen!«

»Da!« Er hörte den Kanzler rufen. »Der Mönch gewinnt sein Augenlicht zurück. Wie fühlt sich das an, Dauras? Es muss wunderbar sein!«

Dauras schloss die Augen, und das Licht verschwand. Und damit alles, was er jemals wahrgenommen hatte. Zum ersten Mal in seinem Leben war es wahrhaft dunkel um ihn geworden.

Er schlug die Augen wieder auf, und das Brennen kehrte zurück. Das Licht enthüllte nichts, es löschte alles andere aus. Seine besondere Wahrnehmung war fort, und es schien selbst sein Gehör und seinen Geruchssinn zu dämpfen. Er öffnete die Augen und schloss sie wieder. Er blinzelte.

Dauras spürte eine Hand an seinem Kinn, eine weitere Hand an seiner Schulter. Der Kanzler half ihm, sich aufzurichten. Dauras hörte seine Stimme dicht am Ohr. »Ihre Augen, Dauras! Ich kann zusehen, wie sie klar werden.«

Dauras rang nach Worten. Dieses Licht verwirrte ihn so sehr, dass er kaum denken konnte. Er streckte die Arme aus und suchte nach Halt. Er schämte sich, dass er sich auf den Kanzler stützen musste. Er blinzelte mit den Lidern und versuchte, zu *sehen* … mit den Augen zu sehen, was er bisher nur aus Geschichten kannte. Aber da war nur dieses Licht, das ihm in den Kopf stach wie ein Speer.

Er riss sich vom Kanzler los und stolperte durch den Raum. Er stieß gegen einen Tisch. Glas barst links und rechts von ihm, er roch Alkohol. Ein Mann fluchte. Dauras blinzelte und tastete sich mit den Händen weiter.

»Nur die Ruhe.« Der Kanzler ging neben ihm her, und er sprach so laut, dass auch die anderen Gäste ihn hören konnten. »Bponur hat uns ein Wunder gewährt. Aber Sie werden sich daran gewöhnen müssen.«

Dauras tastete sich weiter, an der Wand entlang aus dem Raum, die Treppe hinab und stieß die Haustür auf. Er lief auf die Straße und floh in die Dunkelheit.

Der Schnee fiel in kleinen harten Körnern. Dauras spürte die kalte Berührung in seinem Gesicht. Das Pflaster unter seinen Füßen war feucht und tückisch glatt. Dauras taumelte weiter.

Wenn er die Augen öffnete, konnte er Licht und Schatten unterscheiden. Er tastete sich mit den Händen vorwärts und bekam allmählich ein Gefühl dafür, welcher Schatten die Straße war und welcher die Wand. Er nutzte, was von seinen Sinnen geblieben war.

Wieder schloss er die Augen. Kurz darauf hörte er Schritte, und er hielt inne. Die Schritte kamen näher. Er öffnete die Augen und sah … Schatten. Schatten, die sich veränderten – eine Bewegung. Aber er konnte keine Formen erkennen. Und wenn die Bewegung aufhörte, verschwanden die Umrisse, als hätten Straße und Mauern sie verschluckt.

»Der große Schwertkämpfer«, höhnte eine Stimme. Dauras erkannte sie wieder, er hatte sie schon einmal im Umfeld des Kanzlers gehört. »Nicht mehr so groß jetzt, wie es aussieht.«

»Ich glaube, du hattest uns zu einem Kampf herausgefordert«, sagte eine andere Stimme. »Wie sieht es jetzt damit aus?«

»Jederzeit«, knurrte Dauras und zog sein Schwert.

Rings um ihn fuhren weitere Klingen scharrend aus der Scheide. Dauras stieß sein Schwert in Richtung eines der Geräusche. Stahl klirrte auf Stahl. »Uuups«, sagte jemand, und die anderen Angreifer lachten.

Ein Schlag traf Dauras am Rücken. Er fuhr herum, sein Schwert sauste durch die leere Luft. Ein weiterer Schlag traf ihn. Sie schlugen ihn mit der flachen Seite der Klinge. Sie spielten mit ihm! Dauras wich an die Wand zurück und ließ die Klinge wirbeln. Einer der Angreifer streckte das Schwert vor, die Klingen trafen aufeinander, überraschend, und Dauras geriet aus dem Takt.

Er hielt inne. Er blinzelte und versuchte, etwas zu sehen, doch sein neuer Sinn ließ ihn im Stich. Dauras schloss die Augen. Die Welt wurde ein wenig klarer. Er gewann nicht zurück, was er verloren hatte, aber er hörte seine Angreifer besser. Er hatte ein Gefühl, wo sie standen. Er roch ihren Schweiß, und das Duftwasser, das einer der Ritter verwendete.

In diese Richtung machte er einen Ausfall. Seine Klinge fuhr durch Stoff und kam wieder frei. Dauras presste die Augenlider fest zusammen und verließ sich ganz auf sein Gehör. Er nahm ein Sausen in seinem Rücken wahr, fuhr herum und fing einen Schwertstreich ab. Dann traf ihn ein weiterer Schlag, wieder mit der flachen Seite, und brachte ihn ins Stolpern.

»Der Schwertmönch wehrt sich«, sagte einer der Ritter.

»Das macht es interessanter«, sagte ein anderer. »Lasst uns eine Jagd daraus machen.«

»Ja«, meinte ein dritter. »Lauf, blinder Mönch. Wir lassen dir einen Vorsprung.«

Dauras sprang in die Richtung, aus der die Stimme kam. Seine Klinge fuhr nach vorn, und die Spitze traf auf Fleisch. »Verflucht, mein Arm«, rief der Ritter.

»Ich laufe nicht weg vor euch«, knurrte Dauras.

Er bekam einen Hieb auf den Hinterkopf und taumelte drei Schritte vorwärts. Er konnte sein Schwert gerade noch festhalten. Sein Kopf fühlte sich an, als wäre er geplatzt, und er hörte die Schwertklinge seines Feindes, die immer noch summte und vibrierte – oder vielleicht war es sein eigener Schädel, der brummte.

»Lauf«, drang eine leise Stimme durch den Aufruhr. »Das nächste Mal schlage ich mit der Schneide zu.«

Dauras öffnete die Augen und rannte los. Er orientierte sich an den Schatten, er erahnte die Mauern. Aber er lief langsam und unsicher. Immer wieder machte er die Augen zu, er tastete mit dem Schwert und mit den Fingerspitzen, er schaute und wankte von einer Straßenseite zur anderen.

Die Verfolger blieben johlend in seiner Nähe.

Dauras fragte sich, warum niemand aufmerksam wurde. Wo war die Nachtwache, so nah beim Palast?

Er stolperte über einen Pflasterstein, ruderte mit den Armen und taumelte gegen eine Wand. Schwer atmend blieb er stehen. Er presste die Augenlider zusammen und hörte, wie die Verfolger ihn umringten.

»Das war's schon?«, fragte einer der Ritter. »Ich hatte mir mehr versprochen von einem Schwertkämpfer, vor dem uns alle gewarnt haben.«

»Mach Schluss, Thomus«, sagte eine weitere Stimme. »Das wird dem Alten nicht gefallen, wenn wir zu viel Aufsehen erregen.«

»Ist gut«, sagte der erste Ritter. »Er ist es ohnehin nicht wert.«

Dauras lehnte an der Wand, beruhigte seinen Atem und hielt die Augen geschlossen. Die Schneeflocken fielen auf sein Gesicht und blieben daran haften wie feine Schweißperlen. Er lauschte auf seine Gegner. Seine ganz spezielle Wahrnehmung hatte er verloren, aber er war immer noch ein Priester des Schwertes … Was auch immer man im Kloster behauptet hatte.

Du musst an deinen Schwächen arbeiten.

Dauras erinnerte sich an die Worte des Abtes.

Nun, Schwächen hatte er jetzt genug. Aber er war nicht schwach. Er würde sich nicht kampflos ergeben.

Dauras entsann sich der *Bilder*, die er so verachtet hatte. Er trat einen Schritt von der Wand weg und nahm eine Grundstellung ein. Dutzende von Bewegungsmustern und Reaktionen stiegen in seinen Gedanken auf, Abläufe, die er von dieser Position aus abrufen konnte. Er hatte viel verloren, doch er konnte immer noch auf das zurückgreifen, was er gelernt hatte – und auf seine Schnelligkeit. Sein Herz beruhigte sich, seine Angst schwand, und eine Leere zog in seinen Geist.

Er öffnete die Augen wieder und versuchte, das, was er sah, zu deuten. Da waren Schatten, aber Dauras konnte nicht ausmachen, wo seine Angreifer standen. Diese Formen ergaben einfach keinen Sinn …

Da bewegte sich etwas.

Die Formen entzogen sich ihm, aber die Bewegung war erstaunlich klar. Dauras *sah* die Richtung.

Er schlug zu und wich aus, eine abgezirkelte Kombination, die er im Kloster gelernt hatte und die zu der Bewegung zu passen schien, die er sah. Er fühlte ein leichtes Zupfen an seiner Klinge. Die Bewegung, die er gesehen hatte, entfernte sich, und dann hörte er zwei Schritte entfernt ein Scheppern. Eisen klirrte über das Pflaster.

Ein Schrei ertönte vor ihm.

Und Dauras rannte los. Er stürmte mitten hinein in diesen Schrei und stieß den Angreifer, den er getroffen hatte, zur Seite. Er sprang über ihn hinweg und in die dunkle Gasse hinein. Er lief, so schnell er es vermochte. Er nutzte die Sinne, die ihm zu Gebote standen – Gehör, Geruch, Gefühl –, und er dachte nicht mehr an das, was er *nicht* wahrnahm. Er musste es einfach riskieren.

Die Stimmen seiner Verfolger blieben hinter ihm zurück.

»Verflucht, er hat ihm die Hand abgeschlagen!«

»He, lasst ihn nicht laufen. Hinterher!«

Doch Dauras hörte keine Schritte hinter sich. Er nahm auf der Seite einen Schatten wahr, bog ein – und gelangte tatsächlich in eine kleinere Gasse. Er bog noch zwei Mal ab, stieß gegen Hausfronten, stolperte. Dann stürzte er über eine Stufe, die er nicht bemerkt hatte, und fiel der Länge nach hin.

Er verlor sein Schwert. Hatte nicht die Zeit, danach zu tasten, und lief weiter.

Jetzt hörte er auch die Stimmen der Verfolger wieder hinter sich.

»Er ist da lang!«

Dauras rannte und bog wieder ab. Er verschätzte sich in der Entfernung und stieß mit der Schulter gegen eine Hausecke. Dann wollte er in eine Gasse einbiegen, doch da war keine, und er prallte gegen eine geschlossene Haustür. Es dröhnte, und er roch Blut in seiner Nase. Benommen lief er weiter und tastete mit den Händen.

»Da ist er. Ich kann ihn sehen!«

Die Ritter des Kanzlers holten ihn ein. Dauras bog ab. Er hörte ein leises Geräusch vor sich. Einen Wind … Blätter … Nein.

Während Dauras noch darüber nachdachte, lief er wieder gegen eine Mauer. Sie reichte ihm kaum bis zur Brust, darum hatten seine tastenden Hände sie nicht rechtzeitig bemerkt. Er prallte mit dem Bauch gegen die Mauerkante und stieß sich das Knie an, sodass er zusammensackte.

Er rappelte sich wieder auf. Das Geräusch, das er gehört hatte, ertönte direkt hinter der Mauer. Ein Glucksen und ein Plätschern. Es war der Fluss.

Dauras überlegte, in welche Richtung er gelaufen war. Aber schon ertönten hinter ihm Stiefeltritte. Er hörte Rufe. Seine Verfolger kamen näher, und ihnen war nicht mehr zum Spielen zumute.

Es muss Osten sein.

Wenn er nach Westen gelaufen war, dann lag unterhalb der Flussmauer kein Wasser, sondern ein kleiner, steiniger Uferstreifen. Wenn er nach Osten oder Südosten gelaufen war, dann lag ein breiter Uferstreifen unter der Mauer. Aber er hatte keine Wahl, er musste es wagen.

Er stieg auf die Mauer und spürte, wie seine Beine zitterten. In der Ferne sah er Lichter, klein und schwach, nicht mehr die schmerzhaften Lichtspeere, die ihn im Haus des Kanzlers getroffen hatten. Davor eine schattenhafte Bewegung, die ihn schwindeln machte.

Er richtete sich auf, stand kerzengerade auf der Mauerkrone. Hinter ihm schrie einer der Ritter. Die Schritte klapperten schneller über das Pflaster.

Die unklare Bewegung, überlegte Dauras, musste Wasser sein. Er fragte sich, ob dies das Letzte war, was er sehen würde. Dann holte er Schwung und sprang so weit er nur konnte.

Die Zeit dehnte sich. Er fühlte den Wind an seinen Ohren. Er sprang in eine Leere hinein, die sich nicht greifen und ordnen ließ. So musste die Welt ausgesehen haben, in der Stunde vor der Schöpfung. Es fühlte sich an, als würde er fliegen.

Das eiskalte Wasser schlug über seinem Kopf zusammen. Dauras strampelte und kam wieder an die Oberfläche. Er schnappte nach Luft. Er ruderte mit den Armen und schwamm mit aller Kraft, aber die Strömung zerrte an ihm. Er fühlte, wie Strudel nach seiner Kutte griffen.

Dauras hob den Kopf aus dem Wasser. Er versuchte, die Lichter wiederzusehen, darauf zuzuschwimmen. Er kämpfte gegen den Strom an. Ohne seinen Raumsinn, mit den nutzlosen Augen, der Geruchsinn und das Gehör vom Flusswasser gedämpft, und mit der Kälte, die ihm langsam das Gefühl aus den tauben Gliedmaßen trieb, war ihm zumute, als hätte er die Welt längst verlassen.

Dauras kämpfte, aber die Dunkelheit verschlang ihn.

EPILOG

Auf einem Hügel hielt Ritter Lacan inne. Er beugte sich vor und stützte die Hände auf den Sattelknauf. Sobrun neben ihm hielt sein Ross, und gemeinsam sahen sie auf die Küste hinab, die vor ihnen lag. Unter dem sternklaren Winterhimmel glitzerte das Meer, an das sich auf einer Seite ein dunkler Fleck schmiegte, durchsetzt von winzigen Funken wie von Diamantsplittern.

Es war eine Stadt, die dem Ritter und seinem Begleiter zu Füßen lag.

Lacan von Galdingen atmete auf. »Wir sind daheim.«

Sobrun kniff die Augen zusammen. »Ist das Meerbergen?« Der Söldner wusste mittlerweile, dass das Landgut seines Herrn in der Nähe dieser bedeutenden Küstenmetropole lag.

Lacan schüttelte den Kopf. »Das ist Südlandhaven«, sagte er. »Die Kriegsflotte des Reiches ist dort stationiert, während Meerbergen eine Handelsstadt ist. Aber die beiden Städte sind so eng verbunden, dass sie im Grunde Zwillinge sind. Mein Besitz liegt zwischen Meerbergen und Südlandhaven.«

»Ich bin froh, dass es vorbei ist«, sagte Sobrun. »Nicht jede Abkürzung ist ein guter Weg.«

Sie waren auf direktem Weg von der Passstraße bis zu den südlichen Hafenstädten gelangt. Doch es war keine angenehme Reise gewesen. Einsame Landstriche, die Straßen oft kaum zu erkennen oder unpassierbar. Lacan und sein Begleiter hatten mehr als einmal dem Hungertod ins Auge geblickt – und die Reise hatte länger gedauert, als sie erwartet hatten.

Aber, bei Bponur: Es war vorbei!

Lacan schaute auf Südlandhaven hinab. Am liebsten hätte er sich an Ort und Stelle vom Pferd fallen lassen, hätte den Boden geküsst und sein Lager bereitet.

»Reiten wir weiter, Herr«, sagte Sobrun. »Heute Nacht finden wir vielleicht ein Gasthaus. Und Wein und willige Weiber und was wir sonst brauchen, um Eure Heimkehr zu feiern.«

Lacan blickte Sobrun befremdet an. »Feiere, wie du willst«, sagte er. »Ich glaube, für mich ist das nichts. Ich hebe mir die Feiern auf, bis ich tatsächlich wieder daheim bin.«

»Ich denke, Ihr solltet feiern, solange Ihr es noch ungetrübt könnt«, stellte Sobrun nüchtern fest. »Bevor die Probleme des heimischen Herdes Euch eingeholt haben.«

»Ja.« Lacan schürzte die Lippen. »Wenn ich überhaupt noch ein Zuhause habe. Sobrun, du bist wirklich ein Kamerad, der einem die Laune verhageln kann. Komm, lass uns reiten.«

Er stieß dem Pferd die Fersen in die Flanken. Der alte Söldner an seiner Seite zeigte ein zahnlückenreiches Grinsen und folgte ihm.

In den vergangenen Tagen hatten sie auf verschiedenen Rittergütern übernachtet. Das hieß, dass sie die ersten Neuigkeiten aus der Heimat vernommen hatten. Und seither war Lacan in Sorge, was er auf seinem Landgut vorfinden würde.

Der Kaiser war tot. Die südlichen Städte waren vom Reich abgefallen. Und Lacan hatte gehört, dass sein Vater zurückgekehrt war – und dass der ganze Süden sich deswegen in Aufruhr befand. Was das für ihn bedeutete, würde sich zeigen. Lacan war nur ein Bastard, und er hatte sich von seinem Vater und dessen Treiben immer ferngehalten.

Aber Arnulf von Meerbergen war nicht beliebt in der Stadt, deren Namen er trug. Und wenn der Kanzler des Reiches wieder Krieg plante und seine Intrigen spann, würde sein Sohn es gewiss zu spüren bekommen.

DRITTES BUCH

MIT VERBRANNTEN FLÜGELN

»Jeder Verlust ist nur ein Wandel.«

Aus der Legende von Elumer und Horome

PROLOG

Im Augenblick des Todes, so heißt es, zieht das ganze Leben noch einmal an einem vorüber.

Für Dauras war es nur eine einzige Erinnerung, als die Flut ihn verschlang. Ein längst vergessener Tag, der für ihn wieder lebendig wurde.

Er fühlte die Gassen von Sir-en-Kreigen um sich herum. Es war Frühling oder Herbst, ein kühler, trockener und sonniger Tag, der nach Staub roch und der einen frischen Wind in die Stadt brachte. Dauras mochte vier Jahre alt sein, vielleicht jünger. Seine Sinne waren noch nicht voll entfaltet, sie tasteten roh über das Mauerwerk der Altstadt und erfassten nur mühsam die Buckel und die unregelmäßigen Ritzen im groben Kopfsteinpflaster. Er musste sich konzentrieren, um einzelne Dinge festzuhalten und die zahlreichen Menschen zu unterscheiden, die sich um ihn herum bewegten. Wenige Schritte entfernt verlor sich sein Gespür in einem unklaren Schatten, der keine Dunkelheit war, kein *Nichts*, sondern ein *Zuviel*.

»Los, Dauras«, sagte Ranis. »Zeig ihnen, was du drauf hast.«

Dauras erinnerte sich nicht an seine Eltern, die froh gewesen waren, wenn ihr blinder, ihr *kranker* Sohn nicht nach Hause kam. Sein Leben hatte sich auf der Straße abgespielt, bei den Kindern der Gosse, die ein ähnliches oder gar kein Zuhause hatten. Das ältere Mädchen, das sich dort um ihn kümmerte, war ihm heute noch gegenwärtig.

Drei weitere Kinder hockten mit ihm in der Gasse. Die beiden anderen Knaben kannte er flüchtig. Sie forderten ihn heraus, hatte Ranis erzählt – sie stellten seine Fähigkeiten infrage, seinen Rang als bester Taschendieb unter allen Gassenkindern der kleinen Stadt! Der Junge, der sich Alan nannte, lehnte an einer Wand und schaute auf ihn herab. Er war schon zwölf, hieß es, und Dauras konnte die Verachtung in dessen Blick spüren. Er war aus der Grafenschule entflohen, die zum Tempel gehörte, und hielt sich darauf etwas zugute.

Dauras tastete sich auf die Hauptstraße hinaus. Dort waren nicht viele Menschen unterwegs, aber sie waren ständig in Bewegung. Kleidung schwang um ihre Beine, sie trugen Taschen und Körbe am Arm. Dauras konzentrierte sich auf das Wesentliche.

Fleisch wich aus seiner Wahrnehmung, Stoff verblasste. Das harte Metall leuchtete in seinem Geist.

Er rannte los.

»Na warte!« Ranis lief hinter ihm her. »Ich krieg' dich, du Bengel!«

Er sauste zwischen den Beinen der Passanten hindurch. Ranis tat so, als wäre sie ihm auf den Fersen. Sie hätte ihn nicht erwischt, selbst wenn sie es ernsthaft versucht hätte.

Dauras lachte.

Er huschte an einem großen Mann vorbei und fühlte die wohlgefüllte Börse an dessen Gürtel. Dauras schlug einen Haken. Er erfasste die Augen des Fremden. Der verzog das Gesicht und stieß den Straßenlümmel entschlossen weg. Dauras fasste zu.

Er brauchte nur einen Augenblick, um den Geldbeutel zu öffnen und hineinzufassen. Er nahm die schwersten Münzen, so viele, wie seine kleinen Finger eben halten konnten.

Er duckte sich unter dem Griff des Mannes weg und lief davon.

Der Große hatte nichts bemerkt.

Dauras verschwand in einer Seitengasse, Ranis kam fluchend hinter ihm her. Sobald sie um die Ecke waren, lachte Ranis auch.

»Was hast du? Was hast du?« Eifrig streckte sie die Hände aus. »Oooh!«

Sie nahm das Geld an sich.

»Alan kann einpacken«, erklärte sie verächtlich. »Aber sag das nicht zu laut, sonst knöpft uns der alte Thusa zu viel ab, und dann dauert es länger bis wir stinkreich werden.«

»Ist doch egal«, sagte Dauras. »Ich hole einfach noch mehr.«

Er lief wieder auf die Hauptstraße zurück. Ranis kam hinter ihm her.

»Warte«, rief sie. »Übertreib es nicht.«

Sie folgte ihm, aber sie erwischte ihn nicht. Das ältere Mädchen war schneller als Dauras, er jedoch war um einiges wendiger. Er schlug Haken, und wenn sie zu nahe kam und nach ihm fasste, wich er im letzten Augenblick aus, sodass ihre Finger gerade noch seine Jacke streifen. Ranis war genauso plump wie die anderen Großen, und Dauras fühlte, dass sie in diesem Moment selbst nicht wusste, ob sie lachen oder sich ärgern sollte.

»Dauras!«, rief sie. »Warte doch.«

Er lief leichtfüßig zwischen den Menschen hindurch, die zum Marktplatz strebten. Er war wie ein Hecht, der zwischen Karpfen jagte.

Eine weitere wohlgefüllte Geldbörse erregte seine Aufmerksamkeit. Das Echo daraus war so schwer, dass es seinen Kopf zum Klingen brachte.

Der Mann, an dessen Gürtel sie hing, schritt sorglos aus. Er trug ein so langes wallendes Gewand, dass Dauras sich einen Augenblick fragte, ob es nicht eine Frau in einem Kleid war … Nein, es war eindeutig ein Mann, und ein hochgewachsener dazu!

Er sauste hinter dem Fremden her und griff zu. Finger schlossen sich um sein Handgelenk.

Dauras wehrte sich. Doch die Finger hielten ihn eisern fest.

Der Mann hatte ihn erwischt! Das war Dauras noch nie passiert.

»Ranis!«, rief er.

Gerade war sie noch bei ihm gewesen, jetzt nahm er nichts mehr wahr von seiner großen Freundin.

»Was für eine diebische Elster.« Der Große beugte sich zu ihm herab.

»Lass mich los!«, schrie Dauras.

»Du bist schnell«, sagte der Fremde. »… und du bist blind! Dennoch kannst du sehen.«

Dauras trat nach ihm. Doch der Mann schien es gar nicht zu bemerken. Er lockerte den Griff ein wenig, sodass die Finger fast sanft um Dauras' Handgelenk lagen, doch sosehr dieser auch zog und zerrte, er konnte sich nicht befreien.

»Deine Gaben sind als Taschendieb verschwendet, fürchte ich. Hat dich das Schicksal zu mir geführt?«

»Lass mich los.« Dauras stiegen die Tränen in die Augen. »Bitte.«

»Du weißt, wer ich bin?«, fragte der Fremde.

Dauras schüttelte den Kopf.

»Ich bin Thurid.« Er schien auf etwas zu warten, aber Dauras kannte den Namen nicht. Als der Junge nicht reagierte, fügte Thurid hinzu: »Seit Kurzem bin ich der Abt im Kloster des Schwertes. Und ich glaube, die Geister haben dich für mein Haus bestimmt.«

Dauras sträubte sich, doch der Abt zog ihn hinter sich her. Er lobte Dauras – seine Schnelligkeit, seine Sinne und seinen Kampfgeist. Bald ging der Knabe neben ihm her und hörte zu. Der Fremde bot ihm eine neue Familie an, eine, die ihn schätzen würde, und die Möglichkeit, zu lernen.

Er versprach ihm, dass er ein großer Schwertkämpfer werden könnte.

Dauras wusste nicht, was das bedeutete. Aber er wusste,

was es hieß, der Beste zu sein. Er mochte es, bewundert zu werden. Schneller und besser als irgendjemand sonst – das war etwas, was er sein wollte.

Als der Abt die Besorgung erledigt hatte, um deretwillen er in die Stadt gegangen war, folgte Dauras ihm bereitwillig zum Tempel. Und auch wenn dort nicht alles so war, wie die Worte des Abts ihn hatten glauben lassen, so kannte er bald kein anderes Zuhause mehr.

Er vergaß, wie er in den Tempel gekommen war. Der Abt sprach mit Dauras' Eltern. Dauras fragte nicht danach, und selbst später, als ihm Zweifel an dem Leben im Tempel kamen, hatte er nie daran gedacht, seine Familie zu suchen, mit seinen Eltern zu reden oder gar zu ihnen zurückzukehren. Er vergaß sie schlichtweg, so wie alles, was vorher gewesen war. Er vergaß sogar, dass der Abt sich ihm irgendwann einmal mit seinem Namen vorgestellt hatte und etwas anderes war als »der Abt«.

Aber niemals vergaß er, wohin er wollte und wer er war – das Versprechen, das ihn bewogen hatte, mit dem Mönch zu gehen und bei ihm zu bleiben.

Du hast mehr als eine Gabe, Dauras. Du kannst ein großer Kämpfer werden, wenn du dem Weg des Schwertes folgst.

Das ist dein Schicksal, Dauras.

3.1.963 – HOROME, OSTLICHE UNTERSTADT

Dauras wusste nicht, wo er war. Aber als er die Augen aufschlug, da wusste er sofort, dass er noch lebte. Das Licht kehrte zurück.

Gerade eben, in seinem Traum, war die Welt so gewesen, wie er sie kannte. Während seiner Kindheit auf den Straßen von Sir-en-Kreigen hatten seine Sinne noch nicht dieselbe Schärfe entwickelt wie in späteren Jahren. Dennoch hatte seine Art der Wahrnehmung stets eine Klarheit gehabt, die ein einziges Blinzeln heute zerstören konnte.

Er sah tanzende Flecken und wabernde Schatten, Formen und Bewegungen, die er nicht auflösen konnte. Er wollte schreien, doch sein Hals war zu trocken. Er wollte sich übergeben, doch sein Magen war leer. Er schloss die Augen, und die Dunkelheit, die eintrat, tat ihm wohl.

Sie ließ Raum für die anderen Sinne.

Er fühlte ein weiches Lager unter sich. Ein Kissen. Er lag in einem Bett, doch er wusste nicht, wie er hierhergekommen war.

»Du bist wieder wach«, sagte eine Stimme. »Dann lass uns etwas Brühe in dich hineinschütten, bevor du das nächste Mal wegsackst.«

Es war die Stimme der Botin … Warum war der Klang, das Gefühl, der Geruch nur so klar, und warum waren die Augen, von denen alle immerzu sprachen, so nutzlos?

Er hörte die Botin herumhantieren. Holz schlug klangvoll gegen Metall. Eine Flüssigkeit schwappte. Dauras rief sich ihr Heim ins Gedächtnis. Er versuchte, den Hall der Geräusche und den Raum, an den er sich erinnerte, in Einklang zu bringen. Doch er schaffte es nicht. Er konnte sich nicht orientieren und bekam keine Vorstellung von dem Ort, an dem er lag.

Er roch Schweiß und Moder und Asche. Die Glut eines heruntergebrannten Feuers knackte leise. Die Luft war schwer und stickig, und das Zimmer fühlte sich kleiner an als die Stube in der Unterstadt, wo er die Botin, ihr Kind und die Amme besucht hatte. Hatte sie ihm etwa ein Lager in ihrer Küche bereitet?

Er spürte ihre Hand auf der Stirn. »Das Fieber ist weg«, stellte sie fest. »Endlich. Vielleicht bleibst du dieses Mal wach. Vielleicht überlebst du sogar.«

»Was ist geschehen?«, fragte er.

»Sag du es mir«, sagte Meris. »Ich habe nur eine Menge Gerüchte gehört. Und ich habe dich vor meiner Tür gefunden. Zwei Zehnttage ist das jetzt her. Du warst durchweicht wie ein Putzlappen und bist auf meiner Türschwelle umgekippt.«

»Zwei Zehnttage …«, murmelte Dauras.

»Du hast Fieber bekommen«, fuhr Meris fort. »Die meiste Zeit lagst du im Delirium. Wenn du wach warst, habe ich getan, was ich konnte. Trotzdem ist es ein Wunder, dass du noch lebst. Trink das.«

Sie stützte Dauras' Kopf und hielt ihm eine Schale an die Lippen. Sogleich wusste er, wo der ranzige Geruch herkam, der in dem Zimmer hing. Kalte Brühe rann ihm in den Mund. Er fühlte das erstarrte Fett als körnigen Belag auf der Zunge.

Dauras schluckte, prustete und versuchte, die Schale wegzuschieben.

»Bah!«, sagte er. »Was ist das für ein Zeug?«

»Hühnerbrühe«, sagte Meris. »Stell dich nicht so an. Bei dem Flusswasser warst du auch nicht so wählerisch. Da hast du kräftig zugelangt, hat der Heiler mir erzählt.«

»Du hättest die Suppe wenigstens warm machen können, bevor du sie mir bringst.«

»Wer bin ich?«, fragte Meris. »Deine Köchin?«

»Und wie lang steht die überhaupt schon auf dem Herd herum?«Meris holte tief Atem und wartete einen Augenblick, ehe sie antwortete. »In den letzten Tagen war ich froh, wenn du für ein paar Minuten einigermaßen klar warst und ich dir etwas Nahrhaftes einflößen konnte. Hätte ich die Zeit mit Aufwärmen verschwendet, dann wärst du jetzt nicht mehr am Leben.«

Er hörte, wie sie sich entfernte und ein Stück weg von ihm hantierte. Erschöpft sank er auf das Kissen zurück. Er versuchte, die Augen zu öffnen, aber er schloss sie sofort wieder.

»Zwanzig Tage«, sagte er. »So lange ist die Prinzessin schon allein. Du musst mich zu ihr bringen.«

»Die Prinzessin ist nicht allein«, erwiderte Meris. »Der Kanzler kümmert sich um sie.«

»Umso schlimmer«, sagte Dauras. »Wer weiß, was er mit ihr anstellt.«

»Er hat ihr Gesellschaft besorgt, habe ich gehört. Leibwächter und Zofen. Er hat junge Ritter geholt, die vor Kurzem noch als Pagen im Palast dienten – solche, die Aruda aus dieser Zeit kennt und die sie angenehm fand.

Ihre Zofen sind Ritterdamen aus der Provinz, Mädchen, die von so abgelegenen Gütern stammen, dass sie fast genauso wild aufgewachsen sind wie Aruda selbst. Jetzt sind sie ganz eingeschüchtert von der Stadt und vom Hof, und die Kaiserin kann sich stark und erfahren fühlen und als Mentorin auftreten.«

Dauras brauchte eine Weile, um die Neuigkeit zu verdauen. »Wie unerwartet verständnisvoll von unserem Kanzler. Ich hatte angenommen, er würde ihren Hofstaat mit seinen Spionen besetzen, wenn er die Gelegenheit dazu bekommt.«

»Das wird er auch«, sagte Meris. »Sobald er das Vertrauen der Kaiserin gewonnen hat. Er wird seine eigenen Leute einschleusen, und er wird dafür sorgen, dass sie sich einfügen und von ihren Seelenverwandten nicht zu unterscheiden sind.«

Sie trat wieder an sein Bett und sah ihn an. »Was hast du erwartet? Dass Arnulf von Meerbergen einen offenen Staatsstreich wagt? Er versteht sich darauf, seine Intrigen zu spinnen und alle, die unter ihm stehen, mit eiserner Faust zu führen – und sich zugleich nach oben hin kriecherisch einzuschmeicheln. Das hat er bei dem alten Kaiser gelernt, wo jeder Fehler und jeder Anflug von Hochmut gegenüber seinem Herrn tödlich gewesen wäre.«

»Mich wundert nur«, erwiderte Dauras, »dass Arnulf das jetzt noch für nötig hält.«

»Er hat schon einmal erlebt, wie rasch ihm die Macht entgleiten kann, wenn er die Gunst seines Herrschers verliert. Warum sollte er das riskieren? Mit der Kaiserin hinter ihm ist er unangreifbarer, so als wenn er allein an der Spitze stünde. Er muss nichts übereilen. Er wird Arudas Ängste schüren, gewiss. Es ist nützlich für ihn, wenn sie sich kaum aus ihren Gemächern wagt.

Aber sie soll keine Angst vor *ihm* haben, denn solange sie sich in seiner Gegenwart sicher fühlt, kann er als ihr Retter und Beschützer auftreten … und ganz allmählich in die Rolle schlüpfen, die du für ihn freigemacht hast. Zumindest wird er diese Rolle so lange spielen, wie es ihm einen Vorteil bringt.«

»Wie kann sie ihn überhaupt in ihrer Gegenwart dulden?«, fragte Dauras. »Er hat mich vergiftet.«

»Wie du gesagt hast«, sagte Meris. »Sie war allein, nachdem du gegangen warst.«

Sie hatte ihm Brot und Schmalz ans Bett gebracht, und er kaute gehorsam jeden Bissen, den sie ihm anreichte.

»Vergiftet …«, fuhr sie fort. »Der Kanzler hat etwas anderes erzählt. Er hat dir einen Heiltrank gegeben, und du hast dein Augenlicht zurückgewonnen. Dafür gibt es Zeugen. Manche meinen, du bist im Überschwang der neu gewonnenen Sinne einfach davongelaufen und hast deine Pflichten vernachlässigt.«

»Das ist doch Unsinn«, sagte Dauras.

»Das mag sein«, erwiderte Meris. »Besser gesagt, ich sehe ja, dass du nicht weggelaufen bist. Aber er hat etwas mit deinen Augen angestellt. Früher hast du nicht geschrien und um dich geschlagen, wenn du sie aufgemacht hast.«

»Er hat sie geheilt«, räumte Dauras ein. »Sofern man das Heilung nennen kann. Sobald ich die Lider öffne, geht ein Tosen durch meinen Kopf, das mir sämtliche Sinne lähmt. Wenn das euer Sehen ist, wundert es mich, wie ihr in diesem Chaos überhaupt etwas wahrnehmen könnt.«

»Vielleicht ist es nur ungewohnt für dich«, sagte Meris. »Du bist geblendet, wie jemand, der zu lange im Dunkeln saß. Wie dem auch sei: Es wird schwer werden, dem Kanzler deswegen einen Vorwurf zu machen. Die meisten Leute würden es für eine Wohltat halten, dass er einen Blinden wieder sehend gemacht hat.«

»Er wusste genau, was er mir antut«, widersprach Dauras. »Er wusste, dass er mich damit zum Krüppel machen kann.«

»Selbst wenn es so ist«, sagte Meris, »wie willst du ihm das beweisen? Ich hätte nicht gedacht, dass sehen ein solches Problem sein kann.«

»Bring mich in den Palast«, forderte Dauras. »Probieren wir es einfach aus, ob die Prinzessin mir glaubt.«

»Die Kaiserin«, wies Meris ihn beiläufig zurecht. »Und dein Wunsch ist nicht so leicht zu erfüllen. Der Kanzler hatte zwanzig Tage Zeit, um seine Stellung zu festigen. Er hat die Garde auf seiner Seite und die alten Freunde des Kaisers, und er hat seine eigenen Handlanger. Wer auch immer von denen dich auf der Insel sieht, wird dich gleich aus dem Weg räumen. Du würdest nicht einmal lebend über die Brücken kommen.«

»Wenn sie es auf mich abgesehen haben«, sagte Dauras, »dann musst du in den Palast gehen. Sobald die Kaiserin von mir erfährt, kann sie mich holen lassen.«

»Ich werde nichts dergleichen tun«, erwiderte Meris. »Schau dich an. Du bist keine Hilfe mehr für irgendjemanden – du brauchst selbst Hilfe! Sollte die Kaiserin sich für dich einsetzen und einen offenen Konflikt mit dem Kanzler riskieren, bräuchte sie einen anderen Rückhalt bei Hofe. Und, wie gesagt, den wird sie schwerlich finden.

Ich werde also nicht zu ihr gehen und ihr ein Problem aufladen, bei dem sie nichts gewinnen kann und sich nur nutzlos in Gefahr bringt.«

»Aber der Kanzler wird es nicht dabei bewenden lassen«, wandte Dauras ein. »Er hat mich nur aus dem Weg geräumt, um an sie heranzukommen.«

»Ja. Und das hat er geschafft. Wir können nichts daran ändern, indem du einen Kampf fortsetzt, den du bereits verloren hast.«

Dauras hatte keinen Appetit mehr. Er schob das Brot zu Meris zurück. »Wir dürfen nicht zulassen, dass er damit durchkommt.«

»Nein«, sagte Meris. »Was glaubst du, warum ich dich durchgefüttert habe? Ich will, dass du wieder zu Kräften kommst und *nützlich* bist. *Dann* suchen wir nach einem Weg, wie wir dem fetten Arnulf so in den Hintern treten können, dass er von seinem hohen Posten stürzt.«

Gut Galdingen bei Meerbergen, am selben Tage

Valdar lebte in einer Wohnung, die er sich über dem Lagerhaus eingerichtet hatte. Lacan stieg die Außentreppe hinauf, durch den Regen, der vom Wind unter das Vordach gefegt wurde. Er öffnete die Tür und schüttelte seinen nassen Umhang aus.

In der kleinen Diele lagen so viele Schuhe und Kleidungsstücke herum, als würde eine ganze Familie hier hausen. Es sah aus, als lägen die Sachen schon jahrelang da.

Lacan vertrieb eine Spinne von einem Haken und hängte seinen Umhang auf. Er zog die Stiefel aus und machte die Tür auf, die in den Wohnbereich führte.

»Valdar?«

Die Wohnung des alten Gelehrten war genauso unordentlich wie der Vorraum, vollgestellt mit allem, was sonst nirgends Platz gefunden hätte: Tische, Sessel und Bänke, die teilweise aufeinander gestapelt waren, präparierte Tiere, Truhen und Werkzeuge. Regale standen im Raum voller Bücher und Schriftrollen. Geschirr stapelte sich auf einer Ablage, ein Badezuber stand auf einem Sofa. Auf dem leeren Gestell eines Himmelbettes blubberten Flüssigkeiten in Glasbehältern über kleinen Kohlepfannen.

Ein eigentümlicher Geruch erfüllte die Luft, eine Mischung aus Rauch und Kräutern und Essig, der aber nicht unangenehm war und an eine Küche denken ließ. Es war warm hier oben, die Wände aus Holz wirkten behaglicher als die steinernen Mauern des Haupthauses. Der Regen prasselte auf das Holzdach, und durch das einen Spaltbreit offen stehende Fenster aus trübem Glas konnte Lacan hinaus auf den Hofplatz blicken.

»Valdar?«, rief er noch einmal.

Er fand den Alten an einem Tisch: Der rundliche, weißhaarige Gelehrte beugte sich über eine riesige Lupe und betrachtete gefangene Insekten, die in dieser Größe beängstigend wirkten.

Lacan legte ihm die Hand auf die Schulter. »Valdar«, sagte er. »Wir vermissen dich drüben.«

»Hm.« Der Alte winkte ab, ohne sich nach ihm umzuwenden. Er notierte beiläufig etwas auf einem Bogen Papier, der neben ihm lag.

Lacan ging ein paar Schritte zur Seite und schob müßig einige Schachteln hin und her, die in einem türlosen Schrank lagen. »Wir haben kaum miteinander geredet, seit ich zurückgekehrt bin«, stellte er fest. »Ich hatte gehofft, während der Feiertage würden wir Gelegenheit dazu finden, aber …«

Endlich wandte Valdar sich zu ihm um. Er nahm eine Linse herunter, die er sich vor das Auge geklemmt hatte, und blinzelte. »Tut mir leid, Junge«, sagte er. »Ich mache mich rar, ich gebe es zu. Doch ich habe so viel zu tun, und wenn ich mir im Winter nicht Zeit für meine Studien nehme, wann dann?«

Lacan sah den alten Mann an. Valdar war viele Jahre wie ein Vater für ihn gewesen, im Grunde der einzige Vater, den er je gehabt hatte. »Bist du zornig auf mich«, fragte er. »Weil ich fortgegangen bin?«

Valdar schüttelte den Kopf. »Wie könnte ich? Auf einen jungen Helden, der die Grenzen des Reichs verteidigt hat!«

Lacan verzog das Gesicht. »Verspotte mich nicht. Du weißt, warum ich gegangen bin.«

Valdar drehte seinen Stuhl herum und lehnte sich zurück. »Ich verspotte dich nicht. Es ist wichtig, was an der Grenze geschieht. Und es war dein Recht, dort hinzugehen.«

»Ich hatte es mir anders vorgestellt«, sagte Lacan. »Was ich alles gesehen habe, in den Schwarzen Bergen …«

Valdar wedelte abwehrend mit der Hand. »Ich kann es mir vorstellen. Glaubst du, ich war immer ein alter Mann, der über einem Stall gehaust hast? Einen Haufen meiner Bücher habe ich selbst aus Tradars Wacht herausgeholt, als ich jung war.«

Lacan folgte der Bewegung mit den Augen. Er fröstelte. »Das wusste ich nicht. Tradars Wacht …«

»Ja«, sagte Valdar. »Ich habe eine Menge gesehen, was kein menschliches Auge je sehen sollte. Und ich habe eine Menge von dort mitgebracht, was ich nicht hätte mitbringen sollen, fürchte ich. Aber, na ja …« Er zuckte die Achseln. »Ich bin schwach, und ich habe viel daraus gelernt.«

»Du warst bereits ein Zauberer, als meine Mutter dich aufgenommen hat«, sagte Lacan.

Der Alte lachte trocken. »Ich bin auf dem Jahrmarkt aufgetreten. Das war alles. Das meiste habe ich mir in den letzten fünfzehn Jahren hier auf dem Hof angeeignet. Deine Mutter war sehr gütig.«

»Du hast ihr sehr geholfen«, sagte Lacan. »Mit den Zahlen. Mit den Bauten. Und mit mir.«

»Das war das Schwerste«, sagte Valdar. »Aber es hat sich gelohnt. Du bist ganz anständig geraten. Ich nehme es dir nicht übel, dass du eine Weile verschwunden bist. Dein Vater hat sich viele Feinde gemacht, und nachdem er die Gunst des Kaisers verloren hatte … Es war leichter für alle, dass dein Gesicht eine Zeit lang nicht zu sehen war.«

Lacan lächelte kläglich. »Ich bin froh, dass du mir vergeben kannst. Ich habe dich hier mit allem allein gelassen, und ich weiß doch, wie gern du in die Hauptstadt möchtest.«

»Ja.« Valdar seufzte. »Die Hauptstadt. Der einzige Ort im Reich, wo ein Zauberer frei seiner Kunst nachgehen kann. Aber nach allem, was man von dort gerade hört, ist jetzt kein guter Zeitpunkt für einen Besuch.«

»Es heißt, es wird Krieg geben.« Lacans Stimme wurde bitter. »Und mein Vater steckt mitten drin. Wie immer.«

»Schauen wir mal«, sagte Valdar. »Grübel nicht über so etwas nach. Such dir lieber ein Steckenpferd! Der Winter hat zu viele lange Nächte. Da braucht man eine Beschäftigung, wenn man keine schweren Gedanken wälzen will.«

»Ich soll mir ein Steckenpferd suchen?« Lacan lächelte seinen Mentor an. »So wie du, meinst du?«

»Hm, so ähnlich«, erwiderte Valdar. »Nichts für ungut, aber für die Magie hast du überhaupt keinen Sinn.«

»Ich habe dich niemals zaubern sehen«, sagte Lacan. »Abgesehen von den Spielereien für den Jahrmarkt, von denen du gesprochen hast. Wie sieht die wahre Magie eigentlich aus?«

»Bei der wahren Magie geht es um das Wissen, nicht um das Tun. Ich kann Dinge sehen und verstehen, die den Augen verschlossen bleiben. Was das Tun angeht … da halte ich mich lieber an die Jahrmarktstricks, wenn jemand etwas sehen möchte. Der Preis für die echte Magie ist einfach zu hoch.«

»Die Ronurer, so heißt es, haben ihre Feinde verbrannt. Sie haben ihre Kampfkunst durch Zauberei gestärkt, sie haben Dämonen gerufen und sind auf dunklen Pfaden gewandelt, die weder Zeit noch Entfernung kennen.«

»Die Ronurer«, erwiderte Valdar, »werden heutzutage nicht umsonst selbst als Dämonen und Teufel angesehen.«

»Mag sein«, sagte Lacan. »Aber die alten Geschichten erzählen niemals davon, dass sie einen Preis für ihre Magie zahlen mussten. Außer dass sie am Ende verloren haben, wenn das damit gemeint ist.«

»Magie dieser Art hat immer ihren Preis«, erklärte Valdar. »Und der Preis wird in Leben und mit Seelen bezahlt, denn das ist die einzige Währung, die in den jenseitigen Sphären etwas zählt. Wahre Magie tötet den Zauberer, und je mehr er sich in das Leben und das Schicksal anderer Menschen verstrickt, umso rascher tötet sie ihn.«

»Man hört auch heute noch von Zauberern«, sagte Lacan

nachdenklich. »Sogar in der Hauptstadt. Willst du nicht deswegen dorthin? Manch einer von denen scheint sich wenig um solche Dinge zu scheren.«

»Denk darüber nach, Junge«, erwiderte Valdar. Leben oder Seelen. Der Preis wird immer gezahlt. Aber es gibt Wege, wie man *andere* dafür zahlen lassen kann.

Wenn du also je einen Zauberer siehst, der große Magie scheinbar mühelos zuwege bringt, dann traue ihm nicht. Ein solcher Mann muss schreckliche Dinge getan haben, selbst wenn er es geschafft hat, sie im Verborgenen zu halten. Was auch der Grund ist, warum die Kirche viele Formen der Magie mit Misstrauen betrachtet.

Ein Zauberer dieser Art zahlt den Preis mit dem Blut und den Seelen seiner unschuldigen Opfer und hat den Pfad der Menschlichkeit verlassen. Das ist ein Weg, den ich niemals beschreiten möchte.«

TAGE SPÄTER – HOROME, UNTERSTADT

Als Dauras wieder erwachte, merkte er, dass er Hunger hatte. Er wusste nicht, wie viel Zeit vergangen war. Es war still in dem kleinen Zimmer, und er war allein. Er stand auf.

Er war unsicher auf den Beinen und sank gleich wieder auf das Bett zurück. Er biss die Zähne zusammen und stemmte sich hoch. Sich an der Wand entlangtastend, taumelte er vorwärts. Mit dem bloßen Fuß stieß er gegen ein Hindernis und öffnete die Augen. Er sah dunkle und helle Flecken überall um ihn herum. Manche Flecken hatten scharfe Kanten, manche schienen in der Luft zu tanzen. Es fiel ihm schwer, sie festzuhalten oder zu einem Ganzen zusammenzufügen.

Dauras beugte sich vor und tastete über das Möbelstück, an das er gestoßen war. Die Umrisse fühlten sich vertraut an. Er strich mit den Fingern über die Oberfläche und folgte den Kanten, die nach unten zu einem Bein wurden, und dann …

»Bei allen Göttern des Schwertes!«

Dauras schnappte nach Luft. Von einem Augenblick zum anderen nahmen die Linien eine Form an. Was bis dahin nur eine wirre Mischung von trüben Farbflächen und nichtssagenden Konturen gewesen war, wurde zu einem Hocker.

Er *sah*, was er fühlte!

Allerdings erkannte er es erst, als er es bereits gefühlt hatte. Der Rest des Zimmers blieb eine Wirrnis, die er mit den Händen noch gestalten musste.

Dauras ging weiter. Er erkundete den Raum mit den Fingern. Die Formen schälten sich aus dem Chaos, eine nach der anderen. Dauras ertastete ein zweites Bett, einen Tisch, ein Regal mit Schalen … Der Ofen war warm, aber nicht heiß, mithilfe eines Tuchs erschloss er sich dessen Erscheinungsbild in allen Einzelheiten.

Er begriff, was er fühlte, und sah es im selben Augenblick. Das Bild blieb bestehen, solange er die Augen darauf richtete, doch er musste die Form eines Gegenstandes von jeder Seite aus neu entdecken. Oft rätselte er dann eine Weile, bevor die Linien zueinanderfanden, und manches versank aus einer anderen Perspektive ein weiteres Mal in dem Durcheinander seines neuen Sehvermögens und musste erneut erfühlt werden.

Es kam vor, dass er ein Ding auch beim Tasten nicht erkannte. Dann blieb sein Bild davon gleichfalls unbestimmt. Die Augen allein konnten die Formen einfach nicht zusammenfügen. Aber zum ersten Mal hatte er das Gefühl, dass er lernen konnte.

Er hörte ein Geräusch von jenem Teil der Wand, den er als Tür ertastet hatte.

»Meris?«, fragte er.

»Du bist aufgestanden!«

Es war Meris' Stimme. Dauras sah nur eine Wolke, deren Formen sich ineinanderdrehten. Eine farbige Fläche mit wabernden Schatten an der Seite.

Er trat auf sie zu und berührte sie. Die Schatten wurden zu Armen. Die Fläche zu einem Leib. Die hellste Fläche zu einem Gesicht, in dem mit einem Mal eine Nase sichtbar wurde. Dauras konzentrierte sich, und sein Blick erfasste noch feinere Details. Er fuhr ihre Augen nach und erkannte in der Mitte eine Farbe.

Er konnte diese Farbe nicht benennen, dennoch wusste er, dass es eine Farbe war – so scharf stach sie von den Wimpern und der Haut und dem Weiß des Auges ab.

»Ich kann sehen!«, verkündete er. »Ich kann wirklich sehen.«

»Du kannst sehen«, sagte Meris. »Dann hoffe ich, dass du bald auch wieder allein aufs Klo kannst.«

Sie gab ihm warme Kleidung und führte ihn nach draußen. Wenn er gehen konnte, befand sie, brauchte er als Nächstes frische Luft, um sich weiter zu erholen. Sie musste ihn stützen, als sie durch ein enges Treppenhaus nach unten stiegen.

»Wir sind nicht in deinem Haus«, stellte Dauras fest.

»Nein«, erwiderte Meris. »Ich bin umgezogen. Das ist sicherer für uns beide.«

Sie öffnete die Haustür, und Dauras blinzelte, weil die Helligkeit ihn blendete. Im ersten Augenblick sah er nur Licht, und er fürchtete schon, dass seine Augen zu empfindlich waren für den hellen Tag. Aber dann nahm er doch wieder Linien und Schatten wahr, und ein Geruch stieg ihm in die Nase. Er erkannte, dass dieses Licht eine Farbe war.

»Das ist weiß!«, rief er. »Es hat geschneit.«

»Ja«, sagte Meris. »Das Brennholz ist teuer geworden in der Stadt. Ich musste die Fenster abdichten bis auf ein paar schmale Ritzen. Hier draußen können wir deine Augen wirklich auf die Probe stellen.«

Sie führte Dauras die Straße hinunter. Er betastete die Mauern und konnte mit einem Mal die Steine darin sehen. Er streckte die Hand nach einem Schatten aus, der an ihnen vorüberhuschte. Meris zog ihn zurück.

»Ich muss Dinge anfassen, damit ich sie wahrnehmen kann«, protestierte Dauras.

»Wenn du jeden Vorbeigehenden anfasst, dann hätten wir uns gar nicht erst ein Versteck zu suchen brauchen«, entgegnete Meris.

Vorsichtig gingen sie weiter. Dauras wusste, dass Schnee weiß war. Diese Farbe kannte er also. Aber dazwischen lugten noch andere Farben hervor, und eine davon stach ihm besonders ins Auge. Sie war so strahlend, so intensiv, dass sie sich von dem Schnee abhob wie eine Botschaft für ihn.

»Ist das ebenfalls ein Mensch?«, erkundigte er sich. »Ein Kleidungsstück vielleicht?«

»Wo?«, fragte Meris. Sie folgte seiner Geste, doch sie schien nichts wahrzunehmen.

»Dort drüben«, sagte Dauras. »Es ist so eine auffällige Farbe.«

Meris stutzte. Dann lachte sie. »Du meinst die *Mauer*? Das sind rote Tonziegel. Es ist ein Haus auf der anderen Straßenseite.«

»Oh.« Dauras erkannte, dass er Farben sah. Aber er hatte keine Vorstellung von der Größe oder von der Entfernung. Sein Hochgefühl schwand. Als sie weitergingen, drehte er sich doch nach der Wand um – etwas in ihm konnte sich nicht sattsehen an diesem Rot.

Meris führte ihn um einige Hindernisse herum, und allmählich wurde er mutiger. Er schritt aus, doch dann stolperte er.

»Verflucht!«, rief er. »Was war das.«

»Du bist gestolpert«, stellte Meris fest.

»Das merke ich«, erwiderte er. »Etwas hat mir die Beine weggerissen.«

»Du bist über den Rand der Gosse getreten.«

Dauras beugte sich hinab und betastete eine weiße Fläche, die von keiner Linie durchbrochen war. Doch dann fühlte er, wie der Boden an einer Stelle ein paar Fingerbreit abfiel. Die Farbe des Weges war dieselbe wie die Farbe der Senke. Wie sollte man eine solche Stufe mit den Augen erkennen?

Er stellte die Frage laut. Meris verdrehte die Augen, das hörte er an ihrer Stimme. »Wie man so etwas erkennt? Man *sieht* einfach, dass der Boden ein wenig tiefer ist. Du musst genauer hinschauen.«

»Es ist anstrengend«, sagte Dauras. »Lass uns wieder hineingehen.«

Die Augen taten ihm weh. Und der Kopf. Sehen war mühsam. Der Sinn, den er früher besessen hatte, war ganz von selbst immer da gewesen. Mit den Augen sah er nur, wenn er sich konzentrierte, wenn er den Blick auf etwas richtete und darüber nachdachte, was es sein mochte.

Wie sollte er das jemals einen ganzen Tag lang durchhalten?

Vielleicht ist es ein Muskel, dachte er. *Ein Muskel, der kräftiger und ausdauernder wird, wenn ich ihn regelmäßig benutze. Ich darf nicht zu früh aufgeben.*

Sie kehrten in das Haus zurück. Dauras setzte sich auf das Bett. Eine Weile blieb er reglos sitzen und stützte die Arme auf. Er starrte ins Leere, und es tat ihm wohl, die Welt ins Chaos fallen zu lassen und nicht länger zu versuchen, die Eindrücke zu deuten.

»Geht es?«, fragte Meris.

»Ich werde das üben müssen.«

Meris schnaubte. »Wer hätte je davon gehört, dass man Sehen *lernen* muss? Entweder du siehst die Dinge, oder du siehst sie nicht.«

»Ich sehe sie«, sagte Dauras. »Und ich sehe sie *nicht*. Aber ich denke, es wird besser.«

»Du hast eine Menge zu lernen. Du musst auch wieder stark und schnell werden, wenn wir den Kampf gegen den Kanzler wagen wollen.«

»Ja.« Dauras hielt den Kopf gesenkt. Mit einem Mal wurde es ihm alles zu viel. »Ich sollte einfach die Stadt verlassen. All das Getue bei Hofe, das ist mehr, als man mit einem Schwert zerschlagen kann.«

Meris gab einen verächtlichen Laut von sich. »Seltsam. So habe ich dich noch nie reden hören.«

»Vielleicht, weil ich blind war«, sagte Dauras. »Blind für das, was ich nicht konnte.«

Er fühlte sie plötzlich vor sich, bevor er ihren Schatten sah. Sie packte ihn an den Schultern und schüttelte ihn. »Hör zu, du verfluchter Kampfmönch. Du wirst mir nicht aufgeben! Du bist die einzige Waffe, die ich habe.«

»Ich bin ein Krüppel«, sagte Dauras. »Selbst wenn ich jemals lerne, meine Augen zu gebrauchen – wer weiß, wie gut ich dann noch kämpfe?«

»Was ist mit der Kampfkunst und der Körperbeherrschung, die du im Kloster gelernt hast? Mit deiner übermenschlichen Schnelligkeit? Das kann nicht alles verschwunden sein, nur weil du ein wenig anders in die Welt hinausschaust.«

Was bleibt von deiner Kampfkunst, wenn du deine speziellen Gaben verlierst?

Dauras hörte die Frage in Meris' Worten wie ein Echo aus der Vergangenheit.

Nicht viel, wie es schien.

»Also gut«, sagte Meris. »Wie wäre es damit: Wenn dein Sehvermögen nicht reicht, versuchen wir, deine früheren Sinne wiederherzustellen.«

»Die sind verschwunden«, entgegnete Dauras. »Seit dem Augenblick, da ich mit den Augen sehen konnte, habe ich nichts mehr *gespürt*.«

»Wir könnten dir die Augen ausstechen«, sagte Meris. »Vielleicht kommt dein Gespür dann zurück.«

»Was?« Dauras fuhr auf.

»Ich wollte es nur einmal ansprechen«, sagte Meris. »Ich hätte nicht gedacht, dass du so wehleidig bist. Du wolltest immer der Größte sein – wenn es jetzt deine Augen sind, die deiner Größe im Weg stehen …«

»Nein!«, rief Dauras. »Ich werde mir kein Messer in die Augen stechen lassen.«

»Es gibt andere Möglichkeiten«, überlegte Meris. »Wir könnten zu einem Heilkundigen gehen.«

Dauras hob abwehrend die Hände. »Du verstehst das nicht«, sagte er. »Mein Gespür ist weg. Selbst wenn ich die Augen schließe, merke ich nichts mehr davon. Warum sollte es zurückkehren? Ohne meine Augen wäre ich einfach nur blind.«

»Woher willst du das wissen?«, fragte Meris. »Ich glaube nicht, dass es jemals jemand ausprobiert hat.«

»Ich weiß es nicht«, räumte Dauras ein. »Aber es fühlt sich so an. Bevor ich das riskiere, versuche ich lieber erst mal, wie weit ich mit meinen Augen komme.«

»Gut«, sagte Meris. »Dann fangen wir morgen mit den Übungen an.«

Sie wandte sich ab und ging zur anderen Ecke des Zimmers. Dauras hörte Geschirr klappern. Er hielt sich die Augen zu und konzentrierte sich auf das, was er verloren hatte. Aber da war nichts mehr, außer Schwärze.

Er musste einfach lernen, wie ein gewöhnlicher Mensch zu sehen.

»Komm zu Tisch«, rief Meris. »Ich bin es leid, dich im Bett zu füttern.«

Dauras blieb, wo er war. »Was ist sonst noch passiert?«, fragte er.

»Was soll passiert sein?«, fragte sie zurück.

»Komm schon«, sagte er. »Verkauf mich nicht für dumm. Du willst, dass ich deine Waffe bin. Etwas treibt dich um! Da steckt mehr dahinter als die Sorge um den Leibwächter deiner Kaiserin. Warum sind wir hier? Ich hatte immer das Gefühl, dass du mich lieber heute als morgen aus dem Spiel nehmen wollest – und doch kannst du mich jetzt nicht schnell genug wieder hineinbringen.«

Meris atmete langsam aus. Sie setzte sich neben Dauras auf das Bett.

»In der Nacht, als du von deiner Blindheit … geheilt wurdest«, sagte sie, »ist noch mehr geschehen. Als ich am Abend zurück zu meiner Wohnung kam, da war die Tür aufgebrochen. Die Amme habe ich tot im Wohnzimmer gefunden, und Tordis war verschwunden. Dafür lag ein Brief auf dem Tisch.

Wenn du einen Fuß auf die Insel setzt, wird deine Tochter sterben. Warte hier auf weitere Anweisungen.

Natürlich habe ich nicht gewartet. Ich habe in der Nachbarschaft gesucht und Fragen gestellt. Ich habe ein paar Verbindungsleute gefragt. Und als mir bewusst wurde, dass ich die Antworten nur auf der Insel finden werde – denn warum sonst hätten die Entführer mir verbieten sollen, genau dorthin zu gehen? –, da bin ich nach Hause zurückgekehrt und wusste nicht mehr, was ich tun sollte.

Und dann standest du vor der Tür, und ich habe erkannt, dass es eine Art Putsch war. Sie haben dich von der Seite der Kaiserin fortgeholt, und zur gleichen Zeit haben sie sich auch um mich gekümmert.«

»Das tut mir leid«, sagte Dauras.

»Es hat nichts mit dir zu tun«, erwiderte Meris. »Oder vielleicht doch. Ich wäre nie so tief in diese Hofintrigen hineingeraten, wenn man mich nicht ausgeschickt hätte, um dich zu suchen. Du schuldest mir deine Hilfe.«

Dauras schwieg. Bis jetzt war er derjenige gewesen, der ihre Unterstützung brauchte, und er hatte keine Ahnung, ob sich das jemals ändern würde.

»Was hast du gemacht?«, fragte er. »Hast du herausgefunden, wo deine Tochter ist?«

»Nein«, sagte Meris. »Aber wir können uns beide denken, wer sie hat.«

»Und ich soll dir helfen, sie zurückzuholen?«

»Du sollst mir helfen, *irgendetwas* zu tun«, erwiderte sie. »Ich weiß nicht, was. Der Kanzler hat den geheimen Botendienst zerschlagen. Er hat die Wachen neu besetzt. Tordis … ist irgendwo anders. Er hält sie gewiss nicht in seinem Haus fest. Ich warte auf eine günstige Gelegenheit, und wenn es so weit ist, könnten deine Fähigkeiten von Nutzen sein. So wie ich sie vor drei Monaten erlebt habe.«

»Du warst nicht wieder auf der Insel?«, fragte Dauras. »Du hast die Kaiserin nicht noch einmal gesehen?«

»Nein«, sagte Meris. »Ich würde Tordis' Leben sinnlos opfern, und der Kanzler wüsste sofort, dass ich gegen ihn arbeite.«

»Du bist untergetaucht. Bringt das deine Tochter nicht auch in Gefahr?«

»Sie bleibt als Geisel nützlich für ihn. Solange der Kanzler glaubt, dass er mich damit einschüchtern kann und ich nichts gegen ihn unternehme, wird er Tordis als Druckmittel behalten. Es ist ein Patt.«

Dauras arbeitete hart in den kommenden Tagen. Mit den Übungen, die er im Kloster gelernt hatte, kehrte seine Körperkraft rasch zurück. Was die Ausdauer anging, hatte er mitunter das Gefühl, als würde ihm das Flusswasser noch immer die Lungen verstopfen.

Was das Sehen betraf, ging es langsamer aufwärts.

Die Farben sah er ganz klar, und er freute sich jedes Mal, wenn er eine neue entdeckte. Von Meris ließ er sich benennen, was er da sah, und er konnte regelrecht versinken im Anblick eines bisher unbekannten Farbtons. Doch was nutzte das alles, solange sich aus den Farben kein sinnvolles Ganzes herausschälen wollte?

»Da drüben«, sagte er, als er mit Meris durch die Straßen ging. Sie hatte ihm einen langen Stock besorgt, mit dem er sich nun tatsächlich fortbewegte wie ein Blinder. Mitunter wollte er lachen über diese Ironie, an anderen Tagen war ihm eher danach, den Stock zu zerschlagen. »Das ist ja wohl der dickste Mensch, den ich jemals wahrgenommen habe. Oder ist das ein Ritter mit Rüstung?«

»Das ist eine Droschke«, antwortete Meris.

»Oh.« Dauras beobachtete, wie der schwere Schatten langsam die Straße hinunterrollte. Er hatte das Rattern der Räder auf dem Pflaster gehört, aber solche Geräusche waren überall in der Stadt, und er konnte sie nur schlecht den Dingen zuordnen, die er sah.

»Ich denke darüber nach«, sagte Meris, »ob es mir nicht mehr bringt, wenn ich dich einem deiner Feinde bei Hofe ausliefere. Im Austausch gegen eine Gefälligkeit.«

»Ich hätte nicht gedacht, dass du zu den Menschen gehörst, die mit Krüppeln ihre Scherze treiben«, erwiderte Dauras.

»Ich hätte auch nie gedacht, dass du einmal ein Krüppel bist, und ein selbstmitleidiger noch dazu«, gab Meris zurück. »Dennoch ist es geschehen.«

Sie waren unterwegs zu einem der Märkte am Fluss. Es war lange kein Schnee mehr gefallen, und für Dauras war die ganze Stadt wie ein Flickenteppich aus Schlamm und dunklen Flecken und aus Schneeresten in den Winkeln und auf den Dächern. Er sah keine Formen, nur Farben, und dann und wann glaubte er, etwas darin zu erkennen.

»Ich würde gern den Frühling sehen«, sagte er. »Warum hat mir nie jemand gesagt, dass der Winter so trist ist für die Augen?«

»Dieser Markt ist trist«, antwortete Meris. »Die Stände sind schäbig und fast leer. Die Stadt geht zugrunde.«

Dauras berührte eine der Buden. Er sah die Stützstrebe,

sobald er sie ertastete – zuvor hätte er nicht sagen können, ob es ein menschlicher Arm war oder nur eine Furche auf der Straße vor ihm. Die Linien hatten keine Tiefe, keine Entfernung und keinen Zusammenhang. Aber wenn er die Dinge spürte, gewannen sie all das, und sein Geist verstand mit einem Mal, was sein Auge sah.

Sie kamen an einem eingezäunten Gelände vorüber, und Dauras tastete nach den Schatten, die sich über den Zaun schoben. Er fühlte etwas Weiches, Feuchtes und Warmes. Fell. Harte Knochen. Er hörte, dass es Kühe waren. Er roch es. Mit seinen alten Sinnen hätte er sie gleich erfasst, doch seine Augen wollten einfach nicht zusammenfügen, was sein Gedächtnis und seine Finger ihm verrieten.

»Komm weiter.« Meris zog ihn fort. »Wir wollen die Kühe nicht kaufen, du musst sie nicht betatschen.«

»Ich muss Dinge berühren, damit ich sie sehen lernen kann.«

»Bei Gott, ich weiß.« Meris seufzte. »Aber es wäre mir lieber, wenn du das in unserem Zimmer tust. Mit den Dingen, die ich dir bringe.«

»Augenblick«, sagte Dauras. »Ich muss etwas ausprobieren. Wird dort … Geschirr verkauft?« Er wies auf einen Stand.

»Schmuck«, erwiderte Meris. »Anhänger und Armreifen aus Holz.«

»Das ist gut«, sagte Dauras. »Führe mich hin.«

»Wir brauchen keinen Schmuck«, sagte Meris.

»Ich will keinen Schmuck«, entgegnete Dauras. »Ich muss etwas ausprobieren.«

Er tastete sich mit dem Stock vorwärts. Widerstrebend begleitete Meris ihn zu dem Stand. Sie plauderte mit der Händlerin.

»Ist Euer Vater blind?«, fragte die. »Will er Euch ein Geschenk aussuchen?«

Dauras fuhr mit den Fingern über die Schmuckstücke und verzog das Gesicht. *Vater*. Er hatte Lust, die Frau mit seinem Stock zu schlagen.

»Keiner weiß, was er will«, hörte er Meris sagen. »Aber er lässt sich auch nicht davon abbringen.«

»Das ist ein Fisch!« Dauras hob einen Anhänger vor die Augen.

»Ja, ein Fisch«, bestätigte Meris. Er sah ihr Gesicht. Er sah ihren Mund. Er sah, wie sie unwillig die Lippen schürzte. Die Händlerin, die schräg hinter ihr stand, nahm er nur ganz unbestimmt wahr, Dauras war nicht vertraut mit ihren Zügen.

Er betastete ein weiteres Schmuckstück. »Hm … irgendetwas«, sagte er und legte es beiseite. Bei dem Nächsten spürte er Flügel. Er hielt sich den Anhänger vor die Augen, strich mit den Fingerspitzen darüber und versuchte, die Linien zu sehen.

»Ist das ein Vogel?«, fragte er.

Meris nahm es ihm aus der Hand. »Ein Drache.«

»Ich habe noch nie einen Drachen berührt«, sagte er.

»Das reicht jetzt.« Meris zog ihn entschlossen von dem Stand fort. »Man könnte wirklich meinen, dein Geist hätte Schaden genommen. Weißt du, dass du dich aufführst wie ein altersschwacher Greis?«

Da war etwas in ihrer Stimme. Dauras streckte die Hand nach ihrem Gesicht aus. Sie wandte den Kopf ab. »Weinst du?«, fragte er.

»Was denkst du denn?«, fuhr sie ihn an. »Ich weiß nicht, was ich mit dir anfangen soll. Ich …«

»Mir ist etwas aufgefallen«, sagte Dauras. »Ich sehe die Dinge meistens, wenn ich sie ertaste. Ich glaube, die Berührung hilft mir, eine Verbindung zu den Augen herzustellen – doch nur, wenn ich das Ding schon einmal berührt habe, als ich meine alten Sinne noch hatte. Wenn ich es vorher nie ertastet habe, wie die Kuh oder den Drachen, fehlt diese Brücke.«

»Bedeutet das, du kannst in Zukunft nur erblicken, was du früher einmal angefasst hast?«, fragte Meris ungehalten. »Das ergibt keinen Sinn! Man sieht einfach, was da ist – weil es da ist!«

»Ich habe bereits Dinge für mich sichtbar gemacht, die ich früher nie berührt hatte. Es dauert nur länger. Es ist so, als müsste ich sie in meinem Geist zusammenbauen, während ich sie fühle. Die Dinge hingegen, die ich schon einmal angefasst habe, die sind plötzlich einfach da. Sie erscheinen vor meinem Auge, sobald meine Finger über die Umrisse fahren.«

Meris schwieg. Sie kauften Lebensmittel und gingen heimwärts. Unterwegs erschrak Dauras, als ein Bettler neben ihnen die Hand ausstreckte und um ein Almosen bat. Der Mann war für ihn unsichtbar gewesen, er hätte ein Fleck an der Wand sein können, aber die Welt war voll von solchen Flecken, und Dauras schenkte ihnen gar keine Beachtung mehr. Erst als der Mann sich bewegte, hatte Dauras ihn bemerkt.

Wie sollte er jemals Meris' Erwartungen erfüllen? Wie sollte er je wieder kämpfen, wenn er an Menschen vorübergehen konnte, ohne sie auch nur wahrzunehmen? An Menschen, die unmittelbar vor ihm standen?

Er tastete mit seinem Stock über den Boden. Wenn er die Augen schloss, verlor er die Farben, jedoch kaum etwas von dem, was wirklich wichtig war. Hindernisse fand er mit dem Stock leichter als mit dem Auge.

»Ich hätte gern eines von diesen Schmuckstücken für dich ausgesucht«, sagte er zu Meris. »Aber ich kann dir schlecht etwas schenken. Du bist ohnehin diejenige, die es bezahlen müsste.«

»Ich habe schon Leute auf der Straße gesehen«, antwortete Meris, »die so aussehen, als ließen sie ihren Schmuck oder ihre Kleidung von einem Blinden aussuchen. Damit fangen wir gar nicht erst an.«

12.2.963 – HOROME, UNTERSTADT

Holzschwerter«, sagte Dauras. »Im Tempel üben die Kinder mit so was.« Er hielt den grob zurechtgeschnitzten Stock mit sichtbarem Abscheu in der Hand.

»Ich gebe dir bestimmt keine scharfe Klinge in die Hand, solange du nicht klar sehen kannst«, gab Meris zurück.

Sie standen in einer großen Halle ohne Dach. Die Wände waren geschwärzt vom Feuer. Der feuchte Boden aus gestampftem Lehm hatte Risse. Braune Pfützen schimmerten, wenn ein Lichtstrahl darauf fiel, und an manchen Stellen schoben sich Wurzeln und dunkles Gras aus dem Boden. Es gab viele dieser leeren Gebäude in der Stadt, hatte Meris erklärt. Dieses lag ziemlich abseits, und sie konnte mit Dauras hier den Schwertkampf üben.

»Komm schon«, rief sie.

Er nahm eine Grundstellung ein und kniff die Augen zusammen. Meris stand einfach nur da. Dauras hatte Mühe, ihr Schwert von ihrem braunen Lederwams zu unterscheiden.

»Greif du mich an«, sagte er.

»Wenn du nicht selbst angreifen kannst, bist du nur ein halber Kämpfer«, erwiderte sie.

Dauras stieß vor. Er zielte zu kurz, und seine Holzklinge wischte durch die Luft. Meris setzte zu einem Konter an. Als sie sich bewegte, sah Dauras sie deutlicher. Er sprang zur Seite und parierte ihren Hieb.

Eine Weile ging es hin und her – Angriff, Parade, Konter und neuer Vorstoß. Schneller und schneller knallten die Stöcke aufeinander. Dauras blinzelte gegen den Sprühregen, der durch das offene Dach hereinfiel. Er zog das Tempo an.

Meris wich zurück. Dauras rückte nach. Da stolperte er

über eine Wurzel und fiel der Länge nach hin. Meris setzte ihm die Klinge an den Kopf. »Getroffen!«, rief sie.

Dauras wäre am liebsten einfach liegen geblieben.

»Komm, weiter«, sagte Meris. »Keine Ausrede. So hart habe ich gar nicht zugeschlagen.«

»Stimmt«, antwortete er. »Der Boden war härter. Können wir nicht woandershin? Im Tempel gab es eine vernünftige Halle. Mit glatten Dielen.«

»Du kannst dir später auch nicht aussuchen, wo du kämpfst.«

»Ich weiß.« Stöhnend kam Dauras auf die Beine. »Ich weiß.«

»Komm schon. Das war doch nicht schlecht. Wir hatten gerade einen richtigen Zweikampf. Ich habe kaum mehr gemerkt, dass du Probleme mit den Augen hast.«

»Du wurdest im Tempel ausgebildet«, sagte Dauras. »Ich habe deine Muster erkannt und mich darauf eingestellt. Kein Wunder, dass ich alles parieren konnte. Viel schlimmer ist, dass ich nicht mehr zustande bringe!«

Dauras erinnerte sich an die Techniken, die er speziell gegen die *Bilder* des Tempels entwickelt hatte. Der Abt hatte recht gehabt, sie waren nutzlos. Obwohl man Meris ihre Ausbildung im Tempel noch anmerkte, war ihr Stil so unsauber geworden, dass seine Konter ins Leere gingen. Die gewöhnlichen *Bilder* waren geschmeidiger – wenn er auf diese zurückgriff, hielt er ihr besser stand. Aber Meris kannte diese Kombinationen selbst gut genug, um ihrerseits alles zu parieren. So erreichten sie allenfalls ein Patt.

Sie kreuzten erneut die Klingen. Dauras brach die Bilder und reagierte frei. Die Kämpfe wurden kürzer. Er bekam ihr Holzschwert gegen die Brust, an den Kopf, an die Schulter. Als Meris ihm die Klinge auf die Finger hieb, verlor er seine Waffe. Die Hand war wie gelähmt. Er fluchte und schüttelte sie, bis er wieder damit greifen konnte. Dann holte er Luft und kämpfte weiter.

Kurz darauf erwischte er Meris mit dem Holzschwert am Kopf. Sie sackte zusammen und stöhnte. Dauras sah das Rot an ihren Haaren. Er eilte zu ihr.

»Alles in Ordnung?«, fragte er. »Ich … Ich habe mich verschätzt.«

»Geht schon«, sagte sie. »Ich weiß, warum ich dir kein Schwert aus Stahl in die Hand gebe.«

»Im Tempel«, sagte Dauras, »war die Kontrolle wichtig. Wer seine Waffe nicht beherrscht, der ist nicht bereit zum Kampf – und zur Beherrschung der Waffe gehört, dass man bei der Übung den Schlag rechtzeitig anhalten kann.«

»Löblich«, befand Meris. »Doch im Ernstfall kommt man mit weniger aus. Ich würde sagen, du hast ein Drittel unserer Kämpfe gewonnen. Das ist ein Fortschritt.«

Sie hockte immer noch am Boden und hielt sich den Kopf. »Für heute ist es genug«, sagte sie.

Sie packten die Übungsschwerter ein. Dauras half Meris, die Platzwunde an der Stirn zu verbinden.

»Schnell bist du nach wie vor«, erklärte Meris dabei. »Vielmehr, du bist es *wieder*! Wenn du reagierst oder zuschlägst, kann ich nur schwer dagegenhalten. Aber du zögerst immer kurz, sobald ich mich bewege, und vor jedem Angriff hältst du erst einmal einen Augenblick inne. Außerdem verschätzt du dich oft und schlägst ins Leere. Wenn wir das alles wegbekommen, könntest du fast wieder der Alte sein.«

»Ich sehe die Farben und die Bewegung«, sagte Dauras. »Mit den Formen habe ich Probleme … und mit … Wie soll ich es nennen? Mit der Lage! Ich kann kaum abschätzen, wie weit entfernt etwas ist, ob es auf dem Boden liegt oder ob es vor mir im Raum steht. Sobald es sich allerdings bewegt, wird es einfacher.«

Mitunter glaubte er, dass er einen Durchbruch erzielt hatte, dass er gelernt hatte, seine Augen zu gebrauchen. Doch immer dann geschah etwas, das ihn vom Gegenteil überzeugte: Mal übersah er einen Hund, der reglos, aber für jeden anderen gut sichtbar vor ihm auf dem Boden lag oder er verwechselte ein Fenster mit einer Tür oder tat sonst etwas völlig Unmögliches.

Wenn er überhaupt Fortschritte machte, überlegte er, lag das weniger daran, dass seine Sinne sich verbesserten. Vielmehr lernte er, mit seinen Schwächen umzugehen und sich auf sie einzustellen.

»Dieses Zögern, von dem du sprichst ... «, erklärte er. »Es rührt daher, dass ich erst warten muss, bis du dich bewegst, bevor ich darauf reagieren kann. Früher spürte ich die kleinste Muskelspannung meines Gegners und wusste, was er als Nächstes tun wird – oft sogar, ehe er selbst sich darüber im Klaren war.«

»Das ist nicht ungewöhnlich. Jeder erfahrene Kämpfer kann die Körperspannung seines Gegners deuten und die nächste Bewegung erahnen. Du musst einfach lernen, so etwas an den Augen deines Gegenübers abzulesen!«

»Wie soll ich mich im Kampf auf deine Augen konzentrieren?«, rief Dauras. Er streckte die Hand nach ihrem Gesicht aus und hielt auf halbem Weg inne. »Ich bin froh, dass ich überhaupt dein Antlitz sehen und darin lesen kann, wenn wir uns gegenüberstehen. Und selbst das gelingt mir nur, weil ich es einmal berührt habe.«

Dünne Rinnsale nagten an den Abfällen und dem Unrat in der Gosse. Der Regen vertrieb den Gestank ein wenig, doch er konnte ihn nicht ganz aus der Luft waschen. Dauras ging hinter Meris her und konzentrierte sich auf ihre Schritte.

Dann und wann huschten gebeugte Gestalten an ihnen vorüber. Dauras konnte die Gesichter nicht ausmachen und wusste nicht, ob das an ihm lag oder daran, dass sich alle die Kapuze tief ins Gesicht gezogen hatten. Misstrauisch ließ er den Blick schweifen, und er hatte das Gefühl, als würden sie aus den Hauseingängen und vom Straßenrand her beobachtet werden. Vermutlich war es nur seine Unsicherheit, die ihn so wachsam machte: Es fiel ihm schwer, Dinge oder Menschen zu bemerken, die dicht vor einem Hintergrund standen und sich nicht bewegten, und seine Vorstellungskraft füllte all die uneinsehbaren Winkel mit möglichen Gefahren.

In den letzten Dekaden hatte er eine unterschwellige Feindseligkeit gespürt, eine Stimmung, die über der Stadt hing und die er nicht ganz als Einbildung abtun konnte.

Meris blieb stehen, und Dauras wäre um ein Haar in sie hineingelaufen.

»Was ist?«, fragte er.

»Unruhe«, sagte sie. »Da ist einiges los vor uns.«

Dauras horchte. Er hatte das unbestimmte Rauschen in der Ferne längst wahrgenommen und es für das Geräusch des Regens gehalten. Aber wenn er die Augen schloss, konnte er sogar die Stimmen darin unterscheiden.

»Da zieht eine Menge Volk zum Hafen«, stellte er fest. »Und sie klingen nicht zufrieden.«

»Die Stadt hungert.« Meris klang angespannt. »Viele können sich die Lebensmittel nicht mehr leisten. Ich glaube, sie wollen die Lagerhäuser am Fluss stürmen. Die Truppen des Kanzlers haben schon ein paar kleinere Aufstände niedergeschlagen.«

»Das scheint uns ja nicht zu betreffen«, sagte Dauras.

Meris drehte sich zu ihm um. Er fand es immer noch faszinierend, in den Gesichtszügen zu lesen – auch wenn es nur ein schwacher Nachhall seiner früheren Wahrnehmung war und auch wenn Meris bislang die Einzige war, deren Gesicht er gut genug kannte, um die Nuancen wahrzunehmen. Jetzt wirkte sie gereizt.

Sie trat auf ihn zu. Dann schürzte sie nur die Lippen und meinte: »Es ist unser Problem, wenn wir in eine Straßenschlacht geraten. Wir sollten den Tumult meiden.«

Sie bog in eine Seitengasse ab. Dauras beeilte sich, ihr zu folgen.

Er lauschte auf die fernen Rufe. Sein Gehör war feiner als das seiner Begleiterin. Er konnte Unterschiede heraushören und feststellen, wo der Kern des Aufruhrs war und wohin er sich bewegte.

Meris rechnete seine Angaben auf das Straßennetz um und wählte einen ruhigen Weg. Unbehelligt erreichten sie ihre kleine Wohnung, die im dritten Stock eines schäbigen Gebäudes ohne Fensterscheiben lag.

In der Stube zog Dauras seine nassen Sachen aus und streifte einen trockenen Kittel über. Er tastete am Herd herum und schürte das Feuer neu. Schließlich schüttelte er die Kannen und Töpfe.

»Kein Wasser mehr«, bemerkte er.

»Dann hol welches«, erwiderte Meris. »Wir haben einen Brunnen vor dem Haus – den wirst du ja wohl finden, wenn du mit deinem Stock tastest.«

»Du bist gereizt«, stellte er fest.

»Wie sollte ich nicht.«

Dauras dachte nach. »Die Unruhen in der Stadt. Die Teuerung. Haben wir denn ein Problem damit?«

Meris schüttelte den Kopf. »*Wir* haben kein Problem damit. Du hast ja gar keine Probleme, solange ich für alles bezahle.«

Dauras wich vom Herd zurück. Er blinzelte langsam. »Es tut mir leid.« Er versuchte immer noch, sich darüber klar zu werden, was genau Meris so aufbrachte. »Ich bin dir eine Last. Wenn du meinst, dass es sich nicht lohnt, werde ich weiterziehen. Oder hast du Angst, dass du uns nicht beide durch den Winter bringen kannst?«

»Weiterziehen.« Meris klang bitter. »Du würdest doch nicht einmal aus der Stadt hinausfinden …« Sie atmete tief durch und setzte sich aufs Bett.

»Entschuldige«, sagte sie. »Nein, wir kommen durch den Winter. Ich habe genug zurückgelegt in all den Jahren meines Dienstes. Ich konnte eine kleine Schatulle mit Münzen aus meinem alten Haus mitbringen. Allerdings hätte ich nicht damit gerechnet, dass ich das Geld einmal hierfür ausgeben würde.«

»Du musst dich nicht entschuldigen«, entgegnete Dauras. »Du hast dein Haus verloren und deine Anstellung. Und jetzt musst du wegen mir auch noch deine Ersparnisse aufbrauchen.«

»Mein Haus und meine Anstellung?« Meris fuhr auf. »Ich habe meine Tochter verloren, du Dummkopf! Für sie hatte ich das Geld zurückgelegt. Ich wollte, dass sie versorgt ist, falls ich nicht zurückkehre. Sie sollte nicht als *Grafenkind* in einem Heim oder in einer Schule aufwachsen. Nicht so wie ich.«

Grafenkind … Das war kein Ehrentitel. Kinder, um die sich niemand kümmerte und die darum unter die Fürsorge des örtlichen Grafen kamen, wurden so genannt, wie Dauras wusste.

»Warum nicht?«, erwiderte er. »Du bist doch … Ich meine, du hast etwas gelernt. Du bist nicht so schwach wie die meisten Frauen, denen ich begegnet bin.«

In dem Augenblick, wo die Worte seinen Mund verließen, wusste Dauras, dass es nicht das war, was er eigentlich sagen wollte. Am liebsten hätte er sein Gesicht auf die Herdplatte gelegt, um seine Lippen zu versiegeln.

Warum fiel es ihm so schwer, ein Kompliment zu machen? Es war schon immer so gewesen, doch erst jetzt wurde es ihm bewusst: Er konnte einfach nichts Gutes über einen Menschen sagen, ohne es gleich wieder halb zurückzunehmen, allein durch die Art, wie er es ausdrückte. Ein offenes Lob auszusprechen fühlte sich an, als würde er sein Schwert wegwerfen und sich mit ausgebreiteten Armen vor einen Menschen hinstellen, ohne jede Deckung.

Meris saß eine Weile da. Dann hob sie den Kopf. »Ich will dir erzählen, was ich gelernt habe.

Ich war zwölf, als ich nach Sir-en-Kreigen kam – in jene Schule, die der geheime Botendienst des Kaisers im Schatten eures Tempels unterhält. In unserem ersten Jahr dort sollten wir nicht nur das Kämpfen lernen, sondern zugleich das ritterliche Leben. Damit wir uns gut genug auskannten, um später jederzeit und glaubhaft in die Rolle eines Edlen zu schlüpfen.

Wir hatten Lehrer, die uns beibrachten, was man dafür wissen muss: die richtige Sprache, die passende Kleidung. Alles über Schmuck und Symbolik und Wappen- und Familienkunde, über die ritterlichen Tugenden und die erlaubten und die verbotenen Tätigkeiten. Aber wichtiger als dieser Unterricht war das Leben in der Schule selbst.

Wir sollten dem ritterlichen Kodex folgen und ihn verinnerlichen. Jeder Verstoß dagegen wurde bestraft. Wir durften nur tun, was ein Ritter tut, nur reden, wie ein Ritter redet. Und am Ende unserer Ausbildung, als wir gelernt hatten, was es darüber zu lernen gibt, rief uns die Vorsteherin der Schule zu sich. Sie brachte uns mit den Schülern des älteren Jahrgangs zusammen und befahl uns, dass wir uns von ihnen schlagen lassen. Ohne Gegenwehr. Also, was sollte ich tun?«

Dauras blickte sie verständnislos an. »Du musstest dich schlagen lassen, nehme ich an? Wenn ich euren Dienst richtig verstanden habe, müsst ihr dem Befehl eines Vorgesetzten gehorchen.«

»Aber wir unterstanden immer noch dem Befehl, wie ein Ritter zu handeln. Und ein Ritter darf einen Schlag nicht hinnehmen, außer vielleicht von einem Grafen.«

»Und was hast du getan?«, fragte Dauras.

»Ich habe mich schlagen lassen«, sagte Meris. »Es gab gar keine Möglichkeit, das zu umgehen. Wer sich von den Älteren nicht schlagen ließ, der bekam Schläge, weil er den Befehl verweigert hat. Wer sich schlagen ließ, bekam danach noch mehr Schläge, weil er den *anderen* Befehl missachtet hat.

Die Vorsteherin erklärte uns, dass es bei dieser Lektion nicht darum ging, die richtige Entscheidung zu treffen. Es ging darum, vor einer Situation zu stehen, bei der es gar keine richtige Entscheidung gibt – und dennoch zu handeln!

Bei unseren späteren Aufträgen, so hieß es, würden wir oft in so eine Lage geraten. Wir sollten stark und hart genug sein, um trotzdem eine Entscheidung zu treffen. Um das zu tun, was uns als das Beste erscheint oder zumindest als das Bestmögliche – und die Prügel dafür einfach hinzunehmen, ohne uns davon einschüchtern oder abhalten zu lassen.

Das war es, was ich gelernt habe. Und es gab viele Lektionen dieser Art. Viele Schläge. Aber man nimmt Schmerzen und Verluste hin und geht weiter und erfüllt seinen Auftrag – oder versucht es jedenfalls. Der Bote ist die Hand des Kaisers, und seine Tat ist wichtiger als seine Person.«

Dauras dachte nach und antwortete vorsichtig: »Ich glaube, bei uns im Tempel gingen eine Menge Lektionen in dieselbe Richtung.« Er lächelte. »Wir haben gelernt, dass der Leib dem Willen folgt und dass wir Schmerzen überwinden müssen wie jede andere Schwäche des Leibes. Vielleicht war es also nicht nur schlecht, was dir widerfahren ist. Vielleicht war es eine nützliche Lektion.«

»Ich streite nicht ab, dass es nützlich ist«, sagte Meris. »Wir waren seinerzeit sogar stolz darauf, was wir aushalten konnten. Wie *hart* wir waren. Weil wir weitermachten und nicht zu jenen gehörten, die zerbrachen und ausgesondert wurden. Immerhin waren wir eine auserwählte Elite – wir Waisen und ausgesetzten Kinder, die für den geheimen Botendienst des Reiches als Sondergesandte ausgebildet wurden. Wir hungerten und hatten Schmerzen und weinten mitunter, aber wir waren auch stolz. Wie ihr Mönche vermutlich ebenfalls.

Trotzdem. Als ich zum ersten Mal meine Tochter in den Armen hielt, hatte ich ein anderes Leben für sie im Sinn. Ich wollte nicht, dass sie stolz ist, ich wollte, dass sie *glücklich* ist.«

»Du bist mir aufgefallen.« Dauras brachte die Worte nur mühsam heraus. »Bei unserer ersten Begegnung schon. Und dann auf der Reise … Mir hat gefallen, was aus dir geworden ist. Ich habe nicht das Gefühl, dass du durch deine Ausbildung etwas verloren hast. Vielleicht hat es dich mir ein wenig ähnlicher gemacht. Jedenfalls dem, was ich vor vier Monaten noch gewesen bin.«

Meris lachte auf. »Bponur bewahre! Ich hoffe, das war nicht als Trost gemeint.

Genug von den alten Geschichten. Es muss dir nicht leid tun, dass du mir auf der Tasche liegst. Mir tut es auch nicht leid um das Geld. Ich hatte es für meine Tochter zurückgelegt, und jetzt verwende ich es, um meine Tochter zu retten.

Möglicherweise trauere ich ein wenig um das, was ich eigentlich damit erkaufen wollte. Doch das war der Sinn unserer Ausbildung, nicht wahr? Wir sind hart genug, wir beide. Wir verlieren etwas und machen weiter und tun, was getan werden muss.«

Gut Galdingen bei Meerbergen, am selben Tage

Ritter Lacan schlief unruhig in dieser Nacht. Ein schwerer Wind blies von der See her und ließ die Fensterläden klappern. Lacan glaubte, Stimmen darin zu hören, das Heulen der körperlosen Geister in den Tälern der Schwarzen Berge und das Fauchen der Bestien.

Er fuhr hoch. Ein Tuten wie von einem Horn! Das Horn vom Turm?

Schlaftrunken griff er nach dem Schwert. Er sprang aus dem Bett und stolperte durch das Zimmer, bevor er sich daran erinnerte, wo er war.

Lacan trat auf den Flur. Das ganze Gesinde war auf den Beinen. Sobrun kam ihm entgegen. Er war nackt, und auch er hielt ein Schwert in der Hand.

»Was ist das für ein Höllenlärm?«, rief er.

»Keine Ahnung«, antwortete Lacan. »Einen Augenblick lang habe ich gedacht, ich wäre noch auf dem Sternenstein und würde das große Horn vom Wachtturm hören. Aber hier auf meinem Hof ...«

»Wir müssen nach draußen, Herr«, sagte Sobrun. »Das kann nichts Gutes bedeuten.«

Er lief die Treppe hinunter und auf die Haustür zu. Lacan folgte ihm. Das ohrenbetäubende Heulen hielt unvermindert an.

»Sei vorsichtig«, rief Lacan über den Lärm hinweg.

Sobrun hob mit der Linken den Riegel, öffnete die Tür ein Stück, sodass das Heulen noch lauter zu hören war, und mit der Rechten hielt er sein Schwert gezückt. Dann wich er hastig zurück. Ein Pfeil flog durch die geöffnete Tür und blieb zitternd in der Treppe stecken. Das Heulen drang wütend über den Innenhof. Weitere Pfeile schlugen in die Türe, eine Spitze trat auf der Innenseite wieder aus.

»Friedlich und wohlgeordnet.« Sobrun wandte sich vorwurfsvoll zu dem Ritter um. »Waren das die Worte, mit denen Ihr mich zu Eurem Heim gelockt habt?«

»Die Zeiten ändern sich, fürchte ich.«

Lacan sah sich um. Er musste sofort handeln und hatte nicht die Zeit, seinen Schild aus dem Obergeschoss zu holen.

Sobrun spähte vorsichtig um die Türkante. »Da hat jemand einen großen Wagen vor den Schuppen gestellt«, meldete er.

»Wie viele Angreifer?«, fragte Lacan.

»Keine Ahnung. Drei oder vier stehen mit Waffen beim Wagen. Und noch ein paar rennen um den Schuppen herum und räumen unsere Vorräte aus.«

Lacan wies auf einen Tisch in der Diele. »Hilf mir, Sobrun«, sagte er. Er wandte sich an die Mägde und Knechte, die an der Treppe und der Tür zur Küche standen. »Nehmt euch Waffen und kommt hinterher, sobald wir die Schützen aus dem Weg geräumt haben. Wir müssen die Räuber aufhalten, bevor sie etwas in Brand stecken.«

Er und Sobrun packten den Tisch, jeder an einer Seite. Sie schoben ihn durch die Tür und stürmten auf die Angreifer zu, den Tisch wie einen Schild vor sich haltend. Pfeile schlugen in die massive Platte. Sobrun brüllte, und sie liefen schneller.

Über die Tischkante hinweg sah Lacan, wie eine Gestalt auf den Wagen sprang. »Hoch den Tisch!«, rief er.

Sobrun gehorchte. Im letzten Augenblick fingen sie den Pfeil ab, der von der Ladefläche des Wagens aus auf sie abgeschossen worden war.

Die Gestalt schleuderte den Bogen von sich und zog ein Schwert. Lacan erkannte, dass es eine Frau war – ihre langen Haare flogen im Wind, und er sah ein Kettenhemd unter ihrem Mantel aufblitzen. »Zu mir!«, schrie sie. »Nehmt die Spieße!«

Zwei weitere Angreifer stiegen zu der Frau auf den Wagen. Lacan und Sobrun waren nahe genug und warfen den Tisch in deren Richtung. Das Möbelstück knallte gegen die Flanke des Gefährts.

Ihre Gegner stachen vom Wagen herunter auf Lacan und Sobrun nieder. Lacan und Sobrun schlugen die Spieße mit ihren Klingen zur Seite. Noch mehr Angreifer liefen um den Wagen herum, aber vom Hauptgebäude her eilten Knechte mit Hacken und Beilen herbei, und ein Bursche kam mit einer Mistgabel aus dem Stall.

Lacan packte den Schaft eines Spießes und riss daran. Der Mann, der ihn hielt, kippte nach vorn. Die Frau in dem Kettenhemd fasste ihn am Gürtel und zog ihn zurück. Mit dem Schwert wehrte sie Lacans Gegenangriff ab. Sie verteidigten den hohen Wagen wie eine Festung. Lacan sah Säcke und Fässer darauf gestapelt, und er sah, dass das Tor zu dem Lagerhaus dahinter weit offen stand.

»Die Pferde«, rief die Frau. »Treibt die Pferde an. Wir rücken ab.«

»Oh nein!«, erwiderte Lacan. »Nicht mit unseren Vorräten.«

Verbissen griff er wieder an. Die Frau ging hinter der Seitenwand des Wagens in Deckung und hieb mit der Klinge nach seinem Kopf. Er musste zurückspringen. Drei Angreifer kamen von der Seite und drängten Sobrun zurück.

Da ertönte eine Stimme von oben: »Achtung!«

Es war Valdar! Lacan blickte auf.

Der alte Zauberer stand an einem offenen Fenster seiner Wohnung, gleich über der geplünderten Scheune. Lacan sah das bärtige Gesicht nur einen Augenblick – dann flog etwas auf ihn zu, und er wich zurück.

Was auch immer da angeflogen kam, es traf einen der Männer auf dem Wagen am Rücken und zerplatzte. Der

Mann ließ den Spieß los und taumelte nach vorn. Er brüllte, als stünde er in Flammen, und schlug um sich. Ein scharfer Geruch stieg Lacan in die Nase.

»Kartan!« Die Frau ließ die Waffe fallen und kam ihrem Gefährten zu Hilfe. »Was ist das für eine Teufelei? Was habt ihr mit Kartan gemacht?«

Hastig schob sie ihm die Kleidung über den Oberkörper hoch. Der Geruch in der Luft wurde beißend.

»Ich habe hier noch ein paar Flaschen Säure!« Valdar beugte sich aus dem Fenster. »Gebt auf, ihr Räuber, bevor ich euch damit allen die Haut gerbe und das Fleisch zart koche.«

»Räuber?«, erwiderte die Frau. »Ich bin Nessa von Erlingen und berufe mich auf das Fehderecht. Von einem Ritter wie Euch, Arnulfssohn …« Sie sah auf Lacan herab. »… hätte ich allerdings nichts anderes erwarten sollen, als dass Ihr auf Hexenwerk zurückgreift, anstatt ehrbar zu kämpfen.«

Lacan seufzte. »Bponur hilf«, murmelte er.

»Eure Nachbarn, Herr?« Sobrun schaute ihn an. »Ich habe das Gefühl, Ihr habt die Verhältnisse in Eurer Heimat gar zu rosig dargestellt.«

Sie entwaffneten die Angreifer und kümmerten sich um den Verletzten. Sie zogen ihn aus und spülten die Säure mit Wasser von der Haut. Die Schulter des Mannes sah flammend rot aus, so als wäre sie verbrannt. Sie legten ihn auf eine Bank in der Küche und schickten nach einem Heiler aus dem Dorf.

Als sie so weit waren, ging im Osten schon die Sonne auf.

»Fräulein von Erlingen«, sagte Lacan. »Wenn Ihr mir bitte in den Rittersaal folgen wollt. Wir sollten die Angelegenheit wie gute Nachbarn regeln.«

Er sah seine Nachbarin an. Sie mochte ungefähr so alt sein

wie er, mit feinen langen Haaren, deren Blond einen Stich ins Rötliche zeigte. Sie trug eine dunkle Tunika über dem leichten Kettenhemd, und Lacan hatte ihr das Schwert gelassen. Es war ein harter Schritt für einen Ritter, seine Waffe aufzugeben, und Lacan hoffte immer noch auf eine einvernehmliche Lösung.

Nessa von Erlingen blickte auf Sobrun und auf Valdar, die sich hinter Lacan bereithielten. »Ich allein mit drei Schurken? Ich verlange eine Ehrenwache!«

Sobrun murmelte etwas von »Schurken« und »Überfall«, und Lacan sah ihn strafend an. »Gehört das zu den Gebräuchen hier in der Gegend?«, fragte er Nessa. »Mit Beleidigungen um sich zu werfen? Ich vermisse die Ehre, von der Ihr so gern redet.«

»Die vermisse ich auch«, erwiderte Nessa. »In diesem Haus.«

»Ich glaube nicht«, sagte Lacan, »dass Ihr mir irgendwas vorwerfen könnt, was meine Ehre schmälert.«

»Was ist mit dem Hexenmeister, den Ihr hier als Verwalter einsetzt?«, fragte Nessa. »Außerdem hat mir Otilde eine Menge über Eure Sippe erzählt. Ich kannte noch die Familie, die vorher hier lebte – bevor Euer Vater sie von diesem Land vertrieb und das Gut Eurer Mutter schenkte!«

»Das ist fünfzehn Jahre her!«, rief Lacan. »Und wer ist Otilde?«

Valdar meldete sich zu Wort. »Ich möchte vorschlagen, dass wir das Gespräch an einem geschützteren Ort fortsetzen. Gerade wenn es so hitzig wird.«

Sie einigten sich darauf, dass eine Magd Nessa begleiten sollte. Dann traten sie in den großen Saal des Rittergutes. Er war selten in Gebrauch und kalt und unbeheizt. Lacan wies die Knechte an, den Kamin anzuheizen, doch es würde Stunden dauern, bis man die Wärme in dem Raum spürte. Sie schoben die Stühle zusammen und setzten sich alle fünf dicht vor die Flammen.

»Was für eine Fehde soll das sein?«, fragte Lacan. Er sah Valdar an.

Der Verwalter hob die Hände. »Ich weiß von nichts. Es war all die Jahre friedlich hier, während Ihr fort wart.«

»Großartig«, murrte Lacan. »Es liegt also an mir?« Er wandte sich zu Nessa. »Ihr könnt jedenfalls kaum eine Fehde anfangen, weil Ihr mein Recht auf dieses Landgut bestreitet. Die Kämpfe darum liegen lange zurück, und sie wurden nach Recht und Ehre abgeschlossen. Der Kaiser hat meinen Vater zum Herrn über dieses Land ernannt, und wenn Familien ihren Besitz verloren haben, dann deswegen, weil sie sich gegen ihn erhoben haben.«

»Hat der Kaiser seinem Kanzler auch die Stadt Meerbergen unterstellt?«, wandte Nessa spitz ein. »Die Stadt jedenfalls hat den Anspruch Eures Vaters zurückgewiesen, da ihm das rechte Blut dafür fehlt. Viele Ritter hier im Umland teilen diese Ansicht.«

»Ihr wisst genau, wie der alte Kaiser war. Er hat einen Titel verliehen und so viel Land und Einfluss dazu, wie mein Vater sich aus eigener Kraft nehmen konnte. Für die Stadt reichte seine Kraft nicht aus, obwohl er es lange versucht hat.«

»Und jetzt versucht er es wieder, hat Otilde gesagt. Nur dass er dieses Mal die Kräfte des Reiches für seine Zwecke einspannt.«

»Also gut, wer ist Otilde?«

»Otilde von Rabenstein. Eine Prälatin aus der Hauptstadt und eine entfernte Verwandte von mir. Sie hat auf meinem Hof Zuflucht gesucht, so wie viele andere Flüchtlinge aus Horome, die Euer Vater von dort vertrieben hat.«

»Ich bin nicht mein Vater«, erwiderte Lacan.

»Dasselbe Blut«, entgegnete Nessa. »Sagt Otilde. Man darf

keinem aus der Familie trauen. Arnulf ist nicht gottesfürchtig, und sein Sohn hat auch einen Zauberer an seiner Seite.«

»Valdar ist ein weiser Mann«, sagte Lacan. »Er stand meiner Mutter zur Seite, als es ihr schlecht ging, und ich habe ihn nie anders als treu und gottesfürchtig erlebt.«

»Dennoch bleibt er ein Zauberer«, beharrte Nessa.

»Sogar in der Kirche wird Magie gelehrt«, wandte Valdar ein. »Ihr solltet Eure Prälatin fragen, wie viel sie selbst von dieser Kunst versteht. Ich habe niemals mehr Gebrauch von der Magie gemacht, als die Kirche zulassen würde.«

»Ja«, erwiderte Nessa bitter. »Das habe ich gemerkt. Ihr habt Euren Dämon heulen lassen und den ganzen Hof damit aufgeweckt. Und meinen Knecht habt Ihr mit Euren Zauberkugeln verbrannt.«

»Der ›Dämon‹ war nichts weiter als zwei Blasebälge in einem Kasten mit einer Kurbel. Je schneller man daran dreht, umso mehr Luft pumpen sie durch eine Trompete, die ich damit verbunden habe. Es ist ein Apparat und kein Hexenwerk. Und diese Zauberkugel, die ich angeblich geworfen habe, war nichts anderes als eine Flasche mit Säure.«

Valdar erhob sich. »Und jetzt werde ich ein wenig Wein auftragen«, sagte er und verließ den Raum.

Lacan schüttelte den Kopf. »Wir wollten über diese ›Fehde‹ sprechen. Warum habt Ihr meinen Hof überfallen?«

»Unsere Vorräte reichen nicht für den Winter«, gab Nessa zu. »Und Ihr seid daran schuld.«

»Ich?«

»Euer Vater. Wisst Ihr, wie viele Menschen die Hauptstadt verlassen haben, seit er Kanzler ist? Wir haben so viele von ihnen aufgenommen, wie wir konnten. Aber Ihr sitzt auf Eurer fetten Ernte und teilt mit niemandem.«

»Ich weiß nichts von Flüchtlingen«, sagte Lacan. »Und mich hat nie jemand um Hilfe gebeten.«

»Kein Wunder«, stellte Nessa fest. »Die Menschen, die vor Eurem Vater fliehen, werden kaum Zuflucht bei dessen Sohn suchen. Natürlich meiden sie Euer Land.«

»Wie könnt Ihr mir das vorwerfen? Ihr hättet einfach fragen können!«

»Bei dem Handlanger des Räubers nachfragen, ob er denen hilft, die sein Herr ausgeplündert hat?« Sie schnaubte abfällig. »Ihr lagert in Euren Scheuern die Vorräte für die Armee Eures Vaters, während seine Opfer das Land ringsum ausbluten lassen.«

»Wir lagern unsere Vorräte für uns«, stellte Lacan fest. »Ich kann Euch versichern, wenn mein Vater mit seiner Armee kommt und uns die Lager ausräumen will, werde ich darüber genauso ungehalten sein wie über Euren Raubzug.«

»Er ist Euer Vater und Euer Graf. Wollt Ihr behaupten, dass Ihr Euch gegen ihn stellt, wenn er hier auftaucht?«

Lacan senkte den Kopf. »Er ist mein Herr und mein Graf«, räumte er ein. »Wenn er mir einen Befehl erteilt, werde ich ihm folgen müssen. Ihr habt über meine Ehre gesprochen – und wenn ich meine Ehre behalten will, kann ich nicht anders handeln.«

»Wenn Ihr Frieden mit Euren Nachbarn wollt, werdet Ihr Euch entscheiden müssen«, sagte Nessa kühl, »ob Ihr Eurem Vater folgt – oder denen, die sich gegen ihn stellen.«

Ein unbehagliches Schweigen senkte sich über den Saal. Valdar kehrte zurück. Er trug ein Tablett mit Bechern und einer Karaffe in der Rechten. Er stellte den Wein auf dem Tisch ab, schenkte ein und verteilte die Becher an die Anwesenden.

»Fräulein von Erlingen …« Lacan hob den Becher in ihre Richtung. »Was geschieht, wenn mein Vater kommt, ist eine Frage, die wir auf jenen Tag verschieben sollten. Bis es so weit ist, will ich keine Fehde führen. Ich werde Euch einen gerechten Anteil unserer Vorräte überlassen. Wenn andere Ritter hier für Flüchtlinge aufkommen müssen, will ich ebenfalls meinen Beitrag leisten.«

Nessa sah ihn misstrauisch an. »Was ist das für eine Finte?«, fragte sie.

»Nur gutnachbarschaftliche Hilfe.« Lacan lächelte gequält. »Valdar, sieh zu, was wir entbehren können, und belade der Dame ihren Wagen. Ihr habt recht, Fräulein: Wenn mein Vater kommt und unseren Hof mit Beschlag belegt, kann ich ihm die Unterstützung kaum verweigern. Was hätte ich dann von unserem Überschuss?

Ich will meinen Besitz also lieber in die Nachbarschaft investieren, und in den Frieden. Kriege kommen und gehen, aber die meisten der Familien werden anschließend immer noch da sein, und sie werden weiter zusammenleben müssen, selbst wenn sie zwischendurch auf verschiedenen Seiten gekämpft haben. Für dieses Zusammenleben möchte ich heute einen Grundstein legen.«

18.3.963 – HOROME, UNTERSTADT

Dauras war allein in der kleinen Wohnung unter dem Dach. Kaum hatte Meris das Haus verlassen, da riss Dauras die Bretter und Tücher von den Fenstern und ließ die stickige Ofenluft hinaus. Es war wärmer geworden in den letzten Tagen, auch wenn es die ganze Zeit regnete. Dauras hoffte, dass der Regen die Luft ebenso reinigte wie die Gossen.

In den vergangenen Dekaden hatte eine Krankheit die Stadt heimgesucht. Vor allem die Ärmsten hatte es dahingerafft, zu Tausenden – diejenigen, die schon vom Hunger und von den Entbehrungen des Winters geschwächt gewesen waren. Es ging das Gerücht, dass der Kanzler verdorbenes Korn ausgegeben hatte, doch diejenigen, die es betraf, waren inzwischen zu lethargisch, um deswegen aufzubegehren.

Es war still geworden in der Hauptstadt. Selbst Dauras konnte die Veränderung spüren, obwohl er Horome nicht so gut kannte. Horome hatte einen Schlag erlitten, und selbst der herannahende Frühling tat sich schwer, die Bewohner wieder aus ihrem Dämmer zu reißen.

Dauras machte Klimmzüge an den Deckenbalken, er übte am Boden und am Bettgestell. Seine Kraft und seine Ausdauer waren nicht mehr das Problem. Es war das Sehen, das sich kaum gebessert hatte im letzten Monat. Er brannte darauf, nach draußen zu gehen und neue Eindrücke aufzunehmen oder zumindest weiterhin den Kampf zu üben. Aber Meris hatte ihm eingeschärft, das Haus nicht allein zu verlassen. Und widerstrebend musste er einräumen, dass sie recht hatte.

Er ging im Zimmer auf und ab, nackt bis auf einen Lendenschurz und schweißüberströmt. Da hörte er Stimmen von der Straße her.

»Hier ist es«, sagte jemand. »Bist du sicher, dass sie fort ist? Die Fenster sind offen.«

»Klar«, antwortete ein anderer. »Bin ihr ein gutes Stück gefolgt. Die kommt so schnell nicht wieder. Höchstens der Krüppel ist noch da.«

Die Männer sprachen leise. Doch Dauras verstand sie trotzdem. Wenn er die Augen schloss, war sein Gehör vielleicht sogar schärfer denn je. Das war eine Stärke, von der er hoffte, dass sie eines Tages sein eingeschränktes Sehvermögen ausgleichen konnte.

»Klettern wir durchs Fenster?«, fragte einer der Männer.

»Neee«, sagte der zweite. »Wir bleiben bei unserem Plan. Zu auffällig, und wer weiß, ob wir da hochkommen.«

»Mit Schlössern kenn' ich mich aus«, meinte ein dritter. »Aber zum Klettern nehm' ich lieber die Stiege.«

Die Männer verstummten. Dauras blieb vom Fenster weg und verharrte in der Mitte des Raumes. Er spitzte die Ohren und hörte Schritte auf der Treppe, die langsam näher kamen.

Vor der Tür zu der Wohnung hielten sie inne.

»Was ist das denn?«, murmelte einer.

»Pssst – was denn?«, flüsterte ein anderer.

»Na, das Schloss. Passt nicht in die Gegend. Da will wohl jemand seine Ruhe haben.«

Dauras biss sich auf die Lippen. Er verschränkte die Finger und dehnte sie. Er lockerte seine Gliedmaßen. Er hörte ein Kratzen im Türschloss.

»Gibt's Probleme?«, wisperte einer der Eindringlinge.

»Nee, geht schon«, sagte sein Kumpan. »Das Schloss muss erst noch gebaut werden, dass ich nicht aufkriege.«

»Heißt nur, dass es sich lohnt. Wenn das Miststück so 'n Riegel einbauen lässt. Ich sag ja, die hat immer Silber, wenn sie in die Stadt kommt. Die müssen einen fetten Schatz da drin horten.«

Dauras sah sich um. Er versuchte, sich das Zimmer ins Gedächtnis zu rufen. Er war oft genug hier herumgegangen, hatte jeden Winkel untersucht und jeden Gegenstand berührt. Meris hatte ihren Degen und ein Kurzschwert mitgenommen, und soweit er wusste, waren das ihre einzigen Waffen. Für ihn blieben nur ein paar Küchenmesser – oder die Holzschwerter, mit denen sie seit Monaten übten.

Auf bloßen Füßen tappte er zu der Nische neben der Tür, wo die Holzwaffen lehnten. Keine Diele knarrte unter seinen geschmeidigen Schritten. Er überlegte kurz, ob er beide Schwerter nehmen sollte, entschied sich dann aber doch für eine Waffe.

Er trat zurück, damit er mehr Platz für seine Bewegungen hatte. Er prüfte die Kante seiner Waffe mit dem Daumen. Das Holz war leicht angeschliffen, aber natürlich konnte es seine Haut nicht ritzen. Dennoch, bei aller Verachtung, die er gezeigt hatte: Er wusste aus dem Tempel, dass ein Holzschwert eine tödliche Waffe sein konnte.

In den richtigen Händen.

Als Meris zurückkehrte, fand sie im Treppenhaus eine Leiche. Der Körper lag auf dem vorletzten Absatz der Treppe und sah in seiner verkrümmten Haltung so aus, als wäre er heruntergestürzt. Aber die Verletzungen rührten nicht von einem Sturz her. Der Oberkörper wies eine Stichwunde durch den ganzen Brustkorb auf, von den Rippen am Rücken bis zu einer Austrittswunde unter dem Brustbein. Außerdem war ein Arm gebrochen, und im Gesicht klaffte eine Schnittwunde, durch die man den zertrümmerten Wangenknochen sah.

Meris stieß einen unterdrückten Fluch aus. Sie zog das Kurzschwert und stürmte die letzten Stufen hinauf. Auf dem obersten Treppenabsatz lag ein weiterer Toter. Auch er hatte eine tödliche Verletzung am Rücken. Was auch immer die Männer hier gewollt hatten – Dauras hatte sie erschlagen, als sie vor ihm fliehen wollten.

Die Spuren des Gemetzels zogen sich bis in die Stube. Zwei weitere Tote mit klaffenden Wunden lagen in dem Raum. Einem von ihnen war der Schädel zertrümmert worden, sodass er aussah wie ein ungeschickt aufgeschlagenes Ei. Auf dem Boden war eine Blutlache, und Blut war an die Wände gespritzt.

Dauras saß auf ihrem Sessel, mit einem gesplitterten und blutverschmierten Holzschwert in der Hand. Auf seinem Gesicht lag ein versonnenes Lächeln. Sein nackter Leib war mit getrocknetem Blut verkrustet.

»Was ist …«, stieß Meris hervor. »Was hast du getan? Geht es dir gut?«

Dauras hob den Kopf. »Ja«, sagte er. »Ich habe gekämpft.«

Meris blickte noch einmal um sich. Dann steckte sie die Waffe weg. Angewidert stieg sie über die Blutlache. »Das sieht nicht nach einem Kampf aus, sondern nach einem Schlachtfest. Was bei allen Höllen ist hier passiert?«

»Es war aber ein Kampf«, sagte Dauras. »Ich weiß nicht, wann ich zuletzt einen solchen Kampf geführt habe – einen Zweikampf auf Leben und Tod, bei dem ich ernsthaft in Gefahr geraten bin. Ich fühle mich großartig!«

»Ich erinnere mich an die Schleudern. Die sahen damals gefährlich genug für mich aus.«

»Schleudern, Netze, Fallen«, erwiderte Dauras. »Feuer, Drachen, Käfer – das ist nicht dasselbe. Ich habe eine Menge erlebt, was mich bedrohen konnte. Aber das war mein erster Kampf Mann gegen Mann. Ich muss noch ein Kind gewesen sein, als ich mich das letzte Mal verletzlich gefühlt habe, mit dem Schwert in der Hand gegen einen Menschen.

Und dieses Mal war es echt, und ich habe gewonnen.«

»Bist du verletzt?«

Dauras schüttelte den Kopf. »Ich hätte verletzt werden können. Ich konnte nicht jeden Angriff richtig wahrnehmen, und ich musste oft im letzten Moment reagieren. Aber es ist nichts passiert.«

»Du hättest nicht so viel Dreck machen müssen«, sagte Meris. »Da liegt eine Leiche unten auf der Treppe!«

»Na und?«, gab Dauras zurück. »Hast du nicht gesagt, in dieser Stadt kümmert sich niemand mehr um irgendwas?«

»Ich wollte das nicht auf die Probe stellen«, entgegnete Meris. »Wir verstecken uns, wenn du das vergessen hast.«

Sie ging nach draußen und schleifte die beiden Toten aus dem Treppenhaus in ihre Wohnung ab. Sie schob alle vier Leichen in eine Ecke des Raumes und legte sie dort übereinander. Als sie fertig war, saß Dauras immer noch auf dem Sessel.

»Ich werde das ganze Blut nicht allein wegwischen«, sagte sie.

»Wusstest du, dass das Blut seine Farbe ändert? Wenn es trocknet?«, fragte Dauras unvermittelt. »Ich habe es beobachtet. Es war faszinierend.«

Meris schüttelte sich. »Weißt du, dass du dich vollkommen wahnsinnig anhörst?«

Dauras verzog das Gesicht. »War es nicht das, was du erreichen wolltest?«, fragte er. »Warum du diesen ganzen Aufwand getrieben hast? Damit ich wieder kämpfen kann?«

Meris betrachtete die Toten. »Die sehen aus wie Straßenratten. Lange Messer, keine Rüstungen. Jeder gewöhnliche Krieger hätte sie erledigen können. Das ist nicht beeindruckend. Wollten sie uns überfallen?«

Dauras nickte. »Es war trotzdem mein erster ernsthafter Kampf, seit …« Er zuckte die Achseln. »Ich glaube, ich bin wieder ein guter Krieger! Wir können uns überlegen, wie wir gegen den Kanzler vorgehen.«

»Ein guter Krieger reicht nicht aus«, sagte Meris. »Ich brauche einen herausragenden Krieger. Dauras, den Unbesiegbaren. Ich glaube nicht, dass du so weit bist. Wenn du es überhaupt je sein wirst.«

Meris schleppte zwei Eimer Wasser vom Brunnen in die Wohnung. Dann säuberten sie die Wände und die Dielen. Im Haus regte sich nichts. Dauras versuchte, sich zu erinnern, ob die übrigen Bewohner am Morgen alle fortgegangen waren oder ob sich irgendwer in seiner Wohnung versteckte.

Am Ende kippte Meris das dunkle Wasser aus dem Fenster und betrachtete die Leichen.

»Ich nehme an, wir können sie vorerst da liegen lassen. Wir müssen so bald wie möglich aufbrechen. Ich habe Neuigkeiten gehört – über meine Verbindungen in den Palast. Der Kanzler ist verschwunden. Es geht das Gerücht, er sei in der Nacht heimlich in den Süden aufgebrochen.«

»In den Süden?«, fragte Dauras. »Doch wohl kaum zu einem Feldzug. Er kann unmöglich die Truppen mitnehmen, ohne Aufsehen zu erregen.«

»Die gesamte Legion ist noch auf der Insel. Aber ich nehme an, Arnulf hat einen anderen Plan. In diesem Augenblick könnte er schon unterwegs sein zur Küste, mit einer viel kleineren Streitmacht, um die abtrünnigen Provinzen im Handstreich zu nehmen.«

»Die Gesandten aus Edern haben sich angekündigt«, gab Dauras zu bedenken. »Sie wollen über die Feiertage den Frieden besiegeln. Und nach dem Fest des Lebens will das vereinigte Heer aufbrechen und gen Meerbergen ziehen. Davon spricht man in der ganzen Stadt!«

»Gerade darum glaube ich, dass der Kanzler etwas anderes vorhat. Denk darüber nach, Dauras: Wenn alle davon sprechen, ist es dann nicht die beste Ablenkung?«

»Aber was für Truppen hat der Kanzler für so etwas?«, fragte Dauras.

»Du solltest fragen, was für Truppen hat Edern?«, rief Meris ihm ins Gedächtnis. »Du erinnerst dich an unsere Reise mit der Kaiserin? Wir haben damals vermutet, dass der Graf von Edern die Angreifer bezahlt hat – eine Handvoll Gewährsleute, die vor Ort eine größere Schar von Söldnern angeworben haben.

Wenn der Kanzler sich bereits mit von Edern geeinigt hat in den geheimen Verhandlungen über seine Zauberin, dann kann er womöglich dieselben Quellen nutzen. Und während die ganze Welt auf den Kanzler und dessen Kriegsvorbereitungen schaut, hat der Graf von Edern an der Küste längst alles vorbereitet. Das offen aufgestellte Heer wird dennoch gebraucht, allerdings nur, damit es ein paar Tage nach dem entscheidenden Schlag eintrifft und den Erfolg sichert.

Bis dahin ist der Kanzler allein mit einer Handvoll Verbündeter im Feindesland. Er wird nie wieder so verletzbar sein wie in diesem Augenblick! Wir müssen also jetzt zuschlagen und mit dem auskommen, was wir haben, ob du nun bereit dafür bist oder nicht.«

Gut Erlingen bei Meerbergen, am selben Tage

Der Boden war aufgeweicht von den Regenfällen. Das Land rings um das Rittergut glich einem Sumpf, mit riesigen Pfützen, mit Schlamm und aufgerissener Erde und zertretenen Grassoden dazwischen. Es war nicht einmal ein Weg zu erkennen.

Lacan lenkte sein Pferd über den schlüpfrigen Grund auf

die Gebäude zu. Sobrun folgte ihm schweigend und mit ausdruckslosem Gesicht.

Um das Hauptgebäude herum standen Hütten, hastig aus Brettern und Balken und Stroh errichtet. Lacan erblickte sogar ein paar Zelte. Verdreckte und vom Winter gezeichnete Gestalten huschten über den Hof und sahen den Neuankömmlingen entgegen.

Nessa trat auf die Veranda, als Lacan heranritt. Eine Handvoll Männer mit Waffen begleitete sie, Kinder spähten bei der Tür heraus.

»Fräulein von Erlingen.« Lacan hielt das Pferd vor der Veranda an und senkte grüßend den Kopf.

»Galdingen«, antwortete sie. »Was wollt Ihr hier.«

»Ich wollte sehen, ob ich helfen kann. Es ist eine Weile her, dass wir voneinander gehört haben. Ich wusste allerdings nicht, dass Ihr so viele Flüchtlinge beherbergen müsst.« Er schaute auf die notdürftigen Unterkünfte.

»Das sind nicht die Flüchtlinge«, erwiderte Nessa. »Glaubt Ihr, die Bauern fliehen aus der Hauptstadt bis hierher? Die meisten von denen sterben dort einfach. Wir haben Verwandte in meinem eigenen Haus aufgenommen, Frauen und Kinder und ihre Bediensteten. Meine Leute mussten dafür ihre gewohnten Räumlichkeiten aufgeben und irgendwo unterkommen.«

»Wer ist das?« Eine ältere Dame trat neben die Ritterin. Sie war schlank und hochgewachsen und trug eine rote Robe mit goldenem Saum und einen Bponur-Anhänger, der in der matten Sonne glänzte. »Der junge Galdingen kommt, um für seinen Vater zu spionieren?«

Lacan sagte nichts und wartete.

»Prälatin Otilde von Rabenstein«, stellte Nessa die Dame vor. »Meine Base. Und in der Tat: Unser Besucher ist Lacan von Galdingen. Ich weiß nicht, was ihn hierher führt.«

»Sag ihm, er ist nicht willkommen«, forderte die Prälatin ihre Verwandte auf.

Nessa ging nicht darauf ein. »Was glaubt Ihr also, hier tun zu können?«, fragte sie und sah Lacan an.

»Nicht spionieren jedenfalls«, sagte der Ritter. Er nickte der Priesterin zu. »Ich habe meinen Vater seit Jahren nicht mehr gesehen. Wie ich bei unserer letzten Begegnung schon festgestellt habe: Wir sind Nachbarn. Wenn dieses Land eine Last zu tragen hat, sollten wir uns gemeinsam darum kümmern.«

»Ich bin gespannt, was Ihr für die Gemeinschaft tut, wenn Euer Vater mit seinem Heer hier ist«, warf Otilde ein.

»Man wird sehen«, erwiderte Lacan. »Bis es so weit ist, können wir den Frieden und die Höflichkeit wahren. Wir sind alle unter demselben Gott vereint. Ich habe bei den Ritterorden an der Grenze gedient. Wenn Ihr es wünscht, seid Ihr jederzeit als Gast auf meinem Gut willkommen.«

Er hörte, wie Sobrun hinter ihm langsam die Luft ausstieß. Auch Lacan selbst kostete es Überwindung, die Einladung auszusprechen. Aber vielleicht war die Prälatin aus der Hauptstadt gar nicht so unausstehlich, wenn man sie erst einmal näher kennenlernte.

Otilde von Rabenstein lachte nur. »Das würde Euch so passen. Eine Geisel in der Hand zu haben, damit eine Bedrohung für Euren Vater aus dem Weg geräumt ist.«

»Ich glaube, selbst mein Vater führt keinen Krieg gegen die Kirche«, stellte Lacan fest.

»Er führt einen Krieg gegen jede Art von Tugend und Gottesfürchtigkeit«, widersprach die Prälatin. »Und das seit Jahrzehnten. In der Hauptstadt habe ich einiges von seinem Treiben mitbekommen. Es würde ihn gewiss freuen, wenn hier nicht allzu viel davon bekannt würde.«

Lacan nahm an, dass es Arnulf von Meerbergen herzlich

egal war, was diese Priesterin noch an Gerüchten über dessen Lebenswandel verbreitete. Klatsch und Tratsch berührten den Kanzler des Reiches kaum, er schien sogar stolz darauf zu sein. Und Lacan glaubte nicht, dass die Frau kriegswichtige Geheimnisse zu erzählen hatte. Sie musste die Hauptstadt schon vor Monaten verlassen haben.

»Ich bin überrascht, Prälatin, dass Ihr überhaupt bei Eurer Base unterkommen müsst. Hat nicht jeder Angehörige der Geistlichkeit auf Reisen ein Recht auf die Gastfreundschaft der örtlichen Kirche?«

»Das sollte man meinen«, erwiderte Prälatin Otilde bitter. »Aber die Äbtissin von Meerbergen verweigert mir seit Monaten die Audienz, um die ich sie gebeten habe. Dabei hatte ich ihr eindringlich bestellen lassen, wie bedeutsam meine Meldungen für die Sicherheit des Reiches und der Kirche sind. Ich wäre längst im Stift, wenn sie mich nur empfangen würde.«

»Wir hoffen auf das Fest des Lebens«, sagte Nessa, halb an Lacan gewandt, halb, um ihre Base zu beschwichtigen. »Vielleicht findet sich ein zwangloser Moment, um mit der Metropolitin zu reden.«

Lacan zweifelte daran. Zum Fest des Lebens kam das halbe Umland in der Stadt zusammen. Die höchste Geistliche von Meerbergen hatte dann gewiss andere Pflichten. Zudem lud der Feiertag ohnehin nicht dazu ein, über ernste Dinge zu sprechen.

Immerhin, an diesem Tag konnte die Äbtissin sich nicht hinter ihren Mauern verstecken. Je nachdem, wie aufdringlich diese Prälatin werden konnte, würde sie möglicherweise ihre Gelegenheit finden.

»Das Fest des Lebens«, sagte er. »Wir können als Nachbarn gemeinsam in die Stadt reisen.«

»Gemeinsam?«, fragten Nessa und Otilde.

»Wir haben denselben Weg«, stellte Lacan fest. »Und wir können unsere Vorräte zusammenlegen.«

Nessa sah ihn an. Sie verstand, was er meinte. Wenn ihr Hof den Winter so schlecht überstanden hatte, dass sie schon bei ihm plündern mussten, dann würden sie auch kaum einen angemessenen Beitrag zum Fest aufbringen können. In einem gemeinsamen Zug jedoch würde niemand die einzelnen Anteile nachhalten. Eine solche Hilfeleistung war möglicherweise leichter anzunehmen als eine offene Spende. Lacan verfolgte, wie Stolz und nüchterne Überlegung in Nessas Gesicht miteinander rangen. »Zu den Festtagen herrscht ohnehin Friedenspflicht«, befand sie. »Es wäre nur vernünftig, wenn wir zusammen reisen.«

»Dann treffen wir uns am Tag vor den Feiertagen«, sagte Lacan. »Zur Sonnenstunde an dem Abzweig zu meinem Gut.« Ganz gewiss wollte er sich nicht mit den Wagen bis zu ihrem Gut vorkämpfen.

Nessa nickte. »Zur Sonnenstunde. Wenn Ihr allerdings glaubt, dass Ihr mich damit auf die Seite Eures Vaters locken könnt …«

Lacan lachte. »Mir fallen nicht einmal gute Argumente ein, mit denen ich das versuchen könnte.«

Als sie vom Hof ritten, sagte Sobrun zu ihm: »Das war eine gute Idee, sie einzuladen, Herr. Sonst hätten wir bestimmt noch eine Plünderung erlebt, wenn sie sich für die Feiertage hätten ausstatten müssen.«

DIE TAGE DANACH, AUF DEM WEG NACH MEERBERGEN

Bevor sie die Stadt verließen, stattete Meris sie beide vollständig neu aus. Für sich besorgte sie die Kleidung einer Ritterdame, mehrere komplette Garderoben für die Reise und für die Festlichkeiten, die in Meerbergen auf sie warteten – sie würden zum Fest des Lebens dort eintreffen. Dauras bekam eine einfache Tunika und einen groben Wollmantel mit Kapuze und sollte als ihr Knecht durchgehen.

»Das ist nicht dein Ernst«, sagte er ungläubig und ließ den rauen Stoff durch seine Finger gleiten.

»Jeder sollte die Rolle spielen, die er auch ausfüllen kann«, sagte sie. »Diese Aufmachung ist nicht weit entfernt von dem, was du bei unserer ersten Begegnung getragen hast.«

»Keiner hätte mich je für einen Diener gehalten«, wandte Dauras ein.

»Und keiner würde dich jetzt für einen Krieger halten, wenn er sieht, wie du dich einen Weg entlangtastest. Selbst als Knecht gibst du keine gute Figur ab. Aber ich kann sagen, du wärest halb blind und ich hätte dir aus Mitleid eine Stellung gegeben.«

»Schön, dass du darüber scherzen kannst«, knurrte Dauras.

Sogar ihre Stimme klang geziert, fand er. Sie sprach mit einem Dialekt, den er den östlichen Küstengebieten zugerechnet hätte. Sie wollte sich als Ritterin aus dem Städtebund ausgeben, hatte sie gesagt, und er musste zugeben, dass ihre Verwandlung überzeugend war.

»Nun gut«, sagte er nach einer Weile. »Aber glaube nicht, dass ich wie ein Diener rede. Oder mir einen fremden Zungenschlag angewöhnen kann.«

»Es wäre mir lieb, wenn du überhaupt wenig sagst.«

»Willst du auch das Schwert tragen?« Er beäugte die lange Klinge, die sie besorgt hatte.

»Das Schwert ist für dich, wenn es zum Kampf kommt«, erwiderte sie. »Aber tragen werde ich es. Die Lage im Süden ist angespannt. Sie rechnen mit Krieg und werden möglicherweise allen Fremden in der Stadt die Waffen abnehmen. Doch als Ritterdame kann ich deine Klinge an den Wachen vorbeibringen.«

Meris kaufte Plätze auf einem kleinen Schiff, das sie in zwei Tagen bis hinab zu den Schaumpfaden bringen sollte. Dauras hatte den Eindruck, dass sie ihr ganzes verbliebenes Vermögen auf dieses Unternehmen setzte.

Am ersten Tag hatten sie Rückenwind. Der Himmel war hell und klar, und Dauras tränten die Augen, wenn er versuchte zu sehen, wie die Dörfer am Ufer an ihm vorbeizogen. Doch die meiste Zeit döste er mit geschlossenen Lidern an Deck. Hinter den Kisten und Ballen, die der Schiffer außerdem transportierte, war er geschützt vor dem kalten Wind. Die Sonne wärmte ihm die Stirn und ließ seinen neuen Sinn in einem wolkigen Rot versinken.

Meris weckte ihn, als sie die erste größere Stadt passierten.

»Sir-en-Kreigen!«

Dauras rappelte sich auf. Er stellte sich neben sie an die Reling und spähte zum Ufer. Er sah viele Farben: Grün und grelles Weiß und dazwischen Grau, mattes Blau, Rot. Menschen und Tiere bewegten sich entlang des Flusses. Manchmal glaubte Dauras, in dem Gewirr der Formen einzelne Gebäude auszumachen, aber nichts kam ihm vertraut vor.

Ob er wohl bekannte Bauwerke auf dieselbe Weise sehen lernen konnte wie Gegenstände, indem er durch die Gassen seiner Kindheit ging, deren Form ertastete und seinem

Geist beibrachte, wie die Muster vor seinen Augen zu deuten waren?

»Sieht man den Tempel?«, fragte er.

Meris schüttelte den Kopf. »Er liegt im Herzen der Stadt und ist nicht besonders hoch. Vom Fluss aus kann man nur den Tempel von Bponur erkennen, genau wie es sein soll!«

Dauras sah zu, wie die Umrisse, die seine alte Heimatstadt ausmachten, zurückblieben und schließlich hinter einer Flussbiegung verschwanden.

»Wir hätten an Land gehen sollen«, sagte er. »Ich hätte sehen können, wo ich herkomme.«

»Hättest du dort Hilfe gefunden?«, fragte Meris. »Im Tempel des Schwertes, bei deinen früheren Mitbrüdern?«

»Hilfe? Du meinst, ob *wir* Hilfe gefunden hätten bei dem, was wir vorhaben? Wohl kaum. Ich hatte keine Freunde an diesem Ort, die mich auf einer so gefahrvollen Reise begleitet hätten. Und es ist auch schon fünfundzwanzig Jahre her, dass ich zuletzt da war.«

»Dann ist es gut, dass wir nicht haltgemacht haben«, befand Meris. »Wenn dich jemand erkannt hätte, würde sich bald herumsprechen, dass du noch lebst und wohin wir unterwegs sind. Wahrscheinlich sollten wir Sir-en-Kreigen mehr meiden als jeden anderen Ort.«

»Du hast recht.« Dauras starrte in die Richtung, wo hinter Hügeln und Bäumen und Flussschleifen irgendwo die Stadt liegen musste. »Ich wollte immer als Sieger zurückkehren. Doch jetzt ist nicht der richtige Zeitpunkt dafür.«

Am zweiten Tag der Bootsfahrt drehte der Wind. Er blies nun von Süden her und brachte Regen mit. Die Wasserfäden hingen über dem großen Strom wie ein grauer Nebel und ließen die Ufer verschwimmen. Das Schiff fuhr mit der Strömung und machte weiterhin Fahrt.

Der Kapitän wollte seine Ladung in Marmedon feilbieten.

Meris drängte ihn, nach Efteldorf weiterzufahren – einem kleineren Ort, der näher bei den Schaumpfaden lag, den Stromschnellen, die den Fluss nach Süden hin abschnitten und die als Grenze für die Schifffahrt galten.

Zwischen Efteldorf und der Hammerschlagfurt gab es einen Transportweg. Auf hölzernen Schienen und mit Rollen konnten Schiffe über Land gebracht werden. Aber das lohnte sich selten. Üblicherweise wurden die Waren einfach umgeladen, und die Flussschiffer beschränkten sich darauf, entweder den Süden vom Meer bis Hammerheim oder den Norden von den Schaumpfaden bis zu den Nebelfällen zu bedienen. Meris war nicht einmal überzeugt davon, dass die Anlage noch etwas taugte. Fühlte sich jemand dafür verantwortlich, jetzt, da das Reich zerfiel? Wann war zuletzt ein Schiff darüber befördert worden?

Für sie und Dauras endete die Fahrt hier. Ihr Kapitän suchte einen Abnehmer, der die Ladung in den Süden brachte. Seine beiden Passagiere setzte er auf dem linken, weniger belebten Flussufer ab. Meris besorgte zwei schnelle Pferde, und von da an ritten sie.

Die Straße war nass, glitschig und tückisch. Die Sicht war schlecht. Doch Dauras bemerkte es kaum. Er verließ sich ohnehin lieber auf sein Pferd und folgte Meris. Mehr denn je bedauerte er, dass er so schlecht reiten konnte, und mittlerweile fehlten ihm die scharfen Sinne, um das auszugleichen.

Meris trieb sie an und scherte sich nicht um die Sicherheit, Dauras klammerte sich an der Mähne seines Rosses fest. Er hoffte das Beste und kam sich wie ein Feigling vor. Aber es machte ihm zu schaffen, dass er keine Kontrolle hatte, dass er weder wusste, was sie erwartete, noch wie viel Einfluss er darauf hatte.

Als der Fluss einen Bogen nach Westen beschrieb, wählte Meris einen Abzweig und hielt sich weiter Richtung Süden.

Die Straßen wurden schlechter, und sie mühten sich über die Dörfer im Hinterland.

»Ist das klug?«, fragte Dauras bei einer Rast, als sie in einem abgelegenen Dorfgasthaus beisammensaßen und die Köpfe zusammensteckten, während ihre Pferde draußen versorgt wurden.

»Was meinst du?«, fragte Meris zurück.

»Die Straße am Fluss ist besser. Ich denke, wir kämen dort schneller voran.«

»Ich bin nicht abgebogen, um eine Abkürzung zu reiten«, erklärte sie. Misstrauisch ließ sie den Blick durch die Gaststube schweifen, die jetzt, zur Mittagszeit, an diesem vierten Tag ihrer Reise so gut wie leer war. Dennoch senkte sie die Stimme. »Wenn wir über die Flussstraße reiten, sieht jeder, dass wir aus dem Norden kommen. Ginge es mir nur um die Schnelligkeit, hätte ich in Hammerheim wieder ein Schiff genommen.

Ich würde gern von Osten her vor Meerbergen erscheinen. Denk daran, wir wollen als Reisende aus dem Städtebund auftreten. Wenn wir aus neutralem Gebiet kommen, wird man uns mit weniger Misstrauen begegnen.«

»Damit wir die Straße vom Städtebund erreichen, müssen wir einen sehr großen Bogen nach Südosten schlagen«, wandte Dauras ein. »Können wir uns so einen Umweg leisten?«

»Gemach«, erwiderte Meris. »Unsere Tarnung muss nicht perfekt sein. Ich kann immer sagen, wir hätten unterwegs eine Verwandte in der Gegend besucht. Ich kenne mich gut genug aus hier, um die Nebenstraßen zu nehmen. Zwei Tage Umweg können wir uns erlauben.«

An der Hafeneinfahrt von Meerbergen nahm die *Feuerläufer* den Lotsen an Bord. Es war eine Karavelle, ein reines Segelschiff, und der Wind blies aus wechselnden Richtungen. So wurde der Zweimaster schließlich von einem Ruderboot zum Liegeplatz geschleppt.

Carelian von Kranzbogen wartete neben dem Kapitän auf den Schreiber des Hafenmeisters, der das Schiff registrieren sollte. Es dauerte lange, bis der Schreiber eintraf – ein kleiner Mann mit einer braunen Pluderhose, die oberhalb der dünnen Waden geschnürt war. Er trug ein blaues Hemd mit Rüschen und gebauschten Ärmeln, einen kurzen roten Mantel mit weiten Falten um die Schultern. Alles zusammengenommen sah er aus wie ein Storch, den man aufgeblasen und durch ein paar Farbtöpfe gezogen hatte.

Carelian konnte bei dem Anblick ein Lächeln nicht unterdrücken. Er fragte sich, ob das die normale Aufmachung des Mannes war, oder ob es bereits zum Fest des Lebens gehörte, das in Meerbergen wie nirgendwo sonst als das »Maskenfest« bekannt war.

Der Schreiber sah sich um. Er klappte ein kleines hölzernes Kästchen auf, in dem Feder, Tintenfass und Papier waren.

»Aus dem Städtebund, hat der Lotse vermeldet?«, fragte er.

Carelian trat vor und zog seinen Hut. »In der Tat«, sagte er. »Wenn ich mich vorstellen darf: Carelian ist mein Name. Ich habe das Schiff gemietet.«

Er verzichtete darauf, den Namen seiner Familie zu nennen. Er hatte einen guten Vorwand dafür: Geschäft und Handel waren keine ritterlichen Tätigkeiten. Oft genug kam es vor, dass ein Mann von Stand sich diesem einträglichen Gewerbe zuwandte – doch vor allem in den alten Familien ließ man den ererbten Namen dabei meist außen vor.

»Ein sehr schnelles Schiff für so eine kurze Fahrt«, stellte der Schreiber fest.

»Die *Feuerläufer* hat gewagtere Reisen hinter sich, habe ich mir sagen lassen«, erwiderte Carelian. »Aber mir kam sie gerade recht. Ich lasse heikle Ware befördern, und schon ein paar Tage Verspätung können mir das Geschäft verhageln.«

Er beugte sich vor und senkte verschwörerisch die Stimme: »Ich bringe Waffen aus dem Städtebund. Schwerter in bester Qualität. Langspieße aus Eschenholz und Hartriegel, die halten jeden Reiter auf …«

»Ja, ja.« Der Schreiber runzelte die Stirn. »Ihr müsst mir nichts verkaufen. Für wen sind die Güter bestimmt?«

»Ich wollte sie auf eigene Rechnung anbieten«, sagte Carelian. »Es sollte nicht schwer sein, einen Käufer zu finden. Es wird bald Krieg geben, und Euer Rat wird dankbar sein für meine Lieferung.«

Der Schreiber sah ihn mit offenem Missfallen an. »Ihr seid in der falschen Stadt. Die Flotte sitzt in Südlandhaven.«

»Aber der Krieg wird als Erstes hierherkommen, meint Ihr nicht?«, entgegnete Carelian. »Wenn es so weit ist, werdet Ihr nicht auf Hilfe warten wollen. Die Bürger von Meerbergen müssen sich bewaffnen – und in den wenigen Tagen, die dafür bleiben, dürfte das eine Goldgrube sein.« Er zwinkerte dem Schreiber zu.

Der Mann schürzte die Lippen. »Wir sind gut gerüstet. Und Ihr habt den Zeitpunkt schlecht gewählt. Das Maskenfest steht vor der Tür. Da denken die Leute an etwas anderes als an Geschäfte.«

»Schlecht gewählt?« Carelian hob die Brauen. »Manch einer würde sagen, Meerbergen zur Zeit des Maskenfestes ist an sich schon eine Reise wert. Ich sage, in angenehmer Gesellschaft und bei Wein und Speisen ist die beste Gelegen-

i love you! ♡ read to the end ♡

heit, um mit einem Geschäftsfreund ins Gespräch zu kommen und einen Handel abzuschließen.«

Der Schreiber schüttelte den Kopf. Er schrieb eilig die Angaben zu Schiff und Fracht nieder und klappte den Holzdeckel wieder zu.

»Ihr solltet die Ladung erst einmal versiegeln«, sagte er. »In der Dekade vor dem Fest läuft der Hafenbetrieb nur mit einer Notbesetzung.

»Ich würde mich wohler fühlen, wenn ich meine Güter in einem Lagerhaus hätte. In einer gut gesicherten Halle zur Stadt hin. Könnt Ihr mir einen passenden Ort vermitteln?«

»Ich schicke jemanden, der Euch mit den Vermietern zusammenbringt«, sagte der Schreiber. »Aber das wird ein wenig dauern. Wir sind unterbesetzt.« Schon stolzierte er über die Landungsbrücke davon.

Am Zugang der Mole lungerten einige zwielichtige Gestalten herum und spähten zu dem neu angekommenen Schiff herüber – die üblichen Herumtreiber in einer Hafengegend: Tagelöhner, gestrandete Matrosen und vermutlich auch der eine oder andere Kundschafter der örtlichen Diebesgemeinschaften, der sehen wollte, ob es etwas zu holen gab.

Der Kapitän der *Feuerläufer* nahm seinen Hut ab und wischte sich den Schweiß von der Stirn.

»Ihr redet entschieden zu viel, Herr Carelian«, sagte er.

»Je mehr ich rede, umso weniger Fragen muss ich mir anhören«, erwiderte der Ritter fröhlich. »Habt Ihr es gemerkt, Kapitän? Er hat aufgeschrieben, was wir ihm erzählt haben, und wollte nicht einmal einen Blick auf die Ladung werfen.«

»Warum sollte er, nachdem Ihr ihm alles erzählt habt? Ich halte es immer noch für keine gute Idee, dass wir unsere Fracht so offen hinausposaunen.«

»Manchmal«, sagte Carelian, »ist Offenheit der beste Weg, um ein Geheimnis zu bewahren. Oder etwas in die Stadt zu schmuggeln. Unsere Geschichte ist gut, ein Land im Krieg braucht Waffen. Wenn wir sie allerdings unter einem Vorwand hineinschaffen, anstatt sie anzumelden, was meint Ihr, wie viel Misstrauen wir damit erregen würden?«

Er hielt es nicht für nötig, dem Kapitän zu sagen, dass noch zwei weitere Schiffe mit einer ähnlichen Ladung und jeweils einer anderen Tarnung hierher unterwegs waren. Arnulf von Meerbergen ging kein Risiko ein. Selbst wenn eine seiner Bestellungen aufflog, würde der Rest für seine Zwecke genügen.

Zu den bedeutsamen Feiertagen im Reich herrschte eine Friedenspflicht. Niemand rechnete zum Fest des Lebens ernsthaft mit einem Angriff. Dennoch würden die Wachen nicht schlafen, und der Kanzler konnte unmöglich so viele Bewaffnete nach Meerbergen schmuggeln oder auch nur in die Nähe der Stadt, wie er brauchte, um damit etwas auszurichten.

Aber warum sollte er das versuchen, wo es doch um einiges einfacher war, große Menge von Männern als Besucher für die Festlichkeiten in die Stadt zu bringen, und ganze Schiffsladungen voller Waffen auf einem anderen Weg und vollkommen unverfänglich zu ihnen zu schaffen?

Gut Galdingen bei Meerbergen, am selben Tage

»Valdar schickt mich, Herr«, sagte der Junge. »Er möchte mit Euch reden.«

Der Stallbursche überbrachte ihm die Botschaft. Lacan sah nach draußen. Es war schon dunkel geworden. Valdar war zu einem gemeinsamen Abendessen im Hauptgebäude erschienen und hatte sich im Anschluss wieder zurückgezogen. Der alte Mann hatte gerade erst eine Erkältung überstanden und wollte früh zu Bett gehen.

»Geht es ihm gut?«, fragte Lacan.

Der Junge zuckte die Achseln. »Er ist zu mir rübergekommen«, sagte er.

Lacan runzelte die Stirn. Warum kam Valdar nicht selbst, wenn er ohnehin zum benachbarten Stall gegangen war?

Lacan erhob sich von seinem Sessel in der kleinen Stube. Auf dem Weg zur Tür griff er nach seinem Schwert. Er dachte an den Überfall im letzten Monat, der auch bei Valdars Scheune angefangen hatte. Zwar ging Lacan davon aus, dass seine »Fehde« mit Nessa von Erlingen erst einmal beigelegt war. Aber es gab andere Nachbarn, und man konnte ja nie wissen.

Es war kühl auf dem Hof, doch seit einigen Tagen blieb es trocken. Das versprach eine angenehme Zeit für das Fest des Lebens.

Lacan ging um die Scheune herum, in der Valdars Wohnung lag – und erstarrte. Er hörte ein Pferd schnauben! Es stand irgendwo draußen in der Dunkelheit, im Schatten der Bäume, die das Gut umgaben.

Lacan zog das Schwert und stürmte die Treppe hinauf. »Valdar!«, rief er. »Alles in Ordnung?«

Er rannte durch die Diele. Im Hauptraum stieß er gegen ein Regal. Durch die Erschütterung fielen Bücher und Schachteln zu Boden. Lacan lief weiter durch den langen Raum, vorbei an einem umgekippten Schrank und über zerbrochene Flaschen hinweg. Er gelangte zu Valdars Wohnbereich.

Der alte Mann saß an seinem Tisch, der mit Papieren und Phiolen und Tiegeln übersät war. Er drehte sich zu Lacan um. Ihm gegenüber hockte eine riesenhafte Gestalt, die sich erhob, als Lacan heranstürmte. Lacan ließ den Blick über die

Gestalt wandern, die mit dem Kopf fast an die Decke stieß. Er sah das lange rote Haar und den fein gestutzten Vollbart, aber erst als der Riese den Mund öffnete und sprach, erkannte Lacan, wen er vor sich hatte.

»Na, na.« Die dichten Brauen hoben sich schalkhaft. »Immer stürmisch voran. Das ist mein Sohn, will ich meinen.«

»Vater!« Lacan trat keuchend an den Tisch. Er schob sein Schwert zurück in die Scheide. »Was macht Ihr hier in dieser Scheune?«

Arnulf von Meerbergen grinste breit. Er ging um den Tisch herum und klopfte Lacan auf die Schulter, die noch schmerzte, nachdem er sie sich an dem Regal gestoßen hatte. »Also bitte, Herr Ritter. Ist das eine Begrüßung für seinen Grafen?«

»Verzeiht …«, murmelte Lacan, aber da hatte Arnulf ihn bereits gepackt und umarmte ihn, als wollte er ihn zerquetschen. »Schon gut, mein Sohn. Es war nur ein Scherz.«

Er ließ ihn los und schob mit dem Fuß einen Stuhl zu Lacan hin, der sich darauf niederließ. Dann ging er wieder zu seinem Platz zurück. Unterwegs polterte er gegen eine ausrangierte Kommode, die umfiel und Schubladen voll von bunten Steinen ausspuckte.

»Tausend Höllen Gotors«, fluchte der Kanzler. »Kann man hier keinen Schritt gehen, ohne etwas umzuschmeißen? Du solltest deinem Verwalter ein paar Diener gönnen, Junge, die mal richtig Ordnung schaffen.«

»So weit kommt's noch«, brummelte Valdar. »Ungeschickte Finger, die meine Schriften durcheinanderbringen.«

Arnulf setzte sich Lacan gegenüber und legte die Füße auf den Tisch. »Was ich hier mache? Die Räume haben eine Hintertreppe, die man vom Hof aus nicht sehen kann. Es muss nicht jeder wissen, dass ich hier bin.«

»Warum seid Ihr hier?«, fragte Lacan.

Arnulf grinste. »Warum wohl? Ich will mir doch das Fest in meiner eigenen Stadt nicht entgehen lassen!«

»Vater.« Lacan holte Luft. »Was habt Ihr vor?«

»Du freust dich nicht über meinen Besuch.« Arnulf setzte eine traurige Miene auf. »Kann ein Vater nicht einmal mit seinem Sohn das Fest des Lebens besuchen?«

Lacan schüttelte den Kopf.

Arnulf schnaubte. »Aber du hast recht. Kein guter Zeitpunkt. Und ich will dich nicht in Verlegenheit bringen. Wenn du gemeinsam mit mir in der Stadt gesehen wirst, dürfte das deinem Ansehen bei ein paar Nachbarn erheblich schaden.«

Lacan zuckte zusammen. Er fragte sich, ob sein Vater etwas über sein Zusammentreffen mit Nessa wusste. Wie lange war er schon hier? Was hatte Valdar ihm berichtet?

»Seid Ihr allein hier?«, fragte er. »Ihr wollt doch wohl nicht wirklich in die Stadt? Wisst Ihr, wie sehr sich die Menschen in Meerbergen freuen würden, wenn sie Euch zu fassen bekämen?«

»Das gilt es zu vermeiden. Darum bin ich zu dir gekommen. Kannst du mich unbemerkt in die Stadt bringen?«

»Was wollt Ihr dort?«, fragte Lacan. »Ihr werdet nicht weit kommen.«

»Meerbergen feiert das Fest der Masken«, sagte Arnulf. »Wer sollte mich da erkennen? Außerdem habe ich Freunde dort.«

»So?«, fragte Lacan. »Seit fünfzehn Jahren versucht Ihr, die Stadt unter Eure Herrschaft zu bringen. Was für Unterstützer mit Einfluss mögen Euch da noch geblieben sein?«

»Die neue Äbtissin des Stifts von Meerbergen«, erwiderte Arnulf.

Lacan schnappte nach Luft. »Ausgeschlossen.«

»Und doch ist es wahr. Wir hatten ein paar geheime Verhandlungen in den letzten Monaten, und sie ist interessiert.

Sie wird mir die Schlüssel von Meerbergen übergeben. Ich muss nur noch in die Stadt, um das Geschäft perfekt zu machen.«

»Was für ein Geschäft?«, fragte Lacan. »Was auch immer sie Euch verspricht, es kann nur eine Falle sein. Sie ist das geistliche Oberhaupt der Stadt und eine wichtige Persönlichkeit im Rat. Wenn Ihr Euer Amt als Graf wieder einnehmt, verliert sie alles. Sie hat keinen Grund, mit Euch zusammenzuarbeiten.«

»So?« Arnulf grinste breit. »Wenn ich als Graf von Meerbergen endlich die Führung über *meine* Hauptstadt erlange und die Feilscher und Drechsler, die sich jetzt als Herren aufspielen, in die Unterwelt jage … glaubst du, ich setze mich dann hier zur Ruhe und zähle die Handelsschiffe, die in meinem Hafen einlaufen?«

»So in etwa«, erwiderte Lacan. »Das Geld, das sie in Eure Kassen tragen, dürfte Euch zupasskommen.«

»Ich bin der Kanzler des Reiches. Mich erwartet Größeres als die Verwaltung einer kleinen Provinz. Und mit der Kirche hatte ich nie viel am Hut. Das weiß die Äbtissin genau.«

»Eine gute Grundlage für ein Geschäft«, warf Lacan spöttisch ein.

»Allerdings.« Arnulf nahm die Füße vom Tisch und beugte sich vor. »Du weißt, was der Kaiser in Horome gemacht hat? Er hat die geistlichen Aufgaben seines Amtes abgegeben und einen Metropoliten ernannt, der die kirchlichen Belange für ihn regelt. Dasselbe habe ich der Äbtissin angeboten. Ich will der weltliche Herr meiner Grafschaft sein, aber ihre Kirchen kann sie behalten. Jeder der Bauern hier bezeichnet sie bereits als Metropolitin. Ich kann ihr das Amt offiziell übertragen: mit kaiserlichem und königlichem Siegel.

Mehr noch: Auch die weltlichen Angelegenheiten der Stadt wird ein Stellvertreter übernehmen müssen, wenn ich nicht da bin. Und wer sollte einen Grafen besser vertreten als jene Person, die schon den geistlichen Teil seiner Verpflichtungen innehat? Ich habe der guten Äbtissin Mirkvis nicht weniger versprochen als die De-facto-Herrschaft über Meerbergen, und das ist mehr, als sie unter dem gegenwärtigen Rat jemals erlangen kann.«

»Das ist verrückt«, sagte Lacan.

»Das ist ein überzeugendes Angebot«, widersprach Arnulf, »Ich war stets der Meinung, dass man sich einig wird, wenn man nur vernünftig miteinander redet.«

»Die Äbtissin kann Euch dennoch die Stadt nicht geben«, sagte Lacan.

»Sie kann eine Menge tun«, erklärte Arnulf. »Das Stift liegt an der Stadtmauer. Sie könnte meinen Truppen Einlass gewähren, wenn es zu einer Belagerung kommt. Sie kann im entscheidenden Augenblick im Inneren ihren Einfluss geltend machen. Doch das lass nur meine Sorge sein. Ich verlange dabei keine Unterstützung von dir, ich verlange auch nicht, dass du für mich in den Kampf ziehst.

Reise über die Feiertage nach Meerbergen und amüsier dich gut. Nimm mich nur unerkannt mit, und danach können wir getrennte Wege gehen.«

Lacan beäugte den Kanzler misstrauisch. »Das geht nicht«, sagte er. »Denkt nach, Vater: Jeder weiß, wer ich bin! Sie werden alles, was ich durch die Stadttore bringe, ganz besonders gründlich durchsuchen.«

»Nicht unbedingt«, warf Valdar ein.

Ritter Lacan und Kanzler Arnulf sahen den alten Mann an.

Der wurde rot und zog den Kopf ein. »Ich meine nur … Man wird uns mit Misstrauen beäugen, das ist wahr. Aber wir reisen nicht allein. Und wer wird einen Wagen genauer untersuchen, wenn es so aussieht, als gehöre er zu der Gesellschaft des Fräuleins von Erlingen?«

29.3.963 – IN MEERBERGEN

Lacan, Valdar und Sobrun saßen zu Pferde an der Wegkreuzung. Drei große Wagen standen hinter ihnen, hoch beladen und mit Planen abgedeckt. Sie brachten Fässer mit Bier und eingelegtem Gemüse, Kisten mit Eiern, Tonkrüge mit Öl und Met für die Festtage.

Die Sonne hatte den Zenit bereits überschritten und brannte hell von einem klaren Himmel herab. Die Luft war dennoch kühl, und jeder Windzug blies rasch die Wärme von der Haut. Doch es regnete immer noch nicht.

Sie hatten Arnulf von Meerbergen in einem besonders großen Weinfass in der Mitte eines Wagens versteckt.

»Wie lange wollen wir noch auf die Erlinger warten, Herr?«, fragte der Kutscher auf dem vordersten Wagen. »Was, wenn 'se am Morgen schon losgezogen sind?«

Sobrun drehte sich um. Er blickte über die Fuhrwerke hinweg und über die Mägde und Knechte, die sich dahinter drängten – all die Bewohner des Gutes, die mit ihnen zum Festtag in die Stadt ziehen wollten.

»Vielleicht haben sie auch einen anderen Weg genommen«, merkte der alte Söldner an. »Nämlich einen, der bei unserem Hof vorbeiführt. Der steht fast leer, und sie könnten sich überlegt haben, dass sie lieber selbst ein paar Sachen dort aussuchen, die sie mit in die Stadt nehmen.«

»Nessa würde nie gegen die Friedenspflicht verstoßen«, widersprach Lacan. »Außerdem haben wir unsere Streitigkeiten beigelegt.«

Jedenfalls hoffte er das. Denn ihr Plan hing davon ab, dass die Ritterin mit ihnen fuhr. Lacan stellte sich in den Steigbügeln auf und schaute die Straße hinunter.

Er sah eine Bewegung in der Ferne, und bald wurde die Abordnung vom Gut Erlingen sichtbar. Nessa und ihre sauertöpfische Verwandte, die Prälatin Otilde von Rabenstein, ritten an der Spitze.

Lacan lenkte sein Ross auf den Weg, um seine Nachbarin zu begrüßen. Otilde nahm ihr Pferd hinter das ihrer Base zurück, als wollte sie betont auf Abstand zu ihm gehen. Lacan erinnerte sich an das, was sein Vater ihm erzählt hatte: Die Äbtissin des Stifts von Meerbergen war seine Verbündete! Kein Wunder, dass Otilde keine Audienz bei ihr bekam.

Lacan empfand Mitleid mit der Frau.

»Fräulein von Erlingen.« Er nickte Nessa zu. »Frohe Festtage wünsche ich Euch und Eurer ganzen Gesellschaft.«

Misstrauisch ließ sie den Blick über sein Gefolge schweifen. »Ritter Lacan«, antwortete sie knapp.

»Ich schlage vor, Ihr reitet voran«, sagte Lacan. »Dann kommen die Wagen, und ich sichere unseren Zug nach hinten ab.«

»Wir sind nicht im Kriegsgebiet«, erwiderte Nessa.

Lacan dachte an den im Fass versteckten Kanzler und hätte ihr gern widersprochen.

»Ich glaube kaum, dass irgendjemand die Friedenszeit mit einem Überfall stört«, fuhr Nessa fort. »Nicht im Meerbergener Land, wo die Straßenräuber wahrscheinlich selbst längst in der Stadt feiern.«

»Wo sie als Taschendiebe viel mehr verdienen, nach allem, was man so hört«, warf Sobrun halblaut ein.

»Er will sich einschmeicheln, indem er dir den Vortritt lässt«, bemerkte Otilde. »Merkst du das denn nicht? Sein Vater ist in derlei Täuschungen gleichfalls bewandert. Aber wir werden uns davon nicht einlullen lassen, wir werden wachsam bleiben, Herr Ritter.«

»Dann«, sagte Lacan, »werde ich Euch auf der Reise nicht länger mit meiner Gegenwart in Sorge versetzen.«

»Unsinn«, entgegnete Nessa. »Wir reisen zusammen. Also reiten wir auch gemeinsam an der Spitze. Kommt, Herr von Galdingen.«

Sie winkte ihn an ihre Seite. Lacan zögerte. Der Plan sah vor, dass Nessa mit ihrem Gefolge zuerst in die Stadt ritt, die Wagen gleich dahinter und er ganz zum Schluss. Die Wachen sollten davon ausgehen, dass der Transport ausschließlich der Ritterdame zugehörte. Wenn sie gemeinsam eintrafen, konnte das nicht gelingen.

Andererseits ... war es viel zu unhöflich, die Einladung auszuschlagen und Nessa allein zu lassen.

»Sobrun«, befahl er. »Geh du mit den waffenfähigen Knechten nach hinten. Gib mir Bescheid ... äh, wenn ich gebraucht werde.«

»Klar, Herr«, sagte Sobrun.

Valdar sah Lacan an. »Ich bleibe bei Eurem Waffenknecht. Ich lasse Euch rufen, sobald es nötig ist.«

Lacan nickte dankbar. Dann ritt er neben Nessa, und der Zug setzte sich wieder in Bewegung.

»Wo kommt Ihr in Meerbergen unter?«, fragte er, als seine Leute sich eingereiht hatten.

»Bei einem befreundeten Patrizier«, erklärte Nessa. »Das Haus Leerwieter. Sie sind unserer Familie verbunden.«

»Hm, Valdar hat uns einen Flügel in einem Gasthaus reserviert. Wir hätten vielleicht beide Gruppen dort einquartieren können.«

Nessa schüttelte den Kopf. »Zum Maskenfest in Meerbergen kümmert man sich besser zeitig um eine Unterkunft. Und die Leerwieters laden uns jedes Jahr ein.«

»Manche Familien«, warf Otilde hinter ihnen ein, »haben Freunde in der Gegend.«

»Meine Mutter war selten in der Stadt«, sagte Lacan. »Ich glaube, wir haben das Fest des Lebens ein wenig … anders gefeiert.«

Nessa lachte. »In den meisten Teilen des Reiches würde man es eher ungewöhnlich finden, wie in Meerbergen das Fest des Lebens begangen wird. Und auf den Dörfern versteht man ebenfalls zu feiern.«

Lacan zuckte die Achseln. »Mag sein. Aber wir waren auch selten im Dorf.«

Sie ritten weiter. Zu seiner Rechten konnte Lacan in der Ferne die Ruinen von Galdon erahnen. Diese alte Stadt, so hieß es, war vor Jahrhunderten eine Metropole gewesen, eine Rivalin von Meerbergen auf der anderen Seite des Stroms. Dann hatte der Ragnat seinen Lauf verändert. Der Hafen von Galdon war verlandet, und der Boden, auf dem die Stadt stand, war sumpfiger geworden. Am Ende hatte Meerbergen die Gebäude als Steinbruch verwendet, und heute lag Galdon verwüstet da.

Als Kind war Lacan fasziniert gewesen von dem Ort. Er hatte sich eingebildet, dass der Name seiner Familie ihn zum rechtmäßigen Grafen von Galdon machte. Aber seine Mutter hatte seine Streifzüge zu den Ruinen nicht gern gesehen. Als er alt genug war, um nach Belieben dorthin zu reiten, war sein Sinn für solche Abenteuer verloren gegangen, und er hatte dort nichts weiter gefunden als traurige Mauerreste und trügerischen Grund.

Sie gelangten an den Fluss. Der Ragnat war an der Mündung weit und flach, und sie passierten eine gut ausgebaute und mit Steinen gesicherte Furt bis zu einer kleinen Flussinsel. Von da aus führte eine Brücke über einen tieferen Seitenarm zum jenseitigen Ufer. Weiter stromaufwärts und auch unten bei der Stadt gab es Fähren, aber der Brückenzoll war günstiger. An Tagen wie diesem, wenn reges Treiben herrschte und der Übergang gut passierbar war, ging es hier zudem schneller.

Der Nachmittag schritt voran, und schließlich kam Meerbergen in Sicht. Inzwischen waren sie auf der breiten Flussstraße eingepfercht zwischen Menschenmassen, und die meisten strebten auf die Stadt zu, genau wie sie. Fußgänger und Reiter schoben sich an dem langsamen Wagenzug vorbei.

Lacan sah die Türme und die wuchtigen Mauern vor ihnen, und allmählich wurde er unruhig.

Sobrun drängte sich zwischen den Menschen hindurch auf ihn zu. »Herr«, sagte er. »Valdar will mit Euch reden. Er macht sich ein wenig Sorgen um unsere Fracht in dem ganzen Gedränge.«

Nessa sah Lacan an. »Ich kann mir kaum vorstellen, dass Eure Gegenwart dabei einen Unterschied macht. Wir haben keine Räuber zu befürchten, höchstens einen flinken Langfinger. Und der lässt sich von einer gut abgedeckten und verschnürten Ladung eher abschrecken als von einem bewaffneten Ritter.«

»Ich will dennoch nach dem Rechten schauen«, gab Lacan zurück. Er war dankbar, dass Valdar ihm geistesgegenwärtig einen Vorwand geliefert hatte.

»Ich dachte, du willst dich gar nicht mehr trennen«, murmelte der Alte, als Lacan bei ihm ankam. »Du solltest der hübschen Nessa lieber den Hof machen, wenn wir weniger gefahrvolle Fracht befördern.«

»Ich mache niemandem den Hof«, sagte Lacan. »Ich wusste, dass ich mich auf dich verlassen kann. So ist es viel unauffälliger, als wenn ich von Beginn an hinterhergetrottet wäre.«

Sie ließen sich weiter zurückfallen. Nessas Gefolge, die Fuhrwerke und sein eigenes Gesinde zogen nun in mehreren

Schritt Abstand vor ihnen den Weg hinunter. Andere Wanderer schoben sich dazwischen.

Sobrun schnaubte belustigt.

»Was hast du?«, fragte Lacan.

»Ich überlege mir gerade, wie es wäre, wenn jemand unser eingelegtes Wiesel vom Wagen klaut.«

Sobrun war einer der wenigen, die er und Valdar in den Plan eingeweiht hatten. Sie brauchten zuverlässige Helfer, und der alte Söldner hatte keine Loyalitäten hier im Land und keine Bekanntschaften, mit denen er womöglich zu viel plaudern konnte.

Lacan lachte bei seinen Worten auf. »Ein reizvoller Gedanke. Aber ich fürchte, so ein schweres Fass nimmt uns keiner so schnell ab.«

Ihr Zug fuhr durch das Tor, ohne langsamer zu werden. Als die Wachen Lacan erkannten, hielten sie ihn auf. Sie wollten Sobrun die Waffen abnehmen, und Lacan stritt mit ihnen darüber, ob die Rechte eines Ritters auch für dessen Begleiter galten. Dabei sah er seine Wagen davonziehen und im Straßengetümmel verschwinden, und er war dankbar, dass sie die größte Hürde genommen hatten.

Dauras und Meris hatten Meerbergen nach sieben Tagen erreicht, genau wie Meris es geplant hatte. Sie trafen erst spät am Abend ein. Dauras war überrascht, dass die Tore offen standen – und noch überraschter war er, als er bemerkte, wie viel Volk nach Einbruch der Dunkelheit auf der Straße war.

Unsicher folgte er Meris. Er hatte gedacht, er könnte inzwischen in Gesichtern lesen. Doch als sie nach ihrer Ankunft in der Stadt die Gaststätten abklapperten und nach einem Zimmer fragten, war er oft verwirrt. Er betrachtete die Leute, mit denen Meris redete, und er fand ihre Mienen eigentümlich starr und leblos.

Meris lachte, als er mit ihr darüber sprach. »Sie tragen Masken«, sagte sie. »Jedenfalls viele von ihnen.«

»Ich muss die Zeit verloren haben«, murmelte Dauras. »Es kann unmöglich bereits der Feiertag sein.«

»Wenn du das Fest des Lebens meinst: Das wird am ersten April gefeiert, wie überall im Reich. Als Feiertage gelten allerdings schon die beiden letzten Tage im März, und die werden hier zum Höhepunkt der Festzeit hinzugezählt.

Meerbergen geht jedoch noch weiter und feiert sein Maskenfest in der gesamten Dekade davor, mit Umzügen, Kostümbällen oder einfach, indem man sich verkleidet in der Öffentlichkeit zeigt. Nirgendwo sonst wird das Fest des Lebens so ausschweifend begangen.«

Meris hatte Masken für sie besorgt: eine weiße aus Porzellan für sich selbst und eine aus bemaltem Holz für Dauras. Hinzu kam ein weiter Kapuzenumhang, der um das maskierte Gesicht gebunden werden konnte. Meris war der Ansicht, dass eine Tarnung nützlich für sie war: Der Kanzler kannte sie genauso gut wie sie ihn.

Jetzt, zwei Tage nach ihrer Ankunft und nachdem sie lange ohne Ergebnis die Stadt durchstreift hatten, trug Dauras seine Maske immer noch am Gürtel. Er sah ohnehin schon wenig und wollte sein Gesichtsfeld nicht noch mehr einschränken.

»Ich weiß nicht, wie wir den Kanzler hier finden sollen«, murrte er. »Wenn alle verkleidet herumlaufen.«

»Was machst du dir darüber Gedanken?«, fragte Meris. »Ich erkenne den Kanzler auf jeden Fall – und eine Gestalt wie die seine fällt auf.«

Sie bahnten sich einen Weg durch das Gedränge, das von Tag zu Tag schlimmer wurde. Es war der Vorabend des ersten

Feiertags, und zu dieser Stunde schien Meerbergen gänzlich im Chaos zu versinken.

Dauras trottete hinter Meris her, den Blick starr auf ihren Rücken gerichtet. Er rechnete nicht mehr damit, dass sie Arnulf noch fanden – stattdessen hatte er alle Mühe, nicht selbst verloren zu gehen!

»Wir sollten uns ausruhen«, sagte er.

»Ausruhen?« Meris drehte sich zu ihm um. Er sah den Zorn in ihrem Gesicht.

»Ich muss mich auf das Sehen konzentrieren«, erklärte Dauras. »Und das strengt mich an. Der Kanzler hat etwas vor, und am ehesten bemerken wir ihn, sobald er tut, weswegen er gekommen ist. Das wird nicht ruhig vonstatten gehen. Es wäre dumm, wenn wir dann zu erschöpft wären, um zuzuschlagen.«

»Wenn der Kanzler handelt, wird er von seinen Männern umgeben sein«, widersprach Meris. »Ich würde es vorziehen, wenn wir ihn vorher finden und uns Zeit und Ort für den Kampf aussuchen können. Außerdem wäre es mir lieb, wenn du nicht hier in aller Öffentlichkeit daherplaudern würdest.«

Sie wandte sich wieder ab und bahnte sich weiter den Weg durch eine Menge, die für Dauras nur ein buntes Gewimmel war, ein Meer von wirbelnden Farben. Er hatte das Gefühl, dass sie sich im Kreis bewegten, und vermutlich lag er nicht falsch damit. Meris durchstreifte die Gegend zwischen Hafen und Markt, wo es am belebtesten war.

Was, wenn Kanzler Arnulf genau diese Ecke mied? Dauras überlegte gerade, ob er Meris seine Überlegungen mitteilen sollte, da hielt sie so unvermittelt inne, dass Dauras in sie hineinlief. Meris drehte sich um, sie schob Dauras zur Seite und ging langsam den Weg zurück, den sie gekommen waren. Sie bewegten sich gegen den Strom, und Dauras hatte Mühe, nicht von der Menge mitgerissen zu werden.

Einen Augenblick lang geriet er in Panik. In dieser brodelnden Stadt würde er nicht einmal mehr das Haus finden, in dem sie ein Zimmer genommen hatten.

»Meris, warte!« Er packte sie am Umhang.

»Pssst«, zischte Meris. »Willst du meinen Namen noch ein bisschen lauter rufen.«

Dauras wollte patzig antworten. Meris hatte selbst oft genug erwähnt, dass ihr Name so verbreitet war und dass fast jede dritte Frau in ihrer Straße genauso hieß. Wer also sollte auf sie aufmerksam werden, wenn er diesen Namen rief?

Doch er verkniff sich die Bemerkung und fragte: »Was ist?«

»Der Priester!«

»Was für ein Priester?« Dauras sah sich um. Im ersten Augenblick hielt er nach der Kutte seines Ordens Ausschau, aber natürlich meinte Meris einen Priester von Bponur. Dauras suchte nach einer roten oder goldene Robe, doch die Menge um sie herum war ein Meer aus bunten Kostümen, und es war unmöglich für ihn, einzelne Gewänder zu unterscheiden. »Wo?«

»Muss ich erst darauf zeigen?«, herrschte Meris ihn an.

Sie lösten sich aus dem größten Trubel und gelangten in eine Seitenstraße, wo es ein wenig ruhiger zuging. Wagen fuhren auf der Straße und drängten die Fußgänger an den Rand.

Meris beschrieb eine Geste mit dem Kopf. »Da vorn«, sagte sie. »Der Priester des alten Reiches.«

Dauras starrte in die angewiesene Richtung. Doch er konnte nichts erkennen, was ihn an den Kanzler erinnerte. Er hatte gehofft, dass er ihr Ziel vielleicht an der Bewegung erkannte, wenn schon sein Sehvermögen nicht so verlässlich war. Bewegung war das Einzige, was er überraschend klar erfasste.

»Die scharlachrote Gestalt dort vorn«, flüsterte Meris.

Dauras reckte sich. Da war ein scharlachroter Fleck vor ihnen, doch er wirkte eher klein und schmal. Dauras konnte diese Erscheinung nicht mit der Statur des Kanzlers in Verbindung bringen.

»Bist du sicher?«, fragte er. »Er kommt mir gar nicht vertraut vor.«

»Nicht der Mann«, antwortete Meris. »Das, was er trägt! Einen Stab mit dem Zeichen Bponurs, eine Art Zepter. Die Verkleidung ist gut, aber ich kenne das Ding, diesen Kreis mit den drei Zacken als Symbol der göttlichen Sonne.

Das ist kein Schmuckstück. Als ich es zuletzt gesehen habe, war es eine Axt – eine Axt mit einem golden glänzenden Blatt in der Form des heiligen Zeichens.«

Sie hatten die Fuhrwerke im Stall des Gasthauses untergebracht. Lacan schickte sein Gefolge in das Hauptgebäude, wo sie sich um die Räumlichkeiten kümmern sollten. Er selbst blieb mit Sobrun und Valdar zurück, um »die Ladung zu prüfen« … Was bedeutete, dass sie Arnulf aus seinem Fass befreiten.

Sie zogen die Plane von dem hinteren Wagen und kletterten auf den Truhen herum. Sie hoben hier einen Deckel, schoben dort umständlich einen Behälter zur Seite.

Der Stall war riesig, und es herrschte geschäftiges Treiben. Knechte gingen aus und ein und kümmerten sich um die Tiere. Gäste schauten nach dem Rechten, neue Gäste trafen ein. Die drei überlegten kurz, wie sie am unauffälligsten vorgehen konnten. Schließlich benutzten Valdar und Sobrun die Plane, um Lacan Deckung zu geben. Sie breiteten das gewachste Tuch aus und taten so, als wollten sie es zusammenlegen. Dabei hielten sie es als Sichtschutz in die Höhe.

Lacan stemmte dahinter den Deckel auf und half seinem Vater heraus.

Der Kanzler streckte sich und ächzte. Lacan führte ihn eilig hinter den Wagen, während Sobrun und Lacan laut darüber stritten, wie die Plane zusammengefaltet werden sollte. Jeder schimpfte auf die Ungeschicklichkeit des anderen, und Lacan war nicht überzeugt davon, dass sie den ganzen Aufwand nur spielten.

Arnulf lockerte seine steifen Glieder. Er trug schon sein Kostüm, in dem er sich unauffällig unter das Treiben auf den Straßen mischen wollte – eine weite, bodenlange rote Kutte.

Lacan sah ihn nachdenklich an. »Ich frage mich, was Ihr als Nächstes vorhabt? Der Frieden über die Feiertage ist heilig, denkt daran.«

»Keine Sorge.« Arnulf grinste breit. Er griff in eine Innentasche seiner langen Kutte und zog ein weiteres Bündel hervor. »Gleich bist du mich los. Dann stürz dich einfach ins Getümmel und denk nicht mehr an mich.«

»Wenn das so einfach wäre.« Lacan seufzte. »Braucht Ihr mich, um wieder aus der Stadt hinauszukommen?«

Arnulf schlug ihm auf die Schulter. »Ich habe es dir doch gesagt, du hast genug für mich getan. Schnapp dir dein Rittermädchen … Aber heirate sie nicht sofort. Dir wäre so etwas zuzutrauen! Dabei könntest du selbst bald ein Graf sein, und dann sollte der Platz an deiner Seite freibleiben für eine vorteilhaftere Verbindung.«

»Vater, wir sind nur Nachbarn! Ich weiß nicht einmal, ob wir das Fest des Lebens gemeinsam verbringen werden.«

»Ja, klar.« Arnulf von Meerbergen verzog belustigt das Gesicht. »Du nimmst aber an dem Turnier zum Messtage teil?«

»Ich weiß nicht«, antwortete Lacan. »Nach allem, was ich an der Grenze erlebt habe … es kommt mir einfach nicht richtig vor, zum Vergnügen gegeneinander zu kämpfen.«

»Papperlapapp. Ein Ritter muss in Übung bleiben. Oder willst du, dass dein Schwertarm eingerostet ist, wenn du ihn wieder brauchst?«

Lacan hatte über das Turnier nachgedacht. Als Sohn des verhassten Kanzlers würde er sich über einen Mangel an Gegnern nicht beklagen können, und es mochte rau werden. Womöglich war es besser, wenn er sich im Hintergrund hielt und nichts provozierte.

»Wir werden sehen«, sagte er ausweichend.

Sein Vater sah ihn an und runzelte die Stirn.

»Also gut.« Lacan hob ergeben die Arme. »Ich werde mich dort melden. Zum Lanzenstechen vielleicht.«

»Großartig!« Arnulf lachte und schlug ihm wieder auf die Schulter. »Ich hatte mich schon gefragt, ob ich die Vaterschaft nicht voreilig anerkannt habe. Ich habe mir niemals ein Turnier entgehen lassen, als ich in deinem Alter war. Vor allem nicht das Stechen. Ich saß im Sattel wie ein Fels und habe mein erstes Vermögen damit verdient.«

»Da hätte dir das Frühlingsturnier in Meerbergen aber nicht gefallen«, wandte Lacan ein. »Es ist ein reiner Schaukampf. Es gibt ein Preisgeld, Beute und Lösegeld sind jedoch verboten.«

Arnulf schnaubte. »Da wird die ritterliche Tradition mit Füßen getreten, sag ich dir. Ich werde das ändern, sobald ich hier das Sagen habe. Aber natürlich geht's beim Hauen und Stechen nicht nur ums Geld – es geht vor allem um den Spaß!

Ich erinnere mich an das Goldene Fest von 44 … Oder war es im Jahr davor? Egal. Nicephor vom Alfengrund hieß mein Gegner, glaube ich – ein schlaksiger Kerl, so lang und dünn wie die Lanze, die er in der Hand hielt. Wir reiten also aufeinander zu, und ich habe gut auf seinen Schild gezielt, weil ich mir dachte, der Bursche selbst ist nicht zu treffen. Als wir aufeinandertrafen, da brach mir ein Stück von der

Lanze ab. Der Schaft, den ich in der Hand behielt, der war nadelspitz und knallte glatt durch seinen Schild und den Panzer hindurch. Ich habe den Mann damit aufgespießt wie ein Sammler den Käfer.

Ich reite also weiter, und er will nicht runterrutschen. Er hing an meiner Lanze fest wie ein Ferkel am Spieß. Dabei zappelt er noch und ist sauschwer, und ich denke mir, scheiße, gleich reißt er mich mit runter, und zählt das noch als Sieg?«

Arnulf grölte vor Lachen und wischte sich die Tränen aus den Augen.

»Arm war ich damals, aber ich hatte mein Vergnügen. Ja, die Zeiten als Ritter. Das sind die besten. Genieße, sie, Junge, solange sie dauern. Manchmal vermisse ich das. Als Graf kann man selten selbst das Schwert in die Hand nehmen … Es wäre nicht angemessen. Für die Würde, verstehst du?«

»Oh ja. Ich kann es mir vorstellen.«

»Wenn du auf dem Turnier bist«, sagte Arnulf, »dann hör dich ein wenig um. Was für Ritter auf meiner Seite stehen.«

»Ich dachte, ich müsste nichts mehr für Euch tun, Vater?«

Arnulf wischte den Einwand mit einer Handbewegung fort. »Mit den Standesgenossen und Verbündeten plaudern, das ist doch keine Arbeit. Du kannst sie beim Turnier zusammenbringen und ein Lager bilden, dachte ich mir. Rein vorsorglich.«

»Vater.« Unruhe stieg in Lacan auf. »Was habt Ihr vor?«

»Nichts. Aber irgendwann wird es einen Krieg geben, nicht wahr? Zwischen denen, die mir treu sind … und den Verrätern. Dann wäre es schön, wenn die richtigen Leute zusammenstehen.« Er schüttelte das kleine Bündel in seiner Hand auseinander. »Und wenn dieser Augenblick gekommen ist, kannst du vielleicht mein Banner wehen lassen, damit jeder weiß, woran er ist.«

Er drückte seinem Sohn ein Tuch in die Hand. Lacan

fröstelte. Er warf einen kurzen Blick darauf und erkannte in dem dämmrigen Stall das Blau und das Gold, während das Wappen selbst in der zusammengeknüllten Flagge verborgen war. Hastig schob er das verräterische Tuch unter sein Wams.

»Vater …«, setzte er an.

»Vergiss das nicht«, fiel Arnulf von Meerbergen ihm ins Wort. »Sobald die Pfeile fliegen, solltest du unter der richtigen Fahne stehen. Du wirst wissen, wann es so weit ist. Du bist schlau. Du bist mein Sohn.«

Er faltete das zweite Stück Stoff auseinander, das er in seinem Bündel gehabt hatte: eine riesige rote Kapuze, die nach oben spitz zulief und mit Augenlöchern versehen war. Arnulf streifte sie sich über.

Als hünenhafter Henker verließ er den Stall und mischte sich unter das Treiben des Maskenfestes.

Dauras und Meris folgten dem Mann mit der goldenen Axt. Er entfernte sich vom Stadtkern. Der Strom der verkleideten Festbesucher verebbte, und es wurde schwieriger, ihm unauffällig zu folgen.

»Setz deine Maske auf«, sagte Meris.

»Ich sehe damit aus wie ein Narr«, murrte Dauras.

»Du bist ein Narr, wenn du diesen Vorteil nicht nutzt«, gab Meris zurück. »Der Söldner mit der goldenen Axt hat uns beide gesehen. Wenn er sich umdreht, wird er dich erkennen. Wir haben Glück, dass wir zum Maskenfest in Meerbergen sind. Niemand wird sich über eine Verkleidung wundern.«

Unschlüssig hielt Dauras die Maske in der Hand. Er sah sich um. Dann entdeckte er auf der Straße einen breiteren, unförmigen Umriss.

»Droschke!«, rief er und winkte. Er trat einen Schritt über die Gosse.

Meris riss ihn zurück. »Was tust du da?«, zischte sie.

»Ich wollte den Wagen herbeirufen. Von dort aus können wir ihn bequem und unbemerkt verfolgen.«

Meris zog ihn mit sich. Sie suchte Deckung hinter den Menschen, die vor ihnen liefen. »Da war keine Droschke«, sagte sie. »Da stand eine sehr dicke Frau am Straßenrand und ein Pferd.«

»Oh.« Dauras setzte die Maske nun doch auf. Ihm war danach, sich zu verstecken. Er zog die Kapuze darum herum zurecht und schnürte sie zu.

Sie folgten dem falschen Priester durch unbelebtere Straßen und kleine Gassen. Die Gebäude wurden gedrungener – Fachwerkhäuser mit schiefen Wänden und oft überkragenden Obergeschossen. Dauras bewunderte die bunten Balken in den Fassaden. Meris vergrößerte den Abstand, damit sie als Verfolger nicht auffielen. Der Priester mit der Goldaxt schritt selbstsicher einher und drehte sich nicht einmal um.

Immer wenn die Gestalt im Priestergewand um eine Ecke bog, beschleunigten sie den Schritt.

Dann verschwand der Mann durch eine kleine Pforte in einen Turm mit vier Geschossen, der an einer recht breiten und gut überschaubaren Straße lag. Alles hier war aus grauem Stein, die Häuserfronten und selbst das Straßenpflaster. Die Dächer waren rot und blassblau, vermutlich mit Tonziegeln gedeckt. Nach allem, was Dauras über Meerbergen wusste, waren sie also wohl in einem alten Teil der Stadt, auch wenn das Viertel weitab vom Zentrum zu liegen schien.

Dauras und Meris gingen weiter. Die Tür zum Turm stand halb offen, und sie sahen schattenhaft mehrere Männer im Gang dahinter stehen. Dauras hörte sie reden. Er erkannte die Stimme des Söldners wieder, dem er vor fast einem halben Jahr in dem einsamen Gasthaus begegnet war – damals, als er umgekehrt war, um Meris zu befreien.

Es fühlte sich an wie die Erinnerung an ein anderes Leben.

»Was nun?«, flüsterte er.

Hinter der nächsten Ecke gingen sie in Deckung. Meris spähte die Straße hinauf. Sie betrachtete den Turm und das lange Gebäude, das daran anschloss. »Ich nehme an, der Turm gehört zu dem Gasthaus daneben«, sagte sie.

Dauras konnte nichts erkennen, aber er nickte.

»Warte hier«, sagte Meris.

»Was hast du vor?«, fragte er.

»Ich sehe mich um«, antwortete Meris. »Vielleicht erfahre ich in dem Gasthaus etwas über die Gäste im Turm. Jemand muss bleiben und den Zugang beobachten, falls der Söldner wieder herauskommt.«

»Ich weiß nicht …«, stammelte Dauras. »Ich weiß nicht, ob ich der Richtige dafür bin.«

»Ich weiß es auch nicht«, sagte Meris. »Aber du bist der Einzige, der für diese Aufgabe übrig bleibt.«

Sie wandte sich ab. Dauras hielt sie zurück. »Warte! Woher wissen wir, dass der Ritter mit der goldenen Axt überhaupt etwas mit dem Kanzler zu tun hat? Vielleicht ist er nur zufällig hier, um das Fest des Lebens in Meerbergen zu genießen!«

»Er hat damals für Edern gearbeitet«, sagte Meris. »Und jetzt steht Edern an der Seite des Kanzlers. Das wäre ein zu großer Zufall.«

Dauras blieb allein zurück. Er strengte sich an, aber er wusste nicht, was er sehen sollte. Er beugte sich weiter vor, bis ihm bewusst wurde, wie leicht er selbst bemerkt werden konnte, wenn er so starrte.

Er dachte kurz nach, dann trat er aus seiner Deckung. In den letzten Tagen hatte er eine Menge Betrunkene erlebt. Er würde also kaum auffallen, wenn er selbst einen Betrunkenen spielte.

Dauras ließ sich an der Wand herunterrutschen, ganz in der Nähe des Eingangs zum Turm, streckte die Beine aus und beugte den Oberkörper vor. Er zog seine Maske ein Stück vom Gesicht und spähte zwischen dem Rand und der Kapuze hindurch.

Er war so konzentriert auf den Eingang, dass er zusammenzuckte, als unvermittelt eine Gestalt vor ihm auftauchte. Sie ging an ihm vorüber, ohne ihn zu beachten – und trat ihm dabei auf die ausgestreckten Beine.

»He!« Dauras fuhr auf.

Der Fremde schritt ungerührt weiter. Dauras sah nur einen riesigen roten Fleck, so rot, dass er die ganze Straße zu beherrschen schien. Doch so wenig Dauras von den Umrissen auch unterscheiden konnte, etwas an dem Mann kam ihm bekannt vor … Die Art, wie er sich bewegte, der Rhythmus. Ja, es war ein Mann, der sich unter dem roten Gewand verbarg, daran bestand kein Zweifel!

Dauras sank wieder in sich zusammen und ließ seinen empörten Ausruf in einem unverständlichen Gemurmel enden. In ihm brodelte es. Er sah, wie die riesenhafte Gestalt durch die Pforte im Turm verschwand.

Einen Augenblick später schwankte er wieder zu der Ecke, wo Meris und er zuvor gelauert hatten, und wartete.

Als Meris endlich zurückkehrte, sprang er auf sie zu. »Er ist hier!«

»Wer ist hier?«, fragte Meris überrascht.

»Der Kanzler!«, stieß er ungeduldig hervor. »Er ist im Turm.«

Es war voll und laut in dem Gasthaus. Nach dem Abendessen ging Lacan in die Scheune. Er löste die Wache bei den Wagen ab, setzte sich auf den Kutschbock und schaute auf den

Hof hinaus. Es war dunkel geworden, aber der Wirt hatte rings um das Haus bunte Laternen aufgehängt.

Sobrun trat zu ihm. »Ich fürchte, wir brauchen eine Verkleidung, Herr.« Er betrachtete ein Stallmädchen, das eine Perücke aus grüner Wolle trug und sich zwischen den Pferden mit einem Burschen neckte, der sich mit Kohle einen falschen Bart gezeichnet hatte.

»Ich habe nie viel von diesen Masken gehalten«, antwortete Lacan. »Was man auch am Fest des Lebens tut, man sollte sich dabei nicht verstecken müssen.«

»Is' wahr«, erwiderte Sobrun. »Ich hab immer gedacht, mein richtiges Gesicht ist gut genug, um 'ne Hübsche rumzukriegen. Andrerseits war ich da noch jünger. Und ich fürchte, hier in der Stadt kommt man ohne Maske nicht weit – wenn sogar die Knechte bei der Arbeit sich anmalen.«

»Das stimmt«, sagte Lacan. »In Meerbergen spricht man nur vom Maskenfest. Kaum einer nennt es das Fest des Lebens, wie anderswo. Meine Heimat ist da ein wenig … eigen.«

»Ach, mir gefällt's.« Sobrun grinste. »Solang der Rest gleich bleibt. Aber was ist mit Euch? Ihr sprecht vom Fest des Lebens, dabei seid Ihr auch hier zu Hause.«

»Hm …«

Eine Dame trat in den Hof. Ihr weites, gebauschtes Kleid glitzerte silbrig im Lampenlicht. Auf dem Kopf trug sie einen spitz zulaufenden Federschmuck, der an einen Wiedehopf erinnerte und der in eine Augenmaske überging. Suchend sah sie sich um.

Lacan erkannte als Erstes ihre Bediensteten, die weniger aufwendig verkleidet waren. Er sprang vom Wagen.

»Das Fräulein von Erlingen!«, rief er durch das geöffnete Stalltor.

Nessa sah ihn an. Sie raffte ihr Kleid, machte ein paar

Schritte auf die Scheune zu und blieb im Tor stehen. Lacan kam ihr entgegen.

»Eine sehr täuschende Verkleidung, Gnädigste«, sagte er. »Ich hätte Euch fast nicht erkannt.«

»Dann hat meine Base Otilde wohl recht«, erwiderte sie. »Ihr seid ein oberflächlicher Mann, wenn ein paar Federn Euch täuschen können.«

»Es liegt am Kleid«, sagte Lacan. »Ich konnte mir nicht vorstellen, dass Ihr so etwas tragen würdet. Ich kenne Euch nur in Rüstung und hätte eher erwartet, Euch auf dem Turnierplatz zu begegnen.«

Nessa schnaubte. »Ich habe etwas Besseres zu tun, als mich auf dem Fest des Lebens schlagen zu lassen. Ich ziehe die Rüstung an, wenn es nötig ist.«

Lacan sah sie an. Er fragte sich, ob nicht gerade jetzt, wo sein Vater in der Stadt war, eine Rüstung nötiger war denn je. Er hasste es, wenn er etwas verheimlichen musste, doch er konnte Nessa nicht sagen, sie solle lieber ein Kettenhemd anlegen.

Er überspielte sein Unbehagen und sagte spöttisch: »Es freut mich aber, dass Ihr meine Gesellschaft nicht missen wollt und sogar Eure Gastgeber im Stich lasst, um bei mir vorbeizuschauen.«

»Eigentlich wollte ich nach den Wagen sehen«, erwiderte sie. »Wir sollten sie heute Abend noch aufteilen. Ihr bringt es fertig und lasst Sie Euch stehlen, und das wäre ärgerlich, wenn wir beide darunter leiden müssten.«

»Oh, ich weiß meine Güter zu verteidigen, wie Ihr wisst«, erwiderte Lacan. »Aber ich kann meine Knechte anweisen, dass sie umladen sollen«, schlug Lacan vor. »Einen Wagen für Euch und Eure Gastgeber als Beitrag zum Fest, einen für unsere Unterkunft im Gasthaus und den dritten veräußern wir, damit wir ein wenig Geld zum Feiern haben. – Kennt Ihr einen Aufkäufer für den dritten Wagen?«, fragte er schließlich.

»Die Leerwieters sind Kaufleute mit guten Verbindungen. Die nehmen ihn gern in Zahlung.«

Kurz schoss es Lacan durch den Kopf, ob seine Nachbarin mit ihren Gastgebern bereits eine Provision ausgehandelt hatte. Er schämte sich für den unritterlichen Gedanken. Er sollte lieber Valdar die Geschäfte überlassen.

»Gut«, sagte er. »Ich hole meine Leute aus der Gaststube und lasse umladen.«

Er winkte Sobrun herbei.

Nessa sah Lacan derweil an. »Ihr solltet gleichfalls Euer Kostüm holen. Oder seid Ihr zu müde von der Reise?«

»Zu müde … wohl kaum«, sagte Lacan. »Aber ich habe kein Kostüm.«

»Das ist sträflich.« Nessa schlug ihn leicht mit dem Fächer. »Man merkt, dass Ihr ein fremder Landräuber seid.«

Lacan lächelte gequält. »Merkt man das?«

»Was habt Ihr denn früher gemacht?«, fragte Nessa. »Wart Ihr nie zum Feiern in Meerbergen?«

»Einmal … glaube ich. Wir haben das Fest des Lebens meist auf unserem Gut begangen.«

»Daran sollten wir etwas ändern – bevor Euer Vater kommt und ihr Euch nicht mehr in der Stadt blicken lassen könnt. Ich nehme Euch heute Abend mit und zeige Euch, was das Maskenfest in Meerbergen zu bieten hat.«

»Ihr seid zu gütig, Fräulein von Erlingen.«

Nessa klappte den Fächer zusammen. Sie stieß ihm die Spitze vor die Brust. »Versprecht Euch nicht zu viel, Herr Ritter. Ich verhelfe Euch nur zu einem anständigen Kostüm. Und suche Euch einen Ball, zu dem Ihr Zutritt bekommt. Als kleine Gegenleistung, weil wir gemeinsam hier in die Stadt gereist sind … Und aus Mitleid.« Sie grinste.

»Ein Ball«, sagte Lacan. »Bei Euren Gastgebern?«

Nessa schüttelte den Kopf. »Da erhaltet Ihr als Sohn des Kanzlers gewiss keinen Einlass. Die Leerwieters sind Patrizier und Mitglieder im Stadtrat.«

Lacan dachte an die Äbtissin und künftige Metropolitin von Meerbergen. »Vielleicht ist die Sache so einfach nicht«, sagte er. »Ein Krieg kann das ganze Land zerreißen. Womöglich steht nicht jedes Ratsmitglied so treu zur Stadt, wie Ihr glaubt.«

»Womöglich nicht«, sagte Nessa. »Und womöglich wird sich auch Eurem Vater der eine oder andere Verbündete unerwartet in den Weg stellen. Aber wenn Ihr weiter nur darüber reden wollt, dann werdet Ihr heute Abend doch allein feiern müssen, das verspreche ich Euch.«

1.4.963 – MEERBERGEN, AM MORGEN

Meerbergen hatte keine Arena, aber einen Turnier- und Festspielplatz, der einer bedeutenden Handelsmetropole würdig war. Die Anlage bestand aus drei Steingebäuden: zwei halbkreisförmig angelegten Bauten an den Stirnseiten, wobei sich im westlichen Teil Ställe, Ruheräume und sogar ein Badehaus befanden, das außerhalb der Feiertage für die Öffentlichkeit zugänglich war, in dem östlichen Bau hingegen befand sich kaum mehr als ein Mauerrund mit ansteigenden Sitzreihen und einem Torbogen. Das dritte Bauwerk war kleiner und lag an der südlichen Längsseite. Hier waren die Logen und Hinterzimmer für die Würdenträger der Stadt und deren Gäste untergebracht. Die Lücken zwischen den Gebäuden wurden durch massive Palisaden geschlossen, die den ganzen ovalen Platz in der Mitte umgaben. Von außen sah diese Umfriedung aus wie eine Festung. An der Innenseite waren Tribünen an den hölzernen Wall angebaut.

Lacan strebte mit seinem Gefolge auf das Tor an der Ostseite zu. Er hatte sich in der Stadt zwei Turnierlanzen besorgt und seine Rüstung ergänzt um einen Brustpanzer und zusätzliche Arm- und Beinschienen. Den Helm hatte er vor sich auf dem Sattel befestigt.

Dennoch, als er vom Rücken seines Pferdes aus den Blick über die Menge wandern ließ, befiel ihn ein Unbehagen. Er sah Ritter in voller Rüstung, und manche hatten ihre Rösser sogar mit eisenbeschlagenen Schabracken versehen. Es waren vor allem Besucher aus dem Osten, die für das Stechen perfekt gerüstet wirkten. Ihre Brünne war mit aufwändigen vergoldeten Mustern und Emblemen verziert, und das Metall gleißte in der Morgensonne.

Lacan musterte seine Gegner. Er rief sich ins Gedächtnis, dass es einen guten Grund dafür gab, weshalb er sich für das Lanzenreiten angemeldet hatte: Bei diesen Zweikämpfen gab es feste Bahnen und strikte Regeln. Im Gegensatz zu den freien Kämpfen in der Gruppe, mit denen Lacan besser vertraut war, musste er beim Stechen weder tückische Schläge von hinten befürchten, noch dass die Eiferer aus der Nachbarschaft sich gegen den Sohn des ungeliebten Grafen zusammenrotteten.

Nessa ritt neben ihm. Sie war zu den Leerwieters in die Loge geladen, führte zuvor aber die Gesellschaft ihres eigenen Gutes bis zum Haupttor. Heute trug sie ein schmales, fließendes Gewand, das sich nicht so üppig bauschte wie ihr Festtagskleid.

Sie bemerkte seinen Blick und neckte ihn. »Lasst Ihr Euch von Euren Gegnern einschüchtern, noch bevor der Kampf überhaupt begonnen hat, Lacan?«

Lacan wurde rot. »Ich denke nur an das Geld, das ich in die Hand nehmen muss, wenn ich hierbleibe und öfter an Turnieren teilnehme. Ich war im Krieg an der Grenze. Aber ich glaube, für diese Spiele ist weit mehr Aufwand nötig.«

»Dann schaut Euch mal den Burschen da vorn an, wie der im Sattel hängt!« Nessa wies die Richtung an. »Wie eine Bronzestatue. Ich wette, seine Knappen haben ihn nur mit Mühe aufs Pferd gehievt. Glaubt Ihr wirklich, dass eine schwere Rüstung allein über den Sieg entscheidet?«

Lacan folgte der Geste. Er lachte auf, als er den Ritter erblickte, den Nessa meinte. »Stimmt, Nessa. Man könnte meinen, er sei im Sattel eingeschlafen. Leider habt Ihr mich in den letzten beiden Tagen auf so viele Feiern geschleppt, dass ich mich kaum munterer fühle. Oder hattet Ihr es darauf abgesehen, dass ich heute auf dem Turnier ordentlich verprügelt werde?«

Nessa beugte sich zu ihm und senkte die Stimme. »Ich will Euch etwas verraten, Herr Nachbar. Ihr wisst es wohl nicht, weil Ihr Euch nie in die Stadt gewagt habt. Aber das Turnier zum Fest des Lebens in Meerbergen ist nicht bekannt für seine strahlenden Kämpfe! Für die professionellen Turnierkämpfer lohnt sich die Teilnahme kaum, weil es keine Beute gibt. Und gerade die Ritter, die von weit her angereist sind, haben alle schon eine Woche Zecherei hinter sich, wenn sie am Festtag auf den Turnierplatz reiten.

Dagegen seht Ihr ganz gut aus. Zumindest besteht Aussicht, dass Ihr nicht zu jenen spektakulären Unfällen zählen werdet, die das Publikum an diesem Tag so schätzt.«

»Ah.« Lacan seufzte. »Und ich war naiv genug zu glauben, dass die Zuschauer besonders die strahlenden Kämpen sehen wollen. Insbesondere habe ich gehofft, dass die Damen sich hier gerne beeindrucken lassen, um den Teil des Festes vorzubereiten, der sich am Nachmittag anschließt.«

Nessa schüttelte ihren Federschmuck. »Davon träumt manch ein kühner Jüngling. Andererseits, Ihr müsst die Hoffnung nicht aufgeben. Wenn Ihr sämtliche Konkurrenten heute derart zuschanden haut, dass sie am Nachmittag kein Glied mehr rühren können, dann *könntet* Ihr am Abend bei den Damen zum Zuge kommen.«

»Vielen Dank, Fräulein Nessa. Eure Worte sind ungemein aufmunternd.«

Das Tor zum Turnierplatz war groß, dennoch staute sich die Menge davor. Die Teilnehmer mussten nach links über den Platz reiten, die Zuschauer begaben sich auf die Ränge.

Nessa zog ein Taschentuch aus ihrem Ärmel und wedelte damit vor Lacans Gesicht. »Ich kann Euch ein Pfand anbieten, Lacan, wenn es Euch tröstet. So könntet Ihr die Menge zumindest glauben machen, dass eine Dame für den Feiertag auf Euch wartet.«

Lacan sah das Tuch und erinnerte sich an das Banner seines Vaters. Er hatte es unter sein Kettenhemd gestopft. Er wollte auf keinen Fall, dass es bei ihm gefunden wurde, und ein besseres Versteck wusste er nicht. Jetzt malte er sich aus, wie er beim Turnier verletzt wurde, besinnungslos zu den Heilern kam und man die Flagge des Erzfeindes der Stadt bei ihm fand, sobald man ihn aus seiner Rüstung schälte.

Er verzog das Gesicht, dann fiel ihm auf, wie Nessa diese Geste deuten musste. Eilig nahm er ihr Tuch an. »Es wäre mir eine Ehre«, sagte er.

Sie runzelte die Stirn. »Wo habt Ihr eigentlich das Kostüm, das ich für Euch ausgesucht habe?«, fragte sie.

»Ihr habt mich als Esel verkleidet!«, rief Lacan empört. »Ihr könnt nicht erwarten, dass ich so zum Turnier erscheine.«

Nessa hatte diese Maske bei ihrem ersten gemeinsamen Abend in der Stadt für ihn entdeckt: den täuschend echt nachgebildeten Kopf eines Esels – ein Gestell aus Holz, mit Fell bespannt und mit Augenlöchern. Zwei Tage lang war Lacan damit herumgelaufen, bis Sobrun ihm erklärt hatte, dass er jetzt endlich die alte Redensart richtig verstünde: *sich für eine Frau zum Esel machen.*

Danach hatte Lacan das Kostüm auf dem Wagen verstaut. Das war gestern Abend gewesen, und wenn er Glück hatte, würde sich bis zum Mittag ein mitleidiger Dieb finden und das Ding entwenden, bevor er zurückkehrte.

Nessa lachte.

»Ich kann Euch jedenfalls versprechen«, sagte er zu ihr, »auf dem Turnier heute werde ich mich nicht zum Esel machen.«

Dauras hielt inne. Er sah den vierstöckigen Turm, in dem der Kanzler untergekommen war. In den letzten Tagen war Dauras einige Male daran vorbeigegangen und hatte sich mit den

Gegebenheiten vertraut gemacht, sodass er inzwischen den Eingang und den Weg dorthin fand.

Das spitze rote Dach sah aus, als würde es über dem Bauwerk schweben. Es bohrte sich in den grauen Himmel, der mit den Mauern des Turms und den umliegenden Häusern sowie dem steinernen Pflaster der Straße zu einem schwer fassbaren Einerlei verschwamm. Ein einsamer Spaziergänger kam auf Dauras zu. Niemand sonst bewegte sich vor ihm.

Dauras war als Lumpensammler verkleidet, er trug ein schäbiges, ausgebleichtes Gewand und hatte seine Karre mit alten Kleidungsstücken und Fetzen beladen. Er nahm seine Schubkarre wieder auf und marschierte weiter, damit er keine Aufmerksamkeit erregte. Wenn er die Augen schloss, hörte er die hölzernen Räder über das Pflaster holpern. Er vernahm das Rascheln seiner Tunika und die leise scharrenden Schritte des Fußgängers. Dauras versuchte, seine Sinne ausgreifen zu lassen. Das war etwas, was er sich in vierzig Jahren angewöhnt hatte, doch heute ging es ins Leere.

Vor vier Monaten hätte er gewusst, wo Meris steckte. Jetzt konnte er nur hoffen, dass bei ihr alles gut lief und dass sie ihren Teil des Plans erledigen würde.

Pock. Pock. Pock.

Dauras musste die Pflastersteine nicht zählen, er hatte ein gutes Gespür dafür, wie weit er gekommen war. Die Schritte der anderen Leute entfernten sich wieder. Gehör, Geruch … die vertrauten Sinne vermittelten ihm Geborgenheit. Dennoch, diese Art der Wahrnehmung reichte nicht aus. Im Augenblick konnte er nicht einmal die Wachen vor der Türe wahrnehmen, obwohl er wusste, dass sie dort waren.

Er lenkte die Schubkarre dicht an die Hauswand und blinzelte unter den Lidern hervor. Das Holz schabte über die Mauersteine. Dauras spürte und hörte es, noch bevor er die Wand sah. Er hob den Kopf und blickte nach vorn. Dann machte er die Augen wieder zu. Er lächelte und schob die Karre weiter wie ein Schlafwandler.

»He!«, rief jemand.

Dauras war mit seiner Karre gegen etwas Weiches gestoßen. »Pass doch auf, wo du hinschiebst. Schläfst du?«, schimpfte der Mann.

Dauras hörte, wohin der Mann auswich. Er lenkte die Karre in dieselbe Richtung. Der Mann fluchte. Dauras öffnete die Augen und ließ das Rad der Schubkarre in die Gosse rutschen, sodass sie halb umkippte.

Zwei Männer bewegten sich vor ihm. Der eine stand mit einem Bein auf der Straße und hielt die Schubkarre an der Kante fest. Ein weiterer Mann trat von dem Turm her auf ihn zu. Dauras bemerkte den Umriss der Eingangstür neben ihm. Jetzt, wo die Männer sich bewegten, sah er sie sehr gut, und das war der Plan gewesen.

»Entschuldigung, meine Herren«, sagte er.

»Er hat gepennt«, rief der Krieger auf der Straße seinem Kameraden zu. »Ich hab's genau gesehen. Er kam mit geschlossenen Augen die Straße runter und hat mir das Ding fast über die Füße gerollt.«

»Geh einfach weiter«, sagte der zweite Mann.

Dauras sah dessen Armbewegung. Die Hand des Kriegers lag auf dem Schwertgriff.

Außer ihnen regte sich nichts auf der Straße, und die beiden Männer schienen die einzigen Wachen zu sein. Am letzten Tag des Maskenfestes waren viele Menschen erschöpft, und wer sich am Vormittag aufraffen konnte, der besuchte das Turnier. Meris hatte den Zeitpunkt gut gewählt.

Dauras tat so, als wollte er die Schubkarre aus der Gosse schieben. Er schrammte mit den Rädern am Bordstein entlang. Dabei ließ er die Griffe halb aus den Händen rutschen.

»Vorsicht!«, rief er. »Entschuldigt, meine Herren, die Karre kippt um …«

Dauras fasste nach der Schubkarre. Der Krieger neben ihm packte ebenfalls zu, um zu helfen.

»Verdammt«, fluchte der. »Hast du zu viel gesoffen gestern, Bursche, oder bist du so blöd?«

Dauras streckte die Hand aus, schob sie unter die Lumpen auf der Karre und tastete nach dem Griff des Schwertes, das dort verborgen lag. Dann hob er es hoch und stieß es dem Mann auf der anderen Seite der Schubkarre ins Herz.

Die Karre stürzte um. Dauras sprang zurück. Der Körper seines Gegners sackte nach vorn. Der zweite Wachposten eilte überrascht herbei, aber er zog die Waffe nicht. Er verstand nicht gleich, was vor sich ging: Er sah seinen Gefährten straucheln, die Schubkarre kippen, sah Lumpen aus dem Wagen fallen … Doch diese Lumpen verdeckten die Klinge in Dauras' Hand, und der zweite Krieger bemerkte die Waffe zu spät.

Dauras holte aus und hieb zu. Der Mann ging zu Boden wie ein gefällter Baum. Er röchelte und gurgelte und zuckte mit den Beinen. Die Klinge hatte ihm die Kehle durchgeschnitten.

Dauras sah das Blut spritzen, ein so wundervoll sattes Rot, dass er einen Moment innehielt, um es zu betrachten. Dann nahm er einen Armvoll von den Lumpen, die von der Karre gefallen waren, und warf sie über den Kopf des Sterbenden, sodass das Blut darin versickerte. Er hieb noch einmal zu, und es wurde ruhig unter dem Lumpenhaufen.

Dauras richtete die Schubkarre wieder auf und zog die beiden toten Wächter darauf.

Dann lief er zum Turm, die Karre hinter sich her ziehend. Die Tür war nicht verriegelt, und Dauras öffnete sie einen Spaltbreit. Dahinter lauerten ein düsterer Flur und ein Treppenhaus. Dauras stellte die Schubkarre mit dem Toten vor der Tür ab und zog die beiden Leichen in den Turm. Mit den Lumpen, die noch auf der Straße lagen, wischte er die Blutspur auf. Es blieb ein roter Streifen, der auf die Tür wies wie ein Pfeil.

Dauras betrachtete ihn kurz und zuckte die Achseln.

Als er drinnen war, schloss er die Tür und legte den Riegel vor, der daneben an der Wand lehnte. Als Nächstes verriegelte er auch die Hintertür und verkeilte einen dritten Zugang, der zu weiteren Räumlichkeiten im Erdgeschoss führte, mit der Schubkarre. Hinter der inneren Türe hörte Dauras Stimmen und das Klappern von Geschirr. Doch offenbar hatte niemand etwas bemerkt.

Er nahm sein Schwert auf und stürmte brüllend die Treppe hinauf.

Im ersten Stock sah er eine Tür, die aufschwang. Er erkannte rosige Haut und schlichte Kleidung, und er sah ein Schwert aufblitzen. Dauras schlug es beiseite und erstach den Mann, der es führte. Dann lauschte er an der Tür und blickte schließlich in den Raum. Er zögerte.

Dauras wusste um seine Schwäche: Wenn jemand sich hier versteckt hielt und sich nicht regte, konnte er ihn leicht übersehen. Er musste sich einfach darauf verlassen, dass sein Gebrüll die Gegner aufschreckte, sodass sie heraussprangen.

Er rannte weiter.

Das nächste Geschoss war leer. Eine weitere Tür neben der Treppe blieb geschlossen. Dauras blinzelte. Es war düster in dem Treppenhaus. Nur eine schmale Öffnung in der Mauer, so groß wie eine Schießscharte, ließ in jedem Stockwerk etwas Licht herein. Dauras lief wachsam weiter, darauf gefasst, dass jeden Augenblick ein Gegner aus einer dunklen Ecke sprang und ihm in den Rücken fiel.

Da vernahm er Fußtritte auf der Treppe über sich und beschleunigte den Schritt.

Zwei Männer kamen ihm entgegen. Sie trugen feste Brustpanzer und kurze Kettenhemden und hielten Schwerter in den Händen. Dauras sah das Metall, und er hörte die Kettenglieder klirren. Er stürmte auf sie zu, immer zwei Stufen auf einmal nehmend. Die Krieger stellten sich ihm in den Weg, doch auf der schmalen Stiege behinderten sie sich gegenseitig. Dauras wehrte einen Schwerthieb ab und versetzte dem Angreifer einen Tritt, sodass der ins Stolpern kam, der zweiten Klinge wich er aus. Er stach zu. Der getroffene Gegner kippte nach vorn. Dauras sprang über ihn hinweg und schlug dem Mann, dem er den Tritt versetzt hatte, den Schwertgriff auf den Kopf.

Beide Ritter polterten die Stufen hinab, während Dauras in den dritten Stock hinaufrannte.

»Na kommt schon«, rief er. »Kommt, wenn ihr Euch traut!«

Er fühlte sich so unbesiegbar wie früher. Solange die Gegner sich bewegten, war es ganz einfach. Er sah ihre Angriffe, und aus ihrer Bewegung konnte er schließen, wo ihre verwundbaren Stellen waren. Er musste nur die Feinde fürchten, die still im Hinterhalt lauerten und zuschlugen, wenn er nicht mehr ausweichen konnte. Aber niemand wusste, wie schwer es ihm fiel, unbewegte Konturen zu erkennen. Wer würde da schon ruhig stehen bleiben, wenn er, Dauras, voranstürmte?

Dauras keuchte. Die Treppe kam ihm unendlich lang vor. Er fragte sich, ob er immer noch Flusswasser in der Lunge hatte. Dauras lief abermals an einer geschlossenen Tür vorüber. Noch ein weiteres Stockwerk …

Etwas sauste auf ihn zu. Im letzten Augenblick warf er sich zur Seite. Hinter ihm schrammte Stahl über die Mauer. Jemand schoss vom nächsten Treppenabsatz aus auf ihn!

Dauras zögerte nicht. Er holte tief Atem, stieß wieder ein

Brüllen aus und streckte die Klinge vor. Das Schwert in seiner Hand zitterte. Er war erschrocken, wie schnell die Erschöpfung seine Glieder schwächte.

Etwas Schweres flog auf ihn zu. Dauras wollte es mit der Waffe wegschlagen, aber die Klinge verhakte sich in dem Ding und riss Dauras zur Seite. Doch das rettete ihm das Leben: Der Angreifer, der seine Armbrust nach ihm geworfen hatte, stieß mit dem Schwert zu, doch Dauras stand nicht mehr dort, wo der Stich hinging.

Er stieß einen Fluch aus und ließ die Waffe los. Zusammen mit der Armbrust flog sein Schwert die Treppe hinab. Dauras warf sich auf seinen Gegner und schlug dem Mann das Schwert aus der Hand. Dann packte er den Krieger mit beiden Händen und riss ihn herum. Der Mann krallte sich an Dauras' Kittel fest. Dauras packte die Finger des Gegners in einem Hebelgriff und renkte sie aus.

Der Krieger schrie auf. Er fiel drei Stufen hinunter und rappelte sich auf dem Treppenabsatz wieder auf.

Dauras blickte sich um. Hinter ihm kam der Bewaffnete wieder auf die Füße, über ihm rückte ein weiterer Ritter nach, und er hatte keine Waffe mehr.

»Großartig«, murmelte Dauras. »Komm schon«, knurrte er dem Ritter entgegen. »Bring mir dein Schwert. Ich brauche eine Waffe, wenn ich deinen Herrn erschlagen will.«

Der Ritter verharrte auf der obersten Stufe. »Der Mönch«, stammelte er. »Aber … du bist doch im Fluss ertrunken!«

Dauras kannte die Stimme. Es war einer von Arnulfs Rittern aus der Hauptstadt. Dauras trat einen Schritt auf ihn zu. »Du wolltest zur Jagd auf mich blasen, nicht wahr? Zeig mir, ob du immer noch so scharf auf einen Zweikampf bist – jetzt, wo ich sehen kann und mich daran gewöhnt habe!«

Er rannte die Treppe hinauf.

Der Ritter drehte sich um und floh. Dauras stürmte die

Stiege wieder hinab. Unten tastete sein verbliebener Gegner gerade nach seiner Waffe. Ungeschickt hielt er das Schwert in der Linken und richtete sich wieder auf. Dauras stieß sich von den Stufen ab und trat ihm gegen den Kopf. Der Krieger prallte nach hinten an die Wand und verlor die Klinge wieder.

Dauras rannte zu der zusammengesackten Gestalt hin. Er fand einen Dolch am Gürtel seines Feindes, riss ihn los und stieß zu. Er stach mehrmals auf seinen benommenen Gegner ein, bevor dessen Gegenwehr erlahmte.

Keuchend hielt Dauras inne. Er suchte auf dem Boden nach den Schwertern. Er wusste, dass zwei Klingen dort liegen mussten, doch in dem dämmrigen Licht fiel es ihm schwer, unbewegte Objekte auszumachen. Endlich fand er die eine Waffe und ging wieder die Treppe hinauf.

Der Feigling von eben musste irgendwo sein. Wo sollte er auch hin? Sie waren im obersten Geschoss, hier gab es keine Möglichkeit, aus dem Turm hinauszukommen. Dauras sah die Tür zu dem Raum auf diesem Stock. Doch die war von der Treppe aus gut zu sehen – er hätte bemerkt, wenn der Ritter sie geöffnet hätte und hindurchgeschlüpft wäre.

»Wo steckst du?«, fragte er. »Komm raus, du feige Ratte!«

Er stocherte mit dem Schwert hierhin und dorthin, und er erinnerte sich an das letzte Mal, als er dem Ritter begegnet war: in jener Nacht, kurz nachdem er sein Sehvermögen erhalten hatte. Der Ritter hatte mit ihm gespielt, er hatte ihn draußen in den Gassen geschlagen und Spaß daran gefunden, ihn nicht einfach zu töten, sondern ihn zu demütigen.

Jetzt war dieser Ritter in dem lächerlich kleinen, überschaubaren, aber dämmrigen Flur verschwunden und nicht mehr zu sehen! Wo bei allen Schwertgöttern konnte er sich hier verstecken? Dauras verfluchte sein trügerisches Augenlicht. Vielleicht stand der Ritter gleich neben ihm, reglos, und er bemerkte ihn nicht!

Da stieß sich Dauras schmerzhaft den Kopf an einer Bodendiele, und er erkannte, dass das, was er für eine Diele am Boden gehalten hatte, in Wahrheit ein Brett war, das senkrecht in die Luft ragte. Es gehörte zu einer Leiter, die auf den Dachboden des Turms führte.

»Wie findet sich überhaupt irgendjemand hier zurecht?«, murmelte er. Er starrte ins Dunkel hinauf und verfluchte die sichtbare Welt – jene Welt, in der alle Linien und Farben erst dann eine räumliche Tiefe gewannen, wenn er sie berührte oder wenn sie sich bewegten, während sie sonst nur Rätselbilder waren, die er niemals schnell genug entschlüsseln konnte, um darauf zu reagieren.

Er trat von der Leiter zurück und lauschte. Der Ritter war ohne Zweifel auf den Dachboden geflohen und versteckte sich dort oben. Gut. Dauras würde dem Mann nicht hinterherlaufen.

Er holte aus und zerschlug mit dem Schwert die leiterartige Stiege und die Sprossen. So konnte er zumindest sicher sein, dass der Kerl sich nicht wieder herunterschleichen und ihm in den Rücken fallen würde.

Er riss die letzte Tür auf und trat ein. Das Schwert hielt er gezückt, bereit, auf die kleinste Bewegung sofort zu reagieren.

Das Zimmer hinter der Tür war hell und geräumig. Zwei große Fenster an den Seitenwänden ließen das Morgenlicht herein. Am anderen Ende des Raumes, vor einem Tisch, bewegte sich eine hünenhafte dunkle Gestalt – Kanzler Arnulf von Meerbergen. Er trug ein schweres langes Kettenhemd und einen Wappenrock darüber. Ganz ruhig setzte er den Helm auf und schloss den Kinnriemen.

»Dauras«, sagte er. »Ich dachte mir, dass wir uns einmal wiedersehen. Spurlos im Fluss verschwunden, das war zu einfach. Du musstest wieder auftauchen.«

Vorsichtig trat Dauras in den Raum. Er spähte misstrauisch nach links und rechts und er lauschte. Aber der Kanzler schien allein zu sein. Arnulf von Meerbergen nahm einen Schild und ein breites Schwert vom Tisch und stand ihm kampfbereit gegenüber.

Dauras zog die Tür hinter sich zu. Es war eine massive kleine Pforte aus dicken Holzbohlen, und der Riegel war aus Eisen und fest verankert. Das würde Dauras die Zeit verschaffen, die er brauchte.

»Diesen Zweikampf hätten wir einfacher haben können«, sagte er und ging auf den Kanzler zu. »Ich habe Euch in Horome ein Duell angeboten.«

»Damals warst du ein ganz anderer Krieger. Heute ist der Kampf ausgewogener.«

»Ich habe mich gut erholt … von Eurem Anschlag«, erwiderte Dauras.

Der Kanzler lächelte. »Das glaube ich nicht. Der alte Dauras hätte diesen Kampf längst beendet.«

Dauras stürmte vor. Er schlug zu. Der Kanzler wischte die Klinge mit der schweren Schiene an seinem rechten Arm zur Seite und stieß den Schild in Richtung von Dauras' Gesicht. Der wich im letzten Augenblick aus. Der Kanzler riss sein Schwert zurück, die Klinge fuhr auf Dauras' Hals zu.

Dauras duckte sich unter dem Schlag hindurch und rollte sich ab. Noch in der Bewegung stieß er sein Schwert vor und schrammte über Arnulfs Rüstung. Die Kettenglieder hielten den Hieb ab.

Arnulf drehte sich. Dauras sprang auf die Füße. Sie standen einander wieder gegenüber.

Dauras fühlte sich ein wenig schwindlig. Er spürte die Folgen des Laufs über die Treppe noch tief in den Lungen. Doch zum Glück war vor der Tür alles ruhig. Es war keine Verstärkung für den Kanzler im Anmarsch.

»Ihr seid wirklich ein formidabler Schwertkämpfer«, sagte Dauras.

»Ich habe als Ritter angefangen und mir meinen Posten und die Gunst des Kaisers in blutigen Kämpfen gewonnen«, erwiderte der Kanzler. »Ungefähr zu der Zeit, als du deine Gaben in kurzsichtigen Abenteuern verschwendet hast. Ich habe bis heute wenig verlernt, und seit dem Trank, den wir in Horome geteilt haben, fühle ich mich um Jahre jünger.

Ich wollte, ich könnte dir dieses Kompliment auch machen – doch leider bist du nur noch ein Schatten deiner selbst.«

»Wir werden sehen«, knurrte Dauras. Er sprang vor.

Die Klingen klirrten gegeneinander. Der Kanzler parierte Dauras' Hiebe mit dem Schild oder mit dem Schwert und griff gleichzeitig an. Dauras war nach wie vor schneller als sein Gegner, doch er fand keine Lücke in der Deckung. Wenn sein Schwert einmal an der Abwehr vorbeikam, fing die Rüstung des Kanzlers den Schlag ab.

Und Arnulf war stark. Dauras' Arme schmerzten von den Gegenangriffen, die er abwehren musste. Es fühlte sich an, als würde er mit einem Felsen kämpfen. Außerdem stand er auf der falschen Seite – der Kanzler stand an der Tür, und Dauras kämpfte mit dem Rücken zum Fenster.

Er musste an seinem Gegner vorbeikommen.

Dauras täuschte einen Hieb nach links an, Arnulf parierte mit dem Schwert. Dauras sprang nach rechts an seinem Gegner vorbei. Arnulf schlug mit dem Schild nach ihm. Dauras blieb außer Reichweite … glaubte er.

Aber dann wurde der Arm des Kanzlers länger und länger, und bevor Dauras erkannte, was geschah – der Kanzler hatte den Griff seines Schildes losgelassen und schwang es an der Schlaufe in seine Richtung! – prallte das Holz schon gegen seine Schulter.

Dauras rollte sich ab, ging an der Tür in die Hocke und wandte sich zu seinem Gegner um. Arnulfs Schwert sauste auf ihn herab. Dauras riss sein Schwert hoch und parierte. Die Wucht des Schlages stieß ihm fast die eigene Klinge ins Gesicht.

Arnulf schüttelte den linken Arm, der Schild glitt wieder in Position. Dauras sprang auf die Füße. Arnulf hielt den Schild vor den Körper und rammte Dauras. Mit seiner ganzen Körpermasse quetschte er den kleineren Mönch gegen die Tür und presste ihm die Luft aus den Lungen.

Dauras versuchte, sich zu befreien. Da machte Arnulf unvermittelt einen Satz zurück, sodass er ausholen konnte zu einem Schlag. Sein Schwert fuhr auf Dauras zu. Der parierte gerade noch. Unter der Wucht des Schlages ging er in die Knie. Wieder und wieder schlug Arnulf auf ihn ein. Dauras kam nie so weit zu Atem, dass er selbst angreifen konnte.

Die Waffe des Kanzlers hämmerte auf ihn nieder. Dauras wehrte die Hiebe ab, so gut er es vermochte. Er suchte nach einem *Bild*, mit dem er kontern und erneut die Initiative übernehmen konnte. Aber sein Kopf fühlte sich leer an, und sein Körper fand keinen anderen Rhythmus, als die Schläge nur instinktiv abzuwehren.

Dauras kauerte immer noch in der Hocke, mit dem Rücken gegen die Tür gelehnt. Etwas traf ihn im Gesicht und riss die Haut auf. Dauras wusste nicht einmal, ob das Schwert des Kanzlers ihn gestreift hatte oder sein eigenes, das zurückgeprallt war.

Dann wischte der Kanzler mit dem Schild Dauras' Schwert zur Seite und ließ sein eigenes darauf niedersausen. Die Klinge fiel zu Boden, Arnulf trat sie fort.

Er hielt Dauras die Schwertspitze an die Kehle und verharrte. Die Klinge bohrte sich in die Kuhle unter Dauras'

Kehlkopf, als wollte sie ihn an der Wand fixieren wie einen Schmetterling auf dem Brett eines Naturforschers.

Beide Gegner atmeten schwer. Der Kanzler grinste triumphierend. Dauras hockte auf dem Boden, gegen die Tür gepresst und konnte das dumpfe Gefühl der Niederlage nicht abschütteln, dass seinen Kopf ausfüllte wie ein Nebel.

Er hatte tatsächlich gedacht, dass er diesen Kampf gewinnen könnte. Die Wachen am Turm, der Weg die Treppe hinauf – eine Weile lang war er überzeugt gewesen, dass er sich weit genug an seine neuen Sinne gewöhnt und die alte Stärke zurückgewonnen hatte.

»Und?«, fragte der Kanzler. »Wie fühlt es sich an, einem besseren Schwertkämpfer gegenüberzustehen? Ich hatte gehofft, dass wir uns noch einmal wiedersehen. Es wäre zu leicht gewesen, wenn du einfach so stirbst, ohne wirklich zu spüren, was aus dir geworden ist. Ein Mensch wie jeder andere, dem man auf Augenhöhe begegnen kann.«

»Ihr …« Dauras schluckte. Es fiel ihm schwer, wegen der Klinge, die gegen seinen Hals drückte. »Ihr habt es gewusst«, stieß er hervor. »Ihr habt genau gewusst, was Euer Trank mit mir anstellt.«

»Sagen wir es so«, erwiderte der Kanzler selbstzufrieden. »Ich war neugierig.«

»Aber«, fragte Dauras, »wie konntet Ihr das wissen?«

Arnulf schnaubte. »Du meinst, nur ein Dämon könnte auf den Gedanken kommen, dass eine Heilung nicht immer nur Gutes bewirkt? Vielleicht hast du recht. Vielleicht hatte ich ein wenig Hilfe bei diesem Plan.

Andererseits, ich mag zwar ein Schwertkämpfer sein, genau wie du – doch im Gegensatz zu dir bin ich auch ein Mann des Geistes. Ich habe mich kundig gemacht, als du mir im Pelz gesessen hast wie eine Laus, die ich nicht loswerden konnte. Du würdest dich wundern, Dauras, was für erhellende Schriften man in den Tempeln findet.« Er sah auf Dauras hinab. »Du hättest die Gelegenheit nutzen können, weißt du das? Anstatt weiter hinter deinem Schwert herzulaufen, nachdem du die Gabe dafür verloren hattest, hättest du mit deinen neuen Fertigkeiten lesen lernen können.«

»Ich bin nicht gut im Sehen«, sagte Dauras. »Lesen zu lernen hätte mich genauso viel Mühe gekostet, wie den Kampf neu zu üben. Und wenn ich ein wenig mehr Zeit gehabt hätte, wäre ich dabei so gut geworden wie früher.«

Er konnte es immer noch werden, wenn er nur lebend aus diesem Zimmer herauskam, dachte Dauras. Er würde kämpfen, und dann würde er lesen lernen, und am Ende würde er über den Kanzler triumphieren.

Doch Arnulf schüttelte den Kopf. »Das bezweifle ich«, erwiderte er. »Es gibt andere Fälle wie deinen. Selten, aber es kommt vor: Blinde, die ihr Augenlicht wiedererlangen. Ich habe ein halbes Dutzend dieser Fälle in der Bibliothek des Tempelhospitals beschrieben gefunden. Und weißt du was: Kein Fall ging gut aus.

Keiner fand jemals richtig ins Leben zurück.«

»Das ist Unsinn«, sagte Dauras. »Wie schwer kann es sein, das Sehen zu lernen? Jeder Mensch kann es, solange seine Augen gesund sind.«

»Das glauben sie alle, nicht wahr?«, gab der Kanzler zurück. »Das war das Beste an meinem Plan: Ich wusste, dass kaum einer deine Probleme verstehen würde, selbst wenn du die erste Nacht überleben solltest. Die meisten Menschen denken, dass Sehen ganz von selber funktioniert. Sie hätten dich bloß ausgelacht, wenn du geklagt hättest, ich hätte einen Anschlag auf dich verübt.

Aber wir beide, wir wissen es besser, nicht wahr? Und nach den Fällen zu schließen, von denen ich gelesen habe, wird es auch so bleiben. Du kannst ein wenig lernen und dich besser zurechtfinden. Doch du wirst niemals so selbstverständlich sehen können wie ein normaler Mensch.

Du wirst immer ein Krüppel bleiben.

Sei also froh, dass es heute enden wird. Ich erspare dir einen jahrzehntelangen mühsamen Kampf zurück ans Licht … Den du am Ende trotz allem verlieren würdest.«

Dauras fühlte, wie der Arm mit der Klinge sich anspannte.

»Wartet«, rief er. »Was … Wie … Woher konntet Ihr wissen, dass meine anderen Sinne geschwächt werden?« Der Kanzler schüttelte den Kopf. Er kniff die Augen unter dem Helmrand zusammen. »Sieh dich an, Dauras, wie erbärmlich du geworden bist. Du redest doch nur, um Zeit zu schinden, um ein paar zusätzliche Atemzüge in deiner geschlagenen Existenz auf Erden zu gewinnen. Das ist eine Schwäche, die ich nicht voraussehen konnte.

Was dein magisches Sehen anbelangt – diese Fertigkeit ist nicht so einzigartig. In der Kirche ist man damit wohlvertraut. Und alle sind sich einig: Es ist an die Blindheit gebunden. Das Licht der Augen löscht die Gabe aus.

Ich habe gehört, dein Orden strebt nach Wissen. Du hättest so viel über dich erfahren können, wenn du diesem Weg gefolgt wärst, anstatt in die Welt zu ziehen und dich zu messen. Jetzt ist es zu spät. Ich kann keine Zeit mehr mit dir vergeuden, kleiner Mönch, denn ich habe heute eine Schlacht zu schlagen in dieser Stadt. Du kannst gleich deine Götter fragen, ob sie zufrieden sind mit der Art, wie du dein Leben genutzt hast.«

»Halt«, rief Dauras. »Wartet!«

Seine Hände fuhren hoch. Der Kanzler kippte nach vorne. Dauras fing die Klinge zwischen den Handflächen. Die Spitze wandte sich zur Seite und riss eine Wunde in seine Haut. Mit all seiner Kraft hielt Dauras das Schwert von seinem Fleisch fern.

Dann landete Arnulfs Leib schwer auf den Dielen. Die Waffe entglitt seinen Fingern und fiel klirrend zu Boden.

Meris stand hinter ihm. Sie zog das schmale Rapier zwischen den Kettengliedern hervor und wischte es an Arnulfs Umhang ab.

Dauras presste die Hand an den Hals.

»Du hast verdammt lange gebraucht«, krächzte er.

»Und du warst verdammt schnell geschlagen«, gab sie ungerührt zurück. »Der Weg über die Dächer und hinauf bis zum Fenster ist nicht einfach. Und als ich dort ankam, war der Kampf schon vorüber und du hast ganz ruhig mit dem Dicken geplaudert. Du hattest versprochen, dass du ein Ablenkungsmanöver versuchst! Weißt du, wie schwer es war, das Fenster so leise aufzukriegen und mich unbemerkt anzuschleichen?« Ein Lächeln huschte über ihr Gesicht. »Außerdem dachte ich, du würdest gern wissen, was er zu erzählen hat. Du klangst so interessiert.«

Dauras stemmte sich hoch. Er fühlte sich kraftlos auf den Beinen. Auf allen vieren kroch er zu dem hingestreckten Kanzler und legte die Hände auf dessen Leib.

»Du hast einen schlechten Charakter, Meris«, gab er zurück. »Mitunter. Weißt du das? Übrigens, er ist tot!«

Er sah zu ihr auf.

Sie zuckte die Achseln. »Darum ging es doch bei unserem Plan, nicht wahr?«

»Ich dachte, du wolltest mit ihm reden«, antwortete Dauras. »Ihn dazu zwingen, deine Tochter herauszugeben – oder zumindest zu verraten, wo sie ist, bevor du ihn tötest. Ich hoffe, du hast nicht meinetwegen darauf verzichtet. Wenn du ihn getötet hast, nur um mich zu retten …«

Meris fiel ihm ins Wort. »Du überschätzt dich, Mönch. Ich habe getan, wofür ich gekommen bin. Alles andere sind Träume.«

»Ich dachte …«, sagte Dauras.

Meris wandte sich ab. »Ich habe nie mehr erwartet«, erklärte sie kalt. »Du schon? Nun, er hätte mir Tordis niemals ausgeliefert. Wie hätte ich ihn dazu zwingen können? Nein, ich habe hier alles für meine Tochter getan, was ich tun konnte.

Wenn sie überhaupt noch lebt, dann nur, weil der Kanzler in ihr eine wertvolle Geisel sah. In dem Fall wird er sie an einen sicheren Ort gebracht haben. Ich gehe davon aus, dass Tordis bei irgendeinem ahnungslosen Paar oder in einem Waisenhaus gelandet ist, über einen Mittelsmann und mit der strikten Anweisung, sich um sie zu kümmern, bis jemand sie holen kommt.

Wenn Arnulf überlebt hätte, hätte er sie irgendwann beseitigen lassen. Jetzt ist er tot und kann keine neuen Befehle mehr geben. Was bleibt, ist ein fremdes Kind an einem fremden Ort, bei Leuten, die nichts weiter über die Angelegenheit wissen, als dass sie dieses Kind im Auftrag eines Mächtigen zu hüten haben.

Ich habe Arnulf getötet, weil das der einzige Weg war, meine Tochter zu retten. Auch wenn ich sie niemals wiedersehen werde.«

Dauras band sich einen Streifen Stoff um den Hals. Er trat auf Meris zu.

»Das klingt sehr nüchtern«, stellte er fest. »Für das, was auf dem Spiel steht.«

»So wurde ich erzogen«, sagte Meris. »Ich werde nicht plötzlich eine andere, nur weil es um mein eigenes Kind geht. Meine Tochter hat es verdient, dass ich sie auf dieselbe Weise beschütze, wie ich stets das Kaiserreich beschützt habe.«

»Das war es nicht, was du für sie im Sinn hattest«, stellte Dauras fest.

»Es war das Beste, was ich für sie erreichen konnte«, sagte

Meris. »Und jetzt verschwinden wir besser von hier, bevor einer von den Handlangern des Kanzlers mich sieht und eine Verbindung herstellt.«

Sie trat auf das Fenster zu. Vorsichtig drückte sie es wieder einen Spalt auf und blickte auf den Innenhof.

»Kommst du damit klar?«, fragte Dauras.

»Kannst du noch klettern?«, fragte sie.

Sie schwang die Beine über den Sims und tastete mit den Fingern über das Mauerwerk. Dauras schaute auf das Meer von Dächern, das sich rings um den Turm erstreckte. Er seufzte.

»Nicht so gut«, stellte er fest. »Aber ich kann mich blind vorantasten und hoffen, dass ich bald wieder sicheren Boden unter den Füßen spüre.«

1.4.963 – IN MEERBERGEN, ZUR ZEIT DES TURNIERS

Ritter Lacan stand hinter der Schranke, die Lanze in den gepanzerten Händen, und versuchte, seinen Gegner zu erkennen. Die Sonne kam von schräg vorn. Sie war ungewöhnlich hell für einen Frühlingstag. Lacan verfluchte das gute Wetter, das Bponur den Bürgern von Meerbergen zum Festtag schenkte.

Der Herold gab das Signal. Lacan ritt los. Staub wirbelte von der Bahn auf. Er zielte mit der Lanze auf den Schatten, der auf ihn zupreschte. Den Schild hielt er leicht schräg.

Er blinzelte. Er sah die Lanzenspitze seines Gegners, das massige Ross, den stahlgepanzerten Schemen des Ritters. Lacan richtete sich in den Steigbügeln. Er würde seine größere Beweglichkeit nutzen. Er hob seine Lanze. Sein Gegner folgte der Bewegung mit dem Schild. Die Lanzenspitzen zitterten. Lacan spürte jeden Hufschlag im Magen.

Kurz vor dem Aufprall zog er die Lanze hoch und lenkte sein Pferd zur Seite. Sein Stoß verfehlte den Kopf seines Gegners, aber auch der verriss den Stoß. Lacan duckte sich, und beide Kämpfer galoppierten bis zum Ende der Bahn, ohne dass ihre Waffen einander berührt hätten.

Der Herold erkannte auf Unentschieden.

Lacan ritt an seinen Platz zurück, und Sobrun nahm seinen Helm entgegen.

»Ihr habt gar nicht versucht, ihn zu treffen, Herr«, sagte er vorwurfsvoll.

Lacan wischte sich den Schweiß von der Stirn. »Hat man das so deutlich gemerkt?« Er fragte sich, warum er dabei an Nessa dachte.

»Wenn man so nah dran ist wie ich«, erwiderte Sobrun knurrig. »Und sich mit Waffen auskennt.«

»Ich habe genug.« Lacan stieg ab. »Ich bin einfach nicht für ein Turnier gerüstet.«

»Wollt Ihr den Gecken das Feld überlassen?«, wandte Sobrun ein. »Solche Männer haben wir auf dem Sternenstein kennengelernt. Die haben nicht einmal eine Dekade auf dem Feld durchgehalten!«

Lacan streckte die Arme vor und ließ sich die Metallschienen abnehmen. »Beim nächsten Mal nehme ich einen Knappen mit«, sagte er. »Einen Knaben mit ritterlicher Ausbildung, der ein wenig mehr Respekt zeigt.«

»Dann seht zu, dass Ihr einen findet, der jünger ist als Ihr«, sagte Sobrun. »Wollt Ihr das Kettenhemd ablegen?«

Lacan erinnerte sich an das Banner, dass er zusammengeknüllt darunter trug. »Um Gottes willen, lass es. Ich hoffe nur, es fordert mich keiner mehr.«

Acht Kämpfe hatte er an diesem Vormittag bereits bestanden. Er hätte gern daran geglaubt, dass die Herausforderer den Kampf suchten, weil sie sich mit dem Sohn des Arnulf von Meerbergen messen wollten – nicht, weil sie seinen Vater hassten und den Sohn deswegen gern einmal verprügeln wollten.

Er ließ den Blick über die Zuschauer schweifen. Die Sitzreihen waren gut besetzt, und selbst der einfachste Besucher trug bunte Gewänder. Viele waren aufwendig kostümiert, sodass sie in einen Ballsaal gepasst hätten, zu Rittern, zu Fürsten oder gar zu fremdländischen Königen. Manche trugen handfestere Verkleidungen. Es gab Harlekine und verschiedene Tiere, schrille Farben und bizarre Formen. Auf einer gemauerten Empore an der Südwand saßen die Würdenträger der Stadt. Irgendwo dort war Nessa an der Seite ihres Gastgebers. Lacan suchte nach der Farbe ihres Kleides, doch sie ging unter im Gepränge der Großen.

Sein Blick glitt über die Patrizier, die Vertreter der Zünfte … und erst allmählich wurde ihm bewusst, dass er nach der Metropolitin Ausschau hielt. Er entdeckte ihren Platz, einen Sessel in der Mitte der Würdenträger, mit einer geschnitzten Lehne, die an einen Thron denken ließ. Der Sitz war leer.

Vor seinem Lanzengang hatte die Äbtissin Mirkvis dort noch gesessen, und nun war sie verschwunden. Unwillkürlich musste Lacan an seinen Vater denken, und er fragte sich, ob die Äbtissin Mirkvis sich das Turnier ausgesucht hatte, um ihren geheimen Verbündeten zu treffen.

Die Straßen von Meerbergen waren jetzt, zur Zeit des Turniers, ungewohnt leer. Es fühlte sich beinahe unwirklich an nach dem Gedränge in den beiden letzten Tagen. Doch Valdar genoss es, durch die ruhigen Gassen zu streifen und die Stadt zu erkunden. Ein paar Augenblicke, um nachzudenken und um einen klaren Kopf zu bekommen …

Meerbergen war die größte Metropole in diesem Teil des Reiches. Südlandhaven dagegen, der Stützpunkt der Reichsflotte, glich mehr einem Heerlager.

Seit Jahrzehnten träumte Valdar von einem Besuch in der Hauptstadt Horome. Doch in Wahrheit war ihm Meerbergen schon zu viel. Nach dem Festtagstrubel zog es ihn wieder aufs Land zurück, und er fühlte sich auf den abgelegenen Gütern der Galdingens besser aufgehoben. Daher hatte er die Reise immer wieder aufgeschoben.

Womöglich war es gut so, wenn eine Reise in die Hauptstadt ein bloßer Traum blieb. Die großen Bibliotheken, Gespräche mit den großen Gelehrten der hermetischen Wissenschaften – das waren Gedanken, an denen er sich erfreuen konnte … aber nur, solange die Wirklichkeit ihn nicht enttäuschte und alle schönen Bilder auslöschte.

Valdar lief eine endlose hölzerne Wand entlang. Er hatte sich bei Lacan für das Turnier entschuldigen lassen: Er habe noch wichtige Besorgungen in der Stadt zu erledigen. Aber jetzt hatte sein Weg ihn doch ganz unwillkürlich zu den umfriedeten Festspielplätzen geführt. Er folgte der zehn Schritt hohen Palisade, die eine Längsseite des Turnierplatzes abschloss. Valdar vernahm ein Brausen dahinter und Rufen und Schreien aus dem Publikum.

Vor ihm endete die Palisadenwand an einem gemauerten Gebäude, und der Weg mündete dort in einen kleinen Platz ein. Valdar wusste, dass sich in dem Gebäude die Empore der Würdenträger befand. Es gab eine kleine Pforte, damit die Großen der Stadt zu ihren Plätzen gelangen konnten, ohne sich unter das Volk zu mischen.

Als Valdar näher kam, stellte er fest, dass die Tür aus eisenbeschlagenen Bohlen einen Spaltbreit offen stand. Nirgends war eine Wache zu sehen. Valdar stutzte. Die Spiele hatten bereits begonnen. Es musste jemand vergessen haben, die Hintertür zu schließen.

Neugierig ging er darauf zu.

Er hörte Schritte vor sich und einen eigentümlichen, abgehackten Laut. Links vor ihm ging eine Hauptstraße von dem Platz ab und führte vom Festspielgelände fort. Valdar trat an die Ecke – und erblickte auf der Hauptstraße eine Schar Bewaffneter, die auf ihn zukamen. Sie waren mit langen Schilden und kurzen Schwertern gerüstet, Schützen mit Langbögen marschierten zwischen ihnen. Ein Bürger in buntem Kostüm lag hinter den Kriegern in einer Blutlache vor einem Hauseingang, ein weiterer Toter hing mit dem Oberkörper aus einem offenen Fenster. Ein Pfeil steckte in seinem Kopf. Die schwerbewaffneten Krieger rückten auf die Festspielplätze vor!

Valdar zuckte zurück. Keinen Augenblick zu früh! Ein Pfeil

zischte an der Straßenecke vorbei, um die er gerade gespäht hatte, und schlug in die Palisadenwand ein.

Valdar wandte sich zur Flucht, den Weg entlang, den er gekommen war. Gassen zweigten dort in ein Wohnviertel ab, und aus einer dieser Gassen trat nun eine weitere Kriegerschar heraus und versperrte ihm den Fluchtweg. Einige der Männer trugen Schwerter und Schilde, aber die meisten schleppten schwere Armbrüste, bereits gespannt und schussbereit.

Valdar hielt inne. Auch die Männer vor ihm zögerten kurz.

Dann wies einer mit dem Schwert in seine Richtung. »Erledigt ihn!«, rief er.

Valdar sah sich gehetzt um. Der erste Trupp hatte inzwischen den Platz erreicht und stand zwischen Valdar und der Seitenpforte. Die Armbrustschützen legten auf ihn an. Als die Krieger in Valdars Rücken das sahen, gingen sie hinter der Hausecke in Deckung.

Valdar hörte den Knall, mit dem die Sehnen nach zurückschnellten. Die Bolzen waren nur schwarze Schatten, die auf ihn zusausten.

Da versenkte er sich tief in sein Inneres und besann sich auf die Dinge, die er studiert hatte. Er fand die Magie. Die Zeit dehnte sich, es war, als würde die schnurgerade Gasse tausend Windungen bekommen, in denen die Geschosse sich erst ihren Weg suchen mussten. Valdar hatte sogar Muße, sie zu betrachten. Es war ein Augenblick der Ruhe und der Klarheit, ein schicksalhafter Augenblick. Valdar wusste nicht, was da in der Stadt vorging. Aber er wusste, was er tat.

Er schlängelte sich zwischen den Bolzen hindurch, die allesamt harmlos an ihm vorbeisausten.

Valdar ließ den Zauber los.

Sein Herz schlug wie wild, und ein leichter Schwindel stieg ihm in den Kopf. Er hatte die Magie studiert. Er hatte kleine

Experimente gewagt. Doch niemals hätte er geglaubt, dass er einmal eine solche Macht gebrauchen würde.

Niemals hätte er geglaubt, dass es sich so großartig anfühlte!

Seine Knie gaben nach, und er musste sich an der Wand abstützen.

Die Männer starrten ihn an. Valdar fragte sich, was sie wohl gesehen hatten – einen dicken alten Mann, der unwirklich schnell ihren Schüssen auswich?

Die Krieger hoben das Schwert und stürmten auf ihn zu. Von beiden Seiten. Valdar sah einen Wall von Schilden und Klingen, der sich um ihn schloss. Es gab keinen Ausweg für ihn. Valdar war beinahe froh darüber. Die Unausweichlichkeit machte es leicht, das Schicksal zu umarmen.

Er senkte die Lider, konzentrierte sich und weckte ein weiteres Mal die Kraft in seinem Inneren. Er griff nach dem Feuer. Das Element war überall um ihn herum. Für gewöhnlich blieb es verborgen. Es lebte im Holz, wo es von der Hitze geweckt werden konnte. Aber es gab diese Kraft auch in der Luft und im Stein unter seinen Füßen. Valdar zog davon an sich, was er nur fassen konnte.

Er sammelte das Feuer in seinem Leib und stieß es aus. Als undurchdringliche Wand raste es durch die Gasse. Valdar hörte die Schreie seiner Angreifer. Seine Lider flatterten. Er sah die Flammen, die sich von ihm fortwälzten, dann an Kraft verloren und vergingen.

Geschwärzte Körper lagen am Boden, wo eben noch die schwertschwingenden Krieger auf ihn zugestürmt waren. Einige lagen reglos da, andere wälzten sich schreiend auf dem Pflaster. Manch ein Wams hatte Feuer gefangen. Die Männer rissen sich die brennende Kleidung herunter und schleuderten sie von sich. Armbrustschützen warfen ihre Waffen fort und flohen.

Valdar hatte das Gefühl, als würde er immer kleiner werden und den Tumult nunmehr aus dem Blickwinkel einer Ameise sehen. Dann wurde ihm bewusst, dass er gestürzt war. Die ganze Welt schien sich um ihn zu drehen. Er lag da, zu schwach, um wieder aufzustehen. Sein Blick war trübe, und nur mehr verschwommen sah er, was er angerichtet hatte.

Ihm war zumute, als hätte er all seine verbliebene Lebenskraft mit diesen wenigen Zaubern verbrannt. Sie waren zu mächtig gewesen, als dass irgendein Mensch sie hätte wirken sollen. Dennoch, Valdar empfand Stolz, weil er dazu in der Lage gewesen war.

Er hatte seine Magie erproben können. All das, womit er sich in den letzten Jahrzehnten befasst hatte – es war mehr als eine Spinnerei! Er hatte seine Zeit nicht verschwendet.

Was machte es da schon, dass diese Zeit nun abgelaufen war?

Die Welt versank in Nebel und Schatten. Hatte er die fremden Krieger endgültig vertrieben, oder sammelten sie sich bereits wieder, um ihm den Garaus zu machen? Valdar stellte fest, dass ihm das überraschend gleichgültig war.

Trotzdem klammerte sich ein Teil von ihm weiterhin an das Bewusstsein. Er hatte das Gefühl, dass noch etwas zu tun blieb, dass er etwas vergessen hatte …

Valdar erinnerte sich an die offene Pforte. Die Krieger waren zu diesem Hintereingang unterwegs gewesen – der auf die Empore der Würdenträger führte! Das Fräulein Nessa saß dort. Und wenn die Bewaffneten die Tribüne erreichten, konnten sie jeden Ritter auf dem Platz mit ihren Armbrüsten und Langbögen niederstrecken, einen nach dem anderen, wie Schlachtvieh in einem Pferch.

Die Ritter, unter denen Lacan war!

»Lacan«, murmelte Valdar.

Unter Aufbietung all seiner Kräfte drehte er den Kopf.

Seine Wange streifte durch den Straßenschmutz. Die Pforte schien unerreichbar fern zu sein.

Dennoch, er musste den Zugang versiegeln. Wo auch immer er die Kraft dafür hernehmen würde.

Nach allem, was ich heute getan habe, dachte Valdar, *werde ich daran nicht scheitern.*

Nachdem Lacan sich von seinem Standplatz zurückgezogen hatte, schlenderte er durch das Lager der Turnierteilnehmer am Ende des langen Platzes. Er verspürte wenig Lust, dem Rat seines Vaters zu folgen und nach Verbündeten zu suchen. Aber die Freunde seines Vaters fanden ihn.

Es waren alte Männer, die Geschichten aus dem Krieg erzählten oder die einfach nur Höflichkeiten mit ihm austauschten. Dennoch schwang bei all diesen Gesprächen am Rande des Turnierplatzes noch etwas anderes mit, der bevorstehende Krieg und eine unausgesprochene Frage:

Hat Euer Vater Euch eine Botschaft zukommen lassen? Was ist zu erwarten?

Die Flagge schien an seiner Brust zu brennen, doch Lacan brachte es nicht über sich, auch nur eine Andeutung fallen zu lassen. Ihm war die ganze Angelegenheit zuwider, obwohl er wusste, dass er irgendwann mit hineingezogen würde, egal wie er sich sträubte.

Als der Tumult dann losging, war Lacan ebenso verwirrt wie alle anderen. Er plauderte gerade mit Daugud an Haran, einem grobschlächtigen alten Ritter, der – natürlich! – ein Verbündeter seines Vaters war.

Das Gespräch plätscherte dahin. Lacan blickte zu dem bogenförmigen Steingebäude mit dem Badehaus. Dort gab es Schwimmbecken, Dampfbäder und Massageräume. Viele Teilnehmer des Turniers hatten sich schon dorthin zurückgezogen, und Lacan suchte nach einer Ausrede, um es ihnen gleichzutun – ohne die Gesellschaft der Freunde und Feinde seines Vaters, die ihn nicht in Ruhe lassen wollten.

Da hörte er den Lärm vom Platz her. Es klang nicht nach einem weiteren Lanzengang. Das Publikum rief aufgeregt durcheinander. Lacan überlegte, ob bereits die Mannschaftskämpfe begannen – das Reitergefecht, bei dem sich die Teilnehmer zu zwei kleinen Heerhaufen zusammenfanden und jeweils ein Pfand aus der »Festung« des Gegners erringen mussten.

Die Unruhe breitete sich aus unter den Rittern im Lager, und Lacan drehte sich um. Auf der anderen Seite des Platzes stürmten Bewaffnete durch das Tor. Sie sammelten sich vor dem Zugang, mit langen Spießen und schweren Schilden. Weitere Männer liefen die Treppen zu den Zuschauern hinauf.

»Ist das ein Angriff Eures Vaters?«, wollte Ritter Daugud von Lacan wissen.

Und erst als er diese Frage vernahm, erkannte Lacan, was geschah. Das war der Augenblick, für den sein Vater ihm die Flagge mitgegeben hatte!

Lacan erkannte mit einem Mal, was Arnulf von ihm erwartete und mit welchem Plan sein Vater in die Stadt gekommen war.

Wenn er jetzt, in diesem Moment der Verwirrung, die Flagge an seine Lanze knüpfte, wenn er seine Verbündeten sammelte und die Unentschlossenen auf seine Seite zog, dann konnten sie die übrigen Ritter auf dem Platz überrennen, solange diese noch zögerten und versprengt und ohne Führung waren.

Wie viele Krieger mochte sein Vater wohl in die Stadt geschleust haben? Es konnten nicht mehr als zweihundert sein. Doch das reichte aus. Lacan musste zugeben, der Handstreich konnte gelingen.

Die Stadtwache war ahnungslos und im Feiertagsgetümmel verstreut. Die Edlen der Gegend konnte Arnulf hier auf dem Festplatz mit einem Schlag vernichten. Wer würde sich ihm dann noch entgegenstellen?

Die militärische Macht des Südens lag eine Tagesreise entfernt in Südlandhaven, aber Meerbergen war das Herz der Gegend. Ein bloßer Militärstützpunkt, so groß er auch sein mochte, mit Werften und Schiffen und Marineinfanterie, all das reichte nicht aus als Basis für einen Aufstand, wenn die bürgerliche Schwesterstadt und das Land darum herum verloren waren.

Letztendlich spielte es nicht einmal eine Rolle, ob Arnulf Meerbergen halten konnte, bis Verstärkung eintraf, oder ob die Stadt verwüstet wurde bei dem Versuch, sie ihm wieder zu entreißen. Am Ende würde die ganze Küstenregion zerschlagen zurückbleiben, und das kaiserliche Heer musste nur noch die Trümmer auffegen.

Inzwischen stürmten die Angreifer durch die Reihen der Zuschauer. Sie trieben das Publikum vor sich her. Die Bürger sprangen in Panik über die Brüstung und flüchteten auf den Turnierplatz.

Lacan schaute zu den Logen der Patrizier auf. Dort waren keine Krieger zu sehen. Die Würdenträger blickten verwirrt umher, und einige flohen bereits in die Räume hinter den Logen.

Lacan bemerkte ein silbriges Blitzen in dem Getümmel. Es war Nessa, die mit der befreundeten Kaufmannsfamilie einen Platz auf der Ehrentribüne gehabt hatte. Sie beugte sich weit vor und spähte hinab.

»Ritter Lacan?« Daugud sprach ihn wieder an. »Wisst Ihr, was hier vorgeht?«

Lacan fuhr sich über die Brust, wo die Flagge des Kanzlers steckte. Er musste sich jetzt entscheiden …

»Das sind nicht die Farben des Kaisers«, sagte er. »Das müssen Räuber sein!«

Er zog sein Schwert und stürmte zu seinem Pferd. »Sammelt euch!«, schrie er den Rittern zu. »Wir schlagen den Angriff zurück!«

Er brüllte und schwenkte wild die Waffe. Die Ritter in der Nähe wurden aus ihrer Starre gerissen, und sie saßen auf, riefen ihre Knechte und Knappen herbei und ließen sich Waffen reichen.

Sobrun kam Lacan entgegen, dessen Pferd am Zügel führend.

»Ich hab gedacht, Ihr wollt nicht am Gruppenkampf teilnehmen«, knurrte er.

»Wie mein Vater bereits festgestellt hat – man sollte jede Gelegenheit nutzen, um Spaß zu haben«, gab Lacan zurück.

Mit dem Schwert schrägte er das stumpfe Ende seiner Turnierlanze ab, sodass eine Spitze entstand. Er steckte das Schwert in die Scheide, saß auf und ließ sich von Sobrun den Helm reichen.

»Bleib hinter mir, so gut es geht«, sagte er. »Wir können nicht warten, bis du dein Pferd geholt hast.«

Sobrun nickte.

Die fremden Schildträger gingen vor dem Tor in Stellung. Noch war ihre Reihe zu dünn, um einem Angriff von Rittern standzuhalten, doch in wenigen Augenblicken konnte das anders sein. Und wenn das ganze Publikum auf den Platz gelaufen wäre, wären die Ritter eingekeilt.

Sie mussten sofort handeln, oder die Gelegenheit wäre vertan.

Lacan ritt in einem Bogen an dem Lager vorbei.

»Folgt mir«, rief er den Rittern zu. »Wir erobern uns das Tor zurück!«

Er galoppierte los und achtete nicht darauf, wer ihm folgte.

Die Krieger am Tor schlossen ihren Schildwall. Lacan legte die Lanze ein. Er beugte sich im Sattel weit nach vorn und trieb sein Pferd vorwärts.

Die stählernen Spitzen an den langen Piken der Söldner rasten auf ihn zu.

Holz splitterte um ihn herum. Er schlug die Spieße mit dem Schild zur Seite und wich ihnen aus. Versuchte, die eigene Waffe zu führen. Er sah die Rundungen der Helme seiner Gegner über dem Rand des Schildes.

Da spürte er einen Stoß, und sein Pferd strauchelte. Der Schild wurde ihm aus der Hand gerissen, und der Arm wurde ihm verdreht. Lacan fiel aus dem Sattel, stürzte auf dem harten Boden auf und überschlug sich. Funken tanzten ihm vor den Augen, und es wurde dunkel um ihn.

Dauras und Meris führten ihre bepackten Pferde auf die Stadtmauer zu. Plötzlich hielt Meris inne.

»Das Tor ist zu«, stellte sie mit gesenkter Stimme fest. »Und die Krieger davor tragen nicht die Farben der Stadtwache.«

»Was bedeutet das?«, fragte Dauras.

»Das muss vom Kanzler kommen. Womöglich hat Arnulf eine Art Putsch inszeniert und die Stadt abriegeln lassen.«

Dauras schnaubte. »Ein Putsch aus dem Grab heraus.«

»Er muss es von langer Hand vorbereitet haben. Und bei seinen Verbündeten hat sich vermutlich noch nicht herumgesprochen, dass ihr Auftraggeber tot ist. Vielleicht können wir einen Nutzen daraus ziehen. Bleib einfach hinter mir.«

Sie zogen weiter. Die Wache vor dem Tor hielt sie auf. Dauras sah einen Schimmer auf einer dunklen Oberfläche, und einen silbrigen Glanz darüber – geschwärzte Brustpanzer und Helme, nahm er an, und ein Speer mit heller Spitze.

»Halt! Macht kehrt. Der Weg ist versperrt.«

»Das sehe ich«, sagte Meris.

Sie streckte die Hand aus. »Seht ihr den Ring mit dem Siegel? Ich bin eine Botin des kaiserlichen Kurierdienstes. Ich habe Befehl vom Kanzler – ihr sollt den Posten aufgeben und euch bei ihm melden.«

Der Soldat gab einen abfälligen Laut von sich. Seine Kameraden traten näher heran.

»Kurierdienst, he? Zeigt her.«

Meris trat auf ihn zu. Dauras blieb dicht hinter ihr. Er hörte die Krieger miteinander flüstern. Der vorderste Posten nahm ihre Hand und betrachtete den Siegelring.

»Ich weiß nichts vom Kanzler. Wir bekommen unsere Befehle von den Hauptleuten.«

»Aber ihr wisst, dass ihr im Auftrag des Erzkanzlers hier steht?«

»Kann sein«, sagte der Soldat. »Wir haben unsere Befehle. Wir bleiben so lange beim Tor, bis sich ein Bote vom Hauptquartier meldet. Jemand, den wir kennen. Wenn Ihr eine Botschaft habt, versucht es bei denen. Vielleicht können die Hauptleute etwas anfangen mit Eurem Ring.«

Dauras hatte die Männer vor dem Tor beobachtet. Er verfolgte jede Bewegung und merkte sich genau, wo sie standen.

Als Meris zur nächsten Erwiderung ansetzte, zog Dauras das Schwert aus ihrer Scheide und stieß es an Meris vorbei auf den Soldaten vor ihr. Die Klinge glitt an dem Panzer ab und drang in den Hals des Kriegers. Dann riss Dauras sie zurück, fuhr herum und zog die Klinge über die Kehle der beiden Soldaten, die hinter ihm gestanden hatten.

Er rannte auf das Tor zu.

»Dauras, was hast du vor?«, rief Meris.

Er hieb den Speer des nächsten Mannes entzwei und stieß ihm das Schwert ins Bein. Als der Krieger strauchelte, stach Dauras ihm die Klinge in den Nacken. Er wich dem Angriff des Kriegers daneben aus, hielt ihn am Arm fest und bohrte ihm das Schwert in den Unterleib.

Aus den Augenwinkeln nahm er eine Bewegung wahr. Er fuhr herum und holte aus. Dann erkannte er Meris, nur an dem Muster ihrer Kleidung. Im letzten Augenblick hielt er mit dem Hieb inne.

»Wir sollten von hier verschwinden«, zischte er ihr zu. »Ich glaube, ich habe alle Wachen erwischt – du kannst das Tor öffnen.«

»Wie denn?«, fragte Meris. »Das Fallgitter ist heruntergelassen – und die Winde dafür ist in dem Raum über dem Tor. Vermutlich nicht unbewacht. Hast du darüber einmal nachgedacht, bevor du losgestürmt bist?«

»Ich habe kein Gatter gesehen.« Dauras spähte in Richtung des Tores. »Aber weißt du was, zeig mir einfach den Weg zu der Treppe …«

1.4.963 – IN MEERBERGEN, ZUM ENDE DER KÄMPFE

Lacan schlug die Augen auf. Ihm dröhnte der Schädel. Aber die Feinde mit ihren Spießen und Schilden waren verschwunden. Stattdessen sah er das das Gesicht von Nessa, die sich über ihn beugte.

»Er kommt zu sich«, sagte sie.

»Nessa.« Mühsam richtete er sich auf. »Was machst du hier?«

Sie hatte ein gutes Stück vom Saum ihres Kleides abgetrennt, damit es sie nicht behinderte. Sie hielt ein Schwert in der Hand – sein Schwert, wie Lacan jetzt erkannte. Sobrun kniete neben ihm und half ihm auf.

»Ich bin von der Tribüne gesprungen.«

»Was ist passiert?«, fragte Lacan erschrocken und fasste sich an den schmerzenden Kopf.

Nessa winkte ab. »Keine Sorge. Die Angreifer sind nicht auf die Loge der Patrizier gelangt. Aber ich wollte nicht dort oben eingekeilt sein, zwischen all den Kaufleuten, die kopflos umherrannten. Ich wollte hier unten sein und mich *bewegen* können!«

»Es wundert mich …«, setzte Lacan ein. *Es wundert mich, dass mein Vater die Patrizier übersehen hat*, hatte er sagen wollen. Warum hatte es Arnulf versäumt – wenn das alles sein Werk war! – zuallererst einen Trupp zu den Führern seiner Feinde zu schicken?

Er sah sich um. Auf den Zuschauerrängen kämpften immer noch Ritter gegen die Eindringlinge. Die meisten Zuschauer waren auf den Platz gestürmt und flohen durch die Tore. Ein Ritter in prachtvollem Turnierharnisch stand im

Ausgang auf seinem gepanzerten Pferd. Er drehte sich wie in einem Strudel, die Lanze erhoben, als würde er im Getümmel nach Gegnern suchen.

Lacan sah, wie der Strom der Flüchtenden den Ritter langsam hinaus auf die Straßen zog.

»Was ist passiert?«, fragte er.

»Nachdem Ihr in den Schildwall gerast seid, sind andere Reiter nachgekommen. Sie haben die Angreifer versprengt und nach draußen getrieben. Seitdem hat sich alles in kleine Scharmützel aufgelöst«, berichtete Sobrun.

»Es ist nicht noch vorbei«, sagte Lacan. »Wir dürfen nicht zulassen, dass die Fremden sich wieder sammeln.«

Er wollte nach seinem Schwert greifen, doch Nessa drehte sich von ihm weg und brachte es aus seiner Reichweite. »Finger weg!«, rief sie. »Das gehört jetzt mir. Kriegsbeute.«

»Wie kann es eine Kriegsbeute sein?«, beklagte sich Lacan. »Du hast diesen speziellen Ritter nicht einmal zu Fall gebracht!«

Nessa zuckte die Achseln und hielt das Schwert bei sich. »Ich habe es auf dem Schlachtfeld geplündert«, behauptete sie. »Und niemand hat Einspruch erhoben. Also ist es rechtmäßig mein Besitz.«

»Sei vernünftig!«, rief Lacan. »Du kannst dich nicht ohne Rüstung in den Kampf stürzen.«

»Ich hätte fast auch noch eine Rüstung bekommen«, stellte Nessa fest. »Aber dann ist der Ritter, von dem ich sie erbeuten wollte, aufgewacht.«

Lacan bedachte Sobrun mit einem vorwurfsvollen Blick.

Der Söldner hob die Hände. »Sie hat Euch das Schwert nachgetragen, und sie hat vorgeschlagen, Euch das Kettenhemd zu lockern, damit Ihr besser atmen könnt. Das klang ganz unverdächtig. Wie hätte ich ahnen können, dass das Weib so verschlagen ist?«

»Ich werde darauf achten, dass ich in nächster Zeit nicht wieder das Bewusstsein verliere«, befand Lacan. Er hielt den Kragen von seinem Kettenhemd fest. Behutsam trat er auf den Platz. Zwischen den Füßen der Bürger lagen zerhauene Schilde, Rüstungsteile, Speere und Klingen am Boden. Er suchte sich ein Schwert heraus. Von seinem Pferd war keine Spur zu sehen. Wenn es den Zusammenprall überstanden hatte, war es vermutlich hinaus in die Stadt geflohen.

Nessa blieb an seiner Seite. Sie humpelte ein wenig.

»Wenn es dich tröstet, Lacan«, sagte sie. »Als du den Angriff auf diese Schurken geführt hast, da hast du mir weit besser gefallen als bei dem Turnier zuvor. Und viele der bedeutendsten Bürger der Stadt haben deine Heldentat gesehen!«

»Großartig«, murmelte Lacan. »Das habe ich gebraucht.«

Arnulf von Meerbergen würde gewiss nicht begeistert sein, wenn er Gerüchte darüber hörte, wie sein Sohn den Gegenangriff geführt hatte, durch den seine Handlanger zerstreut worden waren.

»Wollt Ihr mein Ross, Herr?«, fragte Sobrun.

Lacan schüttelte den Kopf. »Nimm's mir nicht übel, Sobrun. Aber es ist nicht dasselbe«, sagte er. »Lass uns in die Stadt gehen und dort nach meinem suchen.«

Langsam gingen sie auf die Tore zu. Er sah Ritter, die vom Kampf auf der Tribüne zurückkamen und die Treppen zum Ausgang hinabstiegen.

Sobrun zeigte auf sie. »Wir sollten uns mit denen zusammentun«, sagte er.

Lacan nickte. Vor dem Torbogen hielt er inne. Fast zwei Mannshöhen über dem Boden brannten Feuerschalen an der Mauer zu beiden Seiten des großen Tores. Lacan stellte sich auf die Steigbügel von Sobruns Pferd, zog die zusammengeknüllte Flagge seines Vaters unter dem Kettenhemd hervor und schob sie über den Rand einer der Feuerschalen.

Der Stoff schwelte und qualmte, dann loderte er auf. Die Fahne des Grafen von Meerbergen verbrannte und schickte eine dunkle Rauchwolke zum Himmel.

Nessa blickte neugierig zu ihm auf.

»Was war das denn?«, fragte sie.

»Eine Art … Kostüm«, gab Lacan zurück. »Ich fürchte, wenn ich mich heute damit hätte blicken lassen, dann hätte ich noch dümmer ausgesehen als mit dem Eselskopf.«

Das Hauptquartier der Stadtwache hatten die Söldner des Kanzlers als Erstes eingenommen, gleich nachdem sie in den Lagerhäusern am Rande des Hafens bewaffnet worden waren.

So konnten sie eine Handvoll ihrer Krieger in gestohlene Uniformen stecken und sie vor dem Eingang und in der Vorhalle positionieren. Und als die ahnungslosen Patrouillen der Stadtwache eine nach der anderen zurückkehrten und angesichts der Kämpfe in der Stadt nach Rat, Zuflucht oder Verstärkung suchten, wurden sie von Arnulfs Männern überwältigt.

Nach kurzer Zeit stapelten sich die Toten im Hinterhof, und die unteren Räume waren verwüstet von kleineren Scharmützeln. Die Söldner hatten bei jedem Kampf die Überzahl und die Überraschung auf ihrer Seite, und auf diese Weise brachen sie den Widerstand in der Stadt und dezimierten die Verteidiger weit schneller, als wenn sie ihre Gegner nur in den Straßen gejagt hätten.

In den oberen Stockwerken hatten sie sich ein Hauptquartier eingerichtet. Rhyl an Garren saß dort mit den übrigen Hauptleuten vor einer großen Karte. Sie empfingen Boten und markierten strategische Stellungen. Seine mit Kupfer überzogene Streitaxt hatte Rhyl neben sich in die Tischplatte gerammt, sodass eine Zacke mitten im Stadtzentrum steckte.

»Wir haben den Festspielplatz verloren«, vermeldete ein Läufer. »Das zweite Fähnlein wurde hinausgedrängt und versprengt.«

»Und das erste Fähnlein ist erst gar nicht hineingelangt«, stellte an Garren fest. »Die Metropolitin hätte unseren Männern Einlass verschaffen sollen. Ich frage mich, ob sie uns verraten hat.«

»Es heißt, da war Zauberei im Spiel«, wandte ein Leutnant ein. »An der Pforte zu den Patriziern.«

»Es kann auch ein Hinterhalt gewesen sein«, gab an Garren zurück.

»Oder beides.« Carelian von Kranzbogen war der Verbindungsmann des Kanzlers. Er hatte bereits die Ausrüstung im Städtebund besorgt und in die Stadt geschmuggelt. An Garren hätte lieber den Kanzler selbst hiergehabt.

»Hat inzwischen irgendjemand etwas von Arnulf von Meerbergen gehört?«, fragte er in die Runde.

Der Kanzler hatte schon während des ersten Kampfes zu ihnen stoßen sollen. An Garren hatte mittlerweile Späher zu Arnulfs geheimer Unterkunft geschickt und sie von Stadtwachen besetzt gefunden. Wenn der Kanzler aufgeflogen wäre und die Wachen ihn gefasst oder gar getötet hätten, hätte sich das herumsprechen müssen. Aber alle Soldaten der Stadt, die ihnen im Hauptquartier in die Hände gefallen waren, hatten vollkommen ahnungslos gewirkt.

An Garren hätte sich gerne Gewissheit verschafft. Wenn der Kanzler bereits tot war, ergab das, was sie taten, keinen Sinn mehr. Doch der Turm, in dem Arnulf von Meerbergen untergekommen war, glich einer Festung. Sie hätten mehr Krieger gebraucht, um die Stadtwache dort herauszutreiben und im Inneren nach dem Rechten zu sehen. Aber die größeren Trupps waren verplant, und wenn er Männer von den taktisch wichtigen Zielen abzog, um nach dem Kanzler zu suchen, würde ihr Plan ebenso scheitern.

»Da unsere Schützen nicht auf die Empore gelangt sind, können wir den Platz ohnehin nicht absichern«, stellte ein Leutnant fest. »Wir sollten das Gelände endgültig aufgeben. Dann hätten wir genug Leute, um nach dem Kanzler zu schauen.«

Ein zweiter Bote stürmte in den Raum. »Wir werden angegriffen!«, stieß er keuchend hervor. »Am Tor! Wir brauchen Verstärkung.«

»Stadtwache?«, fragte an Garren. »Oder sind die Ritter, die sich uns beim Festspielplatz entgegengestellt haben, schon so weit vorgedrungen.«

»Ähm …« Der Bote stockte. »Es heißt, zwei Reisende hätten unsere Wachen am Tor erschlagen. Sie wollten aus der Stadt hinaus. Jetzt haben sie sich im Torraum verschanzt, und da kommen wir schwer heran.«

Stille senkte sich über den Raum. Alle Blicke richteten sich auf den Boten.

»Zwei Reisende?«, fragte Rhyl. »Und ihr braucht Verstärkung? Wie viele Männer habt ihr noch bei den Toren?«

»Wir haben sechs Männer verloren«, verteidigte sich der Bote. »Und Dirud hat geschworen, dass er den blinden Schwertkämpfer erkannt hat … Diesen Kampfmönch, von dem man in der Hauptstadt so viel gehört hat.«

Die Leutnants redeten durcheinander. Rhyl an Garren wandte sich direkt an Carelian. »Ich dachte, Dauras sei tot? Der Kanzler habe ihn ermordet … Oder geheilt, je nachdem welchen Gerüchten man glauben darf.«

Carelian zuckte die Achseln. »Das war kurz vor dem Fest der Freude. Da war ich schon längst nicht mehr in der Hauptstadt. Aber war dieser Mann nicht der Leibwächter der

Kaiserin? Warum sollte er uns hier in den Rücken fallen? Wir erobern gerade Meerbergen für seine Herrin zurück!«

»Dauras der Seher kennt keine Herren«, gab an Garren zurück. »Glaubt mir das, Carelian. Ich kenne den Mann gut genug.« Er zog seine Axt aus dem Tisch.

»Ihr wollt selbst in die Kämpfe eingreifen?«, fragte Carelian.

»Ich beende die Kämpfe.« Rhyl wandte sich an die beiden Boten. »Ruft mein Fähnlein zusammen. Und den Rest der Männer, die noch nicht in irgendwelche Kämpfe verwickelt sind. Wir ziehen uns zum Hafen zurück. Wenn der Kanzler bis jetzt nicht zu uns gestoßen ist, dann muss ihm etwas passiert sein. Und langsam ahne ich, was das sein könnte.

»Ihr könnt nicht davonlaufen, nur weil angeblich irgendwer aufgetaucht ist!«, rief Carelian.

»Ich ziehe mich zurück, weil wir verloren haben, Carelian«, erwiderte an Garren. »Und wenn Ihr schlau seid, dann kommt Ihr mit.«

»Und was ist mit unserer Ehre?«, beharrte Carelian. »Wir können uns nicht zurückziehen, ohne dass wir uns vergewissert haben, was mit dem Kanzler geschehen ist.«

Rhyl an Garren lachte trocken. Er schob mit der Axt einen Leutnant beiseite, der sich neben Kranzbogen gestellt hatte.

»Ihr könnt meine Ehre haben«, sagte er. »Ich nehme dafür Euer Schiff.«

Lacan und seine Begleiter durchstreiften die Gassen rings um den Festspielplatz. Vor der Pforte, die unmittelbar zu den Logen der Patrizier führte, sahen sie verkohlte Leichen auf den Straßen. Lacan beugte sich zu einem der Toten hinunter.

»Was bei Gotor ist denn hier passiert?«

Nessa stand wachsam hinter ihm. Sie hatte sich auf dem

Turniergelände noch einen Brustpanzer besorgt, von einem gefallenen Söldner, und Arm- und Beinschienen. Die Rüstungsteile saßen nicht richtig, aber Lacan fühlte sich ein wenig beruhigter.

Sie blickte die Straße hinunter. »Sieht so aus, als wären das alles fremde Söldner.«

»Nicht alle!« Sobrun wies auf eine Gestalt in einem blutdurchtränkten Fischkostüm, die in einem offenen Hauseingang lag. Er drehte den leblosen Körper herum. Ein Armbrustbolzen steckte in der Brust, und am Kopf war eine klaffende Schnittwunde.

Sie zählten ein halbes Dutzend Tote auf dem schmalen Weg neben der Umfriedung des Festspielplatzes. Weitere Körper lagen vor der Pforte. Waffen und Ausrüstung waren verstreut, Schilde und Schwerter, Spieße und Armbrüste. Es gab mehr Waffen als Tote.

Lacan richtete sich wieder auf. »Anscheinend ist der Rest von den Kerlen abgehauen ...« Er brach ab. Er hatte etwas entdeckt, was nicht ins Bild passte, einen rundlichen Leib in einer Tunika aus hellgrauem Leinen. Das war kein Söldner ...

Lacan lief hin und beugte sich hinunter. Valdar! »Bponur, hilf!«, entfuhr es ihm.

Sein Mentor sah aus, als wäre er um Jahrzehnte gealtert. Das weiße Haar war dünn geworden und brach, als Lacan es berührte. Lacan kniete sich hin und hob Valdars Kopf an. Der graue Bart des Gelehrten wirkte strähnig, die Wangen waren eingefallen. Die Augen lagen so tief in den Höhlen, dass das Gesicht an einen Totenkopf erinnerte.

»Valdar«, murmelte Lacan. »Valdar. Was ist geschehen?«

Da schlug der alte Mann die Augen auf, und Lacan zuckte zusammen. Die Pupillen waren weiß geworden wie Marmor. Valdar öffnete den Mund.

»La... Lacan?«, stieß er mühsam hervor.

»Ich bin hier, Valdar! Bleib ganz ruhig liegen. Ich lasse einen Heiler holen.«

»Einen Heiler.« Valdar lachte leise. Es war kaum mehr als ein abgehacktes Ausatmen.

»Was haben sie dir angetan?«, fragte Lacan.

»Mir angetan?«, flüsterte Valdar. »Nichts.« Ein Lächeln stahl sich auf seine dünnen, blutleeren Lippen. »Sie sind nicht an mich herangekommen. Ich bin ein Zauberer, nicht wahr?«

»Ja, das bist du.« Lacan blickte auf. Die halb verbrannten Körper in der Gasse bekamen mit einem Mal eine ganz neue Bedeutung. »Ich wusste gar nicht, dass so etwas möglich ist.«

Er hörte, wie Sobrun und Nessa hinter ihn traten.

»Ich muss mich entschuldigen«, sagte Valdar. »Ich fürchte, ich habe die Männer deines Vaters getötet. Ich habe es nicht gewusst. Aber … ich konnte nicht zulassen, dass sie durch die Tür kommen, zu dem Fräulein, und zu dir …«

»Es ist gut«, sagte Lacan. »Du hast es geschafft. Wir alle haben es geschafft. Nessa ist hier, und wir haben die Kerle vertrieben. Mein Vater soll zur Hölle fahren!«

»Gut«, murmelte Valdar. »Gut …« Er verstummte.

»Valdar?«, fragte Lacan. Er spürte, wie Valdars Blick sich verschleierte. Hilfe suchend blickte er sich zu Nessa und Sobrun um. Aber Valdar war noch bei Bewusstsein. Er sah zu Lacan auf und lächelte. »Weißt du was, Junge?«, flüsterte er. »Es war den Preis wert. Ich habe die Magie gespürt … Ich habe dich damit gerettet … Es hatte alles einen Sinn.«

Lacan kniete auf dem Pflaster und hielt den Kopf seines Mentors immer noch, lange nachdem er Valdars letzten Atemzug gehört hatte. Schließlich legte Nessa ihm die Hand auf die Schulter.

»Also hatte ich recht«, sagte sie. »Der alte Mann war ein

Hexenmeister. Aber er hat seine Kräfte genutzt, wie es eines Ritters würdig gewesen wäre – er ist gestorben, als er die Pforte verteidigt hat, hinter der seine Kameraden waren.

Wenn diese Krieger hindurchgelangt wären … Ich nehme an, ich verdanke ihm mein Leben.«

»Wenn diese Krieger hindurchgelangt wären, hätte der ganze Kampf anders ausgehen können«, stellte Sobrun fest.

Lacan blickte auf. »Nein«, sagte er. »Macht keine Heldengeschichte daraus. Das ist kein Trost. Valdar war wie ein Vater für mich. Er wollte diese Macht niemals gebrauchen, die er heute hier gezeigt hat. Das hat er selbst mir gesagt, vor einiger Zeit auf meinem Gut. Er war kein solcher Mensch. Kein Hexenmeister und kein Held. Es ist nicht richtig, was mit ihm passiert ist!«

Nessa schnaubte. »Wenn ich auf deinem Landgut mit dir darüber gesprochen hätte, allein gegen einen Schildwall zu reiten, der mit acht Schritt langen Spießen gespickt ist, was hättest du dann wohl dazu gesagt? Ich wette, du hättest mir erzählt, dass du das niemals tun wolltest. Dass es dumm wäre, und wahnsinnig.

Und doch hast du es heute getan. Bereust du es etwa?«

Lacan schüttelte den Kopf. Es war dumm und wahnsinnig gewesen. Aber irgendjemand hatte diesen Schildwall aufbrechen müssen, sonst wären noch viel schlimmere Dinge geschehen. Wie hätte er damit weiterleben können, wenn er gezögert hätte und wenn der Kampf deswegen verloren gegangen wäre und seine Freunde den Tod gefunden hätten?

Er wechselte einen Blick mit Nessa. Die nickte.

Ihre Stimme wurde sanfter. »Dein alter Verwalter hat dieselbe Entscheidung getroffen. Vielleicht wollte er nichts dergleichen tun, als er daheim vor dem Kamin saß. Doch ich bin überzeugt davon, er wollte es *heute* tun. Weil es heute das Richtige war.

Raube ihm nicht diese Entscheidung. Beleidige ihn nicht, indem du ihn zu einem bloßen Opfer machst. Wir können um ihn trauern, aber er hat es verdient, dass er für seine Taten in Erinnerung bleibt … nicht für das, was mit ihm passiert ist. Er war vielleicht kein Ritter, aber er war ein Held.

Jedenfalls für mich. Ich werde sein Andenken ehren und nicht vergessen, was er für mich getan hat.« Lacan atmete tief durch. Dann erhob er sich und winkte Sobrun heran.

»Komm, wir heben ihn auf dein Pferd. Du kannst ihn zurück zum Gasthaus bringen und ihn aufbahren lassen. Ich werde weiter in der Stadt nach den Mördern suchen!«

Nessa fiel ihm in den Arm. »Wir bringen ihn zu meinen Gastgebern«, widersprach sie. »Die Leerwieters und die anderen Pfeffersäcke in der Stadt sollen auch erfahren, wem sie es zu verdanken haben, dass heute keine blutrünstige Horde mit scharfen Schwertern zu ihnen auf die Empore gestürmt ist.

Außerdem sollte niemand von euch allein durch die Stadt reiten. Morgen mögt ihr Helden sein – aber bis jetzt wissen nur wenige, was ihr getan habt, und viel mehr wissen, wer ihr seid.

Bei all dem Misstrauen im Volk könntet ihr rasch mit den Feinden in einen Topf geworfen werden. Ich denke, wir sollten zusammenbleiben.«

Lacan sah sie an. »Ja«, sagte er. »Wir sollten zusammenbleiben.«

EPILOG

Es ist vorbei. Den Schwertgöttern sei Dank.«

Dauras und Meris waren aus der Stadt entkommen, als das Getümmel auf den Straßen immer größer wurde. Keiner hatte mehr überblicken können, wer gegen wen kämpfte. Die Männer des Kanzlers waren ohne Führung, dennoch würde es eine Weile dauern, bis Meerbergen sich wieder beruhigte.

Sie hatten ihre Tiere zurücklassen müssen und einen großen Teil ihres Gepäcks, aber das war ein geringer Preis. Dauras war froh, dass die Stadt hinter ihnen lag. Er hatte bewiesen, dass er wieder ein Schwert führen konnte. Trotzdem war er nicht mehr der Krieger, der er einmal gewesen war.

Jetzt stand er neben Meris auf der Straße am Fluss und schaute sie an. Er kannte ihr Gesicht so gut wie kaum ein anderes, und doch fiel es ihm schwer, die Züge darin zu deuten. Er streckte die Hand nach ihr aus. Sie nahm seine Finger und hielt sie fest, eine Daumenbreite vor ihrem Gesicht.

»Wie geht es dir, Meris?«, fragte er.

»Wir haben gewonnen«, antwortete Meris. «Wir haben uns gerächt. Wir haben das Beste erreicht, was wir erreichen konnten.«

«Und jetzt ist es vorbei?«

»Es ist nie vorbei«, sagte Meris. »Das Leben geht weiter.«

»Stimmt«, antwortete Dauras. Er fühlte Bitterkeit auf der Zunge. »Ich erinnere mich an deine Worte. Nicht immer gibt es eine richtige Entscheidung. Man kann nicht erwarten, dass man ohne Schläge davonkommt. Man nimmt sie hin und macht weiter. Ich habe nie gelernt, das zu akzeptieren.«

Meris schnaubte. »Es klingt so ernst, wenn du das sagst. Ich freue mich durchaus über unseren Erfolg, trotz allem …«

»Trotz allem, was du verloren hast«, sagte Dauras.

Meris zögerte. »Ja«, sagte sie. »Trotz allem.«

»Dennoch kannst du es nicht aussprechen. Ich glaube nicht, dass du so ein Opfer bringen kannst und es einfach abschüttelst.«

»Meine Güte!« Meris schob seine Hand weg. »Du findest meine Haltung trist, aber hör dich mal an. Ich kann zumindest ruhen lassen, was gewesen ist. Was wirst du als Nächstes anfangen?«, fragte sie unvermittelt.

»Was ich anfangen werde …? Ich werde nach Sir-en-Kreigen zurückkehren.«

»Zurück ins Kloster?«, fragte sie überrascht.

»Warum nicht«, sagte er. »Ich will dich nicht im Stich lassen. Nicht, wenn du mich noch brauchst. Aber ich bin ein Mönch des Schwertes.«

»Ich verstehe«, erwiderte Meris. »Nein. Ich brauche keinen Trost. Und keinen geistlichen Beistand. Ich kehre in die Hauptstadt zurück. Ich denke, die Kaiserin braucht jede Hilfe, die sie bekommen kann …«

»Wünsche Aruda Glück«, sagte Dauras. »Ich hoffe, dass sie ihren Weg findet.«

»Du willst ihr nicht mehr dabei helfen?«

Dauras schüttelte den Kopf. »Ich war nie eine gute Hilfe, fürchte ich. Zumindest nicht, nachdem wir den Palast erreicht hatten. Ich war nicht der, den sie dort gebraucht hätte. Ich hoffe, sie wählt in Zukunft ihre Freunde sorgfältiger aus.«

Meris schaute den großen Strom hinauf nach Norden. »Also gehst du zurück in den Tempel, und ich in den Palast. Merkwürdig. Vor drei Monaten hätte ich nicht geglaubt, dass irgendeiner von uns an diese Orte gehört.«

»Immerhin können wir ein Stück gemeinsam reisen«, meinte Dauras.

»Bis … Sir-en-Kreigen«, sagte Meris.

Dauras nickte. Sie nahmen sich an der Hand. Langsam folgten sie dem Weg. »Ich brauche keinen geistlichen Beistand«, fuhr Meris fort. Die Worte fielen ihr schwer. »Aber ich hatte das Gefühl, wir haben uns gut zusammengerauft. Wir … haben gut zusammen gekämpft.«

»Ja«, sagte Dauras. »Überraschend gut. Gemeinsam kämpfen war nie meine Stärke. Vielleicht kann ich doch noch ein brauchbarer Schwertmönch werden. Es wäre schade, wenn ich nach all den lehrreichen Erfahrungen nur dazu tauge, im Tempel den Boden zu fegen.«

»Ich hätte nicht gedacht …« Meris stockte. »Ich hätte nicht gedacht, dass du je dorthin zurückkehren möchtest. Du warst so lange fort. Und jetzt … ist alles anders, als es war. Du bist nicht mehr der Mönch, der damals den Tempel des Schwertes verlassen hat.«

»Nein«, erwiderte Dauras. »Das war wohl der Sinn dieser Pilgerreise. Ich nehme an, deswegen hat Abt Thurid mich fortgeschickt. Ich hoffe, meine Erfahrungen reichen aus, um endlich ein Priester zu werden.«

»Ich muss zugeben«, sagte Meris nachdenklich, »was ich über dein Leben gehört habe, hat wenig mönchischen Geist verraten.«

»Ich sollte in der Welt etwas erfahren«, erklärte Dauras, »und das habe ich jetzt. Weißt du, Meris, mein Abt wollte einmal von mir wissen, was wohl von meiner Kampfkunst bliebe, wenn man alles fortnähme, was ich von Geburt an besitze. Das weiß ich jetzt. Ich musste erst schwach werden, damit ich an meinen Schwächen arbeiten kann, und ich musste meine Stärke verlieren, um sie wiederfinden zu können. Also ist es an der Zeit, Meris, dass ich zurückkehre.«

»Als Mönch«, sagte Meris.

»Als Priester des Schwertes. Irgendwann einmal. Hoffe ich.«

»Als ein keuscher Schwertmönch«, sagte sie spöttisch.

Dauras lachte leise. »Mehr oder minder«, sagte er.

»Das ist schade«, seufzte sie. »Denn du hast schöne Augen, seit sie klar geworden sind. Weißt du das?«

»Ich habe deine Augen gesehen«, antwortete Dauras. »Und einen Menschen dahinter. Das haben meine alten Sinne mir niemals gezeigt.

Es ist gut, dass ich sehen kann.«

It's our last night together and
I have tried all day not to cry.
hope you realize how hard
this is for me. I love you so much
more than you'll ever know! ♡
Thank you for this amazing
adventure. I have had the time
of my life! You have made me
the happiest girl in the world
sweetheart and though I am
very sad to leave you. This is
not a good-bye but a see you
soon because you are the one
person I will never say good
bye to, you are in my heart
forever and always. I love you.
I love you. I love you!!
please take care and don't smoke
too much :) And again Thank you
my love for everything!! ♡
Always, M